Massimiliano Colombo nació en Bérgamo en 1966 y en la actualidad vive en Como. Apasionado de la historia antigua y los temas militares, en 1988 sirvió en la Brigada de Paracaidistas Folgore II, una experiencia que fortaleció su carácter y su gran admiración por aquellos que, en distintas épocas históricas, vistieron uniforme.

Colabora con varias revistas especializadas, italianas y extranjeras. Con *La legión de los inmortales*, su primera novela, se ganó el éxito de público y crítica afianzándose como una de las voces más interesantes del panorama europeo de la novela histórica. Posteriormente ha publicado *El estandarte púrpura*, *Draco*, *La sombra del césar*, *Centurio* y *Devotio*.

Papel certificado por el Forest Stewardship Council®

MIXTO
Papel | Apoyando la
silvicultura responsable
FSC® C117695

Penguin
Random House
Grupo Editorial

Título original: *Il prigioniero di Cesare*

Primera edición en B de Bolsillo: enero de 2024

© 2022, Massimiliano Colombo
© 2023, 2024, Penguin Random House Grupo Editorial, S. A. U.
Travessera de Gràcia, 47-49. 08021 Barcelona
© 2023, César Palma Hunt, por la traducción
Diseño de la cubierta: Penguin Random House Grupo Editorial / David Ayuso
Fotografía de la cubierta: © Stephen Mulcahey / Trevillion Images

Printed in Spain – Impreso en España

ISBN: 978-84-1314-723-9
Depósito legal: B-19.360-2023

Impreso en Novoprint
Sant Andreu de la Barca (Barcelona)

BB 4 7 2 3 9

El prisionero del césar

MASSIMILIANO COLOMBO

Traducción de César Palma Hunt

A Monia.
Por todas las páginas que hemos escrito juntos.
Y por las que nos quedan por escribir.
Eres mi triunfo.

Carcer tullianum

Hay en la cárcel, al subir, un poco a la izquierda,
un lugar que llaman el Tuliano, a una profundidad de
unos doce pies bajo la superficie de la tierra. Está
encuadrado por cuatro paredes y encima hay una bóveda
formada por arcos de piedra. Pero dado su abandono,
su oscuridad y su hedor, su aspecto es desagradable
y terrible.

CAYO SALUSTIO CRISPO

Tullus, el pozo, la antesala de la muerte.

Pasados veinticinco siglos, este lugar conserva intacto su aspecto siniestro. Es la más antigua y la única cárcel de la Roma de la Monarquía, la República y el Imperio que ha llegado hasta nuestros días.

Ese espacio subterráneo no era una cárcel para penas de prisión o de reinserción, en la justicia de los antiguos romanos la reclusión servía para retener al reo de un delito a la espera del juicio que luego podía dar lugar a una sanción, una confiscación, al exilio o la esclavitud. La cárcel Mamertina tenía, en cambio, otra función: retener provisionalmente a un prisionero del Estado condenado a la pena capital. Ese lugar frío, húmedo y oscuro era la antesala de la muerte.

Según Tito Livio, su construcción se atribuye al cuarto rey de Roma, Anco Marcio, seis siglos antes del nacimiento de Cristo. De

Marcio o bien de Mamers, antiguo apelativo de Marte, tomaría el nombre de Mamertino. Su otro nombre, Tuliano, parece fruto de una posterior ampliación llevada a cabo por Servio Tulio, o derivarse de la palabra arcaica *Tullus*, que significa manantial de agua.

Las fuentes refieren que se construyó en una cantera de piedras a los pies del Campidoglio, y siempre se ha descrito como un «horrendo edificio». Se entraba por las escaleras Gemonías que desde el Foro subían al Campidoglio, pasando por el templo de la Concordia. El nombre Gemonías parece derivarse de los gemidos de los condenados que recorrían las escaleras antes de entrar en la cárcel y desde las cuales su cuerpo desnudo era arrojado tras el estrangulamiento. Después, desde ahí, con el fin de que sirviese de escarmiento a todo el mundo, el cadáver del condenado era arponeado con un garfio, arrastrado por el Foro y el Velabro hasta el puente Sublicio, desde donde era arrojado al Tíber. Si era un rey o un gran caudillo que había luchado contra Roma, su suplicio se producía durante el triunfo de quien lo había derrotado, que esperaba la confirmación de la ejecución antes de cruzar la puerta del templo de Júpiter Capitolino.

El interior del edificio se compone de enormes trozos de peperino, una roca magmática típica del centro de Italia, y está dividido en dos plantas, una superior, llamada *Carcer*, construida durante la República, y otra inferior, más antigua, edificada durante la Monarquía. El espacio inferior, que recibe el nombre de *Tullianum*, no tenía puertas, se accedía a él por una abertura en el tejado, ahora cerrada con una reja, desde donde se soltaba o tiraba al prisionero.

Por esa abertura han pasado a lo largo de los siglos los enemigos de Roma, de los cuales han llegado hasta nosotros solo los nombres de los más ilustres, como Poncio, rey de los samnitas, el vencedor de las Horcas Caudinas, decapitado aquí en el 290 a. C.; Quinto Pleminio, gobernador de Locri, ajusticiado en el 180 a. C.; Herenio Sículo, amigo de Gayo Sempronio Graco, estrangulado en el 104 a. C.; Aristóbulo, rey de los judíos, decapitado en el 61 a. C. con otros partidarios implicados en la conjuración de Catilina; Sejano, ministro de Tiberio, ajusticiado por estrangulación en el 31 d. C.

y arrojado al Tíber después de que el pueblo masacrara su cuerpo. Los propios hijos de Sejano fueron condenados a muerte y arrojados desde las Gemonías. Simón Bar Giora, defensor de Jerusalén, fue decapitado en el Tuliano en el 70 a. C. Por último, el jefe de los galos, Vercingétorix, vivió aquí casi seis años antes de ser ejecutado en el 49 a. C.

En los veinte minutos que estuve en el *Tullus*, en un caluroso sábado de mediados de octubre, pensando en esos cinco años y medio de encierro, enseguida comprendí que tenía que escribir sobre aquel hecho.

Y he aquí lo que he imaginado.

I

Triumphus
Roma, 26 de septiembre del 46 a. C.

El estruendo de la multitud estalló en el cielo de las postrimerías del verano. El pequeño Aulo elevó la mirada y vio pétalos de todos los colores bailar como suave nieve encima de las decenas de miles de personas aglomeradas a lo largo de las calles. Trató de abrirse camino, pero había gente por doquier y nadie iba a cederle el paso.

Logró ver, por encima del telón de gigantes que lo rodeaba, guirnaldas de colores adornando las columnas del templo de Felicitas, erigido tras las victorias sobre los celtíberos en Hispania. Para la ocasión, este había sido abierto al público, al igual que todos los demás templos de la ciudad. Habían limpiado las letras de bronce de los frontones, que brillaban a la luz del sol. Había flores por todas partes, incluso las estatuas que flanqueaban la calle tenían al cuello guirnaldas de flores entrelazadas y parecían mirar extasiadas desde sus pedestales, fastuosidad que Aulo, desde la altura que alcanzaba, solo podía imaginar.

El niño tocó un instante su *bulla*, el amuleto que le había puesto su madre al nacer, y con la túnica raída y las rodillas raspadas se coló como una ardilla por entre la gente y las estructuras de los andamios improvisados que habían montado por todos lados. Nunca había visto semejante multitud, no había ventana, balcón, columna o tejado que no estuviese repleto de espectadores. Trepó rápidamente a uno de los postes de un pequeño estrado que había en el *vicus Iugarius* y a lo lejos vio, acompañados por aplausos estruendosos, a los bailarines y los músicos; centenares de músicos con instrumentos brillantes, cinturones y coronas dorados tocando sus laúdes, flautas, cuernos y bocinas. Miró hacia el otro lado y calculó el tiempo que necesitaría para ir al *vicus Tuscus*, que bordeaba las pendientes del Palatino, pasar por el Velabro y el Foro Boario, y llegar al Circo Máximo antes de que lo hiciera el desfile. Podía conseguirlo. Tenía que conseguirlo.

Se soltó del poste y se encontró de nuevo entre la gente viendo el mundo desde su altura, muy abajo como para ser testigo de las maravillas de ese día. Echó a andar como un hurón con la pata herida, cojeaba de la pierna izquierda desde que había nacido, pero no dejaba de ser un buen corredor. Aunque de movimientos torpes, desaparecía y reaparecía por entre la multitud, ya haciéndose el escurridizo, ya abriéndose camino a punta de pellizcos. De vez en cuando paraba para ver por dónde iba el desfile, y si no lograba distinguir nada atravesaba la muralla de cabezas, se agarraba a la túnica de cualquiera que avanzara por la calle y estiraba el cuello para mirar.

—¡Quita, mocoso!

Y el pequeño desaparecía enseguida entre el gentío.

Roma era su mundo, conocía cada una de las piedras de las calles, desde la Suburra hasta el Campidoglio. Aulo conocía cada casa, *insula*, templo y estatua; conocía cada *taberna* y cada fuente. Conocía hasta la multitud, que era parte integrante de aquella ciudad superpoblada, donde una reciente disposición permitía que circularan carros solo de noche, para evitar que hubiera atascos en las calles. Sabía cómo dar con la multitud, cómo escabullirse en medio de ella o hacer desaparecer bolsas o comida de los puestos de los ambulantes. Sabía cómo aprovecharse de ella y también cómo evitarla cuando había que esfumarse rápidamente, pero ese día incluso el pequeño Aulo se sintió desconcertado. Nunca había visto nada semejante. Toda la ciudad se había volcado a las calles y habían llegado miles de personas de fuera, puede que decenas de miles. Había de todo: curiosos, maniobreros, bodegueros, mercaderes, pobres infelices, abogados, aristócratas, delincuentes, artesanos, ambulantes, magistrados, esclavos, parias y pordioseros; todos habían ido a aplaudir, orgullosos y emocionados, por lo que había hecho uno de ellos, un hijo de esa ciudad. Todos se sentían incluidos en esa pompa triunfal, que representaba alegóricamente el poder de Roma, que todo el mundo compartía, con armas o encadenado, inclinándose para rendirle homenaje.

Toda esa gente había ido a ver el triunfo de Cayo Julio César, heroico vencedor de las Galias.

Las bocinas se sobrepusieron al vocerío, y la gente aplaudió emocionada. Aulo se detuvo jadeando, aplastado por la multitud que se había convertido en una muralla. Habría querido llegar a las escalinatas del Circo Máximo, era desde donde mejor podía verse el triunfo. Gracias a la amplitud de la pista, el desfile se desplegaba y avanzaba de manera espectacular entre los miles de individuos que estaban embelesados en los graderíos. También habría estado bien uno de los enormes estrados situados cerca del Circo Flaminio, instalados expresamente para ver el espectáculo. Pero ya casi todo el mundo había cogido sitio hacía tiempo y, por lo que observaba, muchos habían acampado por la noche para tener un emplazamiento privilegiado.

Ahora la música sonaba cerca, y, angustiado, Aulo se dio cuenta de que no lo conseguiría. Se maldijo por no haber buscado un sitio desde el amanecer, pero para él la multitud nunca había sido un problema hasta ese momento; de hecho, se había detenido en el Campo de Marte para ver a las legiones que se preparaban al otro lado de la puerta Triumphalis antes de desfilar.

La música, las miles de personas congregadas gritando y aplaudiendo emocionadas, el estruendo. Aulo miró de un lado a otro, pero la muralla humana no le dejaba ver nada. La gente se había amontonado en la calle y lo estrujaba, impidiéndole seguir.

Pasaban los músicos que abrían el desfile. Por entre las cabezas de la gente, Aulo distinguió largos y sinuosos cuernos de búfalo, laúdes, flautas y címbalos que brillaban. No, no podía perderse el espectáculo, tenía que hacer algo, tenía que ingeniárselas, como hacía a diario. Frotó su *bulla* y le pidió ayuda a su madre, luego elevó los brazos hacia el cielo y se agachó, dejándose devorar por la multitud para ponerse de rodillas en el empedrado y deslizarse como un zorro por entre las piernas de la gente, hasta que vio el enlosado de la via Sacra.

Entre patadas, empujones e insultos salió de entre el gentío, estaba solo en la calle que poco después iba a recorrer el gran Cayo Julio César con su carruaje. Se levantó y recibió un tremendo golpe en la espalda y un empujón que lo tumbó al suelo, entre las piernas de la gente, que empezó a insultarlo.

—La calle tiene que estar despejada —le gritó un energúmeno armado con una vara, cuya tarea era mantener libre el paso para el desfile.

Con una mueca de dolor, Aulo se llevó la mano sucia el hombro. Sentado en el suelo, asustado y dolorido, se dio cuenta, sin embargo, de que había conquistado un sitio en primera fila, delante de todos, y de ahí no se movería por nada del mundo, ni aunque no pararan de insultarlo ni de pegarle. Le lanzó una mirada feroz al hombre que tenía la vara, como un gatito que quiere desafiar a un león, y luego se levantó y miró con el mismo gesto a los que tenía más cerca, para que comprendieran que iba a seguir en ese sitio a cualquier precio; ni un solo paso atrás.

Fue un desafío inútil, porque la multitud ya no lo miraba. Todo el mundo gritaba y aplaudía hacia la calle, de modo que él también se volvió y abrió la boca ante los gigantes que se materializaban a contraluz ante él.

—*Io triumphe!* —rugieron los soldados que marchaban, sobresaltándolo.

En el Campo de Marte los había visto a lo lejos, pero ahora estaban a dos pasos de él y daban realmente miedo. Eran enormes, tan robustos que parecía que la calle temblaba a su paso, o a lo mejor no es que lo pareciera, sino que temblaba de verdad.

Uno de ellos abría la calle a los demás agitando orgulloso una rama de laurel. No tenía armas, a diferencia de los que iban detrás de él, la única prenda militar que llevaba sobre la túnica era el *cingulum*, el cinturón, que tintineaba a su paso por en medio de la multitud exaltada.

Llevaban en la cabeza, en lugar del yelmo, la corona de laurel de la victoria. El laurel era una planta sagrada, la única en la que nunca caían rayos. Era un legado de los viejos tiempos, cuando el triunfo era un ritual que permitía al *miles*, al final de la temporada de la guerra, volver orgulloso a Roma y purificarse de la sangre derramada. Con ese desfile de regreso a Roma, del Campo de Marte al templo de Júpiter Capitolino, pasaban del estado militar al civil y el triunfador devolvía a Júpiter las armas y su mando sobre las legiones, que dentro del *pomerium*, el límite sagrado de la ciudad, no se podían llevar.

Los soldados portaban orgullosos sobre los hombros los *fercula* cargados del botín de guerra de los vencidos. Había de todo: armas repletas de piedras preciosas, escudos, yelmos cubiertos de oro y jarrones rebosantes de monedas, tal cantidad de monedas que Aulo pensó que habría millones entre las de oro y plata. Eran las increíbles riquezas que la guerra había producido y que, al final de la ceremonia, pasarían al erario del Estado o se distribuirían entre templos y edificios para que toda la ciudad disfrutase de ellas.

La multitud estaba orgullosa del general triunfador y de sus soldados, que cargaban ese oro sobre los hombros como si tal cosa, igual que todas las batallas en las que habían participado y que se reflejaban en las cicatrices que traían en piernas, brazos y en muchos, muchísimos rostros. A pesar de sus túnicas limpias y las coronas de laurel, las miradas de aquellos soldados revelaban toda su ferocidad, lo que exaltaba a los espectadores, pues se sentían parte de aquella fuerza.

—¡Gente, encerrad a las mujeres! —gritó uno de los soldados que tenía el rostro atravesado por una horrible cicatriz—. ¡Llevamos a un adúltero calvo! —dijo haciendo que la multitud estallara en una carcajada—. Se ha fundido en mujeres en la Galia el oro que le prestó Roma.

Eran los famosos cármenes triunfales de los cuales el pequeño Aulo había oído hablar. Cantos improvisados de los soldados, hechos de frases de alabanza y burla, que servían para moderar la exaltación del éxito y la soberbia del triunfador, y además evitaban que los dioses sintiesen envidia de un mortal demasiado glorificado y descargasen su ira contra él.

Las carcajadas dieron paso al estupor y la multitud enloqueció cuando vio los elefantes, decenas de elefantes que avanzaban con su paso lento hacia la via Sacra. No tenían mucho que ver con la Galia, pero eran grandiosos, y para ese triunfo se precisaban cosas grandiosas. César debía a toda costa superar en belleza y majestuosidad el triunfo que Pompeyo había celebrado en esas calles justo quince años antes, el más fastuoso de la historia de Roma hasta ese momento.

Un carro enorme tirado por ocho caballos apareció detrás de los paquidermos, llevaba pedazos de naves enemigas. Era el primero de una larga fila de carros tirados por caballos enguirnaldados, llenos de objetos lujosos que irían a adornar los monumentos públicos de la ciudad y a dar eterna gloria al triunfador y a todo el pueblo de Roma.

Era un derroche de colores, de telas, de vasijas y gemas preciosas, de joyas de bronce, plata y oro. Una procesión de objetos tan valiosos que deslumbraba y seducía al público: una vez más, Roma había sometido a pueblos lejanos y se apropiaba de lo mejor que estos podían crear.

Los triunfos y las victorias en Italia, Grecia, África y en todos los territorios que tocaban el *Mare nostrum* habían llevado a la ciudad las maravillas del arte de cada pueblo, y el austero estilo de vida romano, que siempre había distinguido a la urbe, ya no existía. La Roma del pasado, llena de armas bárbaras y de despojos ensangrentados, no era más que un recuerdo. Desde hacía tiempo, las preciosas esculturas griegas flanqueaban calles y portales, las costumbres y el lujo de Asia, África y la Magna Grecia habían penetrado en la antigua y rígida mentalidad romana, hasta el punto de suplantarla y de convertirse en modas. Roma había sido conquistada por aquellos a los que había conquistado.

—César ha sometido a las Galias —gritó un soldado desde lo alto de un majestuoso caballo mientras agitaba hacia el gentío su manojo de laurel como si fuese una espada—. Nicomedes sometió a César —continuó, aludiendo a una presunta relación que tuvo César con el rey de Bitinia cuando era joven. El soldado alargó su manojo de laurel hacia una joven que lo miraba riendo—. ¡Bueno, ahora triunfa César, que sometió a las Galias, mientras que no triunfa Nicomedes, y eso que doblegó a César! —añadió entre carcajadas y aplausos.

Lo seguía una cohorte de gigantes que arrastraban enormes máquinas de asedio. Arietes con las cabezas de bronce y máquinas de lanzamiento de todo tipo. Aulo puso los ojos como platos ante los onagros y los escorpiones de todos los tamaños que pasaban delante de él, tirados por bueyes o empujados por la enorme fuerza de los propios soldados.

—Mirad, Quirites —gritó un legionario del desfile que, junto con otros, sujetaba unos paneles de madera pintados—. ¡Mirad qué hemos hecho en la Galia!—. Los soldados que lo acompañaban mostraban tablas de madera en las que figuraban las distintas fases de las guerras de las Galias. Había paisajes y pequeñas ciudades con muchas casas tomadas al asalto por los legionarios romanos con máquinas bélicas y gigantescas torres de asedio. En una de las tablas, César, en primer plano, observaba una ciudad en llamas mientras filas enteras de enemigos eran exterminadas. En otra, desde unas murallas enormes, se derribaban máquinas y un ejército penetraba en la ciudad entre enemigos que, ya incapaces de resistir, alzaban las manos en gesto suplicante. En la tabla siguiente, César señalaba a los navíos un mar desconocido que conduce hacia la isla de Britania, y en la última había legiones atravesando un puente situado encima de un río gigantesco.

Unos flautistas iban con bailarines y bailarinas agrupados artísticamente en escenografías exóticas. Entre ellos había auténticos acróbatas, que suscitaron más de un aplauso con sus evoluciones. Pero Aulo se quedó pasmado cuando a continuación apareció un carro imponente, que llevaba una enorme tabla con un marco de tela dorada. Estaba dividida en recuadros de marfil, en los que figuraban una serie de escenas de batalla, donde al final los enemigos huían y muchos eran sometidos a esclavitud. El público enloqueció cuando vio que en el carro, a manera de escultura viva, un tribuno romano llevaba de una cadena a dos bárbaros arrodillados y con la cabeza gacha. Y la locura se tornó estruendo ensordecedor cuando llegaron los vencidos encadenados, los primeros feroces bárbaros que el público veía ese día glorioso. En esa guerra hubo un millón de muertos y un millón de esclavos. La Galia de Breno, que se atrevió a atacar y saquear Roma tres siglos antes, por fin había sido aniquilada y ya nunca se recuperaría. Hicieron falta trescientos años, pero al final Roma consiguió derrotar al enemigo que durante tanto tiempo no había dejado dormir a sus ciudadanos.

—¡Yo triunfo! —gritó altivo el tribuno, animando a la multitud, y un estallido de aplausos, gritos de alegría y exaltación e insultos le hizo eco mientras el carro proseguía su camino, mostrando a los galos caídos en la miseria desde las más altas cimas del orgullo.

El pueblo romano estaba a salvo. El espectro de los sanguinarios bárbaros que llevaban toda la vida amenazando las fronteras del norte había sido aniquilado, y los dioses iban a ser gratificados dignamente: lo anunciaba el mugido de un toro sagrado, ricamente adornado con bandas, guirnaldas y condecoraciones en la frente y en los cuernos dorados. Era el primero de una larga serie de animales destinados al sacrificio, a los que acompañaban en la pompa triunfal los sacerdotes y los criados ayudantes, que portaban el cuchillo, el martillo o el hacha, y el agua para la aspersión ritual.

El paso de los animales sagrados permitió recuperar el aliento al público, que durante un momento dejó de gritar, pero desde su posición Aulo podía oír que llegaba algo asombroso, porque notaba que el tono de los gritos de la multitud volvía a ser el eufórico de siempre.

Comprendió qué estaba ocurriendo cuando músicos y bailarines desfilaron con sus flautas para anunciar los trofeos de guerra. Sobre carros y sillas de mano, pasaron las armas de los vencidos.

Un montón de yelmos, corazas, espadas, armaduras, hachas y lanzas desfiló por en medio de una multitud extasiada. Había escudos de todas las formas y de todos los colores, que luego se colgarían en los templos de Roma junto con los de todos los otros vencidos que ya los adornaban. En algunos carros estaban los presos encadenados con sus lorigas, como si hubiesen sido llevados a Roma directamente del campo de batalla. Pasaron decenas de carros con panoplias clavadas en palos, que después del desfile decorarían toda la ciudad.

Y luego llegó un soldado lleno de condecoraciones a la grupa de un caballo negro con los arreos plateados. También este era un trofeo de guerra, y debía de ser el caballo de un enemigo muy importante, quizá el más importante, pues precedía el desfile que iba a empezar dentro de poco, el de los prisioneros ilustres.

Al pequeño Aulo se le puso la piel de gallina. Detrás del caballo desfilaron cuatro hombres, que llevaban sobre un *ferculum* una armadura dorada de singular belleza, introducida en un palo en cuya punta había un yelmo con una cresta metálica repleta de piedras.

—¡La armadura del rey de los galos! —gritó uno del público señalando la panoplia.

—¡Vercingétorix! —dijo otro antes de que la multitud rompiese a gritar de nuevo.

Siguieron tres tablas pintadas en las que figuraba el comandante de la revuelta de los galos luchando, derrotado en una ciudad asediada y, por último, rindiéndose. Después de las tablas, a cierta distancia, llegaba un soldado, un centurión con el pecho cubierto de *phalerae*, *armillae* y *torques*, condecoraciones militares colgadas de cintas de cuero sujetas a fíbulas.

Aulo se irguió, con la mirada preñada de emociones, los ojos muy abiertos observando al centurión avanzar con paso firme y en la cabeza la corona de laurel. Sujetaba una cadena que tenía atadas las muñecas de un hombre, que lo seguía con paso inseguro.

—¡Que muera!

El preso era muy alto, le sacaba más de un palmo al soldado que lo llevaba con la cadena, y su mirada aterrorizaba. Tenía una buena cabellera, desgreñada, y barba larga. Iba descalzo y, debajo de una capa, vestía pantalones galos y una túnica oscura sujeta con un cinturón con tachuelas doradas.

—¡A muerte el bastardo!

Estaba cubierto de todo lo que la gente conseguía tirarle y avanzaba a duras penas, cegado por el sol y por cuanto le estaba ocurriendo. Se paró, por algo que la gente le había arrojado a la cara. El centurión notó que la cadena se tensaba, entonces se detuvo y, volviéndose, lo miró.

—¡Mátalo, centurión!

El preso se frotó el rostro con el antebrazo, mientras la gente que había amontonada en la calle le lanzaba de todo. Un puñado de estiércol le cayó incluso al soldado, que fulminó a la multitud con la mirada, luego se volvió y siguió andando, tapando con su sombra al pequeño Aulo, que lo observaba. Los ojos de los dos se cruzaron, durante un instante que al niño le pareció una eternidad, el estruendo de la muchedumbre continuó y el soldado siguió avanzando, dejando a Aulo boquiabierto.

—¡Paso, gente, paso a los temibles galos! —dijo con énfasis un histrión, llamando la atención del chiquillo. Estaba disfrazado de sátiro y daba saltos alrededor de unos jóvenes encadenados entre las risas de la gente. Eran los primeros de la larga fila de prisioneros, el punto culminante de la pompa triunfal, donde entre el derroche, la gloria y la fuerza de los soldados se representaba la desventura de los vencidos. Los grandes guerreros que se habían arrojado desnudos y arrogantes contra las legiones romanas, aquellos que habían hecho temblar a Roma, avanzaban ahora tristes, encadenados, con la espalda encorvada y la mirada ausente, mientras la gente se mofaba de ellos, animada por los gestos teatrales y vehementes del sátiro.

La mirada de Aulo perdió vivacidad. Giró de nuevo la cabeza y vio a lo lejos cómo la silueta del rey de los galos avanzaba despacio y desaparecía entre la multitud encadenada del desfile que dirigía el sátiro: hombres, mujeres y niños llorando, todos robustos y sanos, a pie o en carretas tiradas por bueyes. Ni un solo viejo, ni un solo tullido, ni un solo enfermo. Los enemigos a los que Roma había derrotado estaban sanos, fuertes y encadenados. De todos modos, aunque era una representación de lo mejor que había por aspecto físico, el desfile de los presos estaba perfectamente estudiado para llegar a los diferentes niveles emocionales de la multitud. Con los prisioneros se tocaban los extremos, tanto la alegría como la tristeza de la condición humana.

Era una advertencia a los enemigos, pero también enseñaba a los romanos que todos podían hundirse, del rey al último de sus hijos. En ese momento, muchos ciudadanos se ponían en el lugar de los padres de los niños que pasaban encadenados, y bastantes de ellos dejaban de gritar y de regocijarse, porque sentían sincera compasión por los cambios del destino que los dioses decretan a los hombres.

Después de los presos pasaron los rehenes, hijos y parientes de los pueblos con los que se había entablado un tratado de colaboración y de alianza o, mejor dicho, de no beligerancia. Desfilaban bien vestidos, porque eran, a todos los efectos, huéspedes del Estado y se los trataba con todos los honores del caso, pero veían delante de ellos, encadenados, lo que podría haber sido su futuro si no hubiesen respetado los acuerdos.

De nuevo sonaron trompetas anunciando a los senadores, que desfilaban con sus togas bordadas de púrpura, y luego llegó el momento cumbre de toda la pompa triunfal. La multitud empezó a cantar himnos al triunfador, porque por fin, después de tantas horas de espera y tantas emociones, era su momento.

Los lictores aparecieron acompañados de las notas de los músicos, que no se oyeron por el estruendo de un aplauso infinito. Avanzaban a paso marcial, lento, solemne, mirando al frente bajo una lluvia de flores. También ellos eran musculosos, también mostraban las huellas de una larga carrera bajo las armas que los había movido a ese cometido tan prestigioso. Simbolizaban la protección del magistrado supremo que iba detrás de ellos y llevaban la capa roja de guerra. Empuñaban haces de varas de abedul sujetas con cuerdas de cuero rojo entre los cuales, por una excepción permitida durante el triunfo, había un hacha. Para ese momento, también los haces de lictorios, símbolo de soberanía y unión, de poder sobre la vida y la muerte de los romanos, estaban cubiertos de hojas de laurel.

Cuando sonaron pasos de caballos en el empedrado, se redoblaron los aplausos, que se convirtieron en ovación de estupor no bien aparecieron los cuatro corceles blancos con las patas doradas que tiraban del carruaje del triunfador. También ellos envueltos en hojas de laurel, avanzaban majestuosos, con todos los arreos brillantes, entre la multitud que la escolta mantenía a la distancia debida del *triumphator*, creando un vacío alrededor de él. Para el pequeño Aulo, aquellos soldados eran aún más imponentes que los que había visto pasar antes.

Entre estos apareció, semejante a una torre, el carro enguirnaldado del triunfador, en todo su esplendor. Estaba completamente decorado en relieve con representaciones de trofeos y divinidades de oro, marfil y piedras preciosas. Delante tenía una Victoria alada que llevaba una hoja de palmera y una corona de laurel, y encima la imagen viva de Júpiter Vencedor: Cayo Julio César.

Los ojos y la mente de Aulo estaban deslumbrados por tanta magnificencia. El triunfador tenía el rostro pintado con carmín rojo, el color de la victoria que evocaba la sangre de los enemigos muertos. Nadie podía entrar en la ciudad con el rostro pintado de rojo, salvo quien hubiese obtenido una victoria en una campaña bélica contra extranjeros y hubiese devuelto incólume el ejército a la patria.

Sus ojos, engastados en el carmín como dos diamantes, arrojaban miradas al gentío como si fueran luminiscentes. Iba de pie en el carro y vestía la *vestis triumphalis*, una túnica bordada de oro con dibujos de hojas de palmera y toga *picta* de púrpura entretejida de oro. Era como si los rayos del sol bailaran alrededor de todos esos oros y colores púrpuras, brindando a César un aspecto divino.

En la mano derecha sostenía una rama de laurel y en la izquierda el cetro de marfil decorado en la punta con un águila con las alas desplegadas. Detrás de él, un esclavo, por concesión del Senado, sostenía sobre su cabeza una corona de oro, adornada con gemas que imitaban las hojas del laurel, y le susurraba sin parar algo al oído. No se podía oír lo que le decía desde esa distancia, pero todo el mundo, incluido Aulo, sabía qué le repetía el esclavo al divino César: «Recuerda que vas a morir, recuerda que eres un hombre».

Aulo trató de concentrarse en el movimiento de los labios del esclavo para ver si conseguía percibir las otras palabras de la cantinela: «Mira atrás y recuerda que solo eres un hombre».

En ese preciso instante, uno de los ejes de la poderosa cuadriga se venció hacia la izquierda. El triunfador y el esclavo se asieron al carro, y poco faltó para que ambos acabaran en el suelo, en medio del estupor de la multitud. El chico pudo ver que el vencedor de la Galias rápidamente se hizo con el control de la situación, pero durante un instante interminable notó el pánico en su rostro.

La escolta intervino enseguida y levantó a pulso el carro, entre aplausos y ovaciones. Antes de que los soldados le tapasen la vista mientras arreglaban el eje, Aulo pudo distinguir unos amuletos que colgaban debajo del carro. Eran una campanilla y un falo de bronce que espantaban las desgracias, y que, a todas luces, no habían cumplido su cometido.

Resultaba difícil contener a la multitud porque presionaba desde atrás para ver lo que había ocurrido. Al pequeño Aulo lo empujaron hacia los soldados de la escolta, que, sin demasiadas formalidades, devolvieron a los curiosos a su sitio. Habían alejado a los feroces galos, así que para ellos era un juego repeler al público de Roma, y, aunque no tenían armas ni escudos, pegaban duro, de manera que el chiquillo trató de escabullirse para no estar de nuevo en la trifulca. Lo hizo, procurando que hubiera la mayor cantidad de gente posible entre él y la primera cohorte de cualquier legión desconocida, y se fue gateando entre decenas de piernas hasta que encontró el camino despejado.

La parada del carro había creado un vacío en el desfile, los lictores se quedaron esperando, y se apartaron de los senadores que siguieron andando. El pequeño Aulo se levantó y miró a los soldados que rodeaban el carro, luego se fijó en la calle despejada que tenía delante, con muchos grupos de gente. La calle del triunfo. Si iba por ahí, podía llegar rápido a las escaleras Gemonías y presenciar la ceremonia de César subiendo al templo de Júpiter. Aulo miró el carro y luego la calle despejada: sí, podía conseguirlo, mejor dicho, debía conseguirlo.

Un salto y el hurón avanzó rápido por el pasillo libre. Ya no andaba, sino que corría y muy pronto pasó por delante de los pasmados senadores que estaban en la entrada del Foro, abrió la boca asustado delante de los elefantes a los que entrenaban a cada lado de la calle, y luego de nuevo echó a correr hasta que pasó por donde estaban los presos y se burló del sátiro. Respiró hondo solo cuando, cerca de la columna de Menio, vio la espalda del rey de los galos que avanzaba despacio entre insultos.

—¡Te he pillado!

Un apretón doloroso estremeció al chiquillo. Uno de los esclavos públicos encargados de la limpieza de la calle lo había alcanzado y lo sujetaba con tanta fuerza que parecía que quisiese arrancarle el brazo. El pequeño se retorcía, mordía, daba patadas y gritaba mientras el otro lo arrastraba como una tela agitada por el viento.

—¡Suéltame! —gritó tratando inútilmente de librarse de esas manos de hierro.

—¡Voy a darte ahora una buena lección, no vas a poder caminar durante un tiempo, mocoso!

—¡Oye, tú!

El esclavo se volvió hacia el que lo había llamado.

—Suelta a ese niño.

Era preferible no discutir con el centurión repleto de condecoraciones que llevaba a Vercingétorix encadenado. El esclavo soltó al chico, y un instante después Aulo ya había desaparecido.

II

Cinco años antes
Roma, verano del 51 a. C.

Publio Sextio Báculo se sentó en la cama y miró el techo antes de ponerse a gritar.

—¡Que se calle!

—Es solo un niño, el temporal lo ha despertado.

—Sigue llorando, maldición.

—¿No vas a dejar de chillar?

Publio se levantó de golpe, tirando el taburete.

—¡Estoy harto! —gritó.

—¡Y nosotros de ti, centurión!

Con un gruñido, Publio estiró la mano y cogió su capa de lana. Un nuevo trueno remeció la *insula* y el niño que estaba en la planta de arriba se puso a llorar de nuevo como si lo estuviesen descuartizando.

—¡Idos todos a la mierda!

El portazo más los gritos del vecino de la planta de abajo hicieron llorar más al niño.

—¡Después de ti!

—¡Sal a decírmelo, Hércules! —gritó Publio pegando un puñetazo contra la puerta del vecino—. Abre esta puerta si te atreves, cabrón.

—Regresa a la Galia, centurión —le gritó el otro—, ve para que te maten dignamente tus galos, así, a lo mejor, nos ahorras el asco de encontrarte ahogado en tu propio vómito al pie de las escaleras cualquier noche de estas.

Publio pegó un violento puñetazo contra las tablas y se dobló rabioso, agarrándose la mano por el dolor.

—¡No eres más que un borracho!

El hombre lanzó otra patada furiosa contra la puerta y enseguida bajó las escaleras oscuras, sin dejar de imprecar. Sus pasos resonaron en el patio hasta el pequeño porche, de donde salió directamente a la calle, bajo la fuerte lluvia.

—La Galia —renegó mientras las gotas le mojaban la cabeza. Sorbió por la nariz y apretó la mano dolorida, levantó la cabeza hacia el cielo negro, hacia las plantas altas de la *insula* de la que acababa de bajar—. ¿Qué sabréis vosotros de la Galia? —gritó con el rostro empapado de agua.

Publio se tapó con la capucha y fue por el callejón, que se había convertido en un riachuelo. Agachó la cabeza, dobló a la izquierda y recorrió un largo trecho bajo el diluvio, antes de llegar a un pórtico y enseguida a una taberna. Entró chorreando agua y buscó un sitio donde sentarse, pero todas las mesas parecían ocupadas.

—Tenemos pescado, pollo, jamón y pan.

Publio se volvió hacia el que había hablado. Era el *caupo*, el tabernero, un tipo corpulento y calvo que normalmente se encontraba fuera haciendo pasar a los clientes, pero esa noche llovía demasiado y estaba atendiendo las mesas.

—Por un as te doy vino; por dos ases, un vino mejor; por cuatro ases, falerno.

—Entonces, dos ases, pero del malo —respondió Publio quitándose la capucha.

El tabernero aguzó la mirada.

—Un momento... ¿Eres el buscapleitos de anoche?

—Solo quiero beber, nada de líos, te lo prometo.

El tabernero lo miró fijamente, sí, era el de la noche anterior, dos cicatrices en la mejilla derecha, y le faltaban tres dedos de la mano derecha: índice, corazón y anular.

—Abre esa capa.

Publio abrió la prenda chorreante de agua. Debajo vestía una gruesa túnica.

—¡No quiero ver cuchillos como anoche!

—Nada de cuchillos.

—Ponte ahí —le mandó el tabernero, dudando aún entre sentarlo o echarlo del local.

Publio Sextio fue al rincón de una mesa repleta de gente, se acercó un banco, se sentó y observó la imagen de Roma congregada en esa taberna atestada de humo, donde el olor de la comida cocida se mezclaba con el de la humanidad. Ahí se encontraba todo cuanto podía verse de noche, incluidos los que ocupaban la mesa del fondo, tres caras desfiguradas que no paraban de reír mientras bebían vino sin parar. Debían de ser como él, soldados en activo o quizá licenciados. Hablaban muy animados y piropeaban a la chica que llevaba la comida a las mesas. Era joven, bonita, tal vez la hija del *caupo*, o tal vez, simplemente, una esclava. Rubia, pequeña, de caderas anchas y ojos que brillaban a la luz de las lucernas. Publio había reparado en ella una noche de la semana anterior, antes de que el vino le hubiera hecho efecto. Luego la vista se le nubló, la lengua se le trabó, los sentidos se le adormecieron. No recordaba mucho, solo una discusión, una pelea, empujones, una mesa que se volcaba, y después, ya nada, se despertó dolorido en medio de un callejón con la cabeza a punto de estallarle.

—Aquí tienes tu vino.

Dos ases fueron a parar a la mano del tabernero.

—¿Quieres algo más?

Publio meneó la cabeza, se soltó la capa y se llenó la taza, mientras los tres soldados rompían a reír estruendosamente. Tras el primer trago, el vino le estimuló el alma antes de llegarle al estómago; tras el segundo, dejó de sentir frío; tras el tercero, el griterío del local pareció atenuarse al igual que el dolor de la mano lisiada. Observaba, bien a la gente de alrededor, bien los reflejos violáceos del vino sin hablar con nadie. Publio estaba entre la gente y estaba solo.

—Más vino, *caupo*.

—Me llamo Vesbino.

Báculo asintió.

—Pues... más vino, *caupo* Vesbino.

—¿Tienes dinero?

—Sí, aquí está, dos ases más del malo, total, ahora parece mejor.

El tabernero apretó los labios.

—Me parece demasiado vino para una sola persona, después de todo lo que ya has bebido.

—Te he prometido portarme bien —masculló Báculo antes de mirar de un lado a otro—, y me gustaría estar un rato con la chica rubia, y llevarme el vino.

Vesbino elevó los ojos hacia el altillo de madera que había en el local; la cortina estaba cerrada.

—Ahora está ocupada, tendrás que esperar, pero, de todas formas, tienes que pagar por adelantado el vino y el servicio, son cuatro ases.

—De acuerdo.

—Te voy trayendo el vino.

Publio Sextio miró alrededor. Faltaba uno de los tres soldados, y también faltaba la esclava pequeña. Le llegó la jarra, llenó la taza y miró de nuevo el vino, cuando de pronto oyó una sonora carcajada. Levantó la cabeza y vio al soldado que se había ausentado bajar las escaleras de madera del altillo con la chica. Sus dos amigos lo recibieron con un estruendoso brindis, y le tocó el turno al segundo.

—*Caupo!*

El tabernero apareció poco después de entre el gentío.

—¡Te he dicho que mi nombre es Vesbino!

—De acuerdo, de acuerdo, *caupo* —repitió Publio con la lengua pastosa—. La chica ahora está libre.

Vesbino miró el altillo y luego la mesa donde se habían quedado los dos soldados bebiendo.

—Creo que todavía le queda un rato, para mí que los tres se lo quieren pasar bien con Remilla.

—Remilla...

—Sí, ha sido una buena compra. Es de la Galia y muy rentable, a los clientes los vuelve locos su pelo. Cayo Julio César ha llenado Roma de esclavos baratos y mis negocios ahora van mucho mejor.

Publio Sextio asintió, un trueno resonó en la taberna.

—Claro.

—Volveré cuando la habitación quede libre, y si eres capaz de ponerte de pie, podrás subir con Remilla.

Publio siguió bebiendo hasta perder la noción del tiempo.

—He estado ante decenas de bárbaros —dijo con la cabeza dándole vueltas—. Conseguiré mantenerme en pie delante de una puta. Soy Publio Sextio Báculo, primipilo, el primero de los centuriones.

Un hombre que estaba cerca lo miró y le sonrió meneando la cabeza. Publio hablaba en voz alta sin darse cuenta.

—Oye, ¿qué miras? —le preguntó Publio lanzándole una mirada amenazadora—. Anda, acércate y dime qué miras.

—Hola.

Publio se volvió hacia el otro lado, Remilla estaba ahí.

—Vesbino me ha dicho que quieres pasar un rato conmigo.

El hombre le sonrió.

—Lo que te ha dicho Vesbino es cierto..., Remilla.

—Pues hemos de subir, la habitación está arriba.

Publio se apoyó con los nudillos en la mesa, tiró la jarra y el banco, forzando a los que estaban cerca a apartarse, entre las carcajadas de los tres soldados.

—¿De qué os reís?

—Vamos —intervino Remilla agarrándolo del brazo—. Ven conmigo.

—Esos se están riendo de mí.

—No es verdad, esos llevan toda la noche riéndose y están medio borrachos.

—Medio borrachos.

—Sí, mientras que tú estás completamente borracho —intervino Vesbino—, ¿no sería mejor que te fueras a tu casa?

—Oye, he esperado a Remilla toda la noche, ahora me toca a mí.

El tabernero y la chica lo vieron tambalearse.

—¿Puedes subir la escalera?

—Yo puedo hacerlo todo.

—Déjamelo a mí, Vesbino —dijo la chica con su acento galo.

—Ten cuidado, que este se duerme o vomita.

—Déjala a ella, *caupo*. —Publio le agarró el culo mientras subía la escalera bamboleándose.

—¿Cómo te llamas? —preguntó la chica mientras corría la cortina del pequeño altillo iluminado por un mortecina lucerna.

—Sextio Báculo.

—Báculo...

—Sí, Báculo, como bastón —dijo él destapándole el pecho con ojos brillantes.

—Oye, despacio.

Sin muchos miramientos, Publio Sextio hundió el rostro en el pecho de la mujer, haciéndola estremecer.

—Despacio, tienes la barba áspera, pinchas.

El hombre la estrechó con fuerza, ella le acarició la cabeza y echó la suya hacia atrás para que le besara el cuello y a la vez apartar lo más posible su rostro del de Publio, que apestaba a vino. Se puso aún más tensa cuando vio que la mano tullida y sudada subía hacia el otro pecho, y fingió jadear mirando al techo.

—Desnúdate, te deseo —le susurró al oído para acabar lo antes posible ese encuentro—. Desnúdate, Báculo, y tómame —dijo volviéndose y frotando sus nalgas contra el bajo vientre de él, que se agarró a sus caderas con ímpetu tras subirle la ropa a la espalda. La mujer sintió de nuevo que la barba áspera le restregaba la piel de las caderas, la lengua húmeda en la espalda, su respiración cada vez más fuerte mientras sus manos la exploraban ávidamente por todas partes.

—Tómame así.

Sintió el cuerpo de Sextio encima de ella moviéndose rítmicamente mientras la seguía besando y tocando con ardor, con excesivo ardor.

—Sí, me gusta, Báculo, quítate la túnica —siguió ella fingiendo placer, al tiempo que con las manos trataba de levantar la túnica de Publio. Notó el contacto con las piernas musculosas del hombre, que temblaban. Era una buena señal, no iba a aguantar mucho—. Desnúdate, Báculo.

Publio jadeó y siguió presionando frenéticamente su pelvis contra esas nalgas voluptuosas. La muchacha notaba la fuerza de los brazos del hombre, notaba el vientre liso y musculoso apoyado en ella, notaba el poderío de esos muslos, pero no la virilidad del hombre. Su cliente jadeaba, se movía, pero, más que buscar placer, se buscaba a sí mismo en esos movimientos.

—¡Desnúdate!

Publio no paró, siguió con insistencia, pero no conseguía que se le levantara nada. Hasta que por fin desistió y, jadeante, apoyó la cabeza en la espalda de la chica.

Remilla se volvió y lo miró con una sonrisa tranquilizadora.

—Has bebido demasiado mientras me esperabas, Báculo, ven, tumbémonos ahí —dijo con una sonrisa empujándolo hacia la sucia cama que ocupaba casi todo el espacio.

Publio Sextio se dejó caer y cruzó los brazos sobre el rostro mientras la joven le quitaba la túnica.

—Pero... ¿qué has hecho? —preguntó mirando los antebrazos repletos de cicatrices.

—Nada.

La luz trémula de la lucerna mostró heridas también en las piernas y en el tórax, que formaban un retículo de cicatrices cauterizadas con hierros candentes.

—Dioses del Olimpo, ¿qué..., qué te ha pasado?

—¡He dicho que nada!

La chica le acarició el pecho y luego el hombro, mirándolo con sincera compasión, pero parecía que su tacto molestaba al hombre.

—¿Eres gladiador?

—No.

—¿Eres soldado?

—No he venido aquí a hablar.

Remilla asintió y siguió con las manos ya sin fingir, y luego, como el hombre no se excitaba, lo intentó con los labios, hasta que él la detuvo.

—Basta.

La chica elevó la mirada, Publio la apartó y se sentó en la cama con la cabeza gacha, entonces cogió su túnica y se la puso rápidamente. Sin decir palabra, se levantó, embotado por el vino que llevaba en el cuerpo, descorrió la cortina y oyó las carcajadas de la gente de abajo. Se sintió mareado y se agarró a la barandilla de las escaleras, que empezó a bajar escalón por escalón, como si estuviese en un barco a merced de las olas. Consiguió resistir la borrasca de su interior hasta la mitad de esa ruta, después no pudo más, resbaló y llegó hasta abajo dando volteretas entre las carcajadas de todos. Se levantó tambaleándose. Se llevó una mano a la sien y la vio llena de sangre.

—¡Repite eso! —gritó uno de los tres soldados, descoyuntándose de risa.

Publio Sextio lo miró fijamente.

—¡Ánimo, tírate de nuevo por las escaleras!

—¿Quieres ver sangre? —masculló Báculo mostrándole la mano bermeja.

—¡Sí! ¡Sí, más!

Publio sorbió por la nariz y refunfuñando se abrió paso entre la gente, como si ya no notase el efecto del vino. Un empujón a la derecha y un codazo a la izquierda y ya estaba plantado delante de los tres, que se levantaron mirándolo torvamente. Un rugido y Publio volcó sobre ellos la mesa con todo lo que había encima, agarró raudo una banqueta y se la estampó en la cara al que tenía más cerca antes de empujar al segundo y arrojar una jarra contra la cabeza del tercero. Uno de los clientes se le echó encima y se ganó un codazo en la nariz y acabó en el suelo. Siguió una gresca entre platos rotos y duros trompazos, que solo paró cuando Publio Sextio vio que ya no había nadie de pie delante de él.

—¿Te has visto la cara, Sextio Báculo?

Publio sostuvo la mirada del joven cuestor, envuelto en su túnica blanca, que parecía iluminar toda la habitación. Se llamaba

Quinto Cornelio Silio, un vástago patricio de menos de treinta años que empezaba su mandato en ese momento. Iba a permanecer en el cargo un año, y sin duda ese no era el mejor día para conocerlo. Contuvo una regurgitación y entonces respondió.

—Sí, señor.

—¿Y qué fue lo que viste?

Silencio.

—¿Te digo lo que yo veo? Tengo delante de mí una cara hinchada a punta de puñetazos en un lupanar de la Suburra. La cara de uno de los muchos parias que atestan de noche los asquerosos callejones de esta ciudad. —El magistrado meneó la cabeza, perplejo, y agitó una carta que tenía en la mano—. Y me pregunto si los ojos inyectados de sangre que tengo delante, y a los que seguramente les ha costado encontrar el camino para llegar hasta aquí esta mañana, son los del hombre mencionado en esta carta de recomendación firmada por Tito Labieno.

De nuevo, silencio y una mirada de piedra.

—El *legatus* Tito Labieno —continuó el cuestor—, el hombre más importante de la Galia después del procónsul Cayo Julio César, ha escrito de su puño y letra que luchaste con honor a su lado cuando estuvo al mando de la legión XII, y que eres la persona ideal para esta tarea. Leo textualmente: «Tito Labieno saluda al cuestor Quinto Cornelio Silio», etcétera, etcétera. Ah, sí, aquí está: «Publio Sextio Báculo, primipilo de la legión XII, se licenció con todos los honores tras poner en peligro su vida por salvar a todos sus compañeros. Me ha servido con gran entrega, abnegación y sentido del deber, tanto es así que ahora lo considero más un buen amigo que un subordinado. Por su prestigio y por nuestro apoyo y el de todos los otros amigos que ahora militan en la Galia, te pido, en virtud del afecto que me tienes y de la amistad que nos une, que por medio de esta carta sea bien acogido por ti con un cargo en calidad de funcionario para la administración de los bienes y materiales que estamos enviando a Roma desde las Galias. Te ruego vivamente que no decepciones sus expectativas y dejo en tus manos todos sus asuntos, tanto como si fuesen los míos», etcétera, etcétera.

El cuestor arrojó la carta a la mesa.

—«Los amigos que ahora militan en la Galia...», suena más a una amenaza que a una carta de recomendación.

Publio no profirió palabra.

—Desde mi punto de vista, Tito Labieno me deja lo que le ha sobrado de su centurión, y yo no tengo la menor intención de manchar mi *cursus honorum* por alguien como tú, ¿te enteras? Así que atiéndeme bien, tú estás aquí porque ya no puedes luchar, has perdido los dedos en alguna parte de la jodida Galia y ya no vales como soldado. Gracias a tu excomandante, te han mandado a Roma con una licencia honorable que te permitiría acceder a otros cargos, incluso tratar de llegar a ser pretor, y, por tal motivo, te han colocado aquí, en un puesto tranquilo de mucho prestigio que tendrás que honrar con servicial agradecimiento.

El magistrado señaló la columnata que había detrás de ellos.

—Como notarás, esto no es un mugriento campamento improvisado en los confines del mundo de donde salen las incursiones contra bárbaros semidesnudos. Este es uno de los lugares más sagrados de Roma, mejor dicho, el lugar sagrado más antiguo de Roma después del templo de Vesta y del de Júpiter, y aquí se necesita una persona competente y educada.

Publio asintió.

—Este es el templo de Saturno y dentro de estas paredes se guardan las tablas de bronce con las leyes de los Quirites, los decretos del Senado y las enseñas de los ejércitos. ¡Aquí está la esencia misma de nuestra historia y has de sentirte honrado de encontrarte aquí!

De nuevo un asenso.

—Debajo de este suelo —siguió irritado Quinto Cornelio Silio— está el *aerarium*: el tesoro de Roma que contiene las reservas de bronce, oro y plata de la ciudad, además de los ingresos que continúan llegando a diario de los impuestos. Aquí hay una riqueza inmensa, aún está el oro de Cartago y de las guerras púnicas, oro que se acumuló aquí después de la toma de Roma por los galos de Breno. Un compromiso público impide tocar este oro, salvo que se necesite precisamente para una guerra contra los galos, posibilidad ya muy remota, pues con la caída de Alesia y la rendición de los rebeldes, la Galia ha quedado sometida para siempre.

Publio escuchó al cuestor sin pestañear.

—La rendición de los heduos y de los arvernos y los tributos de guerra que se les reclaman nos obligarán a encontrar otros edificios para guardar el oro que llega de las Galias, y, mira por dónde, me han dado a Publio Sextio para que organice la custodia. ¿Te das cuenta? Un borracho que se pasa la noche en la Suburra.

Unos pasos resonaron en el porche. Un hombre corpulento, de mirada hosca y con una cicatriz en la ceja, apareció bajo la luz que entraba por la puerta.

—Hola, cuestor.

—Ah, hola, Esceva, te estaba esperando.

El recién llegado le echó una mirada amenazadora a Báculo antes de que Cornelio Silio hiciese las presentaciones.

—Este es el triunviro Lucio Paquio Esceva, superintendente de los *tresviri capitales*, los magistrados que nos permiten que conciliemos el sueño porque vigilan las calles de Roma. Además de ser el guardián del orden público, se encarga de las cárceles y de las ejecuciones capitales.

Eso explicaba el semblante del gladiador. Seguramente un plebeyo que de alguna manera había conseguido una de las magistraturas menores.

—Lucio, este es Publio Sextio Báculo, mira tú, centurión de Tito Labieno, está para echarnos una mano en la organización de los... —El cuestor cogió la carta y buscó la línea exacta—. Ah, sí, está aquí para ayudarnos con la administración de los bienes y materiales que llegan a Roma desde las Galias.

—Comprendo.

—Te he mandado llamar para un asunto relacionado con la cárcel que te atañe. Un asunto de la mayor importancia y urgencia, Esceva.

—¿De qué se trata?

—Ayer recibí este despacho en el que se me comunica que está a punto de llegar un invitado muy importante que debo confiar a tu cuidado.

Paquio Esceva cogió el despacho y lo leyó con la frente arrugada.

—Una buena jodienda, ¿y ahora dónde meto a los otros presos?

—Eso me lo tienes que decir tú, Esceva; si están esperando ejecuciones, te diría que las adelantaras.

—Sí —gruñó el otro visiblemente enojado—. Pero tengo dos hombres menos, anoche hubo una pelea en un lupanar de la Suburra y he perdido a uno de mis ayudantes, al que le dieron una cuchillada en el cuello. A otro lo hirieron en la espalda y estará inutilizado un tiempo. Si he de seguir con las rondas nocturnas, me faltan hombres.

—No se necesitan muchos guardias para vigilar el *Tullianum*. Tienes a ese esclavo público, ¿cómo se llama?

—¿Quién? ¿Barbato?

—Sí, Barbato.

—Barbato es un viejo atontado, no puedo dejarlo solo en el *Tullianum*.

—¿El *carnifex*?

—¿El verdugo? Nadie quiere turnarse con el verdugo, empezando por mis hombres.

—De acuerdo, de acuerdo, procuraré encontrarte a alguien; mientras, trata de dejar libre el foso. Acelera los interrogatorios y que desaparezcan. ¿Cuántos tienes metidos?

—Dos, los que pudimos coger anoche en el lupanar.

—¿Los dos esclavos que acuchillaron a tus hombres?

—Sí.

—A esos los puedes ajusticiar mañana.

De nuevo un gruñido.

—¿Algo más?

El cuestor echó otra ojeada a los documentos que tenía en el escritorio y vio de nuevo la carta de Labieno.

—Espera un momento.

—¿Qué?

Quinto Cornelio Silio releyó la carta y luego elevó la mirada hacia Publio con una sonrisa en los labios.

—A ti te faltan hombres y yo tengo aquí un centurión que necesita un cargo prestigioso.

La mirada siniestra de Esceva se cruzó con el único ojo que Publio Sextio era capaz de mantener abierto.

—¿Quién lo ha puesto así?

El cuestor miró el rostro de Publio.

—No me asombraría que haya sido uno de tus hombres.

—Ya tengo bastantes líos, cuestor.

—Solo debes dejarlo en la prisión, Publio Sextio Báculo será el responsable del nuevo huésped que estamos esperando.

Báculo carraspeó.

—No sé de qué se trata, cuestor...

—Hablaremos de ello esta noche, te lo explicaré todo con calma en el Mamertino.

—¿En el... Mamertino?

—Sí, en la cárcel Tuliana, ¿sabes dónde está?

—No.

—Está aquí debajo, al lado de las escaleras Gemonías. Repararás en la puerta, estoy seguro. Quedamos ahí esta noche a la prima vigilia.

Publio Sextio asintió, se despidió de Quinto Cornelio Silio y miró a Lucio Paquio Esceva; luego salió con paso rápido del templo, con la cabeza retumbándole como un tambor por lo que había bebido y los golpes que había recibido.

Se detuvo delante de la gran escalinata que subía al Capitolio. La luz deslumbrante lo obligó a parpadear varias veces, se hizo visera con la mano para protegerse del sol y acostumbrarse a tanto resplandor. Una bandada de pájaros levantó el vuelo, dibujando una amplia curva en el cielo de Roma hacia el firmamento infinito.

Era una hermosa mañana y no veía la hora de irse a dormir.

Por el oeste se había levantado una brisa fresca que traía olor de temporal. Publio caminaba mirando los últimos rayos de sol, que teñían de naranja un cielo que se iba preñando de nubes oscuras. La representación de su vida.

Había descansado y se había aseado, pero las secuelas de la pelea eran aún visibles en su rostro. Pasó delante de los *Rostra*, observando a la gente que se demoraba en la plaza del *Comitium*, y siguió hacia el santuario de Ceres, el ombligo de la ciudad, que guardaba la legendaria fosa cavada por Rómulo, en el cruce entre el cardo y el decumano de Roma. Simbolizaba la bóveda celeste y el universo reproducido al revés en la tierra, y se consideraba el centro del mundo, hasta el punto de que los romanos la llamaban *Mundus*, frontera entre el mundo de los vivos y el de los muertos.

El Mamertino estaba cerca de esa frontera, al lado de la columna de Menio, donde Publio vio a un grupo discutiendo animadamente tras presenciar el azotamiento de un esclavo. Una vez en la puerta, Publio se anunció a los dos fornidos auxiliares que la vigilaban. No fueron necesarias muchas formalidades, esperaban al excenturión, así que los guardias abrieron una reja chirriante y una puerta de madera por la que salió una corriente fría que apestaba a moho, y le flanquearon el paso.

—Espera delante del pasillo —dijo uno de los guardias, señalando una galería lúgubre antes de cerrar la puerta detrás de Publio, dejándolo solo en la humosa luz de las antorchas. En las entrañas de piedra del edificio resonaron pasos y enseguida el espacio lo alumbró la luz de una lucerna, que llevaba alta un viejo de larga barba canosa que llegó por la galería.

—¿Publio Sextio Báculo?

—Sí, soy yo.

—Hola, soy Vibio Agatocles, pero todo el mundo me llama Barbato. Por favor, por aquí, bajemos a la *Carcer*.

Era el esclavo público, el atontado que había mencionado Esceva.

—Cuidado, el suelo está mojado, te puedes resbalar. Yo ya estoy acostumbrado, este sitio es como mi casa, llevo aquí toda la vida y he visto infinidad de personas entrar y salir. Imagínate, aquí estuvo Aristóbulo, rey de Judea.

El excenturión siguió al viejo con los ojos clavados en el suelo, sin el menor interés en atenderlo.

—Mejor dicho, rey y sumo sacerdote de Judea —subrayó el viejo esclavo cuando llegaron a un habitáculo semicircular de paredes hechas de grandes bloques de piedra—. Fue decapitado justo aquí, en ese rincón, durante el triunfo de Pompeyo Magno. Chillaba como un cerdo, te habría gustado oírlo, Báculo —siguió, señalando las piedras del suelo.

—Ya estamos, hemos llegado, todo el mundo llama a este sitio *Carcer*, pero la prisión en realidad es esa —dijo el esclavo señalando una abertura circular en el centro del habitáculo del ancho de un brazo, una especie de ojo negro que parecía no tener fondo.

—Ese es el famoso *Tullus*, el pozo, y es la puerta de la prisión. Los metemos ahí dentro, ven y te lo enseño —explicó con entusiasmo, como si mostrase su propio cuarto a un invitado importante—. Acércate —musitó con una mueca, alumbrado por la lucerna que luego introdujo en la oscuridad del agujero.

El foso olía a podrido y a rancio, y abajo se veían unas piedras grandes y el reflejo de un líquido negro.

—¿Qué hay al fondo?

—Agua —respondió Barbato—. Antes era un pozo que después se transformó, y ahora cuando llueve mucho se inunda, porque el suelo no absorbe el agua tan rápido como cae.

Publio Sextio trató de mirar mejor, pero el viejo lo retuvo con su mano nudosa.

—No te vayas a caer —musitó—, del *Tullus* ya no se sale, y si entras mal, corres el riesgo de partirte un hueso. A veces se fracturan las piernas al caer y entonces mueren antes de la ejecución. Si son hombres dignos entran solos, sin protestar, o permiten que los bajen, como hicieron los conjurados de Catalina.

Publio dio un paso atrás y se soltó de la mano del viejo.

—Los metimos a todos ahí. Publio Léntulo Sura seguía siendo el jefe incluso en el pozo. Pero lo hizo de manera digna, a pesar de que era un ser despreciable. Aceptó su condena en silencio y en silencio permaneció también durante la ejecución. Fue el primero que ejecutaron, imagínate, el verdugo los puso a todos en fila, a Cornelio Cetego, Estatilio, Cepario, Volturcio, Gabinio Capitone y..., y de los demás ya no me acuerdo, pero sí que recuerdo bien que los fue estrangulando de uno en uno, y que los otros estaban ahí, esperando su turno.

A Publio le molestaron las palabras del viejo, que lo seguía mirando alumbrado por la luz amarilla de la lucerna.

—Tendrías que hacer algo con ese ojo.

—El ojo está bien, no te preocupes.

En la prisión sonaron pasos que aliviaron al excenturión, y, unos segundos después, en la galería aparecieron el cuestor Silio y el triunviro Esceva.

—Hola, cuestor.

—Oh, bienvenido, Sextio Báculo. ¿Barbato te ha enseñado nuestra estupenda prisión?

—Sí.

—Digamos que Barbato es quien muestra la casa, pero el encargado del edificio es formalmente nuestro Esceva, quien, sin embargo, tiene varios cargos, como ya te dije, y viene aquí solo para inspecciones especiales y para presenciar las ejecuciones. A este lugar, en efecto, llegan solo los condenados que están a la espera de ser ejecutados. Aquí no viene nadie que esté pendiente de juicio o para que se muera de hambre, solo los que van a ser ajusticiados. La cárcel Tuliana es la antesala de la muerte, y, bien mirada, resulta casi agradable, ¿verdad?

Publio volvió a fijarse en el agujero del suelo.

—Pues bien, te preguntarás por qué te he hecho venir aquí, Báculo, y el motivo es muy simple. Estamos esperando un huésped, uno sumamente importante que llegará pronto, quizá esta misma noche. Lo alojaremos en el *Tullus* con todos los honores del caso, porque tengo motivos para pensar que este es y será el condenado a muerte más famoso de la historia de este lugar, y dado el problema que tiene Esceva con la falta de auxiliares y la importancia del condenado, te asigno este puesto, convencido de que cumplirás tu cometido con diligencia.

Publio tardó unos instantes en asimilar las palabras que había escuchado, luego carraspeó.

—Perdóname, cuestor, pero la carta de Labieno no habla de este puesto...

—Me imaginaba esta objeción tuya, pero en realidad tu carta no especifica la función a la que hay que destinarte, solo te recomienda para un puesto en calidad de funcionario para la administración de bienes y materiales que están llegando a Roma de las Galias. Y yo digo, ¿qué puede haber más prestigioso que vigilar al jefe de los rebeldes galos derrotados por César?

—¿El jefe de los galos?

—Sí, un tal Vercingétorix, rey de los galos. Fue derrotado y se entregó al procónsul. En este momento se halla metido en la jaula de hierro de un carro y está llegando aquí. Cuando lo haga, lo meterás en ese agujero y serás su guardián hasta que decidan acabar con él. Como de este foso es prácticamente imposible salir, no me parece un encargo difícil, ni siquiera para alguien que dedica las noches a emborracharse. Así pues, sepa todo el mundo que he encargado al centurión de Labieno una tarea de gran prestigio, de manera que este borracho ya puede coger la banqueta y colocarse donde decapitamos al rey de Judea, ¿qué sitio es ese, Barbato?

—Aquella piedra de ahí.

—Bien, puedes sentarte ahí con la banqueta y emborracharte hasta vomitar la bilis en ese agujero de mierda del centro.

—Yo te ayudaré —dijo el viejo esclavo atrayendo la mirada feroz de Publio y provocando una carcajada de Paquio Esceva.

—No tengo otra cosa que mandarte hacer, Báculo; es más, mientras no sientes cabeza no quiero encomendarte otra cosa: o aceptas el encargo o vuelves con Labieno.

No había grandes alternativas.

—Acepto.

Esta vez fue el cuestor quien se quedó perplejo.

—¿Ninguna objeción, entonces?

—Nunca he discutido una orden. Siempre me he limitado a cumplirlas.

—Perfecto, entonces, enhorabuena por tu nuevo encargo, creo que hemos terminado. Esceva, podemos irnos de aquí.

Otra mueca burlona de Esceva y los dos se encaminaron hacia la salida.

—Falta el aire, ¿verdad?

Publio miró a Barbato. No respondió, pero, en efecto, faltaba aire y ese viejo que olía a moho estaba demasiado cerca de él. Se apartó un poco y miró alrededor molesto, midiendo mentalmente ese lugar. Nueve o diez pasos de largo y siete u ocho de ancho. Un paso medía el agujero del centro que daba al foso.

—Te acostumbras —continuó el vigilante—, y, además, nosotros no somos los presos. Nosotros podemos salir y entrar cuando nos dé la gana. De todos modos, los auxiliares y los *tresviri* están muy cerca, al lado del *Comitium*, y a menudo pasan a echarnos una ojeada. Y nadie quiere entrar aquí, y puedes estar seguro de que el rey de los galos no saldrá.

Un trueno lejano resonó en las piedras del Mamertino.

—Claro, una tarea completamente inútil —murmuró Publio.

—No es una tarea inútil...

—¡Calla! —le dijo Publio preñado de rencor—. Ese cabrón me ha encargado una tarea absolutamente inútil para humillarme —rugió dando una patada a la banqueta, que se estrelló contra la pared—. Yo he luchado toda la vida, soy el primipilo de la legión XII y tengo un montón de condecoraciones militares con las que ese cabrón no puede ni soñar.

Barbato se quedó inmóvil mirando a Publio, que caminaba de un lado a otro por el habitáculo como un león enjaulado.

—¿Qué diferencia hay entre un encargo en el templo de Saturno y otro aquí?

Publio se detuvo, miró al viejo con desprecio.

—De tanto estar aquí has perdido el juicio. ¿Has mirado alrededor? Estamos en un puto agujero pestilente cavado en la roca del Capitolio.

—Es un encargo —continuó Barbato recogiendo la banqueta—. Un encargo como muchos otros que has tenido antes. Si te convertiste en primer centurión de una legión es porque nunca te preguntaste si estaban bien o mal las órdenes que te daban, si se adecuaban a tu posición —sentenció, y se sentó—. Si te convertiste en primipilo, quiere decir que esos encargos los terminaste y que los cumpliste mejor que todos los demás, y eso con el tiempo te ha convertido en el primero, el primero entre los primeros.

Publio Sextio miró amenazador el rostro del viejo esclavo.

—Viene Vercingétorix, un hombre que ha luchado contra Roma y al que le hubiera gustado destruirla —continuó Agatocles—. Quiero decir, si fuese el triunviro Esceva y tuviese que seleccionar a alguien para vigilarlo, elegiría al mejor, por el mismo motivo por el que en la guerra asignaría las empresas más arriesgadas a los más fuertes. Al margen del hecho de que el cuestor haya querido injuriarte, creo que el Destino ha querido que estés aquí, y no te oculto que me siento más seguro con Báculo a mi lado.

—Esceva no puede aspirar a otros cargos, por eso es solo triunviro de las cárceles. Y, en cuanto a Vercingétorix, en ese agujero podría estar hasta la más feroz de las bestias —dijo con sequedad Publio señalando el pozo—, porque de ahí ni con alas se puede salir —añadió pasando junto al vigilante para encaminarse hacia la galería que llevaba a la salida—. Un viejo esclavo atontado sería suficiente para vigilarlo.

III

Rix

Publio subió las estrechas escaleras, pasó delante de los dos guardias y salió, saboreando el viento que sabía a temporal. La mano herida palpitaba, seguramente no tardaría en ponerse a llover. Trató al menos de despejar la mente y de olvidarse del dolor de los puñetazos que había recibido la noche anterior.

A paso lento, se perdió por el Foro mirando distraído a la gente con la que se cruzaba. Había atardecido y las nubes se habían adueñado de todo el cielo, dejando la calle sin luz. Pasó por delante del templo de la Concordia, en cuyas gradas algunos encargados estaban avivando dos braseros. Unos esclavos provistos de palos y lucernas le dijeron con gestos que se apartara para dejar vía libre a una litera de alguien importante, quizá un senador que volvía a casa. Publio cedió el paso, y se encontró delante del Pórtico de los Dioses Consejeros, donde las estatuas de las doce divinidades parecían mirarlo tapadas por la oscuridad de la columnata.

Una gota de agua le cayó en la mejilla. Se llevó los nudillos de la mano lisiada al rostro para cerciorarse de que llovía, en el preciso instante en que un rayo iluminó la enorme estatua de Júpiter, sacándola por un momento de la oscuridad del propileo. Otra gota, y enseguida otra más. La estatua volvió a quedar oculta, pero su repentina aparición quedó grabada en las pupilas de Publio.

—No me das miedo —dijo encarando el rostro grave y severo del monumento, envuelto en una espesa barba.

Un trueno sonó en la lejanía como si fuera la respuesta iracunda del padre de los dioses. Publio miró el porticado, donde algunos individuos trataban de refugiarse del inminente temporal. Subió un escalón, otro y luego otro, hasta que llegó al vestíbulo. Otros habían buscado abrigo ahí mismo, pero, como siempre, Publio no veía a la gente que lo rodeaba y se acercó a la enorme estatua que lo observaba desde la sombra.

—Te has quedado con todo lo que tenía, ya no puedes quitarme nada más.

Un rayo iluminó el porticado, dejando a cuantos había ahí petrificados, y enseguida llegó el poderoso trueno, que pareció remecer las bóvedas de la estructura. El hijo de Saturno y Ops, Júpiter, dios de la lluvia, el trueno y el rayo, el mejor y el más grande, miró a Publio Sextio Báculo directamente a los ojos.

—¡Anda, pégame! Has hecho que me golpee todo el mundo. Me has herido en batallas innumerables veces. Me has castigado quitándome los ahorros de toda mi vida. ¿Qué tienes pensado para mí ahora?

El agua empezó a caer al otro lado del pórtico mientras la gente iba apartándose de Publio, quien, sin darse cuenta, gritaba contra Júpiter, señor del rayo, origen y principio y energía de todas las cosas.

—Sextio Báculo.

Publio se volvió y vio al esclavo público, Barbato, mirándolo empapado de agua.

—Te he buscado por todas partes. Han llegado unos jinetes al Mamertino, pronto lo hará el carro con el invitado.

—¿Cuándo es pronto?

—Pronto, puede que ya haya llegado.

Publio vio que llovía a cántaros. Miró a Júpiter.

—Muy oportuno —masculló antes de bajar las escaleras del Capitolio, que se había convertido en un torrente desbordado que iba hacia el Foro.

Pocos pasos más adelante ya estaba empapado de pies a cabeza. Anduvo sin dejar de despotricar, mientras parecía que el mismísimo cielo fuese a venírsele encima con rayos y truenos. Cuando llegó al Mamertino vio una docena de caballos, sujetos por un grupo de soldados envueltos en capas de lana. Pasó a su lado y llegó a la puerta, donde uno de los soldados lo reconoció y lo dejó pasar. Dentro, la peste a moho, que la lluvia había intensificado, se mezclaba con el hedor a cuadra que tenían los jinetes que se habían refugiado en el puesto de guardia. El excenturión les echó una ojeada y entró en la galería para ir a la *Carcer*, donde otros dos mílites, con capas chorreantes, esperaban de brazos cruzados delante del foso.

Uno de los dos, con la armadura condecorada y un yelmo que valía una fortuna, miró fijamente el rostro magullado de Publio.

—Soy el legado Minucio Básilo —dijo prescindiendo de formalidades.

—Ave, legado, bienvenido. Soy Publio Sextio Báculo.

—¿Quién eres? ¿Uno de los auxiliares de las prisiones?

—Soy el responsable de la vigilancia del prisionero.

—Esperaba que me recibiera uno de los triunviros o el cuestor.

En la galería sonaron pasos apresurados, luego Barbato apareció en la entrada del habitáculo.

—He mandado llamar al cuestor, está de camino.

Minucio Básilo examinó con atención también a Barbato, luego volvió a echarle una ojeada furtiva a Publio, como si intentase recordar dónde lo había visto antes, y en ese preciso instante fuera se oyó un griterío. Pasos claveteados anunciaron la llegada de soldados, que entraron de uno en uno en la prisión. Entre ellos había un jinete tan grande que parecía atascarse en las paredes del pasillo.

—Maldita sea, esto resbala —dijo imprecando antes de quitarse la capucha y de saludar al legado Básilo.

—Vócula, empezaba a pensar que habíais parado en un lupanar.

Otros soldados vinieron y se colocaron a lo largo de las paredes del habitáculo.

—Ya me hubiese gustado, *legatus*, el decurión me manda decirte que el carro con el prisionero está parado en el callejón del Velabro.

—¿Por qué motivo?

El soldado se desató el yelmo, se lo quitó y mostró un rostro surcado por una antigua cicatriz.

—Todas las calles que llegan aquí están atascadas. Por doquier hay carros cargados de mercancías y materiales para las bodegas y los mercados. La lluvia, desde luego, no ayuda: los dioses deben de haber intuido que traían aquí a ese cabrón y se han opuesto.

Los soldados rieron, con excepción de su comandante.

—De acuerdo, coge a los que tienes aquí y mándalos a despejar la calle, me da igual que haya tráfico.

—Pero...

—Haz lo que te he dicho, Vócula.

Vócula hizo una mueca de contrariedad y se puso el yelmo.

—Vosotros, ¿habéis oído? Venga, vamos a despejar la... —La mirada del cariacuchillado se cruzó con la de Báculo—. ¡Que me parta un rayo, Publio Sextio!

El legado miró fijamente a Publio, que esbozó una sonrisa.

—¡Ave, Tito!

El legionario avanzó haciendo una mueca.

—Hijo de perra, así que al final lograste llegar a Roma.

—Claro que sí. Y tú, nos separamos en la Galia Narbonense como licenciados y te encuentro aquí, otra vez enrolado.

—Pues sí, te dije que me quedaría en esa guarnición; además, después de lo que nos pasó en Cénabo tenía que rehacerme de alguna manera.

—¿Y lo has conseguido?

—Puedes estar seguro de que sí, y con intereses, Báculo, y veo que tú también. ¿Qué haces aquí?

—Soy el responsable de la vigilancia del preso.

La mueca de Vócula remarcó su cicatriz.

—Así que has conseguido poner el culo a buen recaudo, centurión. Pero ¿qué te ha pasado en la cara? ¿También hay galos en Roma?

Publio esbozó una sonrisa avergonzada, antes de que Básilo interrumpiese su charla.

—Muévete, Vócula, tráeme aquí ese carro, y rápido.

El jinete se puso el yelmo chorreante y meneó la cabeza, con su sonrisa luciendo los incisivos partidos.

—Oye, *legatus*, este era el primer centurión de la legión XII cuando todavía tenía todos los dedos. Báculo, como el palo de sarmiento con el que se parten espaldas.

Ahí era donde Básilo había visto ese rostro.

—¿Primipilo de la legión XII?

—Me licencié el año pasado, legado.

—Entonces, hemos compartido algo del mismo frío.

Publio levantó la mano derecha.

—Sí, hasta que dejé mis dedos en Atuatuca, junto con un cubo de sangre y algún hueso roto.

—¿Atuatuca?

—Sí, estaba ingresado ahí cuando el procónsul reunió a todo el ejército y los carruajes para atrapar a Ambiórix.

—Sí, claro, me acuerdo, yo mandaba la caballería.

—Yo era uno de los convalecientes que se había quedado en el campamento.

—Un momento —el legado empezó a recordar—. Publio Sextio Báculo, claro, ¿no eres tú el centurión herido que aguantó la puerta solo hasta que llegó el centinela? ¿Tú eres ese centurión?

Publio asintió.

—Soy yo.

—Por todos los dioses, solo a los muertos les han pegado más que a ti y, hablando en serio —continuó—, por lo que había oído, tendrías que estar muerto.

—Es que ni siquiera Caronte me quiere.

Los dos se echaron a reír.

—¿Cuál es ahora la situación en la Galia? —preguntó Publio.

—Seguimos teniendo algún problema con los belóvacos y los tréveros, pero deberían ser los últimos focos de resistencia, pues una vez que se rindieron los heduos y los arvernos, la coalición gálica se rompió. Muchos druidas y muchos jefes de clan se han escondido en los bosques.

—¿Y cómo atrapasteis a Vercingétorix?

—Oh, en Alesia... La batalla de Alesia fue memorable.

—Alesia...

—Sí, una aldea fortificada en las tierras de los mandubios, ubicada en un emplazamiento formidable, sobre una colina, debajo de la cual había dos ríos, todo el mundo la juzgaba inexpugnable. Vercingétorix se refugió arriba con ochenta mil de sus hombres esperando refuerzos. Rodeamos el pueblo con una valla y nos defendimos de los refuerzos que llegaron del resto de la Galia con una segunda valla exterior. Nos cogieron entre dos fuegos; los ochenta mil de Alesia, por un lado, y los doscientos cincuenta mil que llegaron de refuerzo, por otro. Vercingétorix nos hizo escupir sangre ahí abajo, pero al final la coalición que había llegado se rompió y el rey tuvo que rendirse. Desde entonces está a mi cargo y no he vuelto a dormir desde que está preso. No tengo que vigilar a un preso, sino al símbolo de una revuelta que acabó en sangre. Se enfrentó a nosotros de todas las maneras imaginables, forzando a pasar hambre a los suyos con la táctica de la tierra quemada. Arrasó ciudades enteras y sacrificó a miles de soldados solo para derrotarnos. Vercingétorix significa odio a Roma, ferocidad y crueldad, inteligencia, estrategia y heroísmo. Lo odiamos tanto nosotros como los galos, porque supo luchar una guerra despiadada que, a la larga, ha causado ruina y hambruna a sus propios aliados, por eso todos quieren verlo muerto. Todos, empezando por los arvernos y terminando por el último de nuestros hombres. Solo una persona quiere mantenerlo con vida. —Básilo miró a Publio a los ojos—: Cayo Julio César.

En el empedrado del Mamertino sonaron cascos de caballo.

—No veo la hora de entregarlo al cuestor para quitármelo de encima —dijo el legado esbozando media sonrisa—, y a partir de ese momento serás tú, Báculo, quien duerma con un solo ojo.

Tito Vócula entró empapado por la galería.

—*Legatus*, el prisionero está fuera.

—Traedlo.

El jinete se volvió hacia el pasillo.

—¡Que pase el rey!

En las bóvedas de piedra resonaron carcajadas.

—¡Traed al rey!

Inconfundibles pasos de *caligae* resonaron en el suelo de piedra, mientras el legado permanecía impasible mirando la entrada.

—¡Abrid paso al rey! —gritó otra voz seguida de un nuevo estallido de carcajadas.

Otro jinete salió de la oscuridad de la galería, con el yelmo decorado con una cabellera rubia empapada de agua. Miró el espacio y el foso antes de romper a reír.

—Oye, Rix, ven a ver qué estupendo palacio.

—Dejad paso —volvieron a gritar desde la galería.

Otro soldado entró en la cárcel con un gesto complacido.

—¡Eh, brutos bárbaros, un poco de respeto, está llegando el rey!

Enseguida, los que estaban ahí y los que venían proclamaron al unísono:

—¡El rey! ¡El rey! ¡El rey!

—¡Silencio! —tronó Básilo a la soldadesca.

Los hombres se calmaron, pero un alegre murmullo de fondo persistía mientras iban entrando poco a poco, con lo que aumentaba la sensación de falta de aire. Cuando el último soldado se volvió hacia la oscuridad y tiró de una cadena que sujetaba, el coro estalló de nuevo.

—¡El rey! ¡El rey! ¡El rey!

Las antorchas alumbraron la silueta de un hombre enorme, tan imponente que tenía que ir con la cabeza agachada por la galería. Dio un par de pasos, los pesados *vincula* de hierro en los tobillos lo obligaban a caminar despacio. Llevaba una túnica raída, estaba descalzo y tenía también atadas las muñecas. Tenía bigote y mucha barba, el pelo mojado le llegaba a los hombros. Enderezó la cabeza y miró de un lado a otro con triste curiosidad, eludiendo la mirada de los hombres que se burlaban de él, luego sus ojos se posaron en el foso que engullía el centro del suelo.

—Fíjate, Rix —exclamó Vócula—, incluso hay una letrina, vas a estar muy bien.

Las risas resonaron, cada vez más ruidosas, por las paredes circulares de la *Carcer*, hasta que Vercingétorix se cruzó, en medio de los presentes, con la mirada de Publio. Durante unos instantes las voces se disolvieron como la reverberación de un eco lejano, los soldados y el legado se convirtieron en imágenes descoloridas y en ese habitáculo de piedra atemporal se quedaron Publio Sextio Báculo y Vercingétorix mirándose, inmóviles como dos estatuas de bronce.

—Ha llegado el cuestor —dijo Barbato, haciendo que los dos volvieran al foso del centro de Roma, justo cuando Silio apareció en la galería acompañado por el triunviro Esceva.

—Legado Minucio Básilo —dijo Publio dirigiéndose al comandante de la chusma—, te presento al cuestor Quinto Cornelio Silio y al triunviro responsable de las cárceles, Lucio Paquio Esceva.

Básilo saludó formalmente al cuestor y al triunviro, luego fulminó con la mirada a los soldados, que se callaron al instante.

—Bienvenido, Básilo —lo saludó Silio—, espero que hayas tenido un buen viaje.

—Un viaje especial, cuestor, y estoy francamente contento de que haya terminado. Llevaba tiempo esperando el momento de llegar aquí, al famoso Tuliano.

—Ah, ¿en serio? Creo que eres el primero que lo dice.

—A lo mejor, pero el rey de los arvernos ha sido un huésped incómodo para sacar de paseo y me alegra dejártelo. Este encargo no me ha permitido casi conciliar el sueño, y necesito unos días de descanso.

—Me lo imagino —dijo Cornelio Silio mirando por primera vez a Vercingétorix de abajo arriba—. Ahora nos ocuparemos nosotros.

Minucio asintió.

—Necesito un recibo con tu sello, cuestor.

—Por supuesto.

—Como ves, te lo dejo perfectamente sano, no tiene ni un rasguño. Me han dado claras instrucciones en relación con su estado, y ese ha sido uno de los motivos de mi desvelo. Ha estado metido en su carro, lejos de peligros y a cubierto. Lo hemos alimentado y vigilado día y noche para impedir que se suicidara. Ignoro qué va a ser de él, pero sé que César querrá encontrarlo sano cuando llegue.

Silio asintió, volvió a mirar al prisionero encadenado, un oso de pie sobre dos patas.

—Te doy las gracias, legado Básilo, descuida, ahora es asunto nuestro.

—Perfecto, solo necesito tu sello como prueba de la entrega y mi tarea estará definitivamente concluida.

—De acuerdo, vayamos a la mesa del cuerpo de guardia.

—Un momento —intervino Barbato, interrumpiéndolos—. Perdonad mi atrevimiento, pero al preso hay que meterlo ahí —dijo señalando la abertura del suelo.

Básilo miró al viejo vigilante y luego el agujero.

—¿Ahí dentro?

—Sí, el Tuliano es ese foso.

Los soldados estallaron de nuevo en una carcajada.

—¡Fuera todos! —tronó Básilo dirigiéndose a los soldados, que salieron de uno en uno, burlándose de Vercingétorix con bulliciosas despedidas.

—Ahí dentro hay agua —continuó el legado una vez que en el habitáculo ya no estaba su escolta.

—Claro, es un pozo, y cuando llueve la base se llena.

—¿Cuánto creéis que se puede aguantar ahí debajo?

—Oh, aguantan, legado —dijo Esceva.

Básilo miró al triunviro, pero se dirigió al cuestor, como diciendo que no se rebajaba a hablar con él.

—Cornelio Silio, he vigilado a este prisionero día y noche, pues mi tarea consistía en entregarlo en su destino vivito y coleando. He venido con noventa hombres para que cualquier curioso que pudiese intuir a quién llevábamos en el carro se mantuviese a una distancia de al menos doscientos pasos, ¿y sabes por qué?

—No.

—Porque todo el mundo quiere muerto a este hombre. —Básilo señaló a Vercingétorix—. Para todos es un traidor. Es un traidor para los romanos, porque antes era un amigo. Este noble retoño siguió al procónsul César al principio de la campaña de la Galia y fue instruido en nuestras técnicas de guerra a cambio de su colaboración y de su conocimiento del territorio de la Galia Comata. Es un traidor para los galos, porque los condujo a la destrucción tras quemar decenas de ciudades, reduciéndolas a cenizas. El único en el mundo que lo quiere vivo es el procónsul Cayo Julio César, y lo importante para él, para el Senado, para todo el pueblo de Roma y para la Galia es que Vercingétorix esté aquí —subrayó Minucio señalando el suelo enlosado—. El despiadado, el traidor, el bárbaro, el rey de los arvernos está en el Tuliano, Roma puede dormir tranquila, el mensaje es ese.

—El procónsul sabe perfectamente que el Tuliano es el pozo para los condenados a muerte —replicó Silio—; de lo contrario, lo habría mandado al exilio a alguna parte, o nos habría dicho que lo tratáramos como a un rehén y no como a un preso, mejor dicho, como al preso. De todos modos, descuida, a partir de este momento nos ocuparemos nosotros y podrás volver a dormir tranquilo.

—Escúchame bien, cuestor, yo vengo directamente del Infierno, tú quizá no puedas imaginar lo que ha sido esta guerra. En siete años hemos tomado, por las buenas o por las malas, más de ochocientas ciudades. Te repito el número: ochocientas. Sometimos a trescientos pueblos y luchamos, en esos años, contra tres millones de soldados. Pero ahora todos estamos hasta los huevos de esta guerra, la Galia es una bestia domada y César empezó hace tiempo una política de distensión en esas tierras. Se habla de ampliar la ciudadanía romana a la Galia Cisalpina y el derecho latino a la Narbonense. Uno de los colaboradores de más confianza del procónsul, además de guardián del sello con el que firma todas sus misivas, es de Narbona, y todos sus partidarios en la Comata se han convertido en ciudadanos romanos. ¿Qué señal querrá dar el procónsul a Roma y a toda la aristocracia gálica con Vercingétorix? ¿Lo hará matar mientras entra en el templo de Júpiter, o demostrará a romanos y galos lo grande que es realmente con un gesto de clemencia?

Ninguno respondió y el legado continuó:

—¿Dónde creéis que reclutó César gran parte de sus hombres para la campaña de la Galia? ¿Alguna vez habéis oído hablar de la legión V? ¿De la legión de las alondras? ¿Sabéis cuál es su nombre original? La V Gálica, porque la componían soldados provinciales, reclutados entre los nativos galos trasalpinos. Legionarios, ¿comprendéis? ¡No auxiliares, legionarios! O sea, ciudadanos romanos a todos los efectos.

—Se ve que vienes del Infierno, legado Minucio, y, sobre todo, que hace mucho que no estás en Roma —lo interrumpió Cornelio Silio—. Hablas como si aquí solo se esperase celebrar un triunfo del procónsul de las Galias. No me gustaría decepcionar tus expectativas, querido Básilo, pero en el Senado no hay tanto entusiasmo por la campaña de César en la Galia. Nuestro amado procónsul ha causado un millón de muertos sin que nadie se lo hubiera pedido, y, después de satisfacer su desmesurada ambición con sangre, consiguió el apoyo de los que se han beneficiado de ese «ultraje al género humano»[*]. Aquí no gusta esta falsa política a favor de los galos y empezamos a preguntarnos si César no es peor que los celtas o los britanos. Muchos piensan que el procónsul debería licenciar a las legiones que enroló a su costa sin la aprobación del Senado, y somos muchos los que creemos que la ciudadanía romana no ha de ampliarse a esas gentes para no causar más daños a la República. Hay quien ya ha propuesto entregar al procónsul a los mismos galos.

—Sí, nos llegó el rumor; si no me equivoco, lo propuso Catón de Útica. Sabe que cuando llegó la noticia de que el Senado, por unanimidad, respondió a esta provocación decretando veinte días de *supplicatio*, nos reímos con ganas y los soldados compusieron versos obscenos dedicados a Catón.

—Reíos si queréis, pero aquí nadie dio orden de emprender esta guerra —elevó el tono Silio—, nadie le dio la orden de armar ejércitos y de declarar la guerra a los helvecios, a los germanos y a todo el resto de la Galia, hasta llegar a Britania. Todo eso se hizo por la

[*] Plinio el Viejo, *Historia natural*, VII, 91-99.

desmedida ambición de un solo hombre, una ambición tan desmedida que ha puesto en peligro los principios de la República. El Senado no quiere celebrar triunfos, quiere acabar con esa ambición, te lo puedo asegurar, incluso usando la fuerza.

El legado apretó los labios.

—Ninguna de las empresas de nuestros generales —dijo luego—, ni las de los generales de todos los otros pueblos, o de los soberanos de todas las épocas, se puede equiparar con lo que hemos hecho en la Galia. Aquí, en Roma, cómodamente sentados en los escaños del Senado, deliberáis sin tener en cuenta lo que hicimos cuando cruzamos los Alpes en pleno invierno, sin tener en cuenta los intereses de nuestros aliados y a la gente que protegimos. Aquí, en Roma, consideráis dañina la guerra en la Galia y después —gruñó el oficial—, al final de la sesión, vais al mercado de esclavos para comprar lo que el procónsul manda y lo utilizáis para adornar vuestras ricas casas o para ampliar el *aerarium*, donde ya no cabe todo el oro que llega de la Galia.

—El procónsul tendrá su triunfo, a cuyo término decidirá qué hacer con este prisionero. Hacerlo picadillo o arrojarlo donde las Gemonías será decisión suya, pero lo que os puedo garantizar es que cuando desfile en triunfo hasta el templo de Júpiter Capitolino de aquí arriba —continuó Básilo señalando las bóvedas de piedra del techo impregnadas de hollín—, querrá exhibir a este hombre como al más feroz y acérrimo enemigo de Roma, y querrá exhibirlo como lo hemos entregado esta noche: grande, robusto y malvado.

—Reserva tus gestos rabiosos para cuando vuelvas con los bárbaros, Minucio Básilo; estás en Roma, estás hablando con un cuestor, y créeme, podría resultarte sumamente perjudicial tener a un magistrado en tu contra en un futuro cercano, cuando el procónsul sea llamado a rendir cuentas de sus acciones. No me gustaría que Cayo Julio César fuese el próximo huésped aquí.

El legado miró a Cornelio Silio como quien se dispone a dar la orden de ataque a una legión entera.

—Perfecto —replicó, conteniéndose—, todo esto tiene poco

que ver con lo que he venido a entregar. Que decida César, el Senado o quien deba hacerlo cuando corresponda. Hasta entonces, yo lo mantendría con vida si fuese vosotros, pero eso tampoco es asunto mío, una vez que has puesto tu sello en la entrega del preso.

—Muy bien, diría que ya no hay nada más que añadir. Te doy las gracias por el excelente trabajo, legado Básilo; ahora ven, estarás cansado del viaje. Subamos al cuerpo de guardia y cerremos este asunto.

Minucio Básilo pasó al lado de Vercingétorix sin mirarlo, pero antes de entrar en el pasillo se detuvo y se dirigió a Publio.

—Eres el centurión de Atuatuca, no hagas mucho caso de lo que dice el cuestor, Cayo Julio César volverá y será preferible estar de su lado.

No hubo posibilidad de réplica, el legado ya había desaparecido en la oscuridad seguido por el ruido de sus pasos, que se desvaneció dejando un silencio ensordecedor. El habitáculo se había quedado vacío, y en ese momento a Publio le pareció incluso demasiado vacío, pese a que Vercingétorix llenaba todo el espacio con su presencia.

—Es mejor que llamemos a los del cuerpo de guardia, Barbato.

El viejo vigilante asintió después de mirar con timidez a Rix y se fue también por el pasillo.

Se quedaron los dos, el excenturión y el exrey de los arvernos, dos fuerzas iguales y opuestas que se encararon en silencio. Sin manifestar ninguna emoción, las miradas se cruzaron, y pareció que de las piedras del Tuliano empezaban a rezumar ecos de trifulcas furiosas, choques de armas y gritos de guerra.

Desde su imponente altura, Vercingétorix miró fijamente a Publio a los ojos, para demostrarle que no le tenía ningún miedo. El romano respondió en silencio al desafío, y, aunque jamás se lo confesaría a nadie, percibió un siniestro magnetismo en la mirada de aquel bárbaro.

Los cascos de los caballos de la escolta de Minucio Básilo se alejaron y sonaron los pasos de las cáligas del cuerpo de guardia. Cuando Barbato volvió al habitáculo seguido por tres carceleros,

Publio pudo apartar la mirada del coloso sin que le pareciese una rendición.

—¿Esta es toda nuestra fuerza? ¿Dónde está el triunviro?

—Con el cuestor.

Publio repasó con la mirada a su pobre ejército, luego se dirigió al esclavo.

—¿Cuál es el procedimiento habitual?

—Si son dóciles, les quitamos los *vincula* y los hacemos bajar con la escalera, la tenemos en el cuerpo de guardia.

—¿Y si no lo son?

—Les dejamos los grilletes y los bajamos con la cuerda; y si no hay manera, los tiramos dentro por las malas.

El excenturión señaló las armas de los guardias.

—Dejadlas detrás de la reja —ordenó—, es preferible apartar cuchillos aquí dentro. Barbato, trae la cuerda y luego ponte detrás de la reja con las armas.

—Yo puedo ser más útil aquí.

—No estoy acostumbrado a que se me discutan las órdenes —replicó con sequedad Báculo—. ¡Haz lo que te he dicho!

El viejo vigilante fue al cuerpo de guardia por la cuerda, la llevó y se colocó al otro lado de la reja.

Publio señaló el foso mirando fijamente al arverno.

—Tienes que entrar ahí.

El preso permaneció inmóvil.

—Tienes que entrar, te guste o no, por las buenas o por las malas —continuó Publio agarrando al prisionero del brazo. Vercingétorix se tensó, miró la mano del romano mientras este lo empujaba hacia el foso. Llegados al borde, el preso paró, y cuando vio debajo el vacío, estriado por los reflejos líquidos del fondo, de una sacudida se soltó y retrocedió.

—¡Tienes que entrar ahí! —gritó Publio—. ¡Venga, vosotros tres, ayudadme!

Los hombres de la guardia se acercaron al arverno, que los miró amenazadoramente. Dos lo cogieron de los brazos, mientras que el tercero le agarró la túnica por la espalda para empujarlo hacia el

Tullus. Con tirones enérgicos, Vercingétorix se soltó y dio un codazo al hombre que lo sujetaba por atrás, que se arrodilló con un gemido de dolor. Publio se le arrojó al cuello, pero el prisionero, gruñendo como un oso atacado por cazadores, lo echó al borde del *Tullus* de una patada.

Todos se le lanzaron encima, mientras Publio seguía en el suelo jadeando con rabia.

—Te mato, cabrón —masculló mientras se apartaba del borde y se arrodillaba, y enseguida se incorporó y le atizó un fuerte puñetazo en la barriga al prisionero. Vercingétorix trató de esquivar un segundo golpe, pero, sujeto por los otros, cayó hacia atrás con los ojos como platos y Publio se le echó de nuevo encima. Los cuatro se ensañaron con él cual perros rabiosos, mientras el guardia que había recibido el codazo se levantaba tambaleándose, con la nariz rota y el rostro convertido en una máscara de sangre.

—¡Te mato, te mato! —gritó Publio con la cara congestionada, agarrando a Vercingétorix, que tensaba los músculos del cuello y se resistía con fuerza sobrehumana. El preso pegó un gritó y se soltó, lanzó contra la pared a uno de los guardias y enseguida tumbó a Publio, levantó las dos manos para atizarle un puñetazo a Báculo, que esquivó el golpe pero no la gruesa argolla de hierro que le sujetaba las muñecas. Fue un porrazo muy violento entre el pómulo y la mandíbula, ya maltrechos desde la noche anterior. Vercingétorix le pegó también al otro guardia y luego, con los ojos inyectados de sangre, rodeó el cuello de Publio con la cadena que le ataba las muñecas.

Sextio trató de soltarse de ese lazo de hierro, pero la fuerza con que el otro lo aferraba era tremenda. Intentó asir el cuello del arverno y también pegarle en la cara, pero el galo era tan corpulento que parecía no notar los golpes. Uno de los guardias tuvo que darle una patada en el rostro para que aflojara la presión; de lo contrario, habría asfixiado al excenturión.

De nuevo, los carceleros se echaron encima de Rix y lo inmovilizaron en el suelo, mientras Publio resoplaba en el pavimento convulsivamente. Los hierros le seguían apretando el cuello, impidiéndole respirar. Escupió varias veces la sangre que le llenaba la boca y de nuevo se lanzó sobre el prisionero, haciendo acopio de toda su ira. Aunque sin aliento, le pegó en la cara repetidas veces, mientras Rix se protegía con las manos.

—¡Te mato!

Los puños de Publio acabaron varias veces en los grilletes que maniataban a Vercingétorix y sus manos se tiñeron de rojo. Con un esguince, el arverno trató de soltarse, pero su cuerpo estaba entumecido por los muchos golpes que había recibido, y la sangre le nublaba la vista. Aún aguantó, y Publio y los restantes hombres le siguieron pegando, hasta que lo sometieron tras una extenuante lucha que lo postró en el suelo, inmóvil y sin fuerzas, al igual que a sus carceleros. Publio Sextio, montado en el tórax de su víctima, le puso la mano en el cuello y apretó.

—¿Querías matarme, cabrón? —balbuceó babeando hilos de sangre mientras Vercingétorix, sin dejar de rechinar los dientes, apretaba exhausto sus muñecas—. Pues voy a matarte yo, no lo dudes —gritó con las venas del cuello hinchadas—. Removeré el mismísimo Olimpo con tal de tener este privilegio, y si no lo logro, removeré también el Infierno, pero te mataré con estas manos.

—¡Ya basta! —Barbato abrió la reja y se acercó a Báculo—. Suéltalo o lo asfixiarás.

—Déjame, viejo.

—Ya lo matarás cuando sea oportuno, pero hoy no es ese momento.

Publio Sextio gruñó y volvió a apretarle el cuello, se lo soltó y el prisionero pudo respirar, jadeaba de forma espasmódica tras haberse por fin sometido a la voluntad de su carcelero.

Publio miró el rostro púrpura del arverno y luego se levantó, agotado, respirando profundamente. Dio unos pasos vacilantes por el habitáculo, con el corazón palpitándole por todas las heridas. Volvió con un gesto de rabia hacia Vercingétorix, como un gladiador que regresaba sobre su víctima para rematarla.

—Estás aquí para morir —gritó señalándolo entre jadeos—. No vuelvas a darme ocasión de acelerar las cosas, porque te juro que te mando al Infierno con la única mano que me queda. ¿Te enteras, repugnante bestia?

El preso lo miró desde el suelo con respiración entrecortada y convulsiones, escupiendo baba, con el pelo y la barba impregnados de sangre, el rostro destrozado.

—¡Estás aquí para morir! ¿Te enteras? ¡Morir! Nadie te quiere, ni los amigos ni los enemigos. ¡Estás solo en el mundo y el mundo no te quiere! ¡No te quiere!

Vercingétorix dejó caer lentamente la cabeza y apoyó la nuca en el suelo sucio antes de cerrar los ojos. Un destello bajó por la comisura del párpado. No era sangre, era una lágrima del rey.

—Arrastrémoslo hasta el foso y tirémoslo dentro.

—Espera —dijo Barbato—, tenemos que atarlo, este es enorme y si lo tiramos abajo se puede partir el cuello.

Publio se encogió de hombros y se tocó el rostro ensangrentado.

—Por mí, la puede palmar ahora mismo.

—Hagamos lo que yo digo, ya verás que cuando esté abajo todo pasará y nos podremos olvidar de él —continuó el vigilante, mientras cogía la cuerda y se la entregaba a los guardias. Los tres empezaron a atar al prisionero, que ya no oponía resistencia.

Le enderezaron la espalda y lo sentaron con los pies colgando en el vacío. Vercingétorix miró las cadenas que tenía en las muñecas y luego la negrura de debajo. Los guardias le pasaron con dificultad la cuerda debajo de las axilas. Una gota de sangre se desprendió de la punta de su nariz y desapareció en la negrura que había a sus pies.

—No lo atéis —dijo Barbato—, dejadle suelta la cuerda para que cuando esté abajo la podamos recoger.

—¿Los *vincula*? —le preguntó uno de los guardias al viejo vigilante.

—Asunto suyo —se adelantó Publio—, los llevará hasta el fin de sus días. Nunca volverá a tener las manos libres. ¿Estáis listos?

—Sí.

Vercingétorix elevó la mirada hacia Publio.

—Estás a punto de entrar en el Infierno, ya estás prácticamente muerto —le gritó Publio—. Te sacaremos de ahí con un gancho clavado en el tórax y toda Roma vendrá a dar patadas a tus restos.

El arverno le lanzó un escupitajo a Publio Sextio, quien le asestó una patada en la barriga que lo dobló en dos.

—¡Abajo! —gritó el excenturión—. ¡Abajo, maldito, abajo! —continuó, mientras seguía dándole patadas.

Barbato empujó al arverno y las cuerdas se tensaron.

—¡Abajo!

Vercingétorix trató de agarrarse al borde, pero una patada lo hizo desistir y su cabellera desapareció en la negrura.

—Despacio —dijo el viejo vigilante agachado sobre el agujero—. Ya está dentro, soltadlo despacio hasta que la cuerda no esté tensa. —Con maestría, Barbato hizo bajar al prisionero y luego subió la cuerda—. Nuestro huésped está a buen recaudo —les dijo a los demás, que se sentaron en el suelo para recuperar el aliento y lamerse las heridas.

Publio se acercó al pozo y miró abajo, pero no vio nada. Entonces se arrodilló y apoyó las manos en el borde. Bajó la cabeza hasta meterla en el agujero. Oyó al fondo un goteo y la respiración jadeante de Vercingétorix resonando entre las paredes. Lo buscó con la mirada, hasta que vio el brillo de sus ojos en la oscuridad.

—Habría sido mejor que te hubieran matado en Alesia.

IV

Elegido de los dioses

Publio Sextio Báculo se quedó solo en la cárcel. Los guardias tenían su turno de descanso y Barbato se había ido. El temporal había pasado, pero el rostro de la estatua de Júpiter alumbrado por la luz de los rayos se había quedado grabado de forma indeleble en la mente del excenturión.

En el silencio ensordecedor de ese lugar, la respiración de Vercingétorix salía del *Tullus* como el estertor de una fiera herida. Cada ruido, hasta el más leve, lo escupía ese agujero del suelo con una especie de eco grotesco; tanto es así que parecía que a su respiración se hubieran sumado las de los que habían estado ahí antes que él.

Publio se agachó para ver dónde se había agazapado la fiera que había conseguido encerrar tras la porfiada lucha, pero el *Tullus* solo devolvía ruidos, no se veía nada. El suelo de la *Carcer* parecía una especie de terreno de batalla salpicado de sangre brillante y de jirones de tela. El rey de los arvernos había sido domado a alto precio y Publio seguía maltrecho. Le dolía la mandíbula y tenía los labios tan hinchados que le costaba hablar.

El odio que sentía por el preso que se había atrevido a oponerle resistencia lo indujo a meter la cabeza en el agujero, tan solo por el gusto de verlo hundido en el abismo de la desdicha, pero las losas del suelo eran gruesas y solo se podía ver la parte de la celda que estaba directamente debajo del Foro. Aguzó el oído y únicamente oyó el ruido rítmico de una gota que caía de algún punto del techo al suelo del fondo. Ya no se oía el estertor de Vercingétorix.

Se apoyó en el borde con la mano izquierda y metió la cabeza, pero no vio nada más que el reflejo del agua en medio de la oscuridad. Ni rastro del arverno, ningún ruido, salvo el de la gota. Publio se tumbó en el suelo y metió los hombros para mirar hacia abajo.

Tras unos instantes de oscuridad, la vista se acostumbró y el brillo de los ojos de Vercingétorix salió de la negrura ante su rostro. Un rugido y la mano del preso le apretó el cuello. Publio se apoyó con la mano y trató de subir con toda la fuerza de la que era capaz, sin conseguirlo. El arverno lo tenía bien sujeto del cuello y tiraba de él hacia abajo, trataba de tirarlo al foso. Con un esfuerzo desesperado, el centurión procuró oponerse a la fuerza del otro, pero fue inútil, era demasiado fuerte y demasiado grande, su mano de acero lo apretaba mientras las fuerzas de Publio mermaban. Empezó a faltarle el aire y la boca se le fue llenando de espuma, no podía respirar. Quiso gritar en un último y desesperado esfuerzo antes de que lo arrastrara abajo. La mano ya no conseguía agarrarse a las piedras del suelo. Publio Sextio Báculo estaba a punto de terminar en el foso con la fiera.

Gritó con todas sus fuerzas, tan fuerte que creyó que los pulmones se le desgarraban.

—Maldición, ¿quieres parar?

Publio abrió los ojos y salió de la pesadilla respirando convulsivamente. Se pasó la mano por el cuello sudado, como si quisiera comprobar que nada lo estaba estrangulando. Miró hacia el ventanuco y por la fisura de la cortina vio que empezaba a alborear. El vocerío procedía del callejón de abajo y el escozor de las heridas que el sueño había mitigado impedía que se volviese a dormir. Se sentó y se tocó la mejilla y el ojo derecho, que tenía casi del todo cerrado por los golpes que había recibido la noche anterior. Se miró las manos hinchadas con los nudillos despellejados, y, cuando se puso de pie, le pareció que a todo su cuerpo lo habían apaleado. Se acercó al balde, introdujo las manos y sintió que el agua le aliviaba las heridas. Se enjuagó el rostro, deteniéndose en la herida de la mejilla, y volvió a sentarse en la cama salpicada de manchas de sangre, desde donde miró su pobre habitación. Desde luego, habría podido tener algo mejor si las cosas en su vida hubiesen sido diferentes, pero de momento ese sitio angosto en una *insula* de la Suburra era cuanto podía permitirse.

Se levantó, se vistió y bajó por las escaleras hasta la planta baja. Las calles seguían mojadas por la lluvia que había caído de noche, mientras que el cielo hacia el este, más allá de las *insulae*, se teñía de rosa. Era la hora en la que a quienes vivían de noche los relevaban quienes vivían de día, un momento de paz aparente en la siempre caótica Roma.

Publio avanzó con paso firme hacia el Foro, esquivando a los vendedores ambulantes que empezaban a exponer sus mercancías en los tenderetes de los soportales. Llegó a la vía Sacra y siguió hacia el *Comitium* con una sola idea en la cabeza: el Tuliano.

Pasó por delante de los *Rostra*, dejó a su izquierda el *Mundus*, dobló por la columna de Menio, llegó a las escaleras Gemonías y luego a la puerta de la cárcel Mamertina, donde lo acometió la habitual corriente de aire.

—¡Abrid!

Un guardia adormilado apareció desde las tinieblas del interior. Reconoció la mitad sana de la cara de Publio, lo saludó y cogió las llaves, que rechinaron en la cerradura. Las bisagras chirriaron y Publio entró. El olor a moho era mucho más intenso ese día y Báculo comprendió la causa cuando llegó al pasillo que conducía a la escalera. Todo estaba oscuro, no había antorchas prendidas, no apestaba a combustible y no había humo.

—¿No hay lucernas? —le preguntó al guardia.

—No, solo las usamos si viene alguien.

—He venido yo.

Aturdido, el auxiliar asintió, cogió una lucerna de las que había en el espacio que servía de cuerpo de guardia y se la entregó a Publio.

—Sigue durmiendo —dijo Sextio con cierto desprecio, antes de adentrarse en la galería de las escaleras, seguido por su gigantesca sombra. La luz de la llama iluminó tenuemente las piedras de la cárcel del otro lado del pasillo. No había nadie, solo estaban él, el foso y el habitual olor a moho.

El excenturión miró de un lado a otro. Era la primera vez que estaba ahí solo y, aunque pequeño, aquel sitio parecía repleto de sorpresas, como si ocultase algo que él no comprendía. Miró el agujero y lo bordeó, manteniéndose a un paso de distancia. Las imágenes del sueño seguían todavía muy vivas en su mente como para introducir la cabeza, pero el *Tullus* tenía algo magnético que lo atraía.

—Hijo de puta, ¿has venido a perturbar mi sueño? —dijo yendo de un lado a otro, con la mirada clavada en la negrura—. ¿Me oyes, rey de los arvernos?

No hubo respuesta. El foso permanecía mudo e impenetrable, inoportunamente impenetrable.

—¿No hablas, Rix? ¡Responde, puto cabrón!

Dejó en el suelo la lucerna.

—Tengo algo para ti —dijo levantándose la túnica—. Me he aguantado el pis matinal para ti porque me has despertado —continuó, mientras meaba con un gemido de alivio—. Y todas las veces que te metas en mi sueño vendré a verte así por la mañana. ¿Te enteras? O mejor, esto está tan bien que creo que lo haré todos los días.

Una vez que terminó, Publio se bajó la túnica y miró por el agujero.

—Y tienes que darme las gracias y hacer lo que yo diga, si quieres que te trate bien cuando tenga que matarte —dijo cogiendo el banco y sentándose—. ¿Queda claro, jodido arverno?

No hubo respuesta, solo silencio, un silencio tan profundo que se oía el chisporroteo del aceite en combustión en la lucerna. Publio se tocó el ojo amoratado y esbozó una mueca de dolor. Luego vio cómo los nudillos, repletos de cortes y arañazos de la pelea que no paraban de abrirse, brillaban al reflejo de la luz. Miró su mano derecha, la que lo había llevado a los más altos cargos a los que podía aspirar un soldado. Aún no se había acostumbrado a verla así. Puede que nunca lo hiciera.

—Ayer te fijaste en mi mano, Rix, me di cuenta —dijo hablando hacia el agujero del suelo—. Dejé en tu puta Galia los dedos que me faltan. Se habrán podrido en algún lado fuera del campamento en Bélgica. —Publio trató de cerrar el puño con los únicos dedos que le quedaban, luego meneó la cabeza, molesto por la punzada de dolor que ese movimiento le causaba y que se empeñaba en hacer—. Ah, pero el que me los arrancó se pudrió con ellos. Lo tiré del caballo y lo maté a punta de escudazos en la cara hasta derramar su cerebro por el barro.

Apoyó los antebrazos en las rodillas e inclinó la cabeza.

—Después, todo se volvió negro y ya no vi nada. Sentía los golpes, los choques, pero ya no sentía el dolor. Esta es la muerte, pensé, así es como se abandona la vida, y yo la estoy abandonando como me merezco. De pie, solo ante el enemigo, invicto.

La mirada inexpresiva, perdida en el vacío del *Tullus*.

—Me desperté de ese sueño profundo con el mayor dolor que he sentido nunca. Me estaban cauterizando las heridas con un hierro candente, y supe que no estaba muerto y que lo que sentía era el dolor insoportable de la vida.

Un ruido de llaves interrumpió las palabras de Publio.

Se oyeron voces en el cuerpo de guardia.

—Y todavía lo siento.

Una luz tenue se reflejó en las piedras de la galería. Publio permaneció sentado mirando la entrada sin decir nada, mientras sonaban pasos en las escaleras.

—Lo sabía —dijo Barbato con una mueca alumbrada por la luz de la lucerna—. Sabía que te encontraría aquí.

—Bueno, aquí es donde tengo que estar.

—No —replicó el viejo dejando en el suelo un banco que había traído del cuerpo de guardia—. Nadie te ha dicho que vengas aquí tan pronto, es el *Tullus* —continuó señalando la abertura en el suelo—. El *Tullus* te ha llamado.

—¿El *Tullus* me ha llamado? Tonterías.

El viejo sonrió.

—Apuesto que has soñado con él.

Publio miró a Barbato sin decir nada.

—Has soñado con él, ¿verdad?

El excenturión no respondió.

—Tuve una pesadilla la primera noche —contó el carcelero, sentándose—. Han pasado muchos años pero todavía la recuerdo, una pesadilla terrible. Quería ver al prisionero que habían metido en el agujero la víspera, y no conseguía verlo. Como seguramente se había roto algo en la caída y ya no lo oía quejarse, metí la cabeza en el agujero para saber si seguía vivo, y de tanto buscarlo en la oscuridad perdí el equilibrio y me caí dentro.

Publio escuchó, impasible.

—Una vez dentro, me sentí atrapado. Acababa de relevar al guardia y nadie iba a venir a sacarme. Estaba solo con el preso. ¿Te lo imaginas? ¿Estar metido ahí con el condenado a muerte? —dijo el viejo antes de perderse con la mirada en el foso.

—¿Y después? —lo animó impaciente el otro—. ¡Sigue!

—El prisionero estaba muerto.

—¿Muerto?

—Sí, del agujero llegaba un haz de luz, sabes, desde aquí arriba es un agujero negro, pero desde ahí abajo parece que el ojo de un dios te está mirando. Es luz, y esa luz daba directamente a su cara, iluminándolo. Era el rostro violáceo de un muerto con los ojos abiertos hacia mí.

Publio se rio.

—Bueno, entonces tuviste suerte, te caíste, no te hiciste daño y él estaba muerto.

—Pues no —continuó Barbato acercándose a Publio con ojos desorbitados—, porque de repente el cadáver se me echó encima.

Báculo dio un respingo, y el viejo vigilante lo miró fijamente.

—Y se puso a estrangularme con tanta fuerza que no conseguía soltarme, me faltaba el aire. Trataba de luchar, pero él era mucho más fuerte que yo. Me resistía, pero en el sueño era como si no tuviese fuerzas, como si mis brazos no quisieran pegarle, como si me pesaran tanto que no pudiese levantarlos. Me tenía acogotado y me empujó contra la pared oscura. Su peste a cadáver me daba arcadas, quería vomitar, pero sus manos me ceñían el cuello. Bamboleándome en el aire como un monigote, me llevó al centro de la habitación, y justo cuando creía que me moría, acabamos bajo el haz de luz, y entonces me desperté de golpe en mi cama. Estaba conmocionado, sudado y tenía arcadas, pero me sentía encantado de que todo hubiese sido una pesadilla. La peor de mis pesadillas.

Miles de agujas se le clavaron en la cabeza a Publio pensando en lo parecido que era su sueño.

—Y sin embargo —continuó Barbato acercando su lucerna al borde del agujero—, y, sin embargo, enseguida vine corriendo aquí, atraído por este sitio. Y durante muchos años he seguido viniendo nada más levantarme. Al principio no podía explicarme por qué lo hacía, pero después, con el tiempo, creo que lo he comprendido.

—¿Qué?

—Verás, este vacío negro circular separa el infortunio de la suerte, o al menos eso es lo que podría parecerle a una mente poco observadora. A este lado están la luz, la libertad, la vida; al otro lado de esa frontera invisible están las tinieblas, la reclusión, la muerte. Sin embargo, aquí, donde tú y yo estamos sentados, se puede disfrutar del privilegio de aprender un montón. Aquí uno puede sentirse como un dios que mira a alguien que él ha elegido luchando contra su destino adverso.

—¿Un dios?

—Pues sí, es como ir a los juegos. ¿No has estado en el teatro de Pompeyo? Yo vi cuando quitaron los andamios. Fue grandioso, parecía que toda Roma estaba deslumbrada por esos mármoles blancos. Imagínate, para eludir la ley que prohíbe construir teatros de piedra, Pompeyo edificó encima de la cávea un templo de Venus, de manera que los bancos de mármol donde pueden estar los espectadores parezcan una inmensa grada que conduce al pequeño templo. La inauguración del templo se hizo con fiestas magníficas, y hubo una cacería de fieras espectacular. Vi al público exaltarse por un joven que afrontaba a pie firme con una jabalina a un león. Los dos se observaban bajo el sol del anfiteatro, el chico percibiendo el olor salvaje de la fiera, y esta percibiendo el de la sangre antes de pegar el salto. Y entonces la lucha, el rugido, las enormes garras desgarrando la carne, la lanza atravesando el costado de la fiera. Ambos aplicaron toda su fuerza y sus sentidos para escapar al destino adverso. El premio era la vida, y la gente aplaudió y gritó excitada cuando vio levantarse del polvo al muchacho, con las garras de la fiera sobre su pecho brillando al sol.

El índice nudoso de Barbato se elevó como una advertencia hacia la bóveda de piedra.

—En mirar con pasión a un infeliz que se defiende unos instantes de una amenaza está toda la superficialidad del alma humana. Nos gusta mirar cómo se comporta una persona ante el peligro, nos gusta observar el miedo, el terror ante la muerte y la acción. Pero aquí, en cambio —continuó señalando el *Tullus*—, aquí hay un espectáculo digno de que lo vea un dios. Aquí está la lucha fría de un hombre que no va a salvarse. Aquí la fuerza física acaba, ya no hay músculos, no hay valentía en la acción. Aquí solo queda la virtud del alma humana. Aquí uno solo tiene que ser capaz de morir.

—He estado dispuesto a morir cientos de veces —dijo Publio.

—Lo has hecho empuñando un arma —matizó el otro mientras lo señalaba con un dedo—, lo has hecho luchando. No lo has hecho solo, lejos de todos, con las manos atadas, aislado en un agujero subterráneo que te va matando poco a poco, día a día. Estoy seguro de que entre los que entran ahí los hay elegidos de los dioses. Hombres que han sabido afrontar su salida del mundo de manera ejemplar, con una fuerza interior sorprendente. Quien alcanza ese estado mental deja de ser prisionero, ya no tiene cadenas, se despide de la vida con lucidez y se vuelve... inmortal.

—Te has vuelto loco, viejo —se rio Publio—. Dentro de un mes me habré ido de aquí y a él se lo comerán los peces del Tíber.

—Y, sin embargo, dentro de miles de años, seguirán hablando de Vercingétorix, pero de ti, que has sido testigo de su hundimiento, no hablará nadie. Los que entran en el foso son los que se vuelven inmortales.

—Si alguna vez lo recuerdan, será por lo que hizo antes de entrar en el agujero, no por lo que ha vivido aquí.

—Cierto, eso lo sabremos solo nosotros. —De nuevo el dedo levantado—. Nosotros sabremos si es un elegido de los dioses.

Un ruido metálico llegó de abajo.

—Tu elegido sigue vivo, por lo que parece —dijo Publio—, y, en mi opinión, si fuese un elegido, habría ganado la guerra contra César.

El vigilante se levantó y miró el interior del agujero.

—No siempre la victoria les sonríe a los más fuertes, primipilo —dijo provocando una especie de eco en el *Tullus*—. Tú eres el ejemplo vivo.

Otro ruido llegó de abajo.

—Pero en la guerra se gana o se muere —replicó el exsoldado—. Uno no se rinde.

—Muy a menudo los designios de los dioses nos resultan inescrutables. Si él está aquí lo descubriremos, o tal vez no, puede que no seamos nosotros quienes debamos saberlo. Nosotros, simplemente, estamos aquí.

Publio se tocó el ojo magullado y luego miró al viejo vigilante con el ojo sano.

—¿Sabes cuál es el espectáculo digno de que lo vea un dios, Barbato? El de un manípulo de legionarios formando bajo la lluvia tras dos días seguidos de marcha sin haber dormido ni comido.

El excenturión miró a un punto lejano de la oscuridad.

—Cuando ya no tienes nada, solo sientes frío, hambre y estás tan cansado que eres incapaz de avanzar un solo paso en el barro, y ves delante de ti el estandarte de tu centuria y el crestón de tu comandante enfrentándose al enemigo con la cabeza erguida, comprendes que todo eso solo puede fortalecerte. En ese momento comprendes que el destino no puede atreverse a desafiarte, que no hay frío, hambre, cansancio o rayos que los dioses puedan lanzar para detenerte. En ese momento comprendes que todavía tienes fuerzas, corazón y rabia, y sigues adelante, luchas sin cesar hasta que mueres o matas. —La mirada baja hacia el agujero del suelo—. Dejarse detener para acabar en este mierdoso pozo no es virtud, es derrota, y ahí es donde un derrotado tiene que vivir. El Destino se cruzó en su camino con el rey de los arvernos y después, una vez que conoció su valía, lo miró con desprecio y siguió su camino, para medirse con alguien más fuerte. Tu inmortal de ahí dentro no vale ni uno de los dedos que perdí en la Galia.

Publio Sextio Báculo salió de la cárcel Tuliana al aire templado de la tarde. Una gaviota temeraria se demoraba en la calle en busca de alguna sobra de comida, sin preocuparse de los transeúntes. Báculo se detuvo para observarla y reflexionó sobre la simplicidad de la vida del animal. Buscar comida, dormir, volar, aparearse, morir. Todo era muy simple, o al menos eso parecía.

Se encaminó hacia la Suburra mirando alrededor cabizbajo. Era un hombre solitario, siempre lo había sido, incluso cuando militaba en las legiones, pues su grado siempre le había impuesto la soledad del mando. Durante veinte años había vivido solo y combatido a diario contra la muerte, sin preguntarse por el valor de su vida, porque en realidad el único valor era, precisamente, ese: saber luchar a ultranza, siempre.

Entre sus soldados habría blasonado de los moretones que tenía en la cara, mientras que ahora caminaba con la cabeza gacha para que no se fijaran en él. Ahora que habría podido vivir tranquilo, lo angustiaba ya no poder hacerlo. Solo, en medio de la multitud de aquella inmensa ciudad, se sentía como esa gaviota que tenía que satisfacer unos instintos primarios: el hambre, la sed y el sueño, nada más.

Deambuló entre el griterío de la gente y los olores de la calle, elevando de vez en cuando la mirada para observar a la humanidad de Roma. Había esclavos con ánforas y cestas; otros, desde una esquina, invitaban a las mujeres a acercarse.

—Hay tres clases de utensilios —gritó un hombre por encima de la multitud—. Los que no se mueven y no hablan; los que se mueven y no hablan, que serían los animales; y los que yo vendo, que se mueven y hablan.

Era Venuleyo, el famoso mercader de esclavos del barrio, que desde su tenderete trataba de llamar la atención de los transeúntes.

—Venid, gente, mirad aquí, este puede parecer mayor, pero sabe hacer cuentas y escribir. Puede llevar la correspondencia, o ser un buen tesorero, contable o copista.

Publio se acercó y levantó la cabeza para echar una ojeada a la mercancía que había expuesta en un estrado giratorio detrás de las cabezas de la gente. Desde donde se encontraba, alcanzaba a ver a un par de hombres de mediana edad con el *titulus* al cuello, el cartel con los datos útiles para el comprador: la procedencia, las aptitudes, las virtudes y los defectos.

—Este, en cambio, es de la Galia Comata —explicó Venuleyo señalando a un hombrecillo demacrado en cuyo cartel se leía «*vilicus*»—. No os engañéis por su aspecto, haréis un estupendo negocio si tenéis tierras: puede ocuparse de árboles frutales, de una granja o del ganado, cuidar cerdos o cabras o criar perros.

—¿Y esa qué hace? —preguntó uno del público señalando a una mujer de piel negra y pelo erizado, acurrucada sobre sí misma.

—Oh —murmuró Venuleyo, haciendo que su ayudante la pusiera de pie sin muchas formalidades—. Esta viene de lejos, de la misteriosa Numidia —precisó a la vez que señalaba el pie teñido de blanco que indicaba la procedencia de ultramar—. Puede ser una buena ayudante para el baño, el maquillaje o el cuidado de manos o pies de tu señora, o bien —prosiguió mostrándola completamente desnuda bajo la mirada complacida de la pequeña multitud— una buena ayudante para tu bienestar —concluyó guiñando un ojo a su público, que se rio con ganas—, o para el bienestar de todos nosotros, prostituyéndola y sacando un buen beneficio.

—¿Cuánto cuesta?

—Hoy es tu día, te la dejo por mil sestercios.

—¿Mil sestercios? ¿Dónde crees que estás, Venuleyo? ¿En las tiendas de lujo del Foro?

El vendedor abrió mucho los ojos.

—No bromees, amigo, ¿la has mirado bien? Acércate para ver mejor, una así en el Foro no la encuentras por menos de dos mil sestercios.

—Ochocientos.

—Me estás ofendiendo, amigo.

—Ochocientos es mi última oferta.

—A mí me parece tu primera oferta.

—Primera y última.

—No puedo bajar de novecientos cincuenta.

—Ni hablar —replicó nervioso el comprador.

—Escucha —dijo Venuleyo deteniéndolo con la mano abierta—. Hagamos este negocio todavía más interesante para los dos —continuó con la consumada picardía del especulador—, junto con la guapa numidia, te ofrezco un joven sano y robusto, un joven excepcional.

El mercader le señaló a su ayudante un muchacho con cadenas en las muñecas y una pequeña corona de laurel ya seca en la cabeza.

—¡Fijaos! Mirad qué brazos, qué hombros. A este nos lo manda nuestro procónsul, que los dioses lo protejan. Señores, la corona que ciñe su cabeza significa que este es un combatiente derrotado por nuestras legiones, un auténtico guerrero de la tribu de los mandubios.

El público murmuró con interés, y Publio aguzó la vista para ver bien al esclavo.

—¡Tres mil por la pareja! —concluyó teatralmente Venuleyo, señalando a los dos esclavos.

—La ciudad está llena de guerreros galos.

—No —replicó el mercader—, la ciudad está llena de galos, pero los guerreros que se salvaron y que han acabado en los mercados son pocos. Estos hombres de hierro están llenando los anfiteatros de los juegos, se hacen gladiadores. Yo te estoy ofreciendo un guardián excelente, un hombre que no sabe lo que es el miedo ni el cansancio. Incluso podrías alquilarlo para los juegos y ganar dinero.

—Tres mil por los dos es demasiado; además, seguro que ese no puede ser un buen gladiador, está demacrado y flaco.

—¿Y sabes por qué? Porque viene directamente del campo de batalla de Alesia. A estos solo los ha derrotado el hambre. —El mercader sacudió los hombros del chico—. ¿No comprendes lo que es tener en casa a un prisionero de Alesia? Solo este vale dos mil quinientos. ¿No has leído las últimas noticias que han puesto en el Foro? Su rey se está pudriendo en el *Tullianum*, muy cerca de aquí, y tus invitados se morirán de envidia cuando lo vean.

—Olvídalo, no quiero tener guerreros galos en casa.

Viendo que la presa se le escapaba, Venuleyo captó, en medio de la multitud, la mirada de una matrona, y enseguida se olvidó del hombre con el que estaba negociando.

—Mi señora, tú que tienes buen gusto, tú que amas la vida, nadie se atreverá nunca a acercarse a ti fuera de casa con un guardián como este. Imagina que lo vistes como un galo, con pantalones, una capa de las que usan ellos y el torso desnudo y un buen torques al cuello. Señora, serás la envidia de todas las matronas de Roma.

La mujer se rio y le dijo algo en voz baja a la amiga que estaba a su lado. Era lo que esperaba el mercader.

—Mira el rostro, los largos cabellos rubios, mira el color de los ojos, acércate, te lo ruego. Trata de imaginártelo de noche en tu *domus*. ¿No te gustaría tener semejante *cubicularius* durmiendo detrás de tu puerta para que te proteja o... para que cumpla cualquier otra orden durante la noche?

Publio miró a las dos matronas y entre la multitud vio un rostro conocido. Se desinteresó de las negociaciones y buscó los ojos que acababa de ver enmarcados por un chal azul que cubría la cabeza de una mujer. Su mirada siguió a aquella figura que aparecía y desaparecía entre la gente: era Remilla, la chica de la taberna, que tiraba de un carrito lleno de ánforas hacia la fuente donde la gente del barrio hacía provisión de agua. Remilla paró y empezó a llenar las ánforas mirando de un lado a otro.

—Abrid paso.

Un esclavo africano grande y robusto pasó delante de Publio tirando de una cadena a la que iba enganchado el guerrero de Alesia. Detrás de él, las dos matronas que había visto poco antes en las negociaciones con el subastador del mercado de esclavos pasaron riéndose, encantadas de su nueva adquisición.

Remilla se cubrió con el chal y fue a la fuente con la cabeza gacha. No quería mirar a la cara a nadie, no quería que nadie la mirara a la cara a ella. El continuo abastecimiento de agua le permitía salir de la taberna y estar por fin unos instantes sola. El trayecto para llegar a la fuente era corto, pero ella veía todo un mundo en ese tramo de calle, que le parecía enorme. Mercancías de toda índole, gente procedente de a saber de dónde, niños que se perseguían, mercaderes que negociaban, ambulantes que ofrecían de todo. La calle era siempre la misma y, sin embargo, cada día parecía diferente.

Estaba, además, el mercader de esclavos. Todos los días Remilla se acercaba a esa tarima entre la multitud y miraba un momento con atención la mercadería expuesta. Aquel escenario había sido su entrada en Roma y no había momento en el que no pensase en ese sitio, en la vez que la mostraron desnuda ante todo el mundo con un cartel al cuello. Pese a todo, en cuanto podía volvía ahí y se fijaba en los rostros de los infelices expuestos, con la esperanza de ver a alguien conocido. Pero jamás se había tropezado con un rostro amigo, la soledad la afligía y con frecuencia no era capaz de contener una lágrima al recordar a sus seres queridos, su aldea, las carreras entre los árboles seculares de su bosque y al hombre que siempre había amado, desde su infancia.

Se inclinó para llenar su ánfora y un mechón de pelo se salió del chal. Un niño que estaba al lado la miró y sonrió. Todo el mundo reaccionaba igual cuando la veía. Su precioso rostro, su pelo del color del trigo maduro y sus ojos profundos invitaban a la sonrisa. A lo mejor fue precisamente su cara lo que la salvó de la masacre aquel día de invierno.

La chica sintió vibrar el suelo, salió de su casa y vio unos jinetes viniendo al galope hacia ella entre torbellinos de nieve. Gritó y echó a correr, sin saber siquiera adónde ir. Gritó y corrió hacia el bosque oyendo que un caballo se acercaba hacia ella. Luego, un violento golpe en la espalda, quizá una patada. Cayó en la nieve sin dejar de gritar. El cielo plomizo, el frío, el dolor, el relincho, sus gritos condensándose en el hálito y una carcajada, todo se mezcló en un instante de vida, el último instante de vida como mujer libre.

Fue inmovilizada por un hombre enorme que le dio un puñetazo y la ató mientras llegaban otros, que ella vio desde el suelo como gigantes, sobre el fondo negro que se elevaba desde la aldea, oscureciendo el cielo. Todos la querían, pero el que la había capturado debía de ser un jefe, pues la reclamó para sí. La pusieron en un claro junto con las pocas chicas que habían sobrevivido, que lloraban desesperadas. Ahí cerca los jinetes dejaron carros, ganado, armas, comida y todo cuanto valiese algo y se pudiese transportar. Luego dejaron que las casas fueran pasto de las llamas.

Entre lágrimas, buscó angustiada algún rastro de su familia, pero no encontró nada. Todo cuanto consiguió ver fue el cuerpo sin vida del viejo herrero, muerto mientras trataba de huir. Una mancha roja en el mar de nieve blanca.

Esa misma noche, el hombre que la había detenido la poseyó, y a cambio de dinero la entregó a otros. Sufrió ese destino durante días, hasta que una caravana de carruajes llegó y fue vendida a Arawn, el mercader de esclavos. Arawn no era su nombre, sino el de una divinidad maligna, y Remilla en su cabeza lo identificó así por su aspecto hosco y porque la llevaba a saber dónde, lejos de los lugares en los que había crecido. La estaba llevando al Infierno.

En realidad, Arawn fue el menos espantoso de todos, porque se preocupó de su mercancía y alimentó y cuidó su cargamento humano para obtener el mayor beneficio posible. Él y su ingente ejército de guardianes se detuvieron en varias ciudades para tratar con otros mercaderes, pero los mejores elementos los reservó para Roma. Remilla llegó a la ciudad de noche y fue vendida a un mercader de esclavos que la exhibió al día siguiente en esa tarima. Hubo una negociación encarnizada entre varias personas por su compra, y al final ganó Vesbino, el tabernero. Después de comprarla, Vesbino la llevó a las termas para que se lavara, le compró ropa nueva y calzado, y después él también, como todos los otros, la poseyó.

A la mañana siguiente le dijo que a partir de ese momento su nombre sería Remilla, la atracción rubia de la taberna. Tenía que limpiar, atender y estar con los hombres, solo eso, era muy sencillo. Vesbino no la trataba mal y nunca le pegaba, es más, le daba de comer a diario, mañana y noche, hacía que se lavara todos los días, le compró aceites perfumados, pero Remilla tenía que corresponder, devolverle a Vesbino la cifra que había desembolsado por su compra y hacer que ganara dinero. Remilla gustaba a los hombres y le gustaba a Vesbino, y si quería seguir viva tenía que continuar gustando a los hombres y haciendo que el dueño ganase dinero.

Llenó su ánfora y miró de un lado a otro. Las dos matronas que había visto en el mercado pasaron riendo con el guerrero de la corona de laurel, y se cruzó una mirada con el esclavo, fue una especie de saludo tácito entre dos individuos que compartían el mismo destino. Inmóvil, en medio de la calle con el ánfora en el regazo, Remilla seguía con la mirada al joven encadenado, cuando de entre la multitud salió un hombre con una panza enorme que chocó con ella.

El ánfora cayó al suelo y se hizo añicos.

—Quita, pordiosera —le dijo con rudeza el grandullón, apartándola con el brazo. La chica resbaló con un trozo de ánfora, cayó y se hizo daño en un hombro. Miró boquiabierta al hombre y luego su ánfora, mientras se agarraba el brazo dolorido. Nadie paró, nadie la ayudó. Remilla se apoyó en las manos, se arrodilló y se puso de pie. Tenía la túnica y las manos sucias. Estaba espantada, no sabía cómo iba a justificar la rotura del ánfora. Miró en derredor, pero el hombre ya había desaparecido entre la multitud. Buscó inútilmente su túnica marrón entre los miles de colores de la Suburra, pero no pudo encontrarla, y, aunque lo hubiese logrado, no habría podido hacer nada.

Era una esclava, y los esclavos no tenían derechos ni en el barrio de los parias. No le quedaba más remedio que regresar y afrontar como fuera las consecuencias de lo que había pasado. Agarrándose el codo magullado, echó una última mirada alrededor, y justo en ese instante dos jóvenes que estaban delante de ella se apartaron rápidamente para esquivar a un hombre que caía violentamente a sus pies y se arrastraba por los trozos de ánfora.

—¡Ayudadme! —gritó el hombre tratando de levantarse, mientras Remilla retrocedía un paso, asustada. Era el hombre que le había tirado el ánfora, y alguien lo había tumbado al suelo. La esclava elevó la mirada y vio a otro hombre salir de entre la multitud, una especie de gladiador con media cara magullada echando rayos por su único ojo sano. De una zancada estuvo encima del otro, lo agarró de la túnica, lo levantó, le asestó un violento puñetazo en la cara y volvió a soltarlo en el suelo.

—¡Ayudadme, que me mata! —masculló el infeliz con la boca ensangrentada.

Por segunda vez, el hombre fue levantado en vilo.

—¿Debo seguir o prefieres pagar el ánfora que has roto?

—Estás loco, déjame.

La paliza continuó, tanto es así que los transeúntes pararon pasmados: en la Suburra estaban acostumbrados a los ajustes de cuentas en plena calle, pero aquello tenía toda la pinta de ser una ejecución. El gladiador paró jadeando para mirar a su víctima, que estaba en el suelo con la túnica manchada de sangre. Se inclinó sobre el hombre y hurgó en el cinto, hasta que encontró una pequeña escarcela con unos ases. Sacó un par y se los tendió a la chica.

—Ten, por tu ánfora.

Remilla se quedó atónita, sin saber qué decir, luego estiró la mano trémula. Publio le dio las monedas y arrojó el resto sobre el herido. El dinero rebotó en el vientre del infeliz, y en cuanto toco el suelo se lo llevaron dos velocísimos chiquillos.

V

El gran rey de los guerreros

—¡Vercingétorix, despiértate!

—Mamá.

—Despiértate, cariño, tenemos que irnos.

—¿Irnos?

—Sí, tenemos que irnos deprisa.

—Pero... ¿por qué lloras?

—Por favor, date prisa, vamos.

Un trueno alumbró la entrada y el chico elevó la mirada hacia el techo de paja de la vivienda.

—Pero si todavía es de noche, está lloviendo.

—Te he dicho que nos tenemos que ir —repitió la madre sacándolo de la cama.

—El carro está listo —dijo Ambacto entrando en la habitación con la capa empapada de agua—. Vamos.

—¿El carro? ¿Adónde vamos? —preguntó el chico—. ¿Y dónde está papá?

Ambacto se acercó a Vercingétorix con el rostro contraído en una mueca de sufrimiento y se agachó para colocarse a su altura.

—Ha habido una conjura, muchacho —explicó poniéndole una mano en el hombro—. Tu padre —sentenció con la voz rota— fue agredido durante la asamblea de nobles.

—¿Agredido?

—Sí.

—Pero... ¿cómo se encuentra?

Nadie respondió.

—¿Cómo se encuentra?

Ambacto bajó la mirada.

—Lo detuvieron, lo juzgaron y lo condenaron a muerte en el acto.

Vercingétorix meneó la cabeza.

—¿Lo condenaron?

—Tu padre —dijo el jinete mirándolo con ojos rojos— camina por el bosque sagrado con Cernunnos, dios de la regeneración de la vida.

El chiquillo se quedó inmóvil como una estatua con los labios entreabiertos.

—Cernunnos —repitió con los ojos llorosos. Una lágrima resbaló por su rostro de adolescente de doce años mientras las certidumbres que había tenido hasta ese momento en la vida se esfumaban en pocos instantes.

—No es verdad...

—No pude hacer nada —lamentó Ambacto conmovido—, fue solo a la asamblea, me dijo que me quedara con vosotros.

—No es verdad, no es verdad —protestó el chiquillo rompiendo a llorar—, ¿dónde están los del clan? ¿Dónde está el tío Gobanición?

Ambacto miró a la madre de Vercingétorix, que callaba, no dijo nada y le puso la capa al chiquillo.

—Tenemos que irnos —zanjó, empujándolo hacia la salida.

—No, no voy, quiero ver a papá, ¿dónde está el tío? ¿Y tú? ¿Tú dónde estabas? Siempre has sido su escudero, siempre lo has acompañado y atendido, ¿por qué no estás con él y con el tío Gobanición?

La madre sollozó.

—Lo mató el tío.

Vercingétorix se detuvo para mirar a su madre sin poder comprender, incapaz de asimilar todas esas realidades aterradoras.

—Los del clan lo traicionaron, estaban dirigidos por tu tío —añadió el escudero—. Fue entregado por los suyos, solo un puñado de arvernos se negó a participar en ello y nadie hizo nada por salvarlo. Por eso tenemos que irnos de aquí, hemos de marcharnos lejos. Puede que en las fronteras de Auvernia quede alguien fiel a tu padre y nos ayude.

—No, no quiero irme —dijo el pequeño llorando.

—Escúchame, Vercingétorix, lo de anoche fue una trampa, hacía tiempo que los aristócratas de Gergovia habían resuelto matarlo porque él quería convertirse en soberano de los arvernos con derecho dinástico y a su muerte tú lo habrías sucedido.

—¿Yo...?

—Sí, tú, Vercingétorix —interrumpió la madre—, tu nombre significa «gran rey de los guerreros», y justamente por ese motivo lo eligió tu padre, Celtilo. Así que es mejor que nos vayamos de Gergovia, porque aquí ese nombre es peligroso —continuó—. Iremos donde mi hermano, y si las cosas se ponen feas, trataremos de pedir asilo a los sécuanos.

— No quiero —dijo Vercingétorix, sin dejar de llorar.

—Tenemos que irnos, no pongas las cosas más complicadas de lo que ya son.

—No quiero huir —gritó el chico.

—Si no nos vamos ahora mismo, vendrán aquí a buscarte. —Ambacto lo cogió del brazo y lo sacó a la fuerza.

—¡Papá!

Pocos momentos antes dormía en una cama cálida y era hijo del futuro rey de los arvernos, y llegaría a ser rey por derecho hereditario. Y cuando lo despertaron se encontró sin padre, pasando frío y bajo la lluvia, huyendo de su ciudad como el último de los esclavos.

—¡Papá!

—¡Papá ya no está, tienes que ser fuerte!

—¡Lo vengaré!

—Algún día lo harás, pero ahora no puedes, ahora tenemos que huir. ¡Sube!

Vercingétorix dio un tirón, se soltó y echó a correr bajo la lluvia. El escudero de su padre lo siguió chapoteando por los charcos, hasta que lo alcanzó y los dos cayeron al barro.

—¡Los mataré a todos! ¡Suéltame!

—¡Ellos te matarán a ti, para!

—¡Me da igual morir, suéltame!

—Piensa en tu madre, Vercingétorix, escúchame.

Con los brazos inmovilizados y la espalda en el barro, el chico no pudo hacer nada contra la corpulencia del hombre.

—Escúchame, eres su hijo, ella no permitirá que nadie te toque mientras viva. ¿Lo comprendes? Si vas donde ellos, irá contigo y moriréis los dos...; es más, moriremos todos, porque tampoco yo os dejaría solos. ¿Y qué habríamos conseguido?

El chico lo miraba con rabia, con el rostro embarrado.

—No haríamos otra cosa que darles lo que quieren si vamos allí. No haríamos otra cosa que brindarles una excusa para extinguir toda la descendencia de tu padre.

Las lágrimas se mezclaron con la lluvia.

—Yo te ayudaré, Vercingétorix. Yo te ayudaré en tu venganza enseñándote todo lo que sé. Te enseñaré a madurar, a luchar, a formar alianzas, te juro que dedicaré los días que me quedan de vida a construir, trozo a trozo, tu venganza, nuestra venganza. Pero se necesitará tiempo. Ahora sería un error volver ahí, dentro de cinco o diez años ya no lo será.

Un sollozo.

—¿Crees en mí, muchacho?

—Sí.

—Pues tienes que empezar ahora, tienes que procurar ser fuerte y preservarte para entonces.

El muchacho abrazó al escudero.

—Vámonos ya.

Vercingétorix subió al carro tapado con una tela y se sentó en medio de todo lo que su madre había conseguido reunir. Notó algo duro detrás de la espalda y, al volverse, vio la vieja espada de su padre. Seguramente la había cogido Ambacto.

El chico agarró el enorme sable.

—Lo vengaré.

Ambacto azuzó a los caballos y la mujer le puso a su hijo un grueso abrigo. Se quedó abrazada a él en silencio, meciéndose juntos al compás del carro por el camino.

—Sí, un día, ahora solo debes crecer y ser fuerte. Tienes que ser fuerte..., tienes que ser fuerte.

Vercingétorix abrió los ojos y parpadeó varias veces.

—Tienes que ser fuerte.

Miró alrededor en la oscuridad del *Tullianum*. Parpadeó en la negrura mientras el cálido abrazo de su madre se desvanecía en el frío. Ahí dentro no había sino frío, negrura y soledad.

Se frotó los brazos y trató de moverse para entrar en calor, apretó los puños y le rechinaron los dientes.

—Tienes que ser fuerte.

Se puso a caminar de un lado a otro como una fiera en su jaula de piedra, luego dio puñetazos contra la pared, una, dos, cinco veces, hasta que empezó a jadear y le dolieron las manos. Volvió a su tabla de madera, se sentó y se abrazó las rodillas. Miró hacia arriba, donde estaba el agujero, y no vio sino negrura.

Estaba solo, tenía que ser fuerte.

VI

El foso

Esa noche Publio Sextio Báculo eligió otra taberna de la Suburra para ahogar sus pensamientos en vino, pero el resultado fue el mismo que el de la noche anterior. Acabó tirado en un callejón mugriento y con la cara todavía más magullada, hasta que se levantó, y trastabillando y pegado a los muros esa vez también consiguió llegar a su casa, donde ni el sueño lo salvó. Igual que la noche previa, el foso del *Tullianum* y su inquilino lo visitaron, e igual que la noche previa, Vercingétorix lo estuvo estrangulando hasta que Publio Sextio se despertó ya sin poder respirar, tratando de arrancarse del cuello las férreas manos del arverno. Publio se lamió entonces las heridas e intentó borrar esa nueva noche de paria con agua fresca, antes de salir a la calle y dirigirse a la *Carcer*.

El rechinar de las llaves en la cerradura y el chirrido de los goznes ya eran ruidos conocidos, pero la peste del *Tullus* parecía siempre peor que la vez anterior. Publio cruzó el pasillo y se encontró solo en el habitáculo con la lucerna.

Cogió el banco y se sentó con los codos sobre las rodillas y la cabeza entre las manos. Cerró los ojos y su respiración, el agujero y el huésped llenaban todo el espacio de aquel fétido habitáculo.

—Claro, Rix —murmuró tras un largo silencio—, habría sido mucho mejor que te dejaras la piel en Alesia, como también habría sido mejor que yo me la hubiese dejado en Atuatuca.

El excenturión se miró la mano en la penumbra del habitáculo.

—Ese puto médico me la cauterizó y cosió como si fuese un pellejo de becerro. Me libró de la muerte, pero me dejó en la agonía de la vida. Todos los días, cuando me despierto, revivo el instante en que comprendí que estaba vivo, y lo maldigo. Habría sido mucho más sencillo para todos que hubiese ido a engrosar las filas de los que marchan a los Campos Elíseos cubiertos de gloria. «El primipilo Publio Sextio Báculo cayó solo ante el enemigo, murió como un centurión, como el mejor de los centuriones».

Publio apartó las manos de la cabeza y puso los antebrazos sueltos sobre las rodillas.

—Ni los Infiernos me han querido, me han puesto aquí para vigilar un agujero en el que te han metido a ti, un cobarde que no ha tenido ni el valor de morir luchando.

Calló al oír las llaves de la puerta. Miró la entrada de la galería.

—Yo por lo menos lo intenté —musitó antes de ver aparecer la silueta de Barbato, igual que la víspera.

—¿De nuevo una pesadilla?

—Yo tengo pesadillas cuando me despierto, viejo.

El vigilante sonrió y avanzó, hurgando en la pequeña talega que llevaba en bandolera.

—Verás, este sitio tiene también la peculiaridad de vigilar la verdad, y de dejar que salga solo una parte de ella —dijo mientras sacaba un pedazo de pan—. Come algo, tienes un aspecto espantoso incluso a oscuras; además, desde que llegaste, aquí apesta mucho más a vino que a moho.

Publio cogió el pedazo de pan.

—¿Nuestro rey ha comido?

—No lo sé.

—Es lo primero que hay que hacer al llegar —dijo Barbato y levantó la lucerna sobre el agujero—. Comprobar si ha comido y si está vivo.

Sextio Báculo se quedó quieto observando al vigilante revisar el agujero del *Tullus* con la mirada.

—¿Y bien? ¿Ha comido?

—No lo sé. No se ve. Pero ¿tú has oído ruidos?

—No.

—Abajo todo parece quieto.

Publio dejó el pan en el banco y se acercó al foso, tratando de mirar el fondo.

—Ya no hay agua.

—Cuando deja de llover, fluye en un par de días. Queda algún charco. La que sigue brotando acaba en el desagüe.

—Eh, Rix, ¿me oyes?

Los dos guardaron silencio para oír el vientre del *Tullus*, donde no sonaba nada. Publio se arrodilló y se agarró al borde.

—¿Rix?

Su voz resonó solo un momento en la negrura. Entonces Publio acercó la cabeza al agujero.

—Ten cuidado, no vayas a acabar dentro.

Sextio miró la parte de las losas del suelo que desaparecía en la oscuridad delante de él. Se demoró unos instantes imaginando que veía la mano de Vercingétorix apretándole el cuello, luego ahuyentó esa visión: ni siquiera un gigante podría agarrarlo desde ahí abajo.

—¿Rix? —llamó, y oyó rebotar el eco de su grito por las paredes del *Tullus*. Nadie respondió, el excenturión trató de bajar más la cabeza, con lo que disminuyó todavía más la ya débil luz de la lucerna con su sombra.

—Ten cuidado —advirtió Barbato agarrándole la túnica por la espalda.

—¿Rix?

Ninguna respuesta, solo oscuridad, solo silencio.

—¡Sube!

Publio sacó la cabeza del foso.

—¿Lo has visto?

—No, pero me parece que he visto el pan que le dimos ayer.

—¿Te parece o lo has visto?

—No lo sé, todo está oscuro.

—Si no ha comido, podría estar herido.

—¿Herido? —repitió Sextio—, lo bajamos con la cuerda después de que luchara como un león. No tenía, desde luego, heridas muy graves.

—Entonces, a lo mejor sencillamente no quiere comer y está metido en un rincón.

—¿Por qué tendría que hacer eso?

—Ah, no lo sé, no soy Vercingétorix.

Publio cogió del banco el pan que le había dado Barbato e introdujo el brazo en el agujero, sujetándose con la otra mano al borde.

—¡No hagas tonterías!

—No puede alcanzarme.

—¡Quita ese brazo! El *Tullus* no es tan profundo.

—Oye, Rix, este pan acaba de salir del horno, no está duro como el que te dimos ayer.

Tampoco hubo respuesta ni el menor movimiento.

—Venga, gran jefe, cógelo.

Báculo mantuvo un rato el brazo colgado en el vacío.

—Oye, estoy hablando contigo, rey de los arvernos.

No llegó ninguna respuesta del *Tullus*. Publio subió el brazo, luego se sentó con las piernas colgando en el vacío y el pan en la mano, lo miró unos segundos y lo soltó a la oscuridad.

—Esperemos.

Barbato cogió el banco y se sentó al otro lado del agujero. Permanecieron largo rato esperando un ruido procedente de abajo, pero no llegó nada.

—Cuando empecé este trabajo —dijo Barbato cortando el silencio—, ayudé durante largo tiempo al viejo esclavo público que estaba aquí desde tiempo inmemorial, más o menos como estás haciendo tú conmigo.

—Yo no soy esclavo y estoy aquí por él.

—De acuerdo, de acuerdo —aceptó Agatocles levantando la mano como para disculparse—, era solo para decirte que en este momento me he acordado de sus palabras. No sé cómo explicarte, es como si sintiese que ya he vivido este momento, solo que yo era ese joven fuerte y que estaba sentado donde estás tú. En fin, la misma situación, y tampoco entonces el huésped había comido.

—¿Y qué hicisteis?

—Oh, el viejo vigilante me contó algo que había vivido antes, cuando trajeron aquí a Jugurta.

—¿Quién es?

—Era un rey bereber de Numidia, un hombre de una fuerza y una inteligencia extraordinarias; se cuenta que, a pesar de que era un soberano, nunca cedió al lujo y la pereza. Montaba siempre a caballo y se adiestraba con la jabalina, también era un excelente cazador y un estupendo corredor. Parece que tenía una valentía fuera de lo común, y siempre era el primero en herir al león durante las cacerías. Su defecto era el ansia de poder, y eso fue lo que lo trajo al *Tullianum.*

»Quería dominar toda Numidia, reino extenso que compartía con sus dos primos. Mató al primero, Hiempsal, y se apoderó de su territorio, y después se enfrentó al segundo, Aderbal, al que derrotó. Aderbal huyó de África y se refugió precisamente aquí, en Roma, pidiendo ayuda y protección. El Senado entonces le envió a Jugurta una delegación, que implantó una redistribución justa del reino para instaurar un equilibrio de poder, e impuso la Pax Romana, una paz forzosa. No bien el primo regresó a Numidia, Jugurta, insatisfecho con la parte que se le había asignado, lo atacó de nuevo y lo mató, después de haber tomado la ciudad de Cirta y de haber masacrado a sus defensores.

Barbato cogió otro trozo de pan para Publio antes de continuar:

—Solo que entre los defensores de Cirta había muchos itálicos y bastantes ciudadanos romanos. El asunto, como te imaginarás, no le gustó a nuestro Senado y en muy poco tiempo se declaró la guerra, que continuó con altibajos hasta que el mando se le dio a Cayo Mario. A partir de ese momento, la campaña se convirtió en una serie de aplastantes victorias y nuestro Jugurta fue capturado, traído a Roma y exhibido en el triunfo conseguido por Mario al final del conflicto.

»Fue un triunfo grandioso y Jugurta desfiló cargado de cadenas junto con sus hijos, lo expusieron a los ultrajes del pueblo, que desahogó su desprecio cubriendo de insultos a aquel que se había atrevido a matar a ciudadanos romanos. Pero la historia que a nosotros nos interesa no es tanto la del triunfo de Mario como lo que ocurrió antes, cuando Jugurta fue traído aquí, a este habitáculo. Exactamente aquí, donde estamos sentados nosotros.

Publio dio un mordisco al pan.

—Sigue.

—Los carceleros le quitaron la valiosa ropa que llevaba puesta, hasta dejarlo desnudo, y, sin muchos miramientos, le arrancaron los pendientes repletos de gemas. ¿Y sabes qué dijo él? —preguntó el viejo riéndose—. Él miró de un lado a otro, con los lóbulos de las orejas sangrantes y exclamó: «¡Por Hércules! ¡Este baño está muy frío!».

Publio Sextio sonrió.

—¿En serio?

—Oh, como te decía antes, a mí también me resulta difícil de creer y solo estas paredes saben la verdad —dijo Barbato señalando los muros de alrededor—. Porque a partir de ese momento la historia va por varios caminos.

—¿Qué quieres decir?

—Una versión de la historia cuenta que antes de que Mario entrase en el templo de Júpiter, después del triunfo, Jugurta fue estrangulado por uno de sus legionarios, tal como quiere la tradición. Una segunda versión, en cambio, cuenta que el triunfador, indignado por la conducta burlona del rey de Numidia, resolvió dejarlo morir de hambre en lugar de hacerlo estrangular. Cayo Mario quiso que Jugurta saborease bien su propia muerte.

Publio se metió un trozo de pan en la boca y asintió.

—Hay, además, una tercera versión —sentenció el esclavo—. La que cuenta que Jugurta en realidad nunca desfiló en triunfo, porque en el *Tullianum*, antes de que lo exhibieran encadenado, se dejó morir de hambre para demostrar a todo el mundo su fuerza y no dar gusto a Cayo Mario.

Báculo tragó el pan.

—¿Y cuál sería la versión buena?

—¿Tú qué crees?

—Desfiló encadenado delante de toda Roma —replicó Publio—, eso significa que estaba en el triunfo, y, si estaba en el triunfo, fue estrangulado enseguida. Es muy sencillo.

—Y si... no fue Jugurta el que desfiló encadenado.

Publio meneó la cabeza.

—Pero ¿qué dices?

—Trata de imaginar, Cayo Mario regresa a Roma como vencedor, orgulloso de su éxito, y quiere organizar un triunfo sin precedentes, pero el cuestor se le acerca y le dice que su prisionero sencillamente se ha dejado morir de la única manera que podía, rechazando la comida, con tal de arruinarle la fiesta.

—Bueno...

—De bueno nada, llevar en el triunfo al rey de Numidia encadenado delante del carruaje del vencedor marca la diferencia. Eso es lo que quiere la gente, el pueblo espera ver al rey enemigo encadenado en la vía Sacra para llenarlo de mierda, insultos y escupitajos, y después quiere ver su cadáver tirado en el Tíber para sentirse por fin tranquila. Nosotros sabemos que Cayo Mario dio a Roma lo que la gente esperaba, alguien a quien injuriar y un cadáver que arrastrar por el Velabro —dijo Barbato antes de lanzar una mirada enigmática a Publio—, pero no sabemos si cogió a cualquier bárbaro al que le cortó la lengua antes de mandarle interpretar el papel de Jugurta.

—Ya, pero —masculló Sextio tras un momento de vacilación— los *tresviri* responsables de las cárceles y de las ejecuciones lo habrían sabido, y también los guardias, lo que quiero decir es que la noticia se habría divulgado.

—En ese momento Cayo Mario era el hombre más poderoso del mundo. Habría mandado a los guardias a una provincia africana de los confines del mundo y asunto resuelto. En cuanto a los *tresviri*, en fin, hay mil maneras de comprar el silencio, sabes, pagar o garantizar magistraturas mucho más dignas o rentables...

—Entonces, ¿cuál es la verdad?

—Nadie lo sabe, solo el *Tullianum*. Verás, son pocos los que pueden entrar aquí. Los guardias de arriba nunca vienen, solo aparecen con la comida o si se les llama, el triunviro todavía menos, apenas viene para alguna inspección esporádica. Nadie quiere estar aquí: es asfixiante, falta el aire, y el poco que hay apesta a moho y a meado. Lo que pasa aquí, aquí se queda. Aquí puede nacer una leyenda y morir otra —dijo Barbato señalando el agujero—. Ese es el límite entre verdad y mentira, y me gusta pensar que Jugurta se burló de la muerte y que fue un hombre fuerte, digno de poder elegir su destino. Imagínate la firmeza con la que debió de usar la espada, el arrojo con el que se lanzaría a los abismos del mar o a un barranco. No tenía nada y, sin embargo, encontró la manera de matarse y el arma para hacerlo. Ante un hombre así, no podemos más que inclinar la cabeza y aplaudir.

Publio se levantó y miró en el *Tullus*.

—¿Crees que se propone hacer lo mismo que Jugurta?

—No tengo ni idea.

—¿Por qué no da señales de vida?

—No lo sé, pero sé que yo no haría eso si fuese él.

—¿Por qué?

—A Jugurta lo iban a matar, representaba una facción hostil que había que eliminar, de manera que, si de todos modos iba a morir, hizo bien eligiendo el final que quería. Según las palabras del oficial que lo trajo aquí, en cambio, Vercingétorix podría convenir mucho vivo. Concederle la gracia sería una muestra de grandeza que superaría de lejos su ejecución.

Publio asintió.

—Entonces voy a bajar para ver cómo se encuentra nuestro rey de los arvernos.

Barbato se puso de pie y levantó la luz de la lucerna, que se reflejó en los ojos de los dos.

—¡No lo hagas! Mantente lejos de él, hazme caso.

—No es el primer prisionero al que me enfrento.

—Aquí dentro sí. ¡Mantente lejos de él! Tienes ese agujero como frontera entre tú y él. Tú aquí, en la Mamertina, él abajo, en el *Tullus*. ¡Recuérdalo, vuestros mundos no deben cruzarse jamás! Vercingétorix ya no pertenece a este mundo, está en el Infierno, no te acerques a él, ¿te enteras?

—Oye, viejo, me he hartado. ¿Cómo se baja ahí?

—No se baja —le contestó Barbato con los ojos muy abiertos.

—O me dices cómo se baja o lo hago solo.

—Escúchame, se baja para llevarlos al triunfo o para matarlos, no para ver si están bien.

—Me da igual, ese oficial me dijo que lo mantenga sano.

—Tú le rindes cuentas al triunviro.

—¿Esceva? —Publio se rio—. ¡Dime cómo se baja!

—No..., no lo hagas, abajo todavía se oyen los gemidos de los que estuvieron encerrados.

El centurión miró el agujero.

—No me dan miedo los gemidos de los muertos, y si no me dices cómo se baja, me las arreglaré solo.

—¡Quieto, quieto! Se baja con la escalera —dijo contrariado Barbato— y es preferible que estén todos los guardias. Esperemos a que lleguen los otros y ya veremos a quién mandamos abajo.

—Voy yo —afirmó Publio antes de pegar un silbido ensordecedor que rebotó en el pequeño habitáculo, llamando a los auxiliares del guardia—. ¡Venga esa escalera, traedla aquí!

—Ten cuidado.

Publio miró a Barbato y sonrió.

—Bajo al *Tullus*, soy dueño de mi destino.

Uno de los guardias colocó la escalera en el agujero y Publio se dispuso a bajar. Las piedras del suelo las fue viendo cada vez más cerca, hasta que por fin estuvieron por encima de su cabeza y quedó sumido en la oscuridad. Había un olor intenso; a orina, heces y moho que hacían que el ambiente fuese casi irrespirable. Y también el oído entraba en una dimensión atenuada. Las voces, la respiración, el deslizarse de la cuerda: cada ruido, hasta el más leve, era una suerte de vibración que parecía rebotar y perseguirse en la fría oscuridad del pozo.

—Sujetad la escalera —dijo Barbato desde el agujero de la Mamertina—. Estad listos para bajar a sacarlo.

Publio elevó la mirada, el agujero visto desde dentro parecía más pequeño, las cabezas de los hombres que lo miraban desde arriba, lejanísimas, y los peldaños de la escalera, infinitos. Enseguida, las sandalias tocaron las piedras húmedas del suelo. Estaba en el *Tullus*.

—¿Todo bien, Báculo? —resonó arriba la voz de Barbato, como la de un dios.

—Sí.

—¿Lo ves?

Publio recorrió con la mirada todo el espacio, sin ver nada más que tinieblas, como si no hubiese una dimensión en ese lugar.

—¿Lo ves?

No lo veía, pero lo percibía. Vercingétorix estaba ahí en algún sitio y Publio notaba su presencia. Sin moverse, buscó al prisionero con todos sus sentidos, hasta que oyó su respiración. Procurando no resbalar, se volvió hacia ese ruido hasta que comprendió que tenía que mirar mucho más arriba para buscar la cara del arverno.

A dos pasos de distancia, Báculo empezó por fin a distinguir los rasgos de la cara.

—Lo veo.

—¿Está vivo?

—Sí, está vivo, pero necesito luz, Barbato.

Los hombres empezaron a moverse encima de su cabeza, hasta que un brazo entró por el agujero con una lucerna, y en un instante el rostro de Vercingétorix surgió de la oscuridad.

Cubierto de mugre y maltrecho, Rix miraba a Publio Sextio. Tenía los ojos hinchados y le molestaba la luz, los labios llenos de cortes, la túnica hecha jirones y cadenas en las muñecas. Su sombra se proyectaba enorme en las piedras escuadradas de la pared, y por fin Publio se formó una idea de las dimensiones del foso.

Cinco pasos, quizá seis, ese era el largo del habitáculo de un muro a otro.

El excenturión miró al suelo, porque al moverse había tocado algo con el pie, y vio el pedazo de pan de la víspera en el líquido pútrido que serpenteaba entre los bloques de piedra. También había algún trozo de tela, quizá restos de túnica dejados por a saber quién. No estaba claro, porque todo lo cubría un légamo oscuro y viscoso.

Pegada a la pared, una tarima de madera desgastada era la yacija. No había nada más, ese era el *Tullus*. Un habitáculo semicircular, sucio, frío y oscuro con una tarima de madera.

—Así que estás vivo, Rix —dijo volviendo a mirar al gigante que estaba delante de él—. Me has hecho bajar a esta pocilga para nada.

Vercingétorix lo miraba impasible. Publio le acercó con el pie el trozo de pan.

—¿No has visto esto o te las das de exquisito?

El arverno siguió mirando fijamente a Báculo.

—Está blando, debe de seguir todavía mi meado del otro día aquí en el suelo.

La mandíbula del Rix se contrajo y durante un instante su rostro vibró con rabia.

—Ahora escúchame bien, aunque ya apestes a cadáver tienes que seguir vivo. Así que come, Rix, come todo lo que te mandamos, porque quiero que estés en forma cuando vuelva a bajar y te saque y te dé la vuelta por Roma sujeto a una cadena para que la gente te insulte y apedree. Quiero que estés en forma para cuando te estrangule.

De nuevo vibró el pómulo de aquella cara de piedra.

—¡Báculo, sube!

Publio echó una última mirada alrededor.

—¡Sí!

La escalera chirrió. Los pies de Publio se elevaron del suelo del *Tullus*, pero su mirada permaneció pegada a la del arverno, mientras ascendía del Infierno.

VII

Los surcos de oro

Vercingétorix permaneció largo rato en silencio mirando las llamas de la pira fúnebre, que ardían irradiando un calor intenso.

—Tienes que ser fuerte —le dijo su madre, y le puso una mano en el hombro.

—Soy fuerte, madre.

—Lo sé, y tu padre estaría orgulloso de ti.

El viejo bardo de la aldea entonó un canto fúnebre mientras el fuego envolvía el cuerpo del viejo Ambacto, el escudero de Celtilo, el padre de Vercingétorix. Las palabras del canto liberarían el alma etérea de su envoltura terrenal para que llegaran al más allá, porque la muerte no era sino el centro de una larga vida hecha de transformaciones. El alma del viejo esclavo regresaría a este mundo bajo otra forma, pero Vercingétorix ya nunca más podría abrazarlo, y eso hacía insoportable ese adiós.

—Me dedicó todos los días de su vida —dijo el arverno mientras veía las escorias incandescentes subir vertiginosamente en el humo para luego disolverse en una bocanada de cenizas en el cielo plomizo.

La madre asintió.

—Recuerdo como si fuese ayer el día en que nos marchamos tras morir tu padre en Gergovia y, sin embargo, han pasado casi quince inviernos —dijo mientras el otro miraba las llamas—. Recuerdo su fuerza, su decisión de cogerlo todo y partir para salvarnos, cuando habría sido mucho más fácil para él abandonarnos a un destino seguro y pasarse al bando de Gobanición.

Vercingétorix asintió, los ojos enrojecidos.

—Se ha ocupado de nosotros hasta el final, como si padre nunca se hubiese ido. Lo echaré de menos.

—No te ha dejado, él está dentro de ti. Estará siempre consolándote con sus palabras, solo tienes que guardarlo en tu interior y no dejar que se marche —dijo ella, abrazándolo—. Al traernos aquí, donde la hermana de tu padre, nos hizo empezar una nueva vida.

Vercingétorix le sonrió levemente antes de mirar por última vez las cenizas humeantes.

—Le dio tiempo de verte crecer junto con tu primo y os ha dejado ahora que sois dos arvernos grandes y fuertes. Estoy segura de que se ha ido sereno al reino de las sombras.

—Sí, yo también lo creo.

—Ambacto vive en ti, Vercingétorix, ahora tienes que aprovechar lo que te enseñó.

El arverno asintió.

—Siguió cuidando a mi padre después de que muriera, ahora me toca a mí.

La mujer frunció el ceño.

—¿Qué quieres decir?

—Es hora de volver a Gergovia para continuar lo que él empezó.

—No, no puedes hacer eso.

—¿Por qué?

—¡Porque te matarían enseguida, no puedes ir!

—No estaré solo, muchos campesinos de aquí siguen sin aceptar lo que le hicieron a mi padre, muchos de sus clientes todavía nos apoyan y siguen pensando como él.

—Hijo mío —dijo ella agarrándole el brazo—, el tiempo ha pasado, y pocos arvernos se sublevarían ahora contra los nobles de Gergovia. Cada cosa tiene su momento, y ese momento ya quedó atrás.

—¿Y por qué? Ambacto me contó las historias de nuestros soberanos que cruzaban estos campos con sus carros distribuyendo oro y plata a los miles de súbditos que los seguían. ¿Por qué la gente de Gergovia no va a querer ser otra vez la que fue antaño?

La mujer meneó la cabeza en busca de una respuesta.

—No..., ya no hay reyes, eso es de otra época.

—Mi abuelo vio al rey Luernios y estuvo en el banquete de la fiesta de la lluvia que él organizó. Mi padre siempre me lo contaba, y también Ambacto. Decían que el rey Luernios mandó colocar por todas partes copas llenas de buen vino, y que organizó un banquete tan fantástico que todo el mundo pudo comer y beber durante varios días opíparamente. Los bardos cantaron himnos para festejar tanta grandeza, y decían que los surcos que trazaban en la tierra los carros del rey producían oro para todos.

—Conozco esa historia.

—Y el abuelo encontró a su esposa precisamente en esa fiesta.

La mujer asintió, vencida, mientras la intensidad del fuego disminuía.

—Nosotros de alguna manera estamos unidos a aquellos tiempos, y creo que la idea de mi padre de recuperar nuestros orígenes, cuando existía un vínculo muy estrecho entre los druidas y el soberano, es la única válida.

—Ahora no hay forma de cambiar las cosas, Vercingétorix.

—A lo mejor sí, madre..., a lo mejor sí.

La mujer arrugó la frente.

—Ambacto me habló de Diviciaco...

—¿Del *vergobreto* Diviciaco...?

—Sí, él, Diviciaco..., el heduo, el más sabio y poderoso de los druidas.

—¿Qué tiene que ver Diviciaco con el gobierno de Gergovia?

—Diviciaco y su hermano Dumnórix eran los jefes de los heduos, y cuando estos fueron amenazados por los helvecios, que invadieron sus tierras, Diviciaco convenció a los heduos, los alóbroges y los ambarros de pedir ayuda a los romanos. Su hermano prefería una alianza entre galos e involucrar a arvernos y senones, pero Diviciaco acudió a Roma para llegar a acuerdos con los romanos en vez de contar con las gentes de la Galia.

—Los heduos y los romanos ya eran aliados.

—Sí, pero Diviciaco fue personalmente a su Senado. Se dio a conocer, consiguió ayuda e hizo que fueran soldados romanos a la Galia para luchar primero contra los helvecios y después contra los germanos. No solo consiguió la ayuda, sino que además su popularidad creció enormemente en la Galia. Para todo el mundo, para los heduos, los sécuanos, los arvernos, los boyos y todos los demás, la victoria sobre los germanos es una victoria que se obtuvo gracias a la habilidad diplomática de Diviciaco por haber conseguido que los romanos hicieran lo que él quería; pero lo cierto es que no ocurrió eso, detrás de los astutos movimientos de Diviciaco estuvieron los aún más astutos de ese general romano que fue enviado aquí, ese al que llaman el General Único.

—Sí, he oído hablar de él, César, dicen que tiene a los dioses de su parte.

—Así es, el general César. Yo no sé si tiene a los dioses de su parte, pero sé que Diviciaco le tendió un puente de plata antes de morir. Es cierto que los heduos eran aliados de los romanos, pero su participación contra los germanos hizo que se unieran a ellos también los sécuanos, los alóbroges y los ambarros.

Vercingétorix miró las brasas humeantes.

—Y en todo esto los pusilánimes nobles aristócratas de Gergovia no movieron un dedo, no hicieron nada por unirse a los aliados de Roma, que, entretanto, se hicieron cada vez más fuertes y poderosos.

—No estaban metidos en esa guerra.

—Tampoco lo estaban los romanos, y, sin embargo, intervinieron y ganaron poder, hasta el punto de que ahora se han inmiscuido en todos los asuntos de los pueblos de la Galia. No tardarán en llegar a Auvernia.

La mujer meneó la cabeza.

—Puede que lo más inteligente sea aceptar ese hecho.

—No, lo más inteligente es estar de su lado cuando lleguen.

—¿De su lado?

—Sí, tenemos que aprovechar la inmovilidad de los de Gergovia, reclutar a mil jóvenes guerreros arvernos de los campos, hijos de los clientes de mi padre, nostálgicos de la era de los reyes, acudir a ese César y prestarle nuestros servicios.

—¿Es que te has vuelto loco? ¿Por qué motivo?

—Porque en este momento los romanos son demasiado fuertes para combatirlos, así que más vale estar de su lado. Los heduos están consiguiendo todos los beneficios de su elección, al cabo de los años los han nombrado «hermanos del pueblo romano», gracias a las relaciones que han entablado con su jefe máximo, el gran *vergobreto* Diviciaco. Y no solo lo ha hecho él, muchos lo han imitado. ¿No comprendes, madre, que esta puede ser la ocasión de cumplir el sueño de padre? Si me presento ante este General Único, si le demuestro mi valía, llegará el día en que me lo reconocerá, y a lo mejor podemos volver a Gergovia para recuperar lo que nos han quitado.

—Tus palabras me dan miedo, Vercingétorix. Tu padre murió por seguir su idea, y no quiero perder también a mi hijo por el mismo motivo. Aquí estamos seguros, ¿no te conformas con todo esto?

—¿Esto? ¿El qué?

—La vida.

El chico señaló el lecho de brasas.

—Ambacto dedicó su vida a mi padre y siguió haciendo su labor conmigo después de que mi padre fuera asesinado. Como has dicho, habría sido mucho más fácil para él hacer lo que hicieron todos los demás, renegar de nosotros y dejarnos como si hubiésemos sido objeto de una prohibición druídica. En cambio, me enseñó todo lo que sabía. Me enseñó a cazar y a luchar a pie y a caballo. Me enseñó a sentir el sabor de la sangre en la boca y a aguantar el frío y el hambre. Me llevó donde los druidas para que me iniciaran en las doctrinas religiosas y en las normas éticas y jurídicas. Estuvo siempre en contacto con los jefes de clan que fueron clientes de mi padre y con ellos estrechamos pactos e intereses. Así, Ambacto consiguió que tuviera cargos que en Gergovia me habrían negado e hizo que se me reconociera prestigio y poder entre los nobles.

Vercingétorix dejó de mirar las brasas y volvió a fijarse en el rostro de su madre.

—Aquella noche, bajo la lluvia, mientras huíamos en el carro, me juré que vengaría a mi padre. Ambacto me dijo que él se encargaría de enseñarme cómo hacerlo y mantuvo la promesa —continuó acariciando la empuñadura de la espada que tenía al lado, la que había pertenecido a su padre—. Ahora tengo que mantener mi palabra.

VIII

La voz del Tuliano

—¿Y? —preguntó Barbato cuando el excenturión sacó la cabeza del agujero.

—Está vivo —respondió el otro—, y está bien.

—Has bajado para nada.

—No, he visto cómo es abajo —replicó Publio poniendo los brazos en el borde.

—¿Y cómo es?

—Exactamente como tiene que ser para un bárbaro traidor —dijo Sextio sentándose en el borde, mientras los otros se apresuraban a retirar la escalera. Barbato tendió la mano hacia el excenturión para ayudarlo a levantarse, pero no pudo, porque de repente Sextio fue arrastrado hacia abajo.

—¡Me ha cogido las piernas! —gruñó Publio con los ojos como platos.

—¡Sujetadlo! —gritó Barbato tratando de agarrarlo.

—¡Está tirando de mí!

—¡Sujetadlo! —repitió el viejo a los guardias, con la cara roja—. ¡Sujetadlo!

El excenturión trató de apoyar los codos en el suelo para que Vercingétorix, que lo tenía sujeto por los tobillos, no lo tirara al foso.

—¡Agarradlo por los brazos!

Los hombres se arrojaron sobre Publio, que estaba desapareciendo en la negrura, y lo asieron. Su espalda se tensó, crujiendo junto con los hombros. El exprimipilo rugió de dolor. Uno de los guardias le agarró la mano tullida y se le resbaló.

—¡He dicho que lo sujetéis!

Publio Sextio se asió de nuevo al guardia y, ayudado por los demás, trató de colocar los dos codos fuera del agujero.

—¡Así! —rugió Barbato—. ¡Sujetadlo!

Durante un instante, Publio salió de nuevo fuera del agujero con los brazos, pero una vez más dos fuertes tirones lo bajaron.

—¡No lo soltéis! —volvió a gritar el vigilante.

—¡Sujétame, Barbato!

—¡No te suelto!

Pero la fuerza de Vercingétorix era mayor que la de todos los otros juntos. Se aferró a las piernas de Publio con toda su corpulencia y tiraba de él, haciéndolo chillar de dolor. Era como si todas las heridas sufridas estando en la legión se le hubiesen reabierto a la vez.

—¡No te suelto!

Los guardias sujetaron con todas sus fuerzas los brazos del romano y consiguieron sacarlo hasta la cintura.

—¡Aguanta! ¡Te vamos a sacar! —le dijo el esclavo, animándolo con los ojos fuera de las órbitas.

En el *Tullus* resonó un rugido tan fuerte que pareció que temblaban las paredes, y Publio volvió a bajar hasta el pecho. A uno de los guardias se le soltó de golpe el brazo y cayó hacia atrás, mientras Publio se estrellaba de cabeza contra el borde.

—¡Sujetadlo!

Otro tirón muy fuerte y el otro brazo también se les soltó a los guardias, que se arrojaron sobre la cuerda para tratar de retener a Publio.

—¡No, no!

Un nuevo rugido y la cabeza de Publio desapareció, arrastrando cuerda y guardias, que se apoyaron en el borde para no acabar también en las entrañas del *Tullianum*.

Publio cayó en el suelo húmedo con un ruido sordo y ahí se quedó, sin poder respirar. Le dolía todo el cuerpo y le parecía que la espalda y las piernas se le habían partido en la caída. Entornó la boca, lanzó un débil gemido y le entró el líquido pútrido del suelo.

—¡La escalera, coged la escalera!

Publio notó que el enorme cuerpo de Vercingétorix se movía, que sus grandes piernas pasaban por encima de él. Miró hacia el ojo del *Tullus* y vio que el galo agarraba la escalera que estaban bajando para tirar de ella con fuerza.

—¡No! —gritó Barbato antes de que la escalera cayese en el foso.

—Id corriendo a buscar una cuerda. ¡Rápido!

Publio Sextio tuvo una arcada y escupió la porquería que se le había metido en la boca. Buscó con la mirada a la fiera con la que ahora compartía la jaula y sintió que lo agarraba, que le daba vueltas como a una ramita y que lo levantaba en vilo.

Cuando por fin consiguió enfocar las imágenes, vio a Rix mirándolo a un palmo de distancia, agarrándolo de la túnica.

—¡Déjalo salir! —gritó Barbato con la cabeza metida en el agujero, por lo que su voz retumbaba.

El arverno miró directamente a los ojos a Publio, con la nariz fruncida. Torció los labios hacia abajo e hinchó el pecho como un enorme fuelle, luego abrió la boca y lanzó un grito salvaje que acometió el rostro de Sextio, antes de invadir la *Carcer*, subir a la galería y salir a las Gemonías.

Los guardias cogieron las armas y se dividieron en busca de una segunda cuerda.

—Suéltalo o morirás hoy mismo —grito Barbato antes de que Publio recibiese un puñetazo en plena cara y acabase en el suelo con la mandíbula dolorida y un pitido en los oídos.

De nuevo la fiera se arrojó sobre el romano y de nuevo lo levantó en vilo, de nuevo le pegó y lo lanzó contra la pared de piedra para luego tirarlo al suelo.

El *Tullus* daba vueltas vertiginosamente alrededor de Publio a la vez que los gritos de Barbato, y siguió girando cuando se levantó y la enorme mano de Vercingétorix le apretó el cuello. Publio se asió a la muñeca de Rix, abrió la boca ensangrentada para respirar y se encontró en la boca el pan impregnado de líquido pútrido del suelo. Trató de soltarse mientras el otro le metía cada vez más dentro el pedazo de pan, mezclando la mugre y el meado con la sangre, hasta que sintió que ya no podía respirar, hasta que ya no pudo gritar como un loco, hasta que sintió que se moría.

—¿Cuándo vas a parar de gritar?

—Publio se inclinó en la cama presa de convulsiones. Una arcada lo hizo doblarse en dos por los pinchazos, y enseguida vomitó en el suelo.

—¡Maldito borracho!

Sextio esperó unos instantes a que la habitación dejase de dar vueltas a su alrededor. Empapado de sudor, jadeando y con hilos de baba cayéndole de la boca, se levantó y, procurando esquivar el vómito, llegó al balde y se enjuagó la cara. Se quedó unos instantes recuperándose, luego la mirada se volvió viva, la respiración firme. Agarró el balde y lo volcó en el suelo con un gruñido.

—Maldito cabrón...

En un instante se marchó por la puerta, seguido por las maldiciones de los inquilinos.

—No vas a matarme, Rix —gritó Publio con la cabeza en el agujero—. Puedes venir incluso todas las noches en sueños a cogerme, pero cada vez que abra los ojos estaré a salvo y te encontraré aquí, donde, en cambio, a ti nadie podrá salvarte.

El silencio ensordecedor de siempre fue la respuesta de Vercingétorix.

—Si los tuyos no me mataron en nueve años de guerra en la Galia, tu pensamiento no podrá acabar conmigo. ¡No puede! Solo es una pesadilla, solo una puta pesadilla que se esfuma en cuanto abro los ojos. Las pesadillas no matan.

El ruido de la cadena resonó en el vientre del *Tullianum*.

—Oh, el rey se mueve hoy.

Otro paso metálico.

—¡Ánimo, muéstrate!

La figura del arverno surgió de la penumbra en el débil cono de luz que llegaba de arriba.

—Aquí está…, el rey de todos los galos.

El prisionero elevó la cabeza hacia el agujero y su mirada, encajada en el rostro sucio, llegó a Báculo.

—Me sorprendes, Rix.

Vercingétorix era tan alto que, si saltaba con los brazos levantados, habría podido rozar con las manos la bóveda del techo del *Tullus*.

—Muy bien, por fin te vemos, la bestia sale de su cubil.

Los ojos de los dos eran cuchillas incandescentes.

—Y ahora ¿qué vas a hacer? ¿Sales dando un salto como en la pesadilla? ¡Anda, demuéstramelo!

Vercingétorix apretó las mandíbulas y curvó los labios mirando con odio al romano. Los corazones de los dos empezaron a latir como tambores. Habían nacido para enfrentarse.

—¡Ánimo, puto rey de los pordioseros, habla! Oigamos tu noble voz.

—Publio… Sextio… Báculo… —rezongó el arverno con su acento galo señalando al excenturión—. Yo no puedo salir, pero tú puedes entrar.

Publio aguzó la mirada.

—¡Si eres el hombre que dices —rugió la fiera—, baja!

—Ahora mismo, cabrón.

—¡No, no! —gritó Barbato precipitándose por la galería con los guardias.

Publio se sentó en el agujero con las piernas colgando.

—¡Detenedlo!

Vercingétorix tendió la mano hacia arriba.

—¡Baja, Publio Sextio!

—¡Detenedlo!

El excenturión se apoyó en las manos para bajar al agujero, pero dos guardias se le echaron encima y lo retuvieron.

—¡Soltadme!

El tercer guardia ayudó a los otros dos y en un instante Publio fue inmovilizado en el suelo. Barbato pasó al lado del agujero y vio que Vercingétorix le hacía una mueca maligna.

—Cálmate, Publio Sextio, cálmate, por favor —dijo Barbato—. No debes escuchar al prisionero.

—¡Lo mato!

—Qué bonita escena.

Todos se volvieron hacia la galería y vieron al triunviro Esceva con su habitual mirada siniestra.

—El viejo esclavo del Mamertino —continuó el triunviro— regañando a un excenturión con un montón de condecoraciones.

Todos se quedaron quietos ante la autoridad.

El triunviro clavó los ojos en Publio.

—Un excenturión que no es capaz de cumplir un encargo —siguió diciendo con sarcasmo Esceva—, y eso que no me parecía muy difícil. Quiero decir..., tenías que sentarte aquí y no hacer nada en todo el día. Solo mirar ese agujero. No eres capaz ni de hacer eso. Sextio Báculo, no puedes estarte ahí quietecito, tienes que meterte en el foso y tratar de matar al preso; oye, pues casi me gustaría que entraras para disfrutar del espectáculo.

Publio Sextio se puso de pie y se recompuso.

—Verás, centurión, tu carta de recomendación no va a protegerte mucho tiempo, las cosas en el Senado empiezan a tomar un cariz que puede ser sumamente perjudicial para ti. El cónsul Claudio Marco Marcelo ha anunciado que presentará la propuesta de sustituir a Cayo Julio César antes del término de su mandato como procónsul de las Galias y del Ilírico, pues, como se deduce por los comunicados y por la presencia de nuestro huésped en el *Tullus*, la guerra en la Galia puede considerarse victoriosamente terminada. Ha llegado el momento de licenciar al ejército y de mandar a casa a la gente como tú.

El veterano, rabioso, apretó la mandíbula.

—Y si acaso crees que el procónsul puede presentarse de nuevo como candidato al cargo, te digo desde ya que para hacerlo tendrá que regresar a Roma como ciudadano privado, y que el Senado solo espera eso para debatir sobre su actuación ilegal antes que de su candidatura. Te doy un consejo, Publio Sextio Báculo: ten mucho cuidado con lo que haces, estás aquí por voluntad de Tito Labieno, pero si resultara que Tito Labieno está también implicado en los siniestros asuntos de Cayo Julio César, tendría tantas preocupaciones que jamás se acordaría de ti, que es lo que yo espero, ¿comprendes?

Báculo asintió, triste.

—Quiero un informe diario sobre las condiciones del prisionero y quiero leerlo todas las mañanas al despertarme, Báculo, ¿has comprendido?

—Lo tendrás, triunviro.

Lucio Paquio Esceva observó al veterano y al esclavo, dio luego dos pasos hacia el agujero y miró dentro, donde se encontró con los ojos de Vercingétorix, que lo encaraba desde abajo, a la débil luz de la prisión. El cruce entre la mirada preñada de odio de abajo y la asqueada de arriba apenas duró unos instantes, el triunviro desapareció entonces de la vista del arverno, ya solo se oía su voz alejándose.

—Mientras el procónsul conserve su cargo, mantenedlo con vida, después ya decidiremos qué hacer con ese pordiosero.

IX

El encuentro

—Abajo —le dijo Vercingétorix a Vercasivelauno, señalando a un grupo de jinetes que iban hacia ellos.

—Por fin, tras cinco días a caballo, el destino nos es propicio —le respondió el primo, que tenía su misma estatura y su misma mirada. Se habían criado juntos bajo las enseñanzas de Ambacto, y se habían dado a conocer en las recónditas regiones de Auvernia que seguían apegadas a las ideas nostálgicas de Celtilo.

—Quedaos quietos y dejadme hablar a mí —mandó Vercingétorix al nutrido grupo de jóvenes jinetes arvernos que había reunido entre los nobles todavía fieles a su difunto padre.

—Parecen heduos —le hizo notar Vercasivelauno.

—Son heduos —confirmó el otro antes de espolear a Esus, su potro negro como la noche, hacia la *turma* que se estaba acercando al trote—. El general romano los utiliza para estas tareas de reconocimiento.

—Y nosotros somos infinitamente mejores que ellos.

—¡Desde luego!

Los dos arvernos avanzaron con la cabellera al viento hacia los jinetes heduos, que formaron en abanico en la cumbre de la colina de enfrente empuñando las lanzas. En medio de la formación se colocó un soldado con una capa roja y un yelmo de estilo romano, que aguardó la llegada de Vercingétorix y Vercasivelauno quieto en su caballo, con las muñecas cruzadas sobre uno de los cuernos de la silla.

Un heduo los mandó detenerse con un gesto de la mano a unos cincuenta pasos de distancia.

—¿Quiénes sois?

—Soy Vercingétorix, hijo de Celtilo, de la tribu de los arvernos, y este es mi primo Vercasivelauno.

El heduo se volvió hacia el jinete de la capa roja y cuchicheó con él antes de contestar.

—Ave, Vercingétorix, soy el decurión Pisón de Aquitania, comandante de esta *turma* de jinetes —dijo el hombre traduciendo las palabras del romano—. Has entrado en un territorio que pertenece a los aliados de Roma con gente armada. Te pregunto por qué lo has hecho.

Esus relinchó, pateando nervioso la pezuña contra el suelo.

—He llegado hasta aquí desde Auvernia porque quiero prestar mis servicios al general romano Cayo Julio César.

De nuevo, una mirada indagadora.

—Te escoltaré al fuerte más cercano, Vercingétorix, hijo de Celtilo, pero he de pedirte que me entregues las armas.

—Soy un noble arverno, mi palabra de honor vale más que mi propia vida.

El jinete heduo esperó unos instantes la respuesta del romano, que aspiró con desgana antes de replicar.

—Soy un oficial del orden ecuestre de Roma y mi vida vale más que cualquier palabra.

Los dos se cruzaron una mirada glacial, luego Vercingétorix, frunciendo los labios, se quitó la espada y se la tendió al decurión, y ordenó a sus hombres que hicieran lo mismo.

La columna emprendió la marcha no bien entregaron las armas. Los heduos se colocaron en los dos extremos de la columna, los arvernos en el centro.

—Todavía no hemos llegado y ya nos han desarmado y rodeado.

—A lo mejor se encuentran con muchos grupos como el nuestro —le dijo Vercingétorix a su primo—, a lo mejor es lo que hacen con todos.

—¿Y la palabra de un noble arverno no vale nada?

—Haremos que valga, primo, da tiempo al tiempo.

Vercasivelauno asintió, nervioso.

—¿Qué opinas del... decurión?

—No opino nada, pero no lo perdamos de vista, no me fío de nadie.

—Yo tampoco.

—Mira...

Torres de madera y una larga empalizada aparecieron en el marco del cielo al ocaso. La columna había llegado a un gran campamento fortificado protegido por fosos, que Vercingétorix miró con ávida curiosidad.

El grupo de jinetes dejó atrás una columna de soldados que volvía al acuartelamiento con haces de leña. Uno de ellos, con un yelmo de cimera roja, saludó al decurión y luego miró con gesto hosco al resto de los hombres.

Los arvernos observaron el fuerte, era inmenso y parecía que la empalizada no acababa nunca. A intervalos regulares había torres que proyectaban una larga sombra hacia ellos como los dedos de una gigantesca mano. Un foso rodeaba toda la empalizada, por la que asomaban siluetas de yelmos y puntas de lanza.

En la puerta de la fortaleza, un grupo de hombres armados esperaba apoyado con desgana en sus escudos. Dejaron de hablar entre sí y se fijaron en los recién llegados. Uno de ellos, con una armadura repleta de condecoraciones, se acercó a Pisón con paso firme. Tenía la barba canosa por la edad y una profunda cicatriz le atravesaba la mejilla hasta el ojo izquierdo. Los dos se intercambiaron frases incomprensibles riendo, luego el decurión mandó con un gesto a su grupo que entrara en el campamento.

Vercingétorix cruzó una mirada amable con el hombre del rostro marcado y atravesó las dos torres que vigilaban la entrada como dos colosales centinelas. Al otro lado de la puerta había un amplio espacio abierto que costeaba todo el perímetro del fuerte. A la derecha, varios destacamentos de soldados se juntaban de forma ordenada. A la izquierda, unos jinetes se entrenaban en el arrastre de máquinas de madera para el lanzamiento de piedras. Delante de él, un largo camino de tierra apisonada conducía directamente a un conjunto de enormes tiendas.

—Arverno.

A los lados de ese camino había centenares de tiendas alineadas, todas parecidas entre sí y del mismo tamaño.

—Arverno, el decurión te está hablando.

Vercingétorix apartó los ojos del campamento como despertándose de un sueño. Se dio cuenta de que el intérprete le decía algo.

—Tus hombres tienen que quedarse aquí, solo tú puedes seguir.

—De acuerdo. —Rix se volvió hacia su primo—. Que los hombres y los caballos descansen.

Vercasivelauno asintió con su mirada orgullosa.

—Te espero aquí.

—Todo saldrá bien.

—Lo sé.

Un leve golpe de talones y Ebus resopló y se puso en marcha, siguiendo al caballo del decurión. Seis heduos se les unieron por el camino.

—Esta es la vía Pretoria —dijo el intérprete repitiendo las palabras de Pisón de Aquitania—, y conduce directamente al Pretorio, el centro del campamento, donde están los comandantes.

Vercingétorix se enderezó en la silla para darse empaque, pero no podía dejar de mirar hacia todos lados. Las entradas de las tiendas estaban alineadas hacia largos pasillos que formaban calles más pequeñas, perpendiculares a la calle por la que iban. En esas calles, centenares de soldados charlaban alrededor de hogueras. Nunca había visto nada semejante. Notó que los postes de las tiendas estaban fijados al suelo, de manera que los cables que servían de tirantes estaban atravesados, formando una especie de retícula entre tiendas. Todo lo que observaba parecía ser parte de una planificación perfecta, donde cada cosa se encontraba en un lugar por un motivo específico.

En efecto, pensó, todas esas calles rectas permitían que los soldados se moviesen con facilidad, que salieran y entraran en sus tiendas muy rápido. El comandante, ubicado en el centro, era el más protegido de todos, pero al mismo tiempo tenía delante una calle ancha para llegar a cualquier posición del campamento en poquísimo tiempo.

Echando un simple vistazo alrededor, se notaba el tamaño del fuerte. Era enorme y, dada la colocación regular y ordenada de cada una de las tiendas, todo se veía sin ningún tropiezo. Ni un solo árbol, ni un solo edificio alto en el campamento, solo las torres a intervalos regulares descollaban en todo el perímetro, vigilando el interior y el exterior.

—Detente aquí, arverno, y baja del caballo.

Vercingétorix miró de nuevo hacia delante. Un grupo de hombres armados estaban frente a una tienda grande, delante de la cual había un montón de pendones y enseñas. Soldados con las armaduras repletas de condecoraciones lo miraron de arriba abajo.

De la tienda salió un hombre alto y fuerte. Seguramente era un jefe de clan local, un galo. Vestía una panoplia con placas de enorme valor y llevaba al cuello un torques de oro macizo. Detrás de él había un romano, un comandante o, en cualquier caso, alguien importante, con una maravillosa armadura.

Los dos se despidieron, el galo se acercó a unos soldados, que se fueron con él, y cuando el romano se disponía a entrar en la tienda, lo llamó el decurión que había acompañado hasta ahí a Vercingétorix. Aquitano se acercó al oficial, lo saludó y los dos se pusieron a hablar, volviéndose de vez en cuando hacia el arverno.

—Podéis dormir dentro del campamento —dijo el decurión cuando terminó de hablar con el otro—. Esta noche tendremos que improvisar, mañana buscaremos unas tiendas.

—El General Único..., Julio César, ¿no va a recibirme? —preguntó Vercingétorix mirando al oficial de fuertes brazos.

Aquitano sonrió.

—Ese no es el jefe supremo, pero es uno de sus hombres más próximos, se llama Lucio Minucio Básilo.

—¿Y cuándo podré hablar con el jefe supremo?

—Quién sabe cuándo.

—¿Le has dicho quién soy?

Pisón sonrió de nuevo y el intérprete tradujo.

—Vienes con muy pocos hombres como para esperar un encuentro pronto.

La mirada del arverno se hizo cortante.

—Poneos cómodos, nosotros nos ocuparemos de vuestros caballos.

—¿De los caballos?

—Sí, Vercingétorix, hijo de Celtilo. Seréis nuestros invitados hasta que el procónsul de las Galias, Cayo Julio César o, como tú lo llamas, el General Único, decida recibirte. Hasta entonces, las armas y los caballos los guardaremos nosotros. Has querido entrar aquí, saldrás como amigo de Roma o no saldrás. Hasta entonces, atente a las reglas.

—¿Me estáis reteniendo a la fuerza?

—Cuentas con muy pocos hombres como para hacer preguntas.

El arverno no pudo contestarle a Aquitano, porque ya había desaparecido detrás del montón de pendones, entonces se acercó al intérprete que lo había conducido hasta ahí.

—¿Quién era ese hombre que ha salido de la tienda? ¿Ese galo?

—Cavarino, de los senones.

—¿Es un noble?

—Es el rey.

—¿Rey?

—Sí, rey.

—Así que los senones están regidos por una monarquía...

—A Cavarino lo ha puesto en el trono César, pero su familia siempre ha sido de estirpe regia. Sus antepasados eran reyes, y también lo era su hermano.

Vercingétorix asintió.

—Muy interesante.

X

Cónsul sin colega

—Empezaba a preocuparme, Báculo —rezongó Barbato.

—¿A preocuparte?

—Sí, porque esta mañana has llegado muy tarde y eso es impropio de ti.

—¿Ahora tengo que rendirle cuentas a un esclavo público de lo que hago?

—No, claro que no, pero me preocupo por ti. ¿Estabas en los *Rostra* esta mañana?

—No.

—Yo sí, y escuché las noticias del día. El cónsul Claudio Marco Marcelo ha propuesto privar de la ciudadanía a los ciudadanos de Novum Comum.

—No sé ni dónde está eso.

—Es una ciudad de la Cisalpina fundada por Cayo Julio César, en la que se han asentado cincuenta mil colonos latinos y griegos a los que el procónsul ha concedido la ciudadanía, dándoles todos los derechos propios de los ciudadanos de Roma.

—¿Y eso va a tener de alguna manera repercusiones en mi vida?

—Bueno, una parte de la multitud ha empezado a insultar a los senadores, ha habido una pelea en el Foro después de esa noticia.

Publio sonrió.

—¿Se han peleado porque les han quitado la ciudadanía a los colonos?

—No, se han peleado porque se ha promulgado una ley contra César, tu general. El Senado está haciendo de todo para ponerlo entre la espada y la pared, quiere hacer que vuelva a Roma como ciudadano privado para juzgarlo, ya ha encargado a Pompeyo que se ocupe de la salvación de la República y lo ha nombrado «cónsul sin colega».

Publio miró la oscuridad del *Tullus* y luego se sentó en la banqueta.

—De modo que el Senado ha entregado a una sola persona el *imperium proconsulare maius,* un poder ilimitado sobre las provincias, un poder mayor que el de los gobernadores de las propias provincias.

—Y además de eso, Pompeyo tiene carta blanca para hacer reclutamientos masivos en todo el territorio itálico y para reincorporar a los veteranos a las legiones acampadas al norte de Roma. Han creado a un hombre que ahora se ha vuelto más poderoso que el propio sistema que lo eligió.

Publio Sextio se encogió de hombros.

—Puede, pero en mi opinión el Senado no se ha dado cuenta de aquello en lo que se ha convertido César después de la guerra en la Galia. Si creen que van a asustarlo situando legiones en el norte de Roma, están locos. La guerra en la Galia acaba de terminar, lo demuestra nuestro huésped de aquí abajo, lo cual significa que César tardará mucho menos tiempo en volver a llamar a sus veteranos que Pompeyo.

Barbato no supo replicar.

—Pero no temas —concluyó Publio—, tu vida no podrá empeorar.

XI

Jinetes de César

—Por aquí, arverno.

Vercingétorix siguió a Pisón de Aquitania y al intérprete hasta el montón de pendones que había delante de la entrada de la tienda pretoria y cruzó ese pasillo de hierro aguijoneado por las miradas de todos los portadores de las enseñas.

Dentro, dos hombres con armadura de escamas lo miraron de arriba abajo antes de saludar a Pisón y cederles el paso hacia otra entrada, que daba a un nuevo espacio donde unos oficiales sentados a una mesa hablaban a la vez que observaban unos mapas.

—Detengámonos aquí.

Vercingétorix observó uno a uno a los hombres de la mesa y trató de imaginar qué decían mientras señalaban los mapas. Detrás de ellos había varios guardias que en silencio lo miraban con los brazos cruzados. De repente, los hombres dejaron de hablar y abandonaron la habitación, se quedó solo uno de pie, apartado de la mesa. Era alto, de nariz respingona, con barba y pelo oscuro y rizado.

—Comandante —tradujo el intérprete las palabras de Pisón—, te traigo a Vercingétorix, hijo de Celtilo, de los arvernos. Ha pedido audiencia porque él y sus hombres quieren ponerse a nuestro servicio.

Sus miradas por fin se cruzaron.

—Ave, estoy encantado de conocerte, me llamo Tito Labieno y soy el comandante de las legiones establecidas en la Galia.

Vercingétorix arrugó la frente.

—¿El comandante no es Cayo César?

—Sí, así es, pero yo lo reemplazo en su ausencia. El procónsul de las Galias no se encuentra aquí en este momento, llegará pronto. Si tienes algo que decir, has de decírmelo a mí.

Hubo un instante de embarazoso silencio antes de que el intérprete hablase nuevamente.

—Estoy aquí para ponerme al servicio del general César. He traído conmigo a excelentes jinetes. Todos son jóvenes arvernos dispuestos a demostrar su valor.

Tito Labieno los invitó con un gesto a sentarse en unas banquetas de campamento a la mesa y él hizo lo propio.

—Sé que los arvernos, de donde dices proceder, tienen un gobierno regido por un consejo de nobles aristócratas, Ver..., perdóname, recuérdame tu nombre.

—Vercingétorix.

—Vercingétorix —repitió Labieno.

—No tengo nada que ver con el gobierno arverno.

—¿No? ¿De manera que ninguno de ellos está al corriente de tu presencia aquí?

—No.

Tito Labieno cogió un mapa de la Galia Comata y repasó los nombres de las ciudades.

—¿No estás emparentado de ningún modo con alguno de los nobles del gobierno de... Gergovia? —dijo encontrando la capital de los arvernos.

—No.

—De manera que has cogido a un centenar de jinetes como esos con los que estás aquí, que pueden permitirse buenos caballos y buenas armas, y has venido a verme para luchar, sin que nadie te lo haya pedido y sin que ninguno de tus gobernantes lo sepa.

—Ni yo ni los hombres que te he traído vivimos en Gergovia, venimos de los campos y no tenemos nada que ver con los aristócratas de la capital.

—Comprendo..., Vercingétorix —dijo Labieno captando el desprecio en el tono de su interlocutor—. ¿Y por qué lo haces? ¿Necesidad? ¿Riqueza? ¿Prestigio? ¿Miedo?

—Quiero demostrarle mi valía al general César.

El legado lo miró fijamente a los ojos.

—Interés...

Los dos se quedaron inmóviles, el uno frente al otro, separados por el mapa de la Galia.

—¿Quién puede responder por ti, Vercingétorix?

—Yo mismo, dame la oportunidad y lo verás.

En el rostro del legado apareció una sonrisa que rápidamente se esfumó.

—Perdóname, pero eso es muy poco, no puedo introducir en mi caballería a un centenar de desconocidos armados sin ninguna garantía. Además de los jinetes, necesito rehenes, Vercingétorix. Tengo que hospedar a unos cuantos parientes vuestros en algún destacamento. Tratarlos como invitados del pueblo romano y protegerlos, al menos hasta que tú y los tuyos hayáis demostrado vuestra fidelidad. ¿Tienes hijos? ¿Padres?

El arverno tragó saliva.

—Solo mi madre y mi primo Vercasivelauno, que está aquí en el campamento. Para mí él es un hermano.

—Pero tu primo no es suficiente. Tengo que pedirte que mandes volver a los tuyos a Auvernia y que traigan rehenes, entre ellos, a tu madre. Encomendaremos precisamente a tu primo esta importante misión.

Vercingétorix no tuvo tiempo de replicar.

—¿Quieres demostrar tu fidelidad, Vercingétorix? Puedes empezar por eso, ahora. Sé fiel, y todo lo que te estoy pidiendo lo recuperarás aumentado.

—Me iré yo también con ellos, partiré hoy mismo —replicó el arverno pasados unos segundos.

—De nada vale. Tú puedes quedarte aquí en el campamento para que podamos contar contigo. Tenemos varios nobles de la Comata, puedes estar con ellos, dentro de poco os necesitaremos a todos.

Vercingétorix estaba visiblemente contrariado por lo que le estaba imponiendo el romano, pero se daba cuenta por la mirada de este de que no podía hacer otra cosa. Ya ni siquiera podía negarse a colaborar. Ya no había más solución que seguir adelante.

—Aquitano, tú puedes quedarte —ordenó Tito Labieno poniendo fin a la conversación.

—Nosotros nos podemos ir —tradujo el intérprete alterando la última frase.

Vercingétorix se levantó y se despidió con un gesto de la cabeza, miró durante un breve instante al romano y luego se volvió y salió seguido por el heduo.

—En la Galia —le dijo Labieno a Pisón cuando se quedaron solos—, las familias nobles que tienen monarcas entre sus antepasados, suelen colocar el sufijo «rix» al nombre de los hijos primogénitos.

Pisón asintió.

—Estos «rix» entran por derecho propio a formar parte de un círculo de personas muy poderosas que dirigen con los druidas los ámbitos políticos y militares de su tribu. Por su ascendencia, son ricos y tienen un numeroso séquito de clientes y esclavos, por lo que me parece muy raro que uno de ellos se aparte de su núcleo de poder para quedarse aquí con un centenar de jóvenes solo por el gusto de servir a Roma.

Labieno se frotó la barbilla mirando Gergovia en el mapa.

—Envía a alguien de confianza con el tal Vercasivelauno y pídele que observe todos sus movimientos y que escuche todas sus palabras. Debe contarnos cómo ha sido recibido y el poder que tiene sobre su gente. Tú, entretanto, irás a Gergovia en busca de información... Quiero saber quién es el tal Vercingétorix.

El primipilo Publio Sextio Báculo de la legión XII se asomó por el parapeto de la torre a la luz roja del ocaso y ordenó a los hombres formarse, antes de mandar al cuerpo de guardia que abriera el portón. El suelo tembló cuando los jinetes se desplegaron dentro del fuerte, aminorando el ritmo para juntarse en el espacio vacío a lo largo del perímetro de la empalizada.

Las cohortes formadas entre los humos de las antorchas empezaron a golpear los gladios sobre los umbos de los escudos, mientras Tito Labieno salía de los bloques para ir al encuentro de los jinetes con una sonrisa satisfecha. Se sentía siempre inquieto cuando el procónsul se alejaba de las Galias para ir a Italia, y siempre estaba encantado de verlo regresar.

Cayo Julio César se apeó del caballo de un salto y no bien los hombres formados vieron aparecer su silueta a la luz de las antorchas, gritaron su nombre. Dando unos breves pasos firmes, el hombre más poderoso de toda la Galia se acercó a sus legionarios y los saludó.

—Bienvenido, procónsul.

—Encantado de verte, Tito.

—¿Has tenido un buen viaje?

—Estupendo —contestó César desatándose el yelmo—, esta mañana adelantamos al mensajero que había mandado de Lucca para que te anunciara mi llegada.

Labieno se rio y dejó que el procónsul saludase a sus leales pasando delante de las formaciones. Los soldados lo querían y habrían hecho cualquier cosa por él, y él sabía perfectamente qué hacer para conquistarlos. César saludó a los centuriones y llamó por su nombre a algún veterano fuera de las filas, luego volvió hacia Labieno, que lo esperaba con su primer centurión.

—Publio Sextio, veo que has mantenido el orden en el fuerte durante mi ausencia.

—Como siempre, procónsul.

—Bien —dijo César estrechándole la mano—, gracias a gente como tú puedo dormir tranquilo.

—Gracias, procónsul. Entonces, ahora que has vuelto, si lo permites, yo también me voy a echar una cabezadita.

—A lo mejor en otra ocasión, Báculo —dijo César riendo—. Te necesito para escribir la historia, te sobrará tiempo para dormir en cuanto me maten.

—Cosa que no va a pasar mientras estés con nosotros —concluyó el centurión cediéndole el paso a César, que se dirigió por el camino principal con Labieno.

—¿Cómo ha ido? —le preguntó este siguiéndolo hacia el Pretorio.

—Diría que mejor imposible. Llegaron a la ciudad el mismo día ciento veinte lictores y más de doscientos senadores. Lucca nunca había visto nada semejante antes, era como estar en Roma.

—Eso dice mucho sobre el interés que tenían en Roma por tu llegada a Lucca.

—Sí, lo que tenía que ser un encuentro entre Craso, Pompeyo y yo se convirtió en una reunión sumamente animada, que me ha confirmado que nuestras victorias aquí son recibidas con interés y entusiasmo por muchos en Roma. También contamos con un montón de defensores influyentes, sobre todo de gente que no se compromete abiertamente.

—¿Y Craso? ¿Pompeyo?

—Antes del encuentro, las relaciones entre ellos parecían irrecuperables, sus diferencias volvieron a aparecer y en el último año los dos han actuado por su cuenta, persiguiendo sus metas personales sin pensar en lo más mínimo en nuestro pacto.

Los guardias y los portaestandartes saludaron al procónsul, que entró en la tienda seguido de Labieno y Báculo.

—Craso es demasiado rico como para ser también un político juicioso, está demasiado ocupado pensando en sus finanzas, mientras que Pompeyo está demasiado sediento de gloria como para ser también un político capaz de negociar con el Senado. El hecho de que entre los dos ya no haya colaboración y de que yo esté lejos ha creado un vacío de poder en el que los optimates se están revolcando.

—Los aristócratas... —masculló Labieno mientras un esclavo entraba para ayudar al procónsul a desatarse la capa.

—Nuestro Pompeyo —continuó César— ha pedido varias veces el mando de un ejército y de una flota, y también disponer de la caja de la República.

—Es un riesgo concentrar en las manos de un solo hombre semejante poder.

—Sí, busca recuperar la ilimitada autoridad que le concedieron en los tiempos de Mitrídates y de la guerra contra los piratas —explicó el cónsul mientras se despojaba también del talabarte y del gladio—. Pero los tiempos han cambiado y el Senado se ha opuesto claramente.

—Esto confirma lo que decías hace poco, los optimates han recuperado fuerza política.

Un esclavo entró con una bandeja y vino.

—Sí, hasta mi llegada a Lucca. —César invitó a Labieno y a Publio a servirse—. Tras el anuncio de mi presencia tan cerca de Roma, muchos amigos vinieron a rendirme homenaje y, como te decía, también muchos senadores que no siguen una línea política bien definida pero, con tal de conservar su estatus y sus intereses, están dispuestos a apoyar a los... futuros poderosos.

El lugarteniente de César cogió su copa y miró pensativo a su comandante.

—No estaban ahí ni por Craso ni por Pompeyo, estaban ahí por mí.

El procónsul miraba el vacío, como si aún tratara de asimilar lo que había vivido.

—A veces, estar lejos del centro de poder y de los chismes te puede favorecer. Nuestras victorias en la Galia han aumentado nuestro prestigio, Tito —continuó—. Expliqué por separado, primero a Craso y después a Pompeo, que si seguimos así pronto nos derrotarán los senadores, pero que, si colaboramos entre nosotros, estrechando vínculos con otros senadores, con nuestro prestigio y con el dinero de Craso, prácticamente seremos inatacables. Así, acordamos que ellos pedirán el consulado para el próximo año. Todos los senadores presentes garantizaron su apoyo y yo aseguré el voto de mis soldados. Organizaremos los turnos de los hombres y les daremos licencias para que vayan a votar.

—Hará falta tiempo, César, la situación aquí...

—Lo sé, también he calculado eso. Para ganar tiempo y garantizar el buen resultado de la elección, van a aplazar los comicios. Además, contaremos con los votos de todos los nuevos ciudadanos romanos de las provincias y de las Galias. He concedido la ciudadanía a varios municipios y a legiones enteras. Querido

Tito, la Galia está llena de ciudadanos romanos que están de nuestro lado.

La mirada de Labieno se deslizó sombría a los resplandores violáceos del vino.

—Una vez terminado el consulado, Craso obtendrá el proconsulado en Siria y Pompeyo el de Hispania.

—¿Y tú? —preguntó el lugarteniente de César—. ¿Tú qué obtendrás?

—Una vez elegidos, Craso y Pompeyo me asegurarán el gobierno de las Galias durante cinco años más.

—¿Solo eso?

César sonrió, medio rostro iluminado por la lucerna.

—Entretanto, me han dado dinero para la paga de los hombres, diez legados para las legiones, entre ellos, el hermano de Cicerón, que nos vendrá muy bien, y ningún sucesor. De manera que tengo lo suficiente para conseguir el mismo prestigio que Pompeyo y el dinero de Craso. Solo necesito tiempo, y son justo ellos quienes me lo darán y después..., y después regresaré a Roma.

Tito Labieno esbozó una sonrisa forzada y brindó a su vez. Cuando bebió, cerró los ojos y pensó que la Galia era un pozo que daba riquezas y poder, quizá demasiadas riquezas y demasiado poder para un solo hombre.

—Ahora siéntate y cuéntame de los germanos.

—Estarás cansado del viaje, César.

—El tiempo huye irreparablemente, Tito, lo usaré para descansar cuando esté muerto. Leí los despachos que me enviaste a Lucca y he apresurado mi vuelta para estar aquí lo antes posible. Conozco a los galos y a los germanos y no me fío de ninguno de los dos. ¿Cuál es la situación?

—Como te escribí, las tribus germánicas de los usípetes y de los téncteros cruzaron el Rin por el norte, muy cerca de donde el río desemboca en el mar, e invadieron la Galia en busca de nuevas tierras.

César señaló al esclavo que estaba en el rincón de la tienda tras tomar un trago de vino.

—El mapa.

—Pasaron el invierno bien y protegidos del frío en las tierras de los menapios, comiendo sus provisiones, y después se les unieron muchos de los suyos. Parece que ahora son más de cuatrocientos mil.

El esclavo desenrolló el mapa sobre la mesa y puso cerca una lucerna de aceite. César echó un rapidísimo vistazo.

—¿Estás seguro de esas cifras, Tito?

—Nos las han dado nuestros aliados tréveros.

—¿Tréveros?

—Sí, los menapios y los pueblos confinantes —continuó el lugarteniente del procónsul— han enviado varias embajadas a los germanos, ofreciéndoles lo que sea con tal de que no devasten más sus tierras y se marchen. El hecho es que los germanos, tentados por semejantes ofertas, en vez de cruzar a la otra orilla del Rin, se han ido al otro lado, hacia occidente. Las últimas noticias los sitúan en los territorios de tribus clientes de los tréveros.

—Eso juega a nuestro favor. —César se acarició el rostro mientras estudiaba el mapa—. Los tréveros son nuestros aliados, y si no intervenimos, todos se preguntarán si realmente conviene estar de nuestro lado. Los galos nunca van a aliarse entre ellos, y además ya han cometido la tontería de ir enseguida a tratar con los germanos; muy propio de ellos. Toman decisiones insensatas sin antes decidirlo entre todos ni comprobar si hay otras maneras de afrontar la situación.

—Verás, son volubles. Los nobles galos que nos apoyan están preocupados por las consecuencias que podría tener esta migración. Incluso temen que lleguen también los suevos de sus bosques de Germania.

—Reúnelos, hablaré con sus jefes y los tranquilizaré, de momento enviemos embajadas a los germanos pidiéndoles que abandonen las regiones renanas y que regresen a su tierra, les diremos que les suministraremos cuanto necesiten.

—¿Estás seguro?

—Sí, porque se negarán. Pero, entretanto, nosotros haremos acopio de grano y agruparemos a toda la caballería posible. Dentro de un mes quiero quitar el campamento y dirigirme hacia el Rin.

—Hablando de caballería, hace más de un mes se presentó aquí en el campamento un joven vástago de noble estirpe, un arverno. Quiere ponerse a nuestro servicio.

—¿Un arverno?

—Sí, un tal... Vercingétorix. He recabado información sobre él y he descubierto algo interesante. Es hijo de un tal Celtilo, un aristócrata muy ambicioso que no soportaba la hegemonía de sus poderosos y odiados vecinos, los heduos. Parece que hace unos treinta años precisamente él, con la conformidad de los sécuanos, tuvo la idea de asalariar a quince mil mercenarios del otro lado del Rin para luchar contra los heduos.

—¿Te refieres a los germanos de Ariovisto?

—Sí, exacto.

—¿Quieres decir que detrás de la invasión de Ariovisto estaba ese... Celtilo?

—Eso es lo que oí en Gergovia.

César meneó la cabeza.

—Les fue bien a los galos con Ariovisto, ese zafio bárbaro que, cuando vio los campos cultivados, la civilización y sus riquezas, ya no se quiso ir. Verás, también en ese caso los heduos nos pidieron ayuda por medio de su *vergobreto* Diviciaco, y resolvimos el tema dándole a Ariovisto toda la tierra que necesitaba en la Galia para sus ciento veinte mil guerreros..., la necesaria para enterrarlos.

—Pero —siguió Labieno acercándose al mapa—, si retrocedemos un poco, antes de que llegáramos nosotros, cuando Ariovisto derrotó a los heduos, el tal Celtilo ganó poder a ojos de los suyos y de los pueblos limítrofes. Así las cosas, valiéndose del contacto con Ariovisto y de la aceptación popular por haber reducido a los odiados vecinos, Celtilo, descendiente de una familia que tenía un antepasado soberano de los arvernos, trató de reinstaurar la monarquía y de convertirse en rey, justo en el momento en que nosotros entramos en juego y rompimos el equilibrio derrotando a los germanos. Entonces el druida Diviciaco se convirtió para los galos en el hábil estratega vencedor de esta guerra, de la que los heduos resultaron ganadores y «hermanos del pueblo romano». Los sécuanos se hicieron tributarios de los heduos y también los arvernos, que al final se escabulleron de toda esta historia sin demasiados daños, pero, para los otros galos, perdieron poder y prestigio. Los heduos apoyados por Roma se han convertido ahora en el pueblo más poderoso de la Galia Comata, y los nobles arvernos de Gergovia, por consejo de su propio hermano, Gobanición, eliminaron a Celtilo como a un tirano cualquiera y pusieron un gobierno prorromano, que de momento se mantiene aislado en medio de la Galia.

—¿Adónde quieres ir a parar?

—Cuando asesinaron a su padre, nuestro Vercingétorix huyó de Gergovia siendo un chiquillo y estuvo años escondido en el campo. Su tío le perdonó la vida y lo dejó vivir lejos del centro de poder de Gergovia, si él mismo nos ha contado esto es porque ha querido advertirnos. «Vercingétorix» en arverno significa «gran rey de los guerreros», lo que dice mucho acerca de las expectativas que el padre tenía con su hijo. Por las venas de Vercingétorix corre la sangre de Celtilo, un ambicioso político, un hábil y combativo guerrero, un fino estratega en quien se ocultaba un vengador aristócrata dispuesto a restaurar la monarquía. Los jinetes con los que Vercingétorix ha venido no son unos acompañantes improvisados, son los hijos de los nobles frustrados y marginados que apoyaron a su padre hace treinta años. En fin, nuestro arverno parece en todos los sentidos uno de esos demagogos ricos que la Galia nos propone reiteradamente. Con su ascendiente atrae a los arvernos de fuera de las ciudades y prometiéndoles falsamente que satisfará sus anhelos procura conseguir su respaldo para aumentar la aceptación popular y hacerse con el poder.

—Me hago una idea perfecta del personaje, alguien como Craso o Pompeyo.

Labieno se echó a reír.

—O... César.

La sonrisa se quedó suspendida en el aire.

—Venga, Tito, estoy bromeando —dijo el procónsul riendo a

su vez—. En cualquier caso, nos viene bien que sea un Vercingétorix quien luche por nosotros, en vez de un Gobanición que señala a
su sobrino y se aparta a un lado para ver cómo va todo. El hecho de
que una población numerosa como la de los arvernos tenga dos
facciones nos conviene, nos lo habría dicho hasta el *vergobreto* si
aún viviese. Así que convoca a este «gran rey de los guerreros» a la
parada junto con los otros jinetes galos que nos acompañan, les
brindaremos la posibilidad de conseguir a manos llenas su parte de
gloria.

XII

Germanos

Vercingétorix recorrió con la cabeza erguida el decumano del campamento, indiferente a la lluvia. Cruzó alguna mirada triunfal con un grupo de nobles heduos que avanzaban en la misma dirección y se adentró en el barrio donde estaban instalados los suyos y los rehenes que habían llegado. Podía parecer que se hallaban en un rincón de Auvernia, pero lo cierto es que se encontraban en un enorme campamento romano. Su madre y su primo Vercasivelauno lo esperaban junto con muchos otros alrededor de una hoguera, bajo una estructura sujeta por postes y cubierta con telas que chorreaban agua.

—¡Formaremos parte de la caballería!

—¿Han aceptado? —preguntó el primo.

—¡Sí! —exclamó el otro sonriendo—. Y también recibiremos buenas pagas.

Los suyos mostraron su alegría dándose apretones de manos y palmadas en los hombros. Vercingétorix se acercó radiante a su madre y la abrazó.

—He asistido al consejo que se ha celebrado con los jefes de tribu, todos estaban ahí, he visto con mis propios ojos al *vergobreto* Lisco, a los nobles heduos capitaneados por Dumnórix, a los de los alóbroges, a los de los ambarros, estaba Cavarino de los senones, también he visto a Tasgecio de los carnutes e incluso estaba Induciomaro de los tréveros.

—¿Y César? —preguntó ella.

—A él también lo he visto.

—¿Y te habló?

—Habló con todos. Primero dio buenas noticias de Roma y dijo que el proconsulado para las Galias se va a renovar, así que tendremos que trabajar juntos los próximos años.

Vercasivelauno se acercó a su primo.

—Tenías razón, hemos hecho bien en venir.

—Sí, estamos en el lugar adecuado. No daba crédito a mis ojos cuando vi a los nobles de tantos pueblos juntos. Heduos y sécuanos estaban ahí, reunidos en esa asamblea, ¿te das cuenta? ¡Gente que siempre está enfrentada! Ese General Único consigue reunir a miles de soldados reconciliando a los distintos jefes de tribu. Lo he visto dirigirse a ellos y explicarles la situación, en especial a Induciomaro. Le dijo que en el Rin todo está bajo control. Ya ha mandado embajadas para llegar a acuerdos con los germanos que han cruzado la frontera. Dijo que no va a permitirles a los usípetes ni a los téncteros adentrarse más en la Galia, pero que es necesario que todos contribuyan. Pidió el aporte de contingentes de caballería y de todo lo necesario para su sustento, y que se entierren los viejos rencores: si estamos unidos podemos expulsar a los germanos al otro lado del Rin, si cada uno de nosotros actúa por su cuenta no hacemos más que seguirles el juego a los usípetes.

—¿Han aceptado?

—¡Han aceptado!

Vercasivelauno pegó un grito de alegría mirando a los que estaban reunidos alrededor de la hoguera.

—Y muy pronto seremos de los primeros en partir.

El rostro de la madre se ensombreció.

—¿Adónde?

—El único que sabe eso es el general. No quiere que haya fuga de noticias, no quiere que el enemigo conozca de antemano sus movimientos. Preguntó quién estaba ya listo para partir y yo di un paso al frente y dije mi nombre.

—Tito.

—Sí, comandante.

—Ese coloso que ha dado un paso al frente, avanzando con la cabeza alta...

—Sí, es el arverno del que te hablé.

César asintió.

—Ponlo con los jinetes senones de Cavarino y coloca a su lado a Pisón. Veamos cómo se comporta. Si es tan valiente como arrogante, puede resultarnos útil.

—De acuerdo.

Vercasivelauno y Vercingétorix cabalgaban en la bruma, envueltos en sus capas. Avanzaban con cautela, escrutando la neblina entre la multitud de jinetes heduos enviados de reconocimiento, hasta que las siluetas de dos exploradores que llegaban al galope se materializaron.

—Han visto a alguien —farfulló Vercasivelauno.

Todos los jinetes se detuvieron, menos Aquitano, que salió al encuentro de los exploradores y habló con ellos un momento mientras estos señalaban hacia atrás, hacia los bosques envueltos en niebla.

—Germanos —dijo el romano volviendo donde los heduos—. Un pequeño contingente de caballería a dos millas de aquí. Mantengamos todos la calma, tenemos orden de no atacar —continuó dirigiéndose a Vercingétorix y a los otros comandantes.

—Voy a enviar unos hombres a César para que le avisen de que hemos tenido contacto con los germanos. Quiero que todos los demás se repliegen al otro lado de esa loma y que estén listos para intervenir.

Los jinetes asintieron.

—Vercingétorix —continuó el decurión llamando al arverno—, nosotros nos quedamos aquí con tus hombres.

—De acuerdo —contestó el otro antes de que el intérprete dijese nada.

Pisón miró sorprendido al galo. Era la primera vez que lo entendía sin que nadie tradujera sus palabras.

—¿Qué tenemos que hacer? —continuó Vercingétorix en su latín gutural.

—Tenéis que hacer de cebo. He dejado aquí adrede pocos hombres para ver la reacción de los germanos. Si vienen a parlamentar, los escucharemos; en cambio, si nos atacan, giraremos los caballos e iremos hacia el sur más veloces que el viento. Los nuestros, que se han ocultado detrás de la colina, caerán sobre ellos.

El arverno asintió y Pisón le sonrió.

—Ánimo, *Rix*, los germanos no llevan caballos rápidos, ya verás cómo lo conseguimos.

—¿Rix?

—Sí, Rix, ¿no te gusta? «El rey», ¿no significa eso tu nombre?

Esus relinchó nervioso, golpeando las patas contra el suelo. Había notado algo que Vercingétorix y los otros aún no conseguían ver. El arverno le acarició la crin para calmarlo y miró a su primo y a sus hombres, que se habían colocado ordenadamente en línea, luego fijó de nuevo la vista hacia el frente. Se acomodó en la silla y abrió la capa para llegar mejor a su larga espada.

—Están justo delante de nosotros —dijo Pisón desde su caballo, a pocos pasos de él—. Están ahí, entre aquellos árboles.

Rix aguzó la vista y por fin entrevió movimientos entre la bruma, en el margen de un bosque que se extendía al otro lado de la planicie que había delante de ellos.

—Ya los ve.

—Dejemos que ellos den el primer paso —ordenó Aquitano—. Tenemos todo el tiempo para volver grupas y huir, si atacan.

Vercingétorix tradujo a sus hombres mientras el romano se les acercaba.

—Di a tus hombres que no pierdan los nervios. Trataré de hablar con ellos; en caso de peligro, nos cubrirán las espaldas los heduos.

—¿Nos podemos fiar de los heduos?

—Igual que yo me estoy fiando de ti.

—Entonces, podemos fiarnos de ellos.

—Cuando Dumnórix no está entre ellos, son excelentes combatientes.

—¿Dumnórix?

—Sí, ¿no lo conoces? El hermano del druida Diviciaco.

—He oído hablar de él pero nunca lo he visto.

—Te enseñaré quién es en cuanto haya ocasión. Un heduo engreído y ambiguo, listo y falso a la vez. Por suerte, hoy el procónsul ha determinado mantenerlo a raya. No deberíamos correr demasiados riesgos.

—Más vale así —dijo Vercingétorix antes de que el relinchar nervioso de Esus avisase a los dos de la llegada de los germanos.

Eran un centenar de jinetes y avanzaban al paso hacia ellos. Pisón y el intérprete fueron a su encuentro. Vercingétorix se fijó en la singular corpulencia de los soldados, que contrastaba con la de sus pequeños y desgarbados caballos. Eran barbilargos y tenían el pelo recogido en un moño. Llevaban pantalones y una capa debajo de la cual se entreveía el pecho desnudo. Caminaron impávidos hacia Pisón, que los esperaba quieto, y una vez que estuvieron frente a frente hablaron con él y el intérprete cada vez más tensos, observados por Vercingétorix y Vercasivelauno.

Tres de aquellos jinetes eran mayores y se consultaban unos a otros, debían de ser los jefes de ese destacamento. Uno de los tres señaló con insistencia el suelo con gesto resuelto y elevó el tono de voz, pero Aquitano debía de saber lo que hacía porque replicó, meneando la cabeza y respondiendo de manera igualmente firme.

—¿Qué dice Pisón? —preguntó Vercasivelauno.

—No daremos un solo paso atrás hasta que llegue el procónsul —tradujo su primo.

Y así fue. Los germanos volvieron sobre sus pasos y Aquitano y sus arvernos desmontaron y permanecieron donde estaban, tras enviar a un par de correos a decir a los heduos que siguieran detrás de la colina.

Vercingétorix se acercó a Pisón mientras observaba las siluetas de los germanos, ya a lo lejos, en el margen del bosque.

—No piensan atacarnos —dijo el romano sin apartar la vista de los jinetes que desaparecían en la bruma—, pero tampoco huirán si los provocamos —continuó antes de beber un trago de agua de su bota—. Han dicho que esa es la costumbre que les han transmitido sus antepasados desde la noche de los tiempos: al agresor se le responde con hierro, no con súplicas. Y también han dicho que no están aquí por su voluntad, sino porque los han expulsado de sus tierras. Si lo deseamos, pueden convertirse en unos estupendos aliados y decidir con nosotros los territorios donde establecerse, o bien que los dejemos en los que han conquistado con las armas, porque ellos están solo por debajo de los suevos, que a su vez están solo por debajo de los dioses.

Vercingétorix elevó la vista al cielo, que se estaba poniendo negro.

—¿Qué crees que va a responder el general César?

—Les demostrará que los romanos pueden derrotar incluso a los dioses.

César les dio alcance en plena noche con el resto de la caballería, mientras que las legiones llegaron al amanecer, tras haber marchado sin interrupción, y cuando los vahos de la bruma se disiparon, los germanos vieron cientos de pendones y miles de yelmos brillar a los rayos del sol.

El procónsul recibió a los embajadores usípetes haciéndolos pasar por un pasillo de jinetes, entre los cuales se encontraba Vercingétorix, que observaba con atención cada movimiento del general romano. Los esperaba sentado en un sillón de patas ferinas. Labieno estaba con los brazos cruzados detrás de él, al lado de Cavarino de los senones y Tasgecio de los carnutes. Tribunos y centuriones hacían de marco en medio de los pendones. Entre ellos sobresalía un centurión de mirada resuelta.

—¿Quién es ese? —le preguntó Vercingétorix a Pisón de Aquitania.

—¿El que tiene un montón de condecoraciones?

—Sí.

—Se llama Publio Sextio Báculo, es el primer centurión de la legión XII, uno de los preferidos de Labieno, quiere que esté siempre a su lado. Yo en tu lugar no me quedaría mirándolo mucho.

—¿Por qué?

—Todas las *phalerae* que lleva encima son trofeos arrancados a los que ha derrotado y está constantemente buscando nuevos desafíos.

—Es él quien me mira. ¿Crees que quiere desafiarme?

—Déjalo, Rix, ese tiene a toda la legión XII y al legado de César de su parte. Es un hueso demasiado duro.

Vercingétorix lanzó una última mirada al centurión, antes de que Pisón le señalase a un jinete que iba en medio de los nobles heduos.

—En cambio, ese tipo de ahí, el que lleva ese yelmo que vale una fortuna, es el famoso Dumnórix del que te hablé antes.

—¿Dumnórix el heduo? ¿El hermano de Diviciaco?

—Sí, justo, el mayor hijo de puta de toda la Galia.

—¿Qué ha hecho?

—Oh, nada importante: cuando los heduos nos pidieron que interviniéramos para protegerlos de los helvecios que devastaban sus tierras, él en realidad colaboraba con los invasores. Les refería nuestros movimientos de antemano y tardaba en suministrarnos el trigo que habíamos pactado para el sustento de las legiones.

—¿Con qué propósito?

—Decía que, dado que los heduos ya no podían tener el dominio de la Galia, era preferible someterse a los helvecios antes que a los romanos, quienes, con seguridad, les quitarían la libertad a los heduos y a todas las gentes de la Galia. En realidad, Dumnórix trabajaba en la sombra a favor de los helvecios para convertirse, a su vez, en rey de los heduos cuando terminara la guerra.

—¿Y por qué sigue vivo y está en la caballería hedua?

—Ante todo, porque su hermano, el gran y fiel Diviciaco, le suplicó a César que no tomara medidas demasiado rigurosas contra él. Si le pasaba algo grave a Dumnórix, nadie habría creído que Diviciaco, tan amigo de César, no hubiera tenido nada que ver, y la consecuencia habría sido la hostilidad de todos los galos contra él y, lógicamente, también contra el procónsul.

—Pero... Diviciaco está muerto.

—Sí, pero Dumnórix tiene tantos caudales que mantiene a toda la caballería hedua que está a las órdenes de César. Creo que gracias a eso ha conseguido retrasar su condena a muerte. Supongo que, mientras tenga dinero, también seguirá con vida.

—Comprendo.

—Así que mantente lejos de él si quieres sobrevivir. A Dumnórix lo está observando el procónsul. Evita tratarte con él, a César no le gustaría.

Rix lanzó una última mirada a Dumnórix, luego al centurión Publio Sextio Báculo, a Julio César y a los germanos. La última fue para Pisón.

—En fin, ahí donde miro, cabe la posibilidad de que a uno lo maten.

Pisón de Aquitania rompió a reír.

—Bienvenido a la campaña de la Galia, Rix. Aquí cada día de vida es un regalo de los dioses; por suerte, a mí me quieren mucho mis antepasados y gozo de una buena protección.

Vercingétorix asintió, pero permaneció serio, muy serio. Se volvió hacia los jinetes germanos que estaban tratando de que los entendiera el procónsul por medio de sus intérpretes.

—Puedo comprender vuestros argumentos —dijo César después de haber escuchado al portavoz de los usípetes—, pero quien no ha sabido defender sus propias tierras no puede apropiarse de las de los otros, de manera que, si os quedáis en la Galia, no será posible ninguna alianza con nosotros.

—Nosotros no deseamos luchar contra los romanos y sus aliados, solo queremos tierras en las que poder estar tranquilos.

—No hay en la Galia tanta cantidad de tierra libre que asignar a tal multitud de hombres sin quitársela a alguien.

Un murmullo se elevó de las filas de los nobles galos alineados.

—La única posibilidad que veo para que no tengáis que regresar al otro lado del Rin es que os asentéis en el territorio de los ubios, cuyos embajadores han venido a verme justo para quejarse de los abusos de los suevos, los mismos que os han expulsado de vuestras tierras. Yo mismo podría ordenarles que os acepten para que os enfrentéis juntos a los invasores.

Los germanos hablaron entre ellos antes de dirigirse a César.

—Se lo comunicaremos a nuestros jefes y a los ancianos. Volveremos dentro de tres días con la respuesta —dijeron—, pero, entretanto, noble César, te pedimos que no avances más.

El procónsul meneó la cabeza.

—No puedo hacer semejante concesión.

El de más edad de los germanos tomó la palabra.

—Este puede ser el principio de una valiosa colaboración entre nosotros, o el de una guerra terrible, noble César.

—Soy consciente de ello —contestó resuelto el romano—, por eso quiero demostraros mi buena disposición y concederos los tres días que me pedís, a pesar de que estáis saqueando las tierras de mis aliados. Os pido que les hagáis notar este gesto de colaboración a vuestros jefes.

El anciano se alzó y asintió.

—Nos veremos aquí dentro de tres días.

También el procónsul se levantó de su sillón, le estrechó la mano al germano y permaneció de pie mirando la delegación que recorría de vuelta el pasillo de jinetes alineados.

—Manda montar el campamento y dales el día libre a los hombres para que descansen —le dijo a Tito Labieno—. Nos pondremos en marcha mañana.

—¿No esperamos los tres días?

—No, están tratando de ganar tiempo —contesto el procónsul—. Por lo que nos han referido nuestros exploradores, su caballería ha cruzado el Mosa y está en las tierras de los ambivaretos perpetrando saqueos. De modo que se encuentran a dos días de marcha de aquí. Mañana al despuntar el día desmontaremos las tiendas e iremos directamente hacia los germanos, no tiene sentido esperar a que la caballería acreciente sus fuerzas. Querido Tito, primero tenemos que asegurarnos la victoria, así después presentaremos batalla, nunca hay que hacerlo al revés, presentar batalla y después buscar la victoria.

Labieno sonrió antes de dirigirse a Báculo.

—Manda a los hombres que monten el campamento. Mañana al amanecer nos marchamos.

—A tus órdenes.

Vercingétorix dejó ir a Esus al trote y miró alrededor. Nunca había visto tantos jinetes juntos. Ahí estaba media Galia, de los odiados heduos a los desconocidos tréveros. Debían de ser unos cinco mil hombres, todos con espléndidos caballos. El general romano sabía lo que hacía, había conseguido reunir tribus que llevaban tiempo enfrentadas para combatir una amenaza que las afectaba a todas, y él era el único noble arverno que formaba parte de este acontecimiento trascendental.

Después del primer encuentro de los embajadores de los germanos con César, hubo otro casi igual al día siguiente. Los usípetes le pidieron con insistencia que no avanzara y que ordenara a la caballería que no los atacara, solicitaron además otros tres días para poder enviar mensajeros a los ubios para parlamentar. Si estos aceptaban la propuesta de César, lo harían también los usípetes. El procónsul respondió que ordenaría a la caballería no atacar, pero que de todos modos avanzaría. Concluyó diciendo que solo tenían dos días para responder.

Una vez que los embajadores se marcharon, César reunió a todos los tribunos y prefectos y les dijo que era evidente que los germanos buscaban ganar tiempo para congregar al mayor número posible de combatientes entre sus filas.

El procónsul estableció la forma de aproximación a los germanos; se hallaban aún a doce millas de distancia de ellos y había que acercarse lo máximo posible sin presentar batalla. Un movimiento imprudente podía comprometer la aproximación a sus tropas con el muy frágil grupo de aliados que lo acompañaban.

Después de la reunión celebrada con todos los oficiales, los exploradores se movieron en abanico y batieron toda la zona circundante, mientras el grueso de la caballería se agrupó en un contingente que debía avanzar para hacer de vanguardia a las legiones, que iban a pie. En ningún caso había que presentar batalla: en el supuesto de que hubiera contacto con los germanos, deberían esperar a que llegara el resto del ejército.

Y el contacto se produjo poco antes de mediodía.

—¡Deteneos! —gritó Pisón de Aquitania levantando un brazo—. Dejadme hablar a mí y situaos en línea.

Los germanos bajaron de una colina al trote mientras los jinetes senones del rey Cavarino se dispersaban detrás de Aquitano, que avanzó unos veinte pasos con el intérprete. Vercingétorix ordenó con un gesto a sus hombres que se abrieran y tomaran posiciones detrás de los senones, mientras los jinetes heduos se colocaban a la izquierda.

El caballo de Pisón relinchó, el romano lo mantuvo firme con enérgicos tirones mientras la colina de enfrente seguía arrojando usípetes que continuaban su carrera hacia él.

Vercasivelauno miraba hacia delante, más allá de los yelmos de los jinetes aliados que se seguían desplegando.

—Pero ¿qué hacen?

Pisón de Aquitania levantó la mano, como si quisiese ordenar a los jinetes que aminoraran el trote, cuyo ritmo, en cambio, aumentó. Su caballo, asustado, se encabritó, y los germanos arrollaron a Pisón y al intérprete como una ola que rompe y se traga un escollo antes de seguir su veloz carrera hacia la batalla.

—¿Qué hacen?

El ardor de los jinetes usípetes pilló completamente desprevenidos a los senones, que sufrieron el impacto incluso antes de que pudieran echar mano de las armas. Entre gritos, relinchos y polvo, algunos germanos saltaron a tierra y empezaron a hundir las hojas de sus espadas en las ijadas de los caballos y en los cuerpos de los jinetes. Un coloso rubio ensangrentado atizaba mandobles gritando como un poseso entre los animales encabritados. Vercingétorix desenvainó la espada y trató de espolear a Esus, pero había tanta gente delante de él que no conseguía avanzar. Miró de un lado a otro mientras los germanos bajaban de la colina para atacarlos. Los heduos trataron de huir tras su jefe supremo Dumnórix, que se dio a la fuga, dejando espantados a todos los demás jinetes galos.

—¡Larguémonos de aquí, larguémonos de aquí! —gritó el rey de los senones Cavarino, dándose la vuelta con su caballo.

—¡Vámonos! —vociferó también Vercasivelauno mientras Vercingétorix seguía mirando de un lado a otro.

—¡Vámonos!

—¡Aquitano está ahí!

El primo miró el punto señalado y vio al romano rodeado por los enemigos luchando como un león.

—Ya no podemos hacer nada por él, tenemos que largarnos antes de que nos masacren.

El león ya no tenía fuerzas.

Vercingétorix vaciló, mientras los jinetes que lo rodeaban empezaban a replegarse para alejarse de la lucha.

Pisón fue herido y se tambaleó.

—¡Atacad! —gritó un jinete romano saliendo de entre los que trataban de huir del gentío—. Volved atrás y atacad. ¡Seguidme!

Los pocos que le hicieron caso acabaron entre los germanos, que los mataron de uno en uno.

—¡Atacad! —volvió a gritar.

—¡Larguémonos!

El jinete siguió solo, abriéndose camino a espadazos. De un mandoble abrió en dos la cara del coloso rubio y acto seguido le clavo el gladio a otro.

—¡Atacad!

Cesaron los ruidos, se interrumpió la trifulca y se diluyó el apremio de tener que tomar una decisión. Vercingétorix siguió con la mirada a ese jinete que avanzaba en medio de la multitud de los enemigos como el espolón de un buque entre las olas. Trataba de llevarle ayuda a Aquitano, pero llegó a su lado en el preciso instante en que los enemigos lo rodeaban.

Al caballo del romano le asestaron docenas de golpes, su jinete fue desarzonado por un potente golpe de hacha que le hundió la coraza y en pocos segundos una multitud furiosa se lo tragó.

Esus relinchó, devolviendo a Vercingétorix al presente. Un germano lo había casi alcanzado y estaba a punto de golpearlo en la cara con una lanza. El arverno se apartó rápidamente, y aunque el otro le hizo un tajo en el pómulo, se salvó de una herida mortal por un pelo. Con un gruñido, Vercingétorix le dio una patada en la cara y le asestó un mandoble mortal entre el hombro y el cuello, mientras otro bárbaro hundía la espada en el vientre del caballo de su primo.

Vercasivelauno cayó al suelo, pero consiguió parar los golpes de su enemigo, que acabó con el cráneo abierto por una estocada que le dio Vercingétorix.

—¡Agárrate! —le gritó al primo, tendiéndole la mano.

Vercasivelauno saltó al caballo de Vercingétorix.

—¡Vamos!

Esus se lanzó al galope como si lo persiguiese un fantasma. Una lanza les pasó por delante y se clavó en el suelo, luego el caballo echó a correr y alcanzó a los jinetes senones que huían para salvarse.

—¿Han cogido a alguno de los nuestros?

—No lo sé.

Vercasivelauno se volvió. Los germanos no los seguían, se habían conformado con su pequeña victoria y se regocijaban arrasando con todo lo que había quedado en el campamento.

No fue una larga cabalgada. La legión de reconocimiento más próxima se encontraba a solo cuatro millas de distancia, y en cuanto Labieno conoció las noticias del ataque la dispuso inmediatamente en orden de batalla. Se enviaron mensajeros a César, que estaba llegando con la legión X. El procónsul mandó por doquier exploradores e hizo construir un campamento fortificado con la mitad de los efectivos, mientras la otra mitad formaba en orden de batalla.

Tres horas después, las legiones y la caballería estaban dentro del campamento. Se ordenó montar doble guardia.

XIII

Un lugar sin tiempo

—¿Podemos fiarnos de los senones?

—Tanto como yo me estoy fiando de ti.

El caballo de Pisón se encabritó mientras un germano le clavaba la larga espada en el cuello. El chorro de sangre salpicó el rostro del bárbaro, que se agarró a las riendas y siguió dando golpes. Aquitano respondió a esos golpes, alejando al otro durante un instante, luego su caballo se desplomó, arrastrándolo al suelo.

—¡Vámonos! Ya no hay nada que hacer.

Los gritos, el polvo, la confusión.

Dumnórix llamó a retirada.

—¡Larguémonos de aquí, larguémonos de aquí!

Vercingétorix habría querido gritar, espolear a Esus hacia el barullo.

—Ya no hay nada que hacer.

También Cavarino les gritó a sus jinetes que se replegaran.

Después, esa mano salida de la nada, la lanza delante de la cara, el golpe esquivado por un ápice. El calor pegajoso de la sangre que le llenaba la barba y le chorreaba al cuello mientras el caballo de Vercasivelauno relinchaba enloquecido. La espada partiendo el cráneo del germano, hundiéndose en el hombro de otro enemigo.

—¡Agárrate! —le gritó a Vercasivelauno tendiéndole la mano.

—Ayúdame.

—¡Agárrate! —vociferó de nuevo mientras sus manos se alejaban cada vez más.

Vercingétorix trató de golpear a otros germanos, pero sus mandobles daban en el vacío.

—¡Agárrate! —insistió inclinándose hacia su primo, cada vez más distante, antes de que Esus lo desarzonase haciéndolo caer en el vacío. Un vacío sin fin, como si el suelo que había debajo de él no existiese.

Siguió cayendo con una sensación de vértigo que no lo dejaba respirar, hasta que llegó a unas rocas resbaladizas. Respiró profundamente, con los ojos muy abiertos sin conseguir ver nada. Por fin, su respiración jadeante que resonaba en la oscuridad le recordó dónde estaba.

No había ninguna batalla ni ninguna caída de caballo: estaba solo y estaba en su prisión.

Le había parecido tan real que por un momento creyó que se encontraba de nuevo en esa trifulca en medio de la polvareda y los germanos. Sintió el calor, los gritos, el estruendo, el sudor, el sabor de la sangre, el de la vida.

Levantó los ojos hacia el agujero y no lo vio. Todo estaba negro; a lo mejor era de noche, o a lo mejor, sencillamente, los carceleros se habían ido. Se pegó a la pared y se sentó, sorbió por la nariz y se apartó los cabellos sucios con la mano. Volvió a escrutar la oscuridad, aguzó el oído para comprobar si oía algún ruido. Ya había aprendido a reconocer los pasos de todos cuantos entraban y salían. Había memorizado sus voces, y por lo que decían podía comprender qué ocurría.

Nunca era nada importante, pero cada palabra le permitía imaginarse qué había fuera. Llegó de noche en un carro, y desde la pequeña reja logró ver muy poco de la Roma sobre la que había oído hablar. Cuando se apeó del carro bajo la lluvia, un relámpago iluminó una escalera a los pies de un edificio enorme; apenas fue un instante, luego todo volvió a quedar a oscuras. Lo hicieron entrar por una puerta, de ahí a la galería y después al habitáculo con el agujero en medio del suelo. Los últimos momentos de vida fueron los de la lucha, justo antes de que consiguieran meterlo en ese sitio oscuro, frío y sin tiempo.

Ahí dentro no sabía si era de día o de noche, si hacía calor o frío, si lucía el sol o si llovía. Ahí dentro reinada la nada, la ausencia de todo, a veces hasta de la respiración.

Solo había algo que no consiguieron quitarle, y ni ese sitio podía conseguirlo: los recuerdos, que acudían a aguijonearlo cada vez que cerraba los ojos, y también cuando los abría. Y no había nada peor que recordar lo que había sido y revivir aquellos tiempos en aquel momento triste.

Una mueca le contrajo el rostro. Apretó los puños. De la boca le brotó un gemido, casi un grito.

—Madre, ayúdame.

Se levantó con las rodillas doloridas, se tambaleó y alargó los brazos en busca de las paredes invisibles del Tuliano. Dio puñetazos contra su jaula de piedra.

—Madre, ayúdame, no aguanto más.

Luego más fuerte, y más fuerte aún. Tres, cuatro, cinco veces, y gritó con todas las fuerzas de las que fue capaz, y siguió gritando.

—¡No puedo más!

Se quedó sin aliento ni fuerzas, con las manos doloridas, las venas le latían y el pecho le vibraba por los gritos. Entonces se dejó caer, apoyándose en las piedras de la pared.

—Dame fuerzas —dijo sollozando, abrazado a sí mismo—. Te lo he pedido muchas veces, pero ahora lo necesito más que nunca. Nada de lo que he pasado puede compararse con esto.

XIV

La tierra de las sombras

—Hemos perdido sesenta y cuatro hombres, entre ellos a Pisón de Aquitania, varón valiente y de alto linaje. En la lucha murió también su hermano, que se arrojó a la refriega para tratar de salvarlo. Ambos lucharon con enorme valor y cayeron juntos —concluyó Labieno mirando a César y a los legados reunidos en la tienda pretoria.

—Todas las condiciones estipuladas estos días han perdido valor —dijo el procónsul dirigiéndose a sus oficiales—. Ya no podemos dar audiencia o recibir embajadas de quien traicioneramente ha abierto las hostilidades después de haber pedido la paz. Además, considero que no tiene ningún sentido esperar más, es evidente que tratan de ganar tiempo para permitir que su caballería vuelva a las incursiones en los territorios del otro lado del Mosa.

Casi todos los presentes asintieron.

—Además, y esto es probablemente lo más importante, no hay que dar a nuestros aliados galos tiempo para que reflexionen demasiado sobre lo que ocurrió ayer. A sus ojos los germanos han ganado excesivo prestigio, y ya sabéis lo muy vulnerables que son a estas situaciones. Ayer los senones y los heduos abandonaron el campo de batalla seguidos de todos los demás. Mañana podríamos correr el riesgo de deserciones masivas. De manera que tenemos que actuar, y hacerlo ya.

—César —lo interrumpió uno de los legados—, los hombres han marchado mucho, y...

—¡Ya!

El oficial se calló enseguida.

—Tenemos enfrente a cuatrocientos mil germanos, de los cuales ochenta mil o cien mil son combatientes. Por suerte, no son soldados adiestrados, sino vulgares saqueadores que se creen héroes. Nunca se han enfrentado a nuestras legiones, y la sorpresa y nuestra rapidez de movimiento pueden aniquilar su superioridad numérica.

Unos ruidos fuera de la tienda pretoria interrumpieron al procónsul. Publio Sextio Báculo apareció en la entrada.

—Comandante, una numerosa delegación de jefes usípetes y téncteros se encuentra a las puertas del campamento. Están también los ancianos de los consejos de las distintas tribus germánicas. Solicitan audiencia.

César miró a los legados y a Labieno antes de dirigirse a Báculo.

—Que entren en el acuartelamiento después de que hayan dejado las armas al guardia de la puerta.

—A tus órdenes.

—Vamos a despejarles todas las dudas a los galos —continuó el procónsul—. Decid a los hombres que se preparen. Quiero que estén listos para partir, formados en tres grupos.

—Te pedimos perdón, César, fue un accidente —dijo uno de los ancianos de los usípetes por boca del intérprete—. Un grupo de desbandados actuó por su cuenta, contraviniendo las órdenes. Serán juzgados conforme a nuestras leyes y castigados con la muerte.

El procónsul miró impasible y sin pronunciar palabra a los germanos que estaban delante de él. Por su aspecto, seguramente eran unos jefes que debían de gozar de gran prestigio.

—Concédenos el tiempo que nos prometiste, estamos alcanzando un acuerdo con los ubios. Dentro de dos días empezaremos a desplazarnos cerca de su zona. Te lo comunicaremos trayéndote las cabezas de los que acometieron a tus hombres ayer.

El procónsul asintió en silencio. Los repasó con la mirada, luego se puso el yelmo y ató el barbiquejo.

—Yo me encargaré de quitarles las cabezas.

—Pero..., gran César, hemos venido aquí desarmados para parlamentar.

El procónsul de las Galias miró a Labieno, que estaba a su lado.

—¿Los hombres están listos?

—Sí.

—¡Vámonos!

—César —estalló el usípete avanzando un paso, mientras cuantos los rodeaban a él y a los otros germanos exhibían puntas de lanza.

—Sextio Báculo.

—Dime, César.

—Ocúpate tú de esto. Si no volvemos, que los maten a todos.

—A tus órdenes.

El intérprete empalideció pero no tradujo.

Un esclavo llegó con el caballo del procónsul, que este montó de un salto mientras el anciano usípete seguía amenazador en su incomprensible idioma entre las miradas atónitas de los otros germanos.

—Hazlo callar.

Báculo asintió, extrajo el gladio y fue hacia el germano.

—¡Subid al caballo, rápido, rápido!

Los hombres de Vercingétorix montaron y se colocaron detrás de su jefe. Pasaron por las tiendas alineadas de la caballería, mezclándose con los jinetes senones y heduos que avanzaban al paso hacia la puerta principal.

A la salida del campamento, un centurión mandaba a los jinetes al lado izquierdo de la puerta, haciéndolos confluir detrás de una legión que se estaba encuadrando y, de vez en cuando, detenía a uno y lo ponía en el otro lado. Cuando les llegó el turno a los arvernos, el oficial señaló a Vercasivelauno y le dijo que se colocase a la derecha.

—¿Qué pasa? —le preguntó Vercingétorix al romano.

—Orden del procónsul, hacen falta caballos para los exploradores.

—Nosotros somos los exploradores.

—Hoy no. Hoy os quedaréis detrás de las legiones, al menos hasta nueva orden.

—¿Qué significa eso?

—Lo que he dicho. Se ha pedido a todos los contingentes de caballería que aporten caballos para los exploradores —continuó el romano.

—¿Y quiénes van a ser los exploradores?

—Hombres de la legión X.

—Pero entonces algunos de mis hombres se quedarán sin caballo.

—Sí, se quedarán en el campamento. El resto de tus jinetes se sumará a la legión X. Orden del procónsul.

El arverno miró a los legionarios que se quedaban con los caballos de los galos que desmontaban e hizo una mueca de contrariedad.

—¿Cuántos caballos necesitas?

—Uno por cada diez.

Vercingétorix se volvió entonces hacia sus hombres y eligió una decena que puso a disposición del oficial, y retuvo a Vercasivelauno.

—Estos son los caballos arvernos para el procónsul —le dijo al romano.

Los dos se miraron, luego el oficial mandó avanzar con un gesto.

—Apartaos de la puerta e id a vuestro puesto.

Las legiones avanzaron una detrás de la otra, con la caballería moviéndose al paso mientras los exploradores iban por delante. El ritmo impuesto por los centuriones era rápido y firme. No iba a necesitarse mucho tiempo para cubrir las ocho millas que separaban el campamento romano del de los usípetes.

—Es una locura que la caballería vaya detrás de las legiones —dijo Vercasivelauno.

—Después de lo que pasó ayer, no se fían de nosotros —dijo Vercingétorix observando en la lejanía a César y su escolta, que sobrepasaban al manípulo para colocarse delante de la columna—. Dumnórix y Cavarino huyeron corriendo en cuanto vieron a los germanos. En cambio, Pisón no retrocedió un solo paso.

—De hecho, Pisón está muerto.

—Sí, pero el General Único pronunció un discurso a sus hombres para vengar la afrenta y ahora todos ellos están sedientos de sangre. Anima a luchar hasta a los muertos.

—¡Puede, pero acaba de encerrar en el campamento a los jefes y a los embajadores de los germanos, olvidándose de la palabra que les dio ayer, en contra de todo código guerrero!

—A lo mejor deberíamos tenerlo en cuenta, Vercasivelauno.

—Yo me niego.

Vercingétorix miró a su primo.

—A lo mejor si mi padre hubiese razonado como él seguiría aún con vida.

El grito de guerra de los legionarios interrumpió sus reflexiones. Los dos dejaron atrás unos cuantos cadáveres tirados en la hierba alta. Eran usípetes, muertos hacía muy poco, seguramente sorprendidos en los campamentos de la vanguardia romana a caballo.

Un poco más adelante tropezaron con un carro volcado, luego con otro y con más hombres tirados en el suelo. Rix observó los cuerpos de dos chiquillos, pensando que a partir de ese momento ya no iba a haber negociaciones, embajadores ni acuerdos; definitivamente las armas habían reemplazado a la palabra.

La legión que los precedía se desplegó como una rapaz que abre las alas frente a la presa. En la meseta que descendía suavemente delante de ellos había un montón de tiendas y carros. No bien los manípulos quedaron situados, levantaron las enseñas y sonaron las bocinas con fuerza entre las filas. Los pendones se inclinaron, los bloques avanzaron y en pocos instantes delante de los jinetes senones y arvernos solo hubo hierba pisada por miles de cáligas.

Grupos de guerreros germanos salieron del campamento y se lanzaron contra los romanos segundos antes de que el cielo se llenase de flechas. La lejanía atenuó unos momentos el estruendo de la lucha, luego el viento cambió de dirección arrastrando los gritos del campamento junto con el ruido de las trompetas y los relinchos de los caballos. Los primeros manípulos de la legión X ya estaban en contacto con el círculo exterior de los carros, en medio de los cuales los germanos formaban una barrera con sus escudos y con refugios improvisados.

Había mucha distancia, confusión y polvareda. Vercingétorix trató de abarcar con la mirada los sectores de las otras legiones, que también iban llegando donde los germanos.

Inmóviles, los jinetes observaban el espectáculo grandioso que tenía lugar ante sus ojos. Nunca habían visto nada semejante y se quedaron atónitos frente a tanto poderío, hasta que un tribuno con el yelmo crestado se acercó a los arvernos.

—¡Hombres, preparados!

—Vercingétorix extrajo su larga espada de la vaina.

—Están sacando su caballería del campamento —gritó el tribuno—. ¡Rodeemos el sector de la legión XII y mandémoslos directamente al Infierno!

—Que Teutates te proteja, primo.

—¡Nos protegerá!

En cuanto Vercingétorix y Vercasivelauno se cruzaron una mirada, los caballos echaron a andar.

Durante un momento hubo una especie de atasco. Los heduos que formaban parte de la formación se amontonaron para seguir al tribuno, y Vercingétorix decidió colocarlos en fila, manteniendo unidos a sus hombres, y él se puso detrás de ellos.

El paso se convirtió en trote y pronto el polvo nubló la cabeza de la columna, dejando a las enseñas que descollaban la tarea de dar las indicaciones de la marcha.

El trote se incrementó a la par que los latidos del corazón, los heduos empezaron a lanzar gritos de guerra que se desvanecían bajo el estruendo de la cabalgada. Vercingétorix se volvió hacia sus hombres y blandiendo su espada los animó con un rugido.

Los caballos trotaron más rápido arrastrando a los hombres a un ruido ensordecedor, el suelo temblaba y los cascos levantaban tierra. Miles de hombres se lanzaron al galope en medio del polvo dorado, y en ese momento cada cual se sintió solo con su caballo, que corría veloz hacia el destino.

Los pocos instantes que los separaban de los germanos parecieron infinitos, como si el tiempo se dilatase, volviendo irreal aquella cabalgada. Hasta que el gentío y los caballos se detuvieron bruscamente. Relinchos, gritos, la lucha.

Los heduos y los senones de las primeras filas entraron en contacto con los jinetes germanos y la lucha se tornó feroz. Vercingétorix trató de que Esus se infiltrase por entre los caballos de los heduos para acercarse al enemigo, pero tanto era el barullo que se frenó. Miró de un lado a otro buscando un pasillo y vio que una lluvia de flechas empezaba a caer sobre los germanos, tirando al suelo hombres y caballos. Los arqueros habían empezado a acribillar a los enemigos, haciendo que se desbandaran. Para él había llegado el momento de conseguir la gloria.

—¡Adelante! —gritó con toda la fuerza que tenía en los pulmones, dirigiendo su rocín hacia el flanco externo de la formación.

—¡Por aquí, seguidme!

Sus hombres lo siguieron y salieron del tumulto para caer sobre el flanco de los germanos. Vercingétorix observó con atención la línea de los enemigos. Su grito resonó largamente en toda la fila y los caballos echaron a correr entre los chillidos de los hombres antes del choque. Con un fragor semejante al impacto de una ola que rompe con violencia contra las rocas, la línea se partió entre gritos y relinchos de caballos. Algunos arvernos fueron desarzonados, un enemigo salió de las filas esgrimiendo una larga espada. Vercasivelauno arremetió contra él con el caballo antes de atizarle un vigoroso mandoble. Otro germano salió del tumulto, y Vercingétorix le hundió el yelmo y el cráneo de un solo e impetuoso golpe.

—¡Confluid! ¡Confluid! —gritó Rix mientras señalaba lo que había que hacer para alejarse de ahí y formar de nuevo las filas.

—¡Alineaos! —ordenó, esperando a sus hombres para verificar su colocación.

—¡Dirígenos, Rix! —gritó un muchacho de rostro radiante, con la espada ensangrentada. Vercingétorix lo miró y sonrió, luego la sonrisa se convirtió en gruñido y enseguida en rugido.

—¡A la carga!

Los caballos empezaron a correr y un grito se elevó de todas las filas de los galos, que, en líneas apretadas, se dirigieron hacia el enemigo. Los germanos trataron de escabullirse del ataque que se les echaba encima. Vercasivelauno fue tras un jinete enorme que perdía terreno con su pequeño corcel. Lo alcanzó y le atizó un violento mandoble en el hombro. El hombre pegó un grito y se volvió justo cuando recibió el segundo golpe directo en la mandíbula. El germano cayó del caballo y entonces lo arrollaron los demás.

Fue la primera de una serie infinita de persecuciones que pareció que nunca se acabaría. Romanos, heduos, arvernos, alóbroges, ambarros, senones, carnutes y todos cuantos iban con el procónsul invadieron el campamento enemigo haciendo estragos. Después la caballería siguió persiguiendo a los fugitivos, hasta que ya no quedó más aliento, hasta que ya no quedó más luz, hasta que ya no quedó más sangre.

Vercingétorix desmontó directamente en el agua del río, se enjuagó las manos y el rostro y bebió, sediento. Dejó largo rato las manos doloridas en el agua fría. Salió y dio unos pasos en la grava, donde se tumbó, exhausto.

—¿Te encuentras bien?

Vercasivelauno asintió en silencio. Él también se había mojado las manos, el rostro y el pelo antes de tumbarse en el suelo.

—¿Estamos todos?

Rix miró en derredor, centenares de hombres abrevaban a los

caballos y se habían echado ya sin fuerzas en las orillas de aquel pedregal tras el larguísimo día que por fin terminaba.

—Creo que sí —dijo mirando la hoja consumida y mellada de la espada—. Cuando empezamos la persecución perdí de vista a gran parte de nuestros hombres.

—Yo también.

—Pero... no debemos de haber tenido bajas.

—Diría que no.

Vercingétorix se puso de pie y trató de identificar a sus hombres en medio de la multitud de sombras que se movían alrededor. La sombra de un cadáver que arrastraba la corriente se deslizó por el agua a unos veinte pasos de él. La carga de caballería, después del primer enfrentamiento, se había convertido en una cacería despiadada que continuó todo el día. Los comandantes romanos habían conducido a los jinetes aliados hasta la confluencia del Mosa con el Rin, donde los últimos supervivientes enemigos en fuga se ahogaron ante los ojos de los atacantes.

Las tribus germánicas de los usípetes y de los téncteros que habían derrotado en la Galia ya no existían.

XV

Vientos de guerra

Publio entró en el callejón que tantas veces había recorrido borracho. Caminó a paso rápido en el aire frío de la mañana, zigzagueando entre la gente, y llegó a la taberna. Se detuvo un momento en la puerta, para dejar pasar a dos hombres que llevaban una capa militar como la suya. Los tres se miraron, luego Báculo entró, y tropezó enseguida con los ojos de Vesbino.

—Hola, *caupo*.

—Aquí tenemos a Hércules, hacía tiempo que no te veíamos.

—Ya, he estado ocupado.

—Me lo imagino.

—¿Qué hay para desayunar, *caupo*?

—Lo de siempre —gruñó el posadero—. Y tú, ¿tienes dinero?

—Como siempre. —Publio Sextio extrajo unos ases del bolsillo, lanzando una ojeada al altillo, desde donde Remilla lo miraba con un niño al pecho.

—¿Y ese?

Vesbino miró a la mujer.

—Estaba embarazada cuando la compré, no sé si de un arverno o de quién. Además, a ese niño le falta una pierna, quise abandonarlo cuando nació, pero pensé que a lo mejor podía ganar algo si lo vendía ya crecido.

—Eres un negociante, *caupo*.

El tabernero le tendió con desgana la comida a Publio desde la barra.

—¡Vesbino! ¿Ella es arverna?

—Eso dijo Venuleyo en el mercado, cuando la compré.

La chica frotó su nariz contra la del niño, que le sonrió. Publio la miró y también sonrió. Era la primera vez que lo hacía desde que se había despertado sin dedos, y casi se abochornó.

—Barbato estaba ansioso —dijo el guardia del Tuliano abriendo la verja.

—A saber qué novedades hay en el foso —contestó Publio cruzando la entrada.

—El preso se encuentra mal.

El veterano dejó rápidamente atrás el chirrido de los barrotes al cerrarse y se acercó a Agatocles.

—¿Qué ocurre?

—Está delirando.

Publio apoyó una rodilla en el borde del *Tullus* y pegó el rostro a la oscuridad, de donde salió una queja.

—Pásame la lucerna.

La luz amarillenta iluminó el suelo sucio de abajo.

—Debe de estar agazapado en un rincón.

—Sí, yo tampoco he podido verlo.

—Agárrame de la capa, intentaré ver algo.

Barbato sujetó con sus manos nudosas la capa de Sextio, que introdujo la cabeza en las fauces del *Tullus*.

—Está contra la pared —dijo Publio en cuanto sacó la cabeza—. Está delirando, debe de tener fiebre.

—Con este frío, no me extraña.

—Hay que taparlo, si se debilita mucho podemos perderlo. Aquí hace un frío espantoso, se te mete en los huesos. También tenemos que traer braseros.

Barbato meneó la cabeza.

—Tenemos que preguntarle al triunviro.

—¿Hay alguna regla que prohíba dar mantas y poner un brasero?

—Nunca se ha hecho.

—Pues empezaremos a hacerlo hoy —dijo Publio encaminándose al pasadizo.

—No creo que sea una buena idea tomar esta iniciativa sin preguntarle a Esceva...

—Francamente creo que Esceva tiene cosas más importantes en que pensar estos días.

—Sí —respondió afligido el viejo vigilante—. He pasado por la Curia esta mañana e, imagínate, el Senado no está reunido o, al menos, no se ha reunido aquí. Parece que algunos senadores han salido de la ciudad.

—¿Han salido de Roma?

—Sí, se han ido con Pompeyo. Sus legiones están acampadas extramuros.

—Así es, esta mañana he visto a varios veteranos por ahí, pero pensé exactamente lo contrario. Ya que él, como procónsul de Hispania con mando militar, no puede cruzar los sagrados límites de la ciudad, supuse que había mandado a sus hombres a observar la situación.

—Sí, Roma está llena de veteranos de Pompeyo. Van por ahí amenazando a los tribunos de la plebe y convenciendo a los indecisos por las buenas o por las malas. A algunos magistrados les he oído contar que ayer por la mañana llegó, durante la sesión del Senado, una carta de César con ciertas propuestas de conciliación, pero los dos cónsules que acaban de asumir el cargo, Claudio Marcelo y Cornelio Léntulo, se opusieron a su lectura pública. Los tributos de la plebe tuvieron que debatir largo tiempo para poder leer el texto a los otros senadores.

—¿Y pudiste escuchar qué decía la carta?

—Sí, contenía varias propuestas de reconciliación con los senadores. César pedía que no lo privaran de un privilegio acordado por el pueblo, pero se mostraba dispuesto a renunciar a él por su propia voluntad con tal de que los otros magistrados provistos de mando también lo hicieran.

—¡Seguro que sí, ya! —Se rio el otro antes de entregarle las mantas a Barbato.

—El debate se tornó feroz y, en cualquier caso, no hubo manera de continuar hablando de las peticiones de César. También sus defensores, en clara minoría, tuvieron que amoldarse a las decisiones de los dos cónsules, pues la situación se agravó. El propio Cicerón, que en un primer momento trató de mediar, quedó relegado durante toda la sesión, evidentemente preocupado por las amenazas que se lanzaban a los tribunos de la plebe. ¿Alguna vez se ha visto que Cicerón no sepa qué decir?

—No lo sé.

—Te lo digo yo, nunca se ha visto.

—Vale, pero continúa.

—Algunos senadores moderados propusieron que Pompeyo y sus legiones se alejaran de Roma, que regresara a Hispania, que es donde debería estar. Otros pidieron que se hiciera un reclutamiento para enrolar un ejército que protegiera al Senado, de manera que todos pudieran sentirse seguros en la manifestación de su voto sin presiones de fuera. Así las cosas, intervino Quinto Cecilio Metelo Pío Escipión, que tomó la palabra oponiéndose a cualquier acción reconciliadora. Más que Escipión, parecía el mismísimo Pompeyo quien hablaba, mejor dicho, quien gritaba. Escipión dijo que el único defensor de la República era Pompeyo, pero que en el supuesto de que el Senado se mostrase débil y no lo apoyara, podía haber una guerra civil y que, tarde o temprano, todo el mundo imploraría la ayuda de Pompeyo. De los gritos pasó a las amenazas y Escipión consiguió que se juzgara a César como enemigo del Estado si no licenciaba inmediatamente al ejército.

Publio cogió un pequeño brasero.

—Encendamos el fuego, me parece que dentro de poco no se va a ver nada aquí dentro.

—¿Crees que César va a aceptar la voluntad del Senado?

El veterano recorrió la galería y se volvió con media cara alumbrada por la antorcha.

—No.

—Estamos en guerra.

—Llevamos toda la vida en guerra, ¿qué diferencia hay? Tómatelo con filosofía, piensa que aquí abajo está el rey de los feroces galos y que es el único que de momento no debe morir. Coge la escalera, tengo que bajar.

El viejo vigilante colocó la escalera. Era la segunda vez que Publio Sextio bajaba al *Tullianum*. Sabía qué había ahí dentro, pero también era consciente de que esta vez la fiera parecía mucho menos amenazadora. Todavía no estaba domada, pero seguramente ya no resultaba tan peligrosa.

Como la vez anterior, la escalera crujió y la oscuridad se tragó al veterano, que bajó y apoyó los pies en las piedras de abajo. Esta vez el suelo no resbalaba, el vientre del pozo estaba seco y frío.

—Rix.

—¿Qué hace? —resonó arriba la voz de Barbato como la de un dios.

—Creo que duerme, pásame la lucerna.

Desde arriba llegó la luz temblorosa de la lucerna, que Publio sujetó alta para mirar alrededor. Vercingétorix estaba encogido en la pared. En el suelo, los restos de comida de la noche anterior y dos platos de madera volcados. Al otro lado del pozo, la zona que el preso usaba como letrina.

—Está temblando. Pásame las mantas.

El viejo vigilante se las tiró al agujero.

—Rix, tengo algo para ti.

El arverno no se movió, siguió temblando y de vez en cuando murmuraba palabras incomprensibles. Publio apoyó la lucerna en el suelo y se le acercó, colocó una de las mantas detrás de la cabeza del prisionero y con la otra lo tapó.

—Barbato, podemos perderlo, está ardiendo.

—Tápalo, trataré de encontrar algo para que entre en calor.

—Sí, paja, un brebaje para la fiebre, también miel y vino caliente.

—Mando a los guardias por todo.

—De acuerdo.

Publio vio temblar la manta.

—Estás mal, Rix.

XVI

Dumnórix

Las ramas del gigantesco roble oscilaron bajo el cielo azul, haciendo que levantaran el vuelo un montón de pajarillos. Las cuerdas se tensaron y la madera del tronco se resistió un poco más antes de chirriar bajo los últimos golpes y empezar su caída, para estrellarse en el suelo con un estruendo ensordecedor.

Vercasivelauno meneó la cabeza.

—Un puente. ¿Por qué construir un puente para cruzar el Rin aquí, en medio de un bosque, cuando todos lo cruzan en barca?

—A lo mejor justo por eso —respondió Vercingétorix, mirando a los cientos de hombres que con gigantescos cabrestantes metían los troncos en la corriente del río—. Porque todo el mundo lo cruza en embarcaciones.

—Pero los ubios llegaron aquí con sus barcas y se las ofrecieron a César para cruzarlo —continuó el primo—, y lo mismo hicieron los tréveros, ¿por qué rechazarlas? Además..., además, ¿por qué hay que cruzar el río? ¿Por qué hay que adentrarse en las tierras de los germanos? Los hemos vencido, eso debería valer como advertencia a todos. Los pocos supervivientes usípetes y téncteros que llegaron nadando a esa orilla habrán contado la masacre. ¿Por qué correr el riesgo de frustrar esta aplastante victoria adentrándose en tierras desconocidas repletas de bosques? Al otro lado de este río no hay ciudades, no hay comercio, solo hay desolación, solo hay salvajes.

El polvo que había levantado el árbol derribado empezó a dispersarse y el ruido de docenas de hachas comenzó a resonar a lo largo de todo el tronco.

—Y si de todos modos tenemos que cruzarlo, podríamos hacerlo sin este derroche de trabajo inútil. También estratégicamente es un error, porque si lo cruzamos deprisa con las barcas de noche los pillaríamos desprevenidos.

Rix señaló la otra orilla del río.

—Mira ahí, los germanos nos observan y se están preguntando lo mismo que nosotros. Observan esta orilla y se dan cuenta de que el río que siempre los ha protegido ya no es suficiente. Esta agua es una especie de separación entre las gentes de esta orilla y las de la de enfrente. En este lado, los boyos, los sécuanos y los tréveros; en el otro, los germanos, los suevos, los sicambrios y los tulingos, nombres que inspiran terror con solo oírlos. Este río ha detenido sus incursiones durante años, pero muchas veces los germanos lo han cruzado rápidamente con embarcaciones para saquear, devastar, llevarse esclavos, trigo y ganado para luego regresar a sus bosques vírgenes.

Otro árbol secular cayó.

—Este río, que los germanos han considerado un límite infranqueable para los de esta orilla, lo vamos a cruzar dentro de nada. César no solo ha ahogado en el Rin a usípetes y téncteros, quiere llevar las legiones al otro lado y seguir más allá. No se conforma con haberlos vencido, quiere que comprendan, ellos y todas las restantes tribus, que este río ya no puede cruzarse impunemente.

Vercasivelauno meneó la cabeza mirando la orilla opuesta.

—Pero también los germanos lo podrán cruzar.

Vercingétorix observó el agua centelleante que brillaba a la luz del sol.

—No sé qué tiene pensado hacer el general después, pero he comprendido que hace todo lo que el enemigo no espera. Una cosa es cruzar al otro lado de noche y combatir, eso lo han hecho siempre también los germanos. Eso es saquear, asaltar, mientras que esto..., esto es una obra del ingenio que desafía la vastedad de las aguas, la corriente y la hondura del río. Todo se hace a plena luz del día, delante de los enemigos que observan. Verán esto como un monstruo que crece y se les acerca a diario. ¿Qué estarán pesando? «¿Se aproximan los que han exterminado sin piedad a los usípetes y a los téncteros?». ¿Tú qué harías, hermano? ¿Esperarnos con la espada empuñada o tratarías de poner a salvo a los tuyos?

El silbido de un centurión los interrumpe.

—Nos toca a nosotros.

Era tarea de los jinetes aliados llevar los troncos de los árboles al río, donde los gastadores romanos decidían su empleo en función del tamaño y el tipo. Los troncos grandes los transformaban en vigas gruesas, que se aguzaban en un extremo, las levantaban con postes y, por último, las arrojaban al agua, donde las clavaban con martinetes en el lecho del río de dos en dos a poca distancia unas de otras. Para contrarrestar la corriente, no colocaban las vigas como las de los palafitos, sino inclinadas como las de un tejado. Río arriba seguían la corriente, mientras que río abajo ponían igual dos vigas de idénticas dimensiones pero en sentido contrario. Las dos parejas de vigas clavadas en el fondo las juntaban con una quinta viga dispuesta en sentido horizontal, que cerraba la estructura por medio de prensas. Luego, en las vigas horizontales colocaban otras vigas y cañizo, que formaban la plataforma. Los gastadores usaban cuerdas y madera en lugar de clavos para unir la estructura, de manera que toda la construcción fuese elástica. En este tipo de obra, cuanto mayor era la fuerza de la corriente, más firme resultaba la estructura.

Por la parte inferior del río se plantaban postes oblicuamente, para que, puestos a modo de arietes y unidos con toda la obra, sostuvieran el ímpetu de la corriente, y asimismo otros de la parte de arriba del puente, a mediana distancia, para que, si los bárbaros enviaban troncos o naves con el fin de deshacer la obra, disminuyese la violencia de los choques y no pudiesen perjudicar al puente.

Embajadas con peticiones de paz y amistad de distintos pueblos esperaron al procónsul en la orilla opuesta. César aceptó todas las ofertas y pidió a cambio rehenes; luego, una vez que dejó dos grandes guarniciones para que protegieran el puente, empezó su marcha hacia las tierras de los sicambrios, donde los usípetes y los téncteros habían buscado refugio. Las legiones romanas no encontraron a nadie, porque los sicambrios se apresuraron a abandonar su región para refugiarse en los bosques de alrededor. César se detuvo en sus territorios el tiempo que necesitó para devastarlos, incendiar las aldeas y los caseríos y segar el trigo, después se dirigieron hacia los ubios, a quienes había prometido ayuda para defenderlos de las agresiones de los suevos.

El procónsul supo por los ubios que los suevos, una vez que fueron avisados de la construcción del puente, se habían reunido en consejo y determinado abandonar sus territorios, para llevar a sus familias a los bosques de las regiones del interior y después congregar a todos los guerreros y esperar la llegada de los romanos en el interior de los bosques.

Eso bastó para que el procónsul se diera cuenta de que había logrado su propósito. La construcción del puente hizo huir también a los temibles suevos, esos que están solo por debajo de los dioses.

Dieciocho días después de haber cruzado el Rin, César regresó a la Galia y destruyó el puente.

—Por todos los truenos de Taranis, nunca había visto nada así. —Vercingétorix se colocó en la silla y paseó la vista de un lado a otro, boquiabierto—. Esto sería... el mar.

Las olas rugieron a lo lejos mientras el grupo de arvernos observaba fascinado la majestuosidad del espectáculo que se extendía frente a ellos.

—Me lo habían descrito muchas veces, pero no me lo imaginaba así —dijo Vercasivelauno.

—Estamos en los confines del mundo, hermano.

La columna se puso de nuevo en marcha, bajando del promontorio que conducía hacia una aldea portuaria con decenas de barcas en seco y otras tantas en la rada. Dos grandes campamentos de legionarios parecían vigilar la bahía desde arriba, por encima del bullente desorden del pueblo. César se había trasladado del Rin al Atlántico atravesando el norte de la Galia y había llegado a las tierras de los mórinos con todo su acompañamiento.

El aroma a salchichas llegó a los jinetes que se aproximaban al centro habitado. El pueblo estaba lleno de puestos que vendían toda clase de comida, vino e hidromiel.

Vercingétorix miró a su primo y sonrió.

—Y no está nada mal como confín del mundo.

En el local había un tremendo jaleo. Un bardo cantaba las heroicas gestas de un indefinido y desconocido jefe de clan en medio del griterío de los arvernos que estaban ahí comiendo, bebiendo y sirviéndose de la compañía de las mujeres, que a duras penas podían satisfacer tanta demanda. El dinero y el vino corrían en abundancia, y había muchas prostitutas. Los hombres habían cobrado una estupenda paga y se morían de ganas de derrocharla cuanto antes.

—Por Teutates, hermano —gritó Vercasivelauno para hacerse oír por encima de los demás—, nunca he visto ni oído hablar de nada así —continuó, y le señalaba a Vercingétorix una mujer de piel oscura—. Viene de una tierra lejanísima de más allá del mar. ¡Hay que probarla, primo, hay que probarla!

Los dos se rieron y se sirvieron más vino mientras Vercasivelauno llevaba a la joven nubia directamente a las rodillas de Rix entre las aclamaciones de sus hombres. El aroma embriagador de la criatura y el color de su piel estremecieron a Vercingétorix y a sus acompañantes. Pidieron más bebida e hicieron más ruido hasta que, en medio del jaleo del local, alguien le gritó a Rix.

—¿Eres el jefe de los arvernos? ¿El hijo de Celtilo?

Vercingétorix se volvió. Un hombre grande y grueso lo miraba con sus ojos azules.

—¿Quién quiere saberlo?

El recién llegado se acercó lo suficiente para que los demás no lo oyeran.

—Dumnórix.

—¿Dumnórix..., el heduo?

—Sí, quiere hablar contigo.

—¿Y de qué?

El hombre se le acercó más.

—Quiere hablar contigo, no necesitas saber más.

Vercingétorix recordó las palabras de Pisón de Aquitania pese a todo lo que ya había bebido esa noche: «... mantente lejos de él si quieres sobrevivir. A Dumnórix lo está observando el procónsul. Evita tratarte con él, a César no le gustaría».

Rix miró esos ojos azules. De todos modos, Dumnórix era hermano del difunto Diviciaco, que había sido el hombre con más prestigio de toda la Galia, el prestigioso *vergobreto*, el supremo druida amigo de los romanos. De manera que ese mensajero le estaba pidiendo a Vercingétorix que fuese a ver al poderoso hermano del druida, y, a pesar de las palabras de Pisón, era preferible no decirle no a Dumnórix.

—¿Qué ocurre? —preguntó Vercasivelauno.

Vercingétorix miró con gesto tranquilizador a su primo.

—Espérame aquí —le dijo quitándose de las rodillas a la nubia—. Dumnórix quiere verme.

—¿Dumnórix? ¿Ese Dumnórix?

—Sí, el heduo.

—Voy contigo.

—No, me ha llamado solamente a mí.

—¿Qué querrá?

—No lo sé, pero a lo mejor es la ocasión de averiguar si los rumores que corren sobre él son ciertos.

—Ten cuidado.

Rix esbozó una sonrisa.

—Mantén a la chica caliente para mí —le susurró antes de levantarse como una torre en medio de todos y encaminarse hacia la salida.

El arverno siguió al hombre por los callejones ruidosos del puerto, para luego adentrarse en la oscuridad de un sendero que salía del pueblo, donde unos hombres lo estaban esperando con caballos.

Vercingétorix los miró cauteloso, montó a la silla sin decir palabra y los siguió por el sendero que conducía hacia el interior. Llegados a un bosque de robles, un segundo grupo de hombres se unió a los jinetes, desviándolos del camino principal hasta conducirlos a un promontorio azotado por el viento, donde un hombre alumbrado por la luz opalescente de la luna los esperaba con los brazos cruzados.

—Bienvenido, Vercingétorix.

El poderoso jefe de los heduos era un hombre de mediana edad con barba gris, un poco entrado en carnes pero fuerte.

—Encantado de verte, Dumnórix. Tu hombre me ha dicho que quieres hablar conmigo.

—Sí, quiero hacerlo desde hace tiempo. Te he visto varias veces, pero nunca hemos tenido ocasión de hablar. Dale las riendas a Coto y ven conmigo, Vercingétorix.

Rix se apeó del caballo y miró receloso al esbirro de Dumnórix.

—Coto es uno de mis hombres más fieles, príncipe y gran caudillo, exponente de la antiquísima e influyente nobleza del pueblo de los heduos. Está de nuestra parte.

—¿Nuestra?

—Sí, nuestra —contestó Dumnórix al tiempo que invitaba al arverno a que lo acompañara hacia el promontorio—. La de los hombres de honor, Vercingétorix.

Una ráfaga de viento sacudió sus capas mientras se alejaban para llegar al promontorio que se asomaba como una terraza al vacío del *Oceanus*.

—¿Cómo van las cosas con el general romano?

—No hay motivo para aburrirse.

—¿Y en casa?

—No tengo grandes ataduras en Auvernia.

—Me refería a Gergovia.

Rix miró fijamente al heduo para tratar de saber si quería incomodarlo.

—Gergovia no es mi casa, no he vuelto ahí desde que mataron a mi padre, me parece extraño que no estés enterado de lo que pasó.

Dumnórix puso una mano en el hombro del arverno, como si quisiese ponerlo bajo su protección.

—Oh, claro que lo sé. No pretendía provocarte, todavía me acuerdo de cuando me llegó la noticia del asesinato de tu padre, me afectó mucho. Celtilo era un ejemplo para todos, y no me refiero solo a los arvernos, su personalidad era conocida bastante más allá de la región. Solo quería saber si tú seguías teniendo ahí contactos.

Circulaban muchos rumores sobre Dumnórix. Se decía que se había enriquecido recaudando por poco dinero y durante años los aranceles y todos los otros impuestos de los heduos, porque cuando era él quien hacía una oferta, nadie se atrevía a presentar otra. Así había incrementado su patrimonio familiar y contaba con ingentes recursos para sus dádivas. Asimismo, se había valido de su poder para extender su influencia fuera de los territorios de los heduos, casando a su madre y a sus hermanas con personajes ilustres y poderosos de la tribu de los bituriges. Él mismo había tomado por esposa a la hija de Orgetórix, un importante noble de los helvecios, un matrimonio que después costaría cientos de miles de vidas.

—¿Por qué te interesa?

—Porque tengo que reconocer que me caes bien, me recuerdas a mí cuando tenía tu edad. Y me preguntaba si te has unido al General Único para demostrarte algo a ti mismo o para demostrárselo a él.

—¿Qué diferencia hay?

—Mucha. Porque si estás aquí en busca de la aprobación de César para desbancar a alguien y poder regresar algún día a Gergovia con peso político, o incluso como rey, te decepcionarás.

Rix lo miró fijamente, alumbrado por la luz de la luna, sin que su rostro trasluciese la menor expresión.

—¿Y me has llamado aquí para decirme esto?

—Oh, claro que no, también quería decirte que los jefes de clan que acompañan a los romanos te miran con recelo, y que te expones a encontrarte una lanza en la espalda en la próxima carga de caballería.

—No tengo nada que ver con los de Gergovia, ni con los heduos ni con los demás, ¿por qué iba a resultarle molesto a alguien?

—Verás, muchos están aquí obligados, otros por conseguir fama, riqueza, poder, pero no todos lo lograrán. Tú, a diferencia de todos los demás, te has presentado con un puñado de hombres sin que nadie te lo haya pedido y, aparentemente, sin ningún motivo válido, como no sea el espíritu de aventura, cosa muy poco creíble. Eres arverno, y hasta hace dos generaciones erais, con los heduos, una de las tribus más poderosas de toda la región. El hecho de que el hijo de Celtilo esté aquí sin la conformidad de su gobierno da que pensar, y mucho. Los aristócratas de Gergovia se están comportando muy bien. No dicen nada y no molestan a los heduos ni a los romanos; pagan los impuestos, los aranceles y los derechos de paso, y por ese motivo nadie interfiere en sus asuntos internos. Un arverno valiente, arrogante y sediento de gloria y venganza como tú puede crear problemas. Si le cayeras en gracia al general romano y te reemplazase por los ociosos nobles de Gergovia, llenarías ese vacío de poder que otros pretenden ocupar. Y ese es uno de los motivos por los que el General Único jamás te dará ese puesto, porque alterarías los equilibrios de toda la región. Tú vales para enfrentarte a los germanos, no para conducir al pueblo de los arvernos. No para recordarles quiénes han sido, no para sacarlos de su letargo.

Dumnórix vio la sorpresa en el rostro de su interlocutor. Lo había herido.

—¿Te estás preguntando por qué te lo digo?

—Sí, me pregunto qué ganas.

Dumnórix le apretó con más fuerza el hombro.

—Porque a mí, no como a los demás, me vendría muy bien tener un amigo fraternal al mando de un pueblo fuerte como los arvernos. Arvernos y heduos juntos, ¿te imaginas? Por eso te he hecho venir a estas horas de la noche.

En la mente de Vercingétorix, una maraña de pensamientos.

—Yo puedo darte lo que el General Único nunca te dará. Yo puedo darte Gergovia y hacer que caiga en tus manos como una fruta madura.

Silencio.

—¿No quieres la cabeza del que mató a tu padre, Rix?

—¿Qué tengo que hacer?

El heduo se rio.

—Las informaciones tienen un precio, Rix.

—¿Cuál sería?

Dumnórix señaló con el dedo el pecho del arverno.

—Te quiero a ti y a los tuyos. No me refiero a ese grupo de vástagos con los que has venido, quiero a los arvernos cuando te haya colocado en su trono, Rix... Así es como te llaman, ¿verdad?

El corazón de Vercingétorix empezó a latir con fuerza.

—¿Qué plan tienes?

—Si quieres una respuesta, Vercingétorix, tendrás que darme tu palabra. Si quieres escuchar lo que tengo que decirte, tendrás que estar de mi parte, y tanto si las cosas salen bien como si salen mal.

—¿Cómo puedo decidirme antes de saber qué te propones?

—Porque después de que haya hablado estarás conmigo o contra mí, así que decide ahora. Si quieres escuchar lo que tengo que decir, quédate y conviértete en uno de los míos; si no, vete y este encuentro nunca habrá tenido lugar.

—¿Y si me quedo y luego no acepto?

—Mando que te arrojen desde este acantilado —respondió secamente Dumnórix señalando el mar de abajo.

Una ráfaga de viento los despeinó.

—Habla.

—¿Estás seguro de tu decisión, Vercingétorix?

—¡Habla!

El heduo miró al arverno a los ojos, luego respiró hondo.

—Estas nuevas formas aristocráticas de gobierno que se están extendiendo, como, por ejemplo, esa que con razón tú no le reconoces a Gergovia, son del todo ajenas a nuestras tradiciones. Hace solo dos generaciones, las poblaciones de heduos, arvernos, sécuanos y senones estaban dirigidas por soberanos apoyados en un consejo de druidas. Tú lo sabes bien, ya que tu padre defendía la monarquía por la que pagó con la vida.

»Hoy, los herederos de esos soberanos, los jefes de las que fueron poderosísimas tribus, no son más que clientes de un señor al que están unidos por vínculos de fidelidad personal e interés.

Dumnórix señaló las lejanas hogueras de uno de los campamentos de las legiones.

—Ese señor de Roma y los reyes deben su soberanía a su Senado y a nada más. Los jefes de los pueblos más poderosos de la Galia han sido impuestos por el General Único, Cayo Julio César, sin ningún código religioso, sin ninguna legitimación de los druidas o del pueblo. Mira al rey Tasgecio de los carnutes, a Comio de los atrebates, a Cavarino de los senones o a Cingétorix de los tréveros: todos son hombres unidos a César por vínculos de fidelidad personal, exactamente con el mismo objetivo al que tú aspiras, el de derrotar a la facción opuesta con la ayuda de César para alcanzar el poder. También lo hizo Diviciaco, el primer hombre de César, mi hermano.

Al oír ese nombre, Vercingétorix bajó la mirada unos instantes.

—No fue diferente de los demás, ¿sabes? Acaudilló el partido prorromano de los heduos, halagó y ganó la confianza de César antes de luchar para él. Diviciaco se convirtió en el hombre más rico y poderoso de todo mi pueblo y fue declarado por el Senado «amigo y hermano del pueblo romano», título que después se hizo extensivo a todos los heduos, incluido yo, pese a que me oponía y me opongo a todo esto. Las dos facciones de los heduos eran hijos de la misma madre, y, por una ironía del destino, sigo con vida gracias a mi hermano, pues él intercedió por mí ante el General Único. ¿Sabías todo esto, Rix?

—Había oído hablar de ello.

—Para despejar cualquier duda, te contaré lo que pasó, después puedes sacar tus propias conclusiones. Me casé con la hija de Orgétorix, que era el más rico y noble de los helvecios, un pueblo germánico muy aguerrido y valiente asentado en una tierra rodeada de cadenas de montañas impracticables, del río Rin, del lago Lemán y del río Ródano, que cerraba el camino hacia la provincia romana. Además de no tener salidas, su territorio era demasiado pequeño para su población, y por su ubicación, el alimento que producía no bastaba para su supervivencia, lo que soportaban muy mal gentes belicosas como los helvecios.

»En el banquete de mi boda, Orgétorix me propuso un plan que podía valer a helvecios, heduos y sécuanos. El acérrimo enemigo de los helvecios, el rey suevo Ariovisto, había llevado a los suyos al otro lado del Rin y se había apoderado de buenas tierras fértiles en la región de los sécuanos. Organizando una emigración en masa de los helvecios, apoyados por heduos y sécuanos, se habría podido atacar a Ariovisto y repartirse las tierras ocupadas por los germanos. El plan era atrevido, pero habría podido salir bien si no hubiese sido porque Orgétorix murió antes de llevarlo a cabo.

Vercingétorix meneó la cabeza.

—¿Cómo murió?

—En circunstancias desconocidas. Lo encontraron muerto en su casa pero nadie sabe lo que ocurrió realmente. De todos modos, su desaparición no detuvo el plan: cuando los helvecios consideraron que estaban listos para la empresa, quemaron sus ciudades fortificadas y todo el trigo, salvo el que pretendían llevarse con ellos, de manera que estuvieran preparados para afrontar los problemas que pudieran surgir, una vez que ya no hubiera esperanza de regresar.

»Sin embargo, como te he dicho, para salir de su pueblo y llegar a las tierras ocupadas por los germanos solo había dos caminos. Uno angosto y difícil hacia el norte a través del territorio de los sécuanos, y otro más fácil y rápido hacia el sur, pasando por la provincia romana, controlado por ese nuevo general que había mandado Roma...

—Cayo Julio César...

Dumnórix asintió.

—Este se opuso y les negó el tránsito a los helvecios, que a su pesar optaron por el camino del norte, hacia las tierras de los sécuanos. Era un camino de montaña lleno de desfiladeros y angosturas por donde los carros a duras penas podían pasar de uno en uno, bordeado además por un monte muy alto y por el que fácilmente un puñado de hombres podría bloquear el paso. Era necesario acordar el tránsito con los sécuanos, y por los vínculos que me unían tanto a ellos como a los helvecios, intercedí y negocié.

Ambacto siempre había dicho que Dumnórix era ambiguo, pero que al mismo tiempo era un político muy hábil, un negociante nato que disfrutaba de un enorme prestigio.

—Como a lo mejor sabes, al final todo acabó de manera trágica. Los romanos atacaron a los helvecios y los persiguieron hasta exterminarlos. Parece que fue una venganza del General Único, porque entre los helvecios había una mezcla de guerreros cimbrios y teutones, que en los tiempos de nuestros reyes derrotaron a los romanos, humillando y masacrando a gran número de ellos. Según parece, un antepasado del general romano estaba entre los muertos de aquella batalla.

A esa historia le faltaban las piezas que Vercingétorix había conocido por Pisón de Aquitania y algún detalle más que le había contado Ambacto antes de morir.

—Si te estoy contando todo esto es gracias a la intercesión de mi hermano Diviciaco, que ocultó parte de mi intervención y respondió por mí ante César. Esto me permitió disfrutar de cierta protección... hasta su muerte.

—Supe de la muerte de tu hermano antes de dejar Auvernia.

—Un mal oscuro se lo llevó. Transmitió su título de «hermano y amigo del pueblo romano» a los heduos, pero su desaparición ha dejado un enorme vacío.

—Me lo imagino.

—No hablo de un vacío afectivo, Rix, sino de un vacío político. Mi hermano tenía una ventaja no desdeñable: era un *vergobreto*, uno de los sabios del druidismo. Eso hizo que sus decisiones fueran respetadas por todos los druidas, muchos de los cuales tenían relaciones estrechas con los jefes de clan, que aceptaban su voluntad. Fueron favorecidos algunos personajes que no gustaban a otros, y con la muerte de mi hermano estos equilibrios forzados se rompieron en pocas semanas. Ahora el fuego oculto bajo las cenizas se está reavivando, Rix, tú y yo somos el ejemplo.

El mar, al pie del acantilado, rugió.

—Y será justo el General Único quien atice las llamas.

—¿César?

—Sí, porque ahora que no cuenta con un *vergobreto* como Diviciaco que le sugiera sus movimientos atendiendo a los equilibrios políticos, el general romano ya ha cometido su primer grave error, que será letal para sus legiones.

—¿De qué hablas?

—De eso —dijo Dumnórix, señalando desde lo alto del acantilado los buques que había en la rada—. Esas son una pequeña parte de las embarcaciones que Cayo Julio César ha mandado preparar. Más al sur hay unas cuarenta varadas y otras tantas están llegando desde las costas de los vénetos. ¿Sabes para qué?

—No.

—Para invadir Britania.

Vercingétorix miró las embarcaciones inmóviles en el reflejo plateado de la luna.

—Britania —prosiguió Dumnórix—, la morada de los sagrados bosques que custodian la verdad sobre las divinidades del cielo y sobre el misterio de la reencarnación. Las nieblas y el mar que siempre han protegido esas tierras no detendrán los buques de César. Pronto los sucios calzados de los legionarios profanarán esos lugares sagrados y el consejo de los druidas no tardará en hacerse oír, las facciones antirromanas resurgirán y toda la Galia arderá.

El arverno miró de nuevo la rada.

—Yo estoy aquí para echarle leña al fuego, quiero saber quién está conmigo, por eso te he llamado.

Los ojos de Vercingétorix volvieron a fijarse en el heduo.

—¿Ya has hablado con los demás?

—Además de los heduos, cuento ya con el respaldo de todas las facciones antirromanas de sécuanos, senones, bituriges, sántonos, rutenios, carnutes y de las tribus del Cancio.

—¿El Cancio?

Dumnórix miró el mar.

—Sí, el Cancio. Mandé una embarcación a avisar a los hermanos que viven en la costa britana del Cancio de la llegada de los romanos. Se están preparando para recibirlos bien. Están dispuestos a no dejarlos pisar tierra.

El noble Dumnórix soltó el hombro del joven.

—Sé que todo lo que te estoy contando te parece absurdo, pero te aseguro que son muchos los que están descontentos y que el General Único está a punto de meter las manos en un avispero. Docenas de miles se disponen a echársele encima.

Rix asintió.

—¿Los arvernos estarán conmigo?

Vercingétorix miró a los hombres de Dumnórix, luego el acantilado, donde el rumor de las olas se perdía en la negrura.

—Sí.

Vercasivelauno fue hasta el balde y metió ahí la cabeza. La sacó y miró chorreando agua a su primo.

—¿Es por todo lo que bebí anoche o Dumnórix realmente te ha dicho eso?

—Habla en voz baja.

—¿De verdad que te ha dicho eso? —repitió Vercasivelauno con un hilo de voz.

—Sí —respondió Vercingétorix, sentándose—. Ese jinete heduo que se presentó ayer, un tal Coto, un noble, me llevó extramuros de la ciudad, hasta el promontorio, donde me estaba esperando Dumnórix.

—¿Está formando una coalición para luchar contra los romanos?

—Eso fue lo que me dijo.

Vercasivelauno volvió a meter la cabeza en el balde, se enjuagó de nuevo el rostro y miró a su primo tras vaciar con avidez un cazo de agua.

—¿Y qué es lo que nos ha pedido que hagamos?

—De momento, nada, solo me ha preguntado si estaba de su lado.

—¿Y tú has aceptado?

—¿Acaso crees que se puede decirle que no a Dumnórix?

Vercasivelauno meneó la cabeza.

—Ya, claro.

—Estamos entre dos fuegos. Decirle no a él significa correr un gran riesgo, nos puede enfrentar con la mitad de la Galia, pero haberle dicho sí nos expone con los romanos. Así que tenemos que guardar el secreto, Vercasivelauno, ninguno de los nuestros puede enterarse de este asunto y debemos tener mucho cuidado con lo que hacemos.

—Claro. ¿Qué te ha dicho de la coalición? ¿Quiénes la integran?

—Ha mencionado a varias tribus, no las recuerdo todas: heduos, sécuanos, senones..., carnutes y también tribus que están al otro lado del gran mar.

—Por Taranis, ¿los britanos?

Vercingétorix asintió sombrío y su primo se sentó a su lado.

—Dumnórix me contó su implicación en la migración de los helvecios, pero no me lo refirió todo. ¿Te acuerdas de lo que nos dijo el viejo Ambacto sobre él?

—Sí, que tuvo la protección de su hermano Diviciaco porque había hecho de intermediario entre sécuanos y helvecios para que pasaran entre las montañas.

—Sí, pero la intermediación de su hermano no fue solo por ese motivo, hubo cosas bastante más graves que me contó Pisón de Aquitania antes de morir. Los helvecios devastaron durante largo tiempo los territorios de tribus aliadas de los romanos y estas pidieron ayuda al General Único. Cuando César intervino, pidió que lo aprovisionaran de trigo para sus legiones y los heduos, que se habían comprometido a dar víveres, no lo hicieron, precisamente a causa de Dumnórix. En realidad, había convenido con helvecios y sécuanos que se convertiría en rey de los heduos cuando se acabara la guerra.

—Así que César echó por tierra todos los planes de Dumnórix.

—En efecto, y este se salvó solo porque era el hermano de Diviciaco. Si César hubiese tomado medidas muy drásticas contra él, todo el mundo habría pensado que Diviciaco había sacrificado a su hermano a los romanos, lo que lo habría vuelto muy impopular entre los heduos. Diviciaco era tan importante para el General Único que toleraba a Dumnórix.

—Sí, pero Diviciaco ahora está muerto.

—Sin duda, Dumnórix todavía tiene mucha influencia sobre los suyos, además de que es enormemente rico. Sin embargo, César no es tonto, le ha perdonado el pasado pero no le perdonará un solo paso en falso en el futuro.

Vercasivelauno cogió otro cazo de agua y lo apuró.

—Y... ¿nosotros cómo vamos a salir de esta?

—Nosotros no salimos, de momento. No podemos hacer nada más que esperar.

—¿Qué opinas de lo que ha dicho de Gergovia?

—Dumnórix puede tener razón en que si reemplazamos en Gergovia al actual gobierno habría un fuerte enfrentamiento entre quienes apoyaron a mi padre y quienes, en cambio, prefirieron a la aristocracia. La consecuencia sería, quizá, una guerra civil y podría crearse un vacío de poder, pero ocurriría lo mismo si me colocase en el trono, ¿no te parece?

—Cierto.

—Debemos tomarnos con cautela las palabras de Dumnórix, a lo mejor no hay nada de todo lo que me ha contado, estábamos él y yo en ese promontorio, nadie más. Puede que me haya llamado solo para tantear el terreno sobre nuestra influencia en Auvernia, para averiguar con cuánto apoyo contamos ahí. Puede que incluso haya perdido importancia a sus ojos después de nuestro encuentro.

—Sí, tienes razón, todo es posible.

—Pero... lo que me ha dicho tiene un valor inmenso y por eso te lo estoy contando.

—¿A qué te refieres?

—¿Cuánto pagaría el General Único por semejante información?

Vercasivelauno se pasó una mano por los cabellos mojados.

—¿No pretenderás...?

—No he dicho eso. He dicho que ahora no sabemos. Esta información vale lo que Gergovia y toda Auvernia, que es por lo que estamos aquí. ¿Recuerdas por qué nos marchamos de casa, hermano? Para regresar y recobrar lo que nos quitaron. A mí me dan igual los suevos, los germanos, los mórinos, los tréveros o los britanos. A mí me importa Auvernia y quien pueda ayudarnos a recuperarla, ya veremos si es César o Dumnórix. Mientras tanto, esperemos a ver cómo se desarrollan los acontecimientos. El romano parte hacia Britania y nosotros nos tenemos que quedar aquí con su ayudante, un tal Labieno. Veremos qué hace César y veremos qué hace Dumnórix. Iremos con el que nos conduzca a Gergovia.

XVII

Mórinos

Vercingétorix sintió que el pecho se le llenaba de calor. Un calor que parecía que le entraba por las venas y que lo hacía resurgir del gélido Infierno en el que estaba hundido. Tuvo un escalofrío y luego empezó a toser, sintiendo dolor en todo el cuerpo.

—Ánimo, Rix, bebe.

El arverno parpadeó y casi lo cegó la llama de la lucerna. Se apartó de golpe, miró de un lado a otro y notó que estaba tapado con una manta. Era una sensación estupenda, que ya ni recordaba. La estrechó contra su cuerpo temblando y se sentó de espaldas contra la pared.

—Bebe más —dijo la sombra que estaba delante de él.

El arverno cogió la taza y se la llevó a la boca con manos temblorosas. Bebió un trago, luego otro y otro más, antes de apoyar exhausto la nuca en la pared del Tuliano, como si ese movimiento lo hubiese dejado sin fuerzas.

—Te necesito vivo, Rix.

Vercingétorix había reconocido la voz del carcelero, pero todavía no conseguía ver su rostro.

—¿Por qué? —dijo con un hilo de voz.

—Porque no puedes morir en un agujero fétido, solo, en un día gris de invierno.

—¿No? —musitó entre los temblores de la fiebre.

—Por supuesto que no, tienes que morir un día caluroso de verano, con la ciudad en fiestas, las estatuas adornadas con flores y los pétalos cayendo del cielo. Tienes que morir entre aplausos, risas e insultos de la gente de Roma. Tu muerte debe de ser, mejor dicho, estoy seguro de que será un espectáculo extraordinario, rey de los arvernos, tienes que estar contento y sentirte honorable. La gente hablará de ti durante mucho tiempo, tu nombre será inmortal y hará aún más grande la gloria de Roma.

Por fin vio el rostro de Báculo y los ojos del romano tuvieron el mismo efecto que había calentado el estómago de Vercingétorix. Penetraron hondo e hicieron hervir su sangre de odio, un odio que se quedaba metido en el cuerpo de Rix sin poder salir de él porque no tenía fuerza para hacerlo. Los brazos le parecían dos granitos imposibles de levantar, al igual que las piernas y la cabeza, que tenía que apoyar en la pared para mantenerla recta.

—Publio Sextio, te bajamos vino caliente con miel y pan —dijo una voz desde el ojo del *Tullus*.

—De acuerdo, Barbato.

Desde arriba mandaron con una cuerda un cesto al calabozo.

—Ánimo Rix, a comer.

Los ojos del arverno se cerraron debido al cansancio.

—Tienes que comer, Rix, no te duermas. —La mano de Báculo apretó la mandíbula de Vercingétorix haciendo que abriera la boca para meterle un mendrugo de pan mojado en vino—. Come, Rix, te quiero grande, robusto y malo, como la primera vez que nos vimos, ¿te acuerdas?

El calor que despedían las llamas subió al cielo llevando lapilli incandescentes, mientras capas de humo negro envolvían las casas de tejados de paja.

—Manteneos juntos, no quiero que nadie se aleje de las centurias —gritó Publio Sextio Báculo en la neblina acre del incendio, tapándose la nariz con la bufanda para respirar.

Desde que César estaba en Britania, sus legiones se habían desplegado por las tierras de los mórinos, donde varias tribus no aceptaron las propuestas de paz hechas por el procónsul con la liberación de rehenes y desplegaron una tenaz guerrilla. La táctica para enfrentarse al avance de las legiones parecía extenderse por doquier, del Rin al *Oceanus*. Las tribus cargaban cuanto podían en sus carros, juntaban a los parientes y se retiraban a los bosques, quemando todo lo que dejaban.

Allí esperaban pacientes la llegada de los legionarios para hacerles frente y atacar a los grupos enviados en reconocimiento.

—Aquí no hay nadie, centurión. Han prendido fuego a las chozas y se han ido.

Publio miró el follaje de los árboles que había delante de él, que aparecían y desaparecían entre el humo.

—Manda venir aquí a los auxiliares, Vócula —le dijo al legionario que estaba a su lado—, necesito que un jinete vaya a comprobar si hay alguien escondido en el bosque.

—Sí, centurión.

—¡Rápido, Vócula!

Publio Sextio oyó un zumbido e instintivamente levantó su escudo, donde una flecha se clavó con un ruido seco.

—¡Emboscada! —gritó agachándose detrás de su *scutum*.

Otra flecha se clavó en la tibia del legionario que estaba a su lado, que cayó con un grito. En pocos segundos el aire fue desgarrado por decenas de flechas. Tras los primeros momentos de sorpresa los hombres se juntaron y cubrieron con sus escudos al compañero herido.

—Están detrás de esos árboles —dijo Publio llamando a Sextio Marciano Torcuato, su ayudante—. ¿Los ves, Torcuato? Están escondidos.

—Sí.

—Necesitamos rodearlos y cogerlos por el flanco. Reuniré a los hombres de la retaguardia y bordearé la aldea oculto tras el humo. Vosotros quedaos detrás de los escudos sin avanzar.

—De acuerdo. ¿Y si cargan?

—No lo harán.

—¿Y si lo hacen?

Publio se quitó la bufanda de la cara.

—¡Mándalos al Infierno, Marciano!

—Era lo que quería oír —dijo con una sonrisa Torcuato.

Publio Sextio le dio una palmada en el hombro a su compañero y enseguida echó a correr como si tuviese alas en los pies. El zumbido de las flechas quedó lejos y el centurión aminoró la marcha.

—Vosotros avanzad, protegeos con los escudos y haced de blanco junto con los de la segunda centuria.

—Pero, centurión, siempre nosotros...

—¡Muévete, Granio, muévete! ¿Prefieres la flecha de un mórino en el escudo o mi vara en la nariz?

Los legionarios se rieron y empezaron a moverse.

—En cambio, a partir de esta fila, venid conmigo. Regresemos, bordeemos la aldea, entremos en el bosque y cojamos a los mórinos por el flanco. ¿Dónde están los honderos?

—Más atrás, centurión.

—Que vengan aquí enseguida, y que vengan también los jinetes galos. ¡Vamos, Vócula, corre! Ve a llamarlos.

—Voy.

—¡Rápido! ¡Quiero verte con alas en los pies! —rugió Publio andando veloz y llevando detrás la última parte de la columna de hombres, que lo siguió fuera de la aldea en llamas.

—¿Cuál de vosotros es el comandante?

Vercingétorix miró al legionario jadeante que tenía delante:

—Yo.

—Prepara a tus hombres. La segunda y la tercera centurias están bloqueadas por los mórinos en la parte baja de la aldea. El centurión quiere rodearlos y cogerlos por el flanco. Está reuniendo a sus hombres para salir del poblado.

Rix meneó la cabeza.

—No se puede pasar, ahí hay ciénagas.

—Pues más vale que vayas a decírselo lo antes que puedas. Ya está llevando a sus hombres ahí.

—Se detendrá.

—¿Quién, Báculo? —El legionario se rio—. Ese nos hace caminar sobre las aguas si hace falta.

El arverno subió al caballo.

—¿Báculo, has dicho?

—Sí, Publio Sextio Báculo.

—¿Es que estabais durmiendo?

Vercingétorix detuvo su caballo y lanzó una mirada torva al centurión.

—Necesito que te adentres por entre los árboles con tus hombres y empujes hacia aquí a esos mórinos que están reteniendo a mis legionarios en la aldea.

—En esa zona hay una ciénaga.

Publio Sextio Báculo se hizo visera con la mano y miró entre los rayos de sol que filtraba el humo al gigantesco jinete que tenía delante.

—¿Eres el arverno? ¿Al que llaman «Rix»?

—Sí, soy yo.

—Bien, Rix, está terminando un verano muy caluroso, de manera que no me preocuparía mucho de una ciénaga casi seca, bordéala y empuja hacia aquí a esos cabrones. No es una tarea complicada.

Vercingétorix elevó la vista hacia los árboles.

—Podría tratarse de una trampa para que caigamos en una emboscada.

Publio enseñó los tubos partidos de las flechas clavadas en su escudo.

—Descuida, no es una trampa, es una emboscada en toda regla. Ve y regresa con más flechas en tu escudo, de lo demás ya nos encargamos nosotros.

De nuevo lo miró.

—En esta selva viven, centurión.

—¡Pues que comprendan que esta selva no los va a proteger! —estalló Publio—. Atiéndeme, tú y yo estamos en la misma situación, ¿entiendes? Yo no puedo hacer que mis hombres avancen como una muralla por entre los árboles, y tú no tienes tu pradera para lanzar a tus hombres al galope. Estamos en la misma mierda y necesitamos salir de esta, así que sea como sea voy a avanzar por entre esos malditos árboles y tú vas a hacer lo mismo, ¿queda claro? Lo único que tienes que conseguir es que huyan como conejos hacia mí.

Vercingétorix asintió con cara de pocos amigos.

—¡Ahora ve, he dicho!

El noble arverno desenvainó su larga espada y ordenó a sus hombres que lo siguieran.

—Ánimo —dijo Publio a los suyos—, enseñémosles de qué pasta estamos hechos. ¡Escudo al costado, adelante!

La fila se movió y salió de la aldea, hizo una larga conversión y se adentró en el bosque.

—Ojos abiertos, hombres, dispersémonos y adelante.

A cada paso el suelo se volvía más blando, hasta que se convirtió en limo y luego en aguazal. Los hombres veían avanzar al centurión, así que ellos lo imitaban en silencio, mientras el agua subía y el fango parecía querer retener las cáligas. Iban por el limo moviéndose a duras penas, los hombres cada vez más inseguros, Báculo cada vez más porfiado, y cuando empezaron a oír gritos a lo lejos estaban con medio muslo hundido en la ciénaga.

—Adelante —gritó el centurión—. Se acercan.

Los legionarios se movieron imprecando, tratando de salir de ese légamo viscoso por el que les costaba mucho avanzar, mientras entre los árboles sonaban gritos y relinchos de caballos.

—Vamos —gritó Báculo entre jadeos. Fue el primero que salió de la ciénaga, completamente embarrado, el escudo y la espada se le resbalaban de las manos. Se arrodilló y respiró hondo y se frotó las manos con tierra para poder agarrar bien. Cuando levantó el rostro vio que unos hombres que corrían hacia él desaparecían entre los árboles y el sotobosque. Se incorporó enseguida, con el escudo y el gladio.

—¡Llegan! ¡Preparaos!

Uno de aquellos hombres, al verlo, se quedó quieto a unos cincuenta pasos de distancia, mirando alrededor con el rostro lívido, en busca de una posible escapatoria. Puso los ojos en blanco y una flecha le atravesó el pecho. Permaneció un momento erguido, antes de caer hacia delante entre los helechos.

En el vacío que dejó su silueta apareció, entre los haces de luz que surcaban el follaje, la silueta de Vercingétorix montado en su corcel negro. Llevó su caballo al paso y cuando estuvo junto al cadáver recuperó su lanza, antes de acercarse a Publio.

Se detuvo a pocos pasos del centurión y, mirándolo a los ojos, lanzó a sus pies una cabeza que rodó hasta él.

—El camino está despejado.

XVIII

Senatusconsultum ultimum

—Hola, *caupo*.

—Que te den.

—Pan y queso.

—Ponte donde siempre, ahora voy.

Sextio se sentó y miró alrededor buscando a Remilla, hasta que la vio bajar las escaleras seguida por un cliente. Era uno de esos soldados con los que se había peleado el otoño anterior. La chica le sonrió y en cuanto el cliente se marchó fue corriendo hacia su niño.

—Veo que no te bastó la lección —dijo el soldado según pasaba al lado de Publio.

—No estoy aquí para montar bronca. Verás, no estoy borracho. Si aceptas hacer las paces, te invito a algo y tan amigos.

—¿Y si no quiero?

—Como te he dicho, no estoy borracho.

—¿Qué significa eso?

—Significa que esta vez te mataría.

Se cruzaron una mirada feroz que enseguida se convirtió en sonrisa y luego en carcajada.

—Me llamo Quinto Luciano, veterano de la legión II, estaba con Pompeyo Magno en Lusitania.

—Sextio Báculo, primipilo de la legión XII con Tito Labieno, el resto de la carrera te lo ahorro, siéntate y come algo.

El soldado cogió una banqueta y se sentó.

—Caramba, un centurión de los primeros órdenes, ahora entiendo por qué pegas tan fuerte. ¿Eres de una de las legiones que César ha entregado a Pompeyo?

—Bah, hace falta gente, Pompeyo ha recibido el encargo del Senado de enrolar hombres en toda Italia, sobre todo veteranos y mercenarios de las tierras cercanas, ya me dirás si no le viene bien un exprimipilo de Labieno.

—Pero entonces ¿tú sigues enrolado?

—Sí, claro, estamos instalados fuera del *pomerium*, pero Pompeyo nos manda aquí para escuchar y ver. —Con un guiño, el veterano se acercó al oído de Publio—. De vez en cuando amenazamos a algún cesariano, damos alguna paliza, cosas de esas.

Publio asintió con una sonrisa, como si aprobase, para animar al otro a continuar.

—Hace ya tiempo que nos reunimos para vigilar la situación, es más, ahora tengo que ir a la Curia, nos reunimos ahí todas las mañanas para ver cómo evolucionan las circunstancias, y las sesiones del Senado de estos días no han dado a entender nada bueno, pronto llegarán a las manos, ya verás.

—¿Hay noticias de César?

—Está en Rávena con una legión de renegados. Ya solo lo acompañan aquellos marcados por una condena o por el deshonor, o quienes merecerían una condena o un deshonor.

—También hay muchos que lo apoyan.

—Casi todos los jóvenes y la gente de los bajos fondos de la ciudad y casi todos los que están cargados de deudas, a decir verdad, este grupo aumenta cada día. De todos modos, estamos listos para intervenir, entre la multitud se esconden tribunos, centuriones veteranos, los clientes de Pompeyo. Todos estamos ahí y, a una señal, ocuparemos la ciudad. Únete a nosotros, Báculo.

Sextio meneó la cabeza.

—Tengo un puesto en el *aerarium*, eso me vale, cobro tu paga y, como mucho, corro el riesgo de herirme con el estilo.

Muciano rompió a reír.

—De todos modos, si cambias de idea, estaré aquí unos días.

—De acuerdo.

—Me marcho, el espectáculo que nos está preparando hoy la

Fortuna podría ser grandioso y no tengo la menor intención de perdérmelo.

Sextio Báculo vio al veterano salir de la taberna junto con los otros soldados, hasta que un gemido lo hizo volverse nuevamente hacia Remilla.

Cayo Escribonio Curión entró en la Curia y se acercó a los cónsules ante las miradas ceñudas de los senadores.

—Traigo una misiva de Rávena de parte de Cayo Julio César.

La sala se llenó enseguida de gritos, alboroto e insultos.

—Está dirigida al Senado de Roma —continuó Curión elevando la voz— y pido permiso para leerla.

Debido al jaleo que se había montado, solo los senadores que estaban más cerca lo oyeron, pero estos también protestaron indignados. El cónsul Claudio Marcelo se puso de pie y moviendo las manos intentó restablecer el orden.

—Senadores, por favor —dijo con poca convicción—, os pido moderación.

Curión elevó la voz:

—He recorrido desde Rávena dos mil trescientos estadios en tres días para traer esta carta dirigida a vosotros.

Marcelo meneó la cabeza mirando a la Curia llena de túnicas inquietas. Se trataba de su primera sesión en el Senado como cónsul y era un ferviente anticesariano, igual que su colega recién elegido Lucio Cornelio Léntulo Crus. Los dos sabían que su consulado no iba a ser sencillo, pero no se esperaban un comienzo tan complicado.

—¡Quiero saber lo que dice esa carta! —rugió alguien al fondo—. Y quiero que también vosotros lo sepáis.

Los gritos se aplacaron, y las miradas corrosivas pasaron de Curión al hombre que acababa de hablar, que avanzaba descollando por encima de todos con su poderosa envergadura. Alto y corpulento, lo comparaban con la figura de Hércules, por su actitud y por la ropa que usaba, pues a menudo aparecía en público con la túnica ceñida a la cadera, una capa de tela áspera y una gran espada al flanco. Era el tribuno de la plebe Marco Antonio, lugarteniente de Cayo Julio César, quien se había distinguido en la Galia por su energía y determinación. Esto le granjeó el aprecio de los soldados, a los que siempre había tratado con generosidad y sin la menor arrogancia, todo lo contrario a como se comportaba con los senadores. Detrás de él iba Quinto Casio Longino, también tribuno de la plebe, también defensor de César, también señalado y cuestionado.

—¡Senadores, calma! —repitió varias veces el cónsul Marcelo mientras Marco Antonio se le acercaba, enorme.

Curión le entregó la carta a Antonio, que miró al cónsul Claudio Marcelo.

—Pido permiso para leerla.

Entonces también el otro cónsul, Léntulo Crus, se levantó y con un gesto reclamó atención.

—«¡Al Senado de Roma, salud!» —leyó Antonio en voz alta sin aplacar el insistente vocerío que tapaba sus palabras—. «Yo, César» —gritó con voz todavía más alta—. «Yo, César» —gritó apaciguando a los que estaban más cerca—, «gobernador de las Galias y de la Iliria, amparado por la Fortuna, la diosa que tiene en sus manos el destino de todos los ejércitos, conduje a la victoria a nuestras legiones conjurando graves peligros para la República y para nuestros aliados. Derroté a los helvecios que amenazaban con invadir la Galia Narbonense y las poblaciones vecinas aliadas de Roma. Después volví segura la Galia Transalpina deteniendo las incursiones de los pueblos germánicos y confinándolos al otro lado del Rin, tras empujarlos a sus bosques. Contuve la continua llegada de refuerzos que desde la lejana Britania nutrían las tribus hostiles a Roma, cruzando el misterioso *Oceanus* bajo la protección de los dioses, y pacifiqué toda la región. Con la victoria en la ciudad de Alesia, la pesadilla de las incursiones bárbaras puede considerarse definitivamente terminada. La Galia que era hostil a Roma está completamente sometida y nuestros aliados lo celebran con nosotros.

»Durante esta larga campaña yo, César, siempre antepuse mi

honor a mi propia vida. Me duele que el Senado me anule un beneficio que me concedió el pueblo romano y que se me llame a Roma antes de tiempo, después de haber sido privado nada menos que de seis meses de legítimo mando, cuando el pueblo había decretado que aceptaba mi candidatura a cónsul para las próximas elecciones, aunque la hubiera presentado estando ausente.

»Toleré de buen grado, por el bien de la República, esa ofensa contra mi honor, tanto es así que propuse que lo que me correspondía a mí, le correspondiera también a Cneo Pompeyo Magno, pidiendo que los dos dejásemos a la vez el cargo. No solo se me negó lo que pedí, sino que además fueron reclutados soldados en toda Italia y retenidas dos legiones que me habían quitado con la excusa de una guerra contra los partos.

»Es evidente que más que el bien del Estado, lo que el Senado quiere es mi ruina, y si esta fuese necesaria por el bien del Estado, la aceptaría de buen grado, de no ser porque mi ruina está unida a la del pueblo que me ha elegido. Así pues, pido que Pompeyo licencie su ejército y entonces yo haré lo mismo, que todos en Italia depongan las armas, que Roma sea liberada del miedo, que al Senado y al pueblo romano se les permita celebrar reuniones libres y toda clase de actividad política. Si no aceptáis esta mi última demanda, conservaré mi ejército y vendré para vengar a la patria y a mí mismo».

Hubo un breve instante de absoluto silencio, luego, desde el fondo, llegaron los primeros chillidos.

—¡Es una declaración de guerra!

—¡Es una propuesta de paz! —replicó Curión antes de que los gritos dejaran entender algo.

—Pongámonos de luto en señal de protesta contra esta carta y votemos para reconocer como legítimo al ejército que manda Cneo Pompeyo Magno y como enemigo el de Cayo Julio César —les gritó a los cónsules un senador de las primeras filas.

—Yo me opongo —bramó Marco Antonio—. Que Pompeyo y César depongan las armas y después decidiremos lo mejor para la República.

—Cónsul, votemos, somos la mayoría.

—Yo me opongo.

—Senadores —gritó el cónsul Lucio Cornelio Léntulo Crus—. Estoy dispuesto a apoyar al Senado y a la República, en el caso de que se adopte una postura audaz y firme, pero si seguimos mostrándole respeto a César después de haber leído esta carta, si seguimos buscando temerosos sus favores como muchos han hecho en el pasado y todavía hacen —dijo mirando a Curión—, yo entonces pensaré solo en mí, sin tener ya en cuenta la autoridad de un Senado por el que no me siento representado.

—No es oportuno plantear la cuestión en el Senado —dijo un senador mayor—, antes de haber dispuesto un reclutamiento masivo por toda Italia y de haber reclutado un ejército, bajo cuya protección, con seguridad y libremente, el Senado pueda tomar las decisiones más oportunas.

—Bastaría que Pompeyo se fuese a su provincia, eliminando así todo motivo de conflicto —le replicó Antonio, desencadenando un alboroto.

—¡César es el que debe licenciar inmediatamente al ejército! —gritó alguien del fondo.

—César ya licenció dos legiones en Roma —replicó Marco Antonio—, y acabaron bajo el mando de Pompeyo, que las tiene extramuros de la ciudad.

El senador Quinto Cecilio Metelo Pío Escipión se puso de pie esgrimiendo el puño.

—Pompeyo quiere conservar la República, en el caso de que el Senado lo apoye, pero si este se muestra vacilante o muy débil, imploraría en vano su ayuda cuando después la necesite.

—¿Hablas tú o te lo ha sugerido Pompeyo? —replicó Marco Antonio riendo mientras la sala estallaba en un griterío indignado.

—Ya basta —clamó el cónsul Marcelo—. Os ordeno salir —les dijo con tono áspero a Antonio y Quinto Casio.

—¿Salir?

—Sí, Antonio, los ánimos se están caldeando demasiado y no me gustaría que, en calidad de tribuno, te ocurriese algo precisamente aquí en el Senado. ¡Sal de aquí!

Los ojos de Marco Antonio eran ahora tizones ardientes.

—Todos aquí dentro hacéis oídos sordos a nuestras propuestas de mediación.

Volaron insultos e insistentes invitaciones a que dejaran la Curia antes de que fuera demasiado tarde.

—Nosotros no hemos cometido ningún sacrilegio ni delito, tenemos derecho de palabra, somos tribunos.

—¡Salid, ahora!

Antonio señaló a todos los senadores:

—¡Los dioses son testigos de que mi magistratura sagrada e intocable ha sido ultrajada por todos vosotros!

—¡Largaos!

—Ni el propio Sila se atrevió a tanto con los tribunos de la plebe. Os acordaréis de este momento —continuó como un poseso, con la cara roja, mientras se encaminaba hacia la puerta—, cuando padezcáis guerra, matanzas, exilios, confiscaciones y todos los males que os llegarán.

Curión y Quinto Casio lo siguieron junto con los insultos de toda la sala, que resonaron también en la columnata del exterior de la Curia, donde los tres se encontraron ante una multitud de rostros hostiles. Marco Antonio se tragó sus gritos. Enseguida comprendió que en medio de la gente había muchísimos soldados, soldados que Pompeyo había mandado a la ciudad para proteger a los suyos, convencer a los indecisos y amenazar a los contrarios.

Para poder dejar la Curia, los tres tenían que atravesar la plaza atestada de gente, y ahí fuera podía pasar de todo. Marco Antonio trató de pasar entre la muchedumbre, pero algunos hombres que vestían capas militares no le cedieron el paso, deteniéndolo en medio de la multitud que los miraba mientras aumentaba la tensión.

—¡Somos tribunos del Senado de Roma, somos intocables! —dijo Marco Antonio haciendo valer su importancia sobre el hombre que estaba delante con los brazos cruzados, hasta que una voz interrumpió sus miradas feroces.

—¡Quinto Muciano, escucha al tribuno Marco Antonio y deja pasar a los tres magistrados!

Publio Sextio Báculo se abrió paso entre la multitud y llegó al grupo.

—Deja pasar a los tribunos, Muciano —repitió Publio con tono autoritario—. Si hay batalla, lucharemos como soldados, no como cobardes.

Muciano miró a Sextio Báculo de arriba abajo.

—No trabajo en el tesoro, Quinto Muciano, estoy aquí por tu mismo motivo y te ordeno que dejes pasar a los tribunos.

El veterano miró a los ojos a Publio, que lo encaró con gesto de pocos amigos, luego se dirigió a sus hombres.

—Dejadlos pasar.

—Por aquí —le dijo Publio a Marco Antonio.

Lentamente, la multitud fue dejando sitio y los tres llegaron hasta Báculo, que a su vez se abrió camino.

—¡Dejad pasar, he dicho! —Báculo avanzaba con autoridad entre la gente.

Algunos aclamaron a Marco Antonio, otros lo insultaron, hubo empellones y las dos facciones que formaba la multitud empezaron a caldearse, con lo que el ambiente se volvía cada vez más peligroso.

—¡Por aquí, seguidme! —gritó Publio cuando llegaron a la subida al Capitolio y empezaban a volar las primeras piedras—. ¡Por este lado!

Los cuatro alcanzaron las escaleras Gemonías y echaron a correr hacia la puerta del Tuliano.

—¡Abrid, rápido!

El guardián se asomó a la reja.

—¡He dicho que abras!

Las llaves rechinaron nerviosas en la puerta mientras detrás de ellos sonaban los primeros gritos de lucha entre las dos facciones. En cuanto la cerradura saltó, Publio abrió con violencia la reja y arrojó dentro al auxiliar de guardia. Después se volvió, hizo pasar a los tribunos y cerró enseguida el portón de madera y la verja de hierro, dejando fuera la iracundia de Roma.

Durante unos instantes solo se oyeron los jadeos de los cuatro que acababan de entrar, luego unos pasos rápidos sonaron en la galería y una sombra gigantesca se dibujó sobre la piedra de las paredes, lo que hizo que los tribunos contuvieran la respiración, hasta que la silueta del viejo Barbato surgió de las tinieblas. El viejo vigilante habría querido hacer mil preguntas, pero guardó silencio, con los ojos como platos clavados en las túnicas senatoriales.

—¿Quién eres? —le preguntó Marco Antonio a Publio, con las manos en las rodillas.

—Publio Sextio Báculo, primipilo de la legión XII de Labieno en la Galia.

—Labieno..., no sabía que estuviera ya en la ciudad.

—Eso no lo sé, tribuno, estoy aquí desde hace varios años. Perdí los dedos en la Galia y, como ya no podía luchar, me mandaron al Tuliano para que vigilara al rey de los galos.

Marco Antonio miró la galería, luego volvió a mirar a Publio a la cara.

—Ya te he visto en algún sitio, pero no consigo recordar dónde.

—En la Galia Bélgica, en Atuatuca, tribuno.

—Atuatuca...

—Estaba tumbado en una cama, con muchas heridas.

—¡Por todos los dioses, eres el centurión que defendió la puerta del fuerte solo! —dijo Marco Antonio—. Claro, ahora me acuerdo. Cuando me dijeron lo que había pasado, mandé enseguida mi médico al campamento.

—Sí, me contaron que fue tu médico el que me sacó del Infierno.

—Fui a verte, pero estabas sin conocimiento.

—También me contaron eso.

—Conseguiste salir del Infierno.

Publio Sextio asintió.

—A veces me pregunto si no habría sido mejor morir en el fango de Atuatuca delante de esa puerta.

Marco Antonio se irguió.

—No sé por qué oscuros caminos los dioses han hecho que nos encontremos en Atuatuca y después hoy en la Curia, pero seguramente hay un plan para todo esto, y creo que tiene que ver con esta sesión del Senado y con sus consecuencias. El hecho de que nos hayas podido rescatar me revela que tenemos que ir donde César lo antes posible y referirle lo que está ocurriendo.

—Coincido contigo —dijo Quinto Casio—. Porque además aquí puede llegar alguien en cualquier momento y eliminarnos, estamos en el centro de Roma.

—Nadie va a venir al *Tullianum* a comprobar nada —dijo Publio—, y, en mi opinión, ahora fuera la situación está muy tensa y la multitud descontrolada. Hay que esperar a la noche para salir de aquí.

—¡Pero nosotros tenemos que irnos inmediatamente!

—Es demasiado peligroso, tribuno Casio, estáis más seguros aquí que en cualquier otro lugar.

—No estoy nada seguro en una cárcel con un centurión de Labieno —intervino Curión.

—Calmaos ya —exclamó Marco Antonio—. Creo que el centurión tiene razón, a nadie se le va a ocurrir entrar aquí, todos van a buscarnos en el Palatino, donde están nuestras casas, es más, no me sorprendería que en este momento la multitud se estuviese dirigiendo hacia ahí.

Curión meneó la cabeza.

—Podría pasar cualquier cosa.

—Yo puedo ir a ver —dijo Publio.

Los tres se miraron, luego Curión retomó la palabra.

—Yo todavía quiero saber por qué hoy estabas en la Curia entre los soldados de Pompeyo.

—Estaba en la Curia porque media Roma estaba ahí.

—Pero les ordenaste a esos hombres que nos dejaran pasar.

—Había conocido por casualidad a uno de ellos, el tal Quinto Muciano que no os dejaba pasar. Le di a entender que era uno de los centuriones de incógnito y me creyó. Y salió bien, tribuno, nada más, o quizá, como tú dices, los dioses tienen bien pensado su plan y nos están utilizando para llevarlo a cabo.

Los dos se miraron un instante a la luz de las antorchas.

—Ve a mi casa y avisa a mi mujer, ella sabe qué hacer, preparará a los esclavos y a la escolta. Esta noche nos reuniremos con ellos fuera de Roma y partiremos.

—De acuerdo.

XIX

Comio

Vercingétorix y Vercasivelauno llegaron al centro del campamento. Delante del bosque de pendones que había en la entrada de la tienda pretoria habían montado un estrado desde el que el General Único iba a dirigirse a los jefes de tribu aliados, como hacía cada verano a su vuelta de Italia.

Toda la Galia estaba ahí, congregada en ese podio que rodeaban los veteranos del procónsul. Los nobles galos lucían sus espléndidas armaduras, los yelmos cincelados y las inconfundibles capas de las tribus a las que pertenecían. Se miraban, se observaban, compitiendo unos con otros para encontrar algo en lo que pudiesen aventajar a los demás. Estaban ahí para escuchar al hombre que los había convencido, de uno en uno, por las buenas y con su brutal rapacidad, porque esperaban conseguir algo de él. Estaban ahí para ganar un título, dinero, conquistas, poder. Todos estaban ahí por César y contra César, porque en la Galia como en Roma el procónsul era tan amado como odiado.

Publio Sextio Báculo subió al estrado con los tocadores de bocinas y con un aquilífero. Vercingétorix lo miró con los brazos cruzados y la barbilla erguida, mientras los músicos tocaban sus instrumentos, haciendo callar a los espectadores. El aquilífero golpeó tres veces la contera de la enseña en las tablas del estrado, y cuando el silencio fue absoluto Báculo dijo:

—Cayo Julio César, procónsul de las Galias.

El General Único apareció en el estrado y se apoyó en la barandilla, por encima de su guardia formada debajo del palco.

—Nobles de las tribus de la Galia, aliados, amigos, estoy encantado de veros aquí reunidos —dijo recorriendo con la mirada a los jefes de clan—. El pasado verano envié una delegación de atrebates a Britania para anunciar la llegada pacífica de dos legiones —continuó, deteniéndose de vez en cuando para permitir que los intérpretes tradujeran sus palabras a los jefes de clan que no hablaban latín.

—Estaba capitaneada por el aquí presente rey y valiente caudillo y amigo Comio...

Vercasivelauno y Vercingétorix se miraron. Comio había sido enviado a Britania como embajador de César para convencer a los jefes de tribus locales de que no opusieran resistencia. Al atrebate lo había puesto César en el trono tres años antes y era uno de los príncipes de la nobleza gala que había alcanzado su propósito de gozar de los favores del General Único para lograr sus objetivos. Eso hacía que los otros no lo miraran con buenos ojos, pero en realidad todos aspiraban a conseguir lo que él había logrado, empezando por Rix.

—Comio es uno de los pocos que conoce esa isla situada más allá de los límites extremos del mundo, tierra lejanísima y remota, envuelta en nubes perennes y rodeada por el océano, último puesto avanzado antes del vacío, de la terrible nada.

Vercingétorix echó una ojeada ardiente de envidia al presumido Comio, que, erguido, miraba a César como si estuviese en un pedestal.

—Pues bien, cuando llegó a la isla, los bárbaros y retrasados britanos, no solo no escucharon las palabras de un embajador enviado oficialmente por un procónsul de Roma, sino que además lo encadenaron y encarcelaron con sus hombres.

Comio torció los labios como disgustado por el recuerdo de la afrenta sufrida.

—Solo gracias a la intervención de las legiones en armas que consiguieron desembarcar y distribuirse por la isla, pudo lograrse la liberación de Comio, que al principio consideramos un acto de buena voluntad para empezar las negociaciones de paz entre nosotros y las tribus del Cancio, en el extremo sur de Britania.

De nuevo el silencio fue interrumpido por el murmullo de los intérpretes en los distintos dialectos.

—Negociaciones de paz que discutimos a bordo de nuestros barcos y que fueron aceptadas por todos los jefes de clan que, en realidad, ya planeaban asaltarnos cobarde y ruinmente, pues pocos días después atacaron a una de nuestras legiones que había salido del campamento para la cosecha del trigo. Los ahuyentamos y de nuevo negociamos sin éxito con ellos, porque volvieron a atacarnos justo cuando nos disponíamos a hacernos a la mar, y ahí, una vez más, los derrotamos, y, de nuevo, sus embajadores nos pidieron la paz entregándonos rehenes.

»Ante la proximidad del equinoccio, sin embargo, creí que no debía esperar y aventurarnos a navegar en invierno con barcos en mal estado y no adaptados al *Oceanus*. De manera que les mandé que entregaran rehenes en la Galia, cosa que solo dos tribus hicieron.

César miró a su público.

—En Roma, el Senado decretó veinte días de fiestas públicas para celebrar la empresa, pero no estoy seguro de poder afirmar que Britania haya quedado pacificada. La expedición del año pasado, por el contrario, ha demostrado lo peligrosas que son las gentes que habitan ahí para los equilibrios de la paz de toda la Galia.

El General Único miró a la derecha del estrado, donde estaban los comandantes de las legiones, alineados con sus armaduras relucientes.

—Así, os pedí a mis legionarios y a vosotros, aliados, un notable esfuerzo este invierno, con el fin de proceder a la construcción del mayor número posible de barcos y a la reparación de los viejos. El mar, las tempestades y el litoral britano fueron nuestros más peligrosos adversarios el verano pasado, motivo por el que di órdenes claras para que se construyeran nuevas embarcaciones. Dado el continuo flujo y reflujo de las mareas, pedí que fueran más anchas, estables y con amuradas bajas, para así facilitar el transporte de la carga y del montón de acémilas. El resultado ha sido barcos más ligeros que se varan mejor.

»Sabía que pedía mucho, pero lo que he encontrado estos días tras mi vuelta sobrepasa todas mis expectativas. Lo que habéis hecho es todavía mejor de lo que me esperaba: las embarcaciones construidas este invierno, sumadas a las varadas en las otras canteras y a las que proceden de la guerra contra los vénetos, formarán la mayor flota de todos los tiempos. Estoy hablando de ochocientos buques que cruzarán ese mar en el que los britanos se sienten tan seguros.

Los intérpretes repitieron el número de barcos a los perplejos jefes de clan.

—Ellos no han respetado los tratados estipulados con nosotros, por lo cual, dado que por las buenas no nos han comprendido, ha llegado el momento de obligarlos a que lo hagan por las malas, pues hasta el más tonto de los salvajes siente el dolor de la vara.

Comio se rio.

—Por tal motivo, tengo que pediros una vez más que desenvainéis vuestras espadas y que me sigáis, para conseguir recuperar el orden en esas tierras y poner fin, de una vez por todas, a las migraciones de esos bárbaros a la Galia.

Los guardias y los comandantes del General Único asintieron entusiasmados junto con muchos nobles galos, pero otros tantos guardaron silencio con los brazos cruzados, observando atentamente alrededor. Vercingétorix buscó entre los rostros el de Dumnórix, y lo vio inmóvil como una estatua, con los brazos cruzados y la mirada fija en Cayo Julio César.

Rix anduvo por las hogueras que había en la entrada de las tiendas de los jinetes de los aliados, hasta que llegó a la enorme tienda de Dumnórix, rodeada de la guardia personal del noble heduo, que formaba una especie de impenetrable valla humana.

—Por aquí —dijo Coto, precediéndolo.

El arverno siguió al jinete y entró en la tienda alumbrada por la luz de la hoguera.

—Encantado de verte de nuevo, Rix.

Vercingétorix miró los rostros tensos de Dumnórix y de los otros hombres que estaban ahí, y comprendió que estaba a punto de ocurrir algo importante. No eran muchos los que se encontraban en la tienda, pero sí muy relevantes, empezando por Gutruato, el druida de los carnutes, guardián del principal santuario de todas las Galias. A su izquierda, Conconnetodumnos, noble de Cénabo, famoso por sus resquemores antirromanos. Al lado de Dumnórix estaba sentado Acón, de la tribu de los senones. Su presencia ahí no presagiaba nada bueno, dado que el regente de los senones era Cavarino, un prorromano de estirpe noble, descendiente de monarcas, al que había colocado en el trono el General Único en persona hacía dos años.

—Me ha dicho Coto que querías hablarme con urgencia.

—Sí, siéntate, a lo mejor conoces a Lucterio —dijo el heduo presentándole a un hombre fuerte y robusto de pelo largo que estaba a su izquierda.

—Claro, somos... vecinos, al otro lado de Auvernia están las tierras de los cadurcos.

—Sí, está muy cerca de ti, y está aquí con sus jinetes cadurcos.

Rix le estrechó la mano a Lucterio. Los arvernos siempre habían tenido excelentes relaciones con sus vecinos cadurcos, tanto es así que a Vercingétorix casi lo tranquilizó que estuviera Lucterio.

—Bebe con nosotros, Rix, brindemos por el tiempo que huye: parece que fue ayer cuando nos vimos en aquel promontorio, pero en realidad ya ha pasado un año.

Vercingétorix levantó la jarra.

Dumnórix vació su copa de un trago, luego se apoyó en el respaldo de su sillón, con la barba mojada de cerveza, y miró con gesto ceñudo.

—Y, sin embargo, han ocurrido un montón de cosas. César ha vuelto de su expedición en Britania y ha difundido sus comunicados victoriosos en Roma como si ya la hubiese conquistado.

Acón farfulló algo incomprensible antes de que el noble heduo siguiese hablando.

—Pero nosotros, a diferencia de lo que quieren que se crea en Roma, sabemos bien qué ocurrió. Las legiones de César se marcharon de Britania poco antes de que fuera demasiado tarde, tanto es así que durante el invierno ha formado una flota de ochocientos buques para volver a la isla sagrada.

—Sí, son muchas las versiones que circulan entre las hogueras de los campamentos sobre la primera expedición.

—Britania —continuó Dumnórix— nos ha demostrado cuáles son las limitaciones del General Único, aunque aquí hay muchos que no quieren verlas y prefieren creerlo un elegido de los dioses. Se prefiere festejar con él y por él, como si la conquista de ese lugar y de sus tesoros fuese ya cosa hecha. Como si Britania estuviese ya sometida.

Las copas se llenaron de nuevo.

—Los nobles directamente implicados en esta larga y extenuante guerra devoran victorias y botines, contagiados por un entusiasmo feroz y ávido con tal de aumentar su fama con las tribus limítrofes o con las facciones enemigas, porque ahora para tener ciertos cargos es necesario contar con el favor de César. Fíjate lo que les acaba de pasar a los tréveros que no mandaron a sus representantes a las asambleas que convocó el general romano. César organizó una expedición a su territorio y se encontró con que estaba a punto de estallar una guerra civil por la rivalidad entre Cingétorix e Induciomaro. Cingétorix, cuando supo de la llegada del general, fue enseguida a verlo para confirmarle su fidelidad y la de todos los suyos, y le prometió que cumpliría todas las promesas que le había hecho al pueblo romano y que no traicionaría las recíprocas relaciones de amistad. Induciomaro, en cambio, animó a los suyos a resistir, ocultando a todos los que no podían llevar armas en los bosques de la frontera con los remes, y a que se preparasen para la guerra. Pero con el paso de los días, aterrorizados por la llegada de los romanos, fueron huyendo de César, con peticiones hechas a título personal. Induciomaro se quedó solo, y tuvo que someterse. El general romano le pidió doscientos rehenes, entre ellos, su hijo y todos sus parientes cercanos. Imagínate, el romano hizo que la lista de los nombres se la preparara Cingétorix.

Dumnórix bebió más, su voz ya era un poco gangosa.

—Y, sin ir demasiado lejos, mira a Acón —dijo abriendo la mano hacia el jinete que estaba a su lado—. Después de todo cuanto había hecho, esperaba que lo nombraran para la magistratura suprema, pero César ha nombrado a Tasgecio, un representante de la facción contraria a su familia.

De nuevo un trago, y de nuevo esa mirada vacía.

—Habría sido mucho mejor parar a ese romano cuando todavía era débil, en el momento de la migración de los helvecios.

—Las cosas no fueron así —replicó el druida Gutruato—, muchas veces las cosas no salen como nos gustaría.

—Pero todavía estamos a tiempo de cambiar el estado de las cosas.

Las miradas se cruzaron.

—A muchos nobles aliados —continuó el heduo— les han pedido que vayan con César a Britania. ¿Tú eres uno de ellos, Rix?

El arverno apuró la copa.

—No.

—¿Y no te preguntas por qué? —preguntó Dumnórix tras reprimir un eructo.

—Sí, me lo he preguntado.

—¿Y qué te has respondido?

—Me he respondido con una frase que me dijo una vez un romano, cuando llegué al campamento de César con mis hombres. Tengo muy pocos hombres para hacer preguntas.

Dumnórix se rio.

—Eres perspicaz, Rix. No cuentas nada en el plan del General Único, pero eres perspicaz, y eso es bueno para todos nosotros y una suerte para ti.

—No te comprendo, Dumnórix —contestó el arverno visiblemente enojado.

—¿No comprendes por qué César quiere que los nobles más poderosos y sus parientes se le unan?

—Para estar seguro de contar con su apoyo en Britania.

—Exacto, ¿y además? ¿A Britania sometida?

—No lo sé, Dumnórix.

De nuevo un trago y luego la mirada con los ojos brillantes y rojos.

—Cuando haya sometido Britania, los matará a todos.

Rix arrugó la frente.

—¿De qué hablas?

—Lo que oyes, incluso podrá culpar a los britanos de eso —exclamó el heduo agitando los brazos—. Una buena limpieza de la nobleza de toda la Galia para colocar a sus soberanos fantoches como Comio donde quiera. Un Comio para los heduos, otro para los sécuanos..., otro para los arvernos...

Vercingétorix meneó la cabeza.

—No me lo creo...

—¿Por qué no? —dijo el otro levantándose de golpe con los brazos abiertos—. ¿Por qué no? —gritó—. Para nosotros, Britania es el centro sagrado de nuestra religión, ahí es donde las almas de los muertos empiezan su viaje. Para los romanos, en cambio, es una isla repleta de bosques y nada más. Por importante que sea para nosotros, para el General Único no va a ser más que un lugar con mucha madera y poblaciones atrasadas. Sin ningún tesoro ni ningún recurso, solo con lluvia, niebla, frío y sangre: esa es Britania. Aquí, por el contrario..., tenemos oro, caballos, metal, riquezas y hombres ya ávidos de placeres y de dinero.

Dumnórix volvió a sentarse en su sillón. Se agarró la cabeza con las manos y miró a Rix.

—En realidad, toda la nobleza de la Galia rechaza ya sus interferencias y su política monárquica, pero todavía nadie se atreve a decirlo con claridad y a hacerle frente. Quien lo ha intentado se ha quedado aislado, como Induciomaro. Pero este estaba al borde de una guerra civil, y su rival ya era más fuerte que él. Se necesita alguien recio que sepa oponerse al general romano y arrastre a los demás detrás de él.

—¿Y quién podría ser? —preguntó el arverno.

Dumnórix lo miró detenidamente.

—Yo —respondió—. Yo, Dumnórix, el heduo.

Vercingétorix miró a Lucterio, luego a Coto, Acón, al druida Gutruato, y, por último, a Dumnórix.

—¿Qué te propones hacer?

—No iré a Britania.

—¿Cómo?

—Iré donde el romano y le diré que no tengo intención de cruzar el mar del extremo septentrión, donde solo viven gigantes y monstruos de todo tipo, y le diré que, aunque lográsemos hacer la travesía, jamás podría pisar el sagrado suelo de Britania, con armas e intenciones hostiles, quebrantando un gravísimo tabú de mi religión.

—Te obligará.

—No si lo hago en el momento oportuno, cuando las legiones estén embarcadas y con los buques a punto de hacerse a la mar.

—No lo hagas, este no es el momento.

—¡Sí que lo es!

—Todas las legiones están reunidas aquí, Dumnórix. Cinco legiones y dos mil jinetes partirán dentro de pocos días hacia Britania, pero aquí se quedarán otras tres con otros tantos jinetes. Tendrán que ocuparse de vigilar el puerto, del aprovisionamiento de trigo, deberán informarse de todo lo que ocurre en la Galia y preparar cuanto pueda precisar el grueso del ejército en Britania.

—De las tres legiones que se quedan en la Galia, una de ellas es de reclutas, no hay mejor momento para desencadenar una revuelta.

—Aún no estamos organizados. No saldrá bien. Además, César no puede permitirse dejar a los heduos en la Galia.

—Muchos de mis hombres se embarcarán, Coto los mandará y en el momento oportuno luchará por nosotros desde las filas de los romanos. César pensará que solo yo me opongo.

Rix posó la copa y miró a los otros sin dejar de menear la cabeza.

—No saldrá bien.

—¡Sí saldrá bien! —tronó Dumnórix señalando con un dedo el pecho del arverno—. Toda la Galia sabe que cinco legiones están atravesando el mar. No hay un solo esclavo, guerrero, noble o druida en todo este inmenso territorio que no lo sepa. No hay nadie en la Galia que no piense que este es el mejor momento para empezar una revuelta, y quiero saber si cuando te quedes en tierra serás de los nuestros.

Los dos se miraron.

—Tengo un puñado de hombres, Dumnórix.

—¿Estás con nosotros o te tragas la palabra que me diste en el promontorio?

—Escucha...

—¿Estás con nosotros? —gritó Dumnórix.

Rix miró el rostro marcado de Coto, que acariciaba con los dedos el pomo de la espada que tenía al costado.

—Claro que está con nosotros —dijo Gutruato—, ¿verdad, Rix?

Vercingétorix se sintió petrificado por esa mirada que parecía llegar de otro mundo.

—Pronto también los druidas deberán abandonar la actitud neutral con el general romano. En cuanto eso ocurra, tendremos que estar listos y los necesitamos a todos. ¡A todos!

XX

La huida

Publio Sextio Báculo llegó a la puerta del Mamertino y se quitó la capucha para que lo reconocieran a la luz de las antorchas.

—¡Abrid!

Chirriaron las llaves y los goznes y Publio entró, seguido por cinco figuras encapuchadas, mientras la reja se cerraba detrás de ellos.

—Por aquí —dijo encaminándose hacia la galería para ir a la *Carcer* donde se encontraban los tribunos.

Marco Antonio y Quinto Casio se pusieron de pie para ver quién llegaba. Solo se tranquilizaron cuando la más pequeña de las siluetas que iba con Publio se quitó la capucha. Era Flavia, la mujer de Cayo Escribonio Curión.

—¡Estaba muy preocupada! —dijo abrazando a su marido.

—Todo está bien, querida —le respondió él mientras trataba de enmascarar la tensión.

Sextio Báculo observó a la mujer a la débil luz de las antorchas. Ya había visto ese rostro en alguna parte, pero no recordaba dónde. Eso era poco importante en ese momento. Se quitó la pesada capa militar, descubriendo una larga espada y dos puñales.

—También he pasado por tu casa, tribuno Marco Antonio.

—Entonces eres realmente un regalo de los dioses —exclamó Marco Antonio con una sonrisa mientras los otros del grupo vaciaban sus bolsas.

—Aquí tienes —dijo Publio—, comida, ropa, capas y armas. Tu escolta nos espera fuera de la puerta Quirinalis.

Marco Antonio se quitó la túnica senatorial y se puso una arrugada.

—¿Cómo están las cosas ahora?

—Las calles están como todas las noches. Llenas de vagos borrachos y carros de mercancías, pero hoy ha habido desórdenes, también delante de tu casa. Por suerte, no han podido entrar, tus esclavos lo han hecho bien y han defendido la casa.

Marco Antonio asintió.

—¿Sabes algo de lo ocurrido en el Senado?

—Después de que os marcharais, los senadores salieron de la Curia y volvieron vestidos con las túnicas negras del luto. Se encerraron en la sala hasta que decidieron confiar la defensa de la ciudad a los senadores y a los otros magistrados. Se ha dictado una orden a César que lo obliga a entregarle de inmediato el mando a su sucesor y licenciar los ejércitos; si no lo hace, será declarado un enemigo que actúa contra la patria. Terminada la sesión, los senadores salieron de la Curia y fueron a la casa de Pompeyo para decretar el estado de emergencia y entregarle el tesoro y los ejércitos.

—Estamos en guerra.

—Sí.

El tribuno se puso la correa con la espada y una gruesa capa de lana. Enseguida fue de nuevo Hércules.

—Sea, pues.

Publio le entregó a Marco Antonio una bolsa con pan, queso y vino. El tribuno se lanzó al pan y arrancó un pedazo enorme de un bocado.

—Sé que estás aquí de pura casualidad, Sextio —dijo después de beber un trago de vino—. El esclavo público me ha contado tu historia, y también sé que Labieno te recomendó para este puesto.

—Sí.

—Entonces, a lo mejor vuelves a verlo muy pronto, porque Labieno viene hacia aquí, o quizá ya haya llegado.

—¿Labieno en Roma?

Marco Antonio asintió.

—No comprendo, César está en Rávena, ¿qué hace Labieno en Roma?

El tribuno miró a Publio a los ojos.

—¿No lo sabes?

—¿Qué tendría que saber?

—Labieno está ahora con Pompeyo.

—¿Labieno? ¿Tito Labieno?

—Sí —contestó el tribuno—. Tito Labieno.

—Pero... era el ayudante de Julio César en la Galia, lo fue durante toda la campaña.

—Tito empezó su carrera militar bajó el patrocinio de Pompeyo, le debe mucho. Además, evidentemente ha considerado más oportuno tomar partido por los que quieren muerto a César. Cuando de la palabra se pasa a las armas, siempre es preferible tomar partido por el lado más fuerte.

—¿Crees que el lado más fuerte es el de Cneo Pompeyo?

—Parece el mejor situado. Están de su parte el Senado y cuantos se sientan en los jurados, pero César tiene al pueblo.

—Ya.

—¿Y tú? ¿Tú de que parte estás, Báculo?

—Soy un soldado, he cumplido por igual las órdenes de César y las de Labieno. El último encargo que se me ha hecho es el de estar aquí vigilando a Vercingétorix, y lo seguiré cumpliendo hasta que alguien entre por esa puerta y me diga que mi tarea ha terminado.

Marco Antonio miró el agujero del suelo.

—Hace cuatrocientos años Roma fue atacada por los bárbaros después de que hubieron derrotado a nuestro ejército en el río Alia —dijo—. Los más jóvenes y los senadores capaces de luchar se refugiaron con sus familias y con víveres en la colina del Campidoglio para defender desde arriba la ciudad, a sus dioses y su nombre. Los plebeyos, con escasez de comida, se dispersaron hasta más allá del Janículo tratando de llegar a las ciudades vecinas. Se llevaron las vestales y el fuego sagrado de Roma. Algunos senadores ancianos esperaron la muerte en sus casas con la toga mientras los bárbaros invadían, saqueaban y devastaban la ciudad ante la mirada de los defensores en el Campidoglio. La ciudad fue sometida pero no cayó, resistió heroicamente a los bárbaros y su asedio. Desde entonces, Roma siempre ha sufrido la pesadilla del regreso de las hordas bárbaras.

Marco Antonio se colocó bien la correa y la larga espada.

—La pesadilla terminó hace unos meses, con la caída de Alesia y de toda la Galia. Después de cuatrocientos largos años, hemos derrotado al enemigo y metido esa pesadilla en ese foso. Si César vuelve aquí, querrá ver a su prisionero y decidir qué hacer con él. Liberarlo delante de todo el mundo o ajusticiarlo delante de todo el mundo. Si no vuelve, otro decidirá qué hacer con esta pesadilla. Pero hasta ese momento estará a tu cargo.

Publio asintió.

Marco Antonio estiró la mano.

—Así pues, confío en encontrarte aquí a nuestra vuelta, Publio Sextio Báculo.

—Te esperaré, tribuno.

—Ahora vámonos.

Publio entró en la galería, seguido por los tribunos y el resto del grupo. Cuando llegó a la puerta, se volvió hacia los demás, con el rostro alumbrado por la luz de las antorchas.

—Seguidme y dejadme hablar a mí, en el caso de que alguien nos pare.

—Estamos contigo, centurión.

La reja se abrió y el grupo salió al aire de la noche. Báculo echó una rápida mirada alrededor y después entró en la subida al Capitolio.

—Seguidme —dijo con el halo del aliento adensándose en el aire frío.

Las sombras resbalaron por los muros del templo de la Concordia antes de desaparecer en el Pórtico de los Dioses Consejeros. El grupo pasó debajo de las estatuas oculto por la oscuridad y prosiguió su camino. Por la calle se encontraban de vez en cuando restos de los enfrentamientos de esa tarde. En distintos puntos de la ciudad había habido trifulcas, y los hombres de Pompeyo no habían vacilado en actuar con violencia. Ni siquiera la noche le había devuelto a Roma la normalidad. Además del rumor de las carretas que transportaban mercancías, de los borrachos que gritaban y los jóvenes que buscaban camorra y prostitutas, se oían los gritos de apoyo a César o Pompeyo, en función del barrio.

Publio sabía perfectamente por qué calles ir y cuáles evitar; además, los criados de Marco Antonio que los acompañaban eran unos gigantes que el tribuno contrataba para luchar en los anfiteatros, de modo que sus cuerpos inmensos disuadían a los maleantes de abordarlos. Tras un recorrido tortuoso, llegaron a la puerta Quirinalis, al otro lado de la cual esperaban los hombres de Marco Antonio.

Uno de ellos salió al encuentro del tribuno con un caballo. Publio lo miró y lo reconoció. Era el esclavo que meses atrás había visto en venta en el mercado. Se volvió hacia Flavia, la mujer de Cayo Escribonio Curión, y se acordó de la escena de la compra: era la amiga de la mujer que había comprado al esclavo, que, por consiguiente, tenía que ser de la familia de Marco Antonio.

—Gracias por lo que has hecho hoy, Publio Sextio Báculo —dijo Marco Antonio montando a caballo—, lo recordaré. Si algún día me necesitas, ven a verme.

XXI

Deserción
Julio del 54 a. C.

Vercingétorix y Vercasivelauno miraron el mar bullente de barcos. Era un espectáculo grandioso: centenares de embarcaciones de transporte de todo tamaño cabeceaban en el mar centellante, a la espera de izar las velas para la partida. Desde hacía veinticinco días la flota permanecía a cubierto en las ensenadas debido a Coro, un fuerte viento frío que soplaba de norte a oeste impidiendo la navegación. Después, la llegada repentina del ábrego desde el sur cambió las condiciones del tiempo y los barcos salieron a la mar rumbo a la bahía de Puerto Icio, a la espera de zarpar hacia Britania.

Daba la impresión de que en el pequeño golfo no podía haber sitio para tantas embarcaciones como las que llegaban de los pueblos limítrofes para unirse a las que ya se hallaban en la rada, entre las cuales sobresalían, enormes, los trirremes de guerra, y el espectáculo que ofrecía la costa no era sin duda menor. Daba la sensación de que toda la Galia se hubiese juntado en ese lugar, que lucía sus mejores galas. Capas coloridas, caballos magníficos, yelmos con piedras preciosas y centenares de enseñas que desde lejos se confundían con las de las legiones que iban hacia el puerto una vez desmontados los campamentos.

En los muelles había largas filas de hombres y caballos esperando subir por pasarelas a los barcos, donde los esclavos revisaban las listas de quienes embarcaban. Los bagajes y cuanto se necesitaba para la instalación de los campamentos lo subían a bordo cadenas humanas que trabajaban sin cesar. Cargas, animales y personas se distribuían siguiendo las instrucciones de los pilotos, que repartían la carga para evitar que las embarcaciones sufriesen más presiones de las debidas durante la travesía en mar abierto. La experiencia del año anterior, en efecto, demostraba que el movimiento de las cargas y los bandazos de las olas dañaban el fondo de los barcos o la propia estructura del caso, haciendo que entrara agua.

—¿Dónde estará Dumnórix? —le preguntó Vercasivelauno a su primo.

—Es imposible saberlo desde aquí. Ni siquiera puedo ver las enseñas de los heduos de Coto.

Vercingétorix se fijó en un majestuoso trirreme amarrado en el puerto, repleto de pendones que ondeaban al viento.

—Ese es seguramente el barco del General Único, pero él no está a bordo. Su escolta todavía no ha subido, y él sin su escolta no se mueve.

—A lo mejor zarpa el último.

—A lo mejor.

Vercasivelauno apartó los ojos de la bahía y miró a su primo.

—¿Te gustaría estar en uno de esos barcos?

—Los dioses no lo han querido.

—¿Tú por qué crees que no?

—Evidentemente, estamos destinados a otra cosa.

Vercasivelauno meneó la cabeza.

—Me cuesta creer que haya algo más grandioso que esto.

—No se puede conocer la voluntad de los dioses. Pero a lo mejor es justo la Galia el lugar donde hay que estar.

—A lo mejor.

Vercingétorix vio movimiento en el puerto y con un gesto de la cabeza se lo señaló a su primo.

—Ahí está la escolta.

Vercasivelauno volvió a fijarse en la multitud que había en los muelles y vio un destacamento de jinetes brillantes en movimiento.

—No van hacia los barcos.

Parecía que los jinetes iban hacia el otro lado del mar, que desaparecían entre las casas y reaparecían un poco más allá.

—Fíjate, se diría que están parando las operaciones de embarco. Está pasando algo.

Oyeron ruido de caballos lanzados al galope, los dos se volvieron hacia el sendero que llevaba a la loma. Uno de los jóvenes jinetes que acompañaban a los dos primos agitaba los brazos, llamándolos.

Vercingétorix montó enseguida a Esus.

—¿Qué ocurre?

—Dumnórix, el heduo —dijo jadeando el jinete—. Ha desertado con su caballería. Hemos recibido órdenes de unirnos a todos los auxiliares que no hayan embarcado, perseguirlos y llevarlos ante César.

Los dos primos se miraron.

—Un centurión ha tomado el mando de nuestro grupo y me ha dicho que te avise. Él ya está en marcha.

—¿Un centurión?

—Sí, el que nos mandó rodear a los mórinos en el bosque.

—Báculo...

—Sí, el mismo, Báculo.

Rix masculló una imprecación antes de bajar al galope la pendiente. Azuzó a Esus para dar alcance a sus hombres, y, cuando los encontró en el campamento, continuó su carrera hacia el este, seguido por Vercasivelauno. Tardaron en ver una nube de polvo delante de ellos. Era un gran contingente de caballería que, cuando llegaron hasta él, comprobaron que estaba integrado por bátavos, una tribu germánica que hacía tiempo servía al General Único, a quien proveía de buena parte de la caballería auxiliar.

Alcanzó a sus arvernos, que se habían detenido a abrevar a los caballos en un riachuelo unas millas más adelante, y fue recibido con alivio por sus hombres, encantados de reunirse con su jefe.

—Te esperábamos, Rix.

Vercingétorix se apeó del caballo y miró fijamente a Publio Sextio Báculo mientras cerraba su cantimplora a la sombra de un enorme plátano.

—Supongo que tienes instrucciones de César para llevarte a mis hombres.

—Sí, pero habría preferido que tú estuvieses con ellos —contestó Publio atando la cantimplora a la silla—. He recibido órdenes del procónsul de partir de inmediato, mandé a uno de tus hombres a buscarte porque no podía esperar.

—¿Y qué ocurre tan grave como para no poder esperarme?

—Se trata del jefe de los heduos.

—¿Dumnórix?

—Sí, Dumnórix.

—¿Qué ha pasado?

—Esta mañana, al amanecer, ha desaparecido con sus hombres. ¿Tú sabes algo, Rix?

—No —respondió el arverno.

—Venga, Rix, todos saben que Dumnórix es un alborotador, y desde hace tiempo corre el rumor de que se opuso a la expedición a Britania. Y además, tú..., tú eres su amigo..., ¿no?

—¿Amigo?

—La Galia tiene ojos y oídos en todas partes, Rix. Ni te imaginas la de cosas que pueden saberse con un puñado de sestercios.

—Dumnórix es un noble heduo poderoso, es normal tratar de tener buenas relaciones con un personaje así. Además, los heduos son amigos y hermanos del pueblo romano, de manera que no creo que infrinja ningún tratado por ir a ver a Dumnórix.

—No pasa nada mientras Dumnórix apoye la causa de César, y, créeme, el propio César más de una vez ha hecho la vista gorda y se ha tapado los oídos. Hay ocasiones en las que conviene no ver ni oír, Rix, pero cuando pasa algo como lo de esta mañana, hay que saber castigar.

El arverno asintió.

—Dumnórix ha desertado y desobedecido una orden concreta. De manera que ahora nosotros vamos a detenerlo para conducirlo ante César.

Dumnórix cabalgó todo el día y al anochecer concedió una tregua a sus jinetes extenuados, deteniéndose para preparar un vivac. En cuanto los hombres prendieron las hogueras, llegó un mensajero tan raudo como el viento para avisarlo de la llegada de un contingente de caballería. El noble heduo se quedó callado mirando al hombre que jadeaba delante de él, antes de decirle, con serenidad, que fuese a comer algo. Después se apartó del grupo y se puso a mirar el horizonte teñido de rojo.

La víspera le había dicho a César que por escrúpulos religiosos no quería partir en armas hacia Britania, pero el procónsul no quiso atender a razones y le garantizó que los sacerdotes intercederían por él, absolviéndolo de cualquier obligación religiosa.

Esa noche Dumnórix maduró la idea de dejar Puerto Icio y volver hacia su fortaleza en Bibracte y, antes del amanecer, cuando comprendió que las condiciones del tiempo eran propicias para la partida de la flota, dio orden a sus hombres de seguirlo.

Sabía que esa decisión conduciría a una completa ruptura de relaciones entre heduos y romanos, pero no habría un momento más oportuno para dar ese paso que llevaba tanto tiempo meditando. César no podía permitirse que otros lo emulasen, por lo que Dumnórix había supuesto que el procónsul zarparía de todas formas, con todo su inmenso contingente, para no alarmar al inmenso grupo de aliados galos.

Una vez que llegara a Bibracte, tras haberse quedado solo tres legiones en la Galia, una de ellas de reclutas, Dumnórix podría soliviantar a arvernos, mórinos y tréveros y convencerlos de rebelarse con los heduos contra los romanos, separados de su General Único por el mar. La noticia de la coalición de las más importantes tribus gálicas se propagaría por doquier y se le sumarían muchísimos ejércitos.

En ese momento César estaría en Britania y tendría que embarcar de nuevo a sus hombres para regresar a la Galia a toda prisa. Pero en Britania no había un Puerto Icio organizado para operaciones rápidas de embarque, haría falta tiempo, el tiempo necesario para que cruzaran los jefes de clan que habían ido con César a Britania.

Britania se convertiría en la tumba del General Único y de sus legiones.

Sí, podía salir bien, solo tenía que conseguir llegar a Bibracte, estaba convencido, tan convencido que había pasado los días previos tratando de persuadir al mayor número de jefes de clan posible.

Pero ese mensajero le había llevado una noticia que lo cambiaba todo. En esos pocos instantes, mientras esperaba ver las siluetas de los jinetes corriendo por la llanura, reflexionó sobre cómo adaptar su plan. Pensó en ordenar a sus hombres que montaran en sus caballos y que se fueran más rápido que el viento hacia Bibracte para organizar ahí la resistencia. Pensó en dividirlos en dos grupos para mandarlos en direcciones opuestas, pero de esa manera lo que hacía era demostrar que el gran Dumnórix, el señor de los heduos que se había atrevido a desafiar a César, ahora huía como una liebre perseguida por las águilas.

El rojo del cielo se reflejó en la línea del horizonte. Dumnórix pensó por un momento en perder tiempo, ir donde César con la cabeza gacha y pedirle que le concediera su perdón, a lo mejor esa era la única manera de luchar contra él, como falso amigo y no como enemigo.

El ruido de los cascos que se acercaban lo apartó de ese pensamiento. Dumnórix observó las siluetas negras de los jinetes recortándose en el horizonte.

«Si hoy fuese el último día de mi vida, ¿me gustaría hacer lo que estoy a punto de hacer?».

Así era como se podía adaptar su plan para combatir a César. Esbozó media sonrisa bajo su tupida barba. Dumnórix seguiría siendo noble y poderoso, y estaba seguro de que si hacía lo que tenía pensado, llamaría la atención de toda la Galia.

—¿Nos preparamos para luchar?

Dumnórix se giró para mirar a sus hombres, que ya esgrimían escudos y lanzas.

—No —respondió—. No lo hagáis. Dejadme hablar a mí y no hagáis nada —siguió mirando a los suyos, que no daban crédito—. Pase lo que pase, vosotros no intervengáis.

El suelo empezó a temblar bajo el ruido de las pezuñas. El General Único había mandado a toda su caballería a buscarlo, lo que significaba que no había zarpado, que él, Dumnórix el heduo, era en ese momento más importante que la propia Britania.

—Estoy en la cima de mi gloria —dijo para sí, latiéndole con fuerza el corazón antes de volverse hacia sus hombres—. Estoy orgulloso de vosotros, siempre lo estaré, ahora y donde sea.

Los jinetes enviados por César se detuvieron a unos veinte pasos de él.

—Dumnórix —dijo desde el centro de las sombras una silueta con yelmo crestado que sobresalía entre todos—. El procónsul Cayo Julio César me ha encargado que te dé alcance y que te diga que lo que has hecho hoy se considera un grave acto de deserción.

Vercingétorix se pasó la lengua por los labios secos y sucios de polvo. Le ardía la garganta y tenía los músculos entumecidos. Acarició la crin de Esus, que ese día no había parado un instante de correr. Estaba lejos de la posición de Dumnórix, pero desde esa distancia podía ver al noble heduo de brazos cruzados encarando a los jinetes situados en semicírculo frente a él.

—Te pido que me entregues las armas y que me sigas con tus hombres.

El heduo disintió.

—Ya le he explicado al procónsul los motivos por los que no podemos ir a Britania, y tengo la intención, en calidad de amigo y hermano del pueblo romano, de hacer valer mis derechos.

El jinete del yelmo crestado avanzó unos pasos, el caballo pateó con la pezuña el suelo y resopló.

—No compliques las cosas, Dumnórix.

—No quiero complicarlas, solo tienes que referirle mis palabras al procónsul.

—Se las dirás tú. El procónsul me ha encargado que te encuentre y que te lleve a Puerto Icio.

—¿Cómo te llamas, romano?

—Publio Sextio Báculo.

—Tendrás que matarme, Publio Sextio Báculo, porque la única manera de que vaya a Puerto Icio es muerto.

Esus bufó, Vercingétorix miró a los dos que se enfrentaban.

—Es lo mismo que me ha dicho el procónsul, Dumnórix.

—¡Entonces, venga, mátame!

Báculo se dirigió a los bátavos que iban con él.

—¡Cogedlo!

Dumnórix desenvainó su espada y se puso en guardia, mientras una docena de hombres desmontaban. Vercingétorix se volvió perplejo hacia Vercasivelauno. Unos heduos avanzaron, otros se quedaron quietos, a la vez que la tensión iba en aumento.

—Di a tus hombres que no se muevan, Dumnórix, y que no hagan tonterías. Piénsalo, si regresas a Puerto Icio, César podría ser indulgente contigo.

Los germanos embrazaron los escudos, unos heduos avanzaron.

—Ya lo he pensado, Báculo —dijo blandiendo la espada contra los jinetes bátavos que lo rodeaban—, y estoy seguro de que mi cadáver no es el único que vas a llevarte a Puerto Icio.

Un caballo relinchó, más germanos desmontaron. De los jinetes heduos que estaban detrás de Dumnórix se elevó un grito y apareció una lanza que dio en pleno pecho de uno de los bátavos, que cayó desplomado.

Se desató la pelea, Dumnórix gritó y empezó a soltar mandobles con su larga espada.

—¡No lo hagas! ¡Para! —gritó Báculo avanzando con su caballo mientras un grupo de bátavos arremetía contra los heduos, que respondieron tirándoles con eficacia sus lanzas.

—¡Quietos! —gritó Vercingétorix a la vez que la situación se hacía cada vez más caótica.

Dumnórix trató de defenderse como un viejo león atrapado. Pudo esquivar dos mandobles altos, pero no vio a tiempo el que le dio en la pierna.

—¡Quietos!

El heduo cayó de rodillas y un instante después un golpe con un escudo en plena cara le arrancó el yelmo, mientras Báculo trataba de abrirse camino por entre la marabunta apoyado por Vercingétorix y Vercasivelauno. Tambaleante, Dumnórix fue herido primero en la espalda y luego en un costado. Cayó poco antes de que Báculo y los arvernos llegaran, quienes intentaron aislarlo. Una lanza alcanzó al caballo de Publio Sextio, y el semental se encabritó antes de irse al suelo. Otra lanza alcanzó el escudo de Rix, que le impactó en la sien, hiriéndolo.

Publio Sextio se levantó del suelo:

—Formad una línea, maldición —gritó con todas sus fuerzas para tratar de poner orden en el caos—. ¡Formad una línea! ¡Contenedlos!

Vercingétorix se apeó del caballo y se acercó a Dumnórix, que tosía sangre.

—¿Qué has hecho?

El noble heduo abrió los ojos y vio el rostro del arverno.

—Rix —jadeó.

—¿Qué has hecho...?

—He sido el poderoso Dumnórix toda la vida, muero siendo el noble y poderoso Dumnórix libre.

—Podías resistir, podías ir a Britania, esperar el momento oportuno para reunir a los hombres necesarios para la revuelta.

—Este es el momento —dijo antes de toser un líquido bermellón—. Se necesita la muerte de Dumnórix para despertar a todos los demás.

El arverno meneó la cabeza, un chorro de sangre le cayó por la sien.

—Todos los demás... ¿Comprendes?

Otro golpe de tos, otra bocanada de vida que se volcaba sobre la barba del heduo.

—Cuéntales a todos cómo he muerto, Rix, diles a todos que fue César.

Vercingétorix asintió.

—¿Lo harás?

—Sí, lo haré.

Un ruido en la garganta, luego la boca se abrió en una mueca que parecía una sonrisa, el cuerpo tembló y, por último, los ojos se volvieron vidriosos. Vercingétorix se quedó mirando al más poderoso jefe de clan de toda la Galia, muerto entre sus brazos. Esperó unos instantes con los ojos muy apretados, luego lo dejó y se puso de pie.

—Dumnórix ha muerto —rugió con todas su fuerzas—. ¡El grande y noble Dumnórix ha muerto!

La pelea se calmó.

—¡Un respeto!

XXII

Somos lo que nos ha pasado

—Ave, *caupo*.

—¿Lo de siempre?

—No, necesito un caldo caliente.

—¿Caldo?

—Sí, me lo llevo, ponlo en una cantimplora, después te la traigo.

Vesbino gruñó y empezó a buscar la cantimplora.

—¿Remilla no está?

—Ha ido a la fuente a por agua, y déjala en paz.

—Oye, *caupo*, ¿qué daño puedo hacerle que no le hagan ya tus otros clientes?

—Los demás la cogen, pagan, la devuelven y no destrozan el local.

—No monto bronca desde hace meses.

Vesbino dejó la cantimplora con el caldo en el mostrador.

—Los que son como tú nunca cambian.

Publio sonrió y arrojó las monedas al mostrador.

—No es verdad, *caupo*, he pasado del vino al caldo.

—Me llamo Vesbino.

—Como quieras, *caupo*.

—Que te den.

—Hasta mañana.

Publio salió al aire frío de la mañana y se encaminó hacia el Mamertino, pasó al lado del Pórtico de los Dioses Consejeros y, como cada día, miró con la cabeza alta el rostro severo de Júpiter antes de seguir camino hacia su destino.

—Ave, Báculo.

Publio Sextio saludó con la cabeza al guardia, la llave chirrió en la cerradura, la puerta del Mamertino se abrió, la vaharada de moho le invadió la nariz, y se sintió en casa.

—¿Barbato?

—Todavía no ha llegado.

—¿Cómo está el prisionero?

—Está comiendo.

Publio Sextio arrugó la frente.

—¿Solo?

—Solo.

El excenturión cogió una lucerna y cruzó la galería hasta la cárcel.

—¡Rix! —Se agachó sujetando la lucerna alta para alumbrar el *Tullus*—. ¿Rix? —Publio se echó en el suelo y movió la lucerna por dentro.

Vercingétorix levantó la mano hacia la débil luz de la lucerna que a él le parecía cegadora.

—Ahí estás, te veo estupendo, Rix, estoy seguro de que en Alesia no estabas tan bien.

—Que te den.

—No eres el primero que me lo dice hoy. Toma, te he traído caldo, te lo mando abajo.

El arverno cogió la cantimplora atada a la cuerda y bebió un trago. Todavía tenía un poco de fiebre, pero ya se encontraba algo mejor, solo que estaba muy débil.

—Pues sí, mirándote la cara das pena, Rix. Si pienso en cómo te dejé la última vez que nos vimos, el día que murió el hijo de puta de Dumnórix, ¿te acuerdas?

Vercingétorix se llevó a la boca un pedazo de pan y tomó un trago de caldo caliente. A la luz de la lucerna volvió a ver el alba de cuando regresó a Puerto Icio con el cadáver de Dumnórix. Publio Sextio había mandado mensajeros para avisar al procónsul y mantuvo unidos a bátavos, arvernios y heduos, que habían acompañado el cadáver del noble. Era muy importante que fuesen sus hombres los que lo llevasen a Puerto Icio para evitar desórdenes, deserciones o más retrasos en la partida.

Durante todo el viaje Vercingétorix no dejó de pensar en las palabras de Dumnórix. La imagen que tenía hecha del heduo se había esfumado porque prefirió morir para poder continuar con su plan, tal y como había hecho Celtilo, su padre.

En cuanto llegaron a Puerto Icio, los heduos fueron embarcados con los bávaros y el cadáver se entregó a los familiares, a quienes se les permitió permanecer en la Galia. Los arvernios, como estaba previsto, se quedaron en tierra a las órdenes de Labieno, encargados de la vigilancia del puerto y del avituallamiento en las regiones cercanas. Ese año, en la Galia la cosecha de trigo había sido escasa por la sequía, y la caballería de Vercingétorix fue empleada para conseguir todo el trigo posible. La expedición a Britania duraría al menos todo el verano, pero las legiones de la isla no iban a poder avituallarse, así que también había que trabajar para ellas.

—Sabes, Rix, todavía me pregunto cómo fue posible. Te dejé en Puerto Icio con cien jinetes y después, cuando volví a oír tu nombre, eras rey de los arvernos, con un ejército de cientos de miles de hombres.

Vercingétorix tomó otro trago de caldo, que le llenó el pecho. Sí, la muerte de Dumnórix tendría que haber roto el plan de la revuelta, pero, como había previsto el heduo, sirvió para encender la mecha que provocó un incendio de proporciones enormes. No prendió enseguida, Cayo Julio César tuvo tiempo de volver de la segunda expedición a Britania y de instalar las legiones en los campamentos de invierno, y no lo hizo tampoco entre los heduos, sino entre los carnutes. Fue en sus tierras donde la chispa se convirtió en fuego.

XXIII

Tasgecio
Otoño del 54 a. C.
Primer acto de la revuelta

Conconnetodumnos llego bajo una lluvia incesante y entró en el gran edificio seguido por sus hombres. Fue hasta el centro del establecimiento, abriéndose camino entre los nobles carnutes, que charlaban entre ellos, hasta que estuvo a pocos pasos del rey Tasgecio, que le lanzó una mirada cortante.

—Por fin. Me parece que ya estamos todos.

Conconnetodumnos se quitó la capucha y correspondió a la mirada.

—Como decía antes de que nos interrumpiera la llegada de Conconnetodumnos —continuó Tasgecio—, además de por la recaudación de los impuestos, he convocado esta asamblea para ver cómo va la cosecha de trigo, porque siguen faltando bastantes víveres.

—La estación ha sido pésima.

—Conconnetodumnos, ya lo hemos hablado y si hubieses llegado con los demás estarías al corriente. Pésima o no, tenemos obligaciones y mientras no conozca el volumen de la cosecha no podemos hacer los correspondientes repartos.

—Si en vez de pensar en las obligaciones con los romanos pensásemos en nuestras necesidades, no estaríamos aquí perdiendo el tiempo con estas asambleas y todos nos encontraríamos mucho mejor.

Los ojos de Tasgecio eran ahora dos cuchillas.

—Hemos establecido una alianza con ellos que contempla una ayuda recíproca, eso nos brinda innumerables ventajas económicas pero también obligaciones, una de las cuales es la entrega de trigo para el sustento de las legiones.

—*Has* establecido.

Tasgecio señaló con el dedo al noble que se había atrevido a replicarle.

—Desde hace tres años soy el regente de Camulodunum y administro el pueblo mejor que tú y que todos los que lo habéis administrado antes. Nuestra colaboración con Roma...

—*Tu* colaboración...

Tasgecio se inflamó.

—Como quieras, Conconnetodumnos; mi colaboración con Roma ha permitido intercambios comerciales que nos han dado dinero a todos. Los mercados están llenos pese a que ha habido cosechas más o menos buenas, conseguimos salir adelante gracias a lo que vendemos o intercambiamos con los mercaderes que vienen de Roma.

—En efecto, Cénabo está lleno de mercaderes y negociantes romanos, ahora.

—Bienvenidos sean, hay tantos posibles compradores de caballos, pieles y hierro que tendremos recursos para las próximas generaciones.

—Las próximas generaciones serán romanas —estalló Conconnetodumnos—. Donde tú ves dinero, nosotros vemos el dominio extranjero de una manera estable y definitiva. Han empezado a abrir tiendas, los mercados están en sus manos. No somos nosotros quienes vendemos nuestras mercancías, son ellos quienes lo compran todo, y no solo se quedan las mercancías, como afirmas, sino también actividades, casas, tierras, cultivos, ¡todo! Pronto nos comprarán también a nosotros, tal y como han hecho contigo.

Tasgecio se puso de pie.

—Mis antepasados han sido soberanos de los carnutes durante generaciones, Conconnetodumnos, ten cuidado con lo que dices o mando que te encadenen.

En la sala empezaron a cruzarse miradas feroces y palabras airadas.

—Y con todo lo que hicimos para suprimir la monarquía ahora nos la encontramos de nuevo, gracias a la colaboración con un general extranjero, que nos ha impuesto tu nombramiento.

Tasgecio elevó la mirada hacia los nobles.

—¿Quién ha hablado?

Gutruato se abrió paso y avanzó imponente:

—Yo.

—¡Gutruato..., eres el primer druida de Cénabo, el guardián del sagrado santuario de los carnutes, tú deberías aconsejar y no crear discordia! Puede que sea preferible que te sigas ocupando de asuntos sagrados.

—¿Como avalar la elección de los regentes, Tasgecio?

El rey, nombrado por César, no supo qué replicar.

—Ningún druida ha sido llamado para tu nombramiento como soberano de los carnutes, no ha habido asambleas y tú no has tenido ni tienes el respaldo de la clase sacerdotal.

—¿Entonces?

—Entonces no te reconocemos como rey de los carnutes.

El ambiente se enrareció más, la sala del consejo era un caos. Tasgecio se volvió hacia sus fieles y vio rostros aterrorizados.

—Los carnutes no necesitan un rey.

—¡Vete!

—¡Sí, vete ya!

—Locos —gritó el rey y miró de nuevo hacia el frente—. Sois unos locos. Si me obligáis a irme ahora que César me ha puesto aquí, su reacción con vosotros será despiadada.

—¡Necesitas al General Único para aferrarte a un trono del que todos nosotros queremos sacarte!

—Todos vosotros ya estáis muertos. ¡Muertos!

Gutruato avanzó más. Tasgecio abrió mucho los ojos y lo señaló:

—Tú eres un muerto andante.

—Es preferible ser un muerto andante a vivir de rodillas como tú.

Uno de los consejeros se acercó al soberano.

—Mejor marchémonos de aquí.

Tasgecio abandonó su sitio, bajó de la tarima elevada donde estaba el trono real y llegó delante de Gutruato, que le impedía el paso. Se miraron a los ojos.

—¡Cede el paso a tu rey, Gutruato! —gritó el consejero.

Tras otra mirada feroz, Gutruato se hizo a un lado y Tasgecio se adentró por el pasillo humano, pasando por delante de Conconnetodumnos, que con rapidez sacó el puñal y se lo clavó.

Tasgecio gruñó y se agarró el costado, y un instante después Gutruato lo apuñaló por la espalda. El gritó del rey acalló la sala. Los consejeros sujetaron a Tasgecio, que miraba aterrorizado.

—Cobardes —farfulló desfalleciente el soberano—. ¡Traidores, cobardes!

Sus consejeros llevaron a Tasgecio a la salida, dejando un reguero de gotas de sangre en el suelo.

—Cobardes.

El rey dio unos pasos tambaleándose y salió a la lluvia. Cayó de rodillas mirando a sus hombres, que lo observaban mudos. La vista se le nubló, y el rey de los carnutes cayó de bruces al barro, apretándose con las manos el costado. Tasgecio alcanzó a oír que sus hombres se iban corriendo por la calle. Ni siquiera habían esperado que muriese. Se quedó solo en los últimos instantes, abandonado por todos. En ese momento, ni el poderoso César habría podido hacer nada por él.

XXIV

Atuatuca
Otoño del 54 a. C.
Segundo acto de la revuelta

—Comandante.

Labieno parpadeó varias veces mirando la silueta al contraluz que sostenía la lucerna, luego se levantó de la cama.

—¿Qué pasa, Publio Sextio?

—Un grupo de hombres heridos acaba de llegar al campamento. Llevan caminando varios días por los bosques, vienen de la guarnición de los legados Quinto Sabino y Lucio Cota.

El ayudante de César se puso enseguida de pie.

—Informan que el fuerte ha sido asaltado por los eburones.

Labieno se quedó un instante inmóvil mirando a Báculo.

—Están todos muertos, legado, incluidos los comandantes Sabino y Cota.

Al Gobernador de las Galias y de Iliria, Cayo Julio César, ¡salud!

Un grupo de hombres de la guarnición de Atuatuca, en las tierras de los eburones, bajo el mando de los legados Lucio Aurunculeyo Cota y Quinto Titurio Sabino, ha llegado a mi campamento de invierno en plena noche. Se trata de un pequeño grupo de reclutas enrolado hace poco en la región Transpadana y de algunos auxiliares de caballería hispanos. Recorrieron las sesenta millas de distancia que los separaba de mi fuerte escondiéndose en los bosques. A pesar de que todos estaban heridos, los interrogué enseguida y me relataron una repentina revuelta instigada por Ambiórix y Catuvolco, reyes de los eburones, que condujeron un ataque al fuerte de Atuatuca, unos quince días después de su asentamiento en los campamentos de invierno.

Tras dar muerte a los legionarios encargados de la recogida de la leña, los eburones asediaron el acuartelamiento. Los hombres de la guarnición corrieron a las armas y mantuvieron sus posiciones en la valla, tras lo que los enemigos, viendo que habían fracasado en su empresa, abandonaron el asedio y pidieron parlamentar.

Ambiórix se entrevistó con nuestros legados a través de los embajadores, afirmando que la operación no había dependido de una iniciativa suya, sino que la había hecho obligado. Se trataba de un plan que atañía a toda la Galia y ese era el día fijado para asediar a todos los campamentos de invierno romanos, para impedir que las legiones se ayudasen entre sí. De manera que no había podido retirarse ante un plan fraguado por su propia gente, pero tras haber lanzado un primer ataque al fuerte y cumplido con su deber con los otros galos, quería respetar lo que había acordado con César, gracias al cual había podido recuperar al hijo que había entregado como rehén a los atuatucos.

Entonces Ambiórix exhortó y rogó a los legados, invocando los recíprocos vínculos de hospitalidad, que se salvaran ellos y salvaran a sus soldados. Ambiórix pedía a nuestros comandantes que evacuasen los campamentos de invierno y que se refugiasen con Cicerón y Labieno antes de que se diesen cuenta los pueblos vecinos, que lo habían obligado a ese ataque, sobre todo los tréveros. Prometía que garantizaría una marcha sin ataques a través de su territorio. De esa manera protegía a su pueblo, liberándolo del fuerte romano, y le devolvía el favor a César.

Nuestros dos legados, aplazado el asunto a la asamblea de guerra, tenían posiciones opuestas. Lucio Aurunculeyo Cota, con muchos tribunos y centuriones de las primeras cohortes, consideraba que no había que proceder de forma imprudente ni tampoco alejarse del campamento sin una orden de César, *mientras que, por su lado, Quinto Titurio Sabino creía que cuando los enemigos apareciesen con tropas, que serían más numerosas con la llegada de los germanos, ya sería demasiado tarde para salvar al ejército. Si toda la Galia se estaba uniendo a los germanos, la única manera de protegerse era actuando con celeridad.*

La propuesta de Sabino se aprobó ya avanzada la noche después de discusiones acaloradas y, al rayar el alba, con el cansancio y la falta de sueño, las tropas dejaron el campamento en una interminable columna repleta de bagajes.

En cuanto la mayor parte de la comitiva se hubo adentrado en una garganta, aparecieron en las dos vertientes del valle los eburones, que atacaron a la retaguardia e impidieron a la vanguardia subir la pendiente, trabando batalla en un punto para nosotros sumamente desfavorable.

El enfrentamiento se prolongó todo el día y la legión fue aniquilada. Los dos legados murieron y apenas unos pocos supervivientes pudieron regresar al campamento del que habían salido. Entre ellos, el aquilífero Lucio Petrosidio, que, acosado por muchos enemigos, tiró el águila al otro lado de la valla antes de caer combatiendo valerosamente. Los otros a duras penas resistieron el asedio hasta la noche; después, perdida toda esperanza de salvación, se suicidaron, hasta el último.

Sabedor de que una noticia así ya se habrá propagado por casi toda la Galia, he dado orden de levantar nuevas torres, doblado la guardia y suspendido las salidas para contrarrestar probables peligros. Cuanto ha ocurrido en el pueblo de los eburones puede tener repercusiones en toda la región y ya hemos tenido las primeras escaramuzas. Hace días los exploradores me informaron de la llegada de un gran contingente de tréveros que han sido avistados a tres millas de mi guarnición, apenas al otro lado de la frontera de las tierras de los remos. Considero que su llegada no es casual y estimo arriesgado abandonar el campamento hallándose ahí sus tropas. El fuerte más próximo es el de Quinto Cicerón, situado en la región de los nervios, a cincuenta millas de aquí, y levantar el campamento podría dar una impresión de huida más que de partida, exaltando todavía más los ánimos de los potenciales enemigos.

De manera que cierro filas aquí y dispongo el campamento para que se prepare para un largo asedio. Contendré a los enemigos hasta la llegada de los refuerzos.

Ave atque vale.

Tito Labieno

La mirada se concentró en las líneas de la carta, las palabras se agigantaron y empezaron a brincar. Una brusca convulsión contrajo los dedos de Cayo Julio César, que apretó el mensaje, arrugándolo. Tuvo espasmos en los brazos que se propagaron por el cuerpo hasta llegar violentos al rostro. Presa de convulsiones, con los dientes apretados y la baba saliéndole de la boca, el general se retorció en la silla y enseguida cayó al suelo, donde empezó a estremecerse en una crisis epiléptica.

Cuando recobró el sentido, con la frente perlada de sudor frío, todavía agarraba entre las manos la carta de Labieno. César se sentó con esfuerzo y releyó... «Ambiórix... Catuvolco... Eburones... Tréveros... Germanos». Respiró hondo. Se puso de pie y dio un puñetazo contra la mesa, haciendo que saltaran los mapas.

El guardia que estaba al otro lado de la puerta entró empuñando el gladio.

—¡Convoca inmediatamente la asamblea de guerra!

—Sí, gobernador.

—¡Inmediatamente!

—¿Qué ocurre?

—Hemos recibido órdenes de partir enseguida.

La madre de Vercingétorix miró a su hijo y luego la lucerna.

—Pero es de madrugada.

—Debe de haber pasado algo serio. El General Único ha llamado inmediatamente a la legión y a toda la caballería. Tenemos órdenes de partir enseguida.

La mujer se levantó de la cama y abrazó a su hijo.

—Ten cuidado.

—No te preocupes, tranquila. Tú estás a salvo, todos los parientes de los aliados, los bagajes de todo el ejército y el trigo para el invierno están aquí, en Samarobriva. Creo que no hay lugar más protegido en toda la Galia en este momento.

Vercasivelauno entró a grandes zancadas y se acercó a Rix.

—Nos tenemos que ir.

Una mirada, un abrazo y poco después los arvernos estaban galopando con el procónsul, junto con otros trescientos jinetes de las guarniciones más próximas.

Apenas había amanecido avistaron formaciones de caballería auxiliar de belóvacos, que precedían a las legiones del cuestor Marco Craso.

Vercingétorix miró a su primo.

—¿Cómo puede estar aquí la legión de Craso? Estaban a veinticinco millas de nosotros.

Los dos arvernos vieron al gobernador de las Galias y a Marco Craso hablar entre ellos, luego el cuestor volvió a montar y partió al galope con sus belóvacos hacia Samarobriva, dejando su legión a las órdenes de César. A partir de ese momento empezó una marcha sin interrupción de dos días, hasta que aparecieron las enseñas de la legión de Quinto Fabio, procedente de las tierras de los arrebates. Descansaron una noche y luego de nuevo emprendieron la marcha, hacia las tierras de los nervios, con la caballería en la vanguardia de las legiones.

Vercasivelauno dejó beber largo rato a su caballo y llenó la cantimplora antes de atarla a la silla.

—Todavía no me lo puedo creer, pero ha ocurrido.

Vercingétorix se enjuagó el rostro en el riachuelo.

—A mí también me cuesta creerlo, pero ha ocurrido. El General Único ha convocado una reunión de todos los jefes y de sus oficiales precisamente para dar esa noticia.

—Una legión entera aniquilada, el campamento abandonado.

Vercingétorix miró alrededor antes de contestar.

—Los eburones no pueden haber organizado ese ataque por su cuenta y sin haberlo pensado. La respuesta de los romanos será despiadada. No puedo creer que hayan desafiado a Roma solos.

—Yo tampoco. Hay algo que no sabemos.

—A lo mejor estamos demasiado cerca del general romano como para enterarnos de qué está ocurriendo en el resto de la Galia. Cuando Dumnórix vivía, él era quien entablaba las alianzas y organizaba los planes para una futura rebelión. Tras su desaparición, sus aliados han perdido la figura de referencia, y es probable que ahora solo se den iniciativas aisladas, sin un plan concreto, pero son una señal. Una señal muy clara. De algún modo..., creo que la muerte de Dumnórix ha hecho que la balanza se incline hacia el lado de los druidas y los antirromanos. Tras su muerte Britania fue invadida, pero la ocupación terminó en una corta incursión. Después César volvió a la Galia y tuvo que dispersar a sus legiones y a los aliados por la escasez de trigo. Eso permitió a los carnutes eliminar a Tasgecio y a los eburones asaltar el campamento de Atuatuca.

Un caballo llegando al galope interrumpió a Vercingétorix. Era uno de los jinetes arvernos que había mandado de reconocimiento.

—Rix, hemos avistado una patrulla enemiga.

Los dos primos montaron y siguieron al muchacho. Llegaron al margen de un bosque, donde sus arvernos habían avistado a unos jinetes.

—Nos han visto y se han quedado abajo.

—¿Cuántos son?

—Unos veinte.

Rix miró a sus hombres.

—Avancemos al paso y veamos qué hacen.

Los arvernos bajaron la colina. Durante unos momentos, los hombres de la otra vertiente permanecieron quietos mirando, luego volvieron sus caballos y se alejaron. Vercingétorix espoleó a Esus.

—¡Venga, cojamos a uno! —dijo.

Acto seguido, los arvernos se lanzaron en persecución de los otros jinetes, que se dispersaron en cuanto llegaron a un matorral boscoso.

—¡Ese! —gritó Rix señalando a un hombre que avanzaba con dificultad por entre la vegetación mientras subía la colina. El fugitivo se topó con un tronco que le impedía seguir, se detuvo unos instantes preciosos en busca de otro camino y enseguida fue alcanzado y desarzonado por los arvernos.

—¡Dejadme!

Vercasivelauno se apeó del caballo y, junto con los otros, se arrojó sobre el jinete antes de que este pudiese echar mano de su espada. Le pegaron en el rostro y en la barriga para vencer su resistencia, pero el hombre siguió peleando como una fiera atrapada en una red, hasta que se quedó sin fuerza y aliento. Le ataron las manos a la espalda y lo pusieron de rodillas, manteniéndole alta la barbilla con el palo de una lanza.

Vercingétorix se apeó del caballo y lo miró a la cara. Le chorreaba sangre de la nariz y el pelo lo tenía manchado de follaje del bosque.

—Has tenido mala suerte, chico. Hoy lo has perdido todo. A tus compañeros, tus armas y tu dinero. Yo me quedo con tu caballo, a ti solo te queda algo que canjear: la vida. Si me cuentas algo, te la dejamos.

El joven, jadeando y con los ojos como platos, miró a Vercingétorix.

—Noble guerrero —dijo en un latín elemental—, no sé quién eres, pero creo que este es nuestro día de suerte. Si me dejas volver con mi padre, un príncipe muy rico y poderoso, sabrá recompensarte, y estoy seguro de que te contratará como jinete.

Rix inclinó la cabeza y respondió en la misma lengua.

—Te lo agradezco, pero trabajo para un príncipe muy rico y poderoso.

—Si te refieres al General Único, noble señor, seguirás con él poco tiempo.

El arverno levantó en vilo al chico como si fuese un muñeco de paja.

—Ya que tienes una buena labia, nos lo vas a contar todo. ¿De dónde eres? ¿De Bélgica?

—Prométeme que me darás la libertad y mi padre te estará reconocido.

Vercingétorix le apretó la mandíbula con la mano.

—No estás en condiciones de pactar nada —gruñó—, yo hago las preguntas y tú respondes, ¿comprendido?

Un puñetazo en plena cara y el chico acabó de nuevo en el suelo, los arvernos lo levantaron y lo hicieron arrodillarse otra vez delante del imponente Rix.

—¡Ahora, habla!

—El campamento romano de las tierras de los nervios está ardiendo.

Los dos primos se cruzaron una mirada.

—¿Te refieres al campamento que está en el territorio de los eburones, el de Atuatuca?

El joven sorbió por la nariz y miró a Vercingétorix con los ojos entornados.

—No, después de haber eliminado la guarnición de Atuatuca, los eburones enviaron mensajes a los ceutrones, los grudis, los levacos, los pleumoxios, los geidumnos, todos ellos sometidos a su autoridad, y reunieron todas las tropas que pudieron para lanzarse sobre el otro campamento de invierno romano instalado en el territorio de los nervios.

De nuevo el silencio de la sorpresa.

—Los nervios se han unido a esta coalición junto con los atuatucos, con todos sus aliados y clientes. Son un montón de miles, noble señor: el campamento caerá antes de que lleguéis.

Uno de los arvernos llamó la atención del grupo.

—Los jinetes regresan, Rix.

Vercingétorix aguzó la mirada y vio hombres a caballo en la cresta de la colina que había frente a ellos. Miró luego al chico:

—¿Esos son de tu grupo?

El joven asintió.

—¿Tienes algo más que decirme?

Esta vez fue el chico quien reflexionó un momento antes de hablar.

—También los tréveros se han unido a la coalición.

Vercasivelauno hizo un gesto de estupor.

—¿Los tréveros?

—Sí, se están aproximando a las tierras de los remos para asediar el campamento romano que hay ahí.

—Los jinetes se acercan, Rix.

Vercingétorix miró la colina, luego al chico.

—¿Cómo lo sabes?

—Porque soy hijo de Induciomaro, el poderoso señor de los tréveros, y como me toques un pelo esos hombres te seguirán hasta el reino de los muertos para atraparte.

Los arvernos miraron pasmados a su jefe.

—¿Induciomaro...?

—Sí.

Vercingétorix apretaba ahora con menos fuerza al prisionero.

—Cuando el tercer campamento romano caiga, toda la Galia se levantará. Abandonadlo aquí todo y uníos a nosotros mientras estéis a tiempo.

Vercingétorix tragó saliva.

—¡Soltadlo!

Un par de tirones de la soga y las muñecas quedaron libres. El muchacho se las frotó.

—Gracias..., Rix.

—Olvida ese nombre y ve con los tuyos, nosotros nunca nos hemos visto.

—¿Estás seguro..., noble arverno?

—Sí.

—Mi padre te estará agradecido.

Los jinetes se desplegaron por entre los árboles. Eran muchos más de los que habían visto antes de la persecución. El joven fue hacia su caballo y con dificultad montó. Se volvió hacia los arvernos, su mirada se cruzó con la de Rix y se despidieron con un gesto de la cabeza. Los dos grupos se observaron desde lejos, luego el joven volvió a las filas de los suyos y siguió el camino por el que había llegado.

Vercasivelauno miró a su primo.

—¿Hemos hecho bien?

—Creo que sí.

—A lo mejor no era el hijo de Induciomaro.

—Lo sé, pero han vuelto por él, y esos eran tréveros, la tribu más poderosa después de la de los heduos. Habrían podido llegar más, y nosotros nos habríamos quedado atrapados aquí, en medio del bosque. Diría que la vida de ese chico trocada por las nuestras está más que bien.

—Tenemos que volver ahora mismo donde César y...

—No.

Todos miraron a Vercingétorix, atónitos.

—Ninguno de nosotros hablará de este encuentro.

Miradas extraviadas.

—Los romanos de todos modos se enterarán, y muy pronto. Otros como nosotros están peinando la zona en busca de información. Vosotros no os dejéis impresionar por lo que habéis oído; para nosotros, de momento, no cambia nada. Recordad que nuestros parientes están en Samarobriva como rehenes de los romanos. Con que cometamos un mínimo error, los flagelarán y nos enviarán sus cabezas; de manera que ninguno de nosotros tomará iniciativas. Seguiremos haciendo lo que hemos hecho hasta ahora y, mientras tanto, ganaremos tiempo. De momento, nuestra prioridad es la de llevar a nuestros parientes a Auvernia; una vez que hayamos hecho eso, tendremos más libertad de decisión.

—¿Y cómo vamos a llevarlos a Auvernia?

—Al final de la estación —dijo Rix mirando en la lejanía a los tréveros—. Me he ofrecido a ir donde César, he elegido entregarle los rehenes. Le diré que todos, absolutamente todos tenemos que ir a Auvernia para el Samhain.

XXV

Cavarino y la asamblea de guerra
Invierno del 54 a. C.
Tercer acto de la revuelta

—Madre.

La mujer esbozó una sonrisa y abrazó con fuerza a su hijo.

—A veces me cuesta creer que seas tú. Te he tenido entre mis manos cuando eras una cosita, y ahora mírate. Eres grande y robusto, no te abarco con mis brazos.

Vercingétorix también sonrió.

—Y, sin embargo, cuando estás lejos noto siempre un vacío por dentro. En mi corazón sigues siendo esa cosita que necesita protección.

—Has criado un arverno grande y robusto, madre, ya no tienes que temer nada por mí, ahora me toca a mí protegerte.

—No te preocupes por mí, solo piensa en cuidarte.

Rix asintió.

—¿De todos modos tienes que marcharte? Volvimos a Auvernia apenas hace unos días.

—Sí, madre, quería traerte aquí con todos los demás. Vercasivelauno y yo tenemos que partir enseguida.

—Pero ¿por qué? El invierno está a punto de empezar, el tiempo va a malograrse pronto y no tardará en llegar el frío. Los días se acortan rápidamente y todas las legiones están en los cuarteles de invierno. ¿Por qué motivo debes regresar a Samarobriva?

—No vamos a regresar a Samarobriva, madre.

La madre arrugó la frente.

—¿Adónde, entonces?

—No voy donde el general romano, voy... a otro lugar.

—¿No quieres decirme dónde?

—Prefiero que no lo sepa nadie, madre. Dentro de unos veinte días estaremos de vuelta.

—El Samhain ya habrá pasado para entonces.

—Lo sé.

—¿He de preocuparme?

El coloso le apretó los hombros y sonrió.

—Nunca más, madre. Ahora que sé que estás aquí, todo está bien. Ya verás como no me pasará nada malo.

—Que la benevolencia de los dioses proteja tu camino, hijo mío.

—Estoy seguro de que lo harán, junto con la espada de padre.

Un último abrazo, una última mirada, y enseguida Rix estuvo fuera de la tienda, bajo una llovizna impalpable. A largas zancadas, Vercingétorix fue por la calzada que conducía a la aldea, saludando a todo aquel con el que se cruzaba. Todos parecían querer hablar con él, todos reconocían en él al hijo de Celtilo que partió para la guerra y había vuelto vencedor. Los rumores de sus hazañas habían corrido y su popularidad había aumentado. Tenías que destacar para ser respetado y apreciado.

De entre los puestos del mercado surgió una mano que lo sacó de la calle.

—¿Adónde vas tan deprisa?

El coloso miró la mano, luego el brazo y el rostro de quien lo había agarrado.

—Tengo una cita muy importante.

—¿Más importante que yo?

Vercingétorix asintió.

—Te he visto, estás sonriendo debajo del bigote, te conozco desde hace un montón de tiempo como para no saberlo.

La sonrisa fue más clara.

—No me digas.

—Sí, la primera vez que nos besamos ni siquiera tenías bigote.

—Mientes, nací con bigote.

La chica se rio. Tenía el pelo mojado, la piel clara repleta de pecas.

—Tienes mala memoria y tanta popularidad te ha empeorado, necesitas que alguien te recuerde algunas cosas.

—¿Tú serías ese alguien?

—Sería yo...

De nuevo una sonrisa.

—¿No te bastó esa noche, Damona?

—A mí no, ¿a ti sí?

—No, a mí tampoco.

—Entonces, protejámonos de esta lluvia...

Vercingétorix meneó la cabeza.

—Lo siento, pero de verdad que no puedo.

La chica puso cara larga.

—¿Y por qué? ¿Qué hay más importante que yo?

—Estoy invitado a una reunión de guerra, y al último que llega lo matan delante de todos en medio de atroces tormentos.

Damona rompió a reír.

—¿Esa sería la excusa?

Él dejó de sonreír, la lluvia se volvió más molesta.

—Ya no eres el chico que creció conmigo. ¿Tienes otra mujer? He oído decir que a los romanos los acompañan muchas mujeres.

Vercingétorix asintió.

—Sí, muchas mujeres..., pero ninguna Damona.

Y ella sonrió.

—Me tengo que ir.

—Dime que volverás y yo te esperaré.

—Volveré.

—¿Y te quedarás conmigo?

—Todo lo que pueda.

Damona lo cogió, le acarició el rostro mojado, lo miró a los ojos.

—¿Es una promesa, Rix?

—Es una promesa, Damona.

El rey Cavarino de los senones bebió un largo trago, luego dejó la taza en la mesa. Acón lo observaba en medio de la confusión del banquete, masticando despaciosamente un bocado antes de acercarse a un hombre de su escolta.

—Esperemos a que beba un poco más, después lo apartaremos de sus hombres.

—De acuerdo.

Cuando Acón dejó de hablar en secreto, volvió a mirar al rey y se topó con su mirada indagadora.

—Cuento con tu colaboración y con la de todos tus hombres, Acón.

—Mis hombres están muy descontentos con la situación, Cavarino. Los senones nunca hemos estado sometidos a nadie.

—¡No estamos sometidos!

—Esa es tu opinión.

—Los romanos son nuestros aliados y eso nos beneficia mucho, Acón.

—Sobre todo a ti.

El rey se levantó de golpe, volcando las copas que había en la mesa.

—¿Qué pretendes decir?

Acón permaneció sentado, y sostuvo la mirada de Cavarino sin el menor temor.

—Lo que he dicho. Los senones están muy descontentos, Cavarino, y cuando digo los senones, quiero decir todos ellos.

Cavarino tenía la cara roja, pero las miradas poco tranquilizadoras de sus hombres hicieron que se contuviera.

—Mi hermano fue rey antes que yo, mis antepasados fueron reyes antes que yo y convirtieron a los senones en una de las tribus más poderosas de toda la región, desde las montañas hasta el mar.

—Lo sabemos muy bien, pero después hemos elegido una nueva forma de gobierno, Cavarino, que a nosotros nos ha parecido perfecta.

—Un gobierno francamente poco fiable.

Acón se levantó y rugió.

—¡Un gobierno elegido, no impuesto!

—Ve a decírselo a César, Acón —estalló el rey.

—Sí, y le contaré también del accidente que tuviste...

Cavarino no respondió, las palabras no le salieron de la boca a la vista del cuchillo que Acón había extraído. No fue el único, los tres de su escolta hicieron lo mismo y con ellos otros más.

—¡Tú te lo has buscado!

Con una patada, Cavarino volcó la mesa y rápidamente alcanzó la salida entre gritos, mientras sus hombres trataban de cubrirle las espaldas. Salió de la sala y llegó a la calle, a la vez que los escuderos impedían avanzar a los de dentro.

—¡Mi caballo! —gritó—. ¡Mi caballo!

Uno de los esclavos se tambaleó y Cavarino extrajo su espada y se la atravesó, y el hombre se desplomó como un costal vacío.

—¡Mi caballo!

Del alboroto que había en la puerta salió un hombre herido, era uno de los que había blandido un cuchillo en el banquete. Cavarino avanzó tres pasos, se le acercó y lo despachó de un mandoble en el costado, luego fue a la puerta y ayudó a los suyos, hasta que los hombres que había dejado en la parte de atrás llegaron con los caballos.

Cavarino montó en su penco y partió al galope con su guardia, como si a los caballos los persiguiese un fantasma.

Cuando Acón salió a la calle con sus hombres, el grupo ya había desaparecido en la oscuridad y ya no se oía el ruido de sus corceles.

—Cabrón...

El rumor de los cascos lo atenuaba la niebla. Todo lo atenuaba la niebla, incluso los pensamientos de Rix, que desde hacía horas espoleaba a Esus, seguido por sus hombres. Viajaban desde hacía días sin pausa y los hombres estaban exhaustos, al igual que sus caballos.

Cuando el camino se ensanchó y aparecieron surcos de carros

en el cieno, Vercingétorix aminoró la marcha y luego, en cuanto notó en el aire olor a humo, paró a Esus.

—Cénabo.

Vercasivelauno miró de un lado a otro, luego clavó la vista en un punto en la niebla.

—Sí, debe de estar abajo. Pero no veo ni oigo el río.

—El punto de encuentro es antes del río, tendría que ser al otro lado de esos árboles que se entrevén en la niebla.

Rix avanzó al paso hacia los árboles y se adentró en el bosque seguido por su primo, y a continuación por todos los demás.

Vercasivelauno se embutió en la capa.

—Este sitio parece que tiene ojos.

—Los tiene.

El canto de una lechuza hizo detenerse a la columna. Esus resopló, Rix se llevó las manos a la boca y repitió lo que había sonado en los árboles. Pocos instantes después, unas figuras salieron de la neblina del bosque. Una de ellas, un guerrero con un yelmo con cimera, avanzó.

—¿Os habéis perdido?

—Lug nos guía, no nos podemos perder —dijo Vercingétorix.

El guerrero se acercó.

—¿Y adónde os guía Lug?

—A la guerra.

El guerrero asintió.

—¿Quién eres?

—Vercingétorix de los arvernos.

—Por aquí, Vercingétorix de los arvernos.

En silencio, los jinetes siguieron al guerrero hacia el interior del bosque. Subieron una colina y continuaron un largo trecho entre los árboles, luego bajaron una hondonada hasta un claro en cuyo centro había una charca, de donde se elevaban los vahos de la bruma. Alrededor había grupos dispersos de hombres con enseñas de guerra.

—Uníos a los demás y esperad.

—¿Somos los últimos?

El guía miró a Rix con una sonrisita.

—Lo sabrás esta noche —dijo antes de retroceder y desaparecer entre los árboles.

La asamblea de las tropas a la que habían ido la había convocado Induciomaro, quien la había anunciado conforme a las antiguas usanzas religiosas. Tenían que presentarse los hombres capaces de luchar de los distintos clanes, y el último en llegar debía ser sacrificado con los más atroces tormentos como ofrenda a los dioses. El sacrificio del novato delante de las enseñas de guerra de los distintos clanes los unía en un pacto de alianza sagrado e indisoluble, que decretaba el principio de la guerra. Todos los hombres de Vercingétorix estaban al corriente de ello y todos habían cabalgado más rápido que el viento para no llegar tarde a la asamblea, a pesar de que los arvernos acudían de más lejos que los otros clanes.

Rix y sus hombres se unieron a los demás y se instalaron entre carnutes y tréveros, hicieron hogueras, comieron y descansaron, hasta que al anochecer llamaron a Vercingétorix y Vercasivelauno junto con los otros jefes de clan a un altar votivo que había al pie de un inmenso roble, a cuyo alrededor habían prendido hogueras que formaban un círculo.

Entre los presentes estaba Coto, el príncipe heduo con el rostro marcado que había llevado a Vercingétorix al promontorio para su entrevista con Dumnórix.

—Bienvenido, Rix.

—¿Qué tal, Coto? No nos vemos desde Puerto Icio.

Se estrecharon la mano.

—Sí, la última vez que te vi, el cuerpo de Dumnórix todavía estaba caliente.

Vercingétorix asintió.

—Ya. ¿Cómo van las cosas entre los heduos?

—Era necesario lo que pasó para que la gente reaccionara. Estamos aquí para vengarnos.

—Entonces, su sacrifico no ha sido inútil.

—Desde luego que no, desde luego que no.

—¿Te has enterado de lo de los eburones?

—Sí, lo he oído. —Coto se acercó y bajó la voz—. Ambiórix está aquí.

—¿Ambiórix?

—Sí.

Rix y Vercasivelauno miraron de un lado a otro.

—¿Quién es?

—No lo sé, pero sé por una fuente segura que está con Induciomaro.

—Todavía no he visto a Induciomaro.

—Se deja ver solo esporádicamente y concede pocas audiencias, siempre está con Gutruato, el *vergobreto* de los carnutes, y con los otros druidas ancianos del consejo.

Vercingétorix notó un tono de desaprobación en esa confidencia de Coto. El difunto Dumnórix, el promotor del fermento antirromano que estaba creciendo en la Galia, había sido un heduo como Coto, uno de los más fervientes partidarios de aquel. Por cuanto estaba confirmando Coto, los druidas, en lugar de encontrar un sustituto de Dumnórix entre los heduos, habían preferido apoyar a Induciomaro, un trévero, para llevar adelante sus planes.

—También he sabido lo de Tasgecio —dijo Rix, cambiando de tema.

—Sí, lo eliminaron Conconnetodumnos y Gutruato delante de la asamblea de los carnutes. Ese de ahí es Conconnetodumnos, pero tú deberías acordarte de él, Rix.

Los dos arvernos observaron a uno de los asesinos de Tasgecio, el primer colaborador romano eliminado después de la muerte de Dumnórix.

—Claro que me acuerdo de él, y también de Gutruato, estaban en la tienda de Dumnórix cuando nos vimos la última vez en Puerto Icio. Seguro que, después de lo que hizo, le confiarán un papel prestigioso en esta reunión.

Coto meneó la cabeza.

Los carnutes son un pueblo demasiado pequeño como para poder aspirar a tener un papel dirigente, y lo mismo vale para Ambiórix y sus eburones. A pesar de lo que hicieron, destruyendo toda una legión y conquistando un fuerte romano intacto, aquí no pueden tomar la palabra. A los tréveros, la mayor tribu que hay al norte de los heduos, no les gustaría nada y podrían no aceptarlos.

Ese era el motivo del resentimiento de Coto. Los druidas no habían pensado en él como sucesor de Dumnórix, a pesar de que era heduo, miembro de la población ampliamente más numerosa de toda la Galia. La elección del colegio de los druidas había recaído, por motivos todavía desconocidos, en Induciomaro, noble de relieve y miembro de una tribu que presumía de contar con miles de guerreros y con la caballería más abundante de toda la Galia.

—Pero los tréveros están divididos en dos facciones. El yerno de Induciomaro, Cingétorix, está abiertamente enfrentado a él.

—Todos estamos divididos en dos facciones, también los arvernos, ¿o no? Si estuvieseis unidos, con la población que tenéis, a lo mejor tú podrías en este momento aspirar a estar con Gutruato y los otros druidas. En realidad, Cingétorix le teme a Induciomaro, y desde hace mucho tiempo está fuera de las tierras de los tréveros, bajo la protección de César. Induciomaro es amo absoluto en su casa y no ha dejado en ningún momento de formar alianzas, de buscar hombres válidos y de conseguir caballos de todos los pueblos limítrofes.

Vercingétorix miró alrededor.

—Hay muchos jefes de clan que nunca he visto.

Coto se le acercó.

—Induciomaro ha buscado aliados un poco por todas partes, también entre los germanos del otro lado del Rin. Les ha prometido ingentes cantidades de dinero, pero no ha conseguido persuadir a nadie de que cruce el río. Ya tenían bastante con haberse enfrentado dos veces a los romanos, con haber derrotado a los suevos de Ariovisto y con la migración de los usípetes y los téncteros.

—Es un alivio no tener a los germanos aquí.

—Sí, yo creo lo mismo, pero tampoco me fío de muchos de los que están aquí. Desde que perdió la esperanza de contar con muchos contingentes de germanos, Induciomaro empezó a llamar a cualquier jefe de clan útil, exiliados y condenados incluidos. A muchos les ha prometido asilo y eso le ha dado enorme popularidad. Todos le envían embajadas, y ahora mismo es la persona más relevante y poderosa de toda la Galia.

Rix vio a Induciomaro entre el gentío. Pensó que podía convenirle abordarlo, pero cuando se disponía a hacerlo, oyó la voz de Gutruato, que dirigía el gran consejo de los druidas reunidos al pie del roble centenario.

—Os pido silencio —empezó el druida—. Tengo que deciros algo antes de que anochezca y la capa que separa la tierra de los vivos de la de los muertos se haga más fina y empiece la sagrada ceremonia del Samhain, que comunica a los dos reinos.

Se oían solo las astillas de leña de las hogueras junto con la voz del *vergobreto*.

—Cuando os llegó la noticia de esta reunión, todos vosotros comprendisteis que se trataba de algo muy importante. Una reunión con armas en la que deben estar todas las enseñas de guerra de los clanes, conforme a las antiguas costumbres druídicas el día del Samhain, que nos introduce a las tinieblas del largo invierno. Y es justo eso lo que nos espera: una etapa fría y tenebrosa, tras la cual volverá la luz.

Gutruato miró de un lado a otro. Ya estaba oscuro, y su rostro lo alumbraba el fuego que poco después iba a llamar a los antepasados del otro mundo.

—Os hemos convocado aquí por lo que ha ocurrido en las últimas temporadas, después de la muerte de Diviciaco y de que hayan tomado el poder varios soberanos que no han tenido una consagración druídica, sino que han sido impuestos como reyes por el general romano, con el fin de proteger sus intereses en la Galia. Hemos elegido el bosque sagrado de Cénabo para esta asamblea, porque es el centro sagrado de toda la Galia, así como Britania, recientemente violada por los romanos, es el centro del druidismo fuera de la Galia. Britania es inviolable para los galos; ningún guerrero celta puede desembarcar con armas y con intenciones hostiles en su sagrado suelo. Dumnórix, quien obedeció a ese precepto, fue asesinado por voluntad del general romano, dándonos a entender que no estamos ante un hombre que, como se propuso al principio, llegó para liberarnos del yugo de los helvecios o de los suevos o para imponer la paz entre contendientes armados. Nos hallamos ante un invasor extranjero que profana la sagrada religión de los druidas.

El druida levantó las manos. La túnica y la barba blancas parecían reflejar la luz de las llamas.

—El consejo de los druidas ha decidido que ha llegado el momento de abandonar la actitud de neutralidad, mejor dicho, de indiferencia, y de detener como se pueda a este hombre. Esta noche recibiremos a nuestros difuntos con honor y les brindaremos un banquete, para recordarles que no los hemos abandonado y que estamos preparados para seguir su ejemplo.

Los jefes de tribus celebraron con algarabía las palabras del druida, que tardó en conseguir que volviera el silencio.

—Antes de que nuestros muertos regresen con nosotros, quiero darle la palabra a quien ha querido que se celebre esta asamblea y ha hecho tanto en los últimos tiempos por recordarnos nuestra identidad y nuestro valor: el noble Induciomaro.

El príncipe de los tréveros fue recibido con grandes aclamaciones. Las acogió y saboreó como si fuesen una lluvia de pétalos. Dejó que los hombres se desahogaran un rato antes de hablar.

—Hace tiempo que percibía resentimiento por lo que estaba ocurriendo. Todos lo notaban, pero esperaban a ver cómo evolucionaba la situación. Yo mismo esperaba, y en esta espera se han producido las dos sacrílegas invasiones de Britania y el asesinato de *nuestro* Dumnórix. «Nuestro» porque todos tendríamos que haber estado de su lado y habernos comportado como él, negándonos a ir con armas al sagrado suelo de la isla de Britania. Para evitar que todos nosotros emulemos a Dumnórix, el general romano hizo que lo mataran brutalmente delante de sus hombres.

Un murmullo se elevó entre los presentes e Induciomaro lo acalló con las manos.

—Tras un hecho tan grave, no podía dejar de venir aquí a Cénabo para pedir la aprobación del consejo de los druidas para detener al profanador de nuestra sagrada creencia. Esperaba aún que alcanzasen un acuerdo cuando llegué a las tierras de los eburones para hablar con Ambiórix y Catuvolco y proponerles un plan de ataque al fuerte romano establecido en sus tierras. Como todos sabéis, el ataque a la guarnición romana tuvo éxito y las cohortes que la defendían fueron completamente aniquiladas, junto con un número desconocido de auxiliares y jinetes hispanos, así como de esclavos y de civiles. Les infligimos a los romanos una enorme derrota, hablo de diez mil hombres muertos en un solo día, además de que nos apoderamos de todas sus reservas de comida, ganado y armas. Con esa victoria no solo destruimos una guarnición, inferimos además un tremendo golpe a todas las legiones estacionadas en la Galia con un éxito que jamás se ha visto desde la llegada de César. Esto debe hacernos comprender todo lo que podemos lograr, esto debe hacernos comprender lo fuertes que seremos si nos unimos. Tratad de imaginar lo que habría pasado si toda la Galia se hubiese rebelado.

Induciomaro fue ovacionado de nuevo.

—Les prometí a los eburones todo mi respaldo, dando hombres para el ataque al fuerte y luego para unirnos contra la respuesta de los romanos, que no tardaría en llegar. Pero no fui el único. Después del éxito del ataque, en efecto, también los atuatucos, los nervios y todos sus clientes salieron al descubierto para unirse a nosotros, tanto es así que, impulsados por el entusiasmo, atacaron por su propia iniciativa el campamento romano de invierno de Quinto Cicerón establecido en las tierras de los nervios. ¿Podía dejar actuar solos a los eburones y a los demás en semejante trance? No, recurrí a las armas y poco después de la victoria de Atuatuca, mientras Ambiórix asediaba con los nervios el campamento de Cicerón, marché con mis tréveros hasta la frontera de mis tierras con la de los remos, donde invernaba la guarnición romana que estaba al mando de Tito Labieno.

Induciomaro recorrió con la mirada a los hombres que tenía delante y que lo escuchaban en silencio. Apretó los puños y curvó los labios.

—Sabía que el cabrón de Labieno, el brazo derecho de César, estaba en ese campamento, en alguna de esas torres, pero no tenía suficientes hombres como para poder sacarlo de ahí. Mis hombres pedían a gritos que asediáramos la guarnición romana, pero yo sabía que esa acción me costaría demasiadas bajas, que perdería demasiados amigos en ese momento, porque, además, los remos estaban con los romanos y solo aguardaban a que diéramos un paso en falso para atacarnos. ¿Os dais cuenta? —El príncipe trévero abrió mucho los ojos—. ¡Los remos, mis odiados vecinos estaban de lado de los romanos! ¿Puede haber algo más sacrílego que unos galos que apoyan a Roma?

Los jefes de clan los maldijeron con toda su rabia.

—No podía atacar a Labieno, pero sí mantenerlo metido en su campamento e impedirle que fuera donde Cicerón o César, y eso hice.

Gritos exaltados le arrancaron una mirada de soberbia a Induciomaro.

—En ese momento comprendí, por los remos que apoyaban a los romanos, que si eliminaba a los reyes fantoches que César había colocado en el trono podía causarles un daño enorme. Tasgecio, el rey de los carnutes amigo del general romano, en mi mente ya estaba muerto mientras miraba las torres del fuerte de Labieno. Mandé enseguida emisarios a Conconnetodumnos y a Gutruato, explicándoles mi plan.

El trévero los miró a los dos con cara de quien sabe cómo poner a la gente de su parte.

—Habéis hecho un excelente trabajo degollándolo como a un cerdo delante de todo el mundo, y ahora podéis disfrutar del resultado: ¡los carnutes están aquí y todos están unidos contra Roma!

Se elevó un estruendo que llegó más allá de las ramas del roble centenario.

—Cavarino, otro fantoche colocado en el trono por los senones, debía tener el mismo final, pero logró huir protegido por algunos de sus esbirros. Después de haber vivido como un cobarde, ahora huye como tal y se esconde debajo de la capa de César, pero, tarde o temprano, lo encontraremos —Induciomaro levantó el índice—, y será su final.

Los gritos de aprobación se elevaron hacia el cielo.

—Y después él..., Cingétorix...

La multitud calló de nuevo y prestó atención.

—Le entregué una hija en matrimonio creyendo que encontraba en él un hermano y un aliado, pero lo que hallé fue un enemigo en casa. Cingétorix conspiró durante años a mis espaldas y quiso tener a mi hija solo por su ansia de poder. Cuando el general romano impuso asambleas para atemorizar a los tréveros e imponerles la voluntad de Roma, yo me opuse, pero Cingétorix aprovechó la ocasión para acudir a César y declararle su amistad. Atrajo a muchos jefes de clan, creando una profunda grieta en el seno del pueblo de los tréveros, y si no hubiese retrocedido ante César, habría intentado que se rebelaran todos los nobles, que, asustados, quisieron pasarse del lado de los romanos. Un solo hombre ha sido capaz de minar el valor de un pueblo entero, que ahora está a la deriva, con el riesgo de que la plebe, aprovechando la ausencia de la nobleza, pueda rebelarse.

El príncipe trévero hizo una pausa.

—¡Por este motivo, yo declaro a Cingétorix traidor y enemigo del pueblo de los tréveros, saco a subasta todos sus bienes y lo condeno a muerte!

El bramido de los jefes de clan resonó tras las palabras del gran Induciomaro, que pudo seguir hablando solo después de un rato.

—Los senones, los carnutes, los eburones, los atuatucos y todos sus pueblos clientes me han llamado para que reúna al mayor número posible de combatientes que la Galia haya visto nunca y nos enfrentemos al enemigo común, Cayo Julio César. Asumo la responsabilidad y acepto. Llegaré donde los senones a través de los territorios de los remos, colaboradores de los romanos, que devastaré. ¡Pero antes... antes de hacer eso, atacaré el campamento de Tito Labieno y le enviaré a César su cabeza!

Esta vez la ovación fue interminable. Los druidas le dijeron a

Induciomaro que debía ya terminar, que había llegado la noche sin tiempo del Samhain, la hora de dar voz a los muertos que iban a volver a hablar y a ver, abandonando por esa noche sus lechos en la tierra.

Dumius era de Novum Comum, en la Galia Cisalpina, y era hijo de un rico comerciante. Su padre le había conseguido un caballo y lo había incorporado al ejército de César para defender las fronteras romanas de la amenaza de los ilirios, que hacían incursiones en la Cisalpina. Después continuó en el ejército y Dumius se convirtió en uno de los correos que llevaban despachos de un lado a otro entre las legiones del procónsul, hasta que, un día, un grupo de rebeldes lo interceptó en el camino hacia Cénabo. Lo capturaron junto con otros tres que murieron en la emboscada. Él sobrevivió solo con algún golpe en la cabeza y la promesa de que lo soltarían ileso tras quedarse con su caballo y todo cuanto poseía.

No fue así. Después de rodearlo y una vez que se rindió, a Dumius lo agarraron, lo maniataron y le dieron una paliza, luego lo llevaron a un bosque y lo encadenaron a un árbol que tenía un tronco enorme.

Le dieron de comer durante dos días, después llegó la noche del Samhain.

—¡Levántate!

Dumius tragó saliva y meneó la cabeza.

—¿Qué me queréis hacer?

Lo alzaron en vilo.

—Os lo ruego, no, os puedo conseguir un buen rescate si me dejáis marchar, mi padre...

—¡Andando!

—Os lo ruego...

Un latigazo en la espalda lo hizo callar. Dumius se desplomó y lo levantaron los guerreros, que lo condujeron hacia una gran asamblea iluminada por la luz de la enorme hoguera.

—No, no.

Los druidas con túnicas blancas lo esperaban con los brazos levantados mientras recitaban fórmulas antiquísimas.

Dumius lo comprendió todo y trató de soltarse, hasta que unos precisos golpes de vara en las piernas lo hicieron gritar de dolor. Las piernas dejaron de moverse pero él siguió avanzando, sujeto por los esclavos, que lo llevaron ante los druidas.

«Y aquellos a los que la vida avara empujó a las tinieblas, volverán a exigir esta noche tener brazos, manos y cuerpo».

—No.

Los ojos del druida se posaron en Dumius.

—Te lo ruego.

Dumius aguantó el dolor y se puso de pie para huir, pero de nuevo le pegaron y se agachó.

«Esas sombras tienen manos fuertes y reclaman sangre para poder regresar aquí entre nosotros desde los abismos primordiales».

Las manos y los brazos le temblaban. Dumius levantó la cabeza llorando y le atizaron un golpe tremendo en la cabeza, que lo desplomó entre espasmos de dolor. Tan fuerte era el suplicio que el cerebro ya no lo tenía con el resto del cuerpo. Ya no sentía las piernas ni los brazos. Era como si estuviese flotando en un mar agitado. Parpadeó, trató de abrir los ojos pero todo le daba vueltas y estaba desenfocado, la silueta del druida, su barba larga y blanca, su voz lejana.

«Regresad padres, regresad con nosotros, aquí está la sangre que invocáis».

Un nuevo golpe fortísimo en la cabeza y todo se quedó negro. Dumius ni se dio cuenta de que le levantaron la cabeza colgante y de que le abrieron la carótida con un solo tajo de cuchillo. Lo agarraron del pelo hasta que le chorreó toda la sangre con los ojos entornados, luego lo soltaron en un charco rojo.

Los muertos ahora podían regresar.

Vercingétorix se acercó a Induciomaro al final de esa noche sin tiempo. Todavía estaba oscuro cuando consiguió abordarlo, en el instante en que Induciomaro entraba en su tienda.

—Príncipe.

El trévero se volvió.

—Soy...

—Rix, lo sé. Dejadlo pasar.

Los hombres de Induciomaro dejaron que Vercingétorix se acercase.

—Tengo que pedirte algo en privado.

El trévero asintió y con un gesto le dijo a Vercingétorix que lo siguiese a su tienda.

—¿De qué se trata?

—Quiero unirme a ti con los arvernos.

—Eres bienvenido.

—Quiero decir, todo el pueblo de los arvernos. Yo, igual que tú, tengo un Cingétorix, se trata de mi tío Gobanición, que asesinó a mi padre y ahora gobierna a mi pueblo.

Induciomaro asintió.

—Lo sé.

—Con tu apoyo podría deshacerme de los nobles prorromanos que detentan el poder de Gergovia.

Los dos se miraron a los ojos, enrojecidos por la noche insomne y por el cansancio que arrastraban.

—Les he pedido a los carnutes que se ocupen de Tasgecio, y a los senones que hagan lo propio con Cavarino. Como trévero, yo me ocuparé de Cingétorix. Porque de la eliminación de un usurpador debe encargarse su propia gente. Los arvernos nunca aceptarían que un extranjero se entrometiera en sus asuntos y eliminara a alguien de su gobierno. Has de hacerlo tú, Vercingétorix. Tu gente debe ver en ti la figura fuerte que ha de seguir.

Rix apretó las mandíbulas y asintió.

—Pero yo —continuó el otro— puedo darte todo lo que se precisa para ello. Dinero, caballos y aliados para que te respalden. —Induciomaro puso una mano en el hombro del arverno, tal y como hiciera Dumnórix—. El Vercingétorix que volverá a reclamar su lugar en Gergovia será rico y poderoso, y tendrá un montón de clientes.

Los dos sonrieron.

—Regresa a Auvernia y organiza el golpe de Estado, pero atiéndeme. Antes necesito a todos los aliados para atacar el campamento romano de Labieno, matarlo y mandarle su cabeza a César.

XXVI

El templo de Saturno

Publio Sextio Báculo llegó a los pies de la empinada escalinata que llevaba al templo de Saturno con su informe diario sobre el prisionero para entregárselo a Esceva. Vio pasar a alguien importante seguido por su escolta, con la que había salido corriendo de una puerta situada en la base del templo. En el grupo había dos lictores, de manera que aquel no era simplemente una persona relevante con su escolta, sino el cónsul Léntulo que corría sujetándose la toga.

Varios esclavos lo siguieron por las escaleras. Publio agarró a uno del brazo.

—¿Adónde vais?

—Vienen los galos —respondió el otro soltándose espantado para ir tras el grupo que huía—. ¡Nos van a matar a todos!

El excenturión miró de un lado a otro, subió de nuevo la empinada escalera que conducía a la entrada del templo, cruzó el pórtico y desapareció en la sombra, donde sus pasos resonaron entre los mármoles del interior y se confundieron con los gritos que sonaban dentro.

—¡Cónsul, cónsul!

Publio Sextio Báculo se encontró cara a cara con el cuestor Quinto Cornelio Silio, que parecía huir de un incendio.

—¿Dónde está el cónsul?

Publio señaló la entrada.

—Lo he visto bajar veloz por la cuesta del Capitolio.

—No, no. —Silio volvió atrás y corrió al escritorio, donde recogió sus pertenencias, volcando infinidad de documentos, luego se dirigió de nuevo hacia la salida, desparramando papiros a lo largo del camino.

—Cuestor...

Silio se volvió.

—¿Qué quieres?

—Busco al triunviro Paquio Esceva, me han dicho que estaba aquí, tengo que entregarle el informe sobre el prisionero.

—Y a mí qué carajo me importa tu prisionero. ¡Que te den a ti, al informe y al rey de los galos!

A la silueta de Quinto Cornelio Silio se la tragó la luz y desapareció, dejando a Publio Sextio sin respuesta, mientras los pasos rápidos de otro grupo de esclavos rebotaron entre las columnas del templo, antes de desvanecerse dejándolo en el silencio. El excenturión se vio solo con los haces de luz que se filtraban por la puerta, iluminando los mármoles policromos del suelo regado de documentos. La última vez que su mirada se había perdido en ese suelo, el cuestor Silio lo había arengado.

«Este es uno de los lugares más sagrados de Roma, mejor dicho, el lugar sagrado más antiguo de Roma después del templo de Vesta y del de Júpiter. Entre estos muros están guardadas las tablas de bronce que contienen las leyes de los Quirites, los decretos del Senado y las enseñas del ejército. Aquí está la esencia misma de nuestra historia».

Sonaron pasos en la columnata, la silueta de un hombre cruzó el rayo de luz y se detuvo para mirar a Publio Sextio.

—Triunviro Esceva.

—¿Qué haces aquí, Báculo?

—Te estaba buscando para entregarte el informe diario sobre el prisionero, me dijeron que estabas aquí.

Paquio Esceva miró alrededor, dejando a Publio con la tablilla del informe en la mano.

—¿Qué está pasando, triunviro?

Esceva no respondió, señaló los papiros que había en el suelo.

—Recoge esos documentos.

Sextio Báculo ignoró las palabras del magistrado.

—He visto al cónsul Léntulo Crus bajar corriendo por la cuesta del Capitolio, y el cuestor Silio también ha...

—Huido, sí, lo sé.

—¿Y por qué?

—Se ha presentado un correo en el Senado para avisar de la llegada de César. Uno de los secretarios ha venido corriendo aquí a dar la noticia, y todos han huido. Llevaban tiempo preocupados, desde que se supo que César se había apoderado de Rímini. Los soldados de las guarniciones de Pésaro y Fano se rindieron incluso antes de que apareciera y huyeron o se unieron a él, y también Ancona ha caído. Además, aquí han empezado a ocurrir las peores infamias. Hay quien dice que ha visto llover sangre, sudar a las estatuas o caer rayos en los templos. Y esta mañana un esclavo se ha presentado con la noticia de que una mula ha parido.

—¿Una mula?

—Sí, una de esas que han traído los campesinos y que circulan por las calles de Roma.

—Sí, ya lo he visto, la ciudad se está llenando de campesinos aterrorizados.

—Los *populares*..., una masa ignorante y cazurra. Los que no viven en Roma tratan de entrar aquí como sea y rápido para salvarse de la llegada de los galos, los que viven en Roma intentan huir por el mismo motivo. Ayúdame a recolocar esto.

—¿Así que las legiones de César están en Ancona?

—Están bajando, la noticia que llegó esta mañana es la de la rendición de Osimo, que puede que capitulara hace días, así que la caballería gala de César podría estar muy cerca. Hablan de un ejército inmenso que quiere saquear Roma, lo único que los galos pretenden es vengarse de lo que han sufrido y César no se propone nada más que eliminar a todo el Senado por haberlo atacado.

—Pompeyo está fuera de Roma con el ejército, llegará en cualquier momento a la ciudad.

—Pompeyo se ha movido hacia el sur con sus legiones y con todo el Senado, dejando a los cónsules la tarea de retirar el tesoro y llevárselo. Esta mañana Léntulo Crus vino, precisamente, a organizar el transporte, pero la noticia de la llegada de César sembró el pánico. Las calles se llenaron de gente que bloqueó los carros que tenían que ocuparse del traslado, y tanta era la confusión que el cónsul acabó yéndose.

—¿Están... abandonando Roma?

—Ya lo han hecho. Y al que se niega, se le considera cómplice del enemigo.

—Es inaudito.

—Es lo que está pasando. La ciudad está fuera de control, la clase senatorial ha huido, los guardias se están dando a la fuga. Pronto el pueblo subvertirá el orden social y reinará el caos. A diferencia de lo que ocurrió en los desórdenes en los tiempos de Sila, Roma ha sido abandonada a su suerte por los «primeros» y no por los «últimos».

Esceva elevó los ojos a la estatua de Saturno, que miraba hacia la entrada.

—Este sitio es una mina de oro. Será el primero que devastarán.

—¿También la guardia ha huido?

—Vinieron veinte auxiliares que se turnaban y un centurión, pero han huido con el cónsul.

Publio miró la imponente estatua de Saturno con una guadaña, símbolo de la agricultura, la civilización, el bienestar y la ley. Saturno era la semilla y el abono que servían para abandonar un ciclo de vida y afrontar otro por medio de una alteración profunda. El deseo de suprimir el tiempo transcurrido creando un momento sin reglas, el caos, para instaurar un tiempo nuevo, un nuevo ciclo vital que reinstauraba el orden. Cuando Publio volvió a mirar el suelo, vio algo que le resultaba conocido entre la documentación que había esparcida. Era la carta de recomendación para el cuestor que le había escrito Labieno. La recogió y se la guardó en la túnica.

—Hemos de impedir que el populacho entre aquí, Báculo. Ve al Mamertino, reúne a los guardias y regresa aquí esta noche con ellos.

—¿Y el prisionero?

—¿Y qué quieres que me importe? Ya tengo bastante con el templo, he de intentar poner a salvo lo que pueda antes de que lo saqueen. Estamos hablando del templo de Saturno, no de un agujero fétido en el Campidoglio.

Publio Sextio llegó a la entrada del Tuliano y llamó a los guardias a gritos.

—¡Abrid, soy yo!

Nadie respondió.

—¡Abrid!

La silueta de Barbato, angustiado, apareció entre la sombra de la reja.

—¿Dónde están los guardias?

El viejo vigilante abrió la puerta y miró a Publio con los ojos muy abiertos.

—Han huido...

—¿Han huido?

—Sí, la ciudad es un caos. Ya he visto varias palizas y me he encerrado aquí dentro.

Sextio entró y Barbato cerró la puerta.

—Corren rumores de que vienen los galos, hordas de galos.

—Sí, estaba en el templo de Saturno y he escuchado lo mismo, no me puedo creer que César vaya a llevar a cabo lo que se dice, pero sí es propio de él hacer que corra un rumor así para sembrar el pánico.

—Pues yo ya los he oído gritar aquí en la puerta —dijo ansioso el viejo vigilante.

—¿A quién?

—A la chusma, a la gente.

—¿Por qué motivo?

—Para llevarse al preso, al rey de los galos. Temen su llegada y quieren llevárselo, quizá para intercambiarlo o por simple venganza. Creo que volverán, a lo mejor preparados para echar la puerta abajo.

Publio miró al viejo carcelero. Tenía razón, en una multitud descontrolada cualquiera podía instigar a la venganza e ir en busca del rey de los galos. No era una circunstancia del todo remota, pues algún facineroso se había presentado ya en las Gemonías. Además, la ciudad estaba llena de galos, esclavos galos que podían rebelarse e ir a sacar de ahí a Vercingétorix.

El excenturión se encaminó por la galería.

—Sígueme.

Los dos llegaron a la cárcel, donde una antorcha ardía cerca de las dos banquetas. Publio se acercó al agujero del centro del suelo y metió la cabeza dentro.

—¡Rix!

Unos instantes de silencio, luego la cadena se movió en el fondo.

—Rix, prepárate..., salimos de aquí.

El rostro de Vercingétorix salió de la sombra y lo alumbró la luz de la antorcha. La llama brilló en sus ojos.

—Sube la escalera con las manos en alto, sin hacer tonterías, ¿está claro?

Vercingétorix subió los peldaños de la escalera con las manos hacia las bóvedas del techo.

—¡Para!

Rix esperó en silencio que Publio le pusiese los grilletes en las muñecas.

—Estoy intentando salvarte la vida, rey de los galos, pero, en cuanto hagas una tontería, te mando al Tártaro. ¡Ahora sal!

El prisionero elevó la mirada hacia su carcelero. Su horrendo agujero ya le resultaba familiar e, inexplicablemente, le dio miedo tener que dejarlo. Se agarró a la escalera y siguió la luz de las antorchas, hasta que su rostro sucio y flaco salió del *Tullus*.

—¡Ayúdame, Barbato!

—Caray, pesa una barbaridad.

Vercingétorix salió del foso. Aparentaba diez años más.

—Tenemos que dar un paseo —le explicó Publio—, no es muy largo pero tenemos que estar preparados para correr si surge cualquier cosa.

El arverno miró en derredor, sin comprender por qué lo sacaban de ahí esos dos estando ausentes los otros guardias. Hizo todo lo que ambos le decían sin oponer ninguna resistencia, como si su voluntad se hubiese adormecido después de todo ese tiempo en el *Tullus*. El hombre que acababa de salir de ese agujero no era el mismo que había entrado en él.

Le pusieron una pesada capa con capucha y lo empujaron a la galería por la que había entrado empapado de agua. Pasó con la espalda encorvada, arrastrado por Publio, que lo sujetaba con la cadena, mientras detrás el viejo vigilante los seguía, llevando la antorcha.

Llegaron a una reja, que Publio abrió, y enseguida estuvieron delante de una puerta. Las llaves rechinaron en la cerradura, la puerta se abrió y entró una corriente de aire que acometió a Vercingétorix. El arverno cerró los ojos y aspiró; hacía meses que no olía el aroma del aire fresco.

—¡Camino despejado!

Salió a la oscuridad de la noche, con los ojos muy abiertos, mirando de un lado a otro. No vio nada, no conseguía distinguir nada delante de él. Por fin comprendió que lo que tenía ante los ojos era una especie de muro, mejor dicho, una escalinata. Se irguió y miró hacia arriba, hasta que la capucha se le echó hacia atrás. Boquiabierto, observó esa escalinata infinita hacia el cielo estrellado y a punto estuvo de perder el equilibrio.

La cadena se tenso.

—¡Vamos!

Tambaleándose, Rix siguió a Publio sin poder apartar los ojos de aquel edificio gigantesco. El viejo que lo seguía le recolocó la capucha, mientras Vercingétorix no paraba de mirar la enorme columnata blanca que se alargaba en la oscuridad. Tropezó y la cadena se tensó de nuevo.

—Oye, mira hacia el frente.

Pasaron por delante de una estatua colosal, luego por delante de otra y de otra más, oyendo gritos en la lejanía. Bordearon un pórtico lleno de estatuas que los observaban, mientras al otro lado una columna gigantesca se prolongaba hacia el cielo, hasta desaparecer entre las estrellas.

—¡Muévete! —Lo empujó Barbato.

Decenas de proas de barcos salían de un muro, sobre el cual sobresalían columnas coronadas por estatuas. Detrás de las estatuas, otros templos y un edificio todavía más grande. Vercingétorix volvió a tropezar en la base de una escalera pronunciada.

Publio se le acercó como un halcón y lo levantó en vilo.

—Cabeza de chorlito, ¿te vas a mover? —dijo—. No podemos estar en la calle, ¡venga!

Con una pierna dolorida, el arverno subió la escalinata, y vio aparecer entre las estrellas el frontón triangular de un templo, luego el capitel y las columnas que tras cada escalón se volvían más altas. Una vez arriba, los tres recorrieron el bosque de columnas de piedra hasta una gigantesca puerta de bronce, donde los esperaba Esceva con una vara.

—Ya era hora de que llegarais. ¿Dónde están los hombres de la guardia?

—No están.

—¿Qué significa que no están?

—Significa que toda la guardia que hay aquí soy yo, también los auxiliares del Mamertino han huido corriendo.

—¿Por qué has traído al prisionero?

—Porque no abandono lo que se me encarga.

—Te había dicho...

—Ya basta, Esceva.

—¿Cómo?

—Ya basta, he dicho. Se me ha hecho un encargo y lo cumpliré, te guste o no. En esta ciudad ya no hay reglas, nuestros superiores han huido, aquí estamos tú, un esclavo, un preso y yo. Si quieres defender este lugar, este es tu ejército, haz que sea eficaz.

—Haré que te tragues tus palabras.

—Si salimos vivos, a lo mejor; si gana Pompeyo, con seguridad, pero si por casualidad gana César, te conviene que esté de tu lado, triunviro.

Los dos se encararon como mastines listos para luchar, hasta que comprendieron que, de momento, sus fuerzas tenían, con renuencia, que unirse.

—¡Entremos!

El portón se abrió y el grupo pasó. Vercingétorix vio a sus pies un suelo que reflejaba la luz de las antorchas. La gigantesca puerta por la que habían entrado se cerró de golpe, dejándolos en un gran vestíbulo, donde una enorme estatua los esperaba, con la cabeza tapada y empuñando una guadaña.

—Tenemos que coger toda la documentación que hay aquí dentro —dijo Esceva—, juntarla al lado del portal y luego bajarla al tesoro.

—¿Al portal?

—Sí, el tesoro no está dentro del templo.

—¿Cómo que... no está dentro del templo?

—El tesoro está debajo del templo, se accede por una puerta que da al sótano del edificio, al final de las escaleras.

—¿Por qué quieres llevarlo todo ahí?

—Es el sitio más seguro: la puerta es más pequeña pero es íntegramente de bronce, hacen falta los arietes del ejército para echarla abajo.

Publio asintió.

—Manos a la obra.

Tardaron un buen rato en reunir los documentos y en depositarlos en la puerta de entrada, y, cuando por fin acabaron, abrieron el portal para transportarlos debajo de la escalinata con cestos. Una vez que el grupo salió a la calle, Vercingétorix, agotado por el enorme esfuerzo, se detuvo para mirar alrededor. La perspectiva desde arriba de la escalinata era completamente distinta, la luz de las antorchas y los gritos que llegaban de las calles de abajo le mostraban una Roma inmensa, que se extendía hasta donde alcanzaba la vista, con sus templos, sus estatuas y sus escalinatas.

—¿Quieres moverte? —le dijo Publio.

Bajaron las escaleras y doblaron a la derecha, y ahí, pegada a la escalinata, había una pequeña puerta por la que se accedía al sótano del templo. Esceva manipuló unas llaves enormes, abrió la puerta, hizo pasar a los demás y luego la cerró. El espacio era mucho más pequeño, pero igualmente cuidado. El suelo brillaba, pero no había columnas ni estatuas.

—Por este lado. El tesoro está en la última habitación del fondo, vosotros os podéis quedar aquí.

—¿Eso qué es?

—La balanza para el pesaje oficial del metal. No la toquéis, ni toquéis tampoco nada de todo esto, aunque hay muy poco, lo demás está guardado y las llaves las tienen los cuestores que han huido.

La luz de la antorcha iluminó una sala que le resultaba familiar, y Publio se acercó a la reja que había en la puerta.

—¿Y estas?

—Enseñas militares.

—¿Qué hacen aquí?

—Las enseñas de las legiones se guardan en Roma en tiempo de paz, precisamente en esta sala. Deberías saberlo.

—Nunca he vivido en tiempo de paz —dijo Sextio, apoyando la frente en la reja para tratar de ver el interior—. Y nunca he visto enseñas semejantes, no todas son enseñas de legiones.

—Son enseñas muy antiguas, son los símbolos de guerra de nuestros antepasados, y creo que también hay enseñas capturadas a los enemigos.

—También hay escudos.

—Sí, escudos de reyes etruscos o *meddix* samnitas. Hay lanzas, gladios, yelmos. Está lo que se ha salvado de los incendios.

Publio sacudió la reja para saber si la puerta estaba abierta.

—En ese rincón hay un montón de enseñas en el suelo.

—Ya te he dicho que la reja está cerrada, es inútil que intentes abrirla, para eso haría falta un ariete.

—¿Por qué hay enseñas en el suelo?

—No lo sé, esas las habrán traído hace poco.

Publio trató de alumbrar ese rincón, apartado de la reja.

Paquio Esceva miró a Vercingétorix con recelo y reticencia.

—Bien, como aquí ya estáis instalados, regreso al templo.

—De acuerdo. Barbato, vete tú también, esta noche me quedo yo con él.

—¿Estás seguro?

Publio miró el rostro cansado y hundido del viejo esclavo.

—Seguro, vete a dormir. Esta noche me quedo para ver qué pasa, a partir de mañana podrá quedarse solo.

—Como quieras, Báculo. ¿Dónde quieres encadenarlo?

—Aquí —respondió Sextio—, delante de las enseñas militares estará muy bien.

Esceva prendió una lucerna mientras los dos le ponían la cadena al prisionero.

—Hay lucernas en las hornacinas de detrás de las puertas, por si hacen falta.

—De acuerdo.

—Hasta mañana.

Las antorchas se alejaron junto con los pasos de los dos. El cerrojo sonó en la oscuridad y después se oyó el ruido seco del portal al cerrarse y de nuevo el eco metálico de la cerradura.

El excenturión y el rey de los galos se quedaron solos, encerrados debajo del suelo del gigantesco templo de Saturno, solo con una lucerna, que proyectaba las sombras de la reja en las paredes.

—He visto miles de veces esas enseñas, Rix —dijo Publio Sextio alumbrando la pila de estandartes—. Son *signa* militares galos.

El prisionero guardó silencio, con las manos asidas a la reja.

—¿Los reconoces, Rix?

—Sí, son los emblemas de Alesia.

Los ojos del feroz enemigo de Roma se achicaron, y pocos instantes después su carcelero apartó la lucerna y la apoyó en el suelo, con lo que ese rincón de la habitación de nuevo se sumió en la oscuridad. Ver a un enemigo derrotado y hundido en el abismo de la miseria había sido siempre la mejor gratificación para Publio Sextio, pero estaba acostumbrado a presenciar eso en los campos de batalla tras una victoria, con sangre y heridas frescas por la lucha. No sabía qué pasaba después con los vencidos, siempre se había enfrentado a guerreros, nunca a prisioneros inermes y sin fuerza.

Se puso en el lugar de su prisionero, observando las enseñas legionarias capturadas por los enemigos y tiradas en el suelo en una sala oscura. No, no era ni siquiera capaz de imaginarse algo así, era infinitamente mejor morir que sufrir semejante humillación.

—¿Has visto lo que hay ahí fuera, Rix?

Vercingétorix no respondió.

—No podías ganar.

De nuevo, silencio.

—No podías conseguirlo, esta ciudad la fundó el dios de la guerra y todos nosotros somos sus hijos, somos hijos de Marte, y después de lo que hicisteis en Cénabo íbamos a llegar hasta donde hiciera falta para ganar, porque, tarde o temprano, íbamos a vencer. Era cuestión de tiempo, Rix, solo de tiempo, si no era este año, habría sido en el que viene o en el siguiente. Podríamos haber seguido en guerra años, décadas si hubiese hecho falta, da lo mismo, y si César hubiese muerto o lo hubiesen destituido, otro en su lugar habría continuado con la guerra. Después de lo ocurrido en Cénabo, Roma tenía que vengarse, no te quepa duda, y debes saber también que, para Roma, Alesia no significa la derrota de Vercingétorix, Alesia significa vengarse de Breno, el senón que vino aquí a saquear la ciudad hace cuatrocientos años. Desde entonces, los hijos de esta ciudad, generación tras generación, han ideado su venganza y Cénabo ha brindado la ocasión para llevarla a cabo.

De nuevo, Rix calló. No escuchaba a su carcelero. Estaba pensando en lo que había ocurrido y en cómo había acabado ahí.

XXVII

Induciomaro

Publio Sextio Báculo entró en la tienda pretoria y saludó a Tito Labieno.

—Comandante, Cingétorix ha llegado con un numeroso grupo de jinetes. Dice que tiene que parlamentar contigo, se trata de un tema de vital importancia.

—Hazlo pasar.

El trévero cruzó la entrada de la tienda de Labieno pocos instantes después, con el aspecto de alguien que lleva días cabalgando.

—Legado.

—Ave, Cingétorix, me han dicho que tienes que referirme algo sumamente importante.

—Sí, he venido corriendo en cuanto he sido informado. He sabido que la noche de Samhain hubo una asamblea en el bosque sagrado de los carnutes, cerca de Cénabo. Una asamblea de los druidas carnutes conforme a las antiguas tradiciones gálicas, con un sacrificio humano ante las enseñas de guerra de los clanes que participaron.

Tito Labieno se olvidó de los papiros y apoyó las manos en el escritorio. El trévero había captado toda su atención.

—La asamblea fue convocada por Induciomaro.

—Ah, tu querido cuñado.

—Sí, mi querido cuñado, que me ha declarado enemigo del pueblo de los tréveros. Se dictó una sentencia durante la asamblea, respaldada por los druidas, que estableció la confiscación de todas mis propiedades y bienes, y he sido condenado a muerte porque soy un colaborador de los romanos.

Publio escuchaba apartado, con los brazos cruzados.

—Senones, carnutes, eburones y atuatucos estuvieron de acuerdo con la sentencia promulgada por Induciomaro, y juraron que cualquiera que me encuentre puede ajusticiarme en el acto.

—Siéntate, Cingétorix.

—Todavía tengo que contarte lo peor, legado —dijo el trévero permaneciendo de pie—. Induciomaro declaró ante la asamblea que había sido llamado por los senones, los carnutes y muchas más tribus galas para formar una coalición y atacar a los romanos. La asamblea armada valía como juramento de todos los clanes presentes para ayudarse mutuamente en los tiempos venideros, y le declararon la guerra a Roma. Empezarán las hostilidades precisamente aquí, Tito Labieno, atacando esta guarnición y enviando tu cabeza al General Único. Tú también has sido condenado a muerte, legado.

El ayudante de César se rascó la barba e hizo una mueca.

—Siéntate y hablemos de nuestra muerte delante de un buen vino, Cingétorix. Puede que no nos salve la vida, pero nos caldeará un poco.

Los dos se sentaron, el trévero tenía el rostro tenso.

—A Induciomaro hay que pararlo de una vez por todas, y yo estoy dispuesto a darte jinetes y hombres para combatirlo. Soy yo quien quiere su cabeza.

—¿De cuántos hombres dispones, Cingétorix?

—Puedo reunir quinientos jinetes, quizá más.

—Es un buen número, pero no suficiente: tu cuñado es un loco, pero muchos lo respaldan.

—Tenemos que implicar al General Único.

—Llegará en su momento para solucionar el tema, eso está fuera de dudas, pero ahora, en pleno invierno, las instrucciones son reducir al mínimo las operaciones de guerra y no arriesgar, sobre todo después de los hechos de Atuatuca.

—Detrás de la masacre de Atuatuca está la mente del cabrón de Induciomaro, fue él quien convenció a Ambiórix de asaltar el fuerte. En toda la Galia circulan rumores de que Induciomaro ha ganado enorme prestigio tras los hechos de Atuatuca. Muchos son los que quieren aliarse con él.

Un esclavo llegó con copas de vino.

—Aunque a lo mejor... podríamos tenderle una trampa, Cingétorix.

—¿Una trampa?

—Sí. Induciomaro sabe que aquí hay una legión, pero ignora que aquí pueden estar tus jinetes.

Cingétorix apuró el vaso antes de mirar a los ojos a Labieno.

—Explícate.

—Induciomaro no debe saber que estás aquí, ni siquiera sospecharlo, no puede enterarse de que has estado aquí. Reúne a todos los hombres que puedas y quédate a media jornada de distancia del fuerte. Yo te diré cuándo has de intervenir, tú convence a todos los combatientes que puedas y procura que sean fiables.

—Lo serán.

—Bien. El fuerte puede resistir largo tiempo a cualquier clase de asedio, pero, de todos modos, desde mañana levantaremos más defensas. Desde mañana todos le tendremos más miedo a Induciomaro.

—Primipilo, no lo entiendo, el suelo está helado y además...

—Calla y trabaja, Vócula; si no, probarás mi vara.

El veterano Tito Vócula movió otro trozo de tierra y la apartó, resoplando.

—Ánimo, cavar, cavar, eso os hará entrar en calor, quiero que lleguéis al Tártaro.

Dos jinetes al galope alcanzaron el foso y se detuvieron delante de Publio.

—Primipilo, una gran formación de hombres viene hacia aquí.

—¿Tréveros?

—Creo que sí, vienen del este, así que supongo que son tréveros.

—Bien, ve a informar al comandante.

El jinete se dirigió hacia la entrada del fuerte.

—¿Qué pasa? ¿Alguien os ha dicho que paréis?

—Pero... están llegando hombres, ¿no cogemos las armas?

—Vócula, a mí me pagan por pensar; en cambio, por luchar o, si no hay enemigo, por cavar os pagan a ti y a tus hombres. Así que, mientras yo pienso, vosotros excavad. ¡Ánimo!

—Estoy a punto de licenciarme, centur...

—¡A trabajar!

Las zapas reanudaron el trabajo y Publio Sextio miró hacia el este, a la espera de la llegada de los tréveros.

—¡Ánimo, puto cabrón! —masculló con rabia, golpeando su vara de madera de vid contra la palma de la mano—. Ven a mí.

Pasó todavía un rato, pero al final, como Publio había previsto, en las torres sonaron las alarmas de los centinelas y poco después las bocinas.

—Primipilo..., las bocinas.

—Las he oído, Vócula, las he oído. ¡Agachad la cabeza y trabajad, tú también, Marciano! —dijo Sextio alejándose del grupo.

—Pero ¿qué hace...? No hay que alejarse, centurión, han sonado las alarmas.

—¡Trabajad!

Los hombres se volvieron hacia el fuerte y vieron que sus compañeros ocupaban sus puestos en las torres, luego siguieron con la mirada a su comandante, que continuaba avanzando en sentido contrario, alejándose cada vez más del perímetro del campamento.

—Ha perdido la cabeza...

Las zapas dejaron de moverse. Los legionarios observaron, desorientados, lo que estaba ocurriendo.

—¿Qué diablos le pasa...? Todos han subido a las torres...

—Lo importante es que no cierren la puerta.

—La puerta todavía está abierta..., nos estarán esperando.

—Y nosotros a esa cabeza de chorlito del centurión.

—Pero ¿dónde...?

—¡Ahí está!

—Llega... corriendo.

Publio Sextio Báculo corría como si llevase la muerte pegada a los hombros.

—¡Vamos, vamos! ¡Al fuerte, todo el mundo dentro!

Los hombres saltaron fuera del foso que estaban construyendo y echaron a correr mientras Publio, que iba detrás de ellos, cruzó el foso de un brinco y enseguida los alcanzó.

—¡Vamos, vamos!

Uno de ellos se volvió y vio que unos jinetes llegaban al galope empuñando lanzas.

—¡Rápido!

Los hombres llegaron a la puerta del fuerte y entraron rápido. La puerta se cerró detrás de ellos, mientras Publio trepaba por la escalera que llevaba a la torre.

—Excelente trabajo, primipilo.

—Gracias, comandante Labieno.

—Ven, el espectáculo está a punto de comenzar.

El centurión se acercó al legado, que durante todo ese tiempo había estado observando desde la torre. Miles de jinetes se habían esparcido alrededor del campamento y empezaban a insultar a los hombres de dentro.

—Empiezan el ataque.

Algunos se acercaron, lanzaron piedras y venablos. Un arquero de la torre tensó su arco.

—¡No! —dijo Labieno—. ¡No disparéis, todos quietos!

Animados por la pasividad de los defensores, los galos se acercaron para arrojar piedras y lanzas. Algunos llegaron hasta el vallado montados en sus caballos, otros acababan en los huecos del suelo y se herían con los palos puntiagudos ocultos en la hierba.

—Ahí está —dijo Tito Labieno señalando a un hombre con yelmo y cimera negros.

—Lo he visto.

—Induciomaro.

—Es él.

Labieno se acarició la barbilla, por fin se había rasurado. Ver al jefe trévero animando a sus hombres lo puso enseguida nervioso. Se dirigió al arquero.

—Mata a alguno.

El hombre le sonrió a su comandante y señaló a un energúmeno que se acercaba a pecho descubierto, indiferente al frío. Fijó el blanco mientras preparaba la flecha. Aguzó la vista y tensó el arco, curvando los labios. En una fracción de segundo la cuerda fustigó el aire y el dardo salió disparado. Un lanzamiento tenso que cayó desde arriba en el pecho del galo, dejándolo clavado en su sitio. Un clamor se elevó de todo el perímetro del fuerte, mientras el hombre se agarraba al palo de la flecha.

Los dos hombres que acudieron en su ayuda fueron a su vez alcanzados por otras flechas, y enseguida desde la empalizada empezó a llover de todo.

—Fin del espectáculo, se retiran.

Induciomaro se quedó quieto en su corcel con la vista fija en el fuerte. Quizá mirando la torre de la puerta. Quizá mirando, precisamente, a Tito Labieno.

—Comandante.

Tito Labieno firmó un despacho y luego elevó la mirada hacia Sextio Báculo.

—¿Han llegado?

—Puntuales como todas las mañanas. Ahora atacarán con la habitual pantomima. Induciomaro se moverá con toda la caballería hasta el campamento para estudiar el terreno, parlamentar y tratar de infundir miedo. Ayer permitimos a sus hombres acercarse tanto que consiguieron lanzar proyectiles dentro de nuestras líneas. Dije a todos los centuriones que mantuvieran a los hombres a cubierto, para que pareciera que estamos asustados.

—Estupendo. ¿Enviaste los mensajeros a Cingétorix?

—Sí, se fueron por la noche y regresarán al anochecer con los jinetes tréveros.

—Bien, es importante que lleguen del oeste y que entren en el fuerte sin que los vean.

—Sí, he dado todas las indicaciones oportunas.

—Mañana por la noche pondremos en práctica nuestra trampa.

Publio Sextio Báculo asintió y luego miró a su comandante.

—Legado..., mañana dame también a mí un caballo.

Labieno arrugó la frente.

—Mañana tienes que salir con tus hombres al ataque.

—Mis hombres lo harán muy bien también con los otros centuriones, todos son excelentes. Ejecutarán mis órdenes aunque yo no esté con ellos. Pero... si me das un caballo, yo te traeré eso que necesitas. Te lo juro por mi honor.

—Puede ser arriesgado.

—Pero merece la pena.

Cingétorix fue el primero que, saliendo de la niebla, apareció ante la puerta decumana del campamento, la norte. Encabezaba a un grupo de seiscientos jinetes tréveros que se habían sumado a su causa, así como a unos jinetes de la zona de los remos, aliados de los romanos que sabían muy bien que si ese fuerte caía, Induciomaro devastaría todas sus tierras.

A todos los jinetes los habían instalado en el lado occidental del campamento y junto a las tiendas de los soldados. Ocupaban buena parte de la vía Decumana y de su intersección con el Cardo máximo.

Cingétorix y los jefes de clan que lo habían acompañado fueron alojados en tiendas y tratados como invitados importantes. Labieno los recibió a la mañana siguiente.

—Os agradezco vuestra presencia. Anoche dormimos apiñados, por lo menos estuvimos abrigados, pero os garantizo que, a partir de hoy, todos estaremos mucho más cómodos y tranquilos.

—¿Cuál es el plan, legado?

—El plan es sumamente sencillo, por eso saldrá bien, Cingétorix. Tan simple que ni siquiera se requieren mapas para explicarlo.

Solo os pido que os pongáis estas capas militares y que me sigáis a una de las torres de la puerta Pretoria.

Los tréveros y los remos se pusieron las capas y siguieron al comandante romano a la torre de la puerta Pretoria, donde encontraron a Publio Sextio observando los movimientos de los enemigos.

—¿Cuál es la situación?

—Hoy nos desprecian de manera especial, comandante. Han llegado temprano, ya han arrojado todo lo que podían tirarnos pero empiezan a estar escasos de venablos. Así que insultan, nos provocan y lanzan piedras sin parar. Parece que están construyendo una máquina de asedio. De vez en cuando, algún valiente se acerca y consigue disparar una piedra dentro del campamento.

—¿Hemos respondido al lanzamiento?

—No, he cumplido las órdenes.

—Muy bien. ¿Induciomaro?

Publio Sextio se volvió y señaló un grupo de jinetes que avanzaba al trote. Entre ellos había uno con un yelmo centelleante.

—Ahí está —dijo Cingétorix.

—Muy bien, señores, el plan es el siguiente. Lo que estáis viendo es lo que pasa todos los días desde hace una semana. Sin duda, Induciomaro sigue esperando refuerzos y no quiere aventurarse a un asedio propiamente dicho, se limita a mostrarse y a enviar a algún valiente al pie de la empalizada. Al anochecer, sus hombres, después de sus fanfarronadas, regresan con rapidez a su campamento, situado a unas tres millas de aquí, hacia el este. Esta noche, en cuanto los enemigos den marcha atrás, reduciendo así sus defensas, saldréis al galope tanto de la puerta Pretoria como de la Sinistra.

Labieno dio la espalda a los enemigos y señaló las dos puertas.

—Objetivo número uno: poner en fuga a la caballería de Induciomaro, cosa que, dada la sorpresa, ocurrirá enseguida. No saben que estáis aquí y no cuentan con ver salir a un millar de jinetes de un campamento de infantería romana, de manera que lo primero que harán, al ver que ese montón de jinetes los atacan, será escapar.

El comandante se volvió y puso la mano en el parapeto.

—En cuanto hayáis cruzado las puertas, mandaré salir de inmediato a la legión y que se despliegue como si a su vez quisiese atacar a los tréveros. Solo es una maniobra diversiva para distraerlos y permitiros alcanzar vuestro objetivo número dos, que además es el principal propósito del día, la razón por la que todos vosotros estáis aquí. Quiero que os dirijáis con vuestros caballos hacia Induciomaro.

Labieno se volvió de nuevo hacia los jefes de clan.

—No regresaréis hasta que no lo hayáis matado.

Los fue mirando de uno en uno hasta que llegó a Cingétorix.

—Te toca a ti lograr que se pase a nuestro lado el mayor número posible de sus hombres tras su muerte.

Los jinetes asintieron.

—Publio Sextio Báculo saldrá de la puerta Petroria e irá directamente hacia Induciomaro con un grupo de jinetes elegidos. Luego, en cuanto haya puesto en fuga su caballería, buscad el yelmo crestado de Báculo, os conducirá donde Induciomaro.

Publio esbozó una sonrisa complacida.

Los legionarios desfilaron hasta el *intervallum*, donde formaron por centurias. Publio Sextio Báculo miraba la vía Pretoria despejada delante de él, que conducía directamente a la puerta del fuerte. De vez en cuando levantaba la vista hacia las torres para esperar la señal de partida. Estaba ahí desde hacía rato, junto con los demás, y la espera ya era exasperante. Todos querían entrar en acción y lanzar los caballos al galope.

Por fin, Labieno se asomó desde la torre cuando la luz empezó a disminuir. Primero dio órdenes a los hombres de las máquinas de lanzamiento y después al comandante de la guardia.

—¡Listos!

La puerta del campamento se abrió.

—¡Adelante!

Los caballos se movieron y cruzaron la puerta Pretoria levantando tierra, en el preciso instante en que las máquinas de lanzamiento y los arqueros empezaban a disparar contra los enemigos.

—¡A la carga!

El suelo vibró al paso de los caballos, que se abrieron en abanico ante la mirada pasmada de los tréveros, que se replegaban en desorden bajo la lluvia de flechas. Enseguida los enemigos se dieron a la fuga hacia todos lados.

—¡Buscad a Induciomaro!

La caballería enemiga fue alcanzada y puesta en fuga en medio del pánico general, mientras en el fuerte las trompetas anunciaban la salida de los legionarios.

—¡Ahí, es él!

Publio Sextio Báculo espoleó con un gruñido a su caballo hacia el objetivo del día. Induciomaro llamó a sus hombres para exhortarlos a hacer frente al enemigo, pero lo hizo tras perder instantes muy valiosos mirando perplejo la infinidad de jinetes que habían salido de las puertas del campamento romano. ¿Dónde se habían metido todos esos jinetes? ¿Cómo podían caber en ese campamento? Preguntas que le hicieron perder al jefe de los tréveros unos instantes preciosos que quizá le habrían permitido salvarse en los bosques. Quizá, porque esa salida no pretendía derrotar a los tréveros. Esa salida de miles de hombres era entera para él, algo de lo que empezó a darse cuenta cuando vio converger a los jinetes enemigos hacia su posición. Inmediatamente, el noble trévero corrió hacia los suyos, a los que se sumó parte de su caballería dispersa. Se giró para ver cuál era la situación, y entonces confirmó que era la presa de esos jinetes, que lo acechaban cual manada de lobos hambrientos. Labieno lo había sabido engañar y en esos instantes, mientras espoleaba su caballo esperando que no se le desplomase bajo la silla, se maldijo por el tiempo que había perdido esos días en las inmediaciones del fuerte romano.

Uno de los caballos que lo precedían cayó, arrastrando consigo a su jinete. Induciomaro lo esquivó y siguió adelante, dejando atrás relinchos y gritos. Trató de girar para calcular su ventaja, pero las sacudidas de la galopada y el yelmo que le caía sobre los ojos no lo dejaban ver bien. Quizá la única posibilidad de recuperar terreno era la de dispersar a sus hombres y buscar la salvación en la confusión.

—¡Dispersaos! —gritó volviéndose de un lado a otro—. ¡Dispersaos!

Induciomaro se desató el yelmo y lo tiró, dejando que lo pisotearan las miles de pezuñas que venían detrás de él.

—¡Abríos, maldición!

Publio Sextio Báculo cabalgaba rabioso, ya estaba muy cerca de los enemigos. Sacó una lanza del carcaj y trató de acercarse lo más posible a uno de ellos. Lo consiguió y dio en el cuarto trasero del caballo, que relinchó y aminoró su carrera. Publio lo adelantó, dejando que los demás se encargaran de eliminar al trévero, y fue tras su segunda víctima.

Era un jinete imponente que iba en un caballo ya exhausto. Esta vez el blanco fue el costado del guerrero, que enseguida se desequilibró y soltó las riendas, haciendo que el caballo se cayese y lo tirase a él.

—¡Adelante!

De golpe, todos los jinetes que iban delante de él aminoraron el ritmo para bajar a la escarpada orilla del lecho de un río y cruzar al otro lado. Se encontraban ya muy cerca unos de otros, y, si los tréveros no estaban locos, pronto debían parar para luchar. Uno de ellos desenvainó la espada y se volvió hacia Publio, justo cuando la lanza del romano le entraba en el costado. El galo gritó y se cayó del caballo, acabando entre las patas de los que llegaban al galope.

—¡Converged! ¡Converged! —gritó con todas sus fuerzas Publio Sextio, tratando de salir del zafarrancho para dar alcance a Induciomaro. Buscó su yelmo con la cimera pero ya no lo veía, también su capa parecía desaparecida. Azuzó el caballo y avanzó pasando al lado de los enemigos, seguido por un puñado de hombres y de Cingétorix, que quería a toda costa alcanzar al odiado rival.

—¡Ahí!

Induciomaro se había desprendido del yelmo y de la capa, pero no podía desprenderse de su estatura, de la larga cabellera gris y de su caballo jaspeado. Asaltado por una sensación de omnipotencia, el primipilo espoleó a su montura y se incrustó entre los enemigos, que esta vez esperaban el ataque. Un trévero lo afrontó rugiendo, Publio cogió su última lanza y con un gruñido se la arrojó al enemigo, cuyo pecho traspasó.

—¡Induciomaro! —gritó Báculo—. ¡Lucha, cobarde!

Cingétorix y algunos de sus hombres adelantaron como un torbellino al romano y se lanzaron al río entre salpicaduras de agua, en una furibunda lucha. Publio paró un violento mandoble y respondió con los dientes apretados, luego comprendió que los enemigos estaban emprendiendo la retirada para tratar de huir por la orilla opuesta. Tiró al suelo a un jinete y con la espada le abrió la cara a otro, buscando su valioso trofeo. Caballos y hombres estaban extenuados, los movimientos eran lentos, se habían quedado sin resuello, a las manos les costaba sujetar las bridas, los escudos y las espadas, y las piernas ya no podían apretar las ijadas de los caballos.

—¿Dónde estás, maldito?

Espoleó al caballo y salió del agua para subir a la otra orilla, y por fin vio a su presa. Induciomaro estaba a pocos pasos de él, si hubiese tenido una lanza lo habría despachado enseguida, pero Publio no tenía lanza ni le quedaba aliento. Jadeaba como su caballo, que ya se movía a duras penas. Con un esfuerzo rabioso, Publio Sextio logró dar alcance al jefe trévero y le pegó un mandoble, que un escudo surgido de la nada paró. Uno de los escuderos de Induciomaro le negó al primipilo su momento de gloria, e inmediatamente después de haberle parado el golpe se le echó encima. El caballo del romano se encabritó y desarzonó a su jinete, que cayó en medio de la pelea entre tréveros, remos y romanos, que luchaban por la vida y la muerte de Induciomaro.

Publio dejó el escudo y trató de levantarse rápido, pero recibió una patada en plena cara del escudero, que enseguida se dispuso a atravesarlo con la lanza. Tambaleándose, el centurión esquivó el golpe, agarró el palo de la lanza y desarzonó al jinete, quien, antes de que pudiera levantarse, fue atravesado por su propia arma.

Publio había perdido el escudo y la espada y trató de usar aquella lanza para herir a Induciomaro en la pelea. La arrojó con violencia pero solo rozó al trévero, que se dio cuenta de la proximidad del romano.

—¡Matad a ese cabrón! —les gritó Induciomaro a sus hombres.

Un mandoble dio en el yelmo de Publio, rompiéndole el crestón. Báculo extrajo su puñal y atravesó la pierna y el costado del jinete, luego corrió hacia el caballo de Induciomaro, se agarró a las riendas para sujetarlo y aquel retrocedió, arrastrándolo consigo.

—¡Lucha, cobarde!

Atizó una puñalada al cuello del animal, del que brotó un violento chorro de sangre, que manchó el rostro de Publio. Otra cuchillada, y otra más, hasta que el jefe de los tréveros le dio un mandoble con el que lo desarmó. La hoja se hundió en su hombro y Báculo gritó de rabia y dolor, luego el caballo asustado se encabritó y le pisó en la sien.

Todo se volvió negro y hondo.

Los ruidos desaparecieron; solo quedó su respiración.

Un jadeo interminable.

XXVIII

La noche de los recuerdos

—No sentía ningún dolor, no conseguía mover ni un músculo, tampoco podía abrir los ojos. Oía voces lejanas y tenía una sensación de vértigo. Mi cuerpo pesaba mucho y no entendía dónde estaba ni qué había pasado. Después me sentí aliviado, mis hombres habían improvisado una camilla con una manta, sobre la que me echaron. Mi cabeza se venció hacia un lado, parpadeé y en el centro de un remolino de imágenes confusas vi, a un paso de mí, el rostro ensangrentado de Induciomaro, mirándome con los ojos muy abiertos y la boca entornada. Una mano lo agarró del pelo, cogió la cabeza y se la llevó. El resto de su cuerpo se quedó a mi lado.

»Después me dijeron que fueron los hombres de Cingétorix quienes mataron a Induciomaro, y que fue su cuñado quien le llevó su cabeza a Labieno, abandonando el resto del cuerpo a los lobos. Exaltados por su muerte, los jinetes de Cingétorix y los remos volvieron a montar a caballo y emprendieron una cacería de los fugitivos, con los que hicieron una matanza.

»Esa noche, mientras yo estaba tumbado inconsciente en mi barracón, bajo los cuidados del médico personal de Labieno, los hombres hicieron un festín con la carne del caballo de Induciomaro.

Publio regresó al presente, echado en el suelo del subterráneo del templo de Saturno. Esbozó una sonrisa y después meneó la cabeza.

—Estaba destrozado, Rix, con la cabeza hinchadísima por el golpe que me habían dado. Y tenía la cara morada, un brazo partido hasta el hueso y, lo peor de todo, las costillas rotas. En fin, que mi vida pendía de un hilo. —Publio Sextio desapareció un momento tras la llama de la lucerna—. Pero ni el Tártaro me quería. Estuve en cama buena parte de la campaña siguiente, y no depender de mí mismo era peor que estar muerto. A partir de ese momento, mi vida la decidieron fuerzas que yo no controlaba.

Los dos se miraron a la débil luz de la lucerna.

—La vida está hecha de múltiples circunstancias —dijo Vercingétorix—, mucho más que de decisiones de uno. Es un conglomerado espantoso de hechos absurdos y casuales, no hacemos siempre lo que queremos, pero sí somos los responsables. Creo que todo esto es un plan de los dioses.

—¿De modo que el lugar en el que estás ahora lo han fijado en un mapa tus dioses?

La mirada de Rix se perdió en el montón de enseñas que había en el suelo.

—Desde que murió mi padre, siempre pensé que construiría mi vida para vengarlo y para reemplazarlo. Todo cuanto ocurría a mi alrededor cuando era niño lo veía como fruto de mi voluntad tozuda y obstinada. Cuando pensé unirme al General Único, sentía en mi interior que construía el camino que me llevaría adonde quería llegar. Pero las cosas no dependían solamente de mí, cosa de la que me doy cuenta ahora. En el camino que construía me crucé con Dumnórix, Coto, Acón, Induciomaro, Britania, los druidas de Cénabo. De repente, ese ya no era mi camino, sino la combinación de muchos caminos de otras personas que se habían cruzado con el mío. Ni siquiera recuerdo dónde cambié de rumbo y dónde podría haber vuelto hacia atrás. No sé si de no haberme cruzado con ellos mi vida habría sido diferente, pero me resulta difícil creer que pueda haber un sitio peor que aquel en el que estoy ahora, así que siento añoranza. A lo mejor podría haber hecho algo mejor y no lo hice.

—Somos humanos, no dioses. No somos perfectos, y no podemos prever con certeza las consecuencias de nuestras decisiones. Podemos imaginar, podemos intuir, pero solo podemos nadar en un mar tempestuoso, que nos obliga cada día a elegir entre la vida y la muerte.

—De todos modos, tú tienes razón.

—¿En qué?

—Habría sido mejor morir en Alesia.

—¿Por qué no lo hiciste?

Silencio.

—¿Por qué no lo hiciste?

—Cuando comprendimos que nos habían vencido, reuní a los jefes de clan y les dije que había emprendido esa guerra por la libertad de todos, y no por intereses personales. En ese momento teníamos que aceptar el destino adverso, César había ganado y, en mi opinión, si no queríamos morir todos, no había otra salida que la de rendirse, pues de esa manera a lo mejor alguien podía sobrevivir. Les dije que podían renegar de mí y pasarse al lado de los romanos, que podían matarme, o pedirme que me matara yo mismo y llevar mi cadáver al campamento enemigo, o bien entregarme a César, que aceptaría cualquier decisión que tomaran.

Esta vez fue Publio quien guardó silencio.

—Decidieron entregarme.

El chisporroteo de la lámpara de aceite fue el único ruido que se oyó durante larguísimos instantes.

—¿Y qué piensas de su decisión, Rix?

El arverno meneó la cabeza.

—Buscaron la salvación.

—¿A cambio de abandonar a su jefe?

La mirada de Rix bajó al suelo.

—¿Qué clase de hombres son? ¿Mejor dicho, vosotros, todos vosotros, qué clase de hombres sois? ¿Entregar al propio jefe a los enemigos esperando obtener el perdón para sí mismos? ¿Te das cuenta? Es como si yo te entregase a Cayo Julio César para salvar mi vida. Pero ¿cómo podría conciliar el sueño el resto de mi vida?

—Yo...

—Yo dejo que me maten, pero a mi comandante no se lo entrego a los enemigos ni aunque lo deteste con todas mis fuerzas, porque tengo algo en común con él: el enemigo, y frente al adversario estamos unidos.

—¡Yo no soy como ellos! —rugió Vercingétorix.

Publio vio las lágrimas brillar a la luz de la lucerna.

—Lo que me pidieron que hiciera era peor que morir. La muerte me habría arrancado de aquí y su abandono tendría que haberlo sentido unos instantes; sin embargo, lo llevo metido aquí dentro y duele más de lo que sufro sepultado en vida en ese agujero asqueroso, porque su decisión me carcome cada día.

Las lágrimas le surcaron las mejillas hasta mojarle la barba.

—Ni mi enemigo me dio satisfacción. Si me hubiese hecho fustigar y decapitar delante de mis arvernos, a lo mejor se habrían arrepentido, habrían sufrido por mí, me habrían llorado, habrían hablado de mí. Y, en cambio, hasta mi enemigo me ha abandonado, me ha tirado aquí... contigo, con otro al que han abandonado.

—¿Qué dices? No... a mí nadie me ha abandonado.

—Anda, ¿te has visto, Báculo? Te pasas las noches emborrachándote como un paria, estás aquí gracias a Labieno, y Labieno está ahora del lado de Pompeyo. Todo el mundo ha huido, tus grandes jefes romanos, nadie sabe quién eres ni qué estás haciendo. Estás vigilando al enemigo de César, que es enemigo de Roma. No eres nadie, Báculo.

El romano se puso de pie.

—Ten cuidado con lo que dices, jodido cabrón.

—Porque, ¿qué harías?

Publio pegó un salto y afrontó a Vercingétorix.

—¡Te mato, bárbaro de mierda!

—Sí, venga, mátame.

Publio le atizó un violento puñetazo en la cara y Rix se lo devolvió con otro también muy fuerte. El romano se llevó la mano a la nariz y vio que sangraba.

—¡Yo te mato!

Otra vez se enzarzaron a golpes pero Rix se llevó la peor parte, ya no era el animal que había llegado al Tuliano, sino solo su sombra. Báculo lo agarró del cuello y le estrelló varias veces la cabeza contra la reja de hierro de la sala de las enseñas. El excenturión le pegó en la cara en repetidas ocasiones, hasta que el rey de los arvernos se deslizó por la reja y cayó al suelo.

—¡Yo te mato!

Cayó encima de él y empezó a estrangularlo, mientras el otro lo miraba con ojos brillantes, y esa mirada dejó sin fuerzas las manos de Publio, que jadeaba y ya no apretaba.

—Yo te mato..., juro que te mato.

Pero ya no lo tenía sujeto. Se echó hacia un lado, agarrándose la mano dolorida, junto al preso que trataba de respirar.

—Acaba conmigo, Báculo.

Jadeos.

—¡Casi lo habías conseguido, acaba conmigo, Báculo!

La lámpara de aceite lanzó un último destello antes de apagarse. El chisporroteo cesó junto con la luz. Se quedaron a oscuras, en el suelo, uno al lado del otro. Los dos abandonados por todos y sin nada, aparte del dolor.

—Te mataré cuando me manden hacerlo —dijo Publio, con la mano apretada al pecho, que le pegaba pinchazos de dolor—. De momento, por desgracia, tengo órdenes de mantenerte con vida.

Rix se pasó la mano sucia por el rostro ensangrentado. Sorbió por la nariz. Volvió lentamente a respirar y buscó con la mano los barrotes de la reja de la sala de las enseñas. Haciendo un esfuerzo se sentó, buscó a tientas la manta y se la colocó en los hombros. Se la pasó por la cara para secarse la sangre y las lágrimas.

—Tú quieres odiarme, Báculo, pero no lo consigues.

También el romano buscó un rincón en la oscuridad. Se agazapó y se envolvió en la manta.

—Te equivocas, es al revés, trato de no odiarte pero no lo consigo.

—¿Qué te he hecho?

—Me lo has quitado todo.

Rix se volvió hacia la voz; no lo veía, pero intuía dónde estaba el centurión.

—No sé de qué hablas.

Publio sorbió por la nariz y se abandonó contra la pared.

XXIX

Último de diez mil

Muerto Induciomaro, los tréveros otorgaron el mando a unos miembros de su familia, que no cesaron de incitar a las poblaciones germánicas vecinas con la promesa de dinero, y muchas de ellas se unieron a su causa. A estas gentes estaban a punto de unirse también los senones y los carnutes, que se habían librado de los jefes que les había impuesto César, aquellos expulsando a Cavarino y estos matando a Tasgecio. El procónsul reunió enseguida las cuatro legiones más próximas y marchó contra los senones antes de que estos tuviesen la posibilidad de juntarse o de huir, o los obligó a rendirse y a entregar rehenes. Entre estos figuraba Acón, que de momento se libró de la investigación sobre Cavarino porque lo que primero quería César era ajustarles las cuentas a los eburones y enseñarle a toda la Galia la cabeza de Ambiórix.

Cinco legiones partieron en busca del rey de los eburones, y para ser aún más rápidos César mandó el bagaje de todo el ejército estacionado en la Galia a la guarnición donde Publio Sextio Báculo había reanudado su servicio tras su larga convalecencia.

Fue precisamente en su primer turno de guardia cuando vio llegar al campamento a un grupo de exploradores al galope.

—Un gran contingente de tréveros, primipilo.

—¿Cuántos hombres?

—Varios miles. He vuelto en cuanto vi la columna, pero seguían llegando más.

—¿Dónde están?

El correo se apeó del caballo y señaló la puerta Pretoria.

—Se los ha visto a dos días de marcha de aquí, al otro lado del río Semois.

—Ese río no va a detenerlos. Complicará el cruce a causa de las orillas escarpadas, pero no los detendrá.

—Por lo que he visto, no parece que lo quieran cruzar. Han parado y han empezado a derribar árboles.

—¿Cuántos vigiláis la zona?

—Somos diez exploradores.

—A partir de este momento se triplican los enlaces. Avisa enseguida a tu centurión y manda salir inmediatamente a tu reemplazo. Quiero una comunicación ininterrumpida entre ese río y el campamento.

—A tus órdenes.

El explorador se encaminó hacia los barracones de la caballería, Publio, como siempre, fue hacia el *Principia*, el edificio donde se encontraba el cuartel general de Labieno.

—Comandante.

—Ya me he dado cuenta de que no son buenas noticias, Báculo.

—Un enorme contingente de tréveros. Se los ha visto al otro lado del Semois, a dos días de marcha del campamento.

—Malditos sean. Es la tercera vez que lo intentan. La primera, inmediatamente después de Atuatuca, cuando huyeron al ver llegar a César; la segunda, con las evoluciones hípicas del gilipollas de Induciomaro, y ahora.

—Cingétorix está haciendo un buen trabajo entre la población, pero todavía hay demasiados delincuentes relacionados con la familia de Induciomaro.

Labieno meneó la cabeza, nervioso.

—Ya está bien, contamos con tres legiones y creo que esta vez podremos aniquilar definitivamente a toda la gente de Induciomaro, quiero ver muertos incluso a sus parientes más lejanos. Llama de nuevo a Cingétorix, lo necesitamos.

—A tus órdenes.

Cingétorix se sirvió y apuró de un trago la copa, después miró a Labieno.

—Están esperando a los germanos.

—¿Germanos?

—Sí, suevos, a lo mejor.

La expresión de Labieno cambió de repente.

—¿Cuándo llegarán?

—Eso no lo sé, sé que los están esperando, por eso se mantienen lejos, al otro lado del río.

El legado desenrolló un mapa y lo miró. Cingétorix puso un dedo sobre el río.

—Están aquí.

Labieno comenzó a frotarse la barbilla con los dedos mientras observaba el mapa, como si quisiese entrar en él.

—Primipilo.

Publio dio un paso al frente.

—Comandante.

—Dejemos cinco cohortes vigilando el campamento y el bagaje...

Publio Sextio arrugó la frente.

—... mientras que todas las demás tropas han de estar listas para partir mañana por la mañana. Si los tréveros no quieren acercarse es porque nos temen, así que nos acercaremos nosotros.

Cingétorix bebió otra copa.

—Alejarse del campamento es arriesgado. ¿No habría que esperar a César?

—No, podría llegar después que los germanos y el problema sería peor, el tiempo juega a su favor, ya que están aguardando refuerzos. Cuanto antes nos movamos, menos enemigos tendremos delante. —También Labieno se llenó la copa—. ¿Quién te ha contado lo de los germanos?

—Tengo hombres infiltrados.

El segundo de César apuró su copa y luego chasqueó la lengua.

—A saber cuántos de sus hombres estarán infiltrados entre los tuyos, Cingétorix.

El siervo ayudó a Publio a quitarse la coraza.

—¿Necesitas algo más?

—No, gracias, puedes irte.

Cuando el borde de la tienda se cerró y Publio Sextio se quedó solo, se sentó lentamente en su catre tocándose las costillas, luego se tumbó exhausto, con una mueca de dolor. Había marchado durante casi dos días, catorce infinitas millas con el peso de la armadura y el armamento, y estaba rendido. Más de una vez había sentido que se desmoronaba y sudado frío, pero había continuado. Esa noche se dio cuenta de que aún no se había recuperado de las heridas por el enfrentamiento con Induciomaro, pero eso jamás, ni muerto, se lo confesaría a Labieno. Además del dolor en las costillas, tenía un dolor en la espalda que le paralizaba una pierna y le impedía andar.

Tras aquella marcha de aproximación, acamparon a una milla de los tréveros, en una buena posición, y desde ahí, en la oscuridad de la noche, podían verse las hogueras del acuartelamiento enemigo. Los dos ejércitos mostraban sus fuerzas desde lejos sin tomar iniciativas, el río que corría en tierra de nadie garantizaba, por ahora, sueños tranquilos.

—Primipilo.

Publio abrió los ojos.

—El comandante quiere verte.

—¿Ahora?

—Ahora. Ha convocado a todos los comandantes y centuriones de los primeros órdenes.

Disimulando el dolor, Publio se levantó, se puso el cinturón, la capa, salió y siguió al centinela que había ido a llamarlo. Llegó a la tienda pretoria, donde encontró a los comandantes de las otras legiones y a los centuriones de los primeros órdenes fuera de la tienda. Publio cruzó algún gesto de saludo con los demás, miró entonces alrededor, dubitativo. Una reunión en plena noche que, en vez de ser secreta, se hacía a la vista de todos.

—Señores, los germanos están cerca —empezó Labieno en voz

alta para que todos lo oyeran—. Y no tengo la menor intención de comprometer mi suerte y la de todo el ejército. Os recuerdo que en nuestra mano no está solo el destino de tres legiones, sino también el de todo el bagaje del ejército estacionado en la Galia. En el campamento guardamos el dinero de las pagas y los ahorros de toda nuestra vida y de nuestros soldados.

De nuevo, Publio miró de un lado a otro. Varios soldados escuchaban entre las tiendas.

—Esperaba que estos días los tréveros fueran imprudentes, y confiaba en que se presentara alguna oportunidad de luchar desde una posición favorable, pero sin duda los he infravalorado y cada hora se hace más peligroso permanecer aquí. De modo que mañana, al rayar el alba, abandonaremos este lugar y regresaremos al fuerte, donde podremos resistir largamente aunque los germanos se unan a los tréveros.

Los centuriones se cruzaron miradas estupefactas y los legionarios que escuchaban en la oscuridad corrieron la voz de tienda en tienda.

—Pido a los tribunos y a los centuriones de los primeros órdenes que pasen conmigo a la tienda pretoria para organizar el desmantelamiento del campamento.

Publio entró en la tienda del comandante, que mandó que se instalaran guardias en la entrada y bajó mucho el tono de voz.

—He querido convocaros a una hora adecuada para que los hombres pudieran descansar un poco. En este momento mis palabras estarán corriendo de boca en boca y dentro de poco todos habrán despertado. Estoy seguro de que el rumor también se extenderá fuera del campamento. No me cabe duda de que, así como nosotros conocemos la llegada de los germanos, también los tréveros saben lo que pasa aquí dentro, y de que en breve mis palabras cruzarán a la otra orilla del río. Os pido que las remarquéis, prended hogueras y montad jaleo. Hemos de dar la impresión de que estamos espantados y de que tenemos mucha prisa por abandonar el campamento. Esta marcha improvisada ha de parecer una huida..., una huida desesperada.

Los hombres que estaban ante Labieno asintieron, alumbrados por las antorchas, circundados por sus gigantescas sombras, que temblaban en las paredes de la tienda.

—Mañana, y solo mañana, en el momento de la partida, diremos a los hombres que se trata de una trampa y, si los tréveros pican y cruzan el río, retrocederemos y los atacaremos, y esta vez los derrotaremos definitivamente.

Los hombres esbozaron una sonrisa satisfecha.

—Ahora marchaos, fingiré que en vuestras miradas no he notado que me tomáis por loco.

Los comandantes se despidieron y se volvieron para salir.

—Sextio Báculo.

—Comandante.

—Quiero que tú seas el último en salir. Dirigirás la retaguardia, que se convertirá en la vanguardia cuando yo dé media vuelta.

—A tus órdenes.

—Sé que eres el mejor para esta tarea y sé que esperas tu desquite.

—Te lo agradezco, comandante. No te decepcionaré.

—Lo sé, por eso te he elegido.

Publio se despidió de su comandante y salió de la tienda, sin mencionar los dolores en la pierna y la cadera ni dejar que se notara nada al caminar. Iba a ordenarle a su cuerpo que ignorara el dolor y su cuerpo le haría caso, como había hecho siempre.

—¡Rápido, rápido con esas tiendas! —gritó Báculo con todas sus fuerzas ante la mirada atónita de sus hombres. Lanzó alguna orden aquí y allá y luego se encaminó hacia el terraplén, acompañado por las punzadas de dolor.

—Buenos días, comandante.

Labieno escrutaba el campamento enemigo en la neblina del alba.

—Buenos días, Báculo, anoche montamos un buen jaleo.

—Hice lo posible. ¿Cuál es la situación?

—Creo que los tuvimos despiertos toda la noche. Las hogueras están encendidas y parece que hay movimiento.

—¿Picarán?

—Pronto lo sabremos. Esperaré a que haya luz para mandar salir a la primera legión, de manera que la vean alejarse. Si creen que es una presa fácil, tratarán de cruzar el río para atacar la retaguardia. Esperarán a que la mayor parte de los hombres haya salido. Tardarán tiempo en llegar al río y todavía más en cruzarlo. —Labieno se volvió hacia su centurión—. Así que no tienes que apresurarte en dar la señal de retroceso. Me habría gustado quedarme con la retaguardia, pero es preciso que todos me vean partir. Me quedaré al otro lado de esa colina, detendré a los hombres y les explicaré todo el plan.

—A tus órdenes.

—Bien —dijo el legado—. Mandemos quitar la empalizada, de manera que vean bien que estamos desmontando el campamento.

—Ahora mismo.

—Báculo...

—Dime, legado.

—Mantente firme. Volveremos enseguida para prestar ayuda.

—Labieno, eres un maldito genio —refunfuñó Publio para sí desde el terraplén cuando vio llegar a los tréveros—. Hombres —gritó dando alcance a los suyos—. Si creíais que los tréveros tendrían que haber estado locos para cruzar el río y subir hasta aquí y llegar derrengados a la batalla, estabais equivocados. Todo eso era un plan urdido para que los enemigos tuvieran que salir de su campamento seguro y protegido por el río, un plan tan disparatado que no lo creía factible, y en cambio..., en cambio ahí están. ¡Ahí vienen! Ya llegan para que los matemos como a un hatajo de idiotas, así que matemos a todos los que podamos porque dentro de muy poco nuestro comandante ordenará a nuestras legiones que den media vuelta y las lanzará contra ellos.

Los hombres gritaron alborozados y Publio señaló el río.

—¡Quiero verlo rojo de sangre! ¿Me lo vais a llenar de sangre?

—¡Sí, centurión!

—¡Quiero que César sepa qué han sabido hacer los hombres de mis cohortes! ¡Quiero que Labieno solo encuentre muertos cuando llegue con las otras legiones!

Los hombres blandieron sus lanzas.

—¡Guíanos, centurión!

—¡Ánimo, en columna! Como si tuviésemos que huir de ellos, como si les tuviésemos miedo. Nos verán salir del fuerte y desaparecer al otro lado de la cumbre de la colina, pero, en cuanto hayamos desaparecido de su vista, daremos media vuelta e iremos hacia ellos.

Las cohortes de Publio salieron de lo que quedaba del campamento, mientras los enemigos trajinaban gritando en las aguas del río. El primipilo era el último hombre de dos legiones y cinco cohortes en dejar el campamento. El último de diez mil. Detrás de él, solo el dolor en su pierna y miles de enemigos que lo querían muerto.

Los primeros tréveros salieron del agua y empezaron a subir la colina, justo cuando las enseñas de los legionarios desaparecían detrás de la cumbre.

—¡Primera cohorte, media vuelta!

Los hombres cumplieron inmediatamente la orden.

—¡Ordenaos por manípulos, extendeos!

La columna que estaba delante de Publio se abrió como los dedos de una mano, mientras a lo lejos la caballería de Labieno llegaba a rienda suelta, por delante de una columna de yelmos brillantes que volvían a paso rápido hacia la colina.

—¡Abrid las filas! ¡Extendeos!

Una mueca de dolor en la pierna, durante un momento el primipilo se tambaleó.

—¡Enseñas en alto!

Publio Sextio miró a sus hombres.

—¡Adelante!

Los jinetes y los soldados de infantería tréveros estaban a mitad de la subida cuando vieron reaparecer las enseñas en lo alto de la colina.

—¡Listos para el lanzamiento!

Cuando los galos se dieron cuenta de lo que pasaba, empezaron a aminorar la carrera de sus caballos hasta frenarlos. Publio permaneció inmóvil, con la mano levantada, listo para dar la orden de lanzamiento de los venablos en cuanto los tréveros se hallasen a la distancia adecuada.

—Maldición, retroceden...

La sorpresa paralizó enseguida el ímpetu de los enemigos, puede que Publio hubiera adelantado algo la media vuelta.

—¡Adelante! —gritó a sus hombres—. ¡Corred hasta tenerlos a tiro!

Los manípulos avanzaron con un rugido y los galos dieron media vuelta para alejarse del enemigo.

Rabioso, Publio corrió más rápido que sus hombres y tras cada zancada le parecía sentir que la punta de un *pilum* se le clavaba en el muslo y en la cadera. Corrió aún más rápido para que se acabara ese tiempo interminable que lo separaba de los enemigos, y cuando por fin cubrió la distancia, gritó la orden de lanzar los *pila* y después cayó al suelo, extenuado.

Sus hombres lo rodearon enseguida para protegerlo y lo ayudaron a incorporarse. Con el rostro pálido y empapado de sudor, Publio apartó a sus hombres y desenvainó el gladio, mirando el suelo diseminado de venablos y de enemigos agonizantes.

—¡Adelante! —gritó—. Antes de que lleguen al río.

Echó a correr de nuevo y el dolor volvió, pero parecía diferente, ya no eran las punzadas de antes, sino como si la pierna se negase a cumplir las órdenes del cerebro.

—¡Mantened la alineación!

El choque con los enemigos y luego la estampida, que fue una matanza feroz, con los romanos alineados y compactos avanzando contra los tréveros que trataban de huir a la desesperada. La caballería de Labieno llegó por los flancos del enemigo en ese momento, y el cielo se llenó de gritos.

Asediados por tres lados, los galos intentaron huir por el río, que en ese momento resultó ser tan despiadado como los legionarios. Publio seguía atizando con rabia, pero por cada enemigo al que mataba el dolor en su pierna aumentaba.

—¡Mantened la alineación!

Desde la otra orilla, los hombres que todavía no habían cruzado el río empezaron a arrojar contra los manípulos lanzas, flechas y piedras.

—¡En línea!

Publio Sextio se cubrió con su escudo y notó el golpe de una piedra. Luego una flecha, dos, tres. Se volvió hacia sus hombres.

—¡Estamos a tiro, levantad los escudos! ¡Seguid avanzando, que no se alejen más!

Cuando volvió a mirar hacia delante, un tremendo pinchazo le atravesó todo el cuerpo. Rabioso, el primipilo miró la flecha que había llegado del cielo y le había entrado justo en la pierna que lo ayudaba a mantenerse en pie. Publio flaqueó entonces y cayó de rodillas en medio de la trifulca, entre empujones y golpes de escudos.

—¡El primipilo está herido!

El gladio del centurión cayó al suelo. Con un gruñido, Publio se arrancó el palo de la flecha.

—¡*Testudo* alrededor del primipilo! —gritaron sus hombres.

—Adelante... —musitó Báculo antes de que los escudos que se cerraban sobre él taparan el cielo.

XXX

Nunc est bibendum

Publio Sextio Báculo abrió los ojos en la oscuridad. Habría querido arrebujarse en su capa junto con los dolores, pero alguien llamaba insistentemente a la puerta del *aerarium*. El excenturión se levantó y, tambaleándose, se acercó a la puerta.

—¡Báculo, soy yo, abre!

Publio giró la llave solo cuando estuvo seguro de que había oído la voz de Barbato, que entró junto con un haz de luz.

—Cierra enseguida, la ciudad está descontrolada y la gente ha enloquecido.

Publio obedeció, con lo que el pasillo quedó de nuevo sumido en la oscuridad.

—¿Has traído comida?

—Sí, aquí dentro, pan y queso.

—Dásela toda al prisionero. Yo voy a salir e iré a comer algo.

—Las calles no son seguras —explicó Barbato—, la ciudad se ha llenado de campesinos con sus animales, mientras que los ciudadanos romanos se están yendo, mejor dicho, los importantes ya se han ido.

—Si hubiesen sido importantes —dijo Publio—, no se habrían ido; mira, nosotros somos un ejemplo.

Barbato encendió la lucerna y miró a Rix, que a su vez lo observaba con el rostro magullado, encadenado a la reja de la sala de enseñas. Solo en ese momento reparó en que también Publio tenía la cara con señales de lucha.

—¿Qué ha pasado, Báculo?

—Nada...

—¿Cómo que nada...?

—He dicho que nada. No tengo por qué rendir cuentas a un esclavo de lo que hago.

Agatocles asintió, Publio le echó una mirada a Vercingétorix y se encaminó hacia la salida. Abrió la puerta y lo acometió la luz del sol no bien puso un pie en la calle. Una Roma alborotada le causaba poca impresión a alguien como él.

Publio Sextio se fijó en el niño que correteaba en la taberna.

—¿Cómo se llama?

—Se llama Aulo.

—Aulo...

—¿Has visto cómo anda?

—Claro..., va un poco torcido.

Aulo llegó tambaleándose donde Publio y se le agarró a las piernas, ante la mirada divertida de Remilla, que se puso a reír.

—¿Qué pasa?

—No te va a hacer nada, no temas.

—Ya sé que no me va a hacer nada —respondió tenso Publio.

—Miras como alguien al que le corretea una serpiente venenosa entre las piernas.

—No es verdad.

—Sí que es verdad. —Se rio ella.

Publio trató de sobreponerse al bochorno y revolvió el pelo del niño con la mano.

—¿Qué te ha pasado en la cara, Báculo?

Publio se pasó la mano por la mejilla.

—No es nada.

—Te estás matando...

—No, estas no son las marcas de una pelea, y no bebo. He tenido problemas con el prisionero.

—¿El prisionero?

—Sí, en la cárcel Mamertina.

Remilla meneó la cabeza.

—No sé qué es.

—Mejor, es un sitio horrible.

—¡Remilla!

La chica se sobresaltó y se levantó enseguida, mirando a Vesbino.

—Deja a ese, hay clientes.

—Sí. —La chica lanzó una última ojeada al rostro de Publio. Tenía la cara de un paria, siempre metiéndose en líos y borracho. Ni ella misma comprendía por qué ese hombre le resultaba simpático—. Me tengo que ir.

Publio Sextio asintió, impotente. Le habría gustado hacer algo por esa mujer, pero no podía hacer absolutamente nada.

—Cuídate, Publio.

—Tú también.

—¡Remilla!

—Ya voy. —Como un ave rapaz, cogió al niño en volandas y se lo llevó a la trastienda. El excenturión la vio irse y sus dolores, los físicos y los mentales, volvieron.

—Necesito beber, *caupo*.

—¿Cuál quieres?

—Del malo, necesito beber mucho.

—¡Abre!

—Báculo..., has bebido.

—Pareces una mujer, Barbato —masculló el otro entrando y apoyándose en la pared—. Una puta mujer dando la charla.

Agatocles se asomó a la calle antes de cerrar la puerta y atrancarla.

—Tenía ganas de beber, Barbato, de beber, de olvidar mi maldita existencia. ¿No puedo? ¿Quién me lo impide? ¿El triunviro? ¿Quién? ¿Julio César? ¿Pompeyo?

El viejo esclavo meneó la cabeza.

—Debería impedírtelo el primer centurión.

Publio lo agarró del cuello y lo empujó contra la pared.

—¡Esto..., esto es el centurión! —refunfuñó furioso—. Para esto sirvo yo, dame un arma y acabo con todos los que tengo delante. Dame cien hombres y acabo con toda una aldea. Dame una legión de cabrones como yo y acabo con media Galia. ¿Te enteras?

—Sí.

—¿Te enteras, esclavo? —gritó Sextio zarandeándolo como si fuese una vara.

—Sí, me he enterado.

La luz de la lucerna parpadeó sobre la mirada inexpresiva del viejo soldado, que soltó a Barbato y asintió, como recobrándose.

—Vete, yo me quedo.

—¿Estás seguro?

—¡Vete!

Barbato comprendió que lo más inteligente era hacerle caso al primipilo. Le echó una ojeada al prisionero encadenado en la reja del fondo del pasillo.

—Ya ha comido y ya he sacado el cubo.

—De acuerdo.

—Entonces... me voy.

—¡Vete!

La puerta se cerró, haciendo vibrar la llama de la lucerna. Publio se volvió hacia Vercingétorix y, tambaleándose, se le acercó. Los dos se miraron detenidamente, sin hablar, luego el romano se apoyó en la pared y se rio.

—Sabes, hace unos días la gente vino a buscarte, quieren matarte, Rix, quieren hacerte picadillo y arrojarte a los cerdos. —De nuevo, una carcajada—. Y yo te he traído aquí porque no quiero que te maten. No, no, este es Rix, este es mi prisionero, yo diré quién va a matarlo y cuándo. —La carcajada se tornó amarga—. Mejor dicho, yo no digo absolutamente nada. Un cuestor afeminado me dijo que te vigilara y después huyó, y yo estoy aquí vigilando a alguien al que no quiere nadie.

Con la espalda apoyada contra la pared, Publio se dejó caer hasta sentarse en el suelo.

—Solo yo te quiero, Rix. ¿Sabes por qué..., sabes por qué, Rix?

—No.

Publio sonrió y puso la mano en la talega que llevaba en bandolera, ante la mirada atenta del arverno.

—Porque eres el único que me escucha, Rix.

La mirada de Vercingétorix se volvió aún más atenta.

—Nadie escucha al valiente primipilo de la legión XII que ha combatido toda la vida por esta ciudad, Rix. Solo..., solo su enemigo lo escucha.

La mano extrajo una cantimplora de la talega.

—Tú tienes razón, aquí me han olvidado. Aquí todo el mundo me ha olvidado, aquí hasta la vida me ha olvidado, igual que te ha olvidado a ti, pero por lo menos tú te lo has merecido, tú te rendiste, Rix. Bebe, Rix, bebe conmigo.

El arverno permaneció quieto mirando la mano tendida.

—Venga, coge, lo he traído para ti. *Nunc est bibendum*, ahora hay que beber, no, lo cierto es que ahora hay que emborracharse. Tendrías que haber visto la cara que pusieron los tres a los que se la quité.

De nuevo una carcajada. Vercingétorix estiró la mano y destapó la cantimplora. ¿Hacía cuánto que no aspiraba ese aroma? Bebió un trago y enseguida sintió expandirse el calor por el cuerpo. Bebió otro trago y luego otro. Al principio bebió con ansia, como si fuese agua, hasta que sintió el alcohol en el estómago. Luego trató de saborearlo en el paladar. Se secó la barba con el brazo. Se lamió los labios partidos que sabían a miel, sin siquiera comprender las sensaciones que le habían despertado esos sorbos. El corazón y las venas le latían con fuerza, y por primera vez después de muchísimo tiempo no era por una pesadilla o porque le hubiesen dado una paliza. El corazón le latía de vida. Miró a Publio, que lo observaba con ojos cansados.

—Me llevaron a Atuatuca —dijo el excenturión.

XXXI

Sicambrios

Una vez resuelto el asunto de los tréveros, no quedaba más que vengarse de Ambiórix, el causante de la matanza de Atuatuca. Todo el ejército estacionado en la Galia iba a dirigirse a Atuatuca, a las fortificaciones que se habían abandonado el año anterior y que estaban intactas. La caballería, en cambio, fue enviada en reconocimiento, para tratar de sorprender a los eburones y capturar a Ambiórix.

A Publio Sextio Báculo, al que se contó entre los heridos de la legión XII, lo hicieron subir a un carro junto con otros que no podían andar. Un viaje largo, entre tumbos y saltos que debilitaron más al centurión. A los dolores en el coxis y las costillas se había sumado la herida en la pierna causada por la flecha. Esta vez Labieno volvió a pedirle a su médico que se esmerara con él, pero la extracción no resultó sencilla. Para sacar la saeta fue necesario sajar profundamente el músculo de la pierna, y al cabo de unos días Publio empezó a tener fiebre alta. Los emplastos diarios a base de miel atenuaban un poco el dolor, que volvía cuando el carro se ponía de nuevo en marcha.

—No sobrevivirá —dijo uno de los cocheros en cuanto el médico se fue—. Dicen que ha perdido toda la sangre que tenía.

—¿Ese? Ese todavía aguanta, te lo digo yo —replicó Vócula con su voz chillona—. Tiene el pellejo duro como el de un jabalí, ya lo han dado por muerto muchas veces.

—¡Pues si estás tan seguro, apostémonos algo!

—¡Sí, cinco ases!

—¿Cinco ases? ¿Esa es toda la confianza que le tienes a tu campeón? Quiero al menos cinco sestercios.

—¿Cinco sestercios?

—Sí.

Vócula miró a Publio.

—Tres, tres sestercios a que llega al campamento de Atuatuca.

—Aceptada.

El carro reanudó la marcha. Los dos legionarios se pusieron a canturrear canciones obscenas mientras Publio y los otros heridos daban tumbos sobre la paja. Pasaron nueve interminables días de fiebre y delirios antes de llegar al campamento, pero al final ganó el que había apostado que el centurión sobrevivía.

—Tienes que hacer un esfuerzo y comer, primipilo.

Publio entornó los ojos y vio al médico con Labieno.

—Sabía que llegarías aquí, sabía que lo conseguirías. Báculo siempre lo logra. Ahora puedes descansar, tienes todo el tiempo que quieras, estamos en el campamento de Atuatuca.

El centurión recorrió con la vista el espacio y apretó los ojos cuando el médico le quitó el vendaje.

—Solo tienes que hacer lo que el médico te diga, y cuando vuelva dentro de siete días, quiero verte levantado.

Publio consiguió murmurar algo que Tito Labieno no comprendió. El legado se acercó a su centurión.

—Ambiórix...

—Lucio Minucio Básilo fue enviado en reconocimiento con toda la caballería y llegó aquí cinco días antes que nosotros. Sorprendió a muchos enemigos en los campamentos y los capturó. Informado por ellos mismos, fue como un rayo al lugar donde se suponía que Ambiórix se había refugiado con unos pocos jinetes. Aunque, por un golpe de suerte, Ambiórix se salvó, perdió a todos los hombres que lo acompañaban, además de los carros y los caballos. Con su huida, todos los eburones se echaron al monte. Una parte de la población fue al bosque de las Ardenas, otra a las ciénagas y otra hacia el océano. Catuvolco, quien con Ambiórix había sido el promotor de la revuelta, se suicidó.

»El procónsul ha decidido que dejemos en el campamento todos los bagajes del ejército con una legión de reclutas recién llegada de Italia. Descuida, ha puesto a Quinto Cicerón al mando, y le ha incorporado doscientos jinetes, así que estás a salvo.

»El resto del ejército se ha dividido en tres partes. Yo saldré mañana al amanecer con tres legiones hacia el océano, a las regiones que colindan con el territorio de los menapios. Cayo Trebonio, con tres legiones más, irá a devastar las tierras contiguas a las de los atuatucos, mientras el procónsul marchará con las otras tres hacia el borde extremo de las Ardenas, donde se dice que ha ido Ambiórix con sus últimos fieles.

»Estaremos de vuelta dentro de siete días, a tiempo para la fecha fijada para el suministro de trigo a la legión que se ha dejado en esta guarnición.

Publio asintió, sudaba frío a pesar del calor y tenía escalofríos. El simple hecho de haber escuchado las palabras de Labieno lo había agotado. Ya no dijo nada más y, sin darse cuenta, cerró los ojos y se durmió.

—¿Sobrevivirá?

—Solo el tiempo puede decirlo, legado. Está muy débil.

—Esa pierna... ¿se gangrenará?

—Si veo que empieza a pudrirse, se la corto.

—Haz todo lo que puedas para que la conserve, pero si su vida corre peligro, entonces...

—Yo me encargo.

—Quiero que alguien esté con él día y noche.

—Así será.

—Ocúpate de él como si fuese yo.

—Lo estoy haciendo.

Labieno le echó un último vistazo a su hombre, luego salió del barracón de los heridos.

Un hombre grande y robusto entró en el barracón donde dormía Publio Sextio, temblando de fiebre. Se detuvo delante del catre y contempló al primipilo, que deliraba. El hombre miró de un lado a otro, luego volvió a fijarse en el herido y extrajo un largo puñal del costado.

—He vuelto —murmuró acercándose a Publio—. He vuelto para matarte.

La hoja del largo cuchillo lanzó un destello antes de caer sobre el pecho del centurión.

—¡No, no, no!

Publio se incorporó con esfuerzo y se llevó una mano al pecho, notando dolor en todo el cuerpo, luego se hundió de nuevo en el catre, con un gemido.

—Induciomaro...

—Oye, centurión...

Publio Sextio parpadeó, se dio cuenta de que su pecho no sangraba y de que Induciomaro no estaba delante de él. Había sido una pesadilla, la última de las muchas que había tenido esos días a causa de la fiebre.

—Estás delirando...

Publio trató de reconocer la figura que le hablaba a pocos pasos de su catre.

—Vócula, Tito Vócula, ¿eres tú?

El veterano se acercó.

—Claro que soy yo.

—¿Qué haces aquí?

—En la batalla del río contra los cabrones tréveros, a ti te hirieron en la pierna y a mí en el brazo.

Publio Sextio miró el brazo vendado del legionario.

—Tengo sed, Vócula, quiero agua.

Tito dirigió la vista hacia otro convaleciente sentado en un catre de al lado.

—Dale agua.

El joven legionario se levantó cojeando y se acercó a Publio. Cogió una cantimplora que había al lado del catre y lo ayudó a beber.

—Es *posca*, Báculo, agua y vinagre, pero como a ti te cuida personalmente el médico de Labieno, la tuya tiene bastante miel.

Báculo bebió todo lo que le dio el chico.

—Más.

Cuando acabó, el centurión se tumbó de nuevo. Seguía con fiebre, pero se sentía un poco mejor.

—¿Cómo sabes que tiene bastante miel?

—Bueno, soy el viejo del barracón de los heridos, tengo que saberlo todo.

—El viejo del barracón de los heridos... ¿Dónde está Labieno, viejo del barracón de los heridos?

—Se fue hace tres días. Se han ido a capturar a Ambiórix y los suyos.

—Ya..., ahora me acuerdo, me lo había dicho. Aquí en el campamento hay una legión al mando de Quinto Cicerón...

—Sí. Aquí están los *tirones* de una legión sin adiestramiento, reclutas caguetas, jóvenes e inexpertos, además de algunos jinetes. Y el personal de servicio, los heridos, los convalecientes y el bagaje de todas las legiones estacionadas en la Galia.

—¿Cuál es la situación fuera del campamento?

—Olvídalo, nadie puede salir.

—¿Nadie?

—No, el comandante, Cicerón, ha cerrado las puertas y reforzado las torres. No se puede salir ni para comprarles algo a los mercaderes que hay fuera o para tirarse a una rica puta. Anoche unos cuantos protestaron y se les castigó.

—¿Protestaron?

—Pues sí..., no solo yo, casi todos los que estamos aquí; además, nosotros no somos reclutas, estamos aquí como convalecientes. Si el comandante quiere mantener encerrados a los chiquillos, que lo haga, pero no a nosotros.

Publio esbozó una mueca que podía ser una sonrisa irónica.

—Los veteranos heridos de las otras legiones son un auténtico coñazo.

—¿Qué quieres decir?

—Que una vez apartados de su unidad, los heridos se sienten dispensados de todo tipo de disciplina, y encima los veteranos como tú sois los peores... Os sentís guerreros épicos que lo habéis experimento todo, que lo sabéis todo, que lo prevéis todo, y todo ha sido grandioso mientras estuvisteis vosotros en filas, y todo ha empeorado ahora que vosotros ya no estáis. Si yo hubiese sido Cicerón, habría mandado que os zurraran.

Vócula se sentó en su catre y se rio.

—Sé que lo habrías hecho, Báculo; de hecho, no a todos los que están aquí les ha alegrado que te hayas despertado. Creían que ya estabas en el Tártaro.

—A ti tendría que alegrarte, pues apostaste tres sestercios a que llegaría vivo al campamento. Te oí en aquel carro.

—Lo cierto es que gané más, porque después el imbécil que conducía el carro apostó otros cinco a que no durarías aquí cinco días.

—¿Desde cuándo estamos aquí?

—Desde hace cuatro días.

—Entonces, todavía no has ganado.

—Confío en que aguantes hasta mañana. Oye, tú, recluta cagueta, tráele pan y miel, el centurión tiene que recuperarse.

—Eres un gran hijo de puta, Vócula.

—Pero sigo siendo un veterano.

—La gente como tú es la escoria de las legiones —dijo con un hilo de voz Publio—. Tú no necesitas recobrarte aquí de nada, pide que te den algo que hacer o lo pediré yo; si tuvieses un poco de dignidad, estarías con Labieno persiguiendo a Ambiórix, no aquí calentando un catre.

—Tengo veinte años de servicio, me queda un mes o dos para que me licencien. He hecho lo que debía por Labieno, César y todos los demás. Que les den, centurión, yo, en cuanto pueda, cojo mis ahorros y me largo.

—Cuando me levante, convertiré tus meses en años a punta de palos, Vócula.

—«Si» te levantas, Báculo, porque yo espero perder mis cinco sestercios.

—Que te den.

—Veo que te encuentras mejor, primipilo —dijo el médico al entrar en el barracón—. Has bebido y ya estás discutiendo, así que te encuentras mucho mejor.

—Todavía tengo fiebre, pero me encuentro mejor.

—Bueno, debes importarle a Marte, centurión, porque, francamente, no sé cómo has conseguido seguir en el mundo de los vivos.

—Porque ni los muertos me quieren, doctor.

—¿Todavía te duele la herida?

—También ha mejorado.

—He tenido que sajar a fondo, la flecha llegó hasta el hueso.

—Recuerdo vagamente algo.

—Una señal más.

—Sí, ahí seguía entero.

El médico sonrió.

—Procura beber, comer y descansar. No te canses ni te pelees con los otros heridos.

—Doctor... —musitó Publio.

—Dime —dijo el otro, acercándose a él.

—¿Por qué estamos encerrados en el campamento si hay nueve legiones que están arrasando con todos?

—Si lo supiese, no estaría aquí con los heridos sino con Labieno, ¿no crees? Además, como ya te he dicho, olvídate de todo, recupera las fuerzas y después volverás a ser el que eras.

—¿Estás seguro?

—¿Por qué no?

—Siento... un dolor que no me deja en paz, doctor. Un dolor que empieza en la cadera y llega a las piernas. Lo tengo desde que me hirieron la primera vez.

—Es el dolor de toda una vida llevando armadura. Es el dolor de quien ha luchado y recibido golpes durante años.

—¿Pasará?

—Quizá, con tiempo y descanso, Publio Sextio. Ahora pensemos en la fiebre y en la herida, después nos ocuparemos de eso.

—Doctor.

—¿Sí?

—Ese veterano que estaba aquí conmigo antes, ese que ha salido en cuanto llegaste.

—Sí, lo he visto.

—Está curado, ve donde el centurión de servicio y haz que lo ponga de guardia.

—Le echaré una ojeada.

—Doctor, es uno de los míos, si le echas una ojeada nunca se curará, yo ya le he echado una ojeada.

Báculo abrió los ojos y vio a Vócula atareado con la armadura de anillos.

—¿Qué haces, Vócula?

—Según parece, han decidido que estoy curado.

—Ah, estás de servicio.

El veterano terminó de fijar las correas y se puso el bálteo, lanzando una mirada furiosa a Publio Sextio.

—Sí, habrá sido por tu amigo médico.

—No tengo amigos médicos, pero es una buena noticia que estés de servicio, significa que estás curado.

—Bueno, al menos saldré de este maldito campamento.

—¿Saldrás?

—Sí, por fin, después de siete días, Cicerón se ha decidido a abrir el recinto de las fieras.

—Siete días..., las otras legiones tendrían que haber vuelto.

—Tendrían que haber vuelto, pero todavía no lo han hecho. Además, el trigo prometido aún no ha llegado, así que nos toca a los veteranos cosechar algo, si no queremos estar en ayunas esta noche. Les enseñaré a los reclutas caguetas cómo se hace, incluso a los que están convalecientes.

—¿Los reclutas también salen?

—Sí, creo que cinco cohortes, media legión, la caballería y todos los *calones* con los animales de carga y los carros que hay que llenar. Pero tú no te preocupes por eso, quédate en el catre, estás débil.

—Te conviene que esté en el catre, veterano del barracón de los heridos.

El veterano le lanzó su última mirada hostil y salió, dejando a Publio con su fiebre y su herida en la pierna que no quería curarse. El primipilo se sentó en el catre y se puso de pie, como hacía todos los días luchando contra los dolores y la fiebre. Caminaba mejor, y también esa mañana parecía que tenía menos dolores, pero le seguían fallando las fuerzas. Apretó los puños para ver cómo respondían los músculos de los brazos. Llevaba mucho tiempo acostado y tenía todo el cuerpo entumecido, pero se sentía mejor que ayer y aún mejor que hacía dos días. Caminó un poco y se asomó a la puerta del barracón, entornando los ojos por la luz cegadora del sol. En el patio resonaron las órdenes de los centuriones que formaban las cohortes, se oyeron caballos relinchar y después los bloques moverse hacia la puerta Pretoria. Cuando acabó el trasiego, se hizo un silencio impresionante en la fortaleza de Atuatuca. Publio volvió a entrar y se acostó, se dijo que por ese día había cumplido. Pero ese día iba a ser largo, era un día que duraría toda una vida.

Gritos lejanos resonaron en los sueños de Publio Sextio, que abrió los ojos. El espacio estaba lleno de luz, el sol debía de encontrarse todavía alto y siguió oyendo gritos con los ojos abiertos. Había una gran confusión fuera del barracón de los heridos. El primipilo se pasó la mano por la frente perlada de sudor y aguzó el oído, para saber si estaban volviendo al campamento las cohortes enviadas a proveerse de forraje, pero no oía las habituales algazaras de las centurias cuando regresaban al campamento. Eran gritos de alarma.

Se levantó del catre y fue hacia la puerta, donde lo acometió una luz cegadora. Publio Sextio se hizo visera con la mano para acostumbrar los ojos al sol y vio hombres corriendo por todos lados.

—¿Qué pasa?

No hubo respuesta.

Anduvo descalzo por el camino y llegó a la vía Pretoria, donde pudo ver una aglomeración de gente junto a la puerta Decumana. Al lado, fuera de un *contubernio*, unos muchachos torpes se estaban poniendo las cotas de hierro.

—¿Qué pasa?

—Nos están atacando. Los germanos.

—¿Germanos?

—Miles.

Publio volvió a mirar hacia la Decumana.

—¿Dónde están las enseñas?

Los muchachos se siguieron preparando.

—Eh, hablo con vosotros, ¿dónde están las enseñas? ¿Dónde están los comandantes?

—No lo sabemos.

El primipilo parpadeó un par de veces. Le costaba ver bien, pero notaba que la sangre le palpitaba por todo el cuerpo. Avanzó dos pasos y llegó al lado de los reclutas.

—Dame ese báltco.

—Pero...

—¡Que me lo des! —rugió.

El muchacho le entregó a Publio la correa con vaina y espada, que se puso en bandolera. Cogió luego el primer escudo que encontró y dos *pilum*.

—¡Moveos!

Un poco más adelante, en el cruce entre la Pretoria y la calle principal del campamento, Publio vio que estaban luchando cerca de las puertas laterales del campamento.

Uno de los reclutas empalideció.

—Si han llegado al campamento, eso es que han acabado con las cohortes que han salido por el forraje. Es el fin..., van a matarnos a todos.

El primipilo se volvió para buscar entre los rostros al que había hablado.

—Yo decido si es el fin. ¿Queda claro? Yo decido quién muere, ¿queda claro? ¡Ahora, vamos!

Fue hacia la puerta principal, la que parecía hallarse peor. Miró las gradas y las vio parcialmente defendidas cerca de las torres. Aguzó la vista y observó que unos jinetes trataban de forzar la defensa de la puerta que, inexplicablemente, se había quedado abierta. Por los rodetes blancos debían de ser germanos, quizá sicambrios, si la vista no lo engañaba, pero daba igual quiénes fueran: lo importante era que no consiguiesen entrar en el fuerte.

—¡Centuriones! —gritó—. ¡Formad una línea para defender la puerta!

Los gritos de Publio no sirvieron para restablecer el orden. Los reclutas estaban espantados y combatían divididos.

—¡Formad una línea!

El primipilo parpadeó un par de veces, inspiró, apuntó y lanzó el primer *pilum*, que atravesó a un jinete.

—¡En línea!

Otro *pilum* y otro germano derribado. Publio se adelantó a los defensores y se colocó en primera fila, como siempre hacía desde que era soldado.

—¡Centuriones, a mí! ¡Dad ejemplo!

Con un escudazo, agarró un caballo del morro y luego le dio en el cuello con el gladio, haciéndolo respingar. Una lanza se clavó en su escudo y cayó al suelo. Publio atizó enseguida el muslo y la cadera del que se la había tirado.

—¡Rechazadlos!

Otro escudazo, luego otro y otro más, hasta que se creó un vacío a su alrededor.

—¡Avanzad, ánimo, ánimo!

Juntos, los hombres empezaron a ser más eficaces en la defensa de la puerta e impidieron que se rompiera la línea de entrada al campamento. Un gigante rubio se apeó de su caballo y se lanzó gritando contra Publio, que lo detuvo con un escudazo en la cara y lo remató hundiéndole el gladio en pleno pecho. Según caía, el coloso tiró del primipilo, que quitó el gladio del tórax con dificultad justo mientras un violento hachazo caía sobre su escudo, desequilibrándolo más. El centurión se puso en guardia y volvió a atizar al enemigo mientras este levantaba el brazo para darle otro golpe. Lo atravesó por debajo de la axila, arrancándole un grito, y mientras apartaba el gladio, la hoja de una larga espada salida de la nada le rozó la cara, hundiéndose implacable en su mano.

Publio lanzó un grito y vio su arma caer junto con su dedo índice, que manaba sangre. Con la fuerza de la desesperación le pegó a su atacante en la cara con el borde del escudo repetidamente, dos, tres, cuatro veces, y cuando el hombre se desplomó, siguió y siguió y siguió, hasta que vio que el cráneo se le hundía, hasta que el dolor en los dedos se hizo insoportable, hasta que la espalda y las piernas cedieron, hasta que todo se tornó oscuro y lejano.

XXXII

Barbato

—El golpe me arrancó el índice. El medio y el anular seguían pegados a una franja de piel y el médico terminó la obra.

Vercingétorix lo miró.

—A veces, para que se salve el cuerpo, hay que sacrificar una parte de él...

Publio Sextio elevó la mirada hacia el prisionero.

—Pero para rescatar la memoria, a veces más valdría eliminar el cuerpo.

El arverno dejó en el suelo la cantimplora vacía.

—¿Lamentas algo? ¿Algo que podrías haber hecho y no hiciste?

Publio guardó silencio.

—¿Si volvieses atrás, te quedarías en ese catre o harías lo mismo?

—Fui a la puerta Pretoria para impedir que avanzaran los sicambrios. Podían matarme, pero no entrarían. Al menos, mientras yo siguiera vivo.

—¿Y entraron?

—No. Los otros centuriones me reemplazaron y los bloquearon, mientras los reclutas me sacaban de ahí para llevarme donde el médico. Poco después, las cohortes que habían salido por el forraje volvieron al fuerte y su llegada distrajo a los sicambrios. Al final, la situación la salvaron los veteranos heridos y los centuriones. En cuanto a los sicambrios, parece que estaban casualmente en la zona, habían cruzado el Rin solo para hacer un saqueo, un campesino les había hablado del campamento romano desguarnecido en el que estaba el bagaje y los arcones de todo el ejército, y lo intentaron.

—Y no lo consiguieron por un convaleciente cabezota. Si yo fuese tú, no estaría arrepentido.

—Habría sido mejor morir.

—¿Por qué? —estalló Vercingétorix, enojado—. ¿Por qué motivo? Has conseguido fama, prestigio. Eso lo sigues teniendo, no lo has perdido, no has perdido nada de lo que habías construido hasta ese momento.

—Al contrario, lo he perdido todo, absolutamente todo —Sextio elevó el tono—. Perdí tres dedos por salvar el tesoro del ejército, pero no fui capaz de salvar los ahorros acumulados a lo largo de una vida de guerras. Lo perdí todo, también todo mi dinero.

El arverno no preguntó nada, espero a que el otro continuase.

—Estuve de nuevo convaleciente, pero esa vez sabía que no iba a volver a filas. Le pedí a Labieno una licencia del ejército, una *causaria missio*, o sea, una licencia que se concede a los soldados que han sido heridos en batalla. Con esa licencia podía conseguir todos los derechos de los soldados licenciados honorablemente que han hecho íntegramente el servicio militar.

»Labieno me concedió la licencia con todos los beneficios del caso y una buena cantidad de dinero que se sumaba a mis ya notables ahorros, e hizo todavía más: me otorgó la condición de *evocatus*, la de reincorporado para encargos especiales. De esa manera seguía cobrando pese a estar licenciado. Me escribió una excelente carta de recomendación y me mandó aquí, al *aerarium*, solicitando que me asignaran un buen cargo como funcionario para la administración de bienes y materiales destinados a Roma desde las Galias. Eso me permitía conservar una buena posición hasta la llegada de las legiones estacionadas en la Galia.

El ruido de las llaves en el portón interrumpió a Publio. Esceva entró y enseguida cerró.

—Esta noche ha habido desórdenes. Las casas de los patricios han sido convertidas en fortalezas y los esclavos se han armado. La gente se ha vuelto loca.

—¿Dónde está Barbato?

—Creía que estaba aquí.

—No, se marchó ayer y todavía no ha vuelto.

—A lo mejor se ha encerrado en algún sitio. He oído rumores de desórdenes en las Gemonías, reclamaban al rey de los galos.

Publio se volvió hacia Vercingétorix.

—Quieren arrancarte el pellejo, Rix.

—O poder pedir un rescate cuando los galos lleguen a la ciudad.

—La gente se ha vuelto realmente loca, César nunca permitirá que los bárbaros saqueen Roma.

—Sal y díselo a los que están ahí fuera. Parece que la situación se ha calmado, pero es solo una calma aparente. La gente empieza a tener hambre y faltan autoridades, soy el único *tresviri capitales* que queda en Roma y no tengo hombres para las rondas, pero, aunque los tuviese, con los tumultos de estos días serían inútiles. Haría falta un ejército.

Sextio asintió, tenía una maraña de pensamientos en la cabeza.

—Voy a buscar a Barbato.

—Es peligroso.

—También para los que están fuera es peligroso vérselas conmigo. Déjame ir, triunviro.

—¿Es él? —preguntó Esceva mirando a Vercingétorix.

—Está encadenado a la reja, no puede llegar lejos.

Los dos salieron y cerraron la puerta. El último soplo de viento acarició el rostro de Vercingétorix, que se quedó solo en compañía de la trémula luz de la única lucerna que seguía encendida. Trató de encontrar una postura más cómoda, los grilletes que lo sujetaban a la reja le impedían moverse.

—¡Maldita sea!

Con un gesto de ira trató de sacudir aquella cadena.

—¡Ya no aguanto más!

Apretó los barrotes, gruñó y los dientes le rechinaron.

—¡Basta, basta!

Siguió y siguió hasta que empezó a gritar, y solo paró cuando se quedó sin voz y las muñecas, magulladas, le comenzaron a sangrar. Inclinó la cabeza y apoyó la frente en los barrotes.

—Ya no aguanto... —musitó para sí con la angustia de la desesperación, mientras observaba con ojos tristes por entre los barrotes las enseñas militares, que, en la penumbra, lo miraban desde el extremo de sus palos. Parecían moverse, respirar al resplandor de la llama que dibujaba gigantescas sombras detrás de aquellos antiguos paños, coronas de laurel, lobos, toros, jabalíes, saetas, discos, puntas de lanza, esferas. Y en el rincón del fondo, en penumbra, en el suelo, las enseñas de sus arvernos, de los heduos, de los senones, de los carnutes, de los tréveros—. ¿Por qué...?

Las recordó en los bosques de su tierra, las recordó en la noche del Samhain en Cénabo, las recordó bajo la lluvia de Avárico, en Gergovia y por toda la Galia antes de llegar a Alesia. Alesia. No había momento en ese encierro en el que no se acordase de Alesia, en el que no se preguntase qué haría si los dioses le permitiesen volver atrás. La llama chisporroteó y se apagó. Vercingétorix se quedó a oscuras y se vio en la torre de Alesia, mirando la desolación y los cadáveres desparramados en la llanura. Apoyó la frente en los barrotes y una lágrima le surcó la mejilla.

Querría estar con todos los que lo habían precedido en el reino de los muertos. Cada noche esperaba dormirse y no volver a despertarse, pasar al otro lado sin darse cuenta, pero no se moría sino que tenía la pesadilla de su suplicio. A veces se veía en ese espacio situado encima del pozo y que llamaban *Carcer*, otras entre la gente, que lo insultaba y escarnecía. Se veía desnudo, veía que lo arrastraban encadenado y que lo mataban como suelen matar los romanos, que primero lo flagelaban con varas y luego lo decapitaban, tal y como hicieron cuando capturaron a Acón.

En el sueño veía la escena desde arriba, la multitud estaba eufórica y arremetía contra su cuerpo destrozado mientras su cabeza era exhibida en una larga pica para que todo el mundo pudiera verla. Lo que veía en su pesadilla era, justamente, su cabeza, balanceándose en lo alto por encima de todo el mundo, como si todavía viviese, mirando el pobre cuerpo con compasión, tal y como había hecho él en Alesia, mirando desde arriba a los muertos de aquella guerra devastadora.

«Tienes que ser fuerte».

Publio y Esceva se movieron con cautela por la subida al Capitolio. De vez en cuando se cruzaban con la mirada desconfiada de algún transeúnte. Casi todo el mundo llevaba en la cintura un arma: uno, una daga; otro, una navaja; un tercero, un palo. Roma estaba a la deriva, la ciudad más hermosa y más grande del mundo se había convertido en el lugar más siniestro y peligroso.

Una vez que llegaron a las Gemonías, se detuvieron y Publio señaló la puerta.

—Está abierta.

Los dos entraron rápido en el cuerpo de guardia y vieron que todo estaba patas arriba.

—Te lo dije, han venido a buscar a Vercingétorix —dijo Esceva, levantando la mesa que estaba tirada en el suelo—. Se lo han llevado todo.

Un jadeo en la galería llamó su atención. Publio fue corriendo y encontró en la oscuridad un cuerpo agazapado en posición fetal.

—Barbato...

Enseguida cogió en brazos al viejo carcelero y lo llevó al cuerpo de guardia para ponerlo en la mesa. Le apartó el pelo, tenía el rostro tumefacto. Le costaba respirar, pero lo hacía.

—Así es como han entrado —dijo el triunviro—, lo han esperado y le han cogido las llaves.

—Aguanta, Barbato.

—Está mal.

—Agatocles, ¿puedes oírme?

Barbato estaba semiinconsciente y murmuraba palabras incomprensibles por la boca ensangrentada.

—Eran muchos...

—Atiéndeme, Agatocles, tengo que sacarte de aquí, podrían volver.

—No puedes llevarlo en brazos, tiene los huesos rotos. Ya no le quedan esperanzas.

—No lo voy a dejar aquí, voy a la taberna que está al lado de donde vivo, tienen un carro. Lo llevaremos en eso.

—Yo me vuelvo al templo, tú haz lo que quieras.

—Buscaban al galo... —suspiró el viejo esclavo.

—Sí, sí, lo sé.

—Había venido a recoger mis cosas, me esperaban escondidos en las Gemonías.

—No hables, descansa, no te preocupes, ahora estoy yo. Te voy a dejar aquí para que estés a salvo y luego vendré a buscarte con un carro, ¿de acuerdo?

—Vete, Publio..., van a volver.

—No voy a dejarte, regresaré pronto.

Vercingétorix oyó a alguien en la entrada, no tenía agua ni comida desde hacía tiempo y acogió con alivio ese ruido. La gruesa puerta se abrió sin que se filtrase luz, señal de que ya era muy tarde. Rix reconoció los pasos de Báculo, que se demoró un momento en la oscuridad antes de encender una lucerna. Solo entonces el arverno vio a su carcelero, que llevaba en brazos el cuerpo de Barbato.

—Vinieron a buscarte, Rix, pero lo encontraron a él.

Publio Sextio preparó una yacija para el viejo carcelero, luego volvió atrás para recoger las cosas que había traído, mientras Vercingétorix observaba el rostro desencajado de Barbato a la luz de la lucerna.

—No ha dicho dónde estamos; si no, ya habrían venido aquí.

El primipilo cerró la puerta y le entregó pan y agua al arverno, con una sopa, colocó una manta detrás de la cabeza del viejo y se sentó al lado.

—Pusieron todo el Mamertino patas arriba después de quitarle a él las llaves. Me dijo eso y ya no habló más.

—Está mal —dijo Vercingétorix lapidario antes de mojar el pan en la sopa y de comer con avidez.

—Sí, lo sé —asintió Publio.

—Difícilmente podrá recuperarse de la paliza que le habrán dado.

—¡Lo sé! —estalló el romano—. Sé perfectamente lo que son las palizas, porque las he dado y recibido. —Báculo limpió la sangre del rostro del esclavo—. No sabía qué hacer, no tenía otro sitio adonde llevarlo. No sé dónde encontrar un médico en esta ciudad, ni siquiera sé dónde vive Agatocles, si tiene familia, o a alguien. Hemos pasado juntos un año aquí y no sé nada de él. Todo lo que me ha contado está relacionado con el Tuliano y sus prisioneros y yo, yo nunca le he preguntado nada sobre él o sobre su vida.

Un jadeo interrumpió a Publio, que trató de dar de beber al viejo esclavo, sin conseguirlo.

—Siento lo de anoche, Agatocles, no era yo..., había bebido para olvidar mi maldita vida. A veces me metía contigo solo porque he acabado aquí mirando un agujero y tú eras la personificación de este sitio que yo odio. Perdóname, tú no tienes nada que ver con lo que me trajo aquí.

Barbato dejó de jadear, Vercingétorix miró el rostro contraído del romano.

—¿Y qué te trajo aquí?

—La revuelta de los arvernos...

XXXIII

La revuelta
Cénabo,
13 de febrero del 53 a. C.

No encontraron a Ambiórix, pero su territorio fue arrasado. Todas las aldeas y todos los caseríos fueron pasto de las llamas, el ganado fue sacrificado, las legiones y los animales que llevaban se alimentaron del trigo; las lluvias otoñales pudrieron lo poco que quedó. Aunque alguno de los eburones hubiese conseguido ocultarse y sobrevivir, de todas formas habrían muerto por la falta absoluta de sustento.

En octubre, con una marcha de doce días, el procónsul trasladó las legiones al territorio de los fieles remos. Una vez que llegó a la capital Durocortorum, convocó la asamblea anual de la Galia y abrió una investigación sobre la conjura de los carnutes, que habían asesinado a Tasgecio, y de los senones, que habían atentado contra la vida de Cavarino.

La ciudad bullía de soldados. Diez legiones estaban acampadas alrededor, y la mayor parte de la nobleza guerrera de toda la Galia había acudido al juicio. Acón fue considerado responsable de la conspiración y condenado a la pena capital. Lo ajusticiaron conforme a la costumbre de los antepasados: ante decenas de miles de personas, apaleado a muerte con varas y luego decapitado. No pocos nobles galos se esfumaron rápidamente después de la ejecución, por temor al juicio de Roma.

Una vez disuelta la asamblea, César desplazó las legiones de manera muy diferente a la del año anterior, dejándolas todas muy concentradas en el centro de la Galia, listas para moverse en cualquier dirección. Dos legiones fueron enviadas a la frontera de los tréveros, dos entre los lingones y seis a Agedinco, en el territorio de los senones, la ciudad de Acón, donde expusieron su cabeza decapitada.

Los aprovisionamientos de trigo que el año anterior habían sido encargados a las poblaciones que hospedaban a las legiones, ese año se repartieron enseguida en cada guarnición. César partió al momento hacia Italia, dejando el mando a Labieno, que, con la legión XII, estaba a cargo de las seis legiones que iban a pasar el invierno en Agedinco.

Y fue justo allí donde Publio tomó la decisión definitiva de licenciarse. Además, la última herida no iba a curarse nunca, los dedos no le crecerían y no podría empuñar un gladio nunca más. Labieno trató de convencerlo por última vez de que se quedase, pero Publio Sextio sabía que lo hacía solo por amabilidad: centuriones mucho más capaces que un tullido sin los dedos de la mano derecha aspiraban al puesto en los primeros órdenes. Había llegado el momento de dejar para siempre la vida militar y de ir a Roma con su carta de recomendación. El dinero que Publio había ganado y el nuevo puesto cercano a los poderes políticos en Roma le garantizarían una vida más que honorable y cómoda.

Se unió a un grupo de otros veteranos en licencia que se retiraban en la Cisalpina para hacer la primera parte del viaje juntos. Entre ellos estaba Cayo Cornelio, al que todos llamaban Tenaz; había estado en buena parte de la campaña de la Galia, en la tercera cohorte de la legión XII, y se había ganado una *corona castrensis* por haber sido el primero en entrar empuñando las armas en un campamento enemigo. También, Sextio Marciano Torcuato, que había matado en duelo a un jefe de clan de los nervios años atrás y se quedó con su torques, así como con su cabeza. Otro veterano que se había unido al grupo era Marco Ulpio Granio, un pastor que hizo fortuna en las legiones. Cerraba la fila de los conocidos un gran hijo de puta, el tal Vócula que se había reído de Publio Sextio cuando estaba herido en el campamento de Atuatuca.

Los cinco decidieron compartir gastos para comprar tres carros, en los que cargaron todo lo necesario. Eran licenciados que dejaban el ejército con los caudales de toda una vida, y ya no contaban con legiones enteras que defendieran los bagajes: así que optaron por conservar el aspecto de soldados en activo que llevaban un cargamento a Cénabo, acompañados por el habitual montón de esclavos y criados, también cargados como mulas.

Llegados a la ciudad, Publio Sextio le enseñó al comandante de la guarnición militar la carta de recomendación con el sello de Labieno, y en poco tiempo el grupo quedó instalado en viviendas muy decentes y muy cerca de las murallas. Esa misma noche, el exprimipilo fue invitado a cenar por el gobernador de Cénabo, Cayo Fufio Cita, a su residencia en las afueras de la ciudad. Cita era un équite romano, que por orden de César se ocupaba del aprovisionamiento de trigo del ejército, cargo que lo enriquecería en poquísimo tiempo.

Llegado a la villa, Publio presentó de nuevo su carta de recomendación y siguió, con la mano herida oculta bajo un borde de la túnica, al *nomenclator* que iba a presentarlo a los otros invitados y conducirlo ante el gobernador. La noticia de un invitado recomendado personalmente por Labieno se había extendido con rapidez, y un enjambre de maniobreros solo esperaban conocerlo para ofrecer o pedir favores.

En cuanto llegó a la sala, los músicos entonaron una melodía para llamar la atención de los otros invitados. El *nomenclator* anunció la llegada del hombre de Labieno, que fue recibido con una sucesión de saludos corteses, al tiempo que el gobernador se le acercaba.

—Es un placer conocerte en persona, Publio Sextio Báculo.

—El placer es mío, gobernador.

—¿Te agrada tu alojamiento?

—Por supuesto, no podría haber pedido nada mejor.

—Me complace, por favor, ponte cómodo.

Otro esclavo le señaló a Publio un triclinio en medio de los otros comensales y le tendió un barreño de agua perfumada para que se lavase las manos. Tras un momento de turbación, Báculo se enjuagó la mano izquierda.

—Me han contado cosas terribles de Atuatuca —continuó Fufio Cita.

—Es un lugar maldito. Ya lo era antes de que llegáramos y ahora lo será todavía más, solo han quedado cadáveres y depredadores nocturnos.

Entró otro esclavo, esta vez con una bandeja en la que había copas de vino.

—¡Brindemos por tu valentía, Publio Sextio! Me han contado lo que hiciste en la puerta Pretoria del campamento.

Publio levantó su copa con la zurda, gesto que todavía le resultaba raro, y bebió un trago de ese *mulsum* endulzado, que estaba delicioso.

—¿Cómo está la herida?

—Necesitará tiempo, pero según parece no me moriré de esto.

—Me alegra saberlo. ¿Y hacia dónde te diriges? ¿Si puedo...?

—A Roma.

—Ah, no puede haber mejor destino.

Los músicos tocaron un tema oriental y dos bailarinas empezaron a revolotear con cintas de colores atadas a la cintura.

—Sí —continúo Báculo tras un instante de desconcierto ante los giros de las dos chicas—. Cénabo es la primera etapa del viaje, Labieno me ha propuesto para un puesto en el *aerarium*.

—Nada menos...

Los esclavos empezaron a poner en las mesas aperitivos ricamente decorados, platos que Publio no había visto nunca. Había todo tipo de exquisiteces, desde caracoles aliñados con toda clase de salsas hasta lentejas, guisantes y calamares, setas y ostras.

—Aquí en Cénabo no os falta de nada —dijo el exprimipilo a la vez que probaba unos huevos sin apartar la vista de las bailarinas.

—Bueno, nos lo merecemos, primipilo. El procónsul de las Galias me ha enviado aquí para convertir Cénabo en protectorado y sede de intendencia militar para la distribución de los avituallamientos del ejército, y eso ha traído a un montón de comerciantes de todas partes, hasta el punto de que ahora llaman a la ciudad «emporio de los carnutes» y se ha convertido en el mayor centro comercial de toda la región.

Publio miró otra vez a las bailarinas.

—Veo que no solo a comerciantes.

Fufio Cita se rio.

—Sí, no solo a comerciantes, sino a todo lo que rodea el dinero. Supongo que en las legiones no se ven muchos espectáculos así.

—Hablando de dinero, necesitaría hablar contigo precisamente de temas financieros, si no te importa.

—No me importa, ¿de qué se trata?

—Llevo conmigo los ahorros de toda mi vida, y, como podrás suponer, en este viaje a Roma no duermo tranquilo.

—Me lo puedo imaginar, pero creo que tengo lo que necesitas. Mañana te presentaré a mi banquero, ya verás cómo encontramos una solución.

—Te lo agradezco.

—No es nada, los hombres de Labieno son bienvenidos. Si necesitas algo más, me tienes a tu disposición.

—Bueno, sí, sí necesitaría algo más.

—Dime.

—¿De dónde es la bailarina con las cintas rojas y los rizos rubios?

Los dos rompieron a reír.

—¿Esa? De Puerto Icio, si no recuerdo mal. Ahí hay de todo.

—Sí, yo también he estado. Pero ¿te encontrabas ahí con la expedición de César?

—Por supuesto, Fufio Cita siempre está un paso detrás de César para aprovisionarlo de trigo.

—Pues tendrías que estar ahora en Italia.

Fufio Cita de nuevo se rio.

—No, me refería a aprovisionar de trigo a sus legiones. César, en efecto, está donde están los suyos, y, como sabrás, sus legiones están en Agedinco.

—Sí, y me parece increíble que haya dos mundos tan diferentes separados por ochenta kilómetros. El aire que se respira en Agedinco es completamente distinto.

—Ahí se encuentra el ejército, y mientras allí hay muchas legiones, nosotros aquí estamos tan tranquilos pasándolo bien.

Pasaron al segundo plato, y con él llegaron mimos y bufones. Un esclavo rellenó las copas, Publio miró el espectáculo y se rio. Era una hermosa velada, llena de vida y risas, algo que seguramente nunca había vivido en su vida. Bebía tumbado en el triclinio, comía manjares y disfrutaba por primera vez después de años de guardias, batallas, imprecaciones, sudor y sangre.

Mojó una pequeña albóndiga en *garum*.

—Esta salsa es deliciosa, Cita.

—Eso espero, Publio Sextio, con lo que me cuesta traerla directamente de la Bética. Pero he de reconocer que como la hacen ellos no la sabe hacer nadie.

Otro trago de vino.

—También el vino es de la Bética, claro que no está a la altura de los nuestros, pero endulzado y aromatizado entra muy bien.

—Entra estupendamente, Cayo Fufio.

Otra carcajada y otra vez les rellenaron las copas. La conversación con Cita se fue haciendo cada vez más amistosa y tras cada trago el vino reducía la distancia ente los dos, tanto es así que la séptima vez que le rellenaron la copa Publio le pidió abiertamente a su anfitrión la bailarina para la noche.

—Amigo mío, tienes una recomendación de Labieno y eres un héroe. Puedes llevarte si quieres a las dos bailarinas, pero te aconsejo que dejes de beber y comer si quieres pasártelo bien con ellas.

Publio se rio, pero sabía que el gobernador tenía razón. No estaba acostumbrado a ese vino y a esa comida después de haberse pasado una vida comiendo pan de munición y bebiendo agua alargada con vinagre. Pero eso le dio igual al veterano de Labieno, que siguió disfrutando de la velada y de la noche hasta que se sumió, cansado y borracho, en el olvido.

Publio Sextio parpadeó varias veces antes de poder mantener abiertos los ojos hinchados y rojos. Todavía estaba oscuro, pero la habitación la alumbraba la débil luz amarillenta de las lucernas. La cabeza le retumbaba como un tambor y la garganta le ardía con una sed insoportable. El exprimipilo se levantó de ese lecho de almohadones y, mirando a las dos mujeres que dormían, reconstruyó poco a poco la velada y lo que había pasado después. Esbozó una sonrisa satisfecha antes de mirar hacia la puerta de la habitación.

—¿Hay alguien? Tengo sed.

Nadie respondió, se oyeron solo relinchos de caballos a lo lejos, quizá de los establos de la finca de Cita.

—¡Agua, maldición!

El centurión miró alrededor. Se puso la túnica y buscó en el suelo su calzado, el suelo de mármol estaba especialmente frío esa noche. Además del calzado, encontró la carta de recomendación de Labieno, que sin duda se le había caído por la noche. La recogió y la guardó en la túnica.

—¡Agua, agua! ¿No hay nadie, maldición?

Seguía sin recibir respuesta. Publio llegó tambaleándose y a oscuras a la puerta de la habitación, creyó oír algo en la lejanía, pero no sabía si era un ruido o el pitido en los oídos que lo perseguía desde la quinta copa.

Se frotó el rostro con la mano y paró. Sí, había oído algo a lo lejos, como una mesa que se volcaba, o por lo menos eso creyó.

—Eh, ¿hay alguien?

Por toda respuesta, otro ruido que Publio no pudo identificar. Después, el pateo de pezuñas fuera, y esa vez oyó con toda claridad un grito. Unos pasos se acercaron a la sala de al lado. Publio Sextio se colocó en una esquina oscura detrás de la puerta poco antes de que tres figuras pasaran furtivas sin reparar en su presencia. Los tres siguieron hacia la habitación en la que dormían las mujeres con las que había estado, y, antes de que cruzaran la puerta, Publio vio la hoja de un cuchillo brillar a la luz de una lucerna. Debían de ser sicarios, no eran desde luego los esclavos que acudían con el agua que había pedido.

Sin demorarse más, Publio salió de la puerta por la que los tres acababan de pasar, para irse de la casa lo antes posible, y cuando oyó los gritos de las dos mujeres, echó a correr en busca de la salida, pero otras voces lo pararon.

La residencia del gobernador debía de estar llena de sicarios. A lo mejor esos hombres no estaban ahí por él, sino por cualquiera que se hallase en ese lugar. Publio se pegó a otra pared y miró desde la puerta. Entre gritos y súplicas, vio que unos soldados sacaban a la fuerza a todos los que encontraban en el interior de la villa y que, de uno en uno, los mataban en el patio, degollándolos como si fueran animales.

La voz aterrorizada de Cita resonó en la sala antes de apagarse en un estertor. Llevaron entre cuatro al gobernador al patio y lo obligaron a arrodillarse atizándole puñetazos y patadas. Uno de los cuatro lo agarró del pelo y le levantó la cabeza, enseñando el rostro del gobernador a otros hombres. Publio se fijó en sus largas barbas y en sus túnicas: solo podían ser druidas.

Cita imploraba aterrorizado, mientras los otros lo tenían sujeto. Hicieron falta tres espadazos para decapitarlo, entre gritos de escarnio que se tornaron de júbilo cuando, al hundirle la espada por tercera vez, su cabeza quedó entre las manos del que la agarraba del pelo, mientras el cuerpo caía al suelo en una cascada de sangre.

Uno de los druidas tendió una pica, en la que clavaron la cabeza del gobernador, que fue elevada al cielo de Cénabo cuando se teñía de los colores del alba. Entre más gritos de júbilo, siguieron sacando funcionarios que también degollaron. Era una masacre.

Publio retrocedió un paso y volvió a la sombra. Tenía que encontrar otra salida. Se giró hacia el lado por el que había llegado y oyó aparecer a los otros tres, los que lo habían ido a buscar. Iban con las dos chicas, que lloraban. Dejó pasar a los dos primeros, que arrastraban del pelo a una de las bailarinas. El tercero llegó a continuación, la chica de los rizos dorados, completamente desnuda, daba patadas y se retorcía, complicando mucho más la tarea de sacarla. Nervioso, el hombre, después de darle un fuerte empujón, le dio un violento golpe en la espalda, con lo que la tiró al suelo muy cerca de donde estaba Publio. Cuando el sicario se abalanzó sobre la chica para levantarla, el primipilo aprovechó el momento, salió de la sombra y le partió la nariz de una tremenda patada.

El hombre cayó de rodillas agarrándose la nariz, Publio cogió enseguida el arma del sicario que estaba en el suelo y se la hundió en el cuello, impidiéndole gritar.

—¿Hay otra salida?

La mujer se volvió y reconoció en la sombra a su salvador.

—¿Hay otra salida? —repitió Publio.

—Sí, en los huertos —dijo ella jadeando.

Sextio cogió la capa del cadáver tumbado sobre su sangre. Miró alrededor tratando de averiguar dónde había bulla y movimiento de gente, ruido de platos rompiéndose y gritos.

—Tú corre hacia esa salida, yo iré detrás de ti fingiendo que soy uno de ellos. ¡Corre!

La mujer se levantó y echó a correr, seguida por el romano. En la confusión general, los dos cruzaron la puerta que daba al patio de las ejecuciones sumarias y también una especie de peristilo, donde tres hombres se ensañaban con un guardián moribundo. Los sobrepasaron y se metieron de nuevo en la oscuridad de una sala, donde ella se estrelló contra un hombre grande y fuerte que la cogió al vuelo y no la soltaba. Riéndose, el coloso la inmovilizó y le dijo algo a Publio, que se le acercó, mirándolo fijamente.

Cuando el coloso comprendió a quién tenía delante, ya había recibido un puñetazo en el cuello. También cayó con la boca abierta, sin emitir ningún sonido.

—¡Corre!

Con la fuerza de la desesperación, la chica cruzó veloz la sala del banquete de la noche previa, pasó por encima de los cuerpos sin vida de dos esclavos y entró en las cocinas, donde se cruzó con dos hombres que se estaban llevando todo lo que encontraban. Había mucho que coger como para preocuparse de una mujer que trataba de huir, prácticamente ni la miraron y los dos pudieron salir al jardín que daba a las cocinas, donde se cultivaban las plantas aromáticas y los árboles frutales.

La chica siguió corriendo, hasta que, ya sin aliento, paró.

—¿Por dónde se sale?

—No..., no hay salida.

—¿Cómo que no hay salida?

—Esto es el *hortus*, está rodeado de muros. Era la única manera de salir de la casa sin pasar por el patio, pero por aquí no hay puertas.

Publio miró de un lado a otro.

—Treparemos.

—Son muros altos.

—De alguna manera lo conseguiremos.

Sonaron fuertes gritos en la casa. Los dos se escondieron detrás de un seto y vieron gente armada salir de las cocinas y mirar alrededor antes de volver al interior. La chica temblaba de frío, cubriéndose con los brazos. Publio cogió la capa que le había quitado al sicario y se la tendió.

—Tápate.

—Tengo miedo.

Publio Sextio la miró, el aliento se condensaba en el aire frío del alba. Estaba solo, sin sus hombres, sin su armadura y su yelmo, y empuñaba un cuchillo oxidado con la mano contrahecha.

—¿Cómo te llamas?

—Valia.

—Si sientes miedo, Valia, significa que todavía tienes una esperanza. Transforma ese miedo en aliento y fuerza para huir de aquí, ¿de acuerdo?

—Sí... —respondió ella con los labios temblándole de frío.

Publio se asomó para mirar hacia las cocinas, de donde salía el ruido de vajilla rota, luego se puso a escrutar el *hortus* con sus árboles frutales.

—Los dioses nos dan una posibilidad, Valia. ¿Ves ahí abajo? Hay una escalera para la cosecha y la poda de los frutales, la usaremos para trepar la pared.

Valia asintió sin dejar de temblar.

—¿Estás lista?

—Sí.

—¡Vamos!

Los dos corrieron agachados detrás del seto y se adentraron por en medio de los árboles. Publio se puso el cuchillo entre los dientes, cogió la escalera y fue hasta el muro. Miró las cocinas, de donde seguían llegando ruidos del saqueo, y luego apoyó la escalera en el muro.

—¡Venga, sube! —ordenó volviendo a coger el puñal.

Valia empezó a subir, y se resbaló en el preciso instante en el que oyeron un ruido.

—¡Nos han visto, muévete!

La chica se agarró a la escalera con las pocas fuerzas que le quedaban para seguir subiendo.

—¡Maldición, muévete!

Dos hombres aparecieron en el huerto, uno de ellos tenía una lanza y el otro una espada.

Publio empujó a Valia hasta el borde del muro y la alcanzó rápidamente, se volvió e intentó levantar la escalera. La punzada de dolor en la mano le recordó su mutilación, y con un gruñido trató de subirla solo con la izquierda. El hombre de la lanza se detuvo y apuntó. Publio subió la escalera y la tiró al otro lado del muro, echando una rápida ojeada a la distancia del salto. Podía conseguirlo.

—¡Tírate! —gritó antes de lanzarse a la hierba alta de abajo y rodar por entre los setos. Enseguida se incorporó, lleno de arañazos y sintiendo los dolores de todas sus batallas por doquier.

—Valia...

La chica estaba tumbada en la hierba, con la lanza clavada en la espalda. De dos zancadas el veterano de Labieno llegó a su lado.

—Valia...

Jadeaba, los brazos y las manos temblaban, estaba lívida. Publio había visto a muchos así, y sabía que ya no había nada que hacer. Meneó la cabeza y siguió su instinto de hombre de armas. De un fuerte tirón extrajo la lanza, fue a la base del muro que acababa de saltar, contra el que apoyó la espalda, mirando hacia arriba. Oía a sus dos perseguidores maniobrar al otro lado, trataban de ayudarse mutuamente para llegar al borde del muro, y, en efecto, no le falló la intuición.

Vio la cabeza de los dos asomarse y fijarse en el cuerpo de la chica, sin percatarse de que él estaba abajo. Esperó un poco a que el hombre llegase al pie del muro, entonces le clavó la punta de la lanza en el costado, tratando de que cayera hacia el otro lado.

Y cayó dando un batacazo justo delante de él, con la boca abierta pero sin conseguir gritar. Tenía el brazo roto y el golpe en la espalda le había cortado la respiración.

—¿Querías joder a Publio Sextio Báculo, hijo de puta?

Despiadado, el romano le plantó un pie en la muñeca izquierda antes de clavarle la mano en el suelo con la lanza, y esta vez el hombre sí gritó.

—¿Duele, eh? —Publio se inclinó y le quitó el cinturón y el bálteo con la espada a su víctima—. Ahora démosle una bonita sorpresa a tu amigo.

Agarró la espada y observó la empuñadura que terminaba en un doble pomo, y con violencia golpeó varias veces al hombre en la cara, dejándolo agonizante en una máscara de sangre antes de coger la lanza y volver al pie del muro para esperar al otro perseguidor. A ese no necesitaba tirarlo hacia este lado del muro, Publio ya contaba con todo lo necesario para tratar de sobrevivir en ese maldito amanecer. No bien el hombre se asomó, Publio le clavó la lanza en el cuello, matándolo en el acto, luego la retiró haciendo que se cayera hacia el otro lado; volvió entonces donde el primer perseguidor, que agonizaba, y le quitó la capa. Se puso el bálteo, la espada, el cinturón y la capa, sin dejar de mirar al hombre que estaba en el suelo.

—Perdóname, pero tengo prisa, te dejo aquí muriendo solo, tardarás todavía un poco, que disfrutes.

Volvió entonces al lado de Valia y se inclinó. Ya no temblaba, había muerto con sus preciosos ojos todavía abiertos.

—Eras realmente maravillosa. Lo siento, Valia, que tengas un buen viaje.

Acarició sus cabellos y enseguida se incorporó. Miró a derecha e izquierda del muro. La izquierda significaba pasar por delante de la entrada de la villa, con todo lo que ello comportaba, pero también significaba ir hacia Cénabo, donde estaban los demás con todo su dinero y pertenencias; por la derecha, en cambio, se alejaría lo más rápidamente posible y trataría de echarse al monte para salvar el pellejo. Fue hacia la izquierda, despotricando para sí hasta el final del muro, y con cautela se fijó en la calzada que conducía hacia Cénabo.

—Te matarán si vas a Cénabo... —murmuró antes de mirar hacia el otro lado de la calzada. Había un campo de trigo, detrás del cual empezaba un bosque y, sin pensárselo dos veces, Publio atravesó la calzada y el campo, sintiendo el dolor en la espalda a cada paso.

Llegó a los árboles y se encaminó hacia Cénabo sin dejar de despotricar, mientras trataba de convencerse de que lo que había visto en la residencia del gobernador era un hecho aislado contra Cita; Cénabo no podía haberse ensañado contra los romanos, que tenían legiones acampadas a ochenta millas de distancia. No podía, era una absoluta locura. Debía de ser cosa de unos druidas lunáticos que habían sufrido algún agravio. Además, Cita llevaba el comercio de todo el ejército, seguramente había favorecido a alguien y perjudicado a otros provocando malestar, o quizá había castigado a la persona equivocada.

Oyó ruido en el bosque y se agachó detrás de unos arbustos, viendo a lo lejos a unos hombres correr entre los árboles. Era una cacería al hombre, mejor dicho, a dos hombres, y las presas eran nada menos que Sextio Marciano Torcuato y Cayo Cornelio, el Tenaz.

Los perseguían cuatro hombres a pie, pero además de ellos había dos jinetes que llegaban del campamento, que iban a dar alcance a los fugitivos en pocos instantes y que descubrirían también a Publio si se movía, porque se dirigían precisamente hacia él.

—Un día espléndido. Pensar que acaba de amanecer y solo estamos empezando.

Báculo se incorporó en cuanto tuvo a los dos jinetes cerca. La repentina aparición del romano los pilló a ambos desprevenidos y el que se hallaba en la mejor trayectoria apenas había tirado de las riendas cuando la lanza del primipilo se le clavó en pleno pecho y cayó de su caballo.

El romano echó a correr hacia el hombre que había herido y como un rayo recuperó su lanza para encargarse del otro jinete.

—Venga, cabrón, enséñame lo que sabes hacer.

Publio daba vueltas alrededor de los árboles para que el jinete no pudiera arremeter contra él. Se afrontaron, el caballo piafaba y Báculo amagaba ataques para enseguida retroceder detrás de un tronco. Cuando el primipilo advirtió que a su rival le estaba costando dominar la cabalgadura, avanzó y le pegó al animal en el cuello. El caballo se encabritó, desarzonando al jinete, Publio Sextio arrojó la lanza, pero esta vez no dio en el blanco y el palo se perdió entre el follaje.

El galo rodó y se levantó enseguida con el arma en la mano, y rojo de ira se abalanzó sobre Publio, que extrajo su espada, demasiado larga e incómoda para su mano izquierda. Paró un par de violentos mandobles yendo hacia atrás, y trató de dar una torpe estocada, que cayó en el aire. Esquivó un tercer golpe, pero se había dado cuenta de que se las tenía con alguien fuerte que sabía luchar bien. Esa mano, el hombro y la espalda iban a ceder pronto a los golpes del enemigo, y, en efecto, a la cuarta parada el mango de la espada resbaló de la mano del romano, que retrocedió, cayó y trató de rodar lejos, perseguido por su adversario, que seguía hendiendo el aire.

Publio se levantó y por un momento le dio la espalda a su enemigo, en busca de un tronco que le sirviera de escudo, pero tropezó con la capa y se volvió a caer. Instintivamente, se giró y levantó la zurda como si sostuviese un escudo invisible. Era lo único que le había quedado para interponer entre su rostro y la espada que se estaba elevando para caer sobre él, como la ejecución de una sentencia de muerte.

Los ojos y la boca del enemigo se abrieron de par en par y de su pecho salió la punta de una lanza. El hombre cayó de rodillas con la espada todavía en la mano, antes de desplomarse presa de convulsiones. Detrás de él apareció la silueta de uno de los compañeros de viaje de Publio.

—Vócula...

Tito pisó la espalda del galo agonizante para sacarle la lanza, y cada vez que tiraba de ella le partía un poco más el pecho a su víctima.

—Levántate, centurión, tenemos que ayudar a los otros.

—¿Qué ha pasado en Cénabo?

Vócula consiguió por fin recuperar su arma.

—Una masacre. Están matando a todos los romanos. Entraron en las viviendas mientras dormíamos, no sé ni cómo pude escapar.

Publio Sextio se puso de pie y cogió la espada, fue hacia el caballo agonizante y sacó las lanzas de la aljaba, luego miró a Tito:

—Vámonos.

Cogieron el caballo que quedaba y montaron. No tardaron en dar alcance al grupo que perseguía a sus dos compañeros. Vócula se apeó y atrajo la atención de los perseguidores, que pararon, mientras Publio llegaba donde sus amigos con el caballo para entregarles las armas que les habían quitado a los jinetes.

—Coged esto, muchachos, y vayamos a matar a esos cabrones.

Torcuato respiró hondo, luego recogió la espada y la lanza.

—Lo haré solo.

Como una manada de lobos, los licenciados del ejército se acercaron a sus perseguidores. Las tornas se habían invertido y los predadores se habían convertido en presas. Tenaz, Torcuato y Vócula estrecharon el círculo contra los galos. Uno de ellos quiso enfrentarse a Vócula, pero le cayó una lanza en la barriga antes de que pudiera acercarse a él. Otro, a la vista de que las cosas se ponían feas, trató de huir, pero Publio lo alcanzó y lo atravesó por la espalda con un golpe certero.

Cuando regresó con sus amigos, la lucha ya había concluido. Los dos últimos perseguidores yacían en el follaje mientras los otros los despojaban de todo.

—¿Granio? —preguntó Báculo apeándose del caballo.

—Granio no lo ha conseguido —respondió Torcuato mientras le quitaba la cota de malla a uno de los cadáveres—. Trató de rechazarlos, pero eran demasiados.

Publio Sextio se sentó, exhausto, con la espalda apoyada en un tronco, y habló él, ya que los otros callaban.

—¿Nuestro dinero?

Cornelio, el Tenaz, meneó la cabeza.

—No hemos podido coger nada, estábamos durmiendo y de repente tuvimos que salir por piernas.

Publio Sextio soltó la espada y se frotó nervioso el rostro.

—Pero ¿cómo es posible? —estalló—. ¿Cómo es posible que los carnutes hayan hecho esto? Un pueblo del tamaño de un barrio de Roma que perpetra una masacre de romanos sin pensar en las consecuencias.

Los otros tres lo miraban sin saber qué responder. Hasta que Tenaz habló.

—Cuando César se entere, los matará a todos.

—Sí, claro, pero nosotros lo hemos perdido todo.

Vócula señaló la fortaleza en la lejanía.

—Nuestros soldados siguen ahí.

—¿Y? —dijo Torcuato—. ¿Acaso crees que entre cuatro vamos a poder asediarlos?

—Puedo hacerlo solo, si tú no te atreves.

—Ten cuidado con lo que dices...

—¡Parad! —intervino Publio—. Puede que seamos los únicos cuatro romanos supervivientes de Cénabo, evitemos matarnos entre nosotros antes de que lo hagan los galos.

Los tres se calmaron.

—Lo que ha ocurrido aquí hoy al amanecer —continuó Publio Sextio— lo sabrá toda la Galia antes del ocaso, podéis estar seguros de ello, así que si queremos sobrevivir, tenemos que llegar a la legión más cercana.

—¿A Agedinco?

—Creo que es la única solución, Torcuato.

—¿Y el dinero? —preguntó de nuevo Vócula.

Publio Sextio meneó la cabeza.

—Creo que solo podemos recuperar algo reincorporándonos a filas y confiando en la victoria. Labieno nos conseguirá lo que nos han quitado, o al menos lo que se pueda recuperar.

Tito Vócula meneó la cabeza.

—Pues es estúpido moverse ahora, la calzada de Agedinco debe de ser la más peligrosa. Habrá un ir y venir continuo de exploradores a caballo vigilando los movimientos de las legiones. Nosotros somos cuatro con un caballo y no podríamos hacer nada contra unos jinetes. Propongo que averigüemos bien qué está ocurriendo, a lo mejor los de Cénabo han fraguado esta tremenda revuelta porque siguen rabiosos con César por lo de Tasgecio.

—Quizá —intervino Tenaz—, pero dudo de que los carnutes hayan entrado en guerra con Roma por su cuenta. Esta ciudad prosperaba comerciando con toda la región precisamente por las mercancías que llegaban o acababan en Roma a través del río.

Publio asintió.

—Yo también lo dudo.

—Pero si estuviésemos aquí con nuestro dinero, ¿qué camino cogeríais? —preguntó Vócula—. ¿El del norte, hacia Agedinco, o el del sur, siguiendo el río hacia Gergovia y Auvernia como habíamos planeado?

Hubo un momento de silencio.

—¿Torcuato?

—Sur.

—¿Tenaz?

—Sur.

Publio se frotó la mano herida y luego añadió su dictamen.

—Sur, hacia Auvernia.

Vócula abrió los brazos.

—Me parece entender que la revuelta de los carnutes ya nos da exactamente igual.

—Así es —dijo Publio poniéndose de pie—. Pero no tenemos nuestro dinero, Vócula, y si queremos recuperarlo será más fácil salir vivos siendo veinte mil que cuatro. Así que, aunque nos dé igual la revuelta de los carnutes, creo que debemos estar con la legión de Agedinco.

—Ya no estamos en el ejército y tú ya no mandas, Báculo —lo señaló con un dedo Vócula—. Además, dadas las condiciones en las que te encuentras, diría que eres quien más necesita que alguien esté a su lado para sobrevivir. Hace poco, si no hubiese estado, ya habrías muerto. Decidámoslo por votación.

El exprimipilo miró a Tito y asintió.

—Tienes razón, Vócula, pero te diré más, da igual decidirlo por votación. Yo de todos modos iré a Agedinco, vosotros haced lo que queráis.

—Un momento, un momento —interrumpió Torcuato—, me parece más que evidente que nuestras posibilidades de sobrevivir son ya muy escasas, y, cuanto más nos dividamos, más escasas serán aún. Tenemos que permanecer unidos.

—Te veo optimista, Marciano —dijo Tenaz—, yo creo que nuestras posibilidades de sobrevivir en una región insurrecta, cuando toda la Galia puede arder en cualquier momento como una lucerna lanzada a un pajar, son prácticamente nulas.

—No —replicó Publio—. Por el simple hecho de que estamos aquí. Nos hemos librado de una masacre sistemática en plena noche, y, tal y como hemos escapado de eso, podemos salvarnos de otra cosa. Mientras sigamos con vida, tenemos opciones de conseguirlo. —El exprimipilo miró a Vócula—. Tienes razón, si estoy aquí de pie hablando ahora es gracias a ti, y salvándome a mí has permitido que los salvásemos a ellos, y también aciertas en que a lo mejor en este momento nos conviene ocultarnos aquí y aguardar a ver qué ocurre los próximos días.

Hubo otro momento de silencio, Vócula se había impuesto al primipilo, podía ser suficiente.

—Bien..., entonces, si todos estamos de acuerdo, recojamos cuanto llevaban encima los que querían matarnos y escondámonos en algún sitio para averiguar qué alcance tiene esta revuelta. Dentro de un día o dos sabremos mejor qué hacer.

XXXIV

Epasnacto

—¿No tienes hambre?

Vercingétorix miró a Damona y esbozó una sonrisa.

—Está todo muy rico, pero hoy no tengo mucho apetito.

—Desde hace tiempo estás muy meditabundo.

—Sí.

—¿Otra vez te tienes que marchar?

—Todavía no lo sé, por eso estoy meditabundo.

La chica se le acercó y le puso una mano en el hombro.

—¿Lo estás porque te gustaría quedarte o porque deseas irte?

El hombre dejó la comida y la miró, la entrada repentina de Vercasivelauno en la casa lo sacó del apuro.

—Hay noticias, Rix.

Vercingétorix se levantó enseguida.

—¿De qué se trata?

—Cénabo...

La mano de Damona soltó su hombro. Él la miró.

—Me tengo que ir.

—Tampoco estabas aquí.

—Volveré, Damona, y esta vez será para siempre.

—Siempre dices lo mismo.

—No, decía que volvería pero no para quedarme para siempre. Esta vez me quedaré.

La chica quitó de la mesa la comida que había preparado para todo el día.

—Créeme...

—Da igual, vete.

Por primera vez en su vida, Rix habría querido quedarse, pero el destino lo había llamado a través de las palabras de Vercasivelauno, y esa voz era demasiado fuerte como para no escucharla. Le echó una última mirada a Damona, a la que ella no correspondió, luego se volvió hacia su nervioso primo y lo siguió a la calle, al frío de esa noche de invierno.

—Ha llegado Critoñato con un grupo de jinetes.

—¿Critoñato, el noble de Gergovia?

—Sí, él, nos ha traído la noticia de que Gutruato y Conconnetodumnos han hecho lo que prometieron. Han matado a todos los romanos, se habla de cientos de muertos —continuó Vercasivelauno—. La revuelta ha empezado.

—¿Cuándo ha sido?

—Esta mañana al amanecer. El rumor está circulando por toda la Galia.

—Convoquemos enseguida una asamblea de nuestros aliados y enviemos mensajeros a todos los rincones de la región. Hay que actuar enseguida, antes de que el rumor llegue a Italia y a César.

—Ya he mandado un mensaje llamando a los hombres. Esta vez todos los clientes de tu padre se presentarán en armas.

—Bien, pero quiero que el rumor de nuestro apoyo llegue también a los carduces, los turones, los aulercos, los lemovices y a más pueblos, hasta el mar. Es hora de ver si los contactos y los juramentos que hemos hecho se transforman en hombres.

—Estoy seguro de ello.

—Mientras esperamos su respuesta iremos a Gergovia con Critoñato y con los que se presenten de los nuestros.

—¿No evitarás Gergovia?

—No, tenemos que ir a Gergovia y buscar el apoyo de todos los arvernos.

—Sabes que eso es imposible, Gobanición tiene bien sujetas las riendas del gobierno. Él y los aristócratas prorromanos nunca nos apoyarán.

—No busco su apoyo, Vercasivelauno.

Su primo lo miró.

—Ten cuidado, asesinaron a tu padre, no vacilarán en hacer lo mismo contigo.

—Pero mi padre estaba solo y no creía que pudieran llegar tan lejos. Nosotros vamos a ser miles. Las cosas han cambiado y ya hemos conseguido varios acuerdos desde nuestro regreso a Auvernia. Acuerdos que ahora tienen que concretarse en alianzas y en hombres. El propio Critoñato es de Gergovia, pero se ha puesto a nuestra disposición.

—Me parece arriesgado, Rix, los hombres que hemos reunido ya son bastantes, ¿por qué no unirnos simplemente los que somos con los carnutes?

—No, toda la Auvernia ha de estar con nosotros. Si nos presentamos a los carnutes con Auvernia de nuestro lado, tendremos un peso no desdeñable en esta revuelta. Incluso podríamos ser el contingente más numeroso. ¿Sabes qué supondría eso? Que nosotros dictaremos las condiciones de la guerra y de la paz.

Vercasivelauno miró a su primo.

—Estás apuntando muy alto.

—Si hemos de luchar contra semejante enemigo, es preferible estar al mando, Vercasivelauno.

—No conocemos bien a Critoñato, ¿estás seguro de que te puedes fiar de él?

—Tenemos que fiarnos de los que vienen a poner la espada a nuestra disposición.

Cuando la noticia de la matanza de Cénabo se conoció en toda la Galia, hubo otra no menos sorprendente: el hijo de Celtilo se había rebelado contra Roma y estaba reuniendo a los arvernos para luchar contra ella.

La noticia llegó a Gergovia junto con los pasos de miles de cascos de caballos a la noche siguiente, alborotando toda la ciudad. El *oppidum* de los arvernos estaba alumbrado por miles de antorchas cuando Vercingétorix y sus hombres llegaron. Gracias a Critoñato y sus cómplices, Rix encontró las puertas de la ciudad abiertas y pasó a caballo debajo de las torres de entrada, rodeado por una multitud que había acudido a ver qué acontecía; y en medio del ruido de los cascos que rebotaba entre los muros de las casas, más de una voz se elevó, aclamándolo.

Una vez que llegó a la puerta de la sala de audiencias, Vercingétorix detuvo a Esus delante de los escuderos de los aristócratas armados que vigilaban el edificio.

—Son muchos más que nosotros, Rix —le susurró Vercasivelauno.

Rix se apeó del caballo y avanzó entre las miradas amenazadoras, hasta que algunos hombres de su estatura se le plantaron delante, impidiéndole seguir.

—Soy Vercingétorix —empezó mirándolos con el aliento condensándose en el aire helado—, hijo de Celtilo, arverno como todos vosotros. Tengo que hablar con los jefes del gobierno de Gergovia y os pido que me llevéis ante ellos.

Hubo miradas nerviosas entre los hombres de Rix y quienes se encontraban delante de la sala de audiencias. La tensión aumentó, ambas partes se mantenían firmes y enseguida empezó una discusión acalorada, hasta que, gracias a la mediación de Critoñato, los consejeros de los aristócratas que presidían el gobierno propusieron que Vercingétorix entrase en la sala, desarmado, solo con su primo, con Critoñato y otros cinco acompañantes, elegidos entre sus más acaudalados y conocidos clientes, para que fueran garantes del encuentro.

La mirada mordaz de los magistrados los recibió al otro lado de la puerta que tantas veces, desde la muerte de su padre, Vercingétorix se había imaginado cruzar.

—¿Quién eres tú para presentarte aquí de noche y pedir audiencia pública?

Rix miró al hombre de larga barba que había hablado, buscando en él algún rasgo somático de su odiado tío, que seguramente se ocultaba en medio de ese grupo de aristócratas engreídos.

—Vercingétorix, hijo de Celtilo, de noble estirpe, perteneciente a la tribu de los arvernos, vengo aquí en paz para ser escuchado.

—¿En paz? ¿Presentándote con hombres armados en la puerta de esta sala? ¿Esa es la manera de presentarse a los magistrados de tu tribu para pedir audiencia?

—Sí, porque hace veinte años, en esta sala, mi padre, que vino sin escolta, fue asesinado.

La sala se sumió en el caos. Los magistrados se pusieron de pie y empezaron a gritar.

—¡Echadlo de aquí!

—Yo me he presentado, tú no. ¿Quién eres?

El hombre de la larga barba esbozó una sonrisa, molesto.

—Mi nombre es Epasnacto, represento a la aristocracia arverna.

Vercingétorix lo miró fijamente. Epasnacto, el nombre no le resultaba nuevo. Ambacto le había hablado varias veces de los nuevos aristócratas prorromanos de Gergovia que se habían enriquecido tras la muerte de su padre.

—Puede que representes a la aristocracia, Epasnacto, pero no a toda: me acompañan los hombres que no están de acuerdo con la labor de este gobierno.

—¡Este es un intento de derribar el gobierno!

Rix afrontó a Epasnacto con cara de pocos amigos, sin miedo, pero no tuvo tiempo de replicar porque alguien, de entre la multitud de miradas hostiles, se le adelantó.

—Tú solo quieres restaurar la monarquía que murió hace setenta años —gruñó Gobanición, el hermano de su padre, que se dirigió a él con una mirada que echaba chispas—, el mismo principio que siguió tu pérfido padre, un principio que hundiría a Auvernia.

Ese tono de voz devolvió enseguida a Rix a su infancia. Se vio niño, bajo la lluvia, llorando abrazado a su madre por la muerte de su padre, y esa visión hizo que las venas le latiesen. De niño lo había querido, siendo joven lo había odiado y temido; ahora miró a ese viejo, torciendo los labios en una expresión de desprecio que el tupido bigote no podía ocultar. El gentío que llenaba la sala se esfumó, estaban solos, a poca distancia el uno del otro, el tío ya viejo y el sobrino convertido en un hombre fuerte y robusto, que le sacaba dos palmos.

—Todos estos años me he preguntado dónde estarías...

—Estaba aquí.

—¿Y cómo podías vivir sin remordimientos?

—Hice lo que le convenía a Auvernia, una decisión que trascendía los vínculos de sangre, y estoy dispuesto a hacerlo de nuevo.

—La sangre es la sangre, estoy aquí por el mismo motivo, hacer lo que le conviene a Auvernia, y también en mi caso la decisión trasciende los vínculos de sangre.

—Pero ¿qué dices?

—Que tú y este gobierno de aristócratas que vivís en el lujo de vuestras residencias sois unos oportunistas, unos vendidos que habéis dejado nuestra tierra en manos de Roma, que con sus aranceles y tributos la han vuelto pobre y estéril.

—¿Cómo te atreves a juzgar la labor de esta noble gente? —gritó Gobanición.

Unos hombres rodearon a Vercingétorix, que retrocedió, desenvainaron las espadas, y Rix los fulminó a todos con la mirada mientras Vercasivelauno y Critoñato se colocaban entre él y las puntas de los aceros.

—Auvernia está oprimida —rugió Vercingétorix—. Debido a la insensata política de hombres como tú. Por vuestra avidez, no queda nada de lo que antaño fuimos, amos de toda la Galia junto con los heduos.

—¡Calla! —gritó el anciano levantando un dedo—. Calla, necio ignorante. ¿Por qué crees que Auvernia durante estos años de guerra en la Galia no ha sido tocada por Roma ni por los enemigos de Roma?

—Porque no tiene ningún peso político ni militar en la Galia.

—¡No! Aquí las legiones de Roma no han llegado nunca porque hemos trabajado por el bien de todos. Le hemos dado a Roma lo que ha pedido sin enemistarnos con los otros galos. Una guerra en Auvernia sería catastrófica y solo debilitaría más a nuestro pueblo.

—Vosotros habéis vendido Auvernia a los romanos. No han tenido ni que mandar aquí las legiones, a vosotros solo os han tenido que pagar, pues preferís vivir como súbditos a luchar como hombres libres.

—Mejor los impuestos y las mercancías, que una guerra con muertos y esclavos. Prefiero tener a Roma en la barriga a tenerla en el cuello.

Gobanición recibió una ovación de los suyos, que interrumpió Rix.

—¡La Galia, toda ella, no ve las cosas así y se está levantando! ¿Os enteráis? ¿Sabéis lo que ha pasado en Cénabo?

—Una masacre absurda que causará una guerra inevitable.

—Pero ¿qué creéis? —contestó Rix mirándolos—. ¿Que los carnutes han actuado de manera insensata desafiando a Roma solos?

—A los arvernos no les incumbe esa revuelta.

—¿Estás seguro, Gobanición? Yo, Vercingétorix, voy a unirme a los carnutes.

—Tú no actúas en nombre de este gobierno, tal y como no lo hiciste cuando fuiste a enrolarte en las filas de César.

—Solo soy el primero, miles de arvernos que no se reconocen en vosotros están dispuestos a seguirme.

—Solo puedes aprovecharte de la ignorancia de los campesinos y los siervos, Vercingétorix.

De nuevo estalló el caos, hubo gritos y empujones, hasta que la voz de Gobanición se impuso al vocerío.

—¡Quietos! ¡Guardad las armas!

Las protestas y las miradas feroces de los integrantes aristocráticos del gobierno de Gergovia continuaron largo rato. Había demasiada gente en esa sala como para eliminar a Vercingétorix y a los simpatizantes que estaban con él, muchos de ellos tenían cierta influencia en la población del campo.

—No podemos consentir que se infame a toda Auvernia con este ultraje —sentenció Epasnacto—. Pido a los magistrados aquí presentes que no reconozcan a este hombre y que lo manden al exilio, para así preservar nuestra imagen y para que no se nos asocie con la traición.

Se elevó un coro de aprobaciones.

—Se te destierra de Auvernia, Vercingétorix. Tienes un día de tiempo para dejar el país. Todo cuanto no puedas llevar contigo será confiscado.

—¿Tal y como hicisteis con las propiedades de mi familia aquí en Gergovia?

Rix miró de un lado a otro buscando posibles respaldos para rebatir, pero el muro de oponentes resultaba infranqueable, y los que estaban con él eran pocos.

—Expulsadme a mí y también a los mejores hombres de Auvernia, hombres que han elegido morir luchando, antes que renunciar a recuperar el legado de los antepasados, la antigua gloria militar y la libertad, como habéis hecho todos vosotros.

—Sal de aquí, y ten la valentía de decir a los que te sigan que compartirán tu destino. Quien vaya contigo será para siempre alejado de Auvernia entera. A partir de este momento no tenéis ni tierra ni patria; si os encontramos dentro de los límites de nuestra jurisdicción, no conservaréis la vida.

Rix y sus hombres dieron media vuelta para ganar la salida.

—Cualquier cosa que hagas hoy, Vercingétorix —sentenció solemne su tío Gobanición retomando la palabra cuando Rix y sus hombres se disponían a salir—, tendrá consecuencias funestas en el futuro, cuando la Roma a la que quieres desafiar se presente para pedir cuentas, y serán unas cuentas terriblemente altas.

Vercingétorix se volvió y miró con rencor a su tío.

—Más vale lamentar una derrota que avergonzarse por no haber luchado.

Esa noche Vercingétorix paró para descansar en una aldea de campesinos que quedaba a veinte millas de Gergovia. Lo recibieron como a un héroe, encendieron una gran hoguera y los atendieron a él y a sus acompañantes. Al día siguiente los nobles de la aldea prometieron hombres, armas y caballos para su causa.

Cuando al día siguiente regresó a su aldea, una delegación de cadurcos lo estaba esperando. Entre ellos se encontraba Lucterio, el jefe de los cadurcos, viejo conocido de los tiempos de Dumnórix.

—Lucterio...

El coloso se acercó y abrazó al arverno.

—Hacía mucho que no nos veíamos, Rix.

—Desde la invasión de Britania, en la tienda de Dumnórix.

—Sí, parece que fue hace una vida.

—Sí, ha pasado de todo.

—He venido en cuanto recibí tu mensaje —continuó el cadurco con su voz ronca—. Estoy tratando de reclutar la mayor cantidad de gente posible, hay entusiasmo y muchos quieren ir a Cénabo contigo, pero necesito un par de semanas para empezar a moverme.

El arverno asintió, sorprendido de lo que oía: contaba con más gente fuera de su pueblo que dentro de las fronteras.

—Yo también estoy reclutando gente, he enviado mensajeros a los turones, los aulercos, los lemovices y a más pueblos, hasta el mar. Aquí me apoya la gente del campo, Gergovia todavía está en nuestra contra.

Lucterio se encogió de hombros.

—Prescindiremos de ellos, no tenemos tiempo para convencerlos.

—Ya, hemos de actuar mientras César siga en Italia. Por lo que he sabido, el general está teniendo problemas con el Senado de Roma. Es el momento oportuno para atacar, aprovecharemos que él se encuentra lejos de sus legiones.

—Estoy de acuerdo, no es seguro que lo reelijan, puede ocurrir de todo. Quizá no cuente con refuerzos que enviar aquí, o bien puede llamar a sus legiones o disolverlas.

—También creo que está en condiciones de empezar unas negociaciones favorables. No hay mejor momento que este.

Nada más cierto, porque a partir de ese momento los acontecimientos se sucedieron sin solución de continuidad, en una carrera imparable hacia el destino. Al día siguiente, Vercingétorix partió para reclutar hombres en los rincones más remotos de Auvernia, donde al cabo de tres días a su ejército de gente menesterosa y perdida se unió una delegación de los lemovices. Una semana después llegaron los turones y el ejército de Vercingétorix empezó a dar miedo, mucho miedo.

—¡Es hora de volver a Gergovia!

Las puertas de la ciudad se abrieron cuando llegaron él y su ejército de jinetes armados con sus estandartes de guerra. Vercingétorix fue a la sala de audiencias, donde encontró pocos guardias, que enseguida le cedieron el paso. Entró en el edificio a caballo, seguido por Vercasivelauno, Lucterio y un montón de hombres armados que no pudieron ser contenidos.

Las paredes de la sala temblaron y el ruido de los cascos de los caballos llegó a Epasnacto, el único magistrado que había en la sala. Permaneció en silencio, mirando a Rix mientras se apeaba del caballo y se desataba el yelmo para dejarlo en la mesa y sentarse delante de él.

—¿Los magistrados no se reúnen hoy?

Epasnacto lo miró y meneó la cabeza.

—Sin embargo, todavía notó su hedor; deben de haber estado aquí hasta hace poco.

Esus resopló.

—Se fueron cuando oyeron que llegabas.

—¿Y tú por qué no te has ido?

—A mi edad puedo darme el lujo de no tener miedo.

Rix asintió, altivo, era una sensación estupenda estar sentado en el lado del más fuerte.

—Bien, que estés aquí solo me facilita mucho las cosas. Como última tarea de tu cargo, comunica a los ciudadanos de Gergovia que pueden quedarse en la ciudad o marcharse si lo desean, pero que la forma de gobierno dejará de ser la impuesta por Roma: instauraremos la que quieran los arvernos, que todos han de aceptar.

—¿Cuál va a ser esa forma de gobierno? ¿Una monarquía absoluta?

—Todavía no lo sé.

—No lo sabes... Entonces, ¿con qué derecho puedes hacer algo así?

Rix desenvainó la larga espada que había pertenecido a su padre y la soltó con fuerza en la mesa.

—¡Con esto!

El ruido del hierro resonó en la sala.

—¿Con la fuerza?

—La fuerza de la mayoría. En esta sala no cabrían todas las espadas de los hombres que voluntariamente se han unido a mí; mientras que ni tú ni tus aristócratas, como puedes ver, podéis replicar nada. Declaro, pues, que el gobierno de Gergovia queda desterrado a partir de este mismo instante. Todos los bienes de los magistrados están incautados, sus familiares han de exiliarse. Tienen tiempo hasta la puesta de sol de hoy para marcharse. Les cortaré las orejas y la nariz a los magistrados que vea por Gergovia después de que anochezca hoy y dentro de las fronteras de Auvernia después de que lo haga mañana.

—¿Por qué?

—Porque trabajan para Roma, con la que estamos entrando en guerra.

Vercingétorix se levantó, cogió su arma y la guardó en la vaina mientras fuera la multitud gritaba su nombre.

—Estás cometiendo un gran error, Vercingétorix. Te estás enfrentando a un enemigo al que no conseguirás vencer, y, lo que es peor, arrastrarás a la destrucción a cuantos absurdamente creen en ti.

Rix se acercó a un palmo del rostro del magistrado.

—¿Oyes esas voces? Gritan mi nombre. Todos los que están fuera gritan mi nombre porque creen en mí mientras que a ti no te aclama nadie, Epasnacto, porque nadie cree en ti, cuanto he dicho antes vale también para ti.

El hijo de Celtilo se apartó de Epasnacto y alcanzó la puerta, donde fue acometido por la luz y la alegría de la gente de Gergovia, que elevaba al cielo su nombre:

—¡Rix, Rix, Rix!

De entre la multitud surgió un escudo con incrustaciones que reflejaba la luz del sol.

—¡Cógelo, Rix, era el escudo del rey Luernios! —gritó alguien.

Fue pasando de mano en mano hasta que llegó a él.

—¡Rix, Rix, Rix!

Vercingétorix agarró el escudo, y fue un delirio que llegó al cielo.

—¡Ojalá puedas dejar de nuevo surcos dorados detrás de tu carro, Rix!

Entre los gritos de la multitud, las espadas empezaron a golpear los escudos. Toda Gergovia estaba ahí con él y por él, junto con los hombres que lo habían acompañado. Eran tantos que apenas cabían en la ciudad.

—¡Rix, Rix, Rix!

—La libertad no nos la conceden —gritó Vercingétorix levantando el escudo y la espada—. ¡La libertad hemos de ganarla y conquistarla, como sea, incluso a costa de la vida!

La multitud calló para escuchar sus palabras.

—Hoy nos encaminaremos hacia la conquista de nuestra libertad, y, si queréis que yo os dirija, haré todo lo que pueda para que la obtengáis.

—¡Estamos contigo, Rix!

—No os garantizo el triunfo, pero sí os aseguro que lucharemos hasta el último aliento para conseguir la victoria.

De nuevo los gritos, de nuevo su nombre. Entre las miradas de la multitud que lo aclamaba, Vercingétorix distinguió el rostro de su madre, que lo contemplaba con lágrimas en los ojos. Abriéndose camino entre la multitud, se le acercó.

—Tu padre estaría orgulloso de ti —le dijo llorando cuando él la abrazó—. *Vercingétorix*, gran rey de los guerreros.

XXXV

Vespillones

—Ha muerto.

Vercingétorix se despertó y parpadeó, antes de volverse hacia Publio en la penumbra del subterráneo. Rix había comprendido enseguida que Barbato no iba a sobrevivir y su muerte no lo afectaba en lo más mínimo, pero estaba sorprendido de cómo Báculo cuidaba al viejo.

—Siento lo de la otra noche, Agatocles...

—Ya no te oye.

—Lo digo por mí, no por él. —Sextio meneó la cabeza—. Hay que decir algo para despedirlo. No supe encontrar las palabras cuando estaba vivo y no sé nada de él ahora que se ha ido.

—Era un esclavo, nada más.

El excenturión se acercó a Vercingétorix, le quitó los grilletes y la cadena que lo sujetaba a la reja.

—Ayúdame.

El arverno miró pasmado a Publio Sextio y se frotó las muñecas.

—¿A hacer qué?

—Aquí detrás he escondido un carro. Enterrémoslo antes de que amanezca y de que vuelva el triunviro.

El arverno se agarró con un brazo a la reja y se incorporó con esfuerzo. Le costó un poco acostumbrarse a la postura erecta.

—No me la juegues, Rix, no conseguirías escapar; además, sabes que te lo haría pagar.

El otro lo miró, con el rostro lleno de moretones, estaba agarrotado y dolorido.

—Me cuesta mantenerme en pie, ¿crees que podría echar a correr?

—Calla y cógelo de las piernas.

Vercingétorix se agachó y agarró los tobillos de Barbato.

—Arriba, así.

Los dos recorrieron la galería y llegaron a la puerta, que el excenturión abrió haciendo entrar al viento de la noche. El prisionero lo recibió como agua fresca.

—Vamos.

Los dos hombres fueron al carro, donde apoyaron el cuerpo de Barbato. Vercingétorix miró de un lado a otro a la luz de la luna. Una escalinata que parecía infinita ascendía hasta una gigantesca columnata.

—¿Qué sitio es este?

Publio miró la columnata y el tímpano que se recortaba opalescente en la negrura de la noche punteada de estrellas.

—Es el templo de Saturno, el lugar sagrado más antiguo de Roma después del templo de Vesta y el de Júpiter Óptimo Máximo.

El arverno lo abarcó todo con la mirada.

—¿Saturno...?

—Sí, el padre de Júpiter, protector de la agricultura y fundador de ciudades. El dios de la edad de oro, una época remota en la que los hombres y los dioses vivían juntos sin preocupaciones, sin guerras, sin fatigas o privaciones. Los hombres no envejecían y pasaban los días entre fiestas y banquetes. Cuando les llegaba el momento de la muerte, simplemente se quedaban dormidos.

—¿Y de verdad hubo una época así?

—Eso dicen, pero no te hagas ilusiones, porque después las cosas cambiaron. A Saturno lo exilió su hijo Júpiter a una isla desierta, donde todavía vive en una especie de muerte temporal hasta que se despierte y subvierta el orden de las cosas. Mientras regresa, cada año lo recordamos con los Saturnales, grandes banquetes en los que nos intercambiamos regalos simbólicos. Durante estas celebraciones, el orden social se subvierte y los esclavos se pueden considerar hombres libres y son atendidos a la mesa por sus amos.

—¿También los presos pueden sentirse libres?

Publio dejó de mirar el templo y se volvió hacia el arverno.

—Si el carcelero soy yo, no. Venga, ayúdame con la carreta, cógelo de ese lado.

Cada uno asió un varal y empezaron a tirar del carro, pero Vercingétorix no paraba de mirar hacia todas partes.

—¿Y esa?

—Esa es la estatua de Venus. A decir verdad, esa viene de Grecia y sería Afrodita, pero ahora que la hemos traído a Roma se ha convertido en Venus.

La enorme estatua observó el paso de los dos pequeños mortales que tiraban de un carro en medio de la noche.

—¿Esos qué son?

—Esos son los Rostra, proas de barcos enemigos que fueron derrotados en el combate de Anzio, hace muchos años.

—¿Proas de barcos que salen del muro...?

—Sí, y ahí arriba está la tribuna del *Comitium*, desde donde los magistrados dan sus discursos al pueblo.

—¿Y ese de arriba?

—El templo de Júpiter Óptimo Máximo, el más grande.

Rix tropezó y el carro pegó una sacudida.

—Ten cuidado, maldita sea, mira hacia delante.

El arverno recogió el varal, pero no dejó de fijarse en lo que lo rodeaba.

—¿Esos?

—Esos..., los templos de Aurora y Fortuna, creo.

Dejaron atrás los templos y se adentraron por otros edificios mucho menos llamativos, entre los que había grupos de gente medio borracha y todo tipo de carros. Olía a comida y a podrido, estaban descargando un carro lleno de ánforas y tuvieron que levantar una rueda del suyo para poder pasar por la acera. Encima de sus cabezas, paños y túnicas pendían de un edificio a otro, y de cuando en cuando sonaban en las casas gritos y llantos de niños.

—¡Agua va!

Publio paró justo antes de que un balde de meado le cayese encima.

—¡Oye, cabrón, mira abajo antes de tirarlo!

—¡Que te den!

Mascullando imprecaciones, Publio le dijo a Rix que se moviera para cruzar ese tramo de la ciudad.

—Venga, apretemos el paso, todavía nos queda camino.

Siguieron hasta que llegaron a un ensanche de la calle, donde la boca de una cabeza de león arrojaba agua a una fuente.

—Oye, Báculo.

—¿Qué pasa?

Vercingétorix miró al romano en la penumbra.

—Tengo sed.

—¡Date prisa!

Rix soltó el varal y se acercó a la fuente, mirando el reflejo del agua que brillaba a la luz de la luna. Casi sin poder creérselo, introdujo en la fuente ambas manos y cerró los ojos por la sensación de alivio que tuvo. Ni siquiera recordaba la última vez que había metido las manos en una fuente limpia. La única agua que le daban en el pozo la usaba para beber, y la que se filtraba de las paredes tenía limo.

Con ambas manos el arverno se echó agua a la cara. Una, dos, tres veces. Y enseguida introdujo toda la cabeza, sintiendo el frío en el rostro y en la nuca.

—¿Pretendes darte un baño? —masculló Publio observando al prisionero, que ahora se restregaba brazos y cara. Pero ¿en realidad, qué prisa había? Ninguna, pensó, sentándose en la acera. En aquella Roma abandonada por todos y con un futuro incierto, solamente él sabía que aquel hombre que estaba en la fuente era Vercingétorix, el rebelde que había hecho temblar a la ciudad. Él era el único testigo de lo que le ocurría a su prisionero, tal y como le había dicho Barbato los primeros días de encierro del arverno. El Tuliano guardaría la verdad y dejaría salir solo una parte, la que más tarde conocería la historia.

Vercingétorix volvió al carro con la cabeza empapada de agua, se pasó la mano por la cara, el pelo y la larga barba.

—Gracias.

El romano lo miró y después le tendió la mano para que lo ayudara a levantarse.

—Nunca hemos estado aquí, ¿queda claro?

Vercingétorix miró a Publio y asintió.

—Queda claro.

—Para el triunviro, Barbato ha muerto en el Mamertino y yo lo he traído aquí solo en el carro.

—Sí.

Y esa versión iban a mantenerla el prisionero y el carcelero, que en silencio reanudaron el camino acompañados por el chirrido de las ruedas del carro, mientras la calzada se hacía cada vez más estrecha y las casas cada vez más pobres, hasta convertirse en chozas y luego en tiendas.

—Aquí acaba la tierra de los vivos, Rix, y empieza la de los muertos.

El arverno miró alrededor y vio tumbas por doquier. En la Galia ya había visto que los romanos enterraban a sus muertos extramuros de las ciudades, erigiendo pequeños altares conmemorativos, pero en ese lugar lúgubre los había de todo tipo y se extendían hasta el infinito bajo la luz de la luna. Pararon el carro cuando vieron que unos hombres iban hacia ellos.

—Son los *vespillones*, se encargan de las sepulturas de los pobres como Barbato. Nos ayudarán a encontrarle un sitio.

Eran tres, vestidos con túnicas sucias. Se acercaron despacio al carro y saludaron a Publio Sextio.

—Quiero enterrar a un amigo —les dijo el excenturión.

—Más adelante, a la izquierda, hay sitio.

—Gracias.

—¿Puedes darnos algo?

—Por desgracia, no, un tipo que se ha marchado de Roma se ha llevado mi salario.

—A nosotros nos ha pasado lo mismo, pero la gente se sigue muriendo, por eso nos hemos quedado.

—Eso os honra, yo también me he quedado para cumplir con mi trabajo.

—¿A qué te dedicas?

Publio miró a Vercingétorix.

—Soy uno de los cuidadores del templo de Saturno.

—Comprendo, demasiado para nosotros, nunca vamos por ahí.

—¿Podéis al menos dejarnos una pala?

Los tres se miraron.

—Nosotros nos encargamos de la sepultura —insistió Publio. Seguidnos.

El grupo recorrió un centenar de pasos por el camino y uno de los *vespiglioni* le entregó a Báculo una pala.

—Podéis enterrarlo ahí —dijo señalando un espacio libre que había junto a unas tumbas delimitadas por guijarros y viejas tejas y luego se marchó.

Publio cogió la pala y en ese momento se dio cuenta de que no la podía utilizar. Su mano tullida no conseguía sujetar el mango.

—Dámela, lo hago yo —le dijo el prisionero tras darse cuenta de lo que pasaba.

Resignado, Publio le pasó la pala al arverno y se puso en cuclillas junto al carro, mientras Vercingétorix empezaba a cavar. Un perro ladró en la noche y enseguida todo quedó sumido en el silencio, solo se oían el canto de los grillos y el ruido de la pala hundiéndose en la tierra y arrancando trozos.

—¿Qué será de mi cuerpo?

Publio Sextio apartó la mirada de la fosa y observó a Rix en medio de aquel mar de lápidas.

—Quiero decir —continuó el galo—, cuando me eliminéis en la celebración del triunfo de César.

El verdugo clavaría un gancho de carnicero debajo de la caja torácica de Vercingétorix para arrastrar su cuerpo por las calles de Roma repletas de gente. Después de sacar el cuerpo sin vida de la *Carcer* lo echarían por las Gemonías, luego lo atarían con una cuerda al gancho y lo arrastrarían por el vicus Iugarius entre los escupitajos y los insultos de la gente. Pararían de cuando en cuando para que los espectadores pudieran pegarle patadas o lanzarle piedras, y seguirían camino hasta el puente Sublicio, donde, entre las aclamaciones de la gente, recuperarían el gancho y levantarían el cuerpo sin vida para mostrarlo a todo el mundo, antes de arrojarlo al Tíber. El último clamor acompañaría a Vercingétorix cuando lo tiraran, después el río decidiría si compadecerse o no de él, retenerlo en el fondo, arrojarlo a la orilla o a un meandro, para dejarlo a merced de los depredadores nocturnos.

—¿Y bien?

—No lo sé, Rix.

El arverno dejó de cavar y respiró hondo.

—¿Qué significa que no lo sabes?

—Lo que he dicho, que no lo sé, nunca he estado en un triunfo, Rix; además, a lo mejor no te matan.

—No dices otra cosa desde que llegué.

—Bueno, pero eso lo digo yo, puede que César quiera demostrar su clemencia.

—¿Por qué tendría que hacerlo?

Un instante de silencio en la oscuridad de la noche.

—Porque la Galia ya está pacificada y él está usando legiones enteras de galos para hacer su guerra personal contra Pompeyo. Las cosas no son las mismas que hace un año, los arvernos se han rendido junto con todos los demás. Han renegado de ti..., tú ya no eres un peligro, tú ya no eres Vercingétorix.

El galo permaneció un momento quieto mirando a Publio, luego siguió cavando.

—Eso es lo que más duele.

En la mente de Publio Sextio, el Tíber hacía aflorar el cuerpo de Rix a la luz del ocaso.

XXXVI

Hacia el sur

La corriente del Liger arrastraba el cadáver de un hombre que aparecía y desaparecía lentamente en el vaivén del agua.

—Para mí que podemos despedirnos de nuestro dinero. Entre cuántos se lo habrán repartido ya.

—¿Estás bromeando, primipilo?

—No —repuso Publio mirando en la lejanía los humos de Cénabo que se elevaban hacia el terso cielo invernal—. La ciudad bulle de gente armada, desde hace dos días llegan por tierra y por el río, así que es inútil que sigamos esperando recuperar nuestro dinero. Sería raro que lo hubiera secuestrado alguna autoridad de los carnutes y guardado bajo llave. Cuando irrumpieron donde estábamos, habrán registrado y encontrado nuestros arcones y se habrán repartido el contenido después de haberlos hecho pedazos, tal y como habríamos hecho nosotros.

—¡No! —gritó Torcuato—. ¡Nuestro dinero está ahí!

—¡Olvídalo, Marciano, y cuanto antes te resignes, mejor! Nuestro dinero ya no existe, de manera que si en estos años no has mandado dinero a casa, todo tu caudal lo llevas encima.

Los tres lo miraron atónitos.

—Muchachos, estoy igual que vosotros, anoche perdí un patrimonio, una vida de ahorros.

—Báculo tiene razón —farfulló Vócula—. Ayer estuve vigilando todo el día para ver qué pasaba. El río está protegido por unas barcazas repletas de soldados, todas las naves que llegan del sur y del norte tienen que fondear en el puerto de Cénabo para ser inspeccionadas. Si a bordo hay mercaderes romanos o carnutes, los matan enseguida, luego requisan los cargamentos y los barcos son varados o enviados hacia el norte una vez que han sido vaciados.

Publio levantó la cabeza hacia la ciudad.

—Evidentemente, tienen que embarcar algo o a alguien hacia el norte. El río es navegable y atraviesa una enorme zona que va de Cénabo a las regiones de los pictones antes de llegar al *Oceanus*. —Se volvió hacia el otro lado, donde el sol hacía brillar el agua como una alfombra de piedras preciosas—. Sus fuentes están al sur, en Auvernia, que tiene un gobierno prorromano, y antes de llegar aquí atraviesa el territorio de los heduos, que son nuestros aliados, y el de los bituriges, que son aliados de los heduos... y, por consiguiente, nuestros aliados.

—¿Nos estás diciendo que al norte están los malos y al sur los buenos?

—Me gustaría decirte que sí, pero no comprendo por qué los mercaderes romanos vienen del sur a Cénabo para dejar que los degüellen.

—Bueno, es simple, no saben lo que ha pasado en Cénabo.

Publio hizo una mueca.

—Estoy convencido de que toda la Galia sabe perfectamente qué pasó en Cénabo hace dos días.

—A lo mejor solo los galos lo saben.

—¿Y entonces nuestros aliados heduos del sur se guardan la noticia para ellos? Es muy raro; desde que eliminamos a Dumnórix, todos los heduos tendrían que estar ya de nuestro lado.

Tenaz les llamó la atención a los otros.

—Abajo hay otro cadáver.

El grupo se fijó en otra silueta que flotaba en el centro del río, y enseguida el exprimipilo siguió hablando.

—No, no me encaja en absoluto; además, yo todavía creo que los carnutes no pueden haber actuado solos, por su propia iniciativa. Sería un acto insensato y loco, porque sin el respaldo de otras tribus carecen de fuerzas suficientes para enfrentarse a las legiones que tenemos muy cerca de sus territorios.

—Los eburones lo hicieron —repuso Vócula.

—En esa ocasión se trató de una legión de reclutas aún sin formar, que además estaba situada lejos de las otras. Aquí hablamos de seis legiones de veteranos bien desplazadas en campamentos fortificados, y, a diferencia del año pasado, están provistas de víveres. Por otro lado, en aquel momento desempeñó un papel Induciomaro, una figura muy poderosa que impulsó a los jefes de los eburones a que lucharan con la promesa de ayudas que al final no pudieron llegar. Los carnutes, pues, saben perfectamente que los aguarda una represalia igual, si no peor, a la que sufrieron los eburones después de lo que han hecho.

—Poco importa que hayan actuado solos o con otras tribus —dijo Torcuato—, César se vengará de los carnutes y de cuantos estén con ellos.

Publio Sextio volvió a mirar hacia el sur, con el aliento condensándose en el aire frío de la mañana.

—Sin embargo, a diferencia del invierno pasado, César ha regresado a Italia porque estaba convencido de que la situación en la Galia por fin era segura. Ahora está muy lejos de aquí, más allá de la fuente de este río y de las cumbres nevadas de los Alpes, que no serán transitables todavía durante mucho tiempo. De manera que esta situación tan segura resulta en realidad muy peligrosa en su ausencia y durante este invierno, porque los galos tienen tiempo de sobra para formar un ejército y para atacar a las legiones antes de que él llegue. Francamente, creo que no hay mejor momento para una insurrección general.

Tenaz meneó la cabeza.

—¿Una insurrección general? ¿Y dirigida por quién? Hemos acabado con todos sus jefes más poderosos, los que podían contar con más seguidores. Dumnórix ya no está, Induciomaro y sus tréveros han sido eliminados, Acón ajusticiado y sus senones sometidos. ¿Quién puede reunir tantas tribus como para suponer un riesgo tan grande?

—Eso no lo sé, Cayo Cornelio, pero yo trataría de alejarme todo lo posible de los hombres que siguen llegando a Cénabo.

—¿Y cómo lo hacemos? Somos cuatro con un caballo.

Publio señaló el río.

—Sigamos el río hacia el sur y alejémonos de aquí, Auvernia es nuestra salvación.

XXXVII

Vercingétorix

—Soy Vercingétorix.

Abarcó con la mirada a la multitud, que parecía infinita. Además de los arvernos, miles de aliados en armas quisieron ofrecer su apoyo a la causa, y Gergovia se llenó de soldados que acudieron a escuchar las palabras de Rix. Los nobles de los senones y de sus vecinos los parisios llegaron del norte; los representantes de los carnutes, de los andi, de los pictones y de los turones de occidente; los aulercos y los lemovices del sur, junto con los fieles cadurcos, que fueron los primeros en entrar en la ciudad. En la sala de reuniones no cupieron todos y decidieron celebrar la asamblea fuera, pero incluso así a Gergovia le costaba cobijar a tanta multitud.

—Yo no soy Dumnórix, él os habría llamado de uno a uno a su tienda, de noche, prometiendo poder o venganza con la única finalidad de aumentar su inconmensurable prestigio. Tampoco soy Induciomaro, él habría fraguado traiciones y os habría enviado a atacar, permaneciendo en la sombra para no ponerse en peligro. Y no soy Acón, que habría convocado asambleas y mandado represalias para luego darse a la fuga e implorar el perdón a los romanos.

»Yo soy Vercingétorix, y, a diferencia de ellos, estoy aquí para dirigir la revuelta que todos vosotros estáis pidiendo a gritos. Yo no voy a convocaros a ninguno a mi morada esta noche para el reparto del poder después de la guerra, porque lo que queremos no tiene nada que ver con el poder, la riqueza o la política de nuestros estados: nosotros estamos aquí porque queremos expulsar a los romanos de la Galia y recuperar lo que ya era nuestro.

Rix se detuvo un instante para fijarse en aquellas miles de miradas preñadas de aprobación. Era una sensación impagable.

—Yo, Vercingétorix, hijo del noble Celtilo de los arvernos, acepto el encargo que me hacéis, siempre que se respeten las condiciones que mis embajadores os han presentado. Condiciones que voy a repetir aquí delante de todos, para demostrar que son las mismas para vosotros y para mí.

Los jefes de clan asintieron.

—Nos disponemos a emprender una guerra dura y despiadada contra el enemigo más feroz y fuerte al que jamás nos hemos enfrentado, y todos nosotros tenemos que estar unidos en esta empresa, siendo conscientes de que muchos de los que juren hoy no verán el final de esta guerra.

Aprobaron en silencio, todos estaban con él.

—La fuerza de nuestro enemigo reside en la organización de sus legiones, en la ciega obediencia de sus hombres y de sus comandantes. Si queremos derrotarlos, hemos de hacerlo todavía mejor que ellos, así que se precisará una férrea disciplina que exigiré que todos acaten, yo el primero. Formaremos a los hombres para el combate exactamente tal como se forman nuestros enemigos, o mejor que ellos. ¡No hay tiempo que perder, porque ellos están mejor adiestrados que nosotros, están más acostumbrados que nosotros a las marchas y a las batallas, pero a nosotros nos sobran corazón y valentía!

Gritaron con entusiasmo su nombre.

—Tenemos que empezar enseguida, hemos de adiestrar ya mismo a los hombres para el combate y las largas marchas, y sobre todo adiestrar a la caballería, de la que me ocuparé personalmente. César ha reclutado a jinetes mercenarios germanos, pero nosotros tenemos caballos más grandes y rápidos, montamos mejor y por lo menos los triplicamos en número. Nuestra caballería será el arma ganadora de esta guerra.

Y su nombre volvió a ascender al cielo.

—Los romanos han de encontrarse ante un ejército cohesionado y entrenado, no los habituales clanes de guerreros audaces pero sin preparación. Por tal motivo, os pido que equipéis este ejército con todas las armas y los materiales que he requerido y antes de veinte días, pues me propongo movilizar a los hombres en pleno invierno y perpetrar los primeros ataques a los romanos mucho antes de la primavera y de la vuelta de su comandante.

Hizo una breve pausa para que asimilaran las palabras que acababa de decir y concluyó.

—Antes de revelaros la estrategia que tengo pensada, quiero que juréis sobre las enseñas de guerra que habéis traído; que hagáis un juramento de fidelidad y ayuda recíproca que solo podrá romperse con la muerte, pues quien traicione, morirá.

Estaban con él.

—Debo pedir a cada uno de vosotros rehenes para la causa, tal y como hacen nuestros enemigos para asegurarse la colaboración de sus aliados. Rehenes que serán tratados del mejor de los modos, serán huéspedes de los arvernos, pero serán a todos los efectos... rehenes, para que cada uno de nosotros sea consciente de que, una vez iniciada esta guerra, ya nunca nos podremos echar atrás.

Vercasivelauno se sentó cerca de la hoguera, al lado de su primo.

—En un pueblo como este, de gente dividida y de luchas internas, nunca se había visto una participación convencida como la que se ha visto hoy. ¿Te das cuenta? Te han confiado el mando y han aceptado todo lo que has propuesto.

—Dumnórix e Induciomaro fracasaron, pero prepararon a la gente para esta revuelta, yo solo tenía que recoger el fruto de su obra ofreciéndome de una forma nueva. Tenía que encararlos sin tapujos y tratarlos a todos en igualdad de condiciones, sin acuerdos secretos ni subterfugios, y tenía que conseguir que mis palabras de hoy salieran de Gergovia y llegasen a toda la Galia. Necesitamos a más hombres.

—Estaba casi toda la Galia, primo.

—Faltaban los más importantes.

—¿Qué quieres decir?

—Los heduos.

—¿Los heduos?

—Sí, ahora que ya contamos con la alianza de los pueblos de la Galia oriental, tenemos que conseguir el apoyo del centro, el de los heduos, el pueblo más poderoso de toda la Galia. Los «amigos y hermanos del pueblo romano» son la clave de la victoria de esta guerra. Si los heduos están con nosotros, los seguirán también sus aliados, y poco después toda la Galia se nos unirá y César se quedará solo.

—No creo que los heduos se nos unan como lo han hecho los demás. Los heduos querrían dirigir esta guerra en nuestro lugar, para ellos quizá resulte más ventajoso estar del lado de los romanos.

—Sí, pero necesitamos saber si se enfrentarán a nosotros o si permanecerán neutrales.

—Creo que eso solo lo sabremos cuando se produzca el primer combate.

—Necesitamos saberlo antes.

—¿Y cómo lo conseguiremos? ¿Quieres enviarles embajadores?

—No directamente a ellos sino a los bituriges, el pueblo cliente de los heduos que se asienta entre nosotros y los carnutes. Les mandaré a los bituriges embajadores con la noticia de nuestra llegada para liberarlos del yugo romano, y veremos cómo reaccionan.

—¿Liberarlos del yugo romano...?

—Sí, o sea, obligarlos a separarse de los heduos, que son aliados de ellos y de los romanos.

—¿Y si se niegan?

—Los liberaremos a la fuerza, atacándolos.

Vercasivelauno miró a su primo.

—Los heduos podrían a su vez declararnos la guerra para socorrer a sus aliados.

Vercingétorix asintió.

—Tarde o temprano esta guerra encenderá toda la Galia. Debemos averiguar quién está con nosotros y quién contra nosotros. Mandaré a Lucterio con un contingente de hombres al sur, donde los rutenos, que limitan con la provincia romana. Tenemos que tratar de que se alíen con nosotros y de que los romanos comprendan que en cualquier momento pueden perder su provincia. Entretanto, nosotros iremos al norte, donde los bituriges, y veremos qué hacen los heduos. Si el pueblo más poderoso de la Galia está del lado del enemigo, más vale aclararlo enseguida, ahora que César está lejos.

—¡Llegan jinetes!

El centurión de servicio salió del cuerpo de guardia y miró hacia arriba, hacia la torre de la puerta principal, molesto por la llovizna helada que caía sin pausa desde hacía dos días.

—¿Quiénes son?

—Correos..., creo.

El oficial se embutió en la capa y se frotó los ojos mientras empezaba a oír el ruido de los cascos que llegaban por la calzada.

—No ha habido un instante de paz desde que llegó aquí el procónsul.

Cuando los caballos cruzaron la puerta principal, el ruido resonó en el pórtico de entrada bajo la torre, resultando ensordecedor. El centurión miró el rostro demacrado del oficial que dirigía el grupo, empapado de agua y barro, con ojeras: debía de llevar días cabalgando sin parar.

—Bienvenidos a Rávena.

—Mi nombre es Minucio Básilo, legado del procónsul Cayo Julio César. Tengo que encontrarme inmediatamente con él.

—Hay una cola de personas que quieren lo mismo, legado, a lo mejor te convendría beber y comer algo caliente mientras esperas, nosotros nos ocuparemos de los caballos y de tus hombres.

—Centurión, si no me llevas enseguida ante el procónsul de las Galias, tendrás infinidad de problemas, créeme, yo no apostaría un as por tu vida en este lugar.

—¡Por aquí!

—Malditos galos, maldita Galia y maldito también este río.

—Ahorra el aliento para remar, Torcuato. No has hecho más que quejarte desde que nos embarcamos.

—Ya, pero si Vócula no hubiese matado a toda la tripulación, ahora podrían estar remando ellos.

—Bah, eran dos viejos —rezongó Vócula, concentrado en desenredar las cuerdas de las redes de pesca.

—Dos viejos que a lo mejor sabían colocar bien esa maldita vela. Llevamos tiempo remando y seguimos cerca del embarcadero donde nos subimos a la barca.

—A juzgar por lo bien que Vócula se maneja con esas cuerdas, queda rato.

—A lo mejor —gruñó Vócula—, pero nunca he llevado una barca. ¿Lo quieres hacer tú?

—¡Callaos! —estalló Publio, que trataba de mantenerse en equilibrio—. Procuremos que no nos oigan. El río arrastra las voces hasta muy lejos y, como sabéis, somos el trofeo más deseado de los galos, no tardarán mucho en encontrar los cuerpos de los dos pescadores. Nos turnaremos en los remos mientras no esté bien colocada la vela.

Por fin hubo un breve silencio.

—Pensemos, más bien, que nos está yendo mejor de lo previsto. Esos dos volvían de una buena pesca y tenemos comida para varios días —continuó Publio Sextio mirando las cajas llenas de pescados—. Y además —dijo elevando la vista—, amenaza nieve, y mucha gente se habrá encerrado con este frío. Si conseguimos salir del territorio de los carnutes y llegar donde los bituriges y los heduos, estaremos salvados.

Una flecha incendiaria ascendió recta hacia el cielo estrellado, como si quisiese llegar a la luna que se asomaba por momentos de las nubes.

—¡Por ahí! —ordenó Rix lanzando a sus arvernos al galope en la noche gélida hasta vislumbrar, en el claro, una larga fila de siluetas negras a caballo. Vercingétorix levantó la mano y detuvo a sus hombres, para continuar con Vercasivelauno y Critoñato.

De los jinetes que estaban delante de ellos se separaron tres hombres imponentes, y los seis se encontraron en el centro de las dos formaciones.

—Soy Ambigatos y represento la voluntad de los nobles de la tribu de los bituriges.

—Yo soy Vercingétorix, rey de los arvernos, y mando el ejército que se está reuniendo fuera de vuestras tierras.

Los dos se observaron a la luz de la luna.

—Me alegra que hayas atendido al mensaje que transmití a tus embajadores, Vercingétorix.

—Me dijeron que querías hablarme y he venido a escucharte, Ambigatos.

—Sí, quería informarte personalmente de que la asamblea de los ancianos de los bituriges respalda tu causa, pero además todos creen que debemos pedir algo a los heduos y no incumplir los acuerdos que tenemos con ellos. Somos viejos clientes suyos y tenemos grandes intereses económicos para el comercio por el río y por los territorios limítrofes con los suyos, así que no podemos tomar esta decisión sin llegar a un acuerdo con ellos.

—¿Esperas que los heduos os permitan estar de nuestro lado?

—Espero que no nos obliguen a entrar en guerra, porque saben que no tenemos suficientes fuerzas para resistir a vuestra coalición.

—Os podrían ofrecer hombres.

—Es justo lo que les he pedido.

Esus resopló, pateando la pezuña contra el suelo, Rix miró fijamente el rostro barbudo del hombre que tenía delante.

—¿Me haces venir aquí en plena noche para decirme que les has pedido ayuda a los heduos para luchar contra mí?

—Sí, y para decirte que no nos ataques.

Vercingétorix aguzó la mirada.

—Te explicaré lo que está pasando, Vercingétorix de los arvernos. Los consejeros militares romanos han ordenado a los heduos que envíen la caballería a vigilar el río y a ayudarnos. No todos los heduos están de acuerdo con eso, de manera que han decidido mandar a sus jinetes a controlar la orilla oriental del Liger para satisfacer las exigencias de los romanos, pero no cruzarán el río. Permanecerán unos días en la orilla hedua y después volverán a sus tierras, asegurando que sería demasiado peligroso atravesar el río frente a los ejércitos rebeldes formados. Así las cosas, como los heduos no habrán enviado los refuerzos para protegernos, nos pasaremos a vuestro lado.

—¿Cómo puedes estar seguro de eso?

—Estoy en contacto con Litavico, príncipe noble de antigua estirpe hedua: él no quiere entrar en guerra contra ti y tu coalición, pero como tampoco puede ignorar las exigencias de Roma, lo que pretende es mantener una postura neutral el mayor tiempo posible.

Rix asintió.

—Me parece un buen acuerdo, Vercingétorix.

—Sí, lo es. Iré con mis hombres a vigilar la orilla occidental y en el centro de la formación tendré como rehenes a todos tus familiares, Ambigatos. A los tuyos y a los de todos los jefes de clan. Si un heduo cruza el río, será lo último que vea.

—¿Habéis oído?

Vócula se frotó los ojos.

—¿Qué?

—Un *carnyx*.

El veterano miró de un lado a otro en la bruma del amanecer pero no vio nada. Las orillas del río estaban cubiertas de una capa de neblina.

—No.

—¡Escuchad!

Los cuatro veteranos aguzaron el oído, y poco después oyeron el sonido lúgubre y prolongado de un *carnyx*, el instrumento de viento, de bronce, que los galos usaban en la guerra.

—Está lejos —dijo Tenaz.

—Sí, pero más vale soltar amarras e ir al centro del río. Cuando tocan los *carnyces*, lo hacen para miles de guerreros.

Sin decir nada más, los cuatro se pusieron manos a la obra y desataron la cuerda con la que tenían amarrada la embarcación. Con varas y remos maniobraron para alejarse de la orilla y ponerse a bogar, yendo a contracorriente por la niebla.

—¿Veis algo? —susurró Torcuato.

Los hombres escrutaron el muro blanco que los rodeaba.

—Nada.

—Ahí está de nuevo, ¿lo habéis oído?

—Sí, viene de la orilla izquierda.

Los cuatro observaron la niebla opalescente desde donde había llegado el sonido. Publio se puso de pie para tratar de ver mejor.

—Es la orilla de los heduos —susurró.

—Están de nuestro lado, ¿no?

Publio Sextio miró a Tenaz.

—También los carnutes estaban de nuestro lado.

—Entonces, dejemos de remar —sugirió Torcuato—. Estamos yendo hacia ellos.

Tenaz lo fulminó con la mirada.

—¡Habla bajo, maldita sea!

—Si dejamos de remar, la corriente nos devolverá hacia los carnutes, y esos, con toda seguridad, nos despellejarán —dijo Publio en voz baja—. Tenemos que ir hacia el sur, rememos lentamente y procuremos largarnos de aquí, la niebla nos ayudará a pasar desapercibidos.

Los cuatro volvieron a remar en silencio, tratando de hacer el menor ruido posible. Unas sombras oscuras les indicaron que estaban cerca de una zona boscosa que rozaba un recodo del río. En la proa, Vócula dirigió a los demás con gestos hacia el centro del curso de agua, que tras unas curvas volvió a ser recto.

—¿Habéis oído?

Los cuatro dejaron de remar.

—Otro *carnyx*.

—Esta vez sonaba en la otra orilla.

Callaron, mirándose en la niebla, que en el este empezaba a tener reflejos dorados.

—¿Han cruzado el río?

—No creo que haya puentes antes de Noviduno, y no me parece que estén muy cerca de esa fortaleza.

—¿Qué hacemos?

Torcuato se puso de pie, nervioso.

—Regresemos a ese recodo y atraquemos debajo de los árboles que vimos antes.

Publio meneó la cabeza.

—No, evitemos la orilla; si acabamos en mal sitio, estamos muertos.

—Estoy de acuerdo —dijo Vócula.

Tenaz no tuvo tiempo de opinar, el relincho de un caballo en la orilla los enmudeció a todos. Se quedaron inmóviles mirando el muro de vaho de la niebla, desde donde llegaban voces lejanas, tintineo de arreos y ruido de animales.

—Jinetes —susurró Torcuato aguzando inútilmente la vista, hasta que el largo y prolongado sonido de otro *carnyx* hizo que todos se volvieran hacia el otro lado.

La luz del sol atravesó la gruesa capa de niebla, haciendo que aparecieran siluetas de hombres a caballo a lo largo de la orilla izquierda del río. Estaban quietos sobre sus corceles, embrazando lanzas y escudos, mirando la embarcación que se deslizaba por los vapores fríos delante de sus ojos. Un relincho al otro lado, caballos llegando al trote y de nuevo un largo y continuado sonido lúgubre de *carnyces*.

Los cuatro soldados licenciados se volvieron otra vez y vieron que también en la orilla derecha había un montón de jinetes. En ambos lados salían de la bruma decenas, mejor dicho, centenares de jinetes, que se afrontaban como estatuas de titanes.

—Sin duda, no están aquí por nosotros —musitó Publio a los otros—. Rememos despacio y confiemos en Júpiter, llevamos ropa de galos, podríamos ser simples pescadores.

Vócula, Torcuato y Tenaz cogieron los remos, Publio asió las redes para lanzarlas al agua y se quedó de pie, sin apartar la mirada de aquella escena tan grandiosa como terrorífica.

Volvieron a sonar decenas de *carnyces*, lanzando su queja de una orilla a otra, luego, a la derecha, los guerreros empezaron a aclamar a alguien. Un grupo de jinetes al galope se adelantó a la formación en armas y los hombres se pusieron a gritar, golpeando los palos de las lanzas contra los escudos. Los dirigía un hombre imponente que montaba un enorme corcel negro, y a su paso los hombres formados se pusieron a vocear.

—Rix, Rix, Rix.

Vercingétorix miró la embarcación que estaba en medio del río, y sus ojos se cruzaron con los del pescador que sujetaba la red.

XXXVIII

Auvernia

—Te reconocí en esa barca.

Publio Sextio vio a Vercingétorix dejar la última piedra en la tumba de Barbato.

—¿Y por qué pasaste de largo?

—Oh, porque en ese momento no valías nada, Báculo. Como decís los romanos..., las águilas no cazan moscas; el que está en las alturas y es poderoso no se fija en pequeñeces. Justo en ese momento, entre la niebla, frente a los heduos en formación, en las alturas y poderoso, no eran mis hombres quienes hacían que me sintiera así, sino los jinetes heduos, los mejores combatientes de toda la Galia, que me miraban inmóviles.

»Nos encaramos durante tres días y tres noches, luego, al alba del cuarto día, como había dicho Ambigatos, la orilla este se vació. Los heduos volvieron por donde habían venido, informando a los romanos que se habían replegado por temor a una traición de los bituriges. En realidad, con ese movimiento los bituriges quedaron libres de su juramento de fidelidad con los heduos y pudieron unirse a nuestra causa. En cuanto a los heduos, volvieron a su patria, siguieron siendo aliados de los romanos sin habernos causado ningún perjuicio a nosotros. Todo salió perfecto, los bituriges pasaron a nuestro lado sin haber perdido un solo hombre y esa noche toda la Galia fue informada.

Publio Sextio se levantó, se acercó al túmulo, donde estaba Rix, y permaneció unos momentos en recogimiento, mirando aquella tumba.

—Que la tierra te sea leve, Barbato, solo la muerte ha podido apartarte de tu trabajo. Descansa en paz en tu silenciosa morada y guarda para siempre los secretos del *Tullus*.

El lejano trino de los pájaros anunció el alba. La larga noche había terminado. Publio le pidió la pala a Vercingétorix y la metió en el carro.

—Tenemos que regresar.

En silencio, hicieron el camino de vuelta al compás del chirrido de las ruedas del carro.

—¿También lo de esta noche será un secreto del *Tullus*?

Báculo se encogió de hombros.

—¿Quién podría creerse que dormimos ante la puerta del tesoro de Roma y que de noche recorremos la ciudad?

—Ya.

—Venga, larguémonos de aquí y regresemos al mundo de los vivos.

—Sí, mientras dure.

—Antes o después a todo el mundo le toca, Rix. ¿Tienes miedo? No deberías, el desenlace para el combatiente es la muerte.

—No me da miedo morir..., pero sí no haber vivido como habría podido.

—Aquella mañana en el Liger todo el mundo gritaba tu nombre, Rix, y aquella noche, como has dicho, tu nombre se conocía en toda la Galia. ¿Podrías haber hecho más?

—A lo mejor sí, pero las cosas no salieron como me habría gustado.

El comandante de la guarnición se colocó bien.

—Procónsul..., nos alegra verlo en Narbona, creíamos que no llegaría antes de entrada la primavera.

Cayo Julio César se quitó el yelmo y la capa y se los entregó a un esclavo.

—He venido de Rávena en cuanto me informaron de la deserción de los rutenos.

—La situación ha empeorado todavía más. Además de los rutenos, los nitióbroges y los gábalos también se han entregado a los cadurcos. Sé por mis informadores que al mando de los cadurcos está su soberano, Lucterio, que ha pedido rehenes a sus aliados y ahora cuenta con suficientes hombres para atacar la provincia, César. La gente aquí en Narbona está asustada, son muchos los que quieren huir después de lo que se ha sabido de Cénabo. —El oficial respiró hondo—. Y también entre los soldados ha empezado a cundir el pánico.

—Diles a todos que Cayo Julio César está aquí.

El comandante de la guarnición guardó silencio y al tiempo se maldijo por haber expuesto tan ansiosamente los hechos.

—Dentro de dos días llegarán más fuerzas —continuó César desenrollando un pergamino que le había entregado un centurión de su escolta—. He reunido al mayor número posible de *iuniores* en la Cisalpina y he juntado la fuerza de dos legiones.

El comandante de la legión miró pasmado al procónsul y recuperó el color.

—No podías traer mejores noticias.

—Quiero guarniciones en la frontera de las tribus que han abrazado la causa de Lucterio, o sea, en las tierras de los volcas arecómicos que lindan con los rebeldes nitióbroges y en las tierras de los tolosatos que lindan con los gábalos y aquí en Narbona.

—Perfecto, procónsul. ¿Hay que mandar correos a Agedinco para ordenar que vengan más legiones?

—¡No, no! Si hacemos venir a las legiones estacionadas entre los senones podrían verse forzadas a luchar mientras viajan, lo que supondría un grave peligro.

—Es cierto, entonces, irás tú.

—No.

—¿No?

—Para ir a las legiones tendría que fiarme de nuestros aliados en los desplazamientos, y creo que es preferible no confiar en nadie después de lo ocurrido en Cénabo, en Auvernia, con los bituriges y aquí en la provincia. No, esperaremos a mis dos legiones y sumaremos a sus filas a cuantos no hayamos mandado a las guarniciones. Tienen que estar todos listos para irse en cuatro días.

—¿Para irse?

—Sí.

—Pero... las milicias permanentes de la región nunca se han movido de aquí. Por lo general, no sacamos nunca hombres de la provincia...

—Lo sé, gobernador, pero tienes suficientes hombres para hacerlo, descuida, solo hay que demostrar que nos movemos y que yo estoy aquí, ya verás cómo Lucterio se va con el rabo entre las piernas. Los hombres que se quedan y los refuerzos que he traído de Italia han de concentrarse en el país de los helvios.

—¿Los helvios...? Pero están muy lejos de Narbona.

César enrolló el mapa y se lo entregó al centurión.

—Sé perfectamente dónde están los helvios, gobernador.

—No..., no comprendo, ¿por qué tenemos que prescindir de todos esos hombres para que estén con los helvios, que no corren ningún peligro y no limitan con rebeldes?

—Limitan con los arvernos.

—¿Los arvernos? Perdóname, procónsul, pero entre los helvios y los arvernos hay una cadena montañosa infranqueable en invierno debido a la nieve. Es... una muralla de hielo que no puede cruzar antes del verano ningún hombre a pie, no digamos un ejército. Es inútil vigilar ese lugar, los arvernos nunca se atreverán a atacarnos desde ahí.

—Ellos no, pero nosotros sí.

Vercingétorix desmontó de Esus y se quitó el yelmo.

—Hacemos progresos, pero seguimos estando lejos de lo que me he propuesto.

Vercasivelauno bebió de su cantimplora antes de pasársela a su primo.

—Ya es mucho contar con todos estos hombres y poder prepararnos, Rix.

—Sí, pero no podemos dejar nada al azar —repuso Vercingétorix mirando a sus jinetes exhaustos hablar entre ellos—. Tenemos que aprovechar este momento para prepararnos.

—Todavía falta mucho para la primavera —le dijo su primo observando el cielo, que amenazaba nieve—, y por hoy ya hemos hecho bastante, volvamos a la ciudad y comamos algo caliente.

Rix asintió pero no se movió, porque vio que un grupo de jinetes se acercaba al galope, con sus capas al viento.

—Nos traen noticias.

Eran mensajeros bituriges y llegaban de Avárico, que quedaba a un par de millas de la llanura a la que Rix llevaba a sus jinetes a prepararse en las maniobras. En las últimas semanas la capital de los bituriges se había convertido en el centro de los rebeldes, donde confluían los hombres y las armas que Vercingétorix había pedido a sus aliados. Desde ahí iban a salir hacia el norte, donde estaban instaladas las legiones esperando a César, que en ese momento debía de encontrarse en Italia resolviendo su complicada y comprometida situación política.

Los caballos pararon babeando a escasos pasos del rey de los arvernos, y uno de los jinetes desmontó con el rostro agotado por una larga cabalgada.

—Noble Vercingétorix, traemos noticias de Gergovia.

Vercingétorix miró al mensajero a los ojos.

—¿Y bien?

—Auvernia está en llamas, los romanos están haciendo incursiones en todo el país, matan y capturan a todos los que pueden.

Hubo un instante de incredulidad.

—¿Qué dices?

—Su caballería prende fuego a las casas y a las aldeas.

Los jinetes que estaban ahí se acercaron a los mensajeros para escuchar.

—No puede ser verdad, ¿quién te ha dicho eso?

—Unos fugitivos que se han refugiado en Avárico. La gente está tratando de ponerse a salvo como puede.

—Pero ¿cómo pueden los romanos haber salido de la nada? ¿De dónde llegan?

—Me han dicho que te refiera que han bajado de las montañas de las Cevenas.

—Es imposible —estalló Vercasivelauno.

—Eso es lo que me han referido.

El primo cogió al mensajero del cuello.

—Te han contado una trola, nadie puede cruzar las Cevenas en invierno, la nieve está más alta que un hombre a caballo. Ya sería difícil en verano para un ejército, pero en invierno es imposible.

—He cabalgado dos días sin parar para traerte esta noticia, Auvernia está siendo atacada.

—¡No! —gritó Vercasivelauno—. No puede ser verdad, nadie puede cruzar esas cumbres en invierno.

—Rix —dijo Critoñato acercándose—, nuestras familias están ahí, tenemos que ir con ellas.

—¿Y si es una noticia falsa?

Uno de los jinetes arvernos intervino.

—Montemos a caballo y vayamos a comprobarlo.

—Podría ser una artimaña para sacarnos de aquí.

Otro tomó la palabra.

—Rix, no nos hagas luchar pensando que los romanos están incendiando nuestras casas y llevándose a nuestras mujeres.

—Estamos contigo, Rix, pero si queremos luchar por la libertad de nuestros hijos, ¿qué sentido tendría hacerlo mientras dejamos que se conviertan en esclavos de los romanos?

Hubo más voces y Vercingétorix pensó en su madre y en Damona.

—Vamos a Auvernia —ordenó—. ¡Partamos ahora mismo!

El gobernador de Vienne, el mayor *oppidum* de los alóbroges, fue despertado por los guardias en plena noche.

—Pero ¿qué pasa? ¿Qué es todo este jaleo?

—El procónsul de las Galias está aquí.

—¿Qué dices?

—Cayo Julio César en persona, gobernador. Te espera en el *Principia*.

—Es imposible..., está en Narbona.

—Ha venido con una escolta de un centenar de jinetes, señor.

El gobernador saltó de la cama, se puso una capa y se colocó detrás de sus soldados. Salieron al frío gélido de la noche y cuando llegaron al *Principia* el gobernador se encontró, perplejo, con un Cayo Julio César manchado de barro y con la barba descuidada.

—Procónsul..., perdóname, pero el contingente de jinetes que vino hace unos días me comunicó tu inminente llegada a Narbona y no te esperaba.

—Ya sé que no me esperabas, no te preocupes.

—Si me hubieses avisado de tu llegada te habría recibido de manera muy diferente.

—Tampoco los hombres de mi escolta saben hacia dónde vamos, me estoy moviendo de manera que nadie conozca mis desplazamientos, aparezco y desaparezco.

—¿Puedo ofrecerte vino? Mientras tanto, haré que te preparen un baño caliente y tu alojamiento.

—Sí, te lo agradezco.

—¿Cuánto tiempo te quedarás?

—Unas horas, mañana por la mañana diré a toda la caballería que he enviado aquí estos días que se preparen para salir. Dejarán aquí los bagajes, están frescos y descansados, los quiero ligeros y rápidos.

El gobernador miró el aspecto desaliñado del señor de las Galias.

—¿No te conviene descansar un día más?

—No le conviene a nadie.

Un esclavo llegó con vino caliente endulzado con miel. César cogió una copa y la levantó hacia el gobernador antes de beber.

—También me llevo tu caballería.

—Procónsul..., así me dejas sin ojos, y con lo que primero pasó en Cénabo y después con las incursiones de Lucterio en la provincia, no voy a poder dormir tranquilo.

—Pues deberías poder. Lucterio dio media vuelta en cuanto supo de mi llegada.

—Pero dicen que en Avárico se está formando un enorme ejército de arvernos.

—Por los arvernos no debes preocuparte, ahora ya no deben de estar en Avárico sino volviendo a su Gergovia.

—¿Cómo lo sabes?

—Porque vengo de ahí.

El gobernador puso los ojos como platos.

—Sigo sin comprender, César.

—Hace cinco días estuvimos cerca de Gergovia devastando campos y aldeas. Matamos a toda la gente que pudimos. Me quedé dos días y después le dejé el mando a mi legado Bruto, con la orden de extender las incursiones lo más posible por la región. Le dije que iba por refuerzos y, en cambio, he venido aquí con mi escolta. En este momento Vercingétorix cree que estoy en Auvernia y seguramente se está replegando con sus hombres para ir a salvar a su gente.

—Pero ¿cómo puedes haber ido a Gergovia? Eso es imposible, desde Narbona no se puede ir a Auvernia en invierno, César, están las montañas Cevenas. Son altas, tienen pasos estrechos y están cubiertas de nieve. Es una muralla infranqueable.

—La nieve se quita, gobernador, y las murallas se derrumban.

—¿Has cruzado las montañas Cevenas?

—Sí, con enorme esfuerzo de mis *iuniores*, que quitaron hasta dos metros de nieve para que pudieran pasar hombres y caballos. Al final, a pesar de la nieve, el frío y la aspereza de los pasos, bajamos al otro lado y cogimos a los arvernos en la tibieza de sus casas, convencidos de que estaban protegidos por sus montañas.

El gobernador volvió a abrir mucho los ojos.

—Dioses del cielo, es extraordinario.

—Sí, y cuando Vercingétorix vuelva a su tierra tampoco encontrará a Bruto y sus hombres. Les he dicho que continúen con las incursiones tres días más y luego regresen al sitio del que salieron.

—¿No crees que Vercingétorix puede imitar esta empresa y hacer lo mismo para invadir Narbona?

—No, tendrá que preocuparse de algo bien distinto, gobernador, porque reapareceré por otro lado.

—¿Por dónde?

César esbozó una sonrisa.

—Por donde nadie me aguarda.

Damona salió al encuentro de Vercingétorix y lo abrazó, conteniendo las lágrimas.

—Rix.

—No temas, Damona, estoy aquí.

—Abrázame fuerte.

—Estoy aquí, todo ha terminado. No tengas miedo.

—No es el miedo lo que me angustia, sino tu lejanía.

—He llegado en cuanto lo he sabido, ahora todo está bien.

—No, no es verdad. Han llegado a pocas millas de aquí, han exterminado todas las cabezas de ganado, incendiado las granjas, matado a hombres y mujeres, se han llevado a todos los que han podido.

Rix tragó saliva y miró a los ojos a la chica.

—¿Tienes noticias de nuestra aldea?

Una lágrima se le desprendió de las pestañas.

—Ya no existe.

—Eso no es posible... ¿Mi madre?

La mujer meneó la cabeza, incapaz ya de contener el llanto.

—Mataron, incendiaron, se los llevaron. No la encontraron entre los que todavía tenían cara, pero allí ya no queda nadie. Llegaron de la nada —dijo entre lágrimas—, y en la nada desaparecieron después de devastarlo todo.

El rostro de Vercingétorix se tornó de piedra, volvió la mirada hacia las lejanas montañas nevadas que tendrían que haber defendido a su gente. No cabía en la cabeza de nadie que hubiera un paso en las montañas Cevenas, mejor dicho, que el cabrón del General Único pudiera hacer uno.

—Tengo que ir ahí.

—Ya no queda nada.

Vercingétorix se desprendió de los brazos de Damona, se volvió y se encaminó hacia Esus.

—No me dejes sola, te lo ruego.

—Has de ser fuerte, Damona —le dijo una vez que montó—. Todos nosotros estamos llamados a este sacrificio, te juro que los vengaré a todos y volveré a tu lado.

—Llévame contigo, no me dejes aquí.

—Esta es nuestra casa.

Damona meneó la cabeza.

—Ya no... Te ha enviado un mensaje, te ha dicho que ahí donde vayas él volverá a destrozar lo que dejes sin vigilancia.

—¡No! —gruñó Rix—. A diario las filas de los que piensan como nosotros aumentan. Los romanos me han engañado esta vez, pero no volverán a hacerlo, no pueden estar en todas partes.

—Todos los hombres que están contigo dejan ancianos, mujeres y niños en sus aldeas, no podrás protegerlos también a ellos, llegarán y los exterminarán.

—Si ese es el precio que hay que pagar para vencer, lo pagaremos.

Esta vez fue ella la que se quedó como una estatua.

—Cayo Julio César no volverá a entregar nada a las llamas, porque yo lo haré antes que él. A partir de hoy, ese cabrón solo encontrará cenizas y muerte en la Galia. Te lo juro, Damona, lo juro por mi madre y por mi padre.

Damona no pudo replicar, Rix ya había lanzado a Esus al galope, y ella, con el rostro empapado en lágrimas, lo vio desaparecer en la blancura del paisaje nevado.

Vercingétorix aflojó las riendas solo cuando vio las primeras casas de la aldea. Cuando llegó, decenas de cuervos interrumpieron su banquete y levantaron el vuelo graznando. De la aldea que lo había acogido de niño solo quedaban escombros cubiertos por una capa de nieve que, como un manto blanco, tapaba compasivamente los horrores de las incursiones de los romanos.

En el silencio más absoluto, Rix desmontó del caballo y empezó a caminar hacia un montón de vigas cubiertas de nieve que antaño habían sido el tejado de su casa. El muro de piedra circular había aguantado, pero la cubierta se había hundido a causa del incendio que había prendido en la paja y había hundido la habitación.

Se vio de niño jugando con Vercasivelauno, aprendiendo a disparar con arco bajo la dirección de Ambacto, y según avanzaba por la nieve oyó la voz de su madre llamándolo a casa. Qué no habría dado por oír su voz en ese momento, en vez de ese silencio angustioso.

Vercingétorix se detuvo delante del montón de vigas con el aliento condensándose en el aire, y pasados unos momentos introdujo las manos en la nieve helada y empezó a cavar. Siguió hasta que las manos tropezaron con la ceniza negra mientras no dejaba de oír la voz llamándolo desde la puerta. Movió con esfuerzo una viga y trató de continuar, con la cara roja por el esfuerzo, las manos negras de ceniza y entumecidas por el hielo. Siguió, a sabiendas de que era inútil, solo nunca iba a conseguir mover esas vigas, y sus manos no podrían aguantar mucho más el frío, pero su madre lo llamaba y él quería volver a su lado.

Con las manos hundidas y respirando hondo pensó en el enorme precio que se había pagado por esa rebelión. Aún no habían empezado a luchar y los arvernos ya tenían que llorar a sus muertos, su madre no era más que un grano de arena de la infinidad de destinos que César había querido arrojar a la cara de Vercingétorix y de todos aquellos que lo habían querido seguir. Rix se arrodilló, los ojos le brillaban y no podía mover las manos; temblorosas las sacó de la nieve, las miró, se las llevó a la cara y se echó a llorar.

—Madre...

Una lágrima le surcó el rostro.

—Madre —gritó.

—¿Rix, qué te pasa?

—¡Maldito cabrón, pagarás por todo esto! ¡Pagarás mil veces por lo que has hecho!

—Eh, despierta, estás delirando.

Vercingétorix abrió los ojos y vio que tenía los pies encadenados a los barrotes de la sala de las enseñas y que Báculo lo estaba mirando, parcialmente alumbrado por la lucerna.

—¿A quién se la tienes jurada?

El arverno apoyó la cabeza en el suelo.

—A César.

Publio Sextio asintió.

—¿Sueñas con él a menudo?

—No, con él no, pero sueño con lo que pasó por su causa.

—O por la tuya.

Vercingétorix no replicó, se volvió hacia el otro lado y le dio la espalda al romano.

—Quién sabe cómo habrían sido las cosas si tú no te hubieses presentado a César para ofrecerle tus servicios, si no hubieses participado en el Samhain, si no te hubieses convertido en jefe de los arvernos. A lo mejor ahora serías un hombre anónimo, pero libre.

—Y si tú no te hubieses levantado de aquella cama para defender la puerta de tu campamento, a lo mejor ahora todavía tendrías tu mano, pero no ha sido así. Tú estás manco y yo preso.

—Condenado, Rix...

—¿Estás seguro de este camino?

Publio Sextio Báculo miró alrededor.

—Si seguimos el río por nuestra derecha —dijo—, vamos hacia las tierras de los alóbroges y, por tanto, a la provincia.

—Habría sido mucho mejor seguir con la barca, maldición.

Vócula se volvió hacia Torcuato y lo fulminó con la mirada.

—¡Calla! Decidimos entre todos dejarla, la corriente del río era cada vez más fuere y resultaba imposible remar sin parar.

—Sí, pero no sabemos si con los que nos topemos en el camino van a estar de nuestro lado.

—En teoría, seguimos en la región de los heduos, por consiguiente, *hermanos y amigos.*

—¡Silencio! He oído algo.

Los cuatro se quedaron inmóviles. Vócula se dirigió a Publio.

—¿Qué es?

—Caballos.

Los cuatro permanecieron callados y luego se agacharon detrás de los arbustos.

—¡Ahí!

—¿Son exploradores?

—No, es un contingente de jinetes al galope.

—Parece que llevan la muerte en los talones, están matando a esos caballos.

—¿Cuántos serán?

—Un centenar.

—Yo creo que más.

—Un centenar de jinetes sin enseñas.

—Parecen de los nuestros —dijo Torcuato.

—¿Qué hacemos?

—No nos movemos de aquí.

—¿Y si realmente son de los nuestros?

—Mirad —exclamó Torcuato—. Hay yelmos crestados, son decuriones de caballería.

—Son de los nuestros...

Publio Sextio meneó la cabeza.

—Aunque lo fueran, van en sentido contrario al nuestro y rapidísimo.

—Podrían decirnos hacia dónde debemos ir y si corremos peligro.

El exprimipilo miró a Tenaz.

—¿Quieres ponerte en medio del camino y pararlos?

—¡Claro!

—No lo hagas...

Cayo Cornelio Tenaz no le hizo caso y fue al camino agitando los brazos.

—¡Eh, vosotros!

—¡Estás loco, podrían matarnos a todos!

En pocos instantes, los jinetes que conducían al grupo extrajeron las lanzas de las aljabas.

—Vete de ahí... te matarán...

—¡Eh, ayudadnos! —gritó Cornelio Tenaz en latín a los jinetes que llegaban mientras agitaba los brazos.

Vócula dio alcance a Tenaz en el camino y empezó también a agitar los brazos. Publio y Torcuato se miraron, despotricaron contra medio Olimpo y siguieron a los otros dos conmilitones.

Los jinetes aumentaron el ritmo y se dirigieron hacia los cuatro que se habían plantado en medio del camino. El suelo empezó a vibrar bajo el ruido de los cascos.

—Muchachos, estos no van a parar.

Los cuatro permanecieron inmóviles mirando el grupo que se acercaba. De la cara morada envuelta en un yelmo de oficial salió un grito.

—¿Qué ha dicho?

—¡Fuera...!

Los cuatro permanecieron en su sitio un instante más, hasta que, viendo que los jinetes que se acercaban no aminoraban la carrera, se apartaron a un lado justo cuando los caballos pasaban a su lado desbocados. Después del trasiego, se levantaron y contemplaron el escuadrón ya lejano desapareciendo en el polvo.

—Eran de los nuestros...

—Sí.

Publio miró la polvareda que habían dejado los caballos.

—No lo juraría, pero en medio he visto al procónsul César con su caballo y su capa.

Vercasivelauno se acercó a Vercingétorix cuando este miraba las llamas de la hoguera, se sentó a su lado y se arrebujó en la capa.

—Dentro de un par de días Lucterio y sus hombres se nos unirán —dijo interrumpiendo un silencio sombrío—. Y entonces contaremos con el mayor número de hombres que la Galia haya visto nunca.

Rix no dijo nada. Permaneció con los ojos perdidos en el fuego.

—No puedes culparte de lo ocurrido, Vercingétorix.

—No me culpo, lo que pasa es que... no me lo puedo creer. No comprendo cómo ha sido posible.

—Nadie podía prever el regreso de César de Italia en pleno invierno, ¿quién iba a imaginarse que podría cruzar las montañas Cevenas con la caballería y seis pies de nieve?

—Hizo que sus hombres cavaran en la nieve para extenderse por Auvernia sin invadirla... No era más que una distracción, una distracción para que picáramos el anzuelo.

Esta vez fue Vercasivelauno el que guardó silencio y se quedó mirando el fuego.

—Nos llevó hacia allí y nosotros picamos —dijo nervioso Vercingétorix—. Fuimos al sur para atraparlo, y cuando llegamos había desaparecido con los suyos. Lo buscamos, mandamos exploradores hasta las montañas y él volvió a aparecer en otro lado, en el norte, en las tierras de los lingones, donde estaban pasando el invierno dos de sus legiones, que enseguida puso en marcha hacia Agedinco, y allí las reunió con las otras de las que disponía. Julio César está con diez legiones en el centro de la Galia, a ochenta millas de Cénabo, y nosotros estamos aquí, esperando a Lucterio.

Rix partió una ramita y tiró la mitad al fuego.

—La reunión de todas sus fuerzas no solo nos ha descolocado del todo, sino que además ya no se nos unen más pueblos.

—Ya somos muchos, Rix.

Vercingétorix se volvió hacia su primo.

—Nunca los suficientes para luchar contra ese hombre, y si no conseguimos una buena victoria pronto, corremos el riesgo de que algún neutral se vaya con él.

—Tenemos que atacarlo.

—No, eso no. Eso es justo lo que él querría, tenemos que hacer lo mismo que hace él, justo lo que no se espera.

—¿Cuál es tu plan?

—Gorgóbina.

—¿Gorgóbina?

—Sí, asediaremos Gorgóbina, el *oppidum* de los boyos. Una pequeña comunidad que César estableció en lugares que están bajo la protección de los heduos. Si César no lleva ayuda a los boyos y los deja a nuestra merced, los heduos y todos los que se les han aliado podrían pensar que ya no pueden fiarse de Roma y podrían unirse a nosotros.

—¿Y si interviene?

—Una cosa es llegar donde las legiones y agruparlas, y otra afrontar una campaña de guerra en pleno invierno, con todas las dificultades que eso comporta para el aprovisionamiento de víveres en territorio hostil. Partiremos mañana mismo y veremos si César opta por perder aliados o por marchar hacia la nieve.

César desenrolló los mapas sobre la mesa alumbrada por las lucernas y miró a Labieno.

—La maniobra de Vercingétorix puede causarnos problemas —le dijo a su ayudante señalando Gorgóbina—. Si lo que queda del invierno mantenemos a las legiones concentradas en Agedinco, debemos temer que la caída de los boyos provoque una deserción general de la Galia por no proteger a nuestros aliados. En cambio, si dejamos antes de tiempo los campamentos de invierno podemos tener problemas de suministro por la dificultad de transporte en esta temporada.

César miró a su brazo derecho.

—Pero es preciso intervenir en vez de sufrir tan grave ultraje y conseguir el respaldo general de los galos.

Tito Labieno asintió.

—Lo mejor que podemos hacer es dejar en Agedinco dos legiones y todos los bagajes y mover las otras seis hacia el país de los boyos. —El dedo del procónsul señaló la ruta que desde Agedinco llegaba a Gorgóbina—. Pero ¿por qué calzada ir? Si vamos de norte a sur hasta el país de los boyos, pasando por las tierras de los heduos, nos podrían avituallar ellos, moviéndonos por un país... que, al menos, no es enemigo. Pero esta ruta rápida y por territorio no hostil podría ser vista por los otros rebeldes, los senones y los carnutes, como un movimiento tímido, incluso como una especie de retirada hacia el sur, que causaría problemas a las dos legiones que se quedan en Agedinco con el bagaje de todo el ejército. Los propios heduos no recibirían con agrado el paso por sus tierras de ocho legiones a las que habría que alimentar. Además, Vercingétorix podría seguir nuestros pasos y presentarnos batalla precisamente en las tierras de los heduos, y es justo con este argumento con el que les he mandado mensajeros para que acepten mi propuesta. Les he dicho que, dada nuestra amistad, para evitar el desastre de dos ejércitos enfrentados en su territorio, lo que supondría destrucción y carestía, renunciaré a un camino breve y seguro por sus tierras y mantendré lejos de ellos a Vercingétorix si me apoyan con el avituallamiento. —El dedo de César pasó por las tierras de los bituriges—. No pueden negarse. Verás cómo nos garantizan el avituallamiento de las legiones con escoltas a las columnas por los territorios rebeldes.

—Eso espero, César. Los heduos se están manteniendo al margen del conflicto, y eso para nosotros es una inmensa ventaja.

—Sí, aunque por pasar por tierras de rebeldes nos exponemos a dejarnos atrás baluartes que pueden interrumpir el paso de los suministros de víveres. Por ese motivo tenemos que parar en el camino y asediar Velaunoduno, *oppidum* de los senones, y después... —El dedo se detuvo en un punto remarcado del mapa—. ¡Y después Cénabo!

El mensajero llegó al emplazamiento de Vercingétorix, que estaba dando instrucciones a sus hombres sobre la manera en que había que aproximarse a las murallas de Gorgóbina con máquinas de asedio. La cara del mensajero demostraba que tenía que comunicar pésimas noticias.

—Rix..., Cénabo está en llamas.

Critoñato y Vercasivelauno se acercaron.

—¿Cénabo?

—Los romanos asediaron Velaunoduno, que se rindió a los tres días. Después de que se rindiera, se fueron a marchas forzadas hacia Cénabo. La ciudad se dio cuenta de que llegaba la legión al atardecer y los carnutes cerraron las puertas, pero desde las murallas vieron la impresionante cantidad de romanos que había en la orilla derecha del Liger. Los habitantes de Cénabo se sintieron enseguida perdidos, y entonces, aterrorizados, consultaron con los ancianos. No contaban con suficientes soldados para defenderse, de manera que solo les quedaban dos alternativas, rendirse o huir por el único puente que había al suroeste de la ciudad, que los romanos no dominaban porque seguían en la ribera derecha. Si huían enseguida podían dispersarse rápidamente por el campo y dejar atrás a los legionarios. Sin embargo, después de la masacre de Cénabo esas dos posibilidades se reducían a una, pues César no iba a aceptar jamás la rendición. Así que los ancianos optaron por el éxodo.

El mensajero tragó saliva antes de seguir.

—Empezaron a cruzar el puente anoche, pero César puso por todas partes vigías que le avisaron de lo que estaba a punto de ocurrir. Había previsto los movimientos y tenía dos legiones en armas y despiertas, listas para intervenir. Les dio la orden de ataque y en pocos instantes las puertas del norte de la ciudad fueron pasto de las llamas y destruidas. Cuando los legionarios invadieron el interior, la gente se amontonó y hubo una masacre, hasta que César dio la orden de capturarlos a todos para dar esclavos a sus legionarios. Después la ciudad fue abandonada a las legiones para que la saquearan, y como al día siguiente ya no había moradores ni nada de valor, fue entregada a las llamas y destruida.

Vercingétorix estrelló contra el suelo su yelmo con un gruñido.

—¡Cabrón!

—Las legiones cruzaron el Liger e invadieron el territorio de los bituriges... Rix, vienen hacia aquí.

Con los ojos inyectados de sangre, el arverno miró fijamente al mensajero y luego se dirigió a sus hombres con los dientes apretados.

—¡Dejemos de asediar esta maldita ciudad y vayamos a buscar a ese cabrón!

XXXIX

Avárico

—A partir de hoy tenemos que conducir esta guerra de otra manera.

Vercingétorix miró a los jefes de clan reunidos en asamblea con sus enseñas de guerra antes de continuar con su soflama.

—Los romanos avanzan con las víctimas capturadas en Velaunoduno, Cénabo y Noviduno, la última ciudad que han tomado, la primera en el territorio de los bituriges. Son muchos, pero además tienen un montón de esclavos y de bestias de carga. Nosotros hemos de impedir por todos los medios, y digo por todos los medios, que se aprovisionen de víveres y de forraje. No es difícil, porque disponemos de una caballería numerosa y capaz de hacer incursiones en un extenso territorio. Podemos acabar con el aprovisionamiento de comida que los heduos les envían a diario y hacerles pasar hambre rápidamente, ya que en esta época del año no hay nada que pueda segarse para que coman.

Ambigatos, del consejo de los bituriges, dio un paso al frente.

—Rix, sin embargo, de esa manera los romanos se dispersarán por todas partes en busca de trigo y forraje; darán con granjas aisladas, casas, aldeas.

—Pero no encontrarán nada, porque nosotros incendiaremos aldeas y casas, ahí donde se suponga que los romanos pueden llegar.

Ambigatos arrugó la frente y miró de un lado a otro, antes de volver a dirigirse a Vercingétorix.

—Pero son mis tierras, es mi gente...

—Lo sé, Ambigatos, pero cuando está en juego la salvación de toda la comunidad, todo interés privado se pospone.

Se elevó un murmullo entre los presentes, y Rix continuó con un tono más firme.

—Sé que todo esto puede parecer cruel, pero sería inmensamente más dura la esclavitud de nuestros hijos y de nuestras mujeres con nosotros muertos. Id a preguntárselo a los habitantes de Cénabo que siguen encadenados al ejército de César después de ver su ciudad en llamas. —Rix observó a los jefes de clan con mirada feroz y levantó tres dedos—. Ya han caído tres ciudades en manos de César en dos semanas sin siquiera luchar, y su derrota ha supuesto para los romanos un montón de esclavos y víveres. ¿Queréis seguir dándoles forraje y esclavos o queréis dejarlos sin comida y luchar contra ellos?

Permanecieron en silencio.

—Saquemos de los heniles todo lo que podamos y prendamos fuego a lo que quede. Si hacemos eso, evitaremos que ciudades enteras se rindan a los romanos y pacten con ellos. Dejaremos sin comida a los romanos y atacaremos sus pelotones, que vagarán desesperados en busca de algo que llevarse a la boca, hasta el día en que nos enfrentemos a ellos y los derrotemos. La victoria tiene que ser nuestra.

—La victoria... —dijo Ambigatos—, ¿pasa entonces por la destrucción de mi país?

—Cuando termine la guerra, todos juntos reconstruiremos este país. Te lo garantizo, Ambigatos.

César contempló las cortinas de humo que se elevaban en toda la línea del horizonte.

—Lo están quemando todo —dijo Labieno, que se encontraba a su lado—. Quieren matarnos de hambre.

—Pero ¿quién puede vivir y luchar si destruye sus propias reservas de comida? —preguntó el procónsul como pensando en voz alta.

—No lo sé, pero no cabe duda de que para nosotros constituye un problema. Nuestra vulnerabilidad reside en el aprovisionamiento, bien mediante los suministros que envían los heduos, bien mediante nuestras incursiones para hacernos con comida en el radio de la avanzada de las legiones. Sufrimos muchas bajas de hombres y bagajes en esas operaciones.

César asintió.

—Nuestro Vercingétorix ha decidido destruir el país de su aliado principal para hacernos pasar hambre... Entonces, pongamos a prueba esa alianza, Tito, y marchemos hacia Avárico, la capital de los bituriges. ¿Tú qué crees? ¿Le prenderán fuego, atormentando a su población?

—Avárico es la ciudad más hermosa de toda la Galia —dijo con firmeza Ambigatos, respaldado por el consejo de los ancianos de la capital de los bituriges—. Avárico es nuestra historia, baluarte y honor de nuestro pueblo, y no lo entregaremos a las llamas.

Vercingétorix meneó la cabeza y Ambigatos abrió los brazos mirando a Rix y a todos los otros jefes de la coalición.

—Hemos hecho lo que nos has pedido, Vercingétorix. Desde el día en que decidiste prender fuego a las reservas de víveres para que no cayeran en manos de los romanos, hemos incendiado más de veinte ciudades de nuestra región. —Ambigatos señaló el cielo—. ¡Mira! ¡El cielo de nuestra tierra está lleno de humo negro, pero Avárico no arderá! La ciudad puede ser defendida gracias a su emplazamiento, pues está rodeada de ciénagas por todas partes salvo por su única y estrecha entrada. Los moradores de Avárico y todos los restantes bituriges que están refugiados aquí harán todo lo posible para defenderla. Someteremos a los romanos a un largo y extenuante asedio entre las ciénagas. Aquí encontrarán el hambre y la muerte, porque tú y tus hombres podréis atacarlos por detrás y los atraparemos entre dos frentes.

Hubo un largo silencio. El arverno miró a Ambigatos, después a Vercasivelauno, Lucterio, Critoñato y a todos los demás. No veía miradas decididas sino vacilantes sobre lo que había que hacer. Volvió a mirar a los ojos a los representantes del consejo de los ancianos bituriges.

—No puedo garantizar la salvación de la población de Avárico una vez que los romanos hayan comenzado su asedio.

—La población de la ciudad es consciente de ello, pero todos están dispuestos a luchar.

—Una vez empezado el asedio, los romanos no se detendrán, y, si entran, matarán a todo el mundo.

—Lo sabemos.

El arverno miró directamente a cada uno de los jefes de Avárico.

—Sabed que no voy a poner en peligro la coalición para prestar ayuda a los habitantes de Avárico una vez que César haya comenzado el asedio. No estoy de acuerdo con vuestra decisión, pero no quiero obligaros a entregar a las llamas vuestra capital. Preparad la defensa de la ciudad, y haced votos por que salga bien.

Labieno señaló la muralla de Avárico bajo una lluvia incesante.

—La ciudad se asienta en el promontorio de una llanura rodeada de ciénagas y ríos. Solo se puede entrar por una estrecha lengua de tierra que conduce a las dos puertas principales.

César miró la estrecha lengua de tierra que llegaba hasta la muralla.

—El terreno pantanoso —continuó Tito Labieno— y los cursos de agua que rodean toda la muralla imposibilitan cavar una trinchera para impedir posibles salidas o comunicaciones con el exterior. Prácticamente no se puede utilizar la caballería, y mandar a las legiones por el perímetro nos haría vulnerables a los ataques que puedan proceder del exterior. No olvidemos que Vercingétorix y su ejército ya están cerca.

César permaneció impasible mirando las puertas de la ciudad bajo el yelmo del que chorreaba agua, luego se volvió hacia un hombre muy bajo que estaba a su derecha.

Marco Vitrubio Mamurra era el *praefectus fabrum*, el responsable de los ingenieros que acompañaban a las legiones del procónsul en la Galia. Un cargo difícil, sin duda, pero que lo había hecho inmensamente rico hasta ese momento, porque en muchas ocasiones su obra había sido decisiva para que la campaña saliera bien.

Con la frente plana y sus ojos avispados, Mamurra observó la depresión del terreno que iba hacia Avárico.

—No veo más solución que construir un *agger*, un terraplén. Empezamos transportando desde abajo tierra y nos acercamos ensanchando y elevando el paso que conduce a la ciudad. Lo malo es que la naturaleza del terreno nos obliga a tener un frente estrecho, digamos... de un ancho de trescientos pies. Cuanto más nos acerquemos, más nos elevaremos, hasta alcanzar un nivel que supere el borde de los contrafuertes y los inutilice. Una vez que superemos la muralla, abriremos las puertas desde dentro y podremos entrar en la ciudad.

Labieno y César dirigieron de nuevo la vista hacia Avárico.

—Los hombres estarán a tiro de los defensores.

—Usaremos vineas para avanzar. —Marmura miró el cielo—. Estructuras con tejados a dos aguas cerradas por ambos lados que se pueden desplazar. Pegando una detrás de otra formaremos un pasillo para aproximarnos, una especie de pórtico protegido, extensible y adaptable a las formas del terreno. De esa manera, podremos marchar también de día, a cubierto de los proyectiles enemigos y de la lluvia.

Tito Labieno hizo una mueca.

—¿Quieres que construyamos un camino de tierra de trescientos pies de ancho desde aquí hasta la muralla...? Habrá un desnivel de sesenta pies.

Mamurra miró de nuevo la muralla de la ciudad bajo la lluvia y luego asintió.

—Incluso más de sesenta pies. Y, en cualquier caso, el frente será más ancho, porque a los lados del terraplén construiremos otros dos para que avancen grandes torres de asedio sobre ruedas. Estas han de ser más altas que la muralla, porque desde arriba tendremos que atacar a los defensores, que harán lo posible por acribillar a nuestros hombres que avancen en la rampa principal. Cuanto más nos acerquemos, de hecho, más nos caerá encima de todo.

—Es una obra colosal —continuó poco convencido Labieno.

—Todas mis obras lo son.

César dejó escapar una sonrisa.

—¿Cuánto tiempo necesitas?

—¿Cuántos hombres tengo?

El procónsul miró detrás de ellos.

—Construiremos solo un campamento para ocho legiones fuera del alcance de sus máquinas. Así que, excluyendo los hombres para la defensa del campamento y para las probables salidas de los galos..., diría que treinta mil, mil más, mil menos.

El ingeniero miró de nuevo el cielo plomizo.

—También depende del tiempo. Diría que tres o cuatro semanas.

—Me construiste un puente formidable sobre el Rin en diez días, Mamurra, no me puedes pedir el triple; tienes que hacerlo antes.

Los ojillos avispados se volvieron hacia el procónsul unos instantes antes que el resto del rostro.

—Es un enorme montón de tierra y piedras que hay que cavar, trasladar, colocar, prensar y consolidar con fajina y troncos de árbol.

—Lo sé, pero tenemos problemas con los avituallamientos de víveres. Vercingétorix ha llevado a cabo una estrategia de tierra quemada a nuestro alrededor y las líneas de aprovisionamiento de los heduos y de los boyos sufren continuos ataques. Así, mientras Vercingétorix se llenará la barriga mirándonos trabajar, nosotros cada día tendremos más hambre.

—Lluvia, frío, hambre y cansancio. A los romanos les va mal, primo, su actividad sigue imparable, no se dan tregua desde hace veinte días pero avanzan muy despacio. Los defensores de Avárico están haciendo un trabajo excelente desde los contrafuertes y retrasan todo lo posible la obra de los asaltantes con salidas. Además, para contrarrestar las dos torres romanas han reforzado y elevado las torres de madera que rodean la muralla.

Vercingétorix asintió y se arrebujó en la capa.

—Hay lluvia, frío y barro para todos, Vercasivelauno, pero nosotros al menos comemos nuestra comida y la suya. Hemos interceptado varias caravanas de provisiones de las que nos hemos apropiado. Los romanos están agotando sus reservas, porque mandan cada vez más lejos a la caballería en busca de comida, así que sugiero que movamos el campamento y que nos acerquemos a la ciudad.

Vercasivelauno asintió.

—Quedémonos a diez millas de Avárico, para que podamos ir contra los grupos de caballería romana que hayan salido en busca de comida e interceptar las columnas que lleguen por el río Liger con abastecimientos. Si Avárico resiste y las operaciones se alargan, nuestro procónsul se verá forzado a abandonar el asedio en el que se ha metido con hombres agotados y hambrientos y sin caballería, que, entretanto, habremos eliminado. También sus aliados se verán forzados a reconsiderar su situación, y ese será un buen momento para atacar a sus legiones desmoralizadas.

César vio avanzar las torres, empujadas por sus hombres, embarrados y hambrientos, luego se volvió y echó a andar hacia el campamento, dejando tras de sí la maldita Avárico. En su camino se cruzó con los hombres que iban a reemplazar a los que estaban en el terraplén. Todos intercambiaron con él un gesto de saludo orgulloso.

—¡Lo conseguiremos, comandante!

César se volvió hacia el legionario que había hablado y se detuvo.

—Estoy seguro de ello.

El hambre aumentaba, pero los soldados no desistían y todos, sin excepción, querían seguir. Durante muchos años, bajo su mando, habían actuado para no ser vencidos y nunca habían dejado ninguna empresa sin terminar: para ellos sería una deshonra abandonar ese asedio. Estaban dispuestos a soportar cualquier privación con tal de vengar a los ciudadanos romanos caídos en Cénabo.

Un par de palabras más de ánimo y el procónsul siguió avanzando por el cieno hasta que llegó a la zona del campamento destinada a la caballería, donde lo esperaba un decurión con la cara satisfecha.

—Ave, procónsul, los auxiliares han conseguido capturar a un puñado de esos cabrones.

En medio de un grupo de fornidos jinetes había cuatro hombres, atados y arrodillados en el barro. A juzgar por las caras magulladas y ensangrentadas, ya habían recibido un primer tratamiento que les había soltado la lengua.

—¿Han hablado?

—Sí, parece que no son arvernos sino bituriges, así que son más propensos a hablar. Han dicho que Vercingétorix ha movido su campamento y que ahora se encuentra a diez millas al norte de Avárico. Desde su posición se mantiene al corriente de todo lo que pasa extramuros de la ciudad y, en función de eso, transmite las órdenes a sus hombres. Vigila todas nuestras expediciones que salen en busca de trigo y forraje, y en cuanto los pelotones se alejan y se dispersan, sale al mando de la caballería y los asalta. Ellos eran uno de los correos que van y vienen entre Avárico y el campamento de Vercingétorix.

—¿Cuál de los cuatro se presta más a colaborar?

El decurión agarró del pelo a uno de los detenidos.

—Este.

—Tráelo a mi tienda.

—A tus órdenes.

—¿Quieres salir de aquí vivo junto con los otros? —preguntó César al detenido con la ayuda de un intérprete una vez que lo separó de los otros tres.

—Yo no sé nada, General Único...

—No es verdad, tú sabes dónde está el campamento de Vercingétorix y sabes con exactitud qué hace y adónde va. ¿Has dicho que él mismo manda la caballería?

—Sí, él ha entrenado a toda la caballería, y él dirige las salidas.

—Pero ¿las salidas pueden durar tiempo...?

—Dos o tres días, a lo sumo.

La mirada de César brilló.

—¿Dónde está ahora?

—Ha ido al río Liger a detener una gran columna de abastecimientos de heduos. Partió ayer.

César se volvió hacia el decurión.

—Dos legiones listas para salir en cuanto anochezca.

—A tus órdenes.

Volvió a mirar al detenido.

—Tú nos llevarás. Si has mentido, serás el primero en morir; si volvemos, te salvarás.

—¡Rix!

Vercingétorix se volvió bajo la lluvia y vio a unos jinetes llegando al galope.

—¿Qué ocurre?

—¡Los romanos están en el campamento!

—¿En el campamento?

—Sí, esta mañana, al alba, aparecieron por el oeste, bordearon Avárico y vimos acercarse sus legiones. Hemos partido nada más verlos, tienes que regresar enseguida con la caballería y con todos los demás.

Con un gesto de rabia, Vercingétorix se volvió hacia su primo.

—Llamemos a todos los que hemos dispersado para interceptar a los heduos.

—Bienvenido, Rix.

Vercingétorix se apeó del caballo empapado de agua y fango y miró a Ambigatos.

—He vuelto en cuanto lo he sabido, ¿todo bien?

—En cuanto los exploradores nos informaron de la llegada de los romanos, escondimos los carros y los bagajes en la espesura de los bosques y nos formamos por clanes en una colina rodeada casi enteramente por una ciénaga. Enseguida protegimos todos los vados y los pasos de la ciénaga y nos preparamos para atacar desde arriba a los romanos si trataban de cruzarla.

—¡Estupendo!

—Vimos mucho desorden entre los romanos.

—¿Desorden?

—Sí, los centuriones contenían a los legionarios, que gritaban indignados que se diera la orden de ataque. Querían atacar a toda costa, a pesar de las posiciones desfavorables y las ciénagas.

—Eso quiere decir que están hambrientos.

—O bien... —continuó Ambigatos con los brazos cruzados—. Quiere decir que sencillamente sabían que podrían habernos atacado solo con dos legiones, dado que la caballería estaba... contigo.

La mirada de Rix cambió de golpe. Miró también a todos los otros jefes de clan que estaban detrás de Ambigatos.

—¿Qué quieres decir?

—Quiero decir que acercaste mucho el campamento a los romanos y, mira por dónde, cuando te alejaste con toda la caballería sin dejar el mando a un sustituto, César se presentó con dos legiones en armas. ¿Se trata de una simple casualidad, Rix, o forma parte de un plan preconcebido?

Vercingétorix dio un paso hacia Ambigatos, pero la voz de uno de los ancianos bituriges lo detuvo.

—¿No será que, a la vista de los últimos triunfos de los romanos, prefieres reinar en la Galia por concesión de César, antes que por un reconocimiento de tus aliados que han quemado por ti sus casas?

El arverno miró alrededor sin poder dar crédito a lo que oía. Todos los jefes de clan lo observaban y el ejército de los rebeldes en pleno escuchaba la discusión.

—Levanté el campamento porque se había acabado el forraje y

me acerqué más a los romanos porque vosotros mismos me lo habíais pedido —explicó con calma y en voz alta—. Juzgué más favorable esa posición porque estamos más cerca de Avárico y porque las ciénagas nos permiten defendernos sin necesidad de construir fortificaciones, además de volver innecesaria la caballería, que así puede aprovecharse para interceptar los aprovisionamientos de los romanos. No dejé a nadie al mando adrede, para evitar que el jefe elegido se viese obligado a presentar batalla por la insistencia de todos los demás. De hecho, veo que todos vosotros —dijo señalando a los jefes de clan— reclamáis desde hace tiempo el enfrentamiento con los romanos, pero es por escasa firmeza por lo que queréis llegar a una batalla decisiva, pues carecéis de fuerza para aguantar más tiempo el cansancio. En cuanto a los romanos, si han llegado aquí por azar, pues demos gracias al azar, y si han llegado aquí porque los ha guiado un traidor, pues demos gracias al traidor, ya que habéis podido ver desde una posición segura la escasa entidad de sus fuerzas y la poca valentía de sus soldados, que han rehuido el combate y se han retirado vergonzosamente a su campamento.

Todos permanecieron en silencio, hasta la lluvia dejó de caer.

—¿Por qué tendría que traicionaros y negociar con César un poder que puedo conquistar con la victoria? ¿Una victoria que ya es segura para mí y para vosotros y para el resto de la Galia? —Rix se volvió hacia sus hombres—. Traed aquí a los prisioneros.

Por entre sus jinetes salieron unos hombres demacrados y en cadenas.

—Aquí están, los temibles legionarios de César, capturados mientras salían a escondidas del campamento movidos por el hambre, en busca de trigo o ganado en el campo.

Con un empujón los prisioneros acabaron en el barro delante de los jefes de clan.

—¿Estos son los hombres a los que hay que temer? Todo su ejército se halla en las mismas condiciones por falta de comida: todos están sin fuerzas y ya ninguno aguanta más el cansancio. Dentro de poco el General Único, cuando desista de expugnar Avárico, se verá obligado a abandonar el asedio y a volver a Agedinco con su ejército de zarrapastrosos, si lo consigue —continuó Vercingétorix—. Bien, estas son las ventajas que os brinda aquel al que acusáis de traición; yo, que, sin haceros derramar una gota de sangre, os pongo delante de los ojos un ejército inmenso y triunfador postrado por el hambre; yo, que he conseguido que no vaya a encontrar asilo en el territorio de ninguna tribu cuando se retire en una huida vergonzosa.

Sus arvernos se alborozaron haciendo resonar las armas, y Vercingétorix continuó con voz todavía más alta.

—Ahora mismo renuncio al poder que me otorgasteis, si creéis que lo hicisteis por honrarme y no por la salvación de todos.

Los jefes de clan callaron, mientras hubo voces de admiración por doquier, ensalzando a Rix. Primero tenues, luego cada vez más altas, por fin estruendosas.

—¡Avárico, la ciudad más hermosa de toda la Galia —gritó el gran rey de los guerreros—, se convertirá pronto en la inexpugnable Avárico!

Gritaron su nombre, y todos juntos decidieron enviar diez mil hombres elegidos, sacados de todos los contingentes aliados, al *oppidum* asediado. La salvación de Avárico debía ser obra de todos los galos, al igual que el mérito de su victoria. Sabían que podrían conseguirlo los bituriges por sí solos, pero ahora, con la ayuda de diez mil guerreros elegidos entre los más valientes, ya no cabía duda de que César nunca pisaría Avárico.

Durante veinticinco extenuantes días Mamurra mandó elevar su *agger*, que destruyeron y luego reconstruyó. Su camino hacia los contrafuertes de trescientos pies de ancho se elevaba desde sus setenta pies de base hasta el nivel de los contrafuertes. Ya faltaban pocos pasos para llegar a esa maldita muralla desde la que llovía sin cesar de todo sobre los legionarios. La aplastante superioridad de los defensores con arqueros, honderos, ballesteros, catapultas y proyectiles incendiarios se intercalaba con violentas e improvisadas salidas nocturnas y con túneles que pasaban por debajo del terraplén causando desprendimientos. Los últimos metros se construían con una lentitud pasmosa y a un coste muy elevado. Muchos habían muerto bajo las piedras y las flechas llameantes, muchos habían muerto por la mala alimentación que los había debilitado y enfermado por el frío, la lluvia y el ambiente malsano de las ciénagas.

Y mientras Mamurra dirigía la construcción, César vigilaba día y noche moviéndose entre los soldados, animándolos, llevándoles comida, ayudando en los trabajos como si fuese uno más.

La noche del vigésimo quinto día, las torres ya se hallaban cerca de la muralla y el terraplén bullía de hombres a cubierto bajo las vineas, que continuaban con su sucio trabajo ante la mirada del procónsul. César empezó a fijarse en un humo que se elevaba del suelo.

—¡Han minado el terraplén! —les gritó a sus hombres—. ¡El suelo está echando humo!

Antes de que los legionarios pudieran darse cuenta, de la muralla empezaron a caer brea y flechas incendiarias, teas y tablas, al tiempo que por doquier se elevaban gritos y estruendos.

—¡Una salida!

Por las puertas de Avárico salieron en un instante cientos de galos, que irrumpieron en la construcción y fueron a los lados de las torres. De repente se elevaron llamas desde los blindajes del terraplén hacia las torres. Las dos legiones que montaban guardia contraatacaron enseguida; los hombres que estaban con la construcción se escondieron de los *plutei*, las pequeñas pantallas móviles con ruedas, y trataron desesperadamente de defender las torres del fuego, mientras desde el campamento acudían todos con agua y armas.

Los galos, reemplazando una y otra vez a los hombres agotados por otros frescos en las puertas de la ciudad, lucharon toda la noche entre el humo y la oscuridad, y al amanecer el enfrentamiento se tornó aún más violento porque los atacantes pudieron al fin ver bien las torres que tenían que destruir.

De esas dos malditas torres dependía el destino de Avárico y de toda la Galia, de esas dos malditas torres dependía el destino de

César y de sus ocho legiones de hombres consumidos por el hambre, el frío y el esfuerzo. Y a lo mejor fueron precisamente el hambre, el frío y el esfuerzo lo que los hizo aún más fuertes, tanto es así que recuperaron terreno, metro a metro, hasta obligar a los galos a entrar al cabo del día de nuevo en la ciudad.

Al anochecer se oía el lamento de los heridos que se elevaba hacia el cielo junto con el humo. Por doquier olía a sangre, entrañas, brea, sebo y madera quemada. Galos y romanos se retiraron extenuados y en silencio, a curar a los heridos que todavía podían sobrevivir, hasta que amaneció para enseñar el resultado de aquella larga jornada de lucha.

Mamurra, callado y exhausto, miraba su obra destrozada, humeante, diseminada de cientos de cadáveres, hundida en algunos sectores y reducida a cenizas en otros. Un trueno lejano resonó en lo que quedaba de su terraplén, pobre sombra de lo que había sido dos días antes.

Vercingétorix miró el rostro marcado y afligido de Ambigatos.

—Tendrías que haberme avisado de la salida.

—No hubo tiempo, Rix, fue el momento oportuno.

—¿Oportuno? ¿Y cuántos muertos ha costado esa salida? ¿Cuántos se han quedado en ese terraplén? ¿Cuántos heridos en las casas y en las calles?

Ambigatos no supo responder.

—Atacar un campamento romano es una empresa descabellada.

—Atacamos el terraplén —corrigió el biturige.

—¡Ese terraplén y esas torres son peores que un campamento romano! —estalló Rix—. Ocho legiones estaban listas para defender sus malditas torres y su terraplén, y lo hubieran hecho a cualquier coste.

—Pero destruimos una torre.

—¿Ah, sí? Pero dime, al amanecer, después de todo un día luchando a extramuros, ¿qué has visto?

El jefe de clan guardó un embarazoso silencio.

—¡Quiero saber qué has visto antes de venir a verme esta mañana!

—A los romanos trabajando en el terraplén y en las torres.

Vercingétorix asintió. Enfadado pero casi complacido por su nefasta previsión. Él y solamente él conocía al enemigo, y, cuanto más luchaba contra él, más descubría lo mucho que aún le quedaba por conocerlo.

—Al final, Ambigatos —dijo con tono más sereno el arverno—, esta ciudad inexpugnable que no quisimos quemar va a costarnos muchas vidas humanas, empezando por los hombres que ya has perdido en ese terraplén, muchos de los cuales eran mis paisanos.

De nuevo, un embarazoso silencio.

—Tarde o temprano ese terraplén y esas torres llegarán a la muralla, y tarde o temprano los soldados de César harán su sucio trabajo, hambrientos y devorados por el odio. De manera que es preferible que no encuentren a nadie en la ciudad cuando lleguen. ¡Avárico tiene que ser abandonada!

Los bituriges miraron aterrados a Vercingétorix.

—Ha de ser abandonada esta misma noche, mientras construyen la torre y el terraplén. Haréis salir a los combatientes, que han de venir enseguida aquí al campamento por las ciénagas.

—¿Y los demás?

Vercingétorix miró a Ambigatos.

—Una vez que se tomó la decisión, fui claro. Empezado el asedio, yo no iba a poder garantizar la salvación de la población de Avárico. En la ciudad hay veinte mil hombres armados que son absolutamente indispensables para luchar contra los romanos.

—Mi familia está ahí. ¿Me estás diciendo que debo dejar a los romanos a mi mujer y a mis hijos?

—Estoy diciendo que doy la orden a los combatientes, los quiero aquí. A los no combatientes no los puedo proteger.

—Procónsul.

César parpadeó y vio a Minucio Básilo en la entrada de su tienda.

—Los centinelas informan de gritos dentro de la ciudad. Además, algunas mujeres se han puesto a chillar desde las gradas.

César se levantó enseguida de la cama.

—¿Mujeres?

—Sí, parece que gritaban que sus hombres las habían abandonado en la ciudad.

El procónsul salió enseguida, envuelto en la capa pluvial. Fue hacia el terraplén, donde Mamurra, incansable, dirigía las obras de reparación.

—¿Hay movimiento?

El ingeniero se volvió hacia César, estaba demacrado.

—Aparentemente está todo tranquilo, salvo por las mujeres, que han estado gritando. De las gradas cae solo alguna flecha, tanto es así que he podido arreglar un trozo del terraplén y una torre.

El señor de las Galias aguzó la vista hacia los bastiones.

—Están planeando algo —dijo Básilo, que se encontraba a su lado.

—Doblemos la guardia —le ordenó César—. Quiero dos legiones formadas y listas para luchar. Mamurra, entretanto prepara todas las vineas y haz largos pasillos para llegar hasta la muralla. Quiero que se queden ahí así, aunque no se produzcan salidas.

—A tus órdenes.

—Básilo, despierta a los jinetes y mándalos a hacer un reconocimiento alrededor de la ciudad, quiero estar al tanto de cualquier movimiento.

—A tus órdenes.

—¿Qué significa eso de que no han hecho la salida?

—Se estaban preparando para ejecutar el plan, Rix, cuando las mujeres de la ciudad se lanzaron a las calles y se arrojaron llorando a los pies de sus hombres, y les suplicaron que no las abandonaran con sus hijos a los romanos para que las masacraran. Cuando vieron que ellos se mantenían firmes en su decisión, empezaron a gritar todas juntas y a avisar de su huida a los romanos. Así las cosas, temiendo que la caballería romana se les adelantara y les cortase el paso, abandonaron el plan.

—¡Desobedecieron mi orden! —gritó Vercingétorix con la cara roja—. ¡Los quiero aquí! ¡Quiero aquí a los que decidieron no acatar mi orden!

—¡Ve a Avárico a detenerlos! —le gritó Ambigatos—. Fuiste corriendo a Auvernia a salvar a los tuyos, ¿no? Ahora ve a salvar a los de Avárico.

Rix encaró con gesto airado y los ojos muy abiertos a Ambigatos.

—Solo supiste decir que debíamos incendiar cuanto teníamos, Vercingétorix —continuó el otro—. Has traído la guerra a nuestra casa, mientras que los romanos la han mantenido fuera de las tierras de los heduos, que nos miran desde la otra orilla del Liger. Tú, que viniste para salvarnos del yugo romano, has traído guerra, muerte y miseria para los próximos años. Hemos quemado veinte ciudades obedeciendo una orden tuya, campos, granjas y aldeas, y lo único que nos dices es que tenemos que saber sufrir. ¡Enfréntate a César con tus arvernos, enséñanos cómo saben sufrir!

Todos los ojos miraban a Rix, no solo los de los bituriges, que estaban pagando el precio más alto de esa guerra, sino también los de los jefes de clan de los carnutes, que habían perdido Cénabo, y los de los senones, que habían entregado Velaunoduno a las legiones de César, y los de todos los demás, cadurcos, turones, aulercos o lemovices, que algún día, si perdían la guerra, pagarían un alto precio por haberse sumado a la revuelta.

Vercingétorix advirtió las miradas hostiles. La coalición de los galos se resquebrajaba, y, si había abandonos, todo acabaría. Era imprescindible mantener unida a esa gente, que solo esperaba que por fin fuera la última batalla para que esa guerra terminara. Tenía que decirles algo para tranquilizarlos.

—Mañana por la noche iremos a sacarlos de ahí.

Hacia el norte, el cielo se estaba poniendo negro y un trueno resonó a lo lejos.

—¡Lluvia maldita, y maldita Galia! ¡Adelante con esa torre, adelante!

—Has hecho un gran trabajo, Mamurra.

El ingeniero se volvió y vio a César detrás de él.

—Te lo agradezco, César, las obras de reconstrucción del *agger* están avanzadas, pero esta condenada lluvia hará que el terreno se desmorone otra vez. Tengo que llevar más piedras a la base de la muralla.

El procónsul miró el lado que le había señalado Mamurra: la muralla ya estaba muy cerca. Elevó la mirada hacia la protección de los terraplenes y de las torres de defensa de Avárico, mientras las primeras gotas caían del cielo.

—Hay una calma extraña.

—Sí, yo también lo he notado.

—Nunca hemos estado tan cerca, y sin embargo esta noche los centinelas tienen una ubicación rara. Pasa algo.

Los ojitos de Mamurra escrutaron los bastiones.

—Parece que no nos vigilan...

—Sí, más vale que aprovechemos esto. Marco, ordena a los hombres que trabajen más despacio.

—¿Cómo dices?

—Que trabajen más despacio —repitió el procónsul a su ingeniero—, y sígueme.

—Ha llegado el momento —dijo Julio César después de haber mandado llamar a todos los comandantes y centuriones de los primeros órdenes—. Del norte están entrando nubes cargadas de agua, esas nubes que, desde que estamos aquí, han retrasado nuestro trabajo reduciendo la visibilidad y enfangando toda la zona. Siempre hemos luchado contra el agua que ha caído inclemente, pero hoy el agua nos ayudará a expugnar la ciudad.

La mirada cansada de los oficiales se tornó atenta.

—En cuanto empiece a llover y las nubes bajas quiten visibilidad, expugnaremos Avárico.

—César, la rampa no está completa.

—Lo sé, Mamurra, pero después de los gritos de las mujeres de ayer y la escasa presencia de centinelas de hoy, la rampa ya no es tan importante, ni tampoco la torre. Los galos están planeando algo, y nosotros tenemos que anticiparnos a ellos. De manera que, mientras que sus centinelas van a estar pendientes de las torres y del último tramo de construcción del terraplén, que vamos a seguir haciendo bajo la lluvia con un ir y venir ininterrumpido de hombres y materiales, atacaremos otro sector de la muralla con cuerdas y escaleras.

El estruendo lejano de un trueno lo interrumpió un instante.

—En vez de utilizar las *vineas* para llevar material al *agger*, las usaremos para acercar a los hombres a la muralla. Quiero un flujo continuo de hombres que, en pequeños grupos, tendrán que colocarse al pie de los bastiones. Desde ahí, con escaleras y cuerdas, llegarán a los terraplenes, y en ese momento todas las restantes legiones saldrán para alcanzar la muralla y avanzar la torre. —César miró a sus oficiales—. Y decidles que los primeros diez que lleguen a la muralla y creen un baluarte se harán ricos. Y que todos los que lleguen a las gradas podrán saquear la ciudad.

Con un enésimo trueno lejano terminó sus palabras.

Critoñato cayó al suelo delante de Vercingétorix. Estaba cubierto de sangre y jadeaba.

—Critoñato, ¿qué ha pasado?

Los arvernos se juntaron alrededor del noble de Gergovia, le dieron de beber y esperaron que hablase, mientras un druida se encargaba de su aparatosa herida en la sien.

—Ya no aguantaba más el sueño ni el cansancio —dijo mirando a Vercingétorix—. Llevábamos días sin dormir y en cuanto anocheció nos refugiamos de la lluvia en uno de los barracones de los guardias y nos quedamos dormidos delante de la hoguera. Estábamos empapados, hambrientos y ateridos, pero el sueño nos venció. —El druida taponó la herida con un ungüento, Critoñato hizo una mueca de dolor antes de seguir—. Oí gritos y me desperté. Cuando salimos del barracón bajo el diluvio, miramos alrededor y vimos a los romanos en los terraplenes de la muralla, luchando contra los nuestros. Di enseguida la alarma, pensando que los enemigos iban a abrirse camino para bajar de la muralla y abrir las puertas para que entraran los demás.

Critoñato paró un momento y miró a Vercingétorix, que lo observaba con la impaciencia de alguien que quiere saberlo todo y sin demora.

—Reuní a los que estaban cerca de mí y traté de llevarlos al Foro para organizar el contraataque. Nos habíamos preparado para eso durante días: si los romanos sobrepasaban el trozo de muralla de delante del terraplén, tendríamos que juntarnos para afrontar su entrada en la ciudad. Estábamos listos para atacar, y esperábamos que el enemigo saliese por la puerta principal, donde habíamos amontonado de todo, pero no pasó nada de eso. Los hombres de César no trataron de llegar a las puertas para abrirlas, aprovecharon la circunstancia de que todos nos habíamos juntado en las calles para conquistar y no en las gradas de la muralla, sector tras sector, torre tras torre. Así, mientras nos organizábamos para rechazarlos, ellos nos rodearon desde arriba, sin bajar a las calles. Y la población de los barrios más apartados del terraplén, cuando vio a los romanos en la muralla, que creíamos infranqueable por las ciénagas que la rodean, empezó a gritar despavorida en busca de una salida.

»En ese momento comprendimos que toda la población de Avárico se lanzaría hacia el sector norte de la ciudad, y, si no hubiésemos hecho lo mismo, habríamos quedado atrapados. En pocos instantes todos los armados dispuestos a defender la puerta echaron a correr hacia las puertas al norte de la muralla para salir rápidamente de Avárico, y los romanos, con el camino expedito, forzaron las puertas que daban hacia su terraplén y penetraron en la ciudad, mientras su caballería iba por las ciénagas de fuera para coger a los que conseguían salir.

Vercingétorix miraba a Critoñato, pero sus ojos estaban vacíos.

—No sé cuántos han conseguido salvarse, Rix.

Excitados por el recuerdo de la masacre de Cénabo y de las dificultades que habían pasado, los romanos no perdonaron a nadie. De los cuarenta mil habitantes de Avárico, llegaron ilesos al campamento de Vercingétorix solo ochocientos.

XL

Heduos

—Me llamo Publio Sextio Báculo, primipilo en licencia de la legión XII.

El viejo centurión al mando de la guarnición observó a Publio de arriba abajo.

—Tengo aquí una carta de recomendación del legado Labieno como prueba.

El oficial cogió la carta arrugada y empezó a leerla, luego volvió a mirar a los cuatro hombres que tenía delante. Vócula, Torcuato y Tenaz, junto con Báculo, tenían el aspecto de salvajes del otro lado del Rin, más que de romanos.

—Es lo único que me quedó en Cénabo.

—¿Cénabo?

—Sí.

—Cénabo ya no existe.

Los cuatro se miraron a la cara. Publio volvió a tomar la palabra.

—Llevamos en camino mucho tiempo, venimos de Agedinco, donde nos licenciamos, y en el trayecto hicimos una parada en Cénabo. Nos invitó a cenar el gobernador Fufio Cita, y durante la noche su casa fue asaltada por hombres armados, debían de ser rebeldes capitaneados por druidas. Vi ajusticiar a Cita con mis propios ojos, lo decapitaron en el patio de su villa y luego mataron a todos los romanos. Nosotros conseguimos huir al monte, pero hemos perdido todo lo que teníamos, empezando por el dinero de la licencia.

El oficial abrió mucho los ojos.

—¿Habéis perdido el dinero de la licencia?

—Sí, todos somos licenciados de la legión XII y ya no tenemos nada. Matamos a algunos galos y nos pusimos sus ropas para conseguir escapar.

El centurión lanzó un silbido de estupor.

—Caray... De todos modos, dentro de lo malo habéis tenido suerte, toda la Galia está en guerra, ¿cómo habéis conseguido llegar aquí sanos y salvos?

—Remontamos el Liger en una pequeña barca de pescadores, aún no sé cómo pudimos hacerlo, porque además pasamos en medio de dos inmensos despliegues de galos.

—Sí, he oído hablar de eso —repuso el comandante de la guarnición—. Se enfrentaron en el Liger, los de un lado eran arvernos, y los del otro, heduos. Entonces todavía no se sabía que los heduos iban a pasarse al lado de los insurrectos...

—Los heduos... son nuestros aliados.

El centurión hizo una mueca.

—Lo eran, ahora ya no.

—¿Cómo?

—Ellos también se han ido con los arvernos, de manera que aquí las cosas empiezan a ponerse igual de feas, dado lo cerca que están sus regiones.

De nuevo, los cuatro se miraron.

—¿Los heduos se han ido con los arvernos?

—Me da la impresión de que últimamente os habéis perdido algo. Venid conmigo, si sois de la legión XII y huisteis de Cénabo matando a algunos de esos cabrones, no puedo hacer menos que daros una comida caliente y vino, así os cuento algo de lo que ha ocurrido. Dicho sea de paso, encantado de teneros aquí, soy Cayo Volteyo Capitón, comandante de este último bastión de la provincia antes del Infierno.

Los supervivientes de Cénabo se sentaron a una mesa y empezaron a comer, pendientes de los labios del comandante de la guarnición.

—¿Qué os dije, muchachos? —dijo Báculo a sus compañeros

tras un largo trago de vino—. Era César el que iba al frente de ese grupo de jinetes al galope.

—Sí —continuó Cayo Volteyo—, cabalgó día y noche con un puñado de hombres para aparecer y desaparecer. Estoy seguro de que el tal Vercingétorix tenía pesadillas con él. Un día estaba en Auvernia devastando y pocos días después en Vienne; al cabo de tres días, de nuevo rodeando con sus legiones Agedinco y luego en las puertas de Velaunoduno. No dejó dormir a sus hombres en varios días, os lo digo yo. En poco más de dos meses destruyó dos capitales, Cénabo de los carnutes, que fue pasto de las llamas, y Avárico de los bituriges, que fue tomada tras un asedio extenuante y luego saqueada. Mataron a sus habitantes de uno en uno porque Avárico había hecho escupir sangre a los nuestros.

—Un momento, espera, ¿qué nombre has dicho?

—¿Cómo que qué nombre?

—¿Vercingétorix...?

—Ahí, sí, Vercingétorix, es el jefe de la coalición de los rebeldes.

Publio Sextio Báculo dejó de masticar y miró a Capitón.

—¿Vercingétorix el arverno?

—El mismo.

—¡Ese hijo de puta era de los nuestros!

—¿De los nuestros?

Tenaz asintió.

—Claro, me acuerdo de él, lo mandaste al bosque con sus jinetes contra los mórinos. Un cabrón grande y fuerte.

—No solamente eso —dijo Publio Sextio—, era mi ayudante en la caballería cuando fuimos a detener a Dumnórix. Entonces ese cabrón estaba aliado con Dumnórix.

—Por supuesto —continuó Capitón—, ¿cómo si no habría podido formar una coalición de decenas de miles de hombres y jinetes en tan poco tiempo?

—De todos modos, por lo que se cuenta, César le está dando una buena paliza.

—Sí, pero pasa algo raro: mientras que lo habitual es que los fracasos disminuyan la autoridad de los jefes, parece que después de Avárico el prestigio del tal Vercingétorix aumenta tras cada derrota.

—Es inconcebible.

—No, no, porque hemos sabido por los prisioneros que él habría querido incendiar la ciudad y salvar a treinta mil personas, mientras que la negativa del consejo de los bituriges forzó a todos a un largo asedio y a la pérdida no solo de los habitantes, sino también de los refuerzos que habían sido enviados a la ciudad. De modo que, si lo pensáis bien, Avárico no fue una derrota de Vercingétorix, sino de los bituriges, que querían proteger su capital. Tras la caída de la ciudad, Vercingétorix animó y pidió a los suyos que no se desanimaran, porque no habían sido derrotados en campo abierto gracias a su coraje, sino mediante nuestras técnicas en el arte del asedio. Lo cierto es que la caída de Avárico ha acercado a las naciones galas hasta ahora disidentes y reunido a toda la Galia en un único ideal.

—Entonces ¿se le han unido más?

—Sí, empezando por los nitióbroges, que han entregado toda su caballería, además de la de los aquitanos.

—¿Caballería aquitana?

—Sí.

—Son de los mejores jinetes que he visto nunca.

—Sí, la caballería de Vercingétorix aumenta en cantidad y calidad cada día. Además de eso, tras el asedio de Avárico, el procónsul paró varios días, la ciudad estaba llena de trigo y víveres y era el lugar perfecto para que los hombres se pudieran recuperar del cansancio. Y es justo a Avárico adonde llegó una delegación de nobles heduos para rogarle que acudiera en ayuda de su pueblo.

—¿Ahora los heduos no están contra nosotros? —preguntó Vócula.

—Ahora sí, pero no en ese momento. Parece que había dos hombres, un tal Convictolitán, un joven noble y rico, y un tal Coto, descendiente de una antiquísima familia, también con una gran influencia personal y una extensa parentela. Los dos se disputaban el poder y estaban arrastrando al país a la guerra civil. El procónsul, aunque consideraba desventajoso alejarse del enemigo, interrumpiendo así las operaciones militares, sabía que esa discordia podía dividir a una parte importante de la población de los heduos y acercarla a Vercingétorix, de modo que consideró que había que dar preferencia al asunto.

»Fue donde ellos y convocó en Dececia a todo el Senado y a los dos rivales. Ahí, delante de todas las personalidades más representativas que habían acudido de todo el país, el asunto se dirimió conforme a las leyes de los heduos. En realidad, a Coto lo había elegido una minoría que se había reunido a escondidas en un lugar y un tiempo diferentes de los estipulados. César, por tanto, no hizo más que apoyar a la mayoría del Senado de los heduos, obligando a Coto a renunciar al cargo e invitando a Convictolitán, que había sido nombrado por los sacerdotes conforme a los usos de la nación, a asumir el poder. Les pidió después a todos que se olvidaran de disputas y diferencias y que dejaran de lado cualquier otro asunto para dedicarse solo a la guerra, pues después de la victoria sobre Vercingétorix, todos serían recompensados conforme a sus méritos.

—¿Aceptaron?

—Oh, desde luego. En ese momento Convictolitán habría hecho cualquier cosa con tal de conseguir el poder. En el fondo, se convertía en una especie de nuevo Diviciaco, el gran *vergobreto* de los heduos, pero... le debía un favor a nuestro procónsul por haber logrado semejante prestigio.

—¿Un favor?

—Pues sí: César le pidió toda la caballería y diez mil soldados de infantería para desplazarlos como protección de las caravanas de víveres que estaban siempre expuestas al ataque de los rebeldes de Vercingétorix. Los heduos aceptaron y el procónsul, sintiéndose seguro, hizo converger las dos legiones encargadas del bagaje de todo el ejército en Noviduno, después dividió las fuerzas, confiando cuatro legiones a Labieno para que las condujese a los territorios de los senones y los parisios, y él mismo llevó seis al centro de las tierras de los arvernos, hacia su maldita capital: Gergovia.

Esta vez fue Torcuato el que silbó.

—Pero ahí las cosas no salieron tan bien —continuó el comandante de la guarnición—. Los dos ejércitos en marcha se contrarrestaron en el río Liger hasta llegar a Gergovia, un importante bastión situado en un cerro con entradas muy complicadas por todos lados. Vercingétorix acampó en las colinas que rodean la ciudad, situando los contingentes de todas las tribus a breve distancia unos de otros.

—No tuvo que ser un bonito espectáculo para los nuestros.

—En absoluto, a su llegada debieron de encontrarse con una especie de semicírculo que se levantaba alrededor, donde, en las cumbres de todas las colinas, hasta donde alcanzaba la mirada, había enemigos armados. Además, a diferencia de Avárico, Vercingétorix, en vez de estar en el campamento, continuamente trababa enfrentamientos de caballería, a los que se unían sus arqueros.

—Qué jodido.

Capitón suspiró.

—Ojalá se hubiese quedado en eso, porque ahora entra en juego Convictolitán.

—¿El heduo? —preguntó Torcuato—. ¿Al que había nombrado César?

—Sí, él, ese cabrón se quitó la máscara en cuanto las legiones del procónsul dejaron el territorio de los heduos. Parece que los arvernos le dieron bastante dinero para que se fuera con ellos, y ese hijo de puta lo repartió con algunos de sus nobles caballeros diciéndoles que no tenían ninguna obligación con César, pues este no habría hecho más que reconocer sus justas razones e invocar la ley de los heduos. En pocas palabras, Convictolitán, después de haberse beneficiado de la ayuda de César, buscó que los heduos se pusieran en su contra, empezando por un tal Litavico, vástago de noble familia que Convictolitán ha puesto al mando de diez mil soldados de infantería que estaban destinados a César.

Los cuatro estaban pendientes de la boca de Cayo Volteyo Capitón.

—Litavico se acercó a las legiones de César con sus diez mil heduos, que lo ignoraban todo, detuvo la columna y escenificó una comedia de actor consumado. Dijo a los hombres que había recibido noticias de unos mensajeros, según las cuales toda su caballería había sido exterminada en Gergovia y que a los nobles que la mandaban los romanos los habían acusado de traición y los habían matado sin haberles brindado la posibilidad de defenderse. Esos mismos mensajeros, únicos testigos que se habían escondido entre la tropa y habían huido de la masacre, contaron lo ocurrido, añadiendo que los romanos estaban llegando para exterminarlos también a ellos.

»Los ánimos se inflamaron al instante y los primeros en sufrir las consecuencias fueron los mercaderes y los notables romanos que acompañaban a los diez mil, a quienes eliminaron enseguida. Litavico mandó sobre la marcha mensajeros a todas partes para avisar a todos los heduos de lo que había ocurrido, y en pocos días estalló entre ellos la revuelta, cumpliéndose así el sueño de Convictolitán.

Cayo Volteyo se llevó a la boca una cucharada de sopa y meneó la cabeza.

—Aquí y allá, en las tierras de los heduos, los romanos se han visto forzados a dejarlo todo y a huir, pero no todos lo han conseguido. La secesión de los heduos podría alcanzar pronto a toda la Galia. Por las últimas noticias que me han llegado, sé que ha habido muchos enfrentamientos en Gergovia y que han costado la vida a cuarenta y seis centuriones.

—¿¡Cuarenta y seis centuriones!?

—Sí, y además parece que César se ha ido de esa maldita posición para dar alcance a Labieno y reunir el ejército. A partir de ese momento, ya no he vuelto a tener noticias suyas, pero me llegan las de Bibracte.

—¿Y cómo son las noticias?

Cayo Volteyo apuró una copa de vino de un trago.

—Pésimas. Los heduos han masacrado la guarnición estacionada en Noviduno y a todos los que habían ido para comerciar o estaban de paso. Se han repartido el bagaje del ejército, el dinero y los caballos que César había mandado traer de Italia y Hispania para equipar la caballería.

—¡Hijos de puta, después de tantos años de alianza y negocios que les han dado más riqueza y poder que a nadie en la Galia!

—Así es, pero ha pasado todavía algo peor que eso: Convictolitán ha liberado a todos los rehenes de César que estaban en Noviduno, y parece que ha enviado embajadas hacia todas partes para intentar soliviantar a las otras naciones y atemorizar a las titubeantes.

—¿Y los nuestros?

Capitón meneó la cabeza.

—No sé nada más. Las últimas órdenes recibidas son las de enrolar a toda la gente posible a la espera de nuevas instrucciones. Todos los días miro el horizonte y espero a un mensajero, pero vosotros sois los primeros que veo llegar del norte desde hace tiempo.

—Bueno —musitó Vócula tras vaciar su taza de vino—. Entretanto, has encontrado un nuevo recluta. Dame un gladio, un yelmo y una paga, y esta guarnición será invulnerable.

Tenaz miró a los otros.

—Vócula tiene razón, como *evocati* podemos tener esperanza de recuperar nuestro dinero cuando esta guerra termine. Solo debemos hacer durante un tiempo lo que hemos hecho siempre.

—Sí, dices bien —dijo Torcuato—. Es cierto, ¿qué podemos perder? Por lo menos, aquí se come y se duerme bajo techo.

El centurión llenó de nuevo las tazas.

—Por todos los dioses, esta sí que es una buena noticia, me urge contar con veteranos como vosotros.

Cuatro tazas se levantaron, pero la de Publio Sextio permaneció en la mesa.

—¿No brindas, Báculo?

El exprimipilo se frotó la mano herida.

—Cuando llegué a la Galia con las legiones de César hace siete años, la provincia Narbonense era una región rica, y de las guarniciones como esta, que vivían con las puertas abiertas y algún flaco centinela, nuestros mercaderes partían para remontar el Ródano y exportar sus productos procedentes de Roma y de todas las tierras de Italia. La Galia estaba conquistaba por nuestros productos y pagaba a peso de oro el vino. La Comata era libre y, aunque estaba fuera de nuestra jurisdicción, tenía excelentes relaciones con Roma. Los heduos eran «hermanos y amigos del pueblo romano», y los arvernos vivían tranquilos en sus tierras con un gobierno prorromano.

Todos lo miraban con atención.

—Ahora estamos aquí, tras salir vivos por el favor de alguna benévola divinidad de una masacre en una noche de fiesta en Cénabo. Hemos cruzado ríos, vivido en bosques y comido cualquier cosa para llegar a la Narbonense y descubrir que estaba asediada. Hasta los heduos, que durante tres generaciones han sido nuestros fieles aliados, se nos han puesto en contra y al entrar en guerra han tomado Noviduno, que era nuestra guarnición más importante. Noviduno tenía que ser un escollo en el océano, pasara lo que pasara. Era la principal base logística y resultaba vital conservarla, ahí estaban los valiosos rehenes que nos garantizaban la fidelidad de nuestros aliados, que ahora se irán con los insurrectos. Ahí estaban el dinero, los caballos de reserva, todas las provisiones, los bagajes. El ejército de César está tan mal como nosotros cuatro, no tiene dinero ni comida, y las legiones se encuentran cada día más aisladas. Toda nuestra logística se apoyaba en los heduos, sin ellos nuestras líneas de abastecimiento quedan rotas y me pregunto cuántas avanzadillas habrán sufrido ataques y cuántos hombres de nuestro ejército habrán muerto.

—Lo comprendo, Báculo —dijo con cierta ironía Vócula—. De modo que cuando las cosas se ponen feas..., te vas.

Vócula no recibió la respuesta que esperaba, ninguna mirada cortante, ninguna provocación. La voz de Publio se tornó incluso más triste.

—He luchado veinte años. Veinte años de vida tratando de ser el mejor y el más digno de todos. Me importaba mucho, pero sobre todo creía en ello, he creído en ello más que nadie, Vócula, pese a que ahora no tengo ni siquiera una condecoración que enseñar para demostrarlo. Da igual, las condecoraciones y mis méritos los llevo en mi interior. No me voy ahora, me licencié con honores cuando las cosas todavía iban bien. Me marcho porque veo delante de mí el resultado de una gestión catastrófica de esta guerra. Toda la Galia es una insurrección contra Roma, unida como nunca lo ha estado. Las masacres de romanos aislados ya son una costumbre y ya ningún mercader se atrevería a salir de esta guarnición, ya ninguna escolta podría garantizarle un viaje seguro.

»Roma jamás habría querido esto y yo menos, no he luchado para esto ni para la guerra personal que César ha puesto en pie. La empezó conmigo como primer defensor, la acabará para bien o para mal sin mí.

Publio cogió la carta de Labieno y la giró entre los dedos.

—Me ha quedado esta carta después de veinte años de duro trabajo, trataré de aprovecharla.

—¿Y dónde?

—En Roma.

XLI

La suerte está echada

—¡César está aquí!

Publio parpadeó y se levantó del catre con la espalda dolorida, mientras Paquio Esceva se le acercaba a grandes zancadas con la antorcha en la mano.

—¿Aquí?

—Ha acampado extramuros. Ha convocado mañana por la mañana a todos los senadores que no se han ido. De momento, ninguno de sus hombres ha entrado en la urbe, pero la población está alborotada. Parece que todo el mundo se ha vuelto loco, algunos dicen que van a prender fuego a la ciudad y huyen, y otros salen a su encuentro con los brazos abiertos, porque lo reciben como a un libertador.

Publio Sextio se puso de pie.

—Si se ha quedado extramuros, significa que se está ateniendo a la ley.

—Por ahora, sí, pero podría llegar en cualquier momento, así que os tenéis que ir de aquí, y rápido.

—Estoy de acuerdo, este será el primer sitio que será puesto bajo vigilancia. El nuevo dueño de la casa no es un ingenuo como los que han huido.

—Daos prisa.

—Ánimo, Rix, volvemos a casa, el suelo empieza a quemar bajo las sandalias del triunviro.

—Ten cuidado con lo que dices, Báculo.

Publio Sextio descorrió el cerrojo y soltó la cadena que sujetaba a Vercingétorix a la reja de la sala de las enseñas. Luego se volvió hacia Paquio Esceva.

—Quién sabe si los de mi legión estarán extramuros...

Una mueca contenida se dibujó en el rostro del triunviro.

—¡Vamos, Rix!

Vercingétorix echó una última ojeada a la montaña de enseñas, luego siguió a su carcelero.

Publio no había vuelto al Tuliano desde que encontrara a Barbato en las Gemonías, y cuando llegó a la entrada vio que la reja estaba entornada. Empujó la reja, que se abrió rechinando. En contra de toda expectativa, el olor a humedad que le trajo el aire frío de la *Carcer* le hizo sentir que se reencontraba con algo familiar.

—Estamos en casa, Rix.

Vercingétorix precedió a su carcelero en la entrada, pero a él ese olor le dio una sensación completamente distinta.

—Han venido aquí a buscarte, Rix, han forzado la cerradura.

El arverno se quitó la capucha y miró el cerrojo de la reja.

—¿Ahora cómo nos encerramos aquí?

—Usaremos tus cadenas para cerrar la reja, aquí no las necesitas.

La idea de volver al pestilente agujero le daba arcadas, pero Vercingétorix ya estaba lánguido, resignado. La prisión lo había vuelto esclavo de su carcelero, que incluso le inspiraba algo así como una sensación protectora. Publio le quitó las cadenas y fue a echar el cerrojo en la reja de entrada, cuando de repente resonaron pasos en la galería.

Publio Sextio se detuvo y cruzó una mirada con el arverno antes de escrutar la oscuridad de la galería.

—¿Quién anda ahí?

Una figura barbuda e imponente surgió de la oscuridad.

—¡Quiénes sois vosotros, más bien!

Publio Sextio apretó la cadena con la zurda.

—Los dueños de la casa. Es mejor para ti salir de aquí inmediatamente.

El hombre miró a Publio y observó a Rix.

—Encontramos la puerta abierta y nos hemos instalado.

—¿Eres uno de esos campesinos venidos de fuera?

—No te interesa quién soy.

—Bueno, has elegido el lugar equivocado, este sitio es propiedad del Senado.

—Sé perfectamente qué lugar es este, aquí tenían al rey de los galos —replicó el tipejo volviendo a mirar a Vercingétorix—. Eso antes de que el Senado abandonase la ciudad.

—El Senado está aquí de nuevo, puedes volver al campo.

El hombre rio.

—No creo que un manco y un mendigo tengan autoridad ni fuerza para echarnos de aquí. —La hoja de un cuchillo resplandeció en la oscuridad entre sus manos—. Tenemos visitas, chicos —gritó el hombre volviéndose hacia la galería.

La cadena que sujetaba Publio rasgó el aire y cayó con violencia en el rostro del intruso, haciéndolo tambalearse con un grito. Hubo otro violento latigazo de hierro, que lo tiró al suelo.

Pasos rápidos llegaron a la oscuridad junto con gritos amenazadores, y de nuevo la cadena resonó entre las paredes de la galería, tumbando a otro asaltante, pero no a sus compinches, que se abalanzaron sobre Publio y lo tumbaron. El excenturión recibió un golpe en la cara, pero lo devolvió y envolvió la cadena en el cuello de una de las sombras que tenía encima.

Rodaron por las piedras del suelo como dos leones luchando por el territorio. La mano mutilada del excenturión cedía y no conseguía responder al ataque con la fuerza que habría querido. Pero su agresividad interior lo mantenía lúcido y atenuaba el dolor de los puñetazos que recibía. Tumbó a su contrincante, pero otro que estaba detrás de él le ciñó el cuello con el brazo. Publio gruñó tratando de soltarse, pero ya no le quedaban fuerzas ni aliento. No podía hacer nada contra dos tipos tan corpulentos, no desde el suelo. Él, que había combatido en todas partes y contra todo el mundo, estaba a punto de caer en el *Tullus* agarrotado por dos campesinos.

—¡Estás muerto, cabrón!

Publio Sextio forcejeó, pero ya estaba inmovilizado. Oyó un

grito, y de golpe ya no lo tenían cogido del cuello. Se volvió y fue acometido por una vaharada caliente. Otro grito, luego un cuchillo centelleó en la oscuridad, antes de una espantada general. El hombre que lo tenía agarrado por detrás se desplomó al suelo, y de la oscuridad surgió el rostro magullado y jadeante de Rix, que sujetaba en la mano derecha un cuchillo ensangrentado.

El arverno se arrodilló para recuperar el aliento.

—Cogí también al otro, pero ha conseguido escapar.

La galería se llenó de sus respiraciones jadeantes durante varios instantes interminables. Vercingétorix miraba la luz de la entrada abierta y Publio observaba la que se reflejaba en la hoja ensangrentada. Rix se incorporó y contempló entonces a su carcelero. En las pupilas, la luz de la libertad se desvaneció y la respiración se volvió más regular. Su mano se abrió y el cuchillo cayó con un ruido metálico sobre las piedras del suelo. El arverno le tendió la mano a Publio Sextio para ayudarlo a levantarse. Este se pasó el antebrazo por el rostro machacado antes de recoger el cuchillo.

—¿Por qué? —preguntó—. ¿Por qué has intervenido para salvarme?

Vercingétorix hizo una mueca, él también había luchado y tenía las marcas en el rostro.

—Esos cabrones me tenían clavado en el suelo, la puerta estaba abierta. ¿Por qué no huiste?

—Te habrían matado, Báculo.

—¿Y?

Silencio, luego el coloso esbozó una sonrisa.

—Venga, no podías morir en este agujero asqueroso, no delante de mí.

El romano miró al suelo, incómodo.

—Habría sido mucho mejor que hubieses intentado huir.

—Claro, para seguir la vida y mi sueño de libertad.

—¡Sí! Sí, exacto.

—Me habrías seguido incluso muerto, Báculo.

—Que te den.

—Venga, ahora no tienes que sentirte en deuda, puedes seguir siendo el carcelero cabrón que eres. El que mea en el agujero por la mañana.

Se cruzaron una mirada que rozaba la emoción.

—Que te den.

La mirada se volvió intensa.

—Que te den a ti.

Se miraron y se guiñaron un ojo, sonrieron y luego rieron. Se rieron como no reían desde hacía tiempo. Quizá por primera vez, en el vientre del Mamertino resonaron carcajadas tan sinceras.

—¡Abrid!

—Eh, Báculo, despierta. Llaman a la puerta.

Publio Sextio se sentó y trató de recuperarse de la modorra y de los golpes que le habían dado. Estaba en la *Carcer*, en su catre, y Vercingétorix lo miraba acuclillado delante de él.

—¿Has oído lo que he dicho?

—Sí..., voy a ver.

—¡Abrid!

El exprimipilo se levantó, despotricó contra los que lo habían zurrado y fue hacia la galería, pasó por encima del cuerpo del campesino muerto la víspera y llegó a la entrada, donde pegó la cabeza a la puerta para averiguar quién era.

—¿Báculo, estás ahí dentro?

—¿Vócula? ¿Tito Vócula?

—¡Sí, soy yo, abre!

Publio quitó la cadena de la reja y luego descorrió el cerrojo de la puerta. Entornó los ojos cuando lo cegó la luz de las antorchas de tres hombres envueltos en capas de lana.

—¿Quién te ha dejado así?

—He tenido problemas con unos campesinos —respondió Publio—, se querían llevar a mi prisionero.

Vócula se volvió hacia los dos que lo acompañaban.

—Esperad aquí.

—Mira dónde pisas —le dijo Báculo alumbrando la entrada,

donde estaba el cuerpo ensangrentado del campesino, a un costado del pasillo que conducía a la galería.

—¿Y esto?

—Era uno de los agresores, a medianoche voy a tirarlo al Tíber. Tito se rio.

—Nunca habría pensado que me gustaría tanto verte, Vócula.

—La vida a veces nos depara raras sorpresas, Báculo.

—¿Estáis extramuros?

—César está al otro lado del *pomerium*, mañana por la mañana se reunirá con todos los senadores que se han quedado aquí y con los que se han apresurado a volver de sus villas de las afueras en cuanto han conocido la noticia de su llegada.

—¿Y tú qué haces aquí?

—Estamos aquí para ver cómo van las cosas, hemos entrado en la ciudad por las distintas puertas entre ayer y hoy, mezclándonos con la gente. Hemos ido un poco por todos lados.

—Cuando me dijeron que César estaba extramuros, sabía que sus ojos ya estaban dentro de las murallas.

—Bueno, ya lo conoces.

—Suponía que alguien vendría aquí.

—La verdad es que no me han mandado venir al Mamertino, he venido para ver cómo te encontrabas.

Esta vez fue Publio Sextio el que se rio.

—Que te den, Vócula, habrás venido porque te interesa algo.

—No, resulta que habíamos oído que la ciudad estaba sumida en el caos y quería saber si te habían arrojado a las Gemonías.

—Sí —continuó Sextio—. La gente de Roma huía de la ciudad y los que estaban fuera venían aquí buscando refugio. Había corrido el rumor de que César iba a venir con una horda de galos para devastar Roma.

Tito Vócula se rio.

—Las noticias se agrandan de boca en boca, Báculo. Nosotros supimos en Rávena lo que estaba pasando en el Senado. César reunió las legiones y contó la fuga de los tribunos Marco Antonio y Quinto Casio de Roma, que encontraron refugio en Rímini. Después nos dijo que el Senado había decidido hacer reclutamientos en toda Italia requisando dinero para los enrolamientos. Nos contó las muchas injusticias que habían cometido contra él los senadores que están en su contra, la represión del derecho de veto de los tribunos, y nos pidió que defendiéramos el buen nombre y el honor del general con el que hemos servido a la República nueve años, con el que hemos luchado en muchas batallas gloriosas y pacificado toda la Galia. Los hombres enseguida gritaron que estaban a su lado. Y yo... ¿podía rechazar un nuevo botín, Báculo?

—Supongo que no.

—Claro que no. Al día siguiente me sumé a la legión XIII, que había recibido la orden de movilizarse y llegar al Rubicón. Una vez que alcanzamos la orilla norte, nos detuvimos a la espera de órdenes. Hacía un frío espantoso, Báculo, nos dejaron ahí toda la noche, delante de ese arroyo, con el aliento condensándose en el aire y la mirada fija en Italia al otro lado del agua.

»Al alba, por entre la niebla que se levantaba de los campos vimos aparecer a un grupo de hombres ateridos avanzando a pie en una extensión de escarcha. Entre ellos sobresalía la capa roja del procónsul. Después supimos que César había dejado Rávena de incógnito la noche de la víspera, tras haber asistido a un espectáculo público y comido con mucha gente para no despertar sospechas. Se despidió con la excusa de evaluar el proyecto de una escuela de gladiadores y, a escondidas, hizo uncir unas mulas al carro de un molinero que estaba cerca para emprender viaje al anochecer con poquísimos hombres de escolta. Por el camino, a oscuras, se perdió varias veces, hasta que, al amanecer, encontró a un guía local que lo llevó al río por estrechos senderos.

»Lo vimos dirigirse hacia la orilla del río cerca de un pequeño puente y hablar largo rato con sus oficiales ante nuestras miradas impacientes, llevábamos ahí toda la noche y estábamos hartos de esperar inmóviles a la intemperie. Tratábamos de oír lo que decían, pero no entendíamos las palabras, era evidente que estaban valorando si dar marcha atrás o cruzar aquel maldito puente.

»Bueno, cruzar ese arroyo significaba ya no regresar, estaba a punto de quebrantar un juramento que lo condenaría, la ley no permite tergiversaciones: todo el que porte armas, sea caudillo, soldado o recluta ha de parar, deponer las armas y las enseñas y no llevarlas más allá del río. Quien no respeta estas leyes es considerado enemigo del pueblo romano, como si hubiese llevado las armas contra la patria y robado los dioses Penates. Y para él era todavía peor, pues además de la prohibición de cruzar el Rubicón con armas infringía también la de llevar un ejército fuera de la provincia que el Senado le había asignado.

»Bonitas palabras, Báculo, pero nosotros estábamos ateridos y queríamos movernos. Empezamos a rezongar impacientes, hasta que César se volvió hacia los de la legión XII y gritó algo, antes de cruzar el puentecillo que tenía delante. Los oficiales que se encontraban cerca lo empezaron a seguir y, por fin, los centuriones dieron la orden de moverse. Las enseñas se inclinaron hacia delante y las cohortes comenzaron a avanzar ante la mirada estupefacta de unos pastores, uno de los cuales cogió una flauta y acompañó la travesía del río tocando. Tendrías que haber estado ahí, Báculo, todos gritaban el nombre del procónsul. Esa noche, bajo las murallas de Rímini, me contaron que la frase que gritó César la dijo en griego y que significaba: «La suerte está echada».

Publio hizo una mueca.

—Está más que echada.

—Sí —asintió Vócula—. Pero los jodidos pompeyanos han huido, han zarpado de Bríndisi y abandonado la ciudad, como si la tierra extranjera fuese más segura que esta, mientras que nosotros..., nosotros estamos aquí, en Roma.

—Es verdad, pero creo que su estrategia consiste en poner patas arriba todas las tierras y todos los mares, en sublevar a reyes bárbaros y en traer a Italia ejércitos aguerridos y numerosos para luchar contra César. Esta guerra no es más que el principio, Vócula, y será tremendamente larga y despiadada.

—Bah, no hay por qué dar por hecho que la vaya a emprender, Báculo —se rio Vócula—. Veremos qué pasa, de momento estoy en Roma y me propongo divertirme un poco.

Publio asintió.

—¿Y ese hijo de puta de Vercingétorix?

El excenturión se encogió de hombros.

—Está vivo.

—Bien —exclamó Vócula—, entonces, dado que todo está en orden, me marcho a buscar un poco de compañía en la Suburra. Verás, tengo que comprobar cómo está todo.

—Oye, Tito, ¿te puedo pedir un favor?

—Dime.

—¿Puedes decir a los hombres que tienes fuera que tiren el cuerpo de ese infeliz al Tíber?

Vócula masculló un sí.

—Una última cosa... ¿Tienes vino en esa cantimplora que llevas al cinturón?

Publio Sextio Báculo se encaminó por la galería con la cantimplora en la mano. Llegó a la *Carcer* y miró en derredor, por último observó el agujero del centro del suelo y dando dos pasos llegó al borde. Miró la oscuridad al reflejo de la luz de la antorcha y se sentó con las piernas colgando.

—Toma, tiene vino.

Rix estiró la mano y cogió la cantimplora.

—Oí las voces y me metí aquí.

Publio asintió.

—Entonces..., César está en la ciudad.

—Está extramuros, quiere dar una sensación de calma respetando los límites del *pomerium* con el ejército, pero lo cierto es que sus hombres ya se mueven por dentro. Ha convocado mañana a los senadores que se han quedado en Roma. Veremos qué ocurre.

—Podían traer un vino mejor para la ocasión.

Publio Sextio sonrió.

—¿Me matarán?

Dejó de sonreír.

—No, no creo, tiene otros problemas de los que ocuparse. Tú no eres un problema, Rix, ahora el problema es Pompeyo.

—¿Pompeyo...?

—Sí, es un general fortísimo y astuto. Muchos están de su lado.

—Y tú, ¿de qué lado estás, Báculo?

El exprimipilo tardó un poco en responder.

—Ya no lo sé, Rix, a lo mejor del lado de aquel que ponga la palabra fin a todo esto y restablezca el orden.

—¿Y alguien como tú podría vivir bien en el orden?

Publio se tumbó en su catre con las manos detrás de la nuca y la mirada en la llama de la antorcha.

—Quiero decir, sin una guerra que luchar...

—No lo sé, Rix, nunca lo he intentado.

—A mí sí me habría gustado. Fue mi sueño desde la noche en que murió mi padre. Vengarlo y poner orden en Auvernia y reinar como los grandes reyes del pasado, que repartían oro a la gente. Pero la vida me ha llevado hacia un sitio muy distinto.

XLII

Alesia

—Damona.

—He venido en cuanto he podido.

Vercingétorix se le acercó a grades zancadas.

—Cuando me enteré de la gran concentración de toda la Galia convocada aquí en Bibracte, vine en el acto.

—Este no es un lugar para ti.

—Pues yo creo que el lugar más seguro del mundo está al lado del Rix de todas las Galias.

—Donde estoy yo hay guerra, Damona.

—Y donde tú estés estaré yo porque es donde quiero estar.

—Damona...

La mujer lo besó con pasión, y Rix se olvidó de la Galia, de Roma y de la guerra, y se tomó ese momento de pasión, que duró hasta muy avanzada la noche.

—Aún recuerdo cuando te marchaste la primera vez para enrolarte con César —le dijo ella mientras lo acariciaba esa noche—. Y mírate ahora..., toda la Galia habla de ti. Toda la Galia está aquí por ti. Eres un elegido de los dioses, Vercingétorix.

—No sé si los dioses están conmigo, pero hoy lo han estado todos los galos. Esta mañana ha sido la votación de todos los delegados de los pueblos aliados, pero los heduos no se lo han tomado bien.

—¿Por qué?

—Cuando decidieron sumarse a la revuelta, estuvieron muy activos y recurrieron a todo su prestigio e influencia para conseguir que se unieran aquellos que aún no estaban convencidos. Los rehenes que habían tomado en Noviduno pasaron de los romanos a los heduos, con los que se quedaron para convencer a su gente, por las buenas o por las malas, de que apoyaran nuestra causa. Aparte de la Narbonense, solo los remos y los lingones han permanecido fieles a Roma, todos los demás se han pasado a nuestro lado gracias a la intervención de los heduos. Ellos son los que han querido venir a Bibracte para elaborar estrategias comunes y para reclamar el mando supremo de la guerra.

—¿El mando supremo?

—Sí, por supuesto, yo y los que están conmigo nos hemos opuesto con firmeza, pero los heduos no se han dado por vencidos y han convocado este consejo de toda la Galia unida para establecer quién debe mandar los contingentes aliados. Todos los galos de la coalición han venido aquí para someter la decisión a una votación, en la que he sido elegido comandante supremo por unanimidad.

Damona lo abrazó.

—Mi generalísimo. ¿Te das cuenta de que eres el hombre más poderoso de toda la Galia? Mandas la mayor coalición aliada que se haya visto nunca.

—Aún no…, todo está pasando tan rápido.

—Tu sueño está ahí, Vercingétorix, delante de ti, ¿no lo ves? ¡Atrápalo!

—Sí, podré por fin reinstaurar la hegemonía de Auvernia sobre los otros pueblos, incluidos los heduos, y restaurar la monarquía en Gergovia.

—¿Y qué hará el… rey Vercingétorix?

—Un banquete para la fiesta de la lluvia tan grande que se convertirá en leyenda, como el que celebró el rey Luernios, o todavía más grande.

Damona sonrió con los ojos brillantes.

—Por doquier habrá copas de vino, y todo el mundo podrá venir al banquete y comer hasta reventar durante días corderos, jabalíes, ciervos, liebres y cerdos, queso y mantequilla. Todo el mundo celebrará y bailará alrededor de los falos sagrados, donde los druidas de toda la Galia celebrarán el despertar de la Madre Tierra arverna y bendecirán a las mujeres embarazadas para que tengan un parto fácil. Y entre ellas estarás tú.

El resplandor se convirtió en lágrima; la abrazó con fuerza.

—Pero para llegar a eso hay que ganar, Damona. Hay que ganar esta guerra.

—Guardad silencio —dijo resuelto Vercasivelauno en la reunión de los representantes de los distintos contingentes aliados—. El comandante supremo de la coalición de los pueblos galos se dispone a hablar.

Todas las miradas se fijaron en Rix, empezando por la rencorosa del heduo Convictolitán.

—La entrada de los hermanos heduos en la alianza antirromana hace que la balanza de la victoria se incline definitivamente a nuestro favor. No podemos más que guardarles gratitud por lo que han hecho para que se sumen a la revuelta aquellos que todavía no estaban convencidos. Solo los de la Narbonense han permanecido fieles a los romanos, todos los demás galos están con nosotros. La llegada de los heduos y de los otros aliados ha aumentado nuestra caballería a quince mil hombres, un número que era impensable solo hace pocos días: números que están muy alejados de los escasos recursos de caballería con los que cuentan los enemigos para enfrentarse a nosotros. Una fuerza que marcará la diferencia para la resolución de esta guerra.

»César ahora mismo se encuentra en la Galia Comata con sus legiones y está intentando de todas las maneras posibles unirse a su lugarteniente Labieno, que le había mandado senones. Con nuestros jinetes cortaremos las últimas líneas de suministros que le llegan de la Narbonense, y haremos de todo para impedir que las legiones encuentren aprovisionamiento en la Comata. Sabéis qué hay que hacer: sé que es doloroso, pero todo cuanto no esté destinado a nuestros combatientes ha de ser destruido. Víveres, forraje, trigo, granjas y caseríos deben ser entregados a las llamas para lograr la definitiva autonomía y la libertad.

Convictolitán miró alrededor cruzado de brazos. Seguía sin encajar que las delegaciones de la mayoría de tribus aliadas hubieran elegido a un arverno para dirigir esa guerra.

—No trabaremos una batalla campal contra sus legiones, pero las debilitaremos con nuestras incursiones hasta que se vean forzadas a abandonar la Comata para refugiarse en la Narbonense, su último baluarte. ¡Y mientras la caballería se encarga de estos continuos ataques a sus abastecimientos, la infantería irá precisamente hacia la Narbonense para convencer a los alóbroges y las otras tribus que están con los romanos que se unan a nosotros para así expulsar definitivamente a ese maldito César a su condenada Italia!

Rix pegó un puñetazo tan fuerte contra la mesa de madera que esta tembló, obteniendo un rugido de aprobación.

—¡César nos teme! Acordémonos de Gergovia, recordemos que aquella fue una derrota para los romanos —gruñó Rix—. Eso debemos tenerlo muy claro. Dejaron más de setecientos muertos en el terreno: sé que puede parecer poco, pero después de eso César se largó, lo cual es una catástrofe para la moral romana. Por primera vez desde que está en la Galia y dirige personalmente a las tropas, el General Único abandonó el campo de batalla al enemigo y se retiró. El mito de su inviolabilidad se hundió: Gergovia ha sido el principio de su fin.

—Están atacando la Narbonense en varios puntos —dijo Cayo Julio César a sus oficiales señalando el mapa—. Una fuerza de más de diez mil heduos ha tratado de cruzar el Ródano en el territorio de los alóbroges, aquí al norte. Otro contingente muy numeroso, esta vez de arvernos, ha atacado a nuestros aliados helvios, que se vieron obligados a ceder terreno. Una tercera columna ha atacado a los volcas arecómicos en el sur.

»Es un ataque complejo y bien coordinado; además, los alóbroges nos han informado de que han recibido embajadas y que les han ofrecido una sustanciosa cantidad de dinero para pasarse con los insurgentes y quedarse con el mando de la Narbonense una vez que nos hayan desbancado de la provincia.

El procónsul levantó la cabeza del mapa.

—Nuestros aliados no han aceptado, al revés, se han comportado de manera ejemplar reforzando todas sus defensas en el Ródano y bloqueando los pasos. —Volvió a mirar el mapa—. También los helvios, después de haber cedido terrenos a los arvernos, se han fortificado en sus *oppida* y resisten a la espera de nuestros refuerzos, que llegarán dentro de poco. Son veintidós cohortes de la Cisalpina, que se posicionarán en función de las zonas de ataque de los enemigos.

Algunos oficiales se miraron y Minucio Básilo tomó la palabra.

—Veintidós cohortes diseminadas por la región no son muchas.

—Alóbroges, helvios y volcas son nuestros fieles aliados desde hace más de setenta años, con nosotros han ganado prestigio y riqueza. No tienen ninguna intención de ceder a los apetitos expansionistas de los heduos y los arvernos.

—Entonces ¿no nos vamos a replegar a la Narbonense?

—Por supuesto que no.

—Pero la intervención de nuestras legiones será definitiva. Además, si no nos juntamos con los de la Narbonense quedamos fuera de las líneas de comunicación y de abastecimiento.

—La intervención de nuestras legiones en la Narbonense es justo lo que espera Vercingétorix. Está haciendo todo lo posible para aislarnos, para que confluyamos aquí y para que nos marchemos de la Comata, de manera que dejemos a Labieno solo en medio de la Galia insurrecta.

César levantó la vista del mapa, con las mandíbulas apretadas.

—En toda la Galia nuestro regreso a la Narbonense se vería como una innoble derrota, y Roma lo entendería así también.

Se hizo un pesado silencio en la sala.

—El enemigo es superior que nosotros en caballería y, como bien has señalado, Minucio, las líneas de comunicación con Italia están interrumpidas y no podemos esperar ninguna ayuda de la provincia ni de la Cisalpina. Así que he mandado mensajeros a Germania, a las tribus que sometimos en los pasados años, y les he pedido jinetes y soldados de infantería ligera. Les daremos caballos ibéricos e italianos, en lugar de esas ridículas bestias que montan. —César miró a sus comandantes—. Vuestro objetivo es juntar a todas las legiones estacionadas en la Galia, en consecuencia, tenemos que reunirnos con Tito Labieno a cualquier coste. Iremos hacia el interior, al centro de la Galia insurrecta, y cruzaremos el Liger en busca de las cosechas del margen izquierdo del río, donde haremos acopio de trigo y ganado. Desde ahí nos dirigiremos de nuevo hacia Agedinco para reunirnos con Labieno, luego llevaremos ayuda a la Narbonense, manteniéndonos lejos de Auvernia, de manera que Vercingétorix siga prendiendo fuego a las ciudades de sus aliados. Cuanto más retrasemos la batalla decisiva, más fácilmente puede resquebrajarse la coalición de Vercingétorix. Estoy convencido de que la guerra de agotamiento como estrategia principal que les ha impuesto a los suyos está exasperando a poblaciones enteras, y que no podrá durar mucho así. ¿Cuánto tiempo la gente seguirá dispuesta a prender fuego a todas sus posesiones por Vercingétorix?

—¡Rix!

Vercingétorix miró al mensajero que le había dado alcance.

—Los romanos avanzan a marchas forzadas hacia el norte, están en las tierras de los senones.

—¿Hacia el... norte? Es imposible que estén en las tierras de los senones, para eso tendrían que haber marchado día y noche sin parar para llegar.

—Lo sé, Rix, parece imposible pero así es.

—En medio está el río Elba, y también el Liger... ¿Cómo cruzaron el Liger?

—Lo vadearon.

—¿Qué dices? ¡Eso es imposible!

—Utilizaron la caballería. Colocaron una columna de caballería en línea en el centro del río en formación muy cerrada, con lo que hicieron una especie de dique río arriba para contener la corriente, y otra columna río abajo para sujetar a los que tirara la corriente. Hicieron un pasillo de jinetes pegados uno detrás de otro, dentro del cual los hombres cruzaron el río llevando su bagaje en el escudo encima de la cabeza.

Vercingétorix miró al mensajero, pasmado.

—¿Me estás diciendo que miles de hombres y carros han cruzado así el Liger?

—¡Sí!

—¡Es imposible! —gritó el arverno.

—Te digo que es lo que hicieron, Rix. Los romanos se encaminan hacia el país de los senones a través del territorio que limita con el de los lingones, los únicos que se han mantenido fieles a ellos además de la Narbonense.

—¡Maldito cabrón! —rugió Vercingétorix—. ¿Hay noticias de Labieno?

—Labieno ha derrotado a los senones y los parisios y se dirige al sur.

—Quieren reunir los ejércitos.

—Quizá ya lo hayan hecho —repuso el mensajero.

Vercasivelauno meneó la cabeza.

—No nos podemos quedar aquí en la Narbonense y dejar que ese maldito reúna diez legiones en el centro de la Galia.

—Eso no es todo, Rix.

A Vercingétorix le habría gustado estrangular al mensajero.

—¿Qué más hay?

—Jinetes germanos han cruzado el Rin y se han unido a los romanos.

Damona le colocó a Vercingétorix la capa sobre la armadura y lo contempló, con el alfiler de oro. Se quedó observando las condecoraciones que sobresalían de la coraza a la luz de la hoguera y las acarició.

—Es digna de ti.

—Habría preferido que la hubiese forjado un arverno, pero es un regalo de los cadurcos —dijo Rix.

—Contigo están todos los arvernos, pero también los que no lo son. Esta coraza es el símbolo de una autoridad suprema que está por encima de las tribus. Una autoridad elegida por todos los aliados.

—No por todos, los heduos no han encajado la votación y están complicando las cosas.

—Los heduos no deciden nada. Tú eres el jefe de la coalición y a ti te corresponde decidir.

—Su entrada ha cambiado los equilibrios y son muchos quienes los respaldan. Los que están con ellos pretenden que haya una batalla decisiva, lo contrario de lo que yo declaré públicamente cuando me eligieron en Bibracte.

—¿Y por qué has cambiado de opinión? ¿Por qué has dispuesto atacar hoy a César?

—Lo he pensado mucho y creo que se nos presenta una ocasión que no podemos dejar escapar. Las legiones están marchando desde hace días sin pausa, César ha subido desde Gergovia cruzando el Liger para buscar comida, ha llegado hasta Agedinco y ha encontrado a Labieno, pero las legiones de este han afrontado varias batallas en el norte con los senones y los parisios y han sufrido bajas. Después de su encuentro, las legiones se han dirigido al sur, hacia las tierras de los sécuanos, es evidente que de alguna forma quieren llegar a la provincia, pero nuestros exploradores nos han dicho que los legionarios están agotados de la guerra y de las continuas marchas y batallas que traba su comandante. Además, a las legiones se han sumado tropeles de comerciantes salidos de todos los rincones de la Galia, que han añadido a los ya numerosos pertrechos del ejército y a los botines de guerra centenares de carros cargados de mercancías, alargando infinitamente la columna. Muchos de los carromatos están llenos de enfermos y heridos, y en medio de ese gentío hay miles de siervos y esclavos que podrían estar dispuestos a huir o a rebelarse.

»Es una ocasión única. La marcha del ejército romano hacia el país de los sécuanos constituye, a todas luces, una retirada hacia la Narbonense, lo que es un gran triunfo para nosotros, sin duda, pero solo nos dará una libertad pasajera, porque los romanos volverán con más tropas y la guerra empezará de nuevo. En cambio, con un buen ataque de la caballería, esta retirada podrá convertirse en una auténtica derrota para ese maldito general romano. Les he explicado el plan a los comandantes de caballería y he dado instrucciones para hacer ataques masivos y en profundidad que obliguen a los romanos a abandonar sus carruajes y bagajes. La infantería servirá de apoyo a la caballería.

Damona le colocó el bálteo de la espada.

—¿Cómo han reaccionado?

—Lo han celebrado y todos han dicho que están listos para luchar.

—Lo ves, da igual que hayas cambiado de parecer con respecto a lo que declaraste hace dos semanas en Bibracte. Ellos están contigo.

—Les pedí un juramento solemne.

—¿Cuál?

—Que no recibirá en su casa ni volverá a ver a sus hijos ni a sus padres ni a su mujer quien no atraviese dos veces a caballo las filas de los enemigos.

La mirada de ella brilló.

—Entonces vete, rey de los guerreros, cabalga entre las filas enemigas y trae la victoria a tu mujer.

César miró de un lado a otro. Delante de él, en el extremo de la columna se elevaba una enorme polvareda, mientras las lomas que había a su izquierda, pasado un pequeño arroyo, se llenaban de yelmos que brillaban a la luz del sol. Básilo llegó al galope.

—Atacan a la vanguardia. De los bosques de la izquierda han salido jinetes enemigos y han arremetido contra las columnas.

—*Agmen quadratum!* —gritó a los centuriones cercanos el procónsul—. Pasamos del orden de marcha al de defensa de los bagajes. ¡Quiero los carros dentro de las formaciones!

—¡Columna quieta! —dijo Labieno, a su lado—. *Agmen quadratum!*

La orden pasó de una cohorte a otra y los centuriones empezaron a gritar para que los hombres se situaran. En la confusión del momento, un mensajero llegó del lado opuesto espoleando su rocín y tratando de esquivar a los legionarios que ocupaban sus lugares mientras aguardaban a un enemigo invisible.

—¡Procónsul, nos están atacando!

César y Labieno miraron hacia atrás, hacia el centro de la inmensa columna en marcha, que se hallaba a una milla y se iba deteniendo.

—Caballería enemiga, ha salido de los bosques.

César miró la punta de la columna y luego el centro.

—Dividamos la caballería en tres partes. Tito, coge a los germanos y llévalos a la vanguardia, trata de obstaculizar el ataque de los jinetes y organiza las legiones para la defensa de los carromatos. Tenemos menos posibilidades que ellos, así que utiliza arqueros y honderos para atacar desde lejos. Dentro de poco meterán en la contienda también su infantería, así que mantén las legiones formadas y listas.

Labieno partió al galope y el procónsul se dirigió a Minucio Básilo.

—Nosotros dos vayamos al centro con los otros contingentes de caballería. Me espero un tercer ataque, esta vez por la retaguardia.

Se marcharon a toda velocidad y siguieron impartiendo órdenes a los centuriones a lo largo del camino. El tercer ataque de caballería que había previsto César llegó, pero no por la retaguardia, sino por el flanco, un par de millas más atrás de aquel al que había llevado ayuda.

La línea de defensa de las legiones era larga y delgada, demasiado extensa como para que pudiera verse desde un solo punto. César mandó mensajeros y confió en sus oficiales, que formaron a los hombres de la mejor manera posible para afrontar las violentas cargas que acometían los flancos.

—¡Apartad cinco cohortes y ayudad a la legión XII! —gritó el procónsul para que recibiera apoyo un sector que estaba siendo especialmente atacado por los jinetes aquitanos.

La infantería de Vercingétorix avanzó para respaldar a la caballería, pero la delgada línea de las legiones aguantó durante horas los continuos ataques que llegaban en oleadas. En los puntos en los que la caballería romana cedía bajo las cargas de los galos, las cohortes intervenían para aliviar la presión del ataque y permitir que los jinetes se replegaran y reorganizaran.

Al atardecer, precisamente durante una de esas maniobras, los mercenarios germanos reanudaron el ataque aprovechando un momento de desbandada de la caballería de los coaligados, y se adueñaron de una colina que durante todo el día había sido de los enemigos. Desde ahí, dominando buena parte de la formación de Vercingétorix, los germanos vieron que un escuadrón de caballería enemiga se estaba replegando y decidieron cargar contra él, lo que provocó una increíble reacción en cadena en todo el frente de los aliados heduos y arvernos. Al ver a esos jinetes al galope, muchos jóvenes empezaron a huir, contagiando a los que tenían cerca, y enseguida el pánico transformó el repliegue de pocos centenares de jinetes en una huida general.

—¡Que toda la caballería siga a esos hombres! —gritó César, que lanzó enseguida más jinetes al galope en persecución de los fugitivos hasta el arroyo, donde las infanterías arvernas esperaban para entrar en acción. Temiendo ser rodeados, los enemigos se dieron a la fuga y los germanos convirtieron esa carga en una masacre.

—¡Procónsul, se retiran a la otra ribera!

César se enjugó el sudor. Jadeaba porque había cabalgado todo el día de un lado a otro de la formación. Bebió un largo trago de agua y luego se ató el yelmo.

—Quiero los bagajes en esa colina y dos legiones de guardia, que las otras estén listas para la persecución.

Minucio Básilo miró atónito a César.

—Los hombres están exhaustos.

—¡Listos para la persecución, he dicho! Vercingétorix trata de llegar a un pequeño pueblo situado hacia el norte que he visto en los mapas. Hemos de intentar matar a todos los que podamos antes de que lleguen a ese *oppidum*.

Vercingétorix espoleó a Esus en la cuesta de la colina, mirando las antorchas que alumbraban los bastiones de la ciudad. Alrededor de él, sus hombres subían en silencio, cansados y aterrorizados, el sendero que conducía a la puerta principal, empujando los carros y ayudando a los heridos. Rumor de hombres en marcha, algún relincho, los lamentos de los heridos y nada más, nadie hablaba. De los siervos a los nobles, todos repasaban en su mente ese día que había empezado bajo los mejores auspicios y que había terminado de la manera más desastrosa posible. Esa mañana, con las primeras luces del alba, la caballería de los coaligados se había lanzado al ataque de la columna romana apoyada por la infantería. La batalla había durado todo el día y, tras un desconcierto inicial, los romanos lograron organizarse y rechazar los ataques hasta que los germanos encontraron una brecha en la formación de los heduos, por la que penetraron llevando confusión y muerte.

Después de la derrota de la caballería de Vercingétorix, los romanos empezaron una persecución despiadada, que duró mientras hubo luz y dejó por todo el camino de huida de los contingentes de los aliados galos tres mil muertos más.

La batalla campal tan anhelada había terminado, y el precio pagado por Vercingétorix era desorbitado: había perdido a la mayor parte de sus jinetes, y el predador que era por la mañana se había convertido en presa a la puesta del sol. Había hecho de todo para salvar a la mayor cantidad posible de hombres y víveres y para replegarse deprisa hacia el primer pueblo fortificado de la zona, un *oppidum* de la tribu de los mandubios conocido en toda la Galia por hallarse emplazado en un lugar muy alto, encima de una colina, a cuyos pies fluyen dos ríos: su nombre era Alesia.

Alesia estaba rodeada de lomas poco distantes entre sí, y enfrente de la ciudad se extendía una llanura de aproximadamente tres millas de ancho, que esa noche se iba llenando de puntitos luminosos. Eran las antorchas de las legiones de Cayo Julio César, que siguió a Vercingétorix hasta donde pudo, cuando la oscuridad por fin concedió un descanso a sus hombres.

—Llevemos a los heridos a la ciudad —dijo Rix a Vercasivelauno—. Nosotros, en cambio, nos instalaremos aquí, al pie de las murallas. Hay que construir una empalizada defensiva y cavar un foso.

—Los hombres están exhaustos, primo.

Vercingétorix se quitó el yelmo y se pasó la mano herida por el pelo. Estaba sucio, cubierto de polvo y sangre seca. Había luchado como un león y había pasado varias veces por entre las filas de los romanos, era el más cansado y el más machacado de ese día.

—También están exhaustos los romanos —continuó Vercasivelauno, señalando las antorchas ya quietas en la llanura—. Esta noche ya no va a pasar nada. Mañana cavaremos el foso y haremos que los habitantes de la ciudad nos ayuden a construir una muralla defensiva.

El rey de los arvernos miró a sus hombres, que seguían llegando exhaustos por la ladera oriental de la colina de Alesia. No solo estaban exhaustos por el esfuerzo, sino también derrotados por dentro, y era preciso mantenerlos unidos e infundirles esperanza. En ese momento más que nunca se necesitaba un guía. Volvió luego a mirar las antorchas en la llanura. No se fiaba de César, ni aunque lo viera dormir.

—Buenos días, Mamurra.

—Buenos días, César —respondió el *praefectus fabrum* acercándose al grupo de otros oficiales que rodeaban al procónsul desde una de las lomas que había junto a la ciudad.

—Ahí está Alesia, ciudad de los mandubios.

Los ojillos de Marco Vitrubio Mamurra empezaron a mirar la ciudad y todo lo que la rodeaba.

—Los rebeldes se han refugiado ahí, al abrigo de las murallas orientales —explicó César señalando los bastiones en la bruma del amanecer.

—Parece que están haciendo algo.

—Sí —repuso César—. Nuestro Vercingétorix ha mandado cavar un foso.

Los ojos de Mamurra se movían como si estuviesen fijándose en el movimiento de una ardilla y no en la fortaleza que tenía delante. Habló después de haber observado detenidamente todo cuanto los otros jamás habrían notado.

—La ciudad está en una loma que domina la llanura de abajo. En tres lados las laderas son escarpadas y debajo hay arroyos que impiden cualquier asedio. El lado oriental, donde los declives tienen alguna terraza, está tomado por los galos, que lo están fortificando con fosos, donde además levantarán, según creo, empalizadas defensivas desde las que podrán vigilar a los que traten de acercarse por esa difícil cuesta.

César miró la ciudad con los brazos cruzados, luego a Mamurra.

—Nuestro rey de los arvernos prefiere la defensa al ataque, entre otras cosas, porque en el último enfrentamiento dejó en el terreno a lo mejor de su caballería. Esa es una buena noticia, pues, si se encierra en una ciudad, es debido a que no cuenta con la movilidad de su caballería.

—Estoy de acuerdo. Y que esté fortificando la zona al pie de las murallas de la ciudad se debe a que Alesia no es lo bastante grande como para que quepa todo su ejército.

César volvió a mirar Alesia.

—Sí, tienes razón. Alesia no es Avárico.

—Diría que no, y, desde el punto de vista de la poliorcética, es mucho peor. Anoche la estudié en el mapa, y ahora que la veo directamente, lo compruebo. A simple vista, aquí hay un desnivel de cuatrocientos pies y no de sesenta como en Avárico, ningún *agger* puede subir hasta ahí.

César sonrió.

—Sí, diría que también Vercingétorix la considera inexpugnable, dado que se ha refugiado con todos sus aliados.

Mamurra asintió.

—Y yo coincido con él.

—Sin embargo —continuó el procónsul levantando el índice—, hay otra diferencia sustancial entre Alesia y Avárico. Una diferencia política notable. La ciudad de Avárico tenía un significado enorme para sus defensores. Era la capital de los bituriges, que la defendían a toda costa. —El procónsul tendió la mano hacia la ciudad—. Alesia, por el contrario, ha caído por casualidad en el camino de nuestro rey de los arvernos y no está preparada para un asedio.

—César, perdóname, pero independientemente de por dónde se la rodee, Alesia hará muy difícil afrontar el asedio a los asediantes.

—También lo será para los asediados si estos tienen que comer. Como has señalado, en la ciudad no cabe el ejército de nuestro Vercingétorix. Diría que ha conseguido subir ochenta mil hombres, y en la ciudad no va a haber comida para toda esa gente. Es cierto que han conseguido llevar bastantes bagajes, pero, tarde o temprano, los víveres se terminarán.

Mamurra volvió a mirar la ciudad.

—Podríamos fortificarnos al principio de la calzada que baja de la ciudad. Será más fácil interceptar probables abastecimientos.

—Podríamos hacer algo mejor, Mamurra. Empecemos a cavar un foso muy profundo y ancho entre la colina de Alesia y la llanura de abajo, donde frenaremos los probables ataques de Vercingétorix.

—El enemigo podría rodear el foso desde el norte.

—El foso circundará la ciudad.

El *praefectus fabrum* apartó la mirada de la ciudad y se fijó en los ojos de César.

—¿Un foso alrededor de la colina?

—Exacto, un bloqueo para que nadie pueda salir de Alesia, una contravalación. A ese foso le añadiremos otro, detrás del cual levantaremos un terraplén, una empalizada y torres vigías.

—César, perdóname, pero mientras estamos construyendo el

foso y cerrando el círculo, los enemigos podrán entrar y salir. Encontrar refuerzos que nos sorprendan por detrás. Esta línea defensiva sería inútil si alguien la ataca por detrás.

—Lo sé, por eso levantaremos otra, una circunvalación idéntica a esta, con fosos, terraplenes, empalizadas y torres, pero vuelta hacia el interior.

Los oficiales y Mamurra estaban desconcertados.

—Eso sería una construcción enorme, César. Unas diez millas de empalizadas y fosos.

—Más que eso, y la circunvalación medirá incluso quince o veinte millas.

El ingeniero miró alrededor como buscando ayuda en los otros oficiales, que eludieron hacer comentarios.

—¿En cuánto tiempo hay que hacerlo?

—Mamurra, me sorprenden algunas de tus preguntas: lo antes posible.

—Sí, pero solo para encontrar y preparar la madera...

—Marco, yo soy quien plantea el problema, tú me encuentras la solución. Se te paga por eso, y mucho. La situación en la que nos hallamos es la más peligrosa que un asediante puede tener que afrontar, a saber, estar rodeados de un ejército enemigo durante el asedio, así que si no conseguimos hacer esta construcción a tiempo, moriremos todos. ¡No es un problema que me ataña solo a mí, sino a todos nosotros, de manera que si quieres disfrutar de la hermosa casa que te estás construyendo en el Celio, haz que los hombres empiecen a cavar!

El viento que soplaba en la torre más alta de Alesia desgreñaba a Rix y a los otros jefes de tribu. Con ojeras por el cansancio, observaban el trabajo febril en la llanura.

—Están cavando un foso.

Critoñato señaló la colina del otro lado de la llanura.

—Están derribando todos los árboles.

—¿Qué querrán hacer?

—Creo que... rodear la ciudad.

Vercasivelauno meneó la cabeza.

—Es una locura. Necesitarán semanas, durante las cuales nosotros podremos seguir entrando y saliendo en busca de refuerzos y comida.

—Irán rápido y seguirán también de noche, como en Avárico —sentenció Vercingétorix—. Nosotros también necesitaremos semanas para encontrar refuerzos, Vercasivelauno, y nuestras salidas seguramente costarán sangre. Los jinetes germanos de César estarán enseguida listos para intervenir. Además, aquí tenemos comida para treinta días, y no vamos a conseguir encontrar forraje en las inmediaciones.

—¿Qué propones?

—Terminemos nuestro vallado y la muralla perimetral del campamento, y preparemos una salida de caballería para poner a prueba las defensas romanas y ver si se puede forzar el bloqueo.

—En cuanto el foso esté terminado desviaremos el curso del río y lo llenaremos de agua —explicó Mamurra a los oficiales—. Junto a este primer foso lleno de agua, construiremos otro foso con un terraplén, donde colocaremos los troncos para la empalizada. En el terraplén clavaremos ramas puntiagudas vueltas hacia el enemigo, y cada setenta pies levantaremos torres provistas de máquinas de guerra...

—¡Atacan!

Todos los oficiales que estaban en el cuartel general salieron de la tienda.

—¡La caballería enemiga ataca! —gritó un centinela.

La colina de Alesia se llenó de jinetes que, saliendo de las puertas de la muralla perimetral, empezaron a bajar precipitadamente hacia los legionarios que estaban haciendo el foso. César montó a caballo, seguido de Marco Antonio y de los otros legados de legión. Por doquier sonaron trompetas, y los primeros galos intrépidos llegaron a las zonas en construcción. Tras un retroceso inicial, los legionarios se centraron y resistieron hasta la llegada de los jinetes germanos, que contuvieron las cargas de la caballería hedua y arverna, permitiendo a las legiones avanzar. Encajonados entre las legiones en avanzada y los jinetes germanos, los galos se replegaron hacia Alesia y se amontonaron en las entradas de la muralla perimetral, que se había levantado junto a las puertas de la ciudad.

Desde la torre oriental de Alesia, Vercingétorix miró la escena con ojos desorbitados. Vio la masacre sistemática de sus jinetes desde arriba sin poder hacer nada. Los germanos aplastaban a sus jinetes y los empujaban hacia el foso que los habría tenido que defender, como si fuesen una manada de ovejas rodeada de lobos. Muchos galos abandonaron los caballos y trataron de cruzar el foso y trepar el muro, pero lo único que conseguían era morir a manos de los germanos, que los presionaban desde atrás.

—¡Ayudadlos! —gritó a sus hombres situados en el interior de la muralla que habían levantado esos días—. ¡Disparad contra esos cabrones!

Sonaron trompetas a lo lejos y Vercingétorix dejó de mirar la masacre de sus jinetes. César había ordenado a las legiones que estaban en la llanura, formadas delante del vallado, avanzar. La retirada de la caballería ya había desmoralizado de los hombres de Rix en el campamento atrincherado, y percatarse de que las legiones avanzaban hacia Alesia hizo que entraran en pánico. En pocos instantes, varios miles de guerreros corrieron hacia las puertas de la ciudad en busca de refugio.

—¡Volved atrás!

Nadie lo escuchaba. Aterrorizados, los galos se amontonaron en las puertas, formando un atasco de decenas de miles de hombres presa del terror.

—¡Cerrad las puertas! ¡Cerrad esas malditas puertas!

—He combatido para los romanos y contra los romanos —dijo Vercingétorix a la asamblea de todos los jefes de tribu que había convocado en la sala de audiencias de la ciudad—. Y precisamente por ese motivo he procurado evitar durante mucho tiempo una batalla campal contra ellos. La batalla campal es la que los favorece, la que les permite utilizar mejor a la vez la infantería y la caballería y movilizar rápido grandes contingentes de hombres. Lo vimos a nuestra costa hace pocos días, cuando los atacamos mientras estaban en marcha, y lo hemos visto hoy, cuando una incursión de caballería se ha convertido en un baño de sangre. —Rix los miró a todos—. Ver a las legiones en movimiento ha sido suficiente para que se desencadene el pánico entre nuestros hombres, y si no hubiese intervenido para que se cerrasen las puertas de la ciudad y para reinstaurar el orden, la carnicería habría sido aún peor.

»Por tanto, si pretendemos ganarlos, hemos de impedirles precisamente la movilidad, y lo que están haciendo en la llanura, por absurdo que parezca, puede resultarnos útil. Están construyendo obras defensivas y eso va a mantenerlos por lo menos parados. Quieren encerrarnos dentro de un recinto, pero ellos mismos se están encerrando dentro con nosotros, y eso es lo que hemos de pensar. Alesia es inexpugnable, pero tenemos víveres para treinta días o poco más, si empezamos a racionarlos a partir de ahora. Así pues, si esta ciudad cae, no será por los golpes de ariete de los romanos, sino por hambre.

»Salir de aquí para atacar ahora a los romanos es arriesgado, sobre todo después de lo que nuestros hombres han padecido estos días. Aunque nosotros seamos más que ellos, los nuestros están abatidos y temen al enemigo, de modo que ya hemos perdido antes de empezar a luchar. Pero si a los hombres les damos una esperanza de victoria, las cosas pueden cambiar. —Rix se volvió hacia los comandantes de la caballería que había quedado—. Lo que hemos visto hoy a nuestra costa es la dificultad del empleo de la caballería frente a obras defensivas. La caballería necesita grandes espacios de maniobra para ser eficaz, y cuantos más días pasen y más avance la construcción romana, menos espacio de maniobra tendremos. Por tanto, es preciso que todos los jinetes hagan lo que mejor saben, esto es, lanzar los caballos al galope. Así pues, me acojo a los poderes que me concedieron en Bibracte todos los pueblos de la coalición para ordenaros que partáis esta misma noche, mientras el bloqueo de los romanos no está todavía terminado, y vayáis rápido como el viento donde vuestras tribus y dispongáis un reclutamiento masivo para la liberación de Alesia. ¡Tenéis que reclutar a todos los hombres en edad de llevar armas, a todos!

»Yo mandaré repartir el ganado que los mandubios tenían en la ciudad y ordenaré entregar todo el trigo, racionándolo y repartiéndolo en pequeñas cantidades, un poco cada vez. Decretaré la pena de muerte para quien no obedezca.

»Con estas medidas, espero sobrevivir lo suficiente para veros regresar con todos los hombres que hayáis enrolado, y atacar juntos a los romanos con una salida de la ciudad, apoyada por el ataque desde atrás de los refuerzos.

Un vocerío se elevó en la sala.

—El mensaje ha de ser claro a toda la Galia: nosotros aquí esperaremos los refuerzos para poder afrontar la batalla final por la libertad. Si no volvéis a tiempo, ochenta mil hombres morirán conmigo aquí en Alesia como hombres libres, y los refuerzos tendrán que enfrentarse solos a los romanos, que ya no tendrán una ciudad que asediar. Todo lo hecho hasta ahora sería inútil. Confiamos en vosotros.

—¡Damona, tienes que irte!

—No.

—¡Aquí no te podré tratar mejor que a los demás! —gritó Vercingétorix, furibundo.

—Y yo no quiero otro trato, lo que quiero es compartir tu destino.

—Aquí el destino es una muerte segura si no vuelven los jinetes con los refuerzos.

—Entonces lo que quiero es compartir contigo la muerte.

—¡Yo no! Vete de aquí. Este lugar no tiene futuro.

—¿Por qué? ¿Por qué dices eso?

—Porque es lo que creo.

La mujer se acercó al rey de los arvernos.

—¿Tú..., tú ya no crees en la victoria?

Vercingétorix la miró con los ojos marcados por las noches insomnes.

—Rix...

El hombre bajó la mirada y se pasó la mano por la tupida cabellera.

—Pues yo sigo creyendo en ella. Yo creo y aquí fuera, alrededor de las hogueras del campamento, ochenta mil hombres creen en ti, porque eres su única salvación. Hoy has hecho algo grande, te has ofrecido como víctima sacrificial para frenar a César aquí en Alesia y para permitir que tus hombres puedan reunir más combatientes para esta causa que todos defienden.

—He metido en una encerrona a ochenta mil hombres.

—Que te han querido seguir en esa causa. Que están aquí por su sueño de libertad, lo mismo que yo.

Vercingétorix se dejó caer exhausto en una banqueta a la débil luz de una lucerna de aceite.

—Ya he perdido a mi madre, y Vercasivelauno partirá dentro de poco con la caballería hacia Auvernia. Ve con él y lleva allí mis palabras, lleva contigo esta mirada y regresa con los refuerzos. Ahórrame el tormento de tenerte aquí en esta trampa refugiada sobre la roca.

La mujer avanzó, abrazó la cabeza de Vercingétorix y se la besó.

—En Auvernia nadie conoce esta mirada cansada y desconfiada, mientras que todo el mundo recuerda tu mirada de fuego y tu fuerza de espíritu. Soy la única que puede retener esa mirada en mi interior, porque antes de conocer al rey conocí al niño que me llevaba a caballo bajo la lluvia y por los bosques nevados de noche. Yo conozco al auténtico Vercingétorix, y te puedo garantizar que solamente estás cansado, que necesitas reposar, y que todo volverá a estar al alcance de la mano como siempre has creído.

Él la abrazó con fuerza.

—Vercasivelauno y los demás sabrán cumplir con su deber.

El mío es el de estar aquí contigo y recordarte siempre que eres Vercingétorix, el muchacho sin miedo que de noche me raptaba bajo la lluvia para huir montados a caballo.

Esa noche toda la caballería gala dejó Alesia y Vercingétorix hizo entrar en la ciudad a todas las tropas que había situado junto a la muralla.

XLIII

El hombre más rico de Roma

—¡Abre, Publio Sextio!

—¿Quién es?

—¡Soy Esceva, abre, maldición!

Publio giró la llave de la puerta del Tuliano y la abrió.

—Triunviro...

—Los soldados de César están en el templo —dijo preocupado el otro.

—¿En el templo?

—Sí, con decenas de carros, quieren forzar la puerta del *aerarium*. Me llamaron para que les diera las llaves, pero un tribuno me las arrancó de las manos porque se negaba a que se abriera y se lo llevaron. Abrieron la primera puerta de los subterráneos y después han llamado a unos cerrajeros para que abran la puerta que da al tesoro.

Publio sonrió:

—Yo ya había dicho que el *aerarium* sería el primer sitio.

—¿Qué es lo que te hace gracia? Es un escándalo, la gente está indignada. César se está apoderando del oro de Roma, en contra de todas las leyes.

—Cuando hablan las armas, las leyes callan, triunviro, resígnate. ¿No creerás que César ha venido después de diez años de estar fuera de Roma solo para tranquilizar a la gente?

—Bueno..., eso es lo que hacía creer la situación, ha habido un acuerdo para organizar el gobierno con los magistrados que se han quedado en Roma. El Senado acaba de promulgar un decreto que otorga enormes poderes a los cesarianos: Marco Antonio tendrá las milicias residentes en Italia; Curión ha sido destinado a Sicilia y África; Marco Licinio Craso, a la Galia Transalpina. Todo parecía restablecido, hasta el punto de que después de cuatro días daba la impresión de que la ciudad había salido de una pesadilla. En todas partes se han reanudado las actividades y muchos personajes de rango senatorial han regresado a la ciudad por las garantías de César. En una palabra, todo parecía ir pacíficamente hasta que César se ha quitado la máscara, y ha reclamado los fondos del erario.

—La guerra es cara, Esceva, y además también Pompeyo quería quedarse con los fondos.

—Ese oro no es ni de los pompeyanos ni de los cesarianos. Ese oro es de Roma, está ahí desde tiempo inmemorial, desde la época de la invasión de los galos de Breno, que se produjo hace más de cuatrocientos años. Desde entonces ese tesoro aumenta con las nuevas conquistas y las nuevas anexiones. Está el oro de las guerras púnicas, el oro que dejó Pirro, el de los tributos de las regiones de Asia y las del Oriente, el propio Pompeyo ha contribuido a alimentarlo con el oro de los reyes prisioneros de su triunfo. Es oro sagrado que no ha de tocarse por ningún motivo, salvo por aquel que fue establecido, esto es, para financiar una guerra para defendernos de los galos.

—Pues ya ves, triunviro, César ha roto el vínculo. Los galos han sido derrotados para siempre, podemos estar tranquilos, ya no volverán nunca a Roma como no sea encadenados, así que ese oro puede emplearse para derrotar a un enemigo aún más peligroso: la propia Roma.

—Hace menos de tres meses César pidió que fueran licenciados los ejércitos, el suyo y el de Pompeyo, exponiéndose él mismo a perder el cargo y el título. Los pompeyanos se negaron y prefirieron subvertirlo todo a ceder el poder y el ejército. De manera que si ellos se le adelantaron e hicieron antes que él lo que no se podía hacer, incluso expulsando a los tribunos que apoyaban a César, ¿me explicas por qué te escandaliza que quiera tener dinero para pagar esta guerra que los pompeyanos lo han forzado a emprender? ¡Pompeyo había dicho en el Senado que juzgaría a quienes se quedaban en Roma igual que a los que estaban con César, mientras que este tranquilizó a todo el mundo sobre el hecho de que no emplearía violencia contra nadie y dejó a todos la libertad de elegir quedarse con él o irse con Pompeyo! No solo eso, propuso enviar embajadas a Pompeyo para negociar la paz, pero nadie se atrevió a ir por miedo a las amenazas de Pompeyo.

—Frente a lo que está ocurriendo en el templo, todas estas buenas intenciones pierden fuerza, Báculo. César se ha esmerado con las buenas palabras para que de alguna forma le autoricen la expedición a Hispania contra Pompeyo, autorización que nadie quiere darle, porque es una declaración de guerra.

—Ya estamos en guerra, Esceva. En pocos días César se ha apropiado de media Italia y hoy va a apropiarse de los fondos del erario que Pompeyo estúpidamente le ha dejado.

—Toda Roma está ahora contra él, hasta los que siempre lo han apoyado.

—Pero ahora él solo es más rico que Roma. Pagará a soldados, comprará hombres, ganará la guerra y regresará como triunfador repartiendo botín, riquezas y cargos a todo el mundo. La gente, aterrorizada por la idea de que la guerra dure mucho y se instale en las calles de Roma como ocurrió en los tiempos de Mario y de Sila, se sentirá por fin liberada de una pesadilla, y todo el mundo alabará a César, celebrando su grandeza. Él traerá parte del botín del triunfador al templo de Saturno y todo el mundo olvidará.

Paquio Esceva miró afligido a Publio.

—Pero ahora..., ahora ese oro lo necesita para luchar contra Pompeyo, ahora precisa ser más rico que la propia Roma.

XLIV

Inutiles bello

Comio, rey de los atrebates, espoleó a su caballo delante de su ejército, la galopada pareció infinita, tantos eran los hombres formados golpeando sus armas contra los escudos.

No se mandó un reclutamiento masivo como el que había pedido Vercingétorix, pero a todas las tribus de la alianza se les impuso el aporte de un contingente. La decisión se tomó en un consejo de nobles, que optó por esta solución para evitar que la excesiva concentración de tropas y la confusión resultante imposibilitaran el mantenimiento de la disciplina, la distinción de los varios contingentes y, por último pero no menos importante, el avituallamiento de todo un ejército. Los heduos y sus clientes aportaron para la causa treinta y cinco mil hombres en total, y otros tantos los arvernos. Ellos, que junto con los de todas las tribus de la coalición sumaban la impresionante cifra de doscientos cuarenta mil soldados de infantería y más de ocho mil jinetes, recibieron con sus gritos de guerra a Comio, el hombre que durante mucho tiempo había colaborado con César en Britania, obteniendo a cambio la exención de los tributos para su nación, la independencia jurídica y legislativa y la soberanía sobre los mórinos y los atrebates. Todo eso no había sido suficiente, Comio quería mucha más gloria de la que le había dado César, por eso decidió irse con los rebeldes arrastrando a muchos miles con él, todos unidos y decididos a emprender esa guerra por la libertad.

Comio aminoró el ritmo y dio alcance a los jinetes que formaban la asamblea de guerra del ejército de los coaligados, formado por hombres elegidos por las distintas naciones. Entre ellos destacaban tres jinetes poderosos que llevaban magníficos yelmos de bronce. Eran los tres comandantes supremos de la expedición que, con Comio, iban a dirigir todo el ejército: los heduos Viridómaros y Eporedorix y el arverno Vercasivelauno, primo de Vercingétorix, al que le correspondió el honor de poner en movimiento a toda aquella fuerza.

—Hombres, solo por el hecho de estar aquí en armas somos unos elegidos de los dioses. La Galia entera confía en nuestra valentía para recuperar la antigua gloria y la libertad. Así pues, mostrémonos dignos de la ardua tarea que se nos ha confiado, y marchemos con el corazón sereno. ¡Estamos aquí para vencer y volver como hombres libres o para morir, y, en cualquier caso, seremos héroes para nuestros seres queridos!

El cielo se llenó de gritos de aprobación.

—¡Vayamos a Alesia, ahí donde nos aguarda el destino, y hagamos que sientan el hierro de nuestras espadas!

César extendió sobre la mesa un tosco mapa de Alesia que él mismo había trazado.

—Hemos sufrido varios ataques las pasadas noches —empezó señalando los puntos de los enfrentamientos—. Los galos salieron de la ciudad para tratar de quemar nuestras obras, pero, a pesar de que las salidas fueron sorpresivas, hemos conseguido contener los ataques y no sufrir excesivos daños. Los fosos han detenido las incursiones y las grandes estacas del terraplén han evitado sus intentos de llegar a los bastiones que hemos levantado. Puedo confirmar que la contravalación de Alesia ya está terminada y en pleno funcionamiento.

Una breve pausa para que los oficiales estuvieran aún más atentos.

—Ahora hay que empezar las obras de la circunvalación, para así poder defendernos de los ataques externos; id, pues, por material de construcción y trigo para alimentar a todas las legiones. He ordenado que se haga un aprovisionamiento de trigo para treinta días, ya que cuando las fortificaciones estén terminadas, cincuenta mil hombres se quedarán encerrados entre las dos vallas y ya no se podrá salir para buscar comida.

»Para este aprovisionamiento habrá que emplear un gran número de hombres, que tendrán que alejarse cada vez más del campamento para hallar trigo. Las obras de fortificación han de continuar, por tanto, con un número de efectivos reducido.

Recorrió la mesa con la mirada y volvió a poner el dedo sobre el mapa.

—Así, he pensado añadir otras obras defensivas para poder dedicar menos soldados a la vigilancia de la contravalación. Diseminaremos *cippi* por toda la zona delantera del foso con agua, ramas muy fuertes que se descortezarán y aguzarán. Después cavaremos largos fosos profundos, donde clavaremos los palos, muy juntos entre sí por la base, para que no se suelten. Mandaré poner cinco hileras, pegadas y trabadas unas con otras —dijo mostrando la disposición—. Todo aquel que se adentre en esta zona se clavará en esas puntiagudas empalizadas. Delante de los *cippi* cavaremos otros fosos, con la forma del cinco de un dado, donde clavaremos los *lirios*, que son palos torneados, aguzados y endurecidos al fuego por la punta, de manera que no asomen del suelo más de cuatro dedos. El resto del agujero lo taparemos con mimbres y ramas de hierba, para ocultar la trampa. Delante de los *lirios* colocaremos los *aguijones*, unos zoquetes de un pie de longitud erizados de púas de hierro que sembraremos por todas partes con breves intervalos.

Una expresión satisfecha se dibujó en su rostro, como si se imaginase su idea ya hecha realidad.

—Todo aquel que intente salir de Alesia para atacar la contravalación tendrá que conseguir cruzar indemne todas estas sucesivas trampas, bajo la mira de los arqueros situados en los torreones que hemos levantado delante de los fosos; cruzar el primer foso inundado, de veinte pies de ancho, entrar en el segundo foso, que mide cuatro, y cruzarlo bajo la mira de los honderos que están en la empalizada, trepar al propio terraplén sin clavarse en las ramas y tratar de arrancarlas para llegar a la empalizada. Si consigue hacer todo eso y si todavía le quedan aliento y sangre, tendrá entonces que trepar y destruir la empalizada y, por último, enfrentarse a un legionario fresco y perfectamente armado.

La expresión satisfecha se multiplicó en el rostro de todos los presentes.

—Esta es la buena noticia. La mala, en cambio, es la de que anoche cogimos a dos infelices que trataban de cruzar el foso por el norte de la ciudad para huir. Los entregué a Marco Antonio, que conoce métodos infalibles para conseguir que los prisioneros suelten la lengua, y hemos sabido que Vercingétorix ha ordenado un reclutamiento masivo en toda la Galia. Dentro de muy poco estaremos atrapados entre dos fuegos por una cantidad abrumadora de enemigos.

Tras un instante de silencio, César se volvió hacia Mamurra.

—Marco Vitrubio, no bien estén terminadas las defensas accesorias que he descrito, empieza a repetir las mismas obras hacia el exterior de la ciudad. *Cippi*, *lirios*, *aguijones*, foso con agua, foso sin agua, terraplén, empalizada y torres cada cien pies. La reunión ha terminado, todo el mundo al trabajo.

—Las raciones se están agotando y estamos aislados —dijo nerviosamente el noble heduo Convictolitán en la sala de audiencias de Alesia—. Ya no tenemos ningún contacto con el exterior y tampoco sabemos si los nuestros han conseguido reunir hombres para venir en nuestra ayuda.

—Desde que llegamos aquí, sabíamos que tarde o temprano tendríamos que enfrentarnos al hambre —lo interrumpió Vercingétorix—. Desde el primer metro de foso que vi cavar en la llanura, comprendí que César quería atraparnos aquí como a ratones en una ratonera. Aún no sabía de qué manera ni en cuánto tiempo lo haría, pero sí que lo conseguiría, y que para ello no dejaría dormir ni comer a sus hombres.

—¡Y, de hecho, hemos caído en la trampa nosotros solos! —gritó Convictolitán poniéndose de pie.

—Pero no pensabas eso cuando viste esta fortaleza después de la batalla en la llanura —rugió Rix sobreponiéndose a las otras voces de la sala—. Si las cosas se torcían, ya habíamos decidido replegarnos aquí.

—Nadie se imaginaba que las cosas se pondrían tan mal.

—Sí, lo sé, empezando por vosotros, que no habéis hecho otra cosa que reclamar la gran batalla campal contra los romanos.

—Lo hecho, hecho está —intervino Critoñato—. Hemos de decidir qué hacer a partir de ahora.

—¿Y qué querrías hacer? —replicó el heduo.

—¡Rindámonos! —dijo otro.

—¿Te has vuelto loco?

—¿Tú qué propones? ¿Hambre y muerte?

—Ataquemos a los romanos y acabemos con esto —dijo el noble en representación de los carnutes—. Hemos de hacerlo ahora, mientras contamos con fuerzas.

Hubo muchos gritos de aceptación.

—Nada quiero decir* —añadió Critoñato— sobre el parecer de aquellos que a la más infame servidumbre llaman rendición; a mi juicio, esos tales no son ciudadanos, ni deben ser admitidos al consejo.

Los indignados que estaban con los que defendían la rendición empezaron a gritar.

—¡Silencio! —rugió de nuevo Vercingétorix.

—Me dirijo a aquellos que aconsejan la salida; a cuyo dictamen, a juicio de todos vosotros, parece alentar el recuerdo de nuestro antiguo valor. Flaqueza de ánimo es, que no valor, el no poder soportar un poco de escasez. Más fácil es encontrar quienes se ofrezcan espontáneamente a la muerte, que quienes soporten el dolor con paciencia. Yo, por mi parte, aprobaría este parecer, tanto puede en mí el sentimiento del honor, si viera que no exponíamos más que nuestra vida.

* Palabras pronunciadas por Critoñato en Alesia, en Cayo Julio César, *De bello Gallico*, VII, 77.

La sala se calmó, el tono bajó.

—Pero, al tomar resolución, volvamos los ojos a toda la Galia, a la cual hemos llamado en nuestro socorro. ¿Qué ánimo pensáis que van a tener nuestros allegados y parientes, después de que hayan muerto en un solo lugar ochenta mil hombres, si se ven obligados a combatir casi entre nuestros mismos cadáveres? No queráis privar de vuestra ayuda a quienes, por salvarnos, han despreciado el peligro.

»¿Acaso pensáis que los romanos trabajan incesantemente en esas nuevas fortificaciones solo para divertirse? Si no podéis recibir mensajeros de los nuestros, por estar cortados todos los caminos, ved en los mismos enemigos la prueba de que se aproxima su llegada; pues el temor que esta les causa es lo que les hace trabajar día y noche. ¿Cuál es, en conclusión, mi consejo? Hacer lo que, en la guerra de los cimbros y teutones de ningún modo igual a esta, hicieron nuestros mayores; los cuales, acorralados en sus ciudades y agobiados por penuria semejante, sustentaron su vida con los cuerpos de aquellos que por la edad parecían inútiles para la guerra, y no se rindieron a los enemigos.

Las palabras de Critoñato dejaron un vacío detrás de ellas. La sala permaneció en silencio hasta que Convictolitán habló.

—¿Hay que dar por hecho que atacando a los romanos con una salida moriremos todos?

—¿No has visto las defensas que han montado? Han diseminado trampas por todas partes delante del foso. La única posibilidad que tenemos es atacar con el ejército que viene en nuestra ayuda.

—El ejército que viene en nuestra ayuda no va a eliminar las trampas.

—Pero los que lleguen hasta aquí eliminarán a romanos de las gradas.

—En cualquier caso —zanjó Convictolitán—, no pienso comer carne humana mientras espero que lleguen los refuerzos. Prefiero morir en el campo de batalla.

De nuevo se elevaron gritos de acuerdo y desacuerdo.

—Buscaremos cualquier otra solución antes que aceptar lo que propone Critoñato —dijo Vercingétorix tratando de aplacar los ánimos—. Todavía tenemos unos cuantos víveres.

—Pero ya quedan pocos —afirmó Critoñato—, para unos días, a lo sumo.

—Si dentro de unos días los refuerzos todavía no han llegado —repuso Rix—, votaremos tu propuesta antes que someternos a condiciones de rendición o de paz.

Ambigatos de los bituriges intervino con fervor.

—Echemos de la ciudad a los mandubios y a los que no luchan, así tendremos más raciones de comida para nuestros guerreros.

Canavos, noble de los mandubios, levantó enseguida el puño.

—¿Quieres sacrificar a los que os han abierto las puertas de la ciudad?

—No me parece que os hayáis sumado a la coalición. Si hubieseis sido favorables a la causa de toda la Galia, habríais aportado algún combatiente, pero lo que creo es que os habéis mantenido al margen para ver qué ocurría. Pues bien, ahora las cosas pintan mal.

Canavos miró alrededor, y las miradas le advirtieron que la propuesta del biturige era tentadora.

—Si hubiésemos cerrado las puertas de la ciudad, os habríais quedado atrapados entre la roca y los romanos: una condena a muerte segura.

—Estamos aquí por la salvación de toda la Galia y estamos dispuestos a morir por la causa. Tú, Canavos, ¿de qué lado estás?

—Os hemos abierto las puertas y hemos curado a los heridos, os hemos entregado víveres y ganado, ¿eso no es suficiente para demostrar que os hemos ayudado?

—¿De manera que ahora estás de nuestro lado?

Canavos se quedó atónito.

—Diría que lo hemos demostrado con los hechos.

—Bien, dada la situación desesperada, propongo que salgan de Alesia todos los que no combaten.

—¿Quieres decir niños, ancianos y mujeres?

—Niños, ancianos y mujeres son bocas, Canavos, así como los heridos, que también son bocas, y da igual a qué tribu pertenezcan.

De manera que mi propuesta es sensata: se quedarán en la ciudad solo los que puedan luchar, mandubios incluidos.

—Es una locura, estás condenando a la esclavitud a nuestras mujeres, a los ancianos...

La voz de Canavos desapareció entre los gritos confusos de la sala, hasta que Ambigatos empezó a gritar.

—Entonces, ya que mi propuesta es tan perturbadora, aceptemos la que nos propone el arverno Critoñato: ¡comámonoslos!

La sala se sumió en el caos.

—¡De uno en uno, empezando por los heridos ya desahuciados!

—¡Silencio! —gritó Vercingétorix—. Los mandubios serán tratados igual que todos los de la coalición.

Ambigatos fulminó a Rix con los ojos inyectados de sangre.

—En Avárico no estabas tan interesado en la población de la ciudad. Todavía me resuenan en los oídos tus palabras, Vercingétorix, cuando me dijiste que Avárico tenía que ser abandonada en el acto. Te pregunté qué iba a pasar con los civiles, y tú, sin pestañear, me respondiste que querías a tus veinte mil combatientes en la ciudad, lo demás era asunto mío.

Rix apretó las mandíbulas y en medio del griterío la voz de Ambigatos le llegó afilada como una navaja a los oídos.

—¿Qué problema hay ahora? ¿Tienes que salvar a ochenta mil hombres y te preocupas por los niños y las mujeres de los mandubios?

—¿Pretendes de verdad echar a la gente que os ha atendido, que os ha dejado sus casas y que os ha ofrecido todo su ganado? —preguntó de nuevo Canavos, indignado.

—¿No lo comprendes, Canavos? Es por el bien común —dijo con ironía Ambigatos mirando a Vercingétorix—. Hemos incendiado media Galia y lo que hemos conseguido es que incluso ganando esta maldita guerra nos muramos de hambre, siempre que antes no nos coman los arvernos.

Critoñato se abalanzó sobre el biturige, y tuvieron que intervenir diez hombres para aplacar la pelea.

—¡Ya basta! —gritó Vercingétorix pegando un puñetazo en la mesa—. En Bibracte todos estábamos de acuerdo en sublevarnos y en enfrentarnos a Roma. Ahora Roma se encuentra en esa llanura que nos está esperando, y en cualquier momento el horizonte podría llenarse de jinetes venidos de todos los rincones de la Galia. Critoñato está en lo cierto cuando dice que es justo el comportamiento de los romanos el que debería servirnos para comprender que está llegando un ejército enorme en nuestra ayuda. No somos nosotros los atrapados, los que están atrapados son ellos.

—¿Ah, sí? Pero ellos siguen acumulando forraje en sus fuertes. ¡Cada día llegan más carros! —gritó Convictolitán—. Mientras que nosotros estamos pasando hambre.

—Ese era nuestro forraje —dijo Canavos—, el que tendríamos que haber recogido si no hubieseis traído aquí vuestra maldita guerra.

—Oh, os podríais haber ido —sentenció Convictolitán—, si os habéis quedado es porque a lo mejor pensasteis que os convenía. Si ganamos, este lugar se convierte en sagrado en toda la Galia y al bueno de Canavos lo nombran salvador del ejército de los coaligados y se hace rico y poderoso, y su descendencia es respetada. Vaya, lo siento mucho, has apostado por el caballo perdedor. Tendrías que haberte ido con los romanos y convertirte en su aliado, seguramente te habrían tratado como a un gran señor.

—Ya basta, Convictolitán —rezongó Rix.

—¡No! —repuso con sequedad el heduo—. Quiero que se someta a votación la propuesta que pretende que los que no pueden combatir se vayan de la ciudad.

Todos los heduos y sus clientes hicieron oír su voz de aprobación de las palabras de Convictolitán.

—¡Los no combatientes! —dijo Canavos levantando un dedo—. Eso entonces incluye no solo a los mandubios, sino también a todos vuestros heridos, a los enfermos y a las familias que os acompañan.

Rix notó un sabor amargo en la boca. Vio que Canavos estaba rojo; Convictolitán, poco convencido; Critoñato, contrariado; y

Ambigatos, visiblemente satisfecho. Este fue precisamente el que habló.

—¡Todos los no combatientes! Aquí no hay intereses privados, estamos actuando por el interés común y a veces... —dijo mirando a Vercingétorix con los brazos abiertos— para salvar el cuerpo, es preciso amputar un brazo.

—¿Qué está pasando? —dijo Damona corriendo hacia Vercingétorix no bien este cruzó la puerta de su vivienda—. ¿Por qué la gente grita, las mujeres lloran, las he visto dando vueltas enloquecidas, presas del pánico? ¿Nos están atacando?

El rey de los arvernos se detuvo inmóvil a un paso de ella. Mirándola, veía los muchos momentos que a lo largo de los años habían pasado juntos, sin reparar jamás en su presencia, en su importancia.

—Ojalá nos atacaran.

—¿Qué dices?

—Por lo menos, así se acabaría...

—Pero ¿qué...?

—Abrázame, abrázame fuerte.

Damona avanzó el paso que los separaba y lo estrechó contra su cuerpo, recibiendo a cambio el abrazo con el que siempre había soñado. Un abrazo tan fuerte que dejaba sin aliento y transmitía calor, un abrazo que borraba el tiempo y satisfacía por completo. Con la cabeza sobre el pecho de él sintió latirle el corazón con fuerza hasta que notó un estremecimiento. En la mejilla de la mujer cayó una gota, entonces ella apartó la cabeza y miró hacia arriba. Otra gota, no eran las lágrimas de Damona, sino las que se desprendían de las pestañas de Rix.

—Ha habido una votación en la asamblea de guerra —murmuró él casi sin aliento—. Los víveres escasean y no hay noticias del ejército que acude en nuestra ayuda. Es imposible intentar un ataque desde un solo frente hacia las fortificaciones romanas, porque hemos concluido que, solo actuando coordinadamente con un ataque desde el exterior, tendríamos alguna posibilidad de ganar, aunque a costa de grandes bajas.

La mujer asintió, atenta.

—Pero puede que Vercasivelauno tarde aún días en llegar con los refuerzos.

—Comprendo.

—Para que no resulte inútil todo lo que hemos hecho hasta ahora y jugar la última baza, para asestar un golpe contundente a ese maldito César, se ha decidido racionar más la comida.

—Sí.

—Y que coman solo los combatientes...

La mirada, el silencio.

—... y que salga de la ciudad la gente que no lucha.

Damona parpadeó varias veces, y también sus ojos se volvieron acuosos.

—Yo he votado...

La mujer llevó el índice a los labios de su hombre.

—Has votado por el bien de todos.

Los labios de él temblaron bajo la barba tupida.

—No tendrías que haberme seguido, Damona.

—Estoy donde quería estar, ya te lo dije y te lo repito.

—Perdóname...

—Vuelve a darme un abrazo como el de antes, por favor.

Se estrecharon ya sin frenos, en un abrazo que era luz y lágrimas.

—Esto me llena toda una vida, Rix.

—Te amo, Damona.

—Yo también te amo, y es maravilloso.

Los sollozos reemplazaron a las palabras y el sabor de las lágrimas se juntó con el de los besos que ninguno de los dos habría querido dejado de darse jamás.

—Saldré contigo.

—¡No! —dijo ella recobrándose—. Mejor, que todos vean, que todos sepan cuán grande es el rey de los arvernos.

—No quiero, Damona.

—Nadie quiere, pero ha de ser así. Que nuestro ejemplo alivie los sufrimientos de otros, que todos estén dispuestos a luchar por algo superior a lo que somos. No lo estamos haciendo por nosotros, lo hacemos por los hijos de los arvernos.

Los ojos se empañaron de nuevo.

—¡Estamos plantando un árbol bajo el cual nunca nos sentaremos a disfrutar de la sombra, lo plantamos para las generaciones futuras, eso es lo que tiene que hacer un gran rey!

De nuevo sus cuerpos se abrazaron.

—Eres un gran rey.

La noche de los recuerdos había terminado, por momentos fue larga y por momentos, demasiado breve. Dio y quitó; se llenó de llantos, de caricias y de abrazos infinitos. Así fue en toda la ciudad, pues en esa noche la gente que estaba en Alesia fue más cercana que nunca. No había esquina o callejón donde no hubiera alguien que no guardase un recuerdo. Los soldados cuidaron a sus compañeros heridos; los padres abrazaron a sus hijos, a sus esposas, a sus madres y a sus padres. Hubo quienes prefirieron la muerte a un destino cruel, y se suicidaron.

En cambio, a los que decidieron vivir, el recuerdo de esa noche les daría fuerzas para aceptar cuanto iba a ocurrir al día siguiente, a los que partían y a los que se quedaban.

—Ahora tienes que volver a ser el rey. Lo harás por Auvernia, lo harás por la Galia.

Rix la miró y le tendió las manos.

—En este momento solo puedo decirte que lo haré por ti.

Damona cerró los ojos, apretándole las manos como si estuviese memorizando cada uno de esos instantes.

—Tu recuerdo me dará fuerzas para aceptar serenamente lo inevitable, sea lo que sea.

—Querría tener tu fuerza, Damona.

—La tienes, mi corazón está dentro de ti, solo has de recordarme.

Se abrazaron con fuerza, conteniendo las lágrimas, mientras que en la calle de debajo de la torre se elevaban gritos desesperados.

—Es hora de dar ejemplo, sé fuerte, eres el rey.

Se abrazaron otra vez, fue el abrazo más intenso que se habían dado nunca. Llantos de niños se mezclaron con los de las madres.

—Dame tu capa, por favor, y toma la mía.

Vercingétorix se quitó la capa y envolvió con ella a su mujer.

—Será como sentir siempre tu abrazo.

Rix asintió y se puso la capa de ella.

—Vamos.

Salieron y se encontraron en medio de la gente de Alesia, que se encaminaba llorando hacia la puerta occidental de la ciudad. Hacinados en las salidas de los callejones, heduos, arvernos, sécuanos, senones, bituriges, carnutes y todos los demás miraban atónitos e impotentes el paso de los no combatientes acompañados por sus parientes. Soldados heridos que apenas se mantenían en pie, ancianos que avanzaban despacio sujetos por sus nietos, madres que llevaban en brazos a sus hijos y padres que prefirieron compartir el destino con sus seres queridos a quedarse. Ningún campo de batalla, ni siquiera el peor, habría podido transmitir esa sensación de profunda angustia que atravesaba el alma de todos.

—¡Cabrones!

—¡Asesinos!

Los mandubios que salían insultaban a los hombres a los que habían acogido y cuidado y que ahora los echaban de su ciudad.

—¡Vercingétorix, ojalá mueras torturado!

Una madre, entre lágrimas, levantó a su hijo hacia los bastiones, que estaban repletos de soldados de la coalición.

—¡Míralo, Vercingétorix! ¡Míralo bien, porque te atormentará el resto de tus días!

Damona le estrechó la mano mientras él miraba con el rostro de piedra.

—¡Eres un cabrón!

Gritos, insultos, abrazos, despedidas, llantos y más abrazos hasta la puerta occidental que daba a la inmensa llanura del valle donde Canavos esperaba en silencio. El noble había decidido compartir el destino de sus conciudadanos y ocuparse de ellos en ese breve trayecto que iba a conducirlos de Alesia hasta las fortificaciones romanas.

Los habitantes de Alesia tardaron horas en bajar del monte, con un dolor y una rabia que no podría describirse ni en cien años. Se fueron despidiendo todos, lloraron, se abrazaron bajo las aterrorizadas miradas de los que se quedaban, los cuales abandonaban a un triste destino a quienes más ayuda necesitaban.

—Te amaré siempre, mi rey.

—Y yo a ti..., mi reina.

El último abrazo, el más intenso, el más doloroso.

—Gana esta guerra.

Vercingétorix esbozó un gesto con la cabeza, se fueron separando.

—Gana por todos los que se marchan hoy.

Se separaron del todo.

—Gana por todos los que se quedan y por los que ya no están.

Las manos se soltaron.

—Gana por mí.

—Ave, César.

—Marco Antonio.

—Ocurre algo en la parte occidental de la ciudad.

El procónsul dejó la carta que estaba escribiendo, cogió el yelmo y salió de la tienda con su legado.

—Hay movimiento, parece que están dejando la ciudad, pero no es una salida. Avanzan muy despacio, da la impresión de que son niños, mujeres y muchos heridos.

Los dos montaron a caballo y recorrieron el inmenso corredor entre las dos vallas, el que rodeaba Alesia y el que los defendía del mundo.

—La legión XII ya está en posición junto con la X, Labieno las ha mandado formarse en la circunvalación interior.

Julio César y Marco Antonio llegaron a las inmediaciones del castillo que vigilaba la zona. Mamurra había construido veintitrés;

en un primer momento habían servido para proteger a los soldados de los fosos y la valla, después se habían convertido en parte integrante de la línea defensiva romana.

Los dos pasaron al lado de un carro de piedras que había llegado para reabastecer las máquinas de lanzamiento. Subieron las escaleras vigiladas por legionarios y llegaron a la torre repleta de arqueros, donde estaba Labieno.

—*Inutiles bello* —dijo Tito Labieno, señalando la fila de gente que a lo lejos bajaba lentamente de la ciudad.

César se apoyó en el parapeto y aguzó la vista. Realmente parecía que los que salían de Alesia eran los habitantes que no estaban en condiciones de usar las armas. Vio mujeres, niños y quizá ancianos, además de personas a las que les costaba moverse y a las que llevaban en carros.

—Han hecho salir a los habitantes de la ciudad —murmuró el procónsul.

—Y a los heridos —añadió Labieno.

—Hay una sola explicación, se les están acabando los víveres.

—Coincido.

Marco Antonio se hizo visera con la mano para ver mejor.

—Serán cinco mil personas.

—Puede que más.

—Siguen bajando.

Los siervos cargaron los onagros y de una torre a otra resonaron los engranajes que movían los brazos.

César levantó la mano.

—Quietos, no disparéis.

—¡No disparéis!

Los centuriones repitieron la orden de un sector a otro y también los arqueros de las torres aflojaron poco a poco las cuerdas de sus arcos.

Canavos bajó del monte de Alesia al paso. De vez en cuando se volvía para decir alguna palabra de ánimo a los suyos. Avanzó con su grey hacia las defensas romanas que veía repletas de soldados. Anduvo hasta que calculó que ya se encontraba al alcance de las terribles máquinas de lanzamiento, entonces se volvió hacia los suyos.

—Me adelanto para hablar, vosotros quedaos aquí.

Mujeres con lágrimas en los ojos y niños se fueron colocando en fila a medida que llegaban. Todos tenían los ojos clavados en las torres, de dimensiones mucho mayores de lo que parecían desde Alesia, como también era más grande el terraplén con la empalizada que se recortaba al otro lado de los fosos.

Canavos dio unos pasos mostrando las manos. Pisó una rama seca, luego otra. Delante de él se extendía una larga extensión de terreno esparcido de ramas, zarzas y follaje seco. Con la frente empapada de sudor, Canavos avanzaba despacio, procurando fijarse bien dónde pisaba. Sabía que el suelo estaba diseminado de trampas mortales, pero, al avanzar paso a paso, podía sentir la consistencia, lujo que no habría podido permitirse yendo en grupo, corriendo, con una lluvia de piedras y flechas lanzadas desde las torres.

Pisó algo blando y lo apartó, en busca de un camino mejor. Se quedó atrapado en ramas de zarza esparcidas por doquier, tropezó y cayó a un palmo de un palo puntiagudo que sobresalía del suelo. Alguna mujer que lo miraba lanzó un grito angustioso. Canavos miró hacia las torres, temiendo que en cualquier momento empezaran a utilizarlo como blanco.

—¡Estoy desarmado! —gritó enseñando las manos antes de levantarse, perder el equilibrio y caer de nuevo de rodillas, hiriéndose una tibia. Otra vez detrás de él hubo gritos y delante risas. Se le habían rasgado los pantalones aunque, por suerte, el corte no era profundo, pero ese maldito palo estaba muy afilado. Lo miró, era negro, calentado al fuego para que resultara más duro y cortante.

Canavos se levantó y avanzó, paso a paso, tratando de mantenerse en equilibrio y de esquivar todos los agujeros ocultos, hasta que llegó a una especie de profunda valla de ramas puntiagudas que se extendía delante del foso. No era muy alta, le llegaba a la cintura, pero la manera en que todas esas ramas habían sido clavadas en el suelo le impedía continuar. Lo intentó pero se quedó atrapado, y cuando trataba de avanzar, más retenido se encontraba en ese retículo plagado de puntas y espinas.

Tardó mucho en atravesar ese campo de ramas y en llegar al foso lleno de agua donde Canavos se detuvo jadeante, con los pantalones completamente rasgados y las piernas ensangrentadas. Era demasiado ancho, ni aunque hubiese podido tomar mucha carrerilla habría podido cruzarlo. Ese foso solo se podía cruzar a nado.

Oyó a los romanos reírse y animarlo, se fijó en la empalizada, que ya estaba cerca. Distinguía los rostros de los centenares de soldados que la atestaban, burlándose de él y diciéndole con gestos que se tirase. Un pitido llegó de la empalizada y Canavos solo atinó a abrir la boca antes de ver clavarse una flecha a dos palmos de donde estaba. Mostró las manos.

—¡Estoy desarmado! ¡Quiero parlamentar!

No obtuvo respuesta; empezó entonces a preguntarse cómo podía cruzar ese maldito foso. Por lo que sabía, el agua cenagosa del foso también debía de estar llena de trampas. Por fin se atrevió y torpemente se metió en el agua, para tratar de llegar al otro lado. Dio tres o cuatro brazadas, no más, pero cuando llegó a la orilla que daba a la valla estaba cubierto de barro. Braceó entre aplausos y carcajadas y trató de subir, resbalando en el barro hasta que salió. Se detuvo para recobrar el aliento, entre arcadas por el cieno que había tragado y que lo cubría completamente, luego se limpió los ojos y se incorporó. La empalizada del terraplén estaba cada vez más cerca, cada vez más alta. Donde se encontraba, con una lanza le habrían dado con facilidad.

Avanzó dos pasos y llegó al borde del segundo foso. Tenía las paredes empinadas, era profundo y ancho como tres hombres. La pared opuesta del foso estaba llena de ramas puntiagudas que impedían subir desde el foso, parecían cuernos de ciervo y había miles. Donde acababa el foso empezaba un terraplén tan alto como el propio foso, de manera que duplicaba la subida. Encima de él, la empalizada cubierta de almenas. Desde ahí parecía altísima, y mirando hacia más arriba veía las torres repletas de rostros que lo observaban como los dioses del cielo. Había centenares de ojos fijos en él, mejor dicho, miles o decenas de miles. Lo miraban los romanos desde la empalizada defensiva, lo miraban los mandubios y los heridos expulsados de la ciudad, y lo miraban también desde las murallas de Alesia.

—Tengo un mensaje para César —dijo en latín.

—Habla —respondió una voz entre los centenares de rostros.

Canavos trató de averiguar quién había hablado. Vio que un hombre grande y fuerte con una capa de lana, más alto que los demás, se abría camino en las gradas.

—Me llamo Canavos... —dijo con la boca llena de barro—. Vengo con los mandubios, los habitantes de Alesia. No tenemos nada que ver con esta guerra, la coalición dirigida por Vercingétorix nos ha expulsado de la ciudad tras haberse apoderado de ella, lo único que pedimos es poder pasar y marcharnos en paz.

—¿La población de Alesia está formada por mujeres, niños y ancianos?

—Conmigo están los inocentes, los que no pueden enfrentarse ni a vosotros ni a los que se han apoderado de la ciudad.

Marco Antonio miró a César, que observaba al hombre cubierto de barro que estaba al otro lado del foso.

—¿Qué hacemos?

—No cabe duda de que Vercingétorix está escaso de víveres —razonó el procónsul—, no veo otro motivo válido para expulsar de la ciudad a mujeres y niños. Racionando las reservas, podemos sobrevivir quince o veinte días, pero después nosotros también tendremos que afrontar el hambre. Si los capturamos y salvamos, no haríamos más que seguirle el juego a Vercingétorix, pero sería a un altísimo coste. Tendríamos que cambiar la distribución de la comida, disminuyendo las ya escasas raciones de nuestros hombres, que están trabajando con el estómago vacío, lo que reduciría nuestra autonomía. Francamente, no veo motivo para ello: desde el punto de vista estratégico, sería un grave error, porque, tarde o temprano, llegará un ejército en ayuda de Vercingétorix, y, cuanto más tarde lo haga, peor será, no solo para Vercingétorix, sino también para nosotros.

—Además, si los capturamos —sentenció Labieno, que estaba a su lado—, daríamos a los combatientes de Alesia la esperanza de poder reunirse con sus seres queridos, en el caso de que ganen.

—Sí, yo también lo veo así, y creo que conseguiremos lo mismo dejándolos sencillamente pasar. Sin duda, nos ahorraremos darles de comer, pero infundiremos ánimos a nuestro enemigo.

Hubo un instante de silencio, una ráfaga de viento pasó por entre las almenas de la empalizada.

—¿Mando que se monten las ballestas? —preguntó Marco Antonio.

—No, no —repuso César—, todo cuanto debemos hacer es mantenerlos alejados. Si se acercan o empiezan a forzar las trampas, disparad alguna flecha, si no, dejadlos, cada una de nuestras flechas es valiosa.

Todos asintieron.

—Si los matamos, aumentaremos el ardor guerrero de los que se han refugiado en Alesia. Así pues, que sea Vercingétorix quien decida el destino de los que ha echado de la ciudad. Nosotros nos negamos a recibirlos, pero él tendrá que decidir reabrir las puertas de la ciudad o dejarlos morir de hambre y sed. Cualquiera que sea la decisión que tome, estoy seguro de que no la compartirá todo el mundo, y eso también juega en nuestro favor.

Labieno asintió.

—Sí, esta es la decisión que más nos conviene, y es la que más lo perjudica a él.

—De acuerdo. ¿Habéis escuchado?

Los centuriones pasaron la orden de una torre a otra.

—Vamos, al trabajo, que se queden solo los arqueros y los del servicio de guardia.

Canavos miró las cabezas de los hombres que abandonaban las posiciones de defensa y desaparecían de la empalizada.

—Eh, ¿me oís? —agitó los brazos—. Nos entregamos, nos rendimos. ¿Me oís?

Marco Antonio se asomó por la empalizada con toda su mole.

—Canavos, la costumbre manda que hay que rendirse antes de que el ariete toque las murallas de la ciudad. En este caso, dada la posición de Alesia, no habrá un ataque a la ciudad; como ves, hemos rodeado el perímetro para hacerla caer por hambre. Si os recibimos daríamos ventaja a nuestro enemigo, así que no podemos aceptar tu propuesta.

—Pero... no, escucha, comandante...

—Lo siento, volved a la ciudad.

—Espera, espera...

La silueta de Marco Antonio desapareció de las almenas.

—Eh, nos rendimos, nos entregamos sin negociar nada, nos convertimos en esclavos —gritó avanzando un paso más de lo que debía, por lo que se cayó al foso.

Las mujeres del grupo gritaron, Canavos jadeó, se agarró con fuerza el muslo, que le dolía atrozmente.

—Ayudadme. —Tenía una estaca puntiaguda en la pierna y estaba tirado en el fondo del foso—. Ayudadme, por favor.

Miró hacia arriba, una nube ocultó el sol, la empalizada estaba lejos, las torres eran inalcanzables.

—¡Le han dado! —gruñó Critoñato desde la torre más alta de Alesia.

—No, no me lo ha parecido —dijo Convictolitán—. Ha caído.

Se quedaron mirando con atención el punto donde había desaparecido Canavos, sin lograr ver nada. Al noble de los mandubios se lo había tragado la tierra que había delante de la empalizada romana.

—Le han dado, lo he visto.

—No, no.

—¿Cambia algo? —dijo Vercingétorix, mirándolos.

—Diría que sí, Rix. Cambia mucho.

—Tal y como yo lo veo, no —afirmó Vercingétorix mientras el viento le desordenaba la tupida cabellera—. Decidimos sacrificar a los mandubios, nosotros votamos que había que prescindir de ellos, y si los romanos los matan solo nos hacen un enorme favor, nos ahorran ver su agonía desde aquí arriba.

El arverno vio que los habitantes de Alesia seguían en la llanura, juntos e inmóviles, sin saber qué hacer. Se envolvió en la capa de Damona, buscando la de él en la llanura. Ahí en medio, en alguna parte, estaba Damona. La recordó de niña, y evocó también a su madre, a la que había perdido por la incursión de César en Auvernia. La mente lo llevó de su madre a Ambacto, le habría encantado que estuviese ahí para que lo aconsejara. Luego se vio todavía más joven, mucho más joven, con su padre Celtilo. De haber sabido lo que iba a suponer el sueño de convertirse en rey, no lo habría perseguido.

El viento lo devolvió a la torre de Alesia. Estaba ahí, en medio de decenas de nobles de clanes gloriosos, era el comandante de todos ellos, y, sin embargo, se sintió completamente solo. Un trueno hizo que todos elevaran la cabeza hacia el cielo. Tan solo él permaneció inmóvil, con los ojos fijos en las víctimas sacrificiales de Alesia, apretando la capa entre los dedos.

—Sé fuerte, amor mío.

Damona miró las nubes amenazadoras, luego se colocó en el centro de la calzada que conducía a la ciudad. Durante toda la mañana, la multitud de ancianos, mujeres y niños arrojada fuera de la muralla había implorado a los romanos que le diera pan, sin recibir nada. Vagaron diseminados para ver si en algún punto había un paso más transitable, pero al final todos comprendieron que Alesia estaba tan acorralada que de ahí solo se podía salir luchando. Tras horas de ruegos y llantos, algunos ancianos desistieron y se sentaron en la desnuda tierra, sin saber ya qué hacer. Algunas mujeres vagaban con sus hijos en busca de raíces que llevarse a la boca, y otras, ya sin lágrimas, miraban atontadas el espacio que separaba el monte de Alesia de la valla de los romanos; en ese trozo de tierra no había piedad, y, cuanto más tiempo pasaba, más comprendían que ese iba a convertirse en su cementerio.

Sin embargo, algunas eran incapaces de aceptar la idea de morir de inanición, y decidieron regresar a la ciudad.

—No, no —las llamó Damona—, no podemos regresar.

Unas mujeres con el rostro demacrado por el hambre y la angustia se le acercaron.

—Los romanos no nos aceptan ni nos dejan pasar, lo hemos intentado de todas las maneras posibles.

—Ya lo sé, pero lo que debemos hacer es esperar.

—¿Tú quién eres?

Otro trueno, cae alguna gota.

—Da igual quién soy, pero sé que el ejército de ayuda puede llegar en cualquier momento. Tenemos que aguantar.

—Pueden tardar días. ¿Cómo alimento a mi hijo?

Damona meneó la cabeza.

—No lo sé, pero no servirá de nada ir al pie de las murallas de Alesia para que nos vean nuestros hombres. Se mortificarán si nos ven sufrir.

—¿Quién eres?

Otra se le acercó.

—Sí, ¿quién eres? No eres de Alesia.

—Soy arverna.

—Un momento, ya lo sé, tú eres la mujer de Vercingétorix, te he visto con él.

—Sí, es verdad, Vercingétorix es mi hombre, y justo para hacer lo mismo que con los mandubios me ha hecho salir con los no combatientes para que alguien pueda aprovechar mi ración de comida, sobrevivir y luchar por todas las otras mujeres de la Galia que algún día sabrán de nosotras, de lo que hicimos por nuestra tierra y por nuestros hombres.

—¿Qué clase de hombre expulsa a los que sobre todo debería defender?

Una gota de lluvia le surcó la mejilla.

—Él preferiría ser cualquiera de vosotros, creedme. No ha hecho más que aceptar lo que se ha decidido por mayoría en una votación.

—Pero ¿qué dices? He oído decir que desde que ese cabrón está al mando de esta revuelta quema todas las aldeas y granjas y hace pasar hambre a todo el mundo.

—Pero de esa manera ha hecho pasar hambre también a los romanos.

Se le acercaron amenazadoras.

—No me lo parece.

—Sí, creedme. También los romanos están pasando hambre, y esta fortaleza que han construido para conseguir Alesia, en realidad los cerca aquí, y también los va a cercar el ejército que están formando todos los demás aliados en la Galia.

—Ese ejército no se ve, y como no esté aquí en muy poco tiempo moriremos nosotras y morirán los que están en Alesia.

—Solo es cuestión de tiempo, llegarán.

—Eso no lo podemos saber, mientras que lo que sabemos con seguridad es que antes de que llegase Vercingétorix trayéndonos la guerra teníamos con qué comer y criar a nuestros hijos. Hacíamos negocios con los mercaderes romanos y vivíamos en paz, y ahora mira, tu hombre, después de haber cogido nuestras reservas de comida y nuestras manadas nos ha echado de nuestras casas y separado de nuestros hombres, a los que obligará a luchar por él.

—La causa por la que estamos luchando es más importante que nosotras...

Una mujer se arrojó sobre ella y la empujó.

—Maldita puta, mi hijo es más importante que cualquier causa.

También las otras se le echaron encima, desahogando sobre ella la frustración de aquella situación insoportable.

—¡Malditos sean los arvernos y todos los que han querido esta guerra y han venido a hacerla aquí!

Dieron más empujones, patadas y cachetadas a Damona antes de que ella tratara de defenderse, en medio de los gritos y los llantos de los niños.

—¡Matémosla!

La agarraron del pelo, una mujer le dio una pedrada.

—¡Soltadme!

Más patadas en la barriga.

—¡Matemos a la puta de Vercingétorix!

Un trueno hizo temblar el suelo y la lluvia empezó a caer con fuerza.

—Quietas, ¿qué hacéis?

Las mujeres se volvieron, un anciano que había sido expulsado de la ciudad las miraba con los ojos como platos.

—¿Qué hacéis?

Damona se soltó y llorando echó a correr, alejándose todo lo que pudo bajo esa lluvia infernal. Corrió y corrió, bordeando la zona de las trampas romanas, y cuando creyó que ya estaba lejos se escondió en una depresión del terreno, se tocó el rostro pálido sin dejar de llorar y se dejó caer. Estuvo llorando bajó la lluvia largo rato.

—Amor mío, ¿dónde estás? Ayúdame, amor mío, dame fuerzas.

Solo cuando ya no le quedaban más lágrimas se dio cuenta de que una pareja de ancianos sentados en la hierba a poca distancia de donde se encontraba la estaba mirando. No dijeron una sola palabra, no hicieron nada por ella, era evidente que también ellos la habían reconocido.

Damona trató de contenerse y los miró con una mezcla de ternura y envidia. Cuánto la consolaría tener a alguien cerca en ese momento y qué afortunada se sentiría si hubiese ya vivido toda una vida con alguien a cuyo lado pudiese morir.

Otro trueno. Damona dejó de mirar a los ancianos y se volvió hacia las fortificaciones romanas, arrebujándose en la capa de su amado. Creía que ya no le quedaba vida ni tampoco nadie con quien compartir su destino. Estaba sola, bajo la lluvia, tenía frío y hambre, también miedo. Se arrodilló y tendió las manos hacia delante, como si las ofreciese a las cadenas, a los centinelas romanos que la miraban desde las torres.

—Ayudadme...

XLV

El cambio

—¡Abre la puerta, Báculo!

Publio Sextio abrió la reja del Mamertino y se encontró delante con un Paquio Esceva reluciente, con una toga que brillaba al sol y escolta.

—Ha llegado el reemplazo, Báculo.

—¿El reemplazo?

—Sí, tienes el encargo desde hace más de un año, así que hemos venido para reemplazarte. Puedes permitirte un merecido descanso, Publio Sextio Báculo.

—No comprendo, Triunviro, soy un *evocatus*, me han dado este encargo...

—Lo has terminado con honor, solo y en tiempos difíciles. El pretor Marco Emilio Lépido, a quien Cayo Julio César le ha encomendado reorganizar la ciudad, ha dispuesto que se coloque aquí una guardia de auxiliares con turnos regulares bajo mi mando.

—Un momento, un momento, no puedo dejar este encargo hasta la celebración del triunfo de Cayo Julio César.

Esceva esbozó una sonrisa que parecía más una mueca de enojo.

—No temas, Báculo, serás gratificado por lo que has hecho, y mi secretario, que está fuera, te pagará los retrasos que te correspondan.

—Triunviro, tú estabas cuando el cuestor Cornelio Silio...

—¿Cornelio Silio? —lo interrumpió Esceva.

—Sí...

—El cuestor del que hablas ha huido con toda esa parte del Senado que se ha unido a Pompeyo.

—Sí, pero el encargo...

—Ahora el mando ha pasado a Marco Emilio Lépido, hay nuevas disposiciones.

Publio meneó la cabeza.

—Esceva, me estás apartando por lo que nos dijimos hace tiempo acerca de quién ganaría esta guerra, pero descuida, es agua pasada.

—Marco Emilio Lépido prefiere no tener aquí posibles traidores, Báculo.

—¿Traidores?

—Sí, eras uno de los centuriones de Labieno, y Labieno es uno de los generales de Pompeyo.

—Pero...

—No puedo hacer más que licenciarte, eres libre de permanecer en Roma o unirte a tu excomandante, esas fueron las disposiciones de César antes de marcharse.

—¿César se ha ido de Roma?

—Oh, sí, hace unos días. Ahora, si no te importa, el día es todavía largo y tengo una infinidad de compromisos.

Publio asintió, con la mirada confusa.

—Tengo cosas en la *Carcer*...

—Recógelas —dijo el otro antes de salir.

Publio Sextio entró en la galería y fue al foso.

—Rix...

—¿Qué ocurre, Báculo? He oído voces.

El romano apoyó las rodillas en el borde.

—Me han reemplazado.

—¿Qué significa eso?

—Significa que me tengo que ir, Rix.

Vercingétorix miró hacia arriba y la llama de la antorcha bailó en sus pupilas.

—Yo... creía que te quedarías aquí.

—Y yo..., hasta el final. Escucha, trataré de ver a Marco Antonio, él conseguirá que me quede.

—¿Para qué? Vete, Báculo —repuso el arverno con la frente arrugada—. Tú, que puedes, haz caso a lo que te ha dicho ese triunviro. Yo ya no puedo hacer nada para cambiar las cosas y me he resignado a morir.

—Escúchame, Rix, a lo mejor no todo está perdido. César está siendo magnánimo con todo el mundo. No ha arrestado ni condenado a nadie, acepta a todos los que quieren estar de su lado y deja marchar a los que no desean permanecer con él sin retenerlos. A lo mejor, tú también puedes contar con una posibilidad. Tienes que resistir y no perder la esperanza.

—Ya todo me da igual, Báculo.

Publio Sextio se inclinó hacia la oscuridad de la fosa y tendió la mano hacia abajo.

—¡Eso no, has de ser fuerte, Rix, prométemelo!

La mano permaneció tendida en la oscuridad.

—¡Prométemelo!

Por fin, la mano de Vercingétorix estrechó la de Publio.

—De acuerdo.

—¡Sé fuerte, Rix! No abandones, volveré.

Sonaron pasos en la galería.

—¡Sé fuerte!

Publio Sextio se incorporó enseguida y se puso a juntar sus cosas en la banqueta.

—Hola, Báculo, ¿qué tal?

Báculo observó al recién llegado.

—¿Vócula?

El veterano levantó la mano izquierda, que tenía un llamativo ventaje.

—Una fea herida en el pulgar, Báculo —dijo riéndose—. Estaré fuera de combate durante un tiempo, así que me he ofrecido para este puesto. Verás, la última vez que estuve aquí y te vi, me pregunté si tú habías hecho bien eligiendo Roma y consiguiendo este puesto en el que seguramente no haces nada aparte de estar sentado a cubierto. Así que, mientras daba vueltas como explorador montado a caballo jugándome la vida dos veces al día me dije: «Pero ¿por qué no hacerle compañía?». Y aquí me tienes. —El soldado se acercó a Publio y bajó el tono—: también me han dado tres *tirones*, tres reclutas atontados para que vigilen aquí en Roma al rey, un chollo.

Publio miró a Vócula con los labios fruncidos.

—¿Y la herida? ¿Te la hiciste en una batalla contra los pompeyanos o te la hiciste tú solo?

El veterano se rio.

—Báculo, Báculo, ¡cuánto sabes!

—He tenido a muchos como tú en la legión, Tito, si todavía fuese tu centurión te habría mantenido en filas incluso sin pulgar.

—Pero ya no lo eres, y mira por dónde, ya ni siquiera eres el guardián de este sitio.

—¿Tú has pedido reemplazarme?

—Bueno, me pareciste triste la última vez.

Publio tragó saliva y asintió, mientras el otro cogía del suelo la lucerna y la levantaba sobre el agujero.

—Oye, Rix, hijo de una puta arverna, deja que te vea. Venga, ¿no te acuerdas de mí? Soy el que te puso los grilletes en Alesia.

Vercingétorix permaneció en la sombra y Vócula se rio.

—Tendrías que haber visto la escena, Báculo, el gran rey acurrucado en el suelo como el último de los esclavos. Fue un espectáculo.

—Me lo imagino.

—No, no puedes, Báculo, no se había visto nada tan grandioso antes de ese día en Alesia. Pero fue duro, fue jodidamente duro, nos hicieron escupir sangre, ¿no es verdad, Rix? Eh, ¿pero está ahí el prisionero? Creía que le alegraría verme. Anda, muéstrate.

—Hará falta tiempo, Tito, déjalo estar.

El soldado miró a Publio y dejó de sonreír.

—¿Qué te ha pasado, centurión? ¿Te has ablandado?

—No, no he hecho más que cumplir las órdenes. Tenía que conservar al prisionero tal y como me lo habían entregado, porque un día César llegará para reclamarlo y habrá que devolvérselo, así que yo en tu lugar haría lo mismo, no le tocaría ni un pelo y procuraría que nunca le faltara comida.

—César está lejos, Báculo, y, a juzgar por el oro que se ha llevado de aquí, no va a moverse muy fácilmente. ¿Has visto los carros llenos de lingotes de plata?

—No.

—Quince mil lingotes de oro y treinta mil de plata, he visto los ejes de más de un carro inclinarse bajo el peso, increíble. Tendrías además que haber visto la magnificencia de los treinta millones de sestercios que se llevó y las mil quinientas libras de silfio cirenaico.

—¿Silfio cirenaico en el tesoro del templo?

—Según parece, sí, y esa planta medicinal vale tanto dinero como su peso. Y con todo ese peso en los carros dudo que nuestro César vuelva pronto a Roma, ahora está yendo a Hispania, donde está Pompeyo, y yo me propongo esperarlo aquí a mis anchas. A lo mejor me conceden el privilegio de matar personalmente al arverno, en el triunfo.

—No es seguro que lo maten.

La mueca reapareció, ensanchando la cicatriz en esa cara grotesca alumbrada por la antorcha.

—Oh, ya verás como sí. Las legiones de Alesia lo quieren muerto, la gente de Roma lo quiere muerto y también sus galos lo quieren muerto, lo mismo que ocurrió con Gutruato, el druida de la revuelta de Cénabo.

Rix aguzó el oído en cuanto oyó nombrar a Gutruato, el *vergobreto* de los carnutes que dirigía la gran asamblea de los druidas con Induciomaro la noche del Samhain.

—Después de Alesia, cuando por fin acabamos con los últimos focos de resistencia, llegamos a las tierras de los carnutes, con los que había empezado la revuelta. Estaban todos como corderos asustados, porque sabían que eran culpables de la masacre de Cénabo. Pero César quiso ser magnánimo para conseguir su favor y terminar definitivamente la guerra también con ellos. Les pidió que le entregasen a Gutruato para que se librasen de esa carga, como responsable que había sido de la masacre e instigador de la guerra. El maldito druida fue capturado por sus propios conciudadanos y llevado al campamento encadenado. Las legiones pidieron a gritos su muerte. César no pudo hacer otra cosa que atender a las innumerables presiones y condenarlo conforme a la antigua usanza romana. Lo fustigaron con varas delante de sus hombres y de las legiones hasta que perdió el conocimiento, y lo remataron de un hachazo. Fue fantástico, Báculo, te lo puedo asegurar.

Vercingétorix se sentó en su catre y se imaginó la escena.

—Así que espero que el cabrón que está aquí abajo reciba el mismo tratamiento algún día.

—De todos modos, deja que sea César quien decida, porque si cuando vuelva no encuentra su trofeo para exhibirlo, al que fustigarán será a ti.

—A tus órdenes —contestó burlón Vócula.

Publio recogió sus cosas y echó una ojeada al agujero del suelo. Se despidió con un gesto y salió, tenía que cobrar y pensar en una solución.

—Eh, tú, legionario, adónde vas.

El pequeño Aulo fue dando pasitos cortos hasta Publio y se le agarró a una pierna.

—Sigues caminando torcido, ¿eh? Tienes que aprender a caminar recto, ¿comprendes?, si no, en cuanto salgas del campamento..., zácate, los galos te cortan el cuello.

—Zácate.

—Eso es, zácate y estás muerto.

—¿Los galos?

Publio Sextio levantó los ojos.

—Remilla, ¿cómo estás?

—Nadie nos ha cortado todavía el cuello.

—Ya..., no me refería a los galos...

—Da igual.

—Pero ¿tú de dónde eres?

—De una aldea de Auvernia.

—¿Cerca de Gergovia?

—No, no queda cerca de Gergovia.

—¿Qué te traigo, Báculo?

—Hola, *caupo*. Vale: brocheta y vino.

—De acuerdo.

—Oye, *caupo*, el vino bueno.

—El de dos ases, entonces...

—No, el de cuatro, el Falerno.

El tabernero hizo una mueca.

—¿Le has robado a alguien?

—¡Sí, al erario!

Vesbino meneó la cabeza y se marchó renegando.

—Sus brochetas no están mal —dijo Publio sonriéndole a Remilla—, también el pescado se puede comer. Además, como está calvo, no hay peligro de encontrar pelos en la comida.

La chica rio.

—Pero no vengo aquí por Vesbino, vengo aquí por ti.

—¿Por mí?

—Sí...

—Aquí está el Falerno. Remilla, ya te he dicho que hay clientes, no debes...

—Déjala aquí.

—Si quieres estar con Remilla tienes que pagar, cada prestación tiene su tarifa.

—Quiero que se siente aquí conmigo, ¿cuánto es?

Vesbino arrugó la frente.

—¿Aquí sentada?

—Sí, quiero que esté conmigo el tiempo que yo esté aquí.

El tabernero meneó la cabeza, mascullando algo.

—Si vas a estar un buen rato te va a costar un denario, Báculo.

Báculo puso el denario en la mesa junto con el importe de la comida.

—Ahora, *caupo*, trae otra taza para el vino y luego déjanos en paz. Siéntate, Remilla.

La chica sonrió y se sentó. Publio llenó una taza de vino y la arrimó hacia ella.

—Pero ¿qué haces?

—Bebe.

Remilla miró a Vesbino, que observaba la escena, receloso. Ese soldado le estaba dando Falerno a una esclava.

—Nunca he bebido vino...

Publio Sextio levantó su taza.

—Por la vida, Remilla.

La mujer se quedó petrificada mirándolo, mientras apuraba la taza de un trago.

—Por dura e injusta que sea la vida, brindemos por ella.

Remilla cogió la taza, miró alrededor y luego se la llevó a los labios, mientras él la observaba sonriendo.

—¿Qué me estás haciendo hacer...?

—Vivir.

El vino se le deslizó cálido por la lengua, era suave, carnoso, intenso, y resbaló llenándole el pecho de calor. Remilla dejó la taza en la mesa, pero era como si ese trago persistiese en ella y hubiese dejado en todo su cuerpo una sensación agradable. Tragó y meneó la cabeza.

—Nunca había bebido nada parecido.

—Cuántas cosas placenteras habrá que no conocemos, Remilla. La vida puede depararnos sorpresas. ¡Por la vida!

Brindaron y el segundo trago fue muchísimo mejor que el primero.

—Remilla, ¿conoces a... Vercingétorix?

Los ojos de ella se nublaron, la sonrisa se esfumó.

—Solo de nombre. Pero por él llevo esta vida.

Publio Sextio dejó la taza en la mesa.

—No quería que te entristecieras.

—Da igual, has pagado, tendré que sonreír por cualquier cosa que digas.

—No quería pagar por tus sonrisas, quería pagar para hacerte sonreír.

Remilla agachó la cabeza.

—A causa de Vercingétorix perdí mi libertad, a mi hermano, a mi madre, a mi padre y a toda la gente de mi aldea, que incendiaron.

Publio asintió.

XLVI

El martillo de la buena muerte
Septiembre del 52 a. C.

Cayo Julio César cabalgaba al lado de Marco Vitrubio Mamurra, detrás de ellos iban Tito Labieno, Marco Antonio, Décimo Bruto, Cayo Trebonio y todos los restantes legados de las legiones, además de un montón de jinetes de escolta. Las mejores mentes en el arte de la guerra pasaban revista al descomunal trabajo que había hecho Mamurra.

El procónsul, su *praefectus fabrum* y la multitud de esclavos orientales expertos en ingeniería militar que había llevado consigo estudiaron textos de poliorcética griega y dibujaron en un papiro su proyecto. Después lo entregaron a los centuriones, quienes se convirtieron en capataces. Había que crear como fuera algo que redujese la enorme diferencia de fuerzas a las que se iban a enfrentar.

En una carrera contra el tiempo, Marco Antonio y los otros comandantes empezaron a buscar leña, hierro y forraje, mientras los legionarios se dedicaron día y noche, con sol y lluvia, a construir las dos vallas delante de los asediados de Alesia. Todos hicieron lo que pudieron y el resultado estaba ahora ahí, delante de aquellos jinetes que iban al galope. Una valla ininterrumpida de catorce millas* se extendía en paralelo a la de la contravalación.

Mamurra observó con ojo crítico a los soldados que estaban

---

* Se calcula que la valla defensiva contra los ataques externos medía aproximadamente veintiún kilómetros. Los restos hallados en las excavaciones indican que se extendía, de promedio, a doscientos metros de la idéntica línea defensiva que daba hacia Alesia.

terminando de colocar las trampas en la parte externa. A partir de ese momento, las legiones vivirían entre las dos trincheras como en una larga fortaleza, mientras llegaba el ejército que acudía en ayuda de Alesia.

Vercingétorix llegó a la torre y se apoyó en el parapeto. Desde que había llegado a Alesia no hacía otra cosa que ir de una torre a otra para ver si el ejército que esperaban aparecía en el horizonte, pero en esos días su vista se centraba más en la llanura, frente a las fortificaciones de César, desde donde habían salido las quejas de muchas mujeres y niños hambrientos, cada vez más débiles con el tiempo hasta que desaparecían. Muchos de ellos habían regresado a las puertas de Alesia suplicando que les dieran comida, pero todos los jefes de clan se habían negado a dársela y las puertas permanecieron cerradas. Los mandubios que se habían quedado en la ciudad se sublevaron y hubo enfrentamientos, incendios y muertos. Muchos de ellos fueron expulsados y se unieron a sus familias, con las que deambularon en busca de algo para llevarse a la boca en ese gigantesco cerco que los llevaba a la muerte cada día. Comieron ratas, topos, insectos y raíces, y luego, lentamente, empezaron a morir, de uno en uno.

Vercingétorix buscó su capa en la llanura pero no la encontró. Muchas veces estuvo a punto de pedir que le abrieran las puertas para ir a buscar a Damona, algo que muchos jefes de clan deseaban para despojarlo del mando de esa revuelta que pendía del fino hilo del destino. La única manera de que no resultara inútil todo cuanto había hecho hasta ese momento era resistir. Resistir a ultranza, no cabía hacer otra cosa. En cualquier momento podía llegar la ayuda y la situación podía tornarse favorable a ellos.

Resistir para no perder, resistir aunque esa victoria tan deseada ya solo pudiera tener un sabor muy amargo para todos.

—¡Allí! —gritó un centinela desde la torre más próxima.

Vercingétorix apartó los ojos de los cadáveres diseminados en tierra de nadie y miró hacia el oeste con el rostro demacrado por la angustia y el hambre. Uno de los hombres de Rix trepó a las almenas de la torre desafiando el vacío para ver mejor.

—Hombres a caballo.

Enseguida la torre se llenó de jefes de clan.

—¿Son los nuestros?

El corazón de Vercingétorix volvió a latir con fuerza, mientras los bastiones de Alesia se llenaban de hombres que oteaban el horizonte. Pocos instantes después, la colina situada al otro lado de las fortificaciones romanas pareció cambiar de color.

—¡Son ellos!

Un estruendo.

—¡Son ellos!

Las murallas de Alesia parecieron estallar de alegría. Bramidos, carcajadas, abrazos, llantos, gritos de guerra y el sonido de los *carnyces* fue pasando de una torre a otra hasta que por fin llegó a la valla de los romanos.

Comio bajó la colina con la caballería al galope y la mandó extenderse por la llanura delante de las fortificaciones romanas para que su número pareciera mayor. Habían conseguido reunir ocho mil jinetes, que estaban dispuestos a todo para conquistar su parte de gloria en la liberación de la Galia.

Vercasivelauno detuvo a su caballo en medio de la colina y se volvió para esperar a sus hombres. La cima se llenó de jinetes y, cuando los tuvo cerca, el arverno levantó varias veces los brazos hacia el cielo, animándolos a gritar.

—¡Que nos oigan!

El rugido resonó en el cielo antes de bajar de la colina y estrellarse contra las fortificaciones romanas. Carnutes, eleutetos y cadurcos se sumaron al flanco de los arvernos y empezaron a soplar centenares de *carnyces*. Llegaron después los sécuanos y los bituriges y enseguida los senones, los santonos y los rutenos. Los heduos y sus aliados segusiavos, ambivaretos, aulercos y branovices se situaron a la izquierda, llenando el horizonte.

César observaba la colina refulgente de yelmos y lanzas. Estaba impresionado, pero no se lo demostró a nadie; observó a sus hombres con frialdad.

—Ha llegado el momento de comprobar si tus trampas funcionan, Mamurra. Los de Alesia nos han visto construirlas, estos no.

—Funcionarán..., aunque son muchos, procónsul.

César se volvió hacia Marco Vitrubio y a los muchos hombres que había en la torre.

—Solo temo una cosa —dijo llamando la atención de todos—. Que el ejército que se está reuniendo en esa colina decida sacrificar a Vercingétorix.

Por las miradas dedujo que nadie había comprendido lo que les quería decir.

—Si yo fuese esos hombres —explicó—, pondría baluartes para que no nos pudiésemos mover de aquí y cortarnos las vías de aprovisionamiento de los lingones y los remos que nos han mantenido hasta ahora. Esperaría a que Vercingétorix nos atacase con todos los suyos para tratar de cruzar nuestras líneas, obligándolo a abrirse camino por la fuerza o a morir de hambre. En el supuesto de que los de Alesia lograsen atravesar nuestras líneas, acudiría en su ayuda, pero si no lo lograsen, lo que haría, por terrible que suene, es dejarlos morir de hambre y esperar que nosotros, asediados aquí, acabemos igual.

—Pero podríamos conseguir salir.

—¿Para ir adónde, Marco Antonio? Dentro de quince días nos quedaremos sin comida y tendremos que luchar muertos de hambre y contra una fuerza seis veces superior a la nuestra para pasar. Además, pasar solo sería poner distancia entre nosotros y ellos para intentar encontrar comida en una Galia que nos es enteramente hostil.

Las miradas se ensombrecieron.

—Pero no temáis, mañana atacaremos, mañana buscaremos el

enfrentamiento y nos seguirán el juego, y entonces combatiremos una de las mayores batallas jamás vistas.

Damona veía criaturas monstruosas bailar a su alrededor. De vez en cuando, una se le acercaba y la agredía clavándole las garras en el vientre. Quería defenderse, pero ya no podía moverse, le temblaba todo el cuerpo, agarrotado por el frío de la noche que daba paso al alba.

Devorada por la sed y el hambre, se había tumbado en el suelo en posición fetal para protegerse del frío la tarde de la víspera y después no había podido volver a moverse. Se arrebujó en la capa de Vercingétorix, ya desgastada e impregnada de humedad y barro, y se abandonó hasta que se le empezaron a acercar las criaturas monstruosas. Damona invocó entonces en su mente a Sucellos, el padre de los arvernos, dios de la ultratumba y la muerte, para que acudiese en su ayuda con su «martillo de la buena muerte».

—Ayúdame, padre, te lo ruego...

Los monstruos que querían desgarrar el cuerpo de Damona entablaron una lucha encarnizada con Sucellos para alejarlo, y la lucha duró toda la noche, hasta que algo ocurrió.

A lo lejos, un ruido lúgubre resonó en la débil luz del cielo que se iba aclarando en el este. En un primer momento pareció una larga queja, que luego se fue multiplicando de forma creciente. No era un ruido, sino cientos de ruidos, y era el canto de los *carnyces*.

El ejército de ayuda había llegado y había echado a los monstruos que querían desgarrar el cuerpo de Damona. Hizo acopio de fuerzas para abrir los ojos, como si sus párpados pesasen cual rocas. Lo logró el tiempo suficiente para ver a Sucellos acercarse.

—Rix..., gana por mí.

El dios de la ultratumba elevó el martillo y le quitó el frío y el hambre.

Los *carnyces* siguieron sonando, pero Damona ya no los oyó.

Al amanecer, Vercingétorix llegó a la escalera que conducía a los bastiones de la ciudad y la subió rápidamente. En cuanto vio que había llegado el ejército que acudía en su ayuda, mandó salir hombres de la ciudad para que comprobaran si quedaban supervivientes entre los no combatientes que habían mandado extramuros. «¡Encontrad a Damona!», les ordenó después de que hallaran a algunas jóvenes todavía con vida, pero de ella no había rastro. Los hombres que habían salido de la muralla no pudieron llegar hasta las defensas romanas porque desde la valla empezaron a llover proyectiles, por lo que solo lograron peinar una parte de la zona rodeada por las fortificaciones antes de que anocheciese y de que la oscuridad hiciese todavía más inútiles y peligrosos sus esfuerzos.

Esa noche él mismo salió a buscarla, seguido por Critoñato y un puñado de fidelísimos arvernos. Intentó dar con ella durante horas, gritó su nombre, a veces rugiendo, otras, con un hilo de voz. Toda la noche deambuló desafiando a la muerte para tratar de arrancar a su mujer al destino. Regresó al amanecer sin ella, y trepó a su torre para rastrear más la zona desde lo alto, con los ojos hundidos, los pómulos hinchados y el corazón en un puño por la angustia. Así las cosas, se habría conformado con encontrar su cuerpo para poder llevarla a Alesia y darle una ceremonia fúnebre digna, pero Damona parecía desaparecida. Por lo demás, la fortificación romana que rodeaba la ciudad medía unas diez millas, y se necesitarían todos los hombres que había en Alesia para peinarla entera.

Vercingétorix miró de nuevo el cielo que empezaba a aclararse en el este, luego se volvió hacia el interior de Alesia, repleto de hombres con caras agotadas que lo observaban en silencio con ojos preñados de esperanza. Cada uno de ellos tenía una terrible historia que contar, cada uno de ellos había pasado hambre, cada uno de ellos había perdido algo o a alguien en esa guerra. Él sentía que lo había perdido todo, y a lo mejor por eso se sintió más dispuesto que nunca a presentar batalla. Era lo único que le quedaba por hacer para atenuar el dolor de la pérdida de Damona, de su madre y de su padre.

—¡Nuestro momento ha llegado! —gritó con voz ronca abriendo los brazos—. Hoy por fin podemos vengar todo cuanto hemos sufrido hasta ahora. Y no hablo de la última semana, no hablo del último mes, hablo de estos largos años en los que hemos tenido que agachar la cabeza en nuestra propia casa para someternos a la voluntad de unos extranjeros que nos han impuesto sus reglas y sus tributos. Hablo de injusticias, atropellos, guerras, impuestos, expropiaciones, raptos, pérdidas. Hablo de todo lo que hemos padecido, de todo lo que nos ha traído aquí y de todo lo que nos ha costado sobrevivir hasta hoy. Hablo de Dumnórix, de Induciomaro, hablo de Acón y de todos los que han muerto confiando en que nosotros llevaríamos adelante esta enorme causa. ¡Pues bien, el día ha llegado! Nosotros estamos aquí, ellos nos impulsan y nos protegen del pasado, pero a nosotros nos corresponde conquistar la gloria que el destino nos ha reservado.

Su gente se exaltó.

—Pero, hombres, lo que hemos hecho hasta ahora no será nada si no realizamos un último esfuerzo. ¡Se lo debemos a aquellos que no han sobrevivido; de lo contrario, su sacrificio habrá sido inútil! ¡Se lo debemos a los muertos de Avárico, a los de Cénabo y a los que han muerto al otro lado de esta muralla!

Más gritos de aprobación y espadas hacia el cielo.

—Por todas las esposas y madres que han perdido a sus hijos, por todos los hijos que han perdido a sus padres.

Rix señaló la tierra del otro lado de las almenas que tenía detrás, se le veían las venas del cuello, los ojos le brillaban.

—¡Venguémoslos! ¡Venguémoslos! ¡Venguémoslos!

En el cielo de Alesia sonó un estruendo ensordecedor.

—¡Bajemos, arranquemos esa maldita empalizada que nos separa de nuestra libertad y acabemos con todos!

Y Alesia tembló hasta los cimientos.

Los gritos que se elevaron en la ciudad llegaron al campamento romano, cruzaron la empalizada y atravesaron el pasillo donde estaba Cayo Julio César, que frenó su corcel blanco.

—¡No os dejéis intimidar por el número! —les gritó a los hombres del sector de Marco Antonio—. Todos son hombres reclutados en pocos días, nunca han luchado juntos, es más, puede que nunca hayan luchado. ¡Seguro que nunca se han enfrentado a una fortaleza como esta, y seguro que nunca se han enfrentado a mis legionarios!

A él también le respondieron con un estruendo de voces. El procónsul frenó a su caballo de un tirón, tal y como siempre había hecho con su destino.

—Son muchos, pero tienen prisa por atacar y ganar para llevar ayuda a su rey, que se está muriendo de hambre. Así que tratarán de ser resolutivos y rápidos, buscarán el enfrentamiento e intentarán cruzar nuestras líneas por todos los medios, en una palabra, harán aquello para lo que tanto hemos trabajado, harán lo que queríamos que hicieran. ¡Están en nuestras manos, hombres!

Los legionarios celebraron golpeando las espadas contra los umbos de los escudos.

—¡Y después del primer asalto, y del segundo, el tercero y el cuarto que hagan a esta empalizada, perderán confianza, mientras que nosotros, nosotros no la perderemos nunca!

El rugido se elevó de la valla y las torres, recorriendo como una ola toda la línea defensiva, donde los legados de las legiones, a su vez, arengaban a los hombres de sus correspondientes sectores.

César partió con su caballo blanco y fue hacia el sector oriental, el que tendría que contener el ataque de los asediados de Alesia, siguió camino y recorrió las catorce millas de la fortaleza. Pasó delante de Mamurra y de sus esclavos orientales y los saludó. Marco Vitrubio había concluido su trabajo, ahora debían comprobar si aguantaba el ataque del enemigo.

Vercasivelauno recorrió la formación de sus jinetes al galope girando la espada, con su tupida cabellera al viento y la capa sobre la piel desnuda.

—¡Que os oigan, hombres libres de la Galia!

Decenas de *carnyces* empezaron a sonar, seguidos por los gritos de los jinetes.

—Que sepan nuestros hermanos asediados en Alesia que hemos llegado. ¡Estamos aquí por ellos, por nosotros, por Auvernia y por toda la Galia!

El grito de guerra recorrió toda la formación, que parecía infinita.

—¡A partir de hoy formamos parte de la leyenda de nuestra gente! Los bardos narrarán nuestra gesta, y lo que hagamos aquí hoy se contará de hoguera en hoguera, cada noche, hasta el fin de los tiempos. ¡Sed dignos de estas jornadas que nunca tendrán fin!

Las puertas de Alesia se abrieron de par en par y como un enjambre de abejas los hombres salieron, salpicando la colina en la que se asentaba la ciudad. Llevaban cañizos, tablas, palas, cestas de mimbre y todo lo que habían construido para sobrepasar las trampas y los fosos romanos. En ese mes de espera y hambre habían preparado su asalto a la valla romana organizándose en pequeños grupos que, protegidos con escudos, alcanzarían la empalizada que los separaba de la libertad.

La muchedumbre vociferante llegó a las inmediaciones del terreno esparcido de ramas secas y follaje, y aminoró el paso protegiéndose con los escudos. Sabían que había trampas, pero no supieron lo que les esperaba hasta que en el aire sonaron las flechas y las piedras.

A los gritos de guerra y ánimo se sumaron los de los primeros heridos y caídos. Los hombres se agacharon detrás de los escudos, que eran acribillados. El descenso del ritmo de los primeros provocó que los que venían detrás se amontonasen y en el grupo compacto los proyectiles que lanzaban desde las torres atinaban más.

—¡Adelante! ¡Adelante, no paréis! ¡Protegeos con los escudos!

Cada tanto aparecían, en medio de la lluvia de flechas y piedras, unos enormes dardos disparados por los ballesteros, que se estrellaban contra los escudos. Más de uno clavó el yelmo en el cráneo del desdichado blanco.

—¡Abríos!

Pequeños puntos resultaban ser grandes piedras que los onagros lanzaban con violencia contra la gente, dejando huecos, cuerpos o heridos que se arrastraban entre gritos de dolor.

En medio de la confusión, Vercingétorix se acercó a Critoñato.

—Nos están impidiendo seguir antes de que lo hagan las trampas, tenemos que lograr que los hombres se abran; si no, será una carnicería.

El noble arverno se desgañitó tratando de que el ataque se hiciera de manera coordinada, pero había tanto bullicio que su voz se perdió entre las miles que había en las proximidades. Una piedra le cayó en pleno pecho a un guerrero que estaba al lado de Rix, al que le salpicó un chorro rojo.

—¡Abríos!

—Marco Antonio, deja que avancen más y cuando estén en medio de las trampas vuelve a dispararles.

—¡Sí, César!

—¡No deben sobrepasar el primer foso!

—¡Nadie pasará, César, nadie!

El procónsul dio una palmada en el hombro de su gigantesco legado, bajó corriendo la escalera de la torre y fue al pasillo entre las dos vallas, donde estaba Tito Labieno.

—Quiero que la infantería esté lista en ambos lados de la fortificación.

—¡Sí, César! —dijo Tito.

—Todos deben ocupar las posiciones que les correspondan y mantenerlas a cualquier coste.

—Así se hará.

—¡Sé que puedo contar contigo, Tito!

—¡Por supuesto, César!

El esclavo le entregó las riendas del caballo al procónsul, que montó, espoleó al animal y fue al galope por el pasillo entre las dos vallas, que llevaba a un monte donde se había instalado uno de los primeros campamentos de las legiones. Ahí, Minucio Básilo estaba aguardando órdenes, y cuando vio llegar a César salió a su encuentro.

—¡Vamos a la torre!

El legado siguió al procónsul y subió a toda prisa a la torre perimetral del fuerte, el lugar desde donde mejor se veían las obras defensivas romanas hasta Alesia y buena parte de la llanura ocupada por los enemigos.

—Están organizando a la caballería —explicó Minucio Básilo señalando a los galos que se estaban formando—. Puede que nos quieran confundir y buscar un pasadizo por nuestra línea defensiva para luego sacar la infantería, o bien despliegan a la caballería porque la infantería tiene poco valor.

—Puede ser una buena noticia —repuso César—, pero lo mejor que podemos hacer es no quedarnos aquí esperando a ver qué pretenden, quitémosles enseguida la iniciativa y pasemos al ataque.

—¿Al ataque?

—Sí, es lo último que se imaginan. Creen que seguiremos aquí recluidos, esperándolos, pero los vamos a atacar por sorpresa. No van a tener tiempo de darse cuenta de lo que pasa.

—De acuerdo.

—¡Ve con los germanos y acaba con los jinetes de ahí abajo!

—¿Espero una señal tuya?

César miró a Minucio.

—Esta es mi señal.

—¡Sí, César!

Minucio bajó a toda prisa las escaleras y enseguida estuvo a la grupa de su corcel. Las bocinas llamaron a formar a la caballería, que reunió a los escuadrones a las órdenes de los decuriones. Unas pocas y breves explicaciones y los hombres estuvieron listos para la salida. Las puertas del fuerte se abrieron y los jinetes se desplegaron por la cuesta que llevaba a la llanura a través de un pasillo estrecho oculto entre las trampas. En cuanto los hombres estuvieron fuera, se elevó en el fuerte un estruendo que acompañó su carga.

Los galos se prepararon para el enfrentamiento y a su vez cargaron. Hubo una sucesión de ataques y contraataques entre las dos caballerías, con actos de valor por ambas partes, pero cuando los galos se replegaban contaban con el apoyo de arqueros y soldados de infantería con armas ligeras, que acudían en su ayuda rompiendo las filas romanas y obligándolas a sangrientos retrocesos.

El resultado del combate fue incierto durante toda la tarde y muchos jinetes romanos permanecieron en el terreno, pero una vez más los germanos fueron resolutivos. Con una carga partieron un ala entera de la caballería enemiga, obligándola a retirarse desordenadamente y a arrastrar a los arqueros y a los soldados de infantería al centro del camino.

Los caballeros romanos recuperaron entonces fuerzas y rodearon a los arqueros y a los soldados de infantería, masacrándolos antes de lanzarse en persecución de la caballería enemiga hasta las puertas de su campamento.

Critoñato llegó al lado de Vercingétorix con la cara roja.

—¡Los nuestros se están retirando!

Rix retrocedió del frente de batalla protegiéndose con el escudo repleto de flechas, y una vez fuera del alcance de los romanos fue hacia el primer punto de observación en la calzada de Alesia, desde donde se podía ver más allá de la valla romana. Vio a los germanos de César perseguir y hacer pedazos los últimos grupos de infantería gala.

Vercingétorix tiró con rabia al suelo su escudo acribillado.

—¡Malditos imbéciles! —rugió—. ¡Una tarde entera luchando con la caballería delante de la valla de los romanos!

Miró impotente cómo sus hombres desistían y se replegaban, exhaustos y desmoralizados, sin que nadie les hubiese ordenado que lo hicieran. Habían salido por la mañana con arrojo para eliminar la empalizada romana, y a un alto coste habían llegado al primer foso, que inútilmente habían tratado de llenar de tierra, después se habían retirado.

Anochecía en Alesia, y el suelo de delante del foso estaba lleno de muertos. Por doquier se elevaban gritos desgarradores, lamentos y lloros. Intentaron avanzar en medio de los peligros de las trampas repartidas por el terreno bajo una lluvia de piedras y flechas, y dejaron tirados a infinidad de hombres. A pesar del cauto avance, las trampas y las flechas retrasaron y frenaron varias veces sus intentos. Hombres con heridas monstruosas volvían arrastrados por sus compañeros y ya nunca volverían a caminar. Las catapultas habían hecho aún más terrible la conquista de ese trozo de terreno y dejaron su marca por doquier. Muchos de los que sobrevivieron al impacto de esas enormes piedras se desangrarían antes de esa noche, entre dolores atroces.

Los demás, los que milagrosamente no estaban heridos, abandonaban las posiciones que habían ganado con tanta dificultad para replegarse hacia la ciudad, tristes y afligidos como si el triunfo fuese ya imposible.

Rix clavó la espada delante de él y se quedó inmóvil mirando a los romanos que seguían lanzando flechas y piedras a quienes se retiraban, regocijándose desde sus torres.

Todavía estaba oscuro cuando Vercingétorix fue a la torre vigía de la ciudad. Desde ahí arriba veía las hogueras del inmenso campamento de los aliados y también las de la valla de los romanos. Un anillo repleto de puntos luminosos que lo circundaba por todos lados.

Desde ahí, desde que había llegado a Alesia, había visto todos los amaneceres. Desde ahí había visto acamparse a las dos legiones que lo habían perseguido después de la batalla, la llegada de las otras legiones, la construcción de los acuartelamientos romanos en las colinas que rodeaban la ciudad y el comienzo de las excavaciones que había tratado de detener. Después, cómo, con el paso de los días, la zona que los rodeaba, verde y de bosques, se había vuelto cada vez más árida y yerma. Y cómo habían seguido excavando, moviendo tierra, y cómo los troncos no paraban de llegar. Recordó su despedida de Vercasivelauno la noche en que este se había ido con los demás jinetes. Recordó la construcción de los castillos defensivos para proteger los trabajos en los fosos, la del terraplén y luego la de la empalizada que se prolongaba a diario. Recordó la mañana en la que vio emerger en la bruma del alba la muralla que rodeaba toda la ciudad. Esa vez se sintió como un oso capturado y metido en una jaula. Su enemigo, aunque muy fuerte y agresivo, era alguien que no solo se mostraba valiente en la batalla, sino que en la guerra empleaba mil ardides y ganaba más con la pala que con la espada. Supo desde el primer día de la revuelta que ese maldito General Único era un hueso duro de roer, pero esa fortificación superaba todo aquello que se hubiera podido imaginar. Había procurado que nadie se diera cuenta de eso y había seguido animando y dando esperanzas a los suyos, hasta que decidió echar a los no combatientes del fuerte. A partir de ese día, con la salida de Damona, Vercingétorix perdió poder frente a todos los otros jefes de clan y el compacto grupo de los heduos, que querían actuar por su cuenta.

El cielo se despejó al este, como siempre, pero ese día la luz llevó algo que el rey de los arvernos jamás habría querido ver. Una alfombra de cadáveres que llegaba a rozar el foso de los romanos. Caídos en ese trozo de tierra después de haber luchado contra el hambre, la esperanza, el miedo y, si los romanos hubiesen ganado, caídos inútilmente.

Vercingétorix se dirigió a Critoñato, que estaba a su lado.

—¿Cuánta comida queda?

—Queda para dos días, quizá para tres.

Marco Antonio mandó salir de las fortificaciones escuadrones de combatientes para que recuperasen todas las flechas y lanzas posibles. Los hombres salieron con cestas, cuerdas y palos que empleaban como escalerillas para cruzar el foso de debajo de la empalizada. Con una túnica por toda vestimenta, los de algunos grupos cruzaron el foso anegado, donde varios cadáveres flotaban en el agua cenagosa, y llegaron a la orilla opuesta, donde empezaron a arrancar las flechas todavía íntegras de los cadáveres y del suelo, que ponían en cestas de mimbre y luego llevaban a las fortificaciones. Después algunos galos bajaron del monte de Alesia y empezaron a atacar desde lejos con hondas y flechas, y los romanos se resguardaron dentro de la valla.

—Durante todo el día han tratado de echar tierra al foso de abajo, al alcance de nuestros hombres —le dijo Marco Antonio al procónsul—. Mientras se han mantenido a cierta distancia de la línea fortificada, nos han podido arrojar bastantes proyectiles, pero en cuanto se han acercado, han empezado a clavarse en las estacas o a terminar atravesados en los palos de madera de las fosas, y se han quedado al alcance de nuestras jabalinas lanzadas desde las torres. Ha sido una masacre. Al final del día se retiraron y después, durante la noche, trataron de recoger a los heridos que se habían quedado en el suelo, pero no paramos de dispararles, hasta que por fin desistieron.

César miró el campo de batalla diseminado de cadáveres y luego Alesia.

—El asalto que hizo ayer la caballería a la circunvalación —dijo— nos costó muchos hombres, y en algunos momentos pudimos capitular, pero aquí todo ha salido perfecto. Cada paso que han dado les ha costado un mar de sangre, estamos preparados para esperarlos también al otro lado de la valla.

—De momento, solo se han movido para recoger heridos y muertos, que es cuando se han enfrentado a los nuestros.

—Sí, tampoco en el exterior hay movimiento, pero seguramente se están preparando para un asalto, y en cuanto lleguen los de fuera, los de Alesia saldrán para tratar de atravesar nuestras líneas. Hagamos turnos, de manera que a todas horas haya hombres preparados en las gradas.

—Estamos preparados, César, los estamos esperando.

Vercingétorix estuvo todo el día vigilando a sus hombres mientras hacían zarzos, pasarelas y escaleras para trepar al foso; arpones para arrancar las empalizadas y escudos sobre ruedas para acercarse a las fortificaciones romanas. Estuvo también bastante tiempo visitando a los heridos y procurando decirles algo. Oyó quejidos, llantos, congojas, el ruido de la guerra desde que había salido de Gergovia. Se había imaginado a bardos narrando gestas heroicas durante los banquetes por la celebración de las victorias. Pero lo que sentía era el olor nauseabundo de las hogueras de los cadáveres, el trigo y las granjas quemadas. Ya no aguantaba más el continuo lamento de esos hombres, tampoco el de los heridos, estaba ya harto de aquello y de las continuas discusiones con los heduos y los bituriges.

Volvió a su torre, donde el viento arrastraba la peste de la humanidad, de los cadáveres y de los quejidos. Permaneció ahí todo el día, ansioso, mirando cómo sus hombres movían los muertos para que hubiera un pasillo para el siguiente asalto, pero no vio ningún movimiento en la colina, donde se había preparado el inmenso campamento para el ejército que acudía en su ayuda.

Aguardaba su ataque para mandar que salieran sus hombres y dirigirlos hacia el mismo sector, con la intención de concentrar todas las fuerzas en un solo punto e impedir que los romanos contaran con hombres suficientes para defenderse. Esperó todo el día sin que nada ocurriese, hasta que se sintió tan cansado que tuvo que bajar de la torre para ir a su catre, que había mandado que pusieran en una esquina de la pasarela, junto a una tienda destartalada. Ahí, por fin, a escondidas del mundo, el rey de los arvernos pudo abandonarse al sueño, que, como todas las noches previas, fue agitado, lleno de sombras que se quejaban con la voz de Damona.

—¡Rix, despierta, están atacando!

Vercingétorix se sentó enseguida en su catre. Se frotó los ojos, que parecía que no querían abrirse, de lo cansado que estaba. Parpadeó varias veces antes de distinguir la figura de Critoñato a la luz de una antorcha.

—¡Los nuestros han atacado en plena noche!

Vercingétorix se puso de pie y fue a la escalera para subir a la torre. Cuando estuvo arriba vio a Ambigatos y los heduos ya situados. Delante de ellos, en un frente de al menos cuatro millas a lo largo de la circunvalación externa, se estaba desarrollando un masivo ataque contra la fortaleza romana.

Rix observó también el perímetro occidental, pero le pareció tranquilo, así como el perímetro defensivo romano. Había un único ataque y en un sector bien concreto.

—Que suenen las trompetas, tenemos que hacer lo que nos toca.

Critoñato se asomó desde la torre hacia el interior de Alesia y mandó que sonaran las alarmas.

Las puertas de la ciudad se abrieron y los primeros hombres empezaron a salir, pero el grueso de los asediados tardó un rato en hacerlo. Había que sacar de Alesia todo el material que habían construido y, a pesar de que los hombres se hubiesen preparado durante todo el día, el ataque en plena noche los había sorprendido a ellos tanto como a los romanos. A Rix y a los otros jefes de clan les costó bastante sacar las pantallas montadas sobre ruedas, las pasarelas, los parapetos móviles, el material para excavar y transportar tierra y poner en orden los distintos contingentes para dar coherencia al ataque.

—Tenemos que movernos —gritó impaciente Vercingétorix en medio del alboroto de sus hombres—. ¡Venga, ánimo! ¡Tenemos que respaldar a los nuestros!

Critoñato desenvainó su espada.

—¡Ánimo, hombres, acabemos con esto de una vez por todas!

—¡Todo lo que queremos está al otro lado de esa empalizada! ¡Venganza, comida y libertad!

Y emprendieron la marcha, bajando por la pendiente en la oscuridad de la noche, estorbados por todo lo que tenían que acarrear en el terreno escabroso. Se acercaron lentamente y con sumo retraso a la zona de las trampas, en medio de la peste a muerte del asalto previo. Se colocaron de manera que los arqueros y los honderos pudieron tirar y luego ponerse a cubierto detrás de los parapetos móviles que empujaban y que se atascaban por todas partes.

—¡Adelante!

Tiraron los zarzos y las tablas para pasar por encima de las trampas, con hachas trataron de recortar las tablas que despuntaban del suelo o quitarlas.

—¡Adelante! ¡Quitad los zarzos y las pasarelas! Llevad los parapetos más adelante.

Lograron avanzar más, sin parar de disparar contra la empalizada que tenían delante, pero sin conseguir ver si acertaban con sus tiros, hasta que los gritos rasgaron la noche. Vercingétorix miró hacia su izquierda, la pareció que el grueso de sus tropas se tambaleaba, luego oyó una especie de crujido encima de él, y más gritos. Enseguida, como al principio de un fuerte temporal de verano, oyó que las piedras y las flechas daban en los escudos, los yelmos y los hombres. Más gritos, la siniestra sinfonía de la batalla. Levantó el escudo hasta los ojos, miró hacia delante y distinguió la empalizada y las torres en la oscuridad de la noche.

—Malditos cabrones.

Un estallido levantó en el aire al hombre que iba delante de él, como si un gigantesco látigo surgido de la nada lo hubiese elevado del suelo y echado hacia atrás. El guerrero cayó atravesado por una enorme lanza y con terribles dolores entre la gente. Trataron de sacarlo de ahí, pero el proyectil de plomo arrojado por una honda le dio en el rostro a uno de los hombres que había acudido en su ayuda, y lo tumbó al suelo.

—¡Sacadlos de aquí! —les gritó Vercingétorix a los guerreros que estaban cerca antes de que le salpicara un poco de materia caliente. Rix cerró instintivamente los ojos, y cuando los abrió ya no vio a los hombres a los que había gritado. Los onagros romanos lanzaban sus piedras sin parar, y su efecto sobre la multitud estaba siendo devastador.

—¡Adelante, no podemos quedarnos aquí, tenemos que avanzar!

Pero cada paso hacia delante costaba sangre y dejaba en el suelo a hombres con heridas terribles, extremidades rotas, rostros desfigurados y gritos de dolor.

—¡Agachaos y avancemos! ¡Empujad esas putas máquinas!

Su grito se perdió en medio de otros muchos otros. La multitud se tambaleó en el bullicio, un hombre cayó en un agujero y Vercingétorix recibió un golpe en la oscuridad, pero ganaban terreno y los suyos habían empezado a formar una cadena por la que se pasaban las tablas y todo lo que habían construido para sobrepasar las trampas.

Ya se veía la empalizada y los galos empezaban a darse cuenta de desde dónde les llegaban los proyectiles, tenían que pasar el bosque de ramas puntiagudas y entonces por fin llegarían al foso lleno de agua. Con hoces y hachas se pusieron a partir las ramas, protegidos por sus escudos y por pantallas sobre ruedas.

—¡Lanzad!

El soldado soltó el seguro y la ballesta lanzó el dardo, que desapareció en el montón de sombras delante del foso.

—¡Cargad, rápido!

El arma fue cargada con un nuevo dardo y las cuerdas se tensaron al máximo otra vez.

—¡Lanzad!

El dardo salió y desapareció en la oscuridad en el mismo instante en que un estruendo se elevó en la valla exterior. Marco Antonio le dio la ballesta a un esclavo y se volvió hacia el otro lado de la torre, para ver qué estaba pasando detrás de él.

El legado observó a los hombres de las gradas y de las torres del lado que daba al exterior, parecía que estaban eufóricos mientras que al fondo el cielo clareaba. Luego se giró hacia Alesia, donde, en cambio, las sombras de los hombres de Vercingétorix, empujados por la fuerza de la desesperación, habían seguido avanzando en el barro bajo la terrible y eficaz lluvia de proyectiles de la artillería romana. Habían arrojado de todo al foso inundado y conseguido que no corriera el agua. Si se empeñaban, podían cruzarlo y llegar al segundo foso. Marco Antonio se dirigió a sus hombres.

—¡Disparad a todos los que traten de pasar!

Una flecha rozó el yelmo de Rix, que se protegió detrás de su escudo. Escampaba, pero la lluvia de dardos no apuntaba a disminuir, al revés, parecía que hubiera aumentado de intensidad. Los primeros arvernos pasaron el foso, pero enseguida cayeron muertos, atravesados por las jabalinas de los defensores de la valla. Unos cuantos galos llegaron a la segunda valla con una escalera, pero se detuvieron a tiro de los romanos, esperando que llegasen otros con las pantallas móviles.

Un cuerno sonó en medio del estruendo de la batalla. Enseguida se sumaron otros cuernos y Rix se volvió hacia Alesia, pasmado. Era la señal de retirada, la que habían acordado lanzar si algo le pasaba al ejército que acudía en su ayuda.

Vercingétorix miró hacia el frente, sus hombres avanzaban, con muchas bajas, pero por fin avanzaban, después de haber perdido muchísimo tiempo buscando colocar en posición los parapetos. Sin embargo, la réplica de los romanos aumentó y estaban concentrando el lanzamiento de las armas arrojadizas hacia Alesia. Rix se preguntó a qué se debía ese cambio. A lo mejor los que habían ido en su ayuda estaban presionando menos por aquel lado. Algo debía de haber ocurrido, pero desde donde se encontraba no podía ver nada, solo oía que los cuernos tocaban retirada, como también los oían los hombres que estaban ahí cerca, que empezaron a replegarse.

—¡Volvamos a Alesia! —ordenó descorazonado.

Vercasivelauno llegó a grandes zancadas al sector de los heduos, seguido por un montón de sus jinetes arvernos. Se acercó a Eporedorix y Viridómaros, con la cara roja.

—¿Por qué os habéis retirado?

Viridómaros hinchó enseguida el pecho.

—¡No te dirijas a mí con ese tono!

—¡Me habéis dejado el flanco derecho descubierto! —rugió el primo de Vercingétorix elevando la tensión a las estrellas. Los heduos lo rodearon amenazadores, hasta que llegó Comio a toda prisa, lanzando mirabas que arrojaban rayos.

—Pero ¿qué hacéis? ¿Os habéis vuelto locos? ¿Esta noche os ha caído una piedra en la cabeza?

Vercasivelauno señaló a los heduos.

—¡Os habéis retirado de repente y sin ningún motivo!

—¿Sin motivo? Cuanta más luz había, más ajustaban el tiro los romanos. Además, estaban preparados para hacer una salida a caballo del fuerte situado a nuestra izquierda, y en ese caso habría habido una masacre.

—Nadie vio una salida de los romanos anoche.

Eporedorix se colocó en medio.

—Perdimos muchos hombres en el asalto de anoche, Vercasivelauno.

El suelo estaba lleno de trampas y tu idea de atacar a oscuras no hizo más que empeorar las cosas.

—¡Las trampas estaban ahí para todos, Eporedorix, te puedo garantizar que también yo he sufrido graves pérdidas, porque además ataqué mucho más en profundidad que vosotros!

—Muestra respeto, arverno. ¡Hemos traído aquí más hombres que nadie para sacar de la mierda a tu primo!

—¿A mi primo? ¡No se trata de mi primo, sino de una causa común, y los heduos todavía no habéis digerido la votación de Bibracte!

—¡Calmaos todos! —estalló Comio—. Es evidente que nos hallamos ante una obra defensiva notable. Hemos perdido muchos hombres esta noche, ninguno de nosotros esperaba esto. Tenemos que pensar y lanzar un ataque coordinado, tenemos que construir máquinas de asedio...

—Pero no hay tiempo —lo interrumpió Vercasivelauno con las

venas del cuello a punto de estallarle—. ¡¿No os dais cuenta de que en Alesia ya no queda comida?!

—Tus cálculos podrían estar mal.

—El plazo de mis cálculos se cumplió hace dos días. ¡Ahí están pasando hambre, y nos tenemos que dar prisa si queremos lanzar un ataque al campamento romano sobre dos frentes, dentro de poco nuestros hermanos ya no podrán sostenerse en pie!

Comio puso una mano en el hombro de Vercasivelauno.

—¡Escúchame, acuérdate de cuando saliste de aquí con tu caballo para buscar refuerzos!

El arverno miró al atrebate.

—En menos de cincuenta días hemos reunido a más de doscientos cuarenta mil hombres, que han venido de todos los jodidos rincones de la Galia, nunca se ha visto un ejército tan inmenso. ¿Te das cuenta, Vercasivelauno? Todos hemos hecho algo extraordinario, y tenemos que estar orgullosos de la magnitud de lo que hemos logrado.

El primo del rey de los arvernos se tranquilizó.

—Pero una vez aquí empezaron las auténticas complicaciones. Porque tuvimos que actuar deprisa, antes de que los hermanos de Alesia se murieran de hambre. Lo intentamos enseguida con la caballería, posteriormente, en plena noche, con la infantería, confiando en la sorpresa de un ataque inesperado pocas horas después del primero y en la oscuridad. Estábamos convencidos de que hacíamos lo correcto, todos: tú, yo, Eporedorix y Viridómaros.

Comio apretó los labios.

—Pero también aquí hemos tenido que enfrentarnos a las trampas que ha sembrado el cabrón de César. Ha sido muy listo, y creo que para derrotarlo tenemos que procurar ser tan listos como él.

—¿Qué quieres decir?

El atrebate se volvió hacia las fortificaciones de César.

—Hemos llegado aquí y hemos atacado el sector que tenemos delante, sencillamente porque..., bueno, porque estaba delante de nosotros, y desde aquí podíamos ver los movimientos de los de Alesia. Pero quizá algún otro lado se pueda atacar mejor, y cuando lo encontremos tendremos que dividir a nuestros hombres y embestir en varios puntos.

Los ojos de Vercasivelauno observaron con atención.

—Hemos de encontrar a alguien del lugar y averiguar si hay un sitio más adecuado para emprender un asalto.

—Sí, tenemos que encontrar el punto débil de esta maldita fortificación.

XLVII

Marco Antonio

El ruido de los cascos del caballo resonó en el empedrado de la *regina viarum*, la Apia, reina de las calzadas. Publio Sextio Báculo espoleó al caballo que había comprado en uno de los innumerables mercados de la ciudad. Luego llenó la talega de comida y partió hacia el sur, tras haber recabado las informaciones necesarias.

Iba hacia Capua, pero esperaba alcanzar su objetivo mucho antes de llegar ahí. Estaba siguiendo a Marco Antonio, que había partido una semana antes de Roma hacia Campania. César le había dado el cargo de propretor para Italia, un papel de gran responsabilidad que se había ganado por las grandes dotes de mando que había demostrado en la Galia durante la campaña contra Vercingétorix y a continuación en Roma, donde Antonio había dado garantías de fidelidad a la causa cesariana.

No debía de ser difícil encontrar al propretor, por lo que le habían dicho viajaba en un *essedum*, el nuevo carro de transporte que los britanos usaban en la guerra y que había sido adoptado para los desplazamientos en las calzadas por su funcionalidad. Sin embargo, a pesar del carro, Marco Antonio no podía desplazarse a gran velocidad: debido a su cargo, iba precedido por lictores y rodeado de su numerosa escolta personal y de varias cohortes, que lo seguían a pie para llegar a los municipios y fidelizar el mayor número posible de hombres a la causa cesariana.

No le costó mucho dar alcance al grupo que avanzaba hacia el sur y que incluía, además de los equipos militares, sillas de mano y carros, pero tardó mucho en ser recibido por Marco Antonio, siempre ocupado con los prebostes de los municipios.

—¿Todavía nada?

—El propretor está muy ocupado.

Publio masculló una imprecación entre dientes.

—¿Le has dicho cómo me llamo?

El funcionario de servicio se echó a reír.

—Oye, no te pongas nervioso. El propretor está ocupado día y noche. De día con los magistrados y de noche con su amiguita.

Publio Sextio miró de un lado a otro.

—Sí, de hecho este sitio parece una bacanal.

—Y tendrías que ver cómo es esto cuando nos ponemos en marcha, la silla de manos de la amiguita, una liberta griega que llaman Citérides, va escoltada por lictores.

—¿Qué quieres decir?

El funcionario se acercó a Publio y se puso a cuchichear.

—¿No sabes nada? Parece que nuestro propretor se ha dejado engatusar por Volumnia, una liberta griega de Publio Volumnio Eutrápelo, un hombre muy rico, amigo y confidente del propretor. El tipo es dueño de una escuela de recitación para espectáculos teatrales y exhibiciones... particulares en las villas de los poderosos.

—Sí, vi algo así en Cénabo.

—Eres un hombre afortunado.

—La velada no terminó precisamente bien.

El oficial de servicio se echó a reír.

—Pues parece que las veladas del propretor terminan siempre maravillosamente bien. Citérides se sigue exhibiendo como mima, cantando y bailando vestida con escasos velos... al principio de la velada —murmuró y lanzó otra carcajada—. Pero, según parece, ya no concede sus prestaciones particulares al dueño de la casa de turno, pertenece solo a Marco Antonio, que se la lleva de viaje como si fuese su esposa.

—Comprendo.

—Por eso te digo que te lo tomes con calma, él está muy ocupado. Tiene que despachar mucha correspondencia, citas con magistrados y, además —una carcajada—, esas sesiones.

Publio asintió, irritado. Le parecía imposible que Marco Antonio no lo recibiese, a lo mejor ese secretario era un inepto incapaz de ponerlo en contacto con el propretor. Decidió ser hábil y enseñar la carta de Labieno.

—¿Ves esta carta?

El funcionario alargó el cuello.

—¿Ves lo que pone?

Publio Sextio Báculo, primipilo de la legión XII, se licenció con todos los honores después de poner en peligro su vida por salvar a todos sus compañeros. Me ha servido con gran entrega, abnegación y sentido del deber, tanto es así que lo considero más un buen amigo que un subordinado. Por su prestigio y con nuestro apoyo y el de todos los otros amigos que ahora militan en la Galia, te pido, en virtud del afecto que me tienes y de la amistad que nos une, que por medio de esta carta sea bien acogido por ti con un cargo en calidad de funcionario para la administración de los bienes y materiales que estamos enviando a Roma desde las Galias.

Te ruego vivamente que no decepciones sus expectativas y dejo en tus manos todos sus asuntos, ni más ni menos como si fuesen míos.

—Yo soy Publio Sextio Báculo —dijo con empaque el excenturión, guardando la carta—. ¿Has visto la firma?

—No... —dijo confundido el otro.

—Por eso sigues aquí en este cargo. Era la firma de Cayo Julio César, con su sello.

—¿Cayo Julio César?

—Sí, como ves, pues, me tienen en gran aprecio él y todos los amigos que han militado en la Galia, como Marco Antonio, precisamente.

El funcionario lo miró con atención.

—Cuanto más me hagas esperar aquí, más crujirá esa silla en la que estás sentado, secretario...

—Publio Sextio Báculo.

—Propretor..., es un placer verte de nuevo.

—El placer es mío, prometí que iría a verte al Mamertino, pero la verdad es que no me lo han consentido el trabajo ni los acontecimientos.

—Sí, ya lo veo, cuando te conocí eras un tribuno de la plebe que huía de Roma y ahora eres un propretor para Italia.

—A decir verdad, sigo siendo tribuno de la plebe, pero con poderes de propretor.

Publio no pudo ocultar una mirada de perplejidad.

—Sé qué estás pensando, Publio Sextio. Una de las tareas de los tribunos es la de limitar, si procede, las funciones de los magistrados con poderes militares. En una palabra, el tribuno tendría que supervisar al propretor, pero, en mi caso, supervisor y supervisado son la misma persona.

—He visto de todo el último año en Roma, no me sorprende nada.

—En efecto, la situación, estarás de acuerdo conmigo, es singular. En realidad, César ha dejado en mis manos la autoridad sobre Italia en su ausencia y, como podrás imaginar, estamos rodeados de contingentes militares mandados por generales favorables a Pompeyo. En todas las provincias están listos para echársenos encima y el peligro está también en todas las costas, que hay que vigilar ante posibles desembarcos. Así pues, se trata de una medida extraordinaria y temporal, César necesitaba dar rápidamente cargos a hombres de su absoluta confianza.

—Eso te honra mucho, Marco Antonio.

—He de decir que la confianza es mutua. Pero, dime, ¿qué buen viento te trae por aquí? ¿Te quieres enrolar de nuevo? Necesito desesperadamente centuriones como tú.

—Si todavía tuviese la mano lo haría encantado, pero en estas condiciones no pasaría del primer enfrentamiento. No, a decir verdad, estoy aquí por esta.

Marco Antonio cogió la carta que Publio le tendió y cuando leyó la primera línea sus ojos se achicaron.

—«Tito Labieno saluda al cuestor Quinto Cornelio Silio...».

—Es la carta de recomendación que Tito Labieno escribió cuando me licenciaron para que me readmitieran en Roma a la espera de su regreso. Con la licencia, mis credenciales, el dinero ahorrado y su ayuda, podría haber aspirado a ascender a la clase ecuestre. Pero esa carta es lo único que me queda. No tengo nada más.

—¿Qué significa eso?

—Cuando me licencié, fui a Agedinco y llegué a Cénabo justo la noche de la revuelta. Estaba en la villa de Cayo Fufio Cita cuando llegaron los galos y empezaron a matar a todo el mundo. A Cita lo degollaron en el patio de la villa. Yo maté a un par de ellos y logré huir. Con la ayuda de otros infelices de la legión XII remontamos el Liger huyendo del ejército de Vercingétorix, hasta que llegamos a un fuerte de la Narbonense, donde descubrimos que no habíamos acabado en un depósito de víveres de la retaguardia, sino en un fuerte avanzado y medio desguarnecido de nuestras legiones, que estaban deambulando en la Galia en medio de la revuelta. Ahí seguí a una columna de traficantes de esclavos que se dirigía a Roma y llegué al erario con la ropa que llevaba puesta y esta carta. Entonces bastó enseñar el sello de Labieno para conseguir enseguida crédito, pero hoy, si alguien me hubiese registrado en el camino para venir hasta aquí, probablemente me habrían encadenado enseguida, en el mejor de los casos. A mí mismo me dejó pasmado saber que Labieno se había pasado a las filas de Pompeyo.

Marco Antonio terminó de leer la carta y elevó los ojos hacia Publio.

—La guerra de las Galias me convirtió casi en un héroe, pero la civil lo ha borrado todo. Cuando se me acabe el dinero de mi trabajo en el Mamertino, no tendré para comer.

El propretor asintió.

—Descuida, Báculo, yo arreglo esto. En cuanto a tu dinero, hablaré con el procónsul, pero hará falta tiempo. Entretanto, te buscaré un sitio.

—Está muy bien el que tenía.

—¿Qué quieres decir?

—El del Tuliano.

—¿Lo dices en serio?

—No dejo una tarea a medias, propretor. Me confiaron a Vercingétorix, quiero entregarlo a Cayo Julio César.

Se miraron.

—Sí, tienes razón, a ese cabrón tiene que vigilarlo alguien de confianza, después de la sangre que nos hizo escupir en Alesia.

—¿Fue duro?

—¿Duro? Más que duro, Báculo. Estuvimos a punto de no conseguirlo, todavía lo recuerdo...

XLVIII

Victoria o muerte
Alesia, septiembre del 52 a. C.

Al anochecer, Vercasivelauno llegó a caballo con Comio, Eporedorix y Viridómaros a un pequeño claro, donde algunos jefes de clan los estaban esperando, ansiosos de conocer el motivo de esa reunión tan secreta fuera del campamento.

—Antes de empezar —dijo Comio—, debo pediros que juréis solemnemente que no le contaréis a nadie lo que se diga esta noche aquí. Una posible fuga de informaciones podría alertar a los romanos y causar todavía más víctimas de las que serán necesarias para conseguir nuestro objetivo.

Todos aceptaron, y el atrebate siguió hablando.

—Hemos aprendido a nuestra costa que un asalto frontal con muchísimos hombres contra esta fortificación no sirve de nada. No contamos con las maquinarias necesarias para hacer una ofensiva que limite las bajas, haría falta tiempo para construir y preparar un asedio, pero, por desgracia, no disponemos de tiempo. —Comio señaló las lejanas torres de Alesia, a la luz del ocaso—. Allá están extenuados y probablemente ya no les quede comida. Ya han soportado dos asaltos como nosotros y han tenido muchas bajas, no pueden aguantar mucho más tiempo el bloqueo.

Un murmullo se elevó entre los presentes y el atrebate siguió hablando con un tono más alto.

—Así pues, tras discutirlo, hemos decidido que se precisa una nueva estrategia basada en el tiempo, esto es, un ataque rápido, pero que a la vez conlleve cierta garantía de victoria. A lo mejor, nos dijimos, a lo largo de esta fortificación hay un punto menos vigilado o más fácil de asaltar debido a la conformidad del terreno, y buscamos a alguien de la zona para que nos lo señalara. Encontramos a unos campesinos y nos hemos informado.

Se hizo un profundo silencio.

—¡Y aquí está el punto débil!

Vercasivelauno extrajo unos guijarros de una talega y los distribuyó en el suelo antes de tomar la palabra.

—Al norte de Alesia hay una colina, que por su amplia superficie no se ha incluido en la circunvalación fortificada. Aquí los romanos han levantado un campamento vigilado por dos legiones en un terreno en leve pendiente. El campamento se encuentra en una posición formidable para responder a un ataque que llegue desde Alesia, pero no para responder a un ataque que llegue de fuera, a través de la zona boscosa que tiene detrás. En la planicie solo hay una pequeña fortificación y, dada la conformación del terreno y el río que lo atraviesa, no hay valla hacia el exterior. —Vercasivelauno miró a los jefes de clan—. Es una posición perfecta para llevar a cabo una maniobra diversiva.

—Hemos pensado crear una fuerza de ataque compuesta por cincuenta mil o sesenta mil hombres, con los mejores de todos los contingentes que han llegado aquí —retomó la palabra Comio—, y hacerlos salir del campamento en silencio, con el favor de la oscuridad, para que lleguen a los bosques que están pegados a la colina. A la mañana siguiente empezaremos la habitual ofensiva frontal al oeste, que atraerá también a los asediados de Alesia, y, sobre mediodía, haremos salir a los hombres que están ocultos para que acometan el punto débil del perímetro romano, cuatro millas más hacia el norte. Así pues, los romanos sufrirán tres ataques a la vez, uno de los cuales, con los mejores hombres que tenemos, en el sector menos defendible.

Vercasivelauno miró a los jefes de clan y vio en sus ojos que aprobaban el plan. Volvió a tomar la palabra con el gesto de un jefe que no hacía pactos.

—Mandaré personalmente el contingente de infantería escogida que lanzará el ataque.

Vercingétorix vio desde la torre que el cielo se teñía de rosa, luego bajó la vista hacia los colores oscuros de la llanura, donde los romanos seguían trabajando sin parar. Los martillos de las forjas no dejaban en ningún momento de golpear el hierro; las hachas, de cortar madera. En cuanto terminaban los enfrentamientos, salían de la valla nubes de sombras que deambulaban entre los caídos, como si las divinidades de ultratumba arrojasen discípulos a la tierra para apoderarse de los cadáveres. Los muertos no eran lo importante, sino todo lo que se les podía sacar. Se recogían lanzas y flechas, y a los caídos se les quitaba todo: armas, parapetos, escudos, pero también brazaletes, torques, yelmos y corazas. La muerte los hacía a todos iguales, siervos y nobles perdían su pasado, su gloria, sus sueños, su riqueza. Se convertían, sencillamente, en cuerpos a los que había que saquear.

—¡Allá!

Vercingétorix se acercó a Critoñato.

—Hacia el sudoeste, ¿los ves? Hay movimientos de los nuestros.

Rix miró la colina donde se había emplazado el campamento del ejército que había acudido en su ayuda.

—Sí, avanzan hacia la valla.

—¿Doy la orden a los nuestros?

—Esperemos. Veamos qué hacen y dónde atacan, luego saquemos las máquinas.

Cuartel General de César – Sector sur de la fortificación

—¡Avanzan, procónsul!

César se puso a observar los movimientos de los galos desde lo alto de la torre que había en el fuerte principal del cerco, el situado en la colina más alta. Desde aquella torre se dominaba casi todo el perímetro.

—Parece que regresan a las posiciones de anteayer, avanzando desde el oeste.

César aguzó la vista hacia los movimientos del enemigo, luego fue mirando de uno en uno sus campamentos, los castillos y las torres de observación, para comprobar si había señales. Ninguna señal, aparte de las que había frente al enemigo.

Empezó a dar instrucciones a los mensajeros que lo rodeaban y que desaparecían, de uno en uno, tras cada orden.

—Quiero que los jinetes germanos estén listos delante de la puerta del campamento para una salida inmediata.

—Los germanos ya están en posición.

—Comprobemos que Marco Antonio y Cayo Trebonio están listos. Los galos se están dirigiendo precisamente hacia su sector.

—A tus órdenes.

El procónsul se asomó por la torre y comprobó que su caballo y su escolta estaban preparados, luego volvió a observar las maniobras de los galos que salían de su campamento. Miró el cielo, donde cúmulos blancos dejaban hueco al azul. En ese preciso instante, un águila pasó volando muy alto encima de él. Cayo Julio César cerró los ojos y respiró hondo.

—¡Allá vamos!

Bosques más allá del sector norte de la circunvalación romana

Vercasivelauno estuvo todo el día haciendo preparativos para el ambicioso ataque al fuerte romano del sector norte. El primo de Rix no quería correr ningún riesgo de que lo avistaran exploradores romanos, de manera que envió a algunos campesinos locales con sus jinetes arvernos a buscar un camino que diera un largo rodeo a las fortificaciones enemigas. Entretanto, discutió el plan con los distintos jefes de clan, y con ellos reunió a los sesenta mil hombres elegidos, para luego organizarlos en destacamentos a las órdenes de enérgicos comandantes. Decidieron que fuesen ligeros, que llevaran solo lo estrictamente indispensable para pasar la noche y para emprender el ataque del día siguiente.

Salieron del campamento al anochecer siguiendo a los guías, que reconocieron un camino que daba una amplia vuelta alrededor de las colinas boscosas del sector norte, y anduvieron siete horas en la oscuridad antes de llegar a los bosques, donde decidieron ocultarse. Ahí el arverno dio descanso a los hombres y avanzó con los guías otro tramo de camino, hasta que llegaron a la planicie que daba a la torre vigía romana. Reptaron por la espesura hasta que vieron las torres del fuerte, y solo entonces Vercasivelauno se sintió seguro de que habían llegado donde quería. Volvió al bosque y se echó a descansar cuando estaba alboreando. Tenía tiempo, debían permanecer ocultos, sabía que al cabo de un par de horas Comio desencadenaría un ataque en un amplio frente cuya única finalidad era eliminar fuerzas romanas de los otros sectores, y confió en que su primo hiciese lo propio con un asalto a la valla romana interior desde Alesia.

Llanura occidental de Alesia – Exterior de la valla romana

Comio pasó delante de la formación montado en su caballo y, como siempre, a su paso los hombres se exaltaron y maldijeron a los romanos. El soberano de los atrebates los había mandado formar en tres contingentes distintos, que iban a tener que atravesar la llanura al oeste de Alesia para atacar las fortificaciones romanas de un frente de más de cuatro millas. Mandó sacar del campamento las pasarelas y los parapetos móviles que habían hecho la víspera, y concentró la atención de los romanos en ese sector durante toda la mañana. Después mandó avanzar a la caballería dando un amplio rodeo, como si quisiese confundir a los defensores de la valla, cuando en realidad toda esa maniobra era para que Vercingétorix y, sobre todo, Vercasivelauno pudieran tomar posición. Tiró de las riendas para frenar la carrera de su caballo y miró hacia arriba, al sol. Había llegado el momento, ahora había que atacar la valla romana con toda la fuerza posible. Comio desenvainó la espada y la apuntó contra quien lo había hecho rey.

—¡Al ataque!

Se elevó un estruendo de las filas y el suelo tembló. A los flancos de Comio, Eporedorix y Viridómaros movieron sus filas. Los pueblos de la Galia juntos en la llanura de Alesia para reivindicar su libertad avanzaron al paso, proclamando todas sus ganas de venganza.

No estaban ahí por nadie, estaban ahí por un ideal por el que había que vivir o morir.

Monte Rea, al norte de Alesia – Torre vigía romana

El centurión pasó delante de la segunda cohorte formada dentro de la valla.

—Se están preparando. Volverán a atacar el sector occidental, donde anteayer las defensas ya fueron sometidas a una dura prueba —dijo a los hombres que lo escuchaban en sus destacamentos—. Es posible que en cualquier momento nos pidan que acudamos en ayuda de los nuestros, así que estemos preparados. Nadie debe alejarse de su destacamento sin mi permiso, ¿queda claro?

—¡A tus órdenes!

—Quiero que todos los que están de servicio se pongan en las empalizadas, los arqueros, en las...

—¡Centurión!

El oficial se volvió y vio que el centinela de la torre agitaba los brazos, llamándolo.

—¿Qué pasa?

—Hay movimiento en la llanura.

El centurión llegó al terraplén en pocas zancadas, y toda la torre vibró mientras subía los escalones con la agilidad de un tigre. Enseguida estuvo en la tarima más alta mirando hacia el norte.

—¿Dónde?

—Ahí, entre los árboles.

Entornó los ojos hacia la lejana espesura, que de golpe se llenó de hombres.

—¡Manda tocar las alarmas!

Los enemigos salieron del bosque avanzando a paso rápido.

—¡Muévete!

Eran miles, decenas de miles.

Roca de Alesia – Torre en la zona sudoccidental

Vercingétorix observó durante toda la mañana los movimientos en la llanura desde la roca de Alesia. No había, pues, ninguna nueva estrategia, el ejército que acudía en su ayuda iba a intentar otro ataque frontal contra los romanos bajo una lluvia de flechas.

Critoñato se le acercó en la torre.

—Los hombres están listos, Rix. Ya han sacado los zarzos, las varas, los parapetos, las hoces y todo lo que hemos preparado para la salida.

Vercingétorix asintió, poco convencido de lo que había visto desde ahí arriba. Sin embargo, estaba decidido a hacer lo que le correspondía, y se volvió para bajar la escalera.

—Un momento... —Critoñato aguzó la vista y luego señaló un humo que se elevaba de las torres del campamento romano al norte de Alesia—. Ahí está pasando algo.

Rix observó, conteniendo la respiración.

—Las torres del campamento romano están mandando señales.

—¿Señales de qué?

—No lo sé..., pero ahí está pasando algo.

Vercingétorix se giró hacia el oeste para mirar las formaciones de la llanura, luego volvió de nuevo la vista hacia el norte.

—Claro..., es una maniobra diversiva, y probablemente el ataque principal sea el del norte. ¡Por eso han mantenido a los hombres a la vista todo este tiempo!

—¡Puede que tengas razón! —convino Critoñato—. Entonces... ¿dónde esperan nuestro apoyo?

—Puede que donde se han mostrado más tiempo. Vayamos hacia ahí y desperdiguemos a los hombres en un frente más amplio para mantener ocupados al mayor número posible de defensores.

—¡De acuerdo!

—¡Adelante, ánimo! —gritó Rix bajando rápidamente de la torre—. ¡Ha llegado, hombres, ha llegado, hoy es el día!

El rugido de los hombres de Alesia interrumpió el banquete de los cuervos, que subieron al cielo desde los cadáveres de los caídos los días previos. Y enseguida el mismo cielo se llenó del zumbido de las flechas.

Cuartel general de César – Sector sur de la fortificación romana

Desde una de las torres del campamento sur, Cayo Julio César vio las señales del campamento norte, en el monte Rea; el punto débil de su perímetro había sido identificado y lo estaban atacando. Apartó la mirada de ese sector y observó la dirección del asalto que procedía de los asediados de Alesia. Se fijó en la zona y en la capacidad de respuesta de los hombres que había en la valla, luego miró la tercera ladera, pues el grueso del ejército enemigo se estaba acercando, lenta pero inexorablemente, hacia la circunvalación externa.

Por último, miró el pasillo que atravesaba las dos vallas fortificadas, por donde llegaba un mensajero al galope. Ese espacio, que César quería despejado de hombres y vehículos, se utilizaba como una calle para enviar a las cohortes o la caballería en ayuda de cualquier sector, y era tan importante y vital como las empalizadas, los terraplenes, los fosos y las trampas. Por esa calle se podían enviar hombres frescos a los sectores con problemas e intervenir en caso de ruptura. Si los galos lograban entrar ahí, donde estaba el fundamento de su defensa, todo estaría perdido.

El mensajero desmontó de su caballo y subió las escaleras de la torre como si lo persiguiera la muerte.

—Un ataque a la fortificación del monte Rea, procónsul.

—¿Cuántos hombres son?

—Muchos, al menos cincuenta mil, y la pendiente en la que está el campamento los favorece. Nos lanzan un montón de proyectiles, avanzan en *testudo* y reemplazan continuamente a los hombres cansados por tropas nuevas. Están tapando las trampas y arrancando los obstáculos.

César volvió a mirar el norte, preguntándose quién sería el comandante de esos hombres y quién los habría entrenado en esa táctica tan... romana. Se volvió hacia un esclavo que estaba a su izquierda.

—Mandemos un mensaje a Labieno, al fuerte situado al este de Alesia, el más cercano al Rea.

—¿Qué debemos referirle, procónsul?

—Que vaya enseguida con seis cohortes a auxiliar a la guarnición que tiene problemas. En caso de que no consiga mantener la posición, que saque las cohortes y contraataque, pero solo si es necesario.

—A tus órdenes.

El procónsul miró con atención lo que estaba ocurriendo en el Rea. Aquello le preocupaba, porque si esos hombres cruzaban la empalizada del fuerte, entrarían como un río desbordado en el pasillo entre una circunvalación y otra, y echarían abajo todas las defensas romanas. Supondría el hundimiento inmediato de los suyos. Labieno podía poner momentáneamente un parche, César estaba seguro de ello, pero también sabía que un contraataque podía resultar un movimiento arriesgado si salía mal.

El procónsul miró los otros puntos de su fortificación que estaban siendo atacados, hizo sus cálculos y comprendió que solo había una persona capaz de resolver esa situación desesperada, y esa persona era él. Bajó de la torre y se acercó al esclavo que sujetaba su caballo.

—Mi capa escarlata.

El esclavo consiguió ponerle la capa antes de que César subiese a su caballo blanco.

—El yelmo, señor...

—Nada de yelmo. Que me reconozcan los amigos, los enemigos y los dioses inmortales.

Los jinetes que lo acompañaban rugieron estimulados.

—¡De una manera u otra, hoy será nuestro último día de trabajo, os lo prometo, bien ganemos o muramos!

Todos estallaron en una carcajada.

—¡Y hoy no voy a morir, lo presiento!

Partieron al galope detrás de aquella capa roja.

Monte Rea, al norte de Alesia – Formación de los galos

—¡Levantad los escudos! —gritó Vercasivelauno antes de que algo le pasara pegado a la cabeza—. Nos estamos acercando, va a caernos de todo. Permaneced juntos, formación en *testudo*. ¡Adelante!

Empezaron a caer flechas y piedras en los escudos. Sorprendentemente, la formación compacta amortiguaba mucho el efecto de las piedras que lanzaban las balistas.

En esa zona, además, las defensas exteriores no eran firmes como en otros lados, y para desactivar las trampas solo había que echarles tierra encina.

—¡Adelante! ¡Disparadles!

Un hombre cayó, se retorcía con una flecha que le atravesaba el cuello, y otro ocupó enseguida su lugar. Vercasivelauno miró al frente, hacia la empalizada romana, luego las torres repletas de arqueros y, detrás de estas, en la lejanía, las de Alesia.

—¡Aguanta, primo, voy a sacarte de ahí!

Los *carnyces* sonaron a lo largo de toda la formación y los hombres siguieron avanzando. Un dardo de ballestero se clavó en el escudo de Vercasivelauno y lo atravesó, quedándose a dos dedos de su rostro.

—¡Todavía no ha llegado mi día! —dijo con una mueca el arverno antes de seguir dirigiendo a sus hombres—. ¡Adelante, hombres, adelante! ¡El destino de toda la Galia depende de nosotros!

Sector occidental de la fortificación romana

César llegó al sector de Marco Antonio.

—¿Cuál es la situación?

—De momento, aguantamos, César, pero los hombres están agotados. Los galos atacan sin pausa, van con todo.

—Tenemos que ser mejores que ellos, si perdemos este enfrentamiento, toda la campaña de la Galia habrá sido inútil; si perdemos, hoy será el final de todo, pero si ganamos, ya nadie se atreverá nunca más a atacarnos.

—¡Sí, César!

—Un último esfuerzo, Marco Antonio, pídeles un último esfuerzo.

—Sí.

El procónsul miró alrededor, vio rostros exhaustos que bajaban las escaleras para ser reemplazados por hombres más frescos. Pasó a su lado con su caballo.

—¡Os he visto luchar, sois los mejores!

Las miradas de los legionarios se iluminaron, el procónsul estiró la mano para buscar que sus hombres se la estrecharan. Enseguida, decenas de manos se tendieron hacia él.

—¡Ánimo, hombres, estamos aquí para hacer historia, vuestros descendientes hablarán de vosotros largo tiempo y se enorgullecerán de tener un antepasado que estuvo en Alesia!

Los soldados se entusiasmaron, César pasó la mano por entre decenas de otras manos que buscaban la suya.

—¡La auténtica fuerza de esta fortificación sois vosotros, recordadlo, vosotros!

Sector occidental del ataque de los asediados de Alesia

Vercingétorix vio que sus hombres se aproximaban al sector occidental de la fortificación romana, tratando de aprovecharse de los trabajos de relleno tras el último ataque. Avanzaban bajo la lluvia de flechas, pero iban mucho más rápido que antes. Recorrió con la mirada la inmensa fortificación romana. Desde su posición en la llanura, ya no podía ver el fuerte que estaba siendo atacado al norte, pero distinguía un amplio trozo de la valla occidental romana, que recorrió entera con la vista y luego se fijó en la colina, donde César había instalado su primer campamento. Ahí el terreno ascendía empinado y los romanos no habían hecho fosos. Solo habían construido el terraplén con la empalizada.

—Critoñato.

El noble arverno llegó al lado de Vercingétorix con el rostro rojo y la voz ronca de alguien que no ha hecho otra cosa que gritar toda la mañana.

—Mira arriba.

—¿El fuerte romano?

—Sí, ese es el primer fuerte que construyó César cuando llegó aquí, ¿te acuerdas?

—Claro.

—Desde ese fuerte se domina toda la zona, apuesto que desde esas torres se ve todo el perímetro romano, y seguramente ese es el cuartel general de César, desde ahí él manda los contingentes de ayuda a los distintos sectores.

—Es posible.

—Ataquémoslo.

Critoñato se volvió hacia Rix.

—Pero... ¿quieres suspender el ataque al oeste?

—No, quiero llevarme parte de los hombres y hacer una maniobra diversiva inesperada, justo desde el lado contrario a donde se ha producido el ataque de los nuestros en el norte.

—Las laderas son escarpadas en ese lado, Rix, y ese sitio, tal y como has dicho, es el más difícil de atacar.

—Lo sé, y justo por eso los romanos no esperan que ataquemos ahí.

—Es arriesgado, Rix.

—Lo sé, pero con un ataque a ese fuerte llamaremos la atención de los romanos, que tendrán que mandar hombres para vigilarlo, y de ese modo quitaremos cohortes destinadas a respaldar zonas que ya están siendo atacadas.

Critoñato permaneció unos instantes en silencio, mirando las torres romanas del monte, mientras volvía a respirar bien.

—Sé que parece arriesgado, pero puede salir bien. Cogeré a Ambigatos y a todos los que están esperando entrar en acción y los llevaré hacia la llanura, como si quisiese ampliar nuestro frente de ataque y después, de repente, los conduciré al sur, hacia la colina. Si conseguimos abrir una brecha en esa maldita fortaleza, nos salvaremos.

Sector noroccidental de la fortificación romana

—¡Comandante! —El mensajero llegó al galope, como un vendaval—. Comandante, un ataque en el sur, al campamento principal.

César frenó su caballo y se volvió, vio entonces que los galos trataban de subir las laderas del monte, que dominaban con la fuerza de la desesperación.

—Están subiendo por la loma —continuó ya sin jadear el mensajero—, están llenando los fosos de tierra y zarzos y echando abajo con hoces la valla y el terraplén. A los nuestros les cuesta contenerlos.

César espoleó el caballo y se acercó a las cohortes que estaban listas para intervenir en la valla a las órdenes del joven comandante Décimo Junio Bruto.

—Junio Bruto, necesitamos apoyo en el fuerte principal, en el sur.

—Sí, César.

—Los nuestros tienen problemas, ve enseguida con tus hombres, es indispensable que los galos no crucen la empalizada defensiva.

—¡Así se hará! —respondió Bruto antes de desgañitarse dirigiéndose a sus hombres—. ¡Primera cohorte, avanzad a paso de carrera!

El procónsul volvió a espolear a su caballo y fue hasta la torre más próxima. Embrazó el escudo y subió a la torre, protegiéndose de las flechas. Cuando llegó a la parte más alta, vio la batalla recrudecerse como un mar tempestuoso visto desde el mástil de un buque. Casi parecía que la torre se meciese sobre aquella multitud aullante. Delante de él, el ejército que había acudido en ayuda se ensañaba en oleadas contra las defensas de Mamurra, y detrás de él los de Alesia ensayaban todas las posiciones para lanzarse impetuosamente en bloque sobre los sectores más desguarnecidos. Estaban luchando a la vez en todos los frentes y los romanos, desplazados en una línea defensiva muy extensa, contenían con dificultad todos esos ataques simultáneos.

Una piedra cayó en el parapeto de la torre, cerca de donde se encontraba César, y una flecha dio en su escudo. Un arquero que se encontraba a su lado pegó un grito y cayó al suelo, agarrándose el rostro ensangrentado. El procónsul echó una última ojeada al sur y luego a la ladera opuesta, la norte, donde atacaban desde mediodía. Ambas eran situaciones críticas, pero, dado que al norte había mandado a Labieno, decidió resolver primero la situación del sur.

Rápidamente, el procónsul bajó de la torre, montó a caballo y fue donde una cohorte que estaba esperando entrar en acción a las órdenes del legado Cayo Fabio.

—Cayo Fabio, están atacando el fuerte del sur, ve ahí enseguida con todas las cohortes disponibles.

—¡Sí, César!

Sector sur del ataque de los asediados de Alesia

—¡Echad los zarzos! —gritó Rix con el escudo levantado mientras se lanzaba cuesta abajo—. ¡Ánimo, ya estamos, está ahí, la puta empalizada está ahí, la tocamos!

Una flecha se clavó en el suelo a un paso de él, sus hombres se le acercaron y arrojaron sus lanzas hacia el fuerte antes de cubrirse con los escudos.

—¡Ya estamos, ya estamos! ¡Adelante!

Un arverno consiguió cruzar el foso y trepar con la fuerza de la desesperación el borde del terraplén, animado por todos los demás. Otro lo siguió, y a continuación otro, mientras sus compañeros seguían disparando flechas y hondas a los defensores de la valla.

—¡Adelante!

Se habían quedado sin aliento, se habían quedado sin flechas y recogían las que veían en el suelo y clavadas en los cadáveres. Ya no quedaba tierra que echar en los fosos, pero subían, avanzaban trepando con las uñas.

Cuartel general de César – Sector sur de la fortificación romana

Cayo Julio César apareció al galope seguido por su escolta. Detrás de él, hombres procedentes de todas partes llegaron jadeantes al campamento romano.

—¡Colocaos en las gradas!

Los centuriones dividieron a los hombres, que empezaron a situarse en las gradas, el propio César subió a una de las torres y comenzó a dirigir los lanzamientos de sus hombres, mientras arqueros y honderos sacados de otro sector llegaron jadeantes y subieron a las torres.

—¡No deben alcanzar la empalizada!

Ladera sur del ataque de los asediados de Alesia

Empezaron a caer flechas y piedras sobre los hombres de Rix.

—¡Detrás de los escudos! ¡Protegeos detrás de los escudos!

Comenzaron a notar el esfuerzo de subir y de la lucha. Los atacantes estaban exhaustos, pero detenerse para recuperar el aliento equivalía a convertirse en blancos fáciles.

—¡Aguantad, aguantad, ya estamos!

El hombre que iba al lado de Vercingétorix cayó al suelo, gritando. El rey de los arvernos trató de socorrerlo, protegiéndolo con su escudo. Respirando profundamente, Vercingétorix miró la torre desde donde disparaban a sus hombres, y vio a contraluz una silueta envuelta en una capa roja, que reconoció entre todas las demás.

—¡César! César está arriba. —Se volvió hacia sus hombres y rugió como un león señalando la torre—. ¡Apuntad arriba!

Una piedra le cayó en el yelmo, haciendo que le temblara la cabeza. Otra en el escudo y luego una flecha. Un guerrero a su derecha desapareció entre el gentío y el hombre que tenía delante se volvió para huir y se le desplomó encima.

Gritos, chillidos, *carnyces* que sonaban y cuernos que lanzaban reclamos a saber de dónde. Otra piedra, esta vez en la hombrera de la armadura. Rix retrocedió un paso y resbaló en el cuerpo agonizante de un herido. Cayó al suelo y uno de los suyos, al ir a levantarlo, recibió una flecha en la espalda.

—¡No retrocedáis!

Vercingétorix soltó el escudo y trató de ponerse de pie, sin apartar la mirada de aquella capa roja.

—¡Ven aquí, cabrón!

Un hombre tiró de él desde atrás.

—El frente está cayendo, Rix.

—¡No!

—Los hombres están agotados, no pueden más.

—¡Avancemos!

Una piedra dio de lleno en el hombre que le estaba hablando, que cayó como un muñeco sin vida y rodó cuesta abajo, mientras un ruido ensordecedor se elevaba en la empalizada.

—No, no.

Ante el renovado vigor de los defensores, los atacantes se replegaron exhaustos, ya sin aliento, sin fuerzas ni armas. Empezaron a volverse de uno en uno, después todos juntos, buscando una posible huida pendiente abajo, esquivando los cadáveres y las trampas bajo una densa lluvia de proyectiles.

—¡No...!

Vercingétorix cayó de rodillas. Una piedra silbó cerca y rebotó en la coraza de un noble de a saber qué tribu, que yacía en el suelo.

Cuartel general de César – Sector sur de la fortificación romana

Cayo Julio César bajó rápidamente de la torre mientras todos los hombres de alrededor estaban exultantes. Arrancó una lanza del suelo, montó su caballo y llamó a la caballería. Partió al galope por el pasillo entre las dos vallas, observando la situación de la batalla en la circunvalación externa y la contravalación interna. A lo largo de varias millas había heridos y cohortes tratando de reorganizarse para volver a las gradas. Un tribuno alineaba a sus hombres exhaustos, que se animaron al ver al procónsul.

—¡Comandante!

Un mensajero detuvo su caballo justo delante de César.

—Labieno me manda decirte que ni el terraplén ni el foso pueden seguir conteniendo el asalto enemigo. Hay brechas en la empalizada. El legado ha pedido la inmediata ayuda de todas las cohortes con las que cuenten los que estén cerca para efectuar un contraataque.

César se volvió hacia el tribuno que había visto con sus hombres.

—¿Cuántos hombres tienes?

—Cuatro cohortes, César.

—Pues ve con ellas lo más rápido que puedas al fuerte del monte Rea y ponte a las órdenes de Tito Labieno.

—¡Sí, César!

Después le tocó el turno a la caballería. El procónsul llamó a Minucio Básilo y a los otros comandantes.

—Ha llegado el momento de la caballería, atendedme bien porque de vosotros depende el resultado de esta batalla.

Formaron un círculo a su alrededor.

—Una parte de la caballería vendrá conmigo, atravesaremos el pasillo interno de la fortificación para ir en ayuda de Labieno al fuerte del monte Rea, en el norte. Todos los demás se quedarán con Minucio Básilo.

—A tus órdenes.

—Minucio, tenéis que volver al cuartel general, en el sur, y salir por la puerta oriental, la que no alcanzan a ver las fuerzas enemigas. Una vez fuera, iréis al norte bordeando el lado oriental de nuestras fortificaciones. Toda esa zona no está sufriendo ataques, de modo que el enemigo no os verá. Quiero que atraveséis todo el lado exterior de la valla y que carguéis por detrás contra esos galos.

Minucio Básilo miró al procónsul. Eso suponía recorrer diez millas, quizá más, y que unos miles de jinetes se enfrentaran a decenas de miles de atacantes.

—Sé qué estás pensando, Minucio, que sois tres mil contra cuarenta mil o cincuenta mil.

—No tengo nada que objetar, César.

El procónsul de las Galias se le acercó.

—Si nadie os ve llegar y aparecéis de repente detrás de ellos, no se pondrán a contaros; se irán corriendo.

—Siempre que no hayan situado la caballería en los bosques para protegerse de semejante ataque.

—Todos los hombres de los que disponen están atacando nuestro perímetro, estoy seguro de ello. Ahora es cuando están haciendo su mayor esfuerzo para atravesar nuestro frente, se la están jugando, y lo cierto es que la jugada les está saliendo. No tenemos alternativa, Minucio. Si los galos rompen nuestro frente y entran en nuestro perímetro defensivo será el fin, todas nuestras legiones dependen de tu carga.

—Llegaré arriba como el viento, César, rápido y silencioso; luego los atacaré como una tempestad, el suelo temblará y levantaremos tanto polvo y gritaremos tan fuerte que pareceremos millones.

—Por eso te he elegido a ti para esto.

—Sabes que aunque no nos volvamos a ver, habré hecho lo posible y lo imposible hasta el último aliento, el mío y el de mis hombres. Ocurra lo que ocurra, estarás orgulloso de mí.

Monte Rea, al norte de Alesia – Formación de los galos

Un estruendo se elevó de las filas cuando el primero de los arvernos se aupó al borde de la empalizada.

—¡Ya estamos!

Uno tras otro, los que estaban más cerca treparon como felinos en troncos y se les unieron. Vercasivelauno se adentró entre la tropa que arrojaba de todo al foso para llenarlo y partía con hachas y hoces las ramas que impedían subir por el terraplén. Miró hacia arriba y vio hombres luchando en las gradas.

—¡Estamos dentro! ¡Estamos dentro!

Eso dio fuerzas a todos los hombres que había llevado consigo, y que avanzaron con un valor incontenible.

—¡Adelante! ¡Adelante!

Los defensores empezaron a retroceder de los terraplenes a lo largo de la empalizada, pero desde las torres cercanas los arqueros les seguían disparando.

—¡Tenemos que tomar la torre! ¡La torre!

Un grupo de heduos encabezado por un coloso con el pecho desnudo trepó las escaleras de la torre y se puso a luchar cuerpo a cuerpo con los defensores. Peldaño a peldaño, fueron echando a los romanos hacia las tarimas más altas, hasta que los heduos conquistaron, a alto precio, todas las plantas de esa maldita torre, incluida la de arriba. Mataron a los defensores y los arrojaron abajo; así, tomada esa importante posición, los asaltantes que estaban en las inmediaciones llegaban a la empalizada sin que los pudieran alcanzar las flechas de los arqueros.

—¡Lo hemos conseguido, lancémonos dentro!

Vercasivelauno se aupó al terraplén, sucio de tierra, barro y sangre, se asió a los muñones de las ramas rotas y, ayudado por otros, llegó a la base de la empalizada. Los que subieron primero habían lanzado cuerdas para que los demás pudieran trepar, el primo de Vercingétorix agarró una y trepó por ella con esfuerzo, con el último resuello que le quedaba. Ya arriba, dos hombres lo ayudaron y lo subieron a las gradas, donde otros cubrían con sus escudos a quienes llegaban a la posición. Vercasivelauno miró al otro lado y vio el interior del campamento romano, donde los hombres corrían y los centuriones se alineaban. Cogió el escudo que se había puesto en la espalda, desenvainó la espada y se dispuso a ganarse su parte de gloria. Miró atrás a los hombres que cruzaban el foso y trepó la empalizada para ir a las gradas, y se dio cuenta de que lo primero que había que hacer era conquistar las gradas y las torres, tal y como habían hecho los romanos en Avárico.

—¡Conquistemos las torres!

Los hombres entablaron feroces combates para que los romanos retrocedieran de los terraplenes con el fin de llegar a las torres y conquistarlas de una en una, mientras el lanzamiento de piedras y flechas empezaba por fin a menguar: los romanos perdían terreno y comenzaban a estar escasos de municiones.

—¡Adelante, la torre, tomemos esa maldita torre!

Unos hombres subieron las escaleras, otros treparon por las estructuras externas. La lucha fue encarnizada, un centurión vendió cara la piel y combatió hasta que acabó rodeado y masacrado, y su cuerpo arrojado abajo.

Vercasivelauno llegó a la parte alta y desde ahí vio que sus hombres se diseminaban por las gradas. La presión del ataque que había empezado a mediodía acabó con las fortificaciones romanas y con sus defensores al atardecer. Estaban dentro, ahora tenía que conseguir que los hombres pasaran de las gradas al interior del campamento, para que los demás pudieran entrar y así lanzar el ataque definitivo contra los romanos.

—¡Adelante! ¡Rápido, tenemos que entrar antes de que les lleguen más refuerzos! ¡Bajad de las escaleras y formad, no os desperdiguéis!

Los primeros grupos de heduos y arvernos entraron en el fuerte, arrancaron con cuerdas vigas de la empalizada y más hombres penetraron por la brecha, a los que recibieron con algarabía. En cada vez más sectores los coaligados se imponían y accedían al campamento, donde los romanos, expulsados de la valla, se replegaban con ingentes pérdidas, tratando de reorganizarse en pequeñas formaciones.

Durante un instante todo pareció quieto: los galos que entraban en el fuerte paraban para tomar aliento y para formar uno al lado del otro frente a los romanos, que se replegaban a la espera de recibir refuerzos. Desde la torre, Vercasivelauno podía ver todo el fuerte romano y el pasillo entre las dos vallas que bajaba hacia el sur, donde estaban combatiendo con dureza en ambos lados. Precisamente por ese pasillo era por donde llegaban las cohortes que venían en ayuda de los legionarios para defender el campamento. Esa era la vena que había que cortar para bloquear la llegada de nuevas fuerzas a los enemigos. El cansancio desapareció, volvió a respirar bien, Vercasivelauno en ese momento se dio cuenta de que lo separaban cien pasos de la victoria decisiva. Si entraba en ese pasillo, hundiría toda la obra de César.

—¡Rápido! ¡Rápido! ¡Dentro, todos dentro!

El arverno se volvió hacia el otro lado, donde sus hombres, por fin ya sin tener que defenderse de los lanzamientos de los defensores, trepaban por la empalizada y entraban en el campamento romano.

—¡Rápido! Ya está —gritó Vercasivelauno—. ¡La victoria la tenemos al alcance de la mano!

Fue a la escalera para bajar de la torre y unirse a sus hombres para dirigir el asalto final, pero justo delante del primer escalón algo lo detuvo. Se fijo en el montón de enemigos que llegaban por el pasillo entre las dos vallas y vio a un jinete con capa roja y sujetando una lanza, que guiaba al galope a un pelotón de germanos a caballo.

—César... —Una mueca se dibujó en el rostro de Vercasivelauno—. Demasiado tarde, General Único, aquí dentro no tienes los espacios que necesitarías para dirigir a tus jinetes... ¡Te he jodido!

XLIX

El retrato de un derrotado

—¡Despierta!

Un cubo de agua cayó en el foso y sobresaltó a Vercingétorix.

—¿Me has oído, rey de los arvernos? ¡Despierta!

Rix se volvió en su catre de madera, había movimiento fuera de la fosa.

—Es un gran día, Rix —dijo Vócula arriba—. Va a venir el triunviro Esceva en persona con unos artistas, ¿te das cuenta? Unos dibujantes tienen que hacerte un retrato, no sé para qué. Eres famoso, Rix.

Vercingétorix se sentó y miró hacia arriba, tal y como había mirado aquella maldita torre en Alesia con la que una vez más acababa de soñar. Esa capa roja lo visitaba casi cada noche desde lo alto de la torre, y, por mucho que lo intentaba, ni en el sueño conseguía arrojar su lanza para matarlo. Tan pronto como se disponía a hacerlo se quedaba sin fuerzas para llegar tan alto.

Otro cubo de agua cayó en el suelo, le salpicó y lo puso nervioso.

—Ahí tienes agua para que te laves, Rix —resonó guasona la voz de Vócula.

Si ese día en Alesia hubiese conseguido matar a César, los romanos habrían perdido. Porque, al fin y al cabo, quien se había distinguido en esa batalla había sido él, el General Único.

—Tienes que salir de ahí; sabes qué significa eso, ¿verdad, Rix?

Volvió a mirar hacia arriba.

—Te mando la escalera, sube enseñando bien las muñecas para que te ponga los grilletes. Como hagas un solo movimiento en falso, te hincho a palos.

Bajaron la escalera de mano.

—¡Venga, sube!

Vercingétorix dudó.

—Como me obligues a bajar será mucho peor, Rix, te garantizo que no podrías caminar durante mucho tiempo.

El arverno apretó las mandíbulas, asió la escalera, puso un pie en el primer escalón, luego en el segundo y subió, estirando los brazos hacia arriba hasta que le agarraron las muñecas para ponerle los grilletes.

—¡Sal!

Unos pocos escalones más y la cabeza se asomó del suelo de piedra de la *Carcer*, seguida de los hombros y el busto demacrado. Un último tirón de la cadena y Rix salió, tambaleándose.

—Siempre encantado de ponerte los *vincula*, Rix.

Vercingétorix miró a Vócula hacia abajo, su poderoso físico se había consumido, pero seguía siendo muy alto. Uno de los guardias le pasó una cadena por la cintura y la fijó a los grilletes que le sujetaban las manos, de manera que no podía apartar los brazos del cuerpo y, en cuanto el guardia terminó su tarea, Vócula le asestó un golpe en el muslo con un palo, tan fuerte que Rix cayó al suelo y gritó.

—¡Tengo que ablandarte, Rix!

—¡No!

Otro golpe violento en la otra pierna y luego otro en la espalda.

—¡Verás, es la regla cada vez que te saco del foso!

Otro golpe en la pierna, luego una patada en la barriga. Vercingétorix se quedó jadeando en el suelo.

—No puedo pegarte en la cara, Rix, para que no salgas espantoso en el retrato.

Los guardias se echaron a reír y Vócula se agachó al lado del prisionero para mirarlo.

—¿Recuerdas la primera vez que te puse los grilletes, Rix?

Vercingétorix tosió, encogido sobre sí mismo.

—Venga, tienes que acordarte de ese día, fue memorable, Rix. Todo el mundo estaba ahí por ti. ¡Oye, mírame cuando te hablo!

El prisionero abrió los ojos y miró a Vócula.

—Se porta bien el rey, así me gusta. Sé que recuerdas la primera vez que te puse los grilletes, fue un día memorable, por no mentar el día siguiente. Lo pasamos mal por culpa del cabrón de tu primo Vercasivelauno.

Los ojos de Vercingétorix enseguida prestaron atención.

—Ah, de modo que me estás atendiendo, jodido galo. Claro, hombre, yo era uno de los jinetes que cargaron en el interior del campamento por el norte, en el monte Rea. Tu primo en persona encabezaba a los que habían logrado entrar en el fuerte. Hijo de puta, lo estaba consiguiendo, créeme, le faltaba poco para colarse en el pasillo entre las dos vallas después de haber hecho retroceder a las cohortes de Labieno. Habría sido una buena jodienda, Rix. Imagínate, si lo hubiese conseguido ahora tú me estarías partiendo a mí la espalda con el palo.

Vócula le dio otro par de golpes en los muslos, riéndose.

—Pero lo que tu primo no se imaginaba, ni tampoco todos los que habían conseguido entrar en el fuerte, era que tenían delante a alguien mucho más cabrón que ellos: Cayo Julio César. —La risa se convirtió en mueca—. César hizo salir del sur a un puñado de jinetes germanos y los mandó dar una vuelta entera a la fortificación por el otro lado, el que los atacantes no podían ver, para que aparecieran por los bosques del norte, detrás de los vuestros, que estaban asaltando la valla y entrando en el fuerte.

A Rix le retumbaba la cabeza por los golpes que le había dado Vócula, que lo forzaba a escuchar esas palabras. Nunca había sabido qué le había pasado a Vercasivelauno ese maldito día en Alesia, desde el que habían pasado más de tres años.

—¿Comprendes? Se la jugó, os mandó unos pocos miles de hombres a caballo y tus valientes cincuenta mil arvernos se fueron corriendo.

Vócula miró a los guardias, volvió a lanzar una carcajada y todos lo imitaron.

—Solo había que esperar a los jinetes para que el rumbo de esa batalla cambiara completamente.

El carcelero volvió a mirar al prisionero.

—Pero todo el mundo huyó. A saber qué habrá pensado tu primo cuando vio lo que ocurría. Con los jinetes que llegaron al galope del norte, surgidos de la nada en un torbellino de polvo. Supongo que los de la retaguardia, tras un primer instante de vacilación, empezarían a gritar y a correr todo lo que pudieron, y que sus gritos irían de un hombre a otro, igual que una piedra lanzada a una charca. El pánico, Rix..., el pánico que se extiende como una llama entre todos los hombres, que empiezan a empujar para escapar, a amontonarse, a pisotearse, a enredarse más y más, entre gritos de miedo y de dolor. ¿Alguna vez te has encontrado en medio de una multitud aterrorizada, Rix?

Vercingétorix no respondió.

—Alguien, seguro, trataría de detenerlos, a lo mejor tu primo se desgañitó gritando a los hombres que volvieran a formar, pero eso no sirvió de nada, porque los germanos se os echaron encima como una ola que rompe y luego se esparce por la arena. Decenas de miles de hombres se vieron atrapados entre la carga de la caballería y la empalizada del fuerte, y decidieron que para salvarse solo cabía echar a correr bordeando la valla romana y huyendo hacia el sur. Una pésima idea, Rix..., porque toda esa franja de tierra estaba repleta de trampas. Sin embargo, el afán de escapar como corderos enloquecidos los hizo olvidarse de dónde se hallaban. Encontramos a miles de ellos ensartados en las ramas y en los fosos.

Rix se imaginó la escena.

—Y dentro del fuerte..., dentro del fuerte el espectáculo fue igual de grandioso. César dirigió personalmente la carga de caballería empujando a los enemigos contra las cohortes de Labieno, que, entretanto, se habían rehecho. El ataque no fue ni siquiera largo, los arvernos y los heduos comprendieron enseguida que era inútil luchar y tiraron las armas. Uno de ellos avanzó hacia Cayo Julio César desarmado, dijo que se llamaba Vercasivelauno, que era el comandante de esos hombres y pidió que a ellos les perdonara la vida.

Vócula cogió a Vercingétorix del pelo y le levantó la cabeza.

—César dejó que algunas cohortes se ocuparan de los prisioneros y luego mandó a los hombres de Labieno y a la caballería que lo acompañaba que saliera del fuerte para atacar a su vez a los enemigos. La caballería debía perseguir a los fugitivos; las cohortes, en cambio, debían dirigirse al campamento de los coaligados.

El prisionero tragó saliva.

—El montón de fugitivos bajó del monte Rea y se cruzaron con los que todavía trataban de asediar la valla por la ladera occidental. Estos, cuando vieron que miles de hombres corrían hacia ellos, también se espantaron, y no bien se dieron cuenta de que la caballería de César estaba cargando desde el norte, echaron a correr hacia todas partes; cientos de miles de hombres abandonaron la batalla y se dieron a la fuga, acabando en los fosos o en las trampas, aplastándose o ahogándose unos a otros en la aglomeración. Un espectáculo grandioso, Rix.

Ese, pues, fue el final de todo. Con aquel movimiento César rompió los equilibrios de esa batalla. Nunca comprendió qué había ocurrido al otro lado de la valla. Vercingétorix recordaba que tras reunir a los supervivientes del asalto al cuartel general de César dio alcance a Critoñato, que estaba conduciendo a sus hombres contra las defensas romanas. Los suyos se encontraban cansados y desmoralizados, lo mismo que los hombres de Critoñato.

Lucharon toda la tarde para acercarse a la empalizada y sufrieron muchas bajas. Durante todo ese tiempo confiaron en que los romanos se derrumbaran en el abrumador ataque del ejército que los estaba ayudando al otro lado de la valla, pero eso no ocurrió. Avanzaron esperando que en el norte la situación se desbloqueara, pero eso tampoco sucedió. Cuando la maniobra diversiva de Vercingétorix fracasó, ya solo quedaba esperar que el inmenso número de hombres que atacaba esa valla por el otro lado consiguiese entrar, pero un estruendo sonó entonces en el frente de los romanos. Había ocurrido algo, algo que devolvió las fuerzas a los enemigos, porque reanudaron el ataque contra los hombres de Critoñato con toda clase de proyectiles. Ahora lo sabía, ese estruendo en la empalizada era porque habían visto a la caballería germánica empujando a los hombres a los fosos y las trampas. Todo había sido inútil, todo. Ese resultado desastroso hacía que ya nada de lo que se hizo para llegar a Alesia estuviera justificado. Había quemado decenas de ciudades para nada, había hecho pasar hambre a miles de personas para nada, había hecho morir a miles y miles de personas para nada, que lucharan, esperaran y sufrieran... para nada.

> *Sedulo, caudillo y príncipe de los lemovices, cae muerto; el arverno Vercasivelauno es cogido vivo mientras huye: son llevadas a César setenta y cuatro enseñas militares; pocos de tan gran multitud llegan incólumes a su campamento. Viendo desde la ciudad la matanza y fuga de los suyos, perdida toda esperanza de salvación, retiran sus tropas de las fortificaciones. Al tener los galos noticia de esto, huyen súbitamente del campamento. Y, a no estar rendidos nuestros soldados de tanto correr a reforzar las posiciones y de la fatiga de todo el día, no hubieran dejado uno vivo. Hacia media noche, la caballería destacada en su persecución da alcance a la retaguardia: muchos caen prisioneros o muertos; los demás huyen a sus respectivos pueblos.**

En el pasillo de la *Carcer* suena la reja, rebotaron voces en las piedras. La galería se llenó de luz amarillenta y de pasos. Vócula tiró de Vercingétorix para que se arrodillara y se colocó detrás de él, sujetando con la mano izquierda la cadena y con la derecha el palo.

—Hola, magistrado Esceva.

El triunviro dejó atrás el pasillo y se llevó un borde de su túnica a la nariz, como siempre asqueado del olor del Tuliano.

—Hola, Tito. ¿Cómo se encuentra nuestro invitado?

El arverno no se movió, con la mirada clavada en las piedras del suelo.

—Estupendamente, triunviro, me has pedido que lo prepare

---

* Cayo Julio César, *De bello Gallico*, VII, 88.

fuera del pozo y lo he amansado como se hace con los animales. Verás, podría estar abajo años, pero seguiría siendo peligroso, y para que este entre en razón se necesita algo más que palabras, se necesita el palo.

Esceva se volvió, detrás de él había un hombre, seguramente un liberto, acompañado de dos jóvenes esclavos.

—Podéis proceder —les dijo. Los tres avanzaron unos pasos hacia Rix.

—Se necesita más luz —pidió el liberto sentándose en una de las banquetas que había en la *Carcer*.

—¡Traed antorchas! —gritó Vócula a sus hombres, que se esmeraron para iluminar el espacio—. ¿Así está bien?

—Perfecto.

Los tres se colocaron a unos pasos de distancia de Vercingétorix y empezaron a extraer de las alforjas hojas de papiro y *calamus* para dibujar.

—¿Un retrato para qué, triunviro?

Esceva se quitó el borde de la túnica de la nariz.

—El magistrado monetario Lucio Ostilio Saserna ha pedido un retrato de nuestro huésped para acuñar monedas conmemorativas de la victoria de Roma en la Galia.

—Caray, ¿has oído, Rix? Vas a salir en las monedas.

—¿Puedes hacer que se ponga de perfil? —pidió el liberto.

Vócula tiró de la cadena para que Vercingétorix se colocara en la posición correcta.

—¿Así?

—Sí, y que mire hacia el frente, no hacia abajo.

—¡Levanta la mirada, Rix, venga! ¡Erguido y orgulloso, como si estuvieses en Alesia!

Vercingétorix alzó la vista hacia la pared de la *Carcer*, pero en lugar de las piedras grises vio el cielo del último amanecer desde la torre de Alesia y la llanura que iba hacia la valla romana. Ahí donde miraba, había muertos y ascendían columnas de humo.

En el campo de batalla que se extendía en las colinas más allá de la valla, destacamentos de caballería iban de un lado a otro para cerciorarse del efectivo alejamiento del ejército que había acudido para ayudar. Algunas cohortes vigilaban el campamento abandonado por los coaligados, que hasta la víspera desbordaba de efectivos. Carros repletos de comida, barriles y productos de todo tipo se trasladaban al interior de las fortificaciones romanas atravesando el campo de batalla, donde centurias enteras alineaban los cadáveres y los despojaban de las armas.

Los primeros rayos de sol alumbraron las almenas de la torre. Era la primera vez que veía surgir el sol ya sin ninguna esperanza: ese iba a ser el último amanecer de Vercingétorix, el gran rey de los guerreros.

Con la muerte en el corazón, bajó la escalera para ir a la sala de audiencias, donde los jefes de clan que habían vivido con él el asedio y los asaltos de los días previos lo esperaban con rostros demacrados. Pasó a su lado con mirada triste, luego rompió el silencio.

—El ejército que había venido a ayudarnos ya no existe. Los que no están muertos han huido acosados por la caballería enemiga. El campamento de nuestros aliados está en manos de los romanos, que se están llevando todo lo que les pueda resultar útil. Centenares de carros llenos de vituallas que nos habían traído están entrando en el acuartelamiento de César por la zona de los enfrentamientos, donde los legionarios despojan a los muertos y amontonan armas.

Rix hizo una pausa con la mirada baja y tragó saliva.

—Lo que queda de la coalición antirromana está aquí, atrapado en Alesia, y el destino de estos hombres tenemos que decidirlo nosotros en esta habitación, teniendo en cuenta que ya no disponemos de comida, que nuestra gente ayuna desde hace dos días y que no existe margen para negociar con los romanos.

Vercingétorix volvió a mirarlos a los ojos.

—Hemos de aceptar el destino adverso y rendirnos, o morir, no queda otra solución.

Nadie replicó. Todos sabían que no había más alternativa que la rendición, solo había que decidir cómo llevarla a cabo.

—Yo no he emprendido esta guerra por objetivos personales, sino por la libertad de todos. No he luchado para vivir yo libre, sino para vivir entre hombres libres —continuó Rix—. Fui elegido en Bibracte para dirigir esta guerra, y ahora que la guerra se ha perdido asumo la responsabilidad y me pongo en vuestras manos. Estoy preparado para cualquier decisión, tanto si queréis aplacar a los romanos entregándome muerto, como si queréis entregarme vivo.

En la habitación hubo un largo e incómodo silencio, hasta que Critoñato habló.

—Todos los que estamos aquí decidimos participar en esta guerra, todos tendríamos que entregarnos.

Un rumor de rechazo se elevó en la sala. Era evidente que todos esperaban salvarse entregando al rey de los arvernos.

—Enviemos embajadores —dijo resuelto Rix—. Que elija César, le propondremos mi entrega a cambio de la salvación de nuestros hombres.

Fue elegido un grupo en representación de las diferentes tribus, encabezadas por Critoñato. Vercingétorix subió a la torre para ver a los embajadores salir de Alesia desarmados, sin escudos, yelmos ni corazas, y bajar a la llanura hacia el campamento romano. Los vio acercarse a las torres, donde los arqueros ocuparon enseguida sus posiciones. La empalizada se llenó enseguida de hombres y centuriones con yelmos crestados que esperaron a la delegación.

Una ráfaga de viento arriba en la torre movió el cabello de Rix. Era lo único que todavía parecía tener vida en su rostro de piedra. Siguió ahí, inmóvil y en silencio, mirando a los hombres en la lejanía. En el grupo, incluso a esa distancia, podía distinguir a Critoñato, que avanzó solo para hablar con alguien en la empalizada.

Dos jinetes fueron al interior del pasillo entre las fortificaciones romanas y se dirigieron al sur, hacia el fuerte que Vercingétorix había tratado de atacar la víspera.

La delegación esperó largo rato al pie de la empalizada, luego otros yelmos crestados llegaron a caballo, subieron a las gradas y hablaron con Critoñato y los demás, y, por último, los mandaron de vuelta. Rix se quedó quieto mirando a la delegación mientras volvía hacia Alesia, Critoñato y Ambigatos estaban discutiendo, y este gritaba como un poseso. Vercingétorix no se movió de la torre, permaneció ahí hasta que oyó pasos en la escalera y vio llegar a Critoñato, que respiró hondo antes de hablar.

—Quieren que todos entreguemos las enseñas de guerra y que arrojemos las armas desde la muralla..., todas, excepto las tuyas.

Rix asintió.

—Después, todos los jefes de clan tienen que ir al campamento romano que está al sur y entregarse..., todos, excepto tú.

—Continúa.

—Los jefes de clan serán rehenes y servirán para las futuras negociaciones de paz con sus pueblos. Luego tendrán que salir todos los arvernos y los heduos, ellos también serán rehenes hasta que se hagan las negociaciones para la indemnización por las pérdidas de la guerra y la rendición oficial de los dos pueblos. —Critoñato se pasó la lengua por los labios secos—. Todos los demás son considerados prisioneros y se convertirán en esclavos.

Eso explicaba los gritos de Ambigatos.

—Quieren dividirnos, tratar de manera diferente a arvernos y heduos para que todos los demás les guarden rencor —comentó Vercingétorix.

—Eso creo. Creo que así quieren dominar la Galia a partir de ahora.

—¿Y yo? ¿Qué han dicho de mí?

—Tú... tienes que ser el último en salir, Rix, cuando oigas sonar sus trompetas.

De nuevo, Vercingétorix asintió.

—Tendrás que llevar tu mejor panoplia y tus armas más valiosas. Si ya no las tienes..., ellos te proporcionarán unas.

—Las tengo.

—Sí, se lo he dicho. Además, tendrás que ir montado a caballo..., querían darte uno pero les he dicho que todavía nos quedan caballos.

—Sí..., los últimos que nos quedaban por comer.

—Sí.

Critoñato entrecerró sus ojos brillantes.

—Tendrás que salir de aquí por la puerta de Alesia al paso y llegar a la puerta principal del campamento romano del fuerte en el sur. Ahí estarán las legiones formadas y delante de ellas los nuestros, arrodillados. Recorrerás un pasillo de guardias, al fondo de los cuales te esperará César con todos los comandantes de las legiones. Cuando llegues ante él, tendrás que arrojar las armas a sus pies, desmontar y... arrodillarte y tenderle las manos en señal de sumisión.

Vercingétorix permaneció impasible.

—Si por casualidad te negaras, incluso suicidándote, se vengaría con todos los prisioneros, haciéndolos esclavos; en cambio, si cumples lo que se te pide, a lo mejor a los arvernos y heduos se les deja en libertad después de las negociaciones de paz.

Rix suspiró.

—No tenemos alternativas, Critoñato. Pero si hacemos eso, puede que salvemos por lo menos a los arvernos.

—Creo lo mismo.

Permanecieron un momento en silencio, luego Vercingétorix puso la mano sobre el hombre del otro.

—Vamos, acabemos con esto. Da tú la orden a los hombres.

—De acuerdo.

Bajaron la escalera de la torre, Critoñato salió y Vercingétorix se detuvo pasada la tienda donde había dormido los últimos y angustiosos días. Sacó del baúl la coraza de bronce que habían forjado para él en Gergovia después de su elección. Cogió la espada de su padre, que lo había acompañado toda la vida, desde aquella noche de lluvia en la que había huido de Gergovia con su madre y Ambacto. La miró con el corazón en un puño, estaba mellada, la hoja tenía las señales de las batallas en las que había luchado. Tanto esfuerzo para acabar así.

Empezó a vestirse mientras fuera comenzaban a discutir y a pelearse. Los heduos deseaban salir primero, querían llegar donde los romanos antes que nadie, como para demostrar que los arvernos los habían obligado a entrar en la guerra. Subieron a la muralla y arrojaron sus armas desde ahí, luego salieron por la puerta, en medio del alboroto general.

Lo mismo hicieron los jefes de clan de las distintas tribus, que empezaron a discutir y protestar con los embajadores que habían negociado mezquinamente su esclavitud. Hubo peleas entre quienes todavía tenían las armas y quienes ya las habían arrojado. Varias veces Vercingétorix oyó maldecir su nombre, varias veces preguntaron dónde estaba, reclamando venganza, pero los arvernos plantaron cara para defenderlo.

Rix se dejó caer en el catre y puso la cabeza entre las manos, mientras su nombre resonaba entre las piedras de esa torre. Recordó Cénabo, su llegada a Gergovia, cuando fue expulsado por los aristócratas que la gobernaban con Gobanición y cuando volvió y expulsó a Epasnacto. Recordó cuando todos querían enviar armas para la causa. A los embajadores que llegaban de todos los pueblos. Recordó Avárico y Gergovia, luego la batalla contra la columna romana que lo hizo refugiarse en Alesia, la inexpugnable Alesia. De haber podido volver atrás, quizá habría actuado de otra manera.

Pero en la vida no se podía volver atrás.

Terminó de vestirse con la mente ocupada en mil pensamientos, hasta que, bastante rato después, llegó Critoñato. Llevaba su coraza y su yelmo, el torques de oro, los brazaletes y los anillos de la familia.

—Ha habido desórdenes, pero luego los jefes de clan les han explicado a todos que no hay alternativas. Algunos se han marchado por el norte de la ciudad, pero irremediablemente acabarán en algún punto del perímetro que vigilan los romanos. Otros no quieren salir de Alesia y se han esfumado. Todos los demás han salido, Rix.

Vercingétorix asintió.

—He mandado que te preparen el caballo.

—Gracias.

Critoñato meneó la cabeza, con los labios apretados.

—Me quería despedir de ti.

—Claro.

Se estrecharon la mano.

—Lo hemos intentado, Rix.

—Sí, hemos hecho algo que nadie nunca había siquiera pensado hacer.

—Así es.

Un último apretón de manos en el que ambos contuvieron la emoción. Luego el noble arverno apretó los lazos de la coraza de Vercingétorix y le colocó la capa, y entonces se dio cuenta de que era la de Damona. Guardó para sí sus sentimientos y salió de la pequeña habitación sin volverse.

—Adiós, Rix.

—Adiós, Critoñato.

Los pasos se alejaron y Vercingétorix se quedó solo. Después de meses de ruidos, gritos de guerra, estruendos de batallas, chillidos, quejidos y lloros, no oyó nada. El silencio que tanto había deseado era, en ese momento, peor que cualquier otro ruido, incluso que las quejidos de un moribundo.

El silencio era muerte.

Pasó los dedos por la empuñadura de la espada, se frotó la mejilla en la manta de Damona y acarició el puñal de Ambacto.

—Vosotros que ya estáis en el Reino de los muertos, dadme fuerzas.

Salió al aire libre de esa ciudad fantasma que no tenía ya ningún signo de vida. Las calles estaban desiertas; los recintos de los animales, vacíos; las chimeneas de las casas, apagadas. A paso lento, Vercingétorix fue por el camino hasta la puerta que daba a la llanura. El ruido de sus pasos lo acompañó en el silencio más absoluto. Aquella ciudad le había parecido un refugio seguro para él y toda su gente cuando llegó, pero con el paso del tiempo se había convertido en una cárcel sin barrotes.

Esus relinchó cuando vio que se le acercaba. El corcel no se había movido del recinto de los caballos durante todo el tiempo del asedio y estaba flaco por lo poco que había comido, de modo que se parecía a su amo. El arverno llegó a su lado y le acarició el morro.

—He tratado de mantenerte con vida hasta el final, Esus, pero ahora ¿qué será de ti...? —El caballo parecía comprender que había llegado el momento de marcharse de ahí—. A lo mejor te conviertes en el semental de un decurión romano o de uno de esos germanos que han luchado contra nosotros.

Rix apoyó la frente en el cuello del caballo, entrecerró los ojos y aspiró con fuerza.

—Echaré de menos nuestras galopadas en Auvernia, Esus.

Un toque de bocinas resonó en el campamento romano. Vercingétorix se puso el yelmo y se lo ató bien, luego montó.

—Disfrutemos de esta última cabalgada juntos, amigo mío.

Tiró de las riendas y el caballo se movió. Llegaron a la puerta de la ciudad y, no bien salieron, Vercingétorix empezó a temblar. Respiró hondo y atravesó la zona que habían fortificado al principio del asedio, luego se dirigió hacia la llanura.

—¡Vamos, Esus!

El caballo echó a correr cuesta abajo, mientras Rix miraba la inmensa jaula donde habían encerrado su destino y el de toda la Galia.

—¡Corre, amigo mío, corre!

Tenían que ir hacia la izquierda y dirigirse a la zona que habían atacado la víspera hasta llegar al cuartel general de César. Era un recorrido de más de dos millas a lo largo de la línea defensiva de los romanos, protegida ahora solo por unos pocos centinelas.

Rix puso su caballo al galope. Sabía que, probablemente, ya no volvería nunca a cabalgar; sabía que, probablemente, no volvería nunca a sentir ese viento en la cara.

—¡Te amo, Damona! —gritó.

Esus dejó atrás uno de los castillos de avistamiento construidos para la protección de los trabajadores, donde había formados legionarios que gritaron a su paso.

—Madre mía, no te alejes de mí.

Delante de él, el terreno se abrió; más adelante, una formación de hombres lo esperaba al otro lado de la puerta del campamento repleta de torres.

—Padre..., no lo he conseguido.

Un centurión levantó la mano y le señaló con su palo de sarmiento la entrada, pasado el foso.

—Ambacto, dame fuerzas.

Vercingétorix pasó los dos fosos, sobre los que habían construido puentes provisionales, pasó bajo las torres repletas de arqueros y entró en la fortificación romana. Dos centuriones le dijeron con un gesto que fuera más despacio, Rix tiró de las riendas, y Esus fue al paso. Miró alrededor, y vio todo lo que se había preparado para rechazar los ataques de sus hombres, mientras los legionarios formados al lado del camino principal lo observaban con una mueca satisfecha.

—¡Sigue adelante! —le ordenó uno de los dos centuriones, señalando el pasillo de legionarios formados. Vercingétorix espoleó al caballo y empezó a recorrer el largo pasillo, entre dos alas de soldados que le gritaban toda clase de injurias a la vez que se reían.

—Ahora te celebraremos una fiesta, Rix.

—*Irrumator.*

—Ave, rey de los arvernos.

—*Es stercus.*

—Que te den a ti y a tu caballo, cabrón.

—*Mentula.*

—*Stultus.*

Delante de ellos, arrodillados, con grilletes al cuello, estaban los defensores de Alesia, que lo miraban en silencio mientras la fila de soldados empezaba a golpear rítmicamente las espadas contra los escudos.

—Rix, Rix, Rix.

Vercingétorix no miró a nadie a la cara, subió la pendiente en medio de miles de prisioneros y enemigos que hacían ahí de público.

—Rix, Rix, Rix.

Más adelante estaba la multitud de prisioneros del ejército que había ido a ayudar, también ellos encadenados y obligados a verlo pasar, y hacia el final de la pendiente el camino se estrechaba, porque dos formaciones de legionarios sujetaban las enseñas militares capturadas con los emblemas sagrados bocabajo, en señal de derrota y sumisión. Estaban las enseñas de los defensores de Alesia que acababan de entregarse y las enseñas de los coaligados que habían sido derrotados la víspera. Entre las muchas que había, figuraba la arverna, sobre la que Rix había jurado la noche del Samhain, cuando empezó todo.

La vía Pretoria terminó y el campamento daba a un gran claro, donde se hallaban formadas las legiones con todos sus estandartes. En el centro del campamento, sobre una pequeña plataforma improvisada, bien visible para cuantos allí se encontraban, sentado en una silla, rodeado de sus comandantes y un montón de enseñas militares, estaba Cayo Julio César, el General Único.

—Rix, Rix, Rix.

Vercingétorix atravesó al paso el claro ante la mirada de decenas de miles de ojos y de voces que se mofaban de él. Se acercó, mirando a los altos oficiales que rodeaban, en un destello de yelmos y penachos, al procónsul de las Galias, que estaba con los brazos cruzados. Unos veinte centuriones repletos de condecoraciones, situados a los lados del General Único, lo observaban junto con los veteranos armados con lanzas, listos para intervenir al primer movimiento sospechoso.

El arverno paró a Esus y miró a los ojos a César, envuelto en su capa roja. Largo tiempo había deseado vivir esa escena al revés, pero los hechos se habían desarrollado de otra manera; los dioses, inexplicablemente, estaban de lado de los romanos. Los gritos fueron disminuyendo, y poco a poco se hizo el silencio en el campamento. Sus miradas se enfrentaron un instante más, Esus sacudió las crines, las guarniciones tintinearon, llegó el momento que no tendría que haber llegado nunca.

Vercingétorix desenvainó la espada de su padre, le dio la vuelta por la hoja, la miró por última vez, sintiendo que se le partía el corazón y la arrojó al suelo, con la empuñadura hacia el general romano. El sueño de convertirse en soberano de los arvernos definitivamente había terminado.

Un estruendo se elevó de las legiones, lo que asustó a Esus. Rix dominó a su caballo y lo acercó de nuevo a César, se quitó el puñal que había pertenecido a Ambacto y también lo arrojó. Otro pedazo de vida tirado al suelo.

Esperó que Esus se calmase y que el silencio volviese, luego desmontó del caballo y le acarició el cuello.

—Adiós, Esus —murmuró, pensando que ese sería el último contacto que tendría con su mundo, la última caricia que iba a dar en la vida.

Avanzó un par de pasos y enseguida un centurión le dijo con un gesto que se quedara donde estaba, señalando el suelo. Rix paró, desató los lazos del barbiquejo del yelmo, se lo quitó y lo arrojó sobre la espada.

Tragó saliva, parpadeó y se arrodilló, mirando por última vez a César a los ojos, una mirada que no contenía sino resignación y tristeza. Luego inclinó la cabeza y estiró los brazos, bajando hasta tocar el suelo con los codos, mientras alrededor el grito de júbilo de decenas de miles de legionarios llenaba el cielo de Alesia.

—¡El rey, el rey, el rey!

Permaneció largo rato así, con la vista fija en el suelo y oyendo los insultos que le proferían. Dejó de pensar, y trató de desprenderse de su propio cuerpo. A partir de ese momento, Vercingétorix ya no existía, si no le quedaba más remedio que vivir con el cuerpo, tenía que matar su espíritu. Si el destino lo había conducido ahí, debía de ser por algún motivo. Aún ignoraba por qué, pero, evidentemente, había nacido para llegar ahí.

—¡César, César, César!

Unas cáligas avanzaron hacia él.

—¡Levántate!

Rix se levantó del suelo.

—¡César, César, César!

Pero César y su estado mayor ya no estaban ahí. Se habían quedado los centuriones y los legionarios armados con lanzas.

—Quítate la capa.

Habría querido implorarle a ese centurión que le dejara la capa, le parecía oler aún el aroma de Damona en las tramas de la tela, pero sabía que cualquier debilidad suya haría que sus enemigos fueran aún más cínicos. Se quitó el broche de su madre y se lo tendió al centurión que tenía delante.

Le cogió la capa de Damona y el broche de su madre.

—También la armadura y el bálteo.

Un legionario con una cicatriz que le atravesaba la cara se le acercó, exhibiendo una dentadura en la que faltaban los incisivos inferiores.

—Descálzate.

El arverno se descalzó. Con rudeza, el legionario le puso los grilletes en las muñecas y en los tobillos.

—Hijo de puta, te hemos cogido.

—No aprietes demasiado, Vócula, tiene que caminar.

El legionario hizo caso omiso de las palabras del centurión y apretó los tobillos y las muñecas para provocar dolor.

Quitó rápidamente el brazalete de la muñeca de Rix para esconderlo, pero al centurión no le pasó inadvertido el movimiento.

—¡Dame eso, Vócula!

—Venga, centurión, ya te has quedado con todo lo demás.

—No me he quedado con nada, todo esto va a Roma para el triunfo de César, cuando nuestro rey de los arvernos desfile por la ciudad antes de que lo maten. Dame ese brazalete.

El legionario resopló y entregó lo que había sustraído.

—Bien, magistrado Esceva, tengo lo que necesito para acuñar la moneda.

El triunviro se acercó al liberto y miró el trabajo.

—El retrato ha de tener pocos rasgos esenciales —explicó el dibujante—, porque hay que entregárselo al grabador en el troquel que después quedará impreso en la moneda.

—Se parece, salvo por la barba.

—Una barba más tupida ocultaría rasgos de la cara.

—¿No puedes hacerlo más feroz?

—El magistrado Saserna me ha encargado que represente el rostro de Vercingétorix derrotado y preso, no el que tenía antaño.

Esceva volvió a mirar a Rix.

—En ese caso, has reproducido exactamente lo que ha pedido Saserna.

—Gracias.

El retratista se levantó de la banqueta y sus esclavos lo ayudaron a guardar sus cosas. Todos echaron un último vistazo al despiadado rey de los galos encadenado y, después de despedirse del senador, se marcharon.

—¿Lo metemos en su agujero, triunviro?

—Sí —dijo Esceva antes de volverse hacia la galería—. Ah, por cierto, Tito, ya que estoy aquí, aprovecho para comunicarte algo.

—¿Qué?

—He recibido una carta —contestó, serio.

—¿Una carta?

—Sí, en la que se me comunica el nombramiento de un nuevo comandante de la guardia.

—¿Un comandante?

—Sí. —El triunviro se encogió de hombros—. En fin, no hay grandes cambios, vuelve ese Publio Sextio Báculo.

—¿Báculo? Pero ¿por qué? ¿Yo no valía, magistrado?

—Sí, pero según parece Báculo goza de grandes simpatías entre los poderosos: después de la maldita carta de recomendación de Labieno, ha conseguido otra.

Vócula no pudo contener un tic facial.

—Firmada por el propretor Marco Antonio —subrayó Esceva—, el hombre más poderoso de la tierra después de César.

Publio Sextio Báculo caminaba a paso firme llevando un *vitis*, un sarmiento, símbolo de mando de los centuriones. Pasó delante del Pórtico de los Dioses Consejeros y miró a Júpiter, que, como siempre, lo observaba severo. Entre los dos no hubo enfrentamiento esta vez, como si para ambos ya todo fuera agua pasada. Publio volvió a respetarlo y el hijo de Saturno y Ops, Júpiter, dios del cielo, la lluvia, el trueno y el rayo, le concedió algunas de sus saetas para arrojarlas contra las adversidades de la vida.

Y ese día Publio sentía que iba a lanzar un montón de rayos.

—¡Abre!

El guardia miró a Publio a través de la reja.

—¿Quién eres?

—Publio Sextio Báculo, tu comandante.

Pasado un rato, la reja del Mamertino chirrió al abrirse y la vaharada a moho acometió al centurión. Estaba de nuevo en casa.

Publio cogió una antorcha y se adentró por el pasillo, llegó a la *Carcer* y se inclinó hacia el agujero.

—¡Rix! —No obtuvo respuesta. Introdujo la cabeza en la oscuridad y volvió a llamar—: ¡Rix! —Pero del *Tullus* no llegó nada—. ¡Guardias! —gritó— ¡La escalera, rápido!

Los dos hombres del cuerpo de guardia se presentaron poco después con la escalera y lo ayudaron a bajar al foso.

—¡Alumbradme con una lucerna! —ordenó antes de descender a la oscuridad y encontrar a Vercingétorix en el suelo, sobre las piedras fangosas.

—Rix...

Publio trató de levantarlo, pero el arverno estaba malherido, le habían dado una buena paliza y estaba semiinconsciente.

—¡Vosotros dos, bajad, ayudadme!

Los guardias vacilaron un momento.

—¡Que bajéis, he dicho!

La escalera vibró y el *Tullus* se llenó de respiraciones.

—Ayudadme a ponerlo sobre las tablas.

—A tus órdenes.

—¿Quién lo ha dejado así?

Los hombres no respondieron. Publio se acercó a un palmo de su cara sujetando la antorcha.

—Os quedaréis aquí con él hasta que recuperéis la memoria.

—Tito..., Tito Vócula, señor.

—¿Y por qué motivo?

—Dice que al prisionero hay que mantenerlo manso y débil.

—Muy listo, vuestro Vócula. Ahora id por baldes de agua y limpiad esto, después traed mantas, paja y comida, si no queréis que yo os amanse.

Los dos desaparecieron rápidamente para buscar lo necesario y Publio se acercó al prisionero.

—Rix.

Lentamente, Vercingétorix abrió los ojos.

—Bienvenido al mundo de los vivos, Rix.

—¿Por qué estás aquí, Báculo? —preguntó con un hilo de voz.

—Algo me ha hecho volver.

Rix cerró los ojos magullados.

—¿Quieres asistir a mi ejecución?

—Ya no.

—Entonces, ¿por qué?

—A lo mejor porque nos parecemos, Rix. Durante toda la vida he luchado para ser siempre el mejor, el primero entre los primeros, el que gracias al trabajo haría una honorable carrera política y pasaría su vejez como un hombre pudiente y respetado por todos. Pero la vida me ha llevado por otro camino, lo que tenía que salir torcido, ha salido torcido, lo he perdido todo y ahora resulto incómodo, una molestia para todo el mundo. Tú tenías razón, Rix, los dos hemos sido abandonados y ya no somos nadie.

—Es distinto, Báculo. Tú estás en la *Carcer*; yo, en el *Tullus*.

—Por eso he regresado, Rix, porque aquí dentro todavía soy alguien, igual que tú.

Vercingétorix abrió los ojos.

—¿Qué quieres decir?

—Ya no seremos nadie para los demás, sin embargo, aquí dentro tú sigues siendo Vercingétorix, el rey de los arvernos, y yo, Publio Sextio Báculo, el primipilo. Si falta uno de los dos, ese equilibrio se rompe y volvemos a no ser nadie. Te necesito para recordar quién fui.

—Vercingétorix ya no existe.

—Sí que existe, y existirá durante mucho tiempo, te sobrevivirá, Rix. Publio Sextio Báculo, en cambio, ya no existe desde aquel enfrentamiento fuera del fuerte de Atuatuca.

Vercingétorix volvió la cabeza hacia su carcelero.

—¿Recuerdas la noche que llegué? ¿Una noche de lluvia?

—Sí.

—Me dijiste que estaba aquí para morir, que nadie me quería, ni los amigos ni los enemigos. Me dijiste que era el rey de los derrotados, que estaba solo en el mundo y que el mundo no me quería.

Publio inclinó la cabeza y asintió.

—¡Vuelve a ser el de aquella noche, Báculo, y mátame!

Unos instantes de silencio.

—No puedo.

—No lo sabrá nadie, Báculo, me has encontrado en el suelo, estoy malherido. Vócula realmente me podría haber matado. Hazlo tú, parecerá que fue culpa suya. Un par de golpes fuertes en la nuca con un palo y ya está.

—No puedo, Rix.

—Ayúdame a marcharme de aquí. —Publio meneó la cabeza y el otro le asió el brazo con su mano llena de excoriaciones, los dedos sucios y nudosos—. Quiero morir, ya no puedo más.

La mano de Publio Sextio se apoyó en la de Vercingétorix, que sollozó, con lágrimas en las mejillas sucias.

—Aguantaremos, Rix, de derrota en derrota, sin rendirnos jamás, porque podría llegar la salvación.

—No me interesa la salvación, Báculo, mi vida ya no es vida y ya nunca podrá serlo después de lo que ha pasado. Quiero morir, solo la muerte puede librarme de esto y de mi pasado.

—Nunca podrás borrar tu pasado, Rix, ni siquiera muriendo. Recuerda quién has sido para toda la gente que te ha seguido, para todos los que han muerto y para aquellos que aún tomarían las armas para seguirte a pesar de todo. Para ellos no eres el rey de los vencidos, sino el de los que lo intentaron, y lo importante era intentarlo, aceptando todos los riesgos, de las cadenas a la muerte. Pase lo que pase serás recordado como el que supo unir a la Galia para luchar contra Roma, nadie lo había hecho antes y tú lo conseguiste, aunque las cosas no hayan salido como debían. Tus cadenas, aquí dentro, pesan en el cuello de todos, no solamente en el tuyo. Recuérdalo y da ejemplo, pues, aunque no lo parezca, entera la Galia te está mirando y también Roma. Debes sobreponerte al Tuliano y llegar a tu cita con el destino, bien sea el exilio, la reconciliación o ese tránsito que antes o después todos tenemos que hacer. Enfréntate a todo eso como Vercingétorix, el rey de los arvernos.

Cuando Tito Vócula llegó al Mamertino por la tarde, encontró a Publio en la *Carcer* sentado en la banqueta, dándose golpecitos en la barbilla con el sarmiento.

—Hola, Báculo.

—Trae el balde con el meado del prisionero y tíralo a la calle.

El veterano miró el agujero del suelo y luego volvió a mirar a Báculo.

—¿Desde cuándo el prisionero tiene un balde?

—Desde hoy.

—Que uno de los *tirones* haga ese trabajo, Báculo.

—¡Aquí mando yo! —estalló Publio Sextio levantándose de golpe—. Yo decido quién hace las cosas, y como no obedezcas mis órdenes sufrirás las consecuencias.

—No estamos en la legión, Báculo.

De dos zancadas Publio se plantó delante de Vócula, y le enseñó la vara de mando.

—Te equivocas, ya no somos licenciados de la legión, somos reincorporados y yo estoy aquí como comandante de este lugar, así que o haces lo que diga o pruebas mi vara, y tú ya conoces mi vara, Vócula.

—Eres un hijo de puta, Báculo.

Vócula acabó de un empujón arrinconado contra las piedras de la *Carcer*. Báculo le puso la vara en el cuello.

—Va a llegar otra carta del propretor Marco Antonio, Vócula: parece que te necesita para continuar la guerra.

L

Clementia caesaris
Tres años después

Roma, 24 de septiembre del 46 a. C. – Dos días antes del triunfo de
César sobre los galos

—¡Dejadme, dejadme marchar!

—¡Pequeño granuja, ahora te ajusto yo las cuentas!

—¡Socorro, socorro!

El tabernero zarandeó al chiquillo, que trataba inútilmente de soltarse.

—¿Qué pasa?

—¡Este bribón quería llevarse el pan!

Publio Sextio Báculo miró al chiquillo que se revolvía entre los brazos fornidos del panadero.

—Déjalo, yo te pago el pan.

—Le vendría bien una lección.

—Lo sé, pero hoy todos estamos contentos, la guerra ha terminado y la ciudad se está preparando para el triunfo de César, habrá días de fiesta, reparto de trigo, aceite y sestercios para todo el mundo.

—No me lo creeré hasta que no lo vea con estos ojos.

Publio sacó un as de la escarcela.

—Ya verás como será así, César cumplirá sus promesas. Toma esto y dame también dos buñuelos de miel.

El panadero soltó al chiquillo para coger el dinero. Publio se agachó y miró al pequeño.

—¿Te gustan los buñuelos?

El niño asintió.

—Toma, cómetelos, recuerda que hoy has tenido suerte, pero

podrías no tenerla la próxima vez. No quiero volver a verte robando, ¿entendido? —Los ojos del chiquillo se hundieron en los de Publio Sextio, asintió y dio un mordisco al buñuelo de miel—. Pero ten cuidado, porque igual que te ha pillado el panadero, podría pillarte y llevarte de aquí un mercader de esclavos.

—Tengo la *bulla* de mi madre —dijo el chiquillo mostrando el colgante de cuero que llevaba al cuello.

—No siempre sirve contra los mercaderes de esclavos, ¿te enteras?

—Sí.

—Y ahora vuelve con tu madre.

Enseguida el pequeño desapareció entre la multitud que desde hacía días llenaba Roma con motivo de las celebraciones por las victorias de César y el final de la guerra civil.

El General Único fue recibido con entusiasmo por su gente, y en cuanto regresó a la urbe habló ante el pueblo y el Senado, haciendo que lo nombraran dictador y asegurando que gobernaría sin tiranías. Como prueba de ello hizo notar que la ciudad y toda Italia se habían librado de los horrores de la guerra civil y, al revés de lo que había ocurrido en la época de Mario y Sila, César demostró enorme clemencia evitando perseguir a los enemigos y acogiendo con benevolencia a todos los pompeyanos que se presentaron ante él una vez que terminaron las hostilidades. En un discurso en el Senado confirmó la anexión de la Galia y de Numidia, del protectorado de las fértiles tierras de Egipto que iba a suministrar trigo en abundancia evitando carestías futuras y, para conmemorar la grandeza de semejantes victorias, prometió que llevaría riqueza y prosperidad a la urbe, pidió la celebración de cuatro triunfos, uno por cada una de las campañas militares que había culminado con éxito: la de la Galia, la de Egipto, la del Ponto contra Farnaces y la de África contra Juba. Faltaban dos días para la celebración del primer triunfo, en el que desfilaría el rey de los arvernos encadenado por las calles de Roma, y por eso la ciudad era una especie de enorme obra donde se trabajaba sin parar día y noche para culminar la escenografía que iba a acoger ese triunfo.

A lo largo del recorrido triunfal se estaban levantando andamios de madera para las decenas de miles de personas que habían llegado de todas partes para ver esa celebración que se recordaría en los milenios venideros. Se decía que fuera de Roma había escondidos animales exóticos nunca vistos antes, entre ellos, extraños camelopardos que iban a desfilar por las calles de la ciudad. Por todos lados había ambiente de fiesta, por todos lados había gente comiendo y bebiendo de una forma que no se veía desde hacía años, por todos lados había ganas de volver a vivir.

—¿Y a ti, señor? ¿A ti no te puedo vender un buñuelo?

Publio miró al panadero.

—No, gracias.

—Si quieres, por pocos sestercios, te guardo un sitio para el triunfo en la escalinata que están construyendo aquí enfrente.

Publio Sextio meneó la cabeza.

—No, no me hace falta, gracias.

—¿No vas a ver el triunfo?

—Sí, pero ya tengo un sitio reservado.

—Entonces, disfruta el espectáculo, y recuerda que mis buñuelos están aquí.

—Claro.

Publio se adentró por entre la multitud dejando atrás el puesto del panadero y se encaminó hacia la columna de Menio, luego pasó a la oficina de los *tresviri*, entre el ir y venir de los esclavos atareados.

—Hola, triunviro Esceva.

—Ya estás aquí, Publio Sextio Báculo.

—He venido en cuanto me han dicho que me estabas buscando.

—Sí, tengo alguna instrucción para ti. —Esceva revolvió entre los papiros que llenaban su escritorio—. Instrucciones que llegan de muy arriba, Báculo. —Por fin encontró lo que buscaba—. Aquí está, dentro de dos días se celebrará el primero de los cuatro triunfos, ya no falta casi nada y todo está prácticamente listo. Los que desfilan se acuartelarán en la Villa pública, fuera del *pomerium*, donde Cayo Julio César está esperando para entrar en la ciudad.

Hay una cantidad monstruosa de soldados, esclavos, animales y carruajes, solo te digo que muchos han acampado en los pórticos delante del teatro de Pompeyo. El desfile saldrá de ahí pasado mañana por la mañana, siguiendo la vía Triumphalis.

Publio Sextio asintió.

—Has de estar ahí antes del amanecer con el prisionero, pero te aconsejaría salir de noche, porque la ciudad está alborotada y en las calles no cabe nadie. La gente acampa por todas partes para ver el desfile y va a haber una multitud enorme. Te doy a los auxiliares de las rondas nocturnas como escolta.

Otro gesto de asentimiento con la cabeza.

—Tú llevarás a Vercingétorix en el triunfo.

—¿Yo?

—Sí, eso pone aquí. Publio Sextio Báculo. Para ese día te tienes que engalanar, hoy te mando unas *phalerae* para que te las pongas, ya que las tuyas las perdiste en Cénabo, junto con una túnica y un *cingulum*.

—El cinturón lo tengo..., lo llevaba puesto.

—Bien, no hace falta nada más. Ah, sí, una corona de laurel. Esa la tienes que encontrar tú, pero las están haciendo por toda la ciudad.

—Sí.

—Llegará todo en una caja al Mamertino hoy por la tarde. También va la ropa de Vercingétorix. Parece que la suya viene directamente de Alesia, es lo que le quitaron el día de la rendición, comprueba que esté todo, un esclavo público llegará al Mamertino para vestir y maquillar al prisionero, no debe llevar nada arrugado. —Una sonrisa se dibujó en los labios de Esceva—. De arrugarlo se encargará la gente.

—¿Maquillarlo...?

—Sí, le daremos un aspecto fiero, la multitud quiere el bárbaro malo, no el pánfilo que tenemos en el *Tullus*.

—Seis años en el foso transformarían a cualquiera.

—Da igual, ya hemos llegado al final de esta larga agonía. Dos días más y nos desharemos de ese arverno, así que cuando el desfile llegue frente a las Gemonías, tú lo llevarás de nuevo al Mamertino, y esa será la última vez. Ahí estaré yo con los otros *tresviri capitales*, el verdugo y sus siervos, así como con un par de funcionarios bárbaros que César quiere que estén en la ejecución.

—¿No habrá... clemencia?

—¿Clemencia? ¿Por qué motivo?

—Ha estado en el Tuliano seis años y en este tiempo ha ocurrido de todo. La ciudadanía romana se ha extendido y concedido a toda la Galia Cisalpina y el derecho latino a la Narbonense, los arvernos y los heduos ahora son nuestros aliados, además, César ha ganado esta guerra civil con muchos galos entre sus filas... Por eso esperaba que hubiese clemencia, ya que en el clima sereno de la posguerra César ha sido clemente con todos los enemigos.

—La *clementia caesaris* se ha limitado a los pompeyanos, Báculo, enemigos, pero, en cualquier caso, romanos. Sin embargo, como tú mismo acabas de decir, las legiones de César están llenas de galos, Roma está llena de galos, ya sean esclavos, prisioneros, soldados o nobles a los que se les ha concedido la ciudadanía o que están haciendo de todo para conseguirla, invitados por César a su triunfo, un triunfo sobre los galos obtenido gracias a los galos.

»La gente empieza a pensar que los galos llegarán al Senado, que cuando se quiten los pantalones se pondrán la túnica senatorial. Y tanta magnanimidad y benevolencia no gusta. Los galos son los enemigos atávicos de Roma, los que la invadieron e incendiaron cuatrocientos años atrás, los que la han aterrorizado durante todos estos siglos, y ni siquiera César, con el poder que ha conseguido, puede mostrarse tan prógalo con la gente que siempre lo ha querido y respaldado. Sus rivales políticos utilizarían eso enseguida como arma para atacarlo.

»Da igual los años que hayan pasado y lo que haya ocurrido, Vercingétorix era el corazón palpitante de la revuelta, ha significado guerra, odio, destrucción, la masacre indiscriminada de los civiles indefensos de Cénabo. Los rivales pueden ser perdonados, pero él no ha sido un rival, ha sido un traidor y un asesino despiadado, y ha llevado a la ruina a los suyos. La ventaja que se obtiene matándolo es infinitamente mayor que la que se conseguiría dejándolo con vida. La muerte de Vercingétorix no es una decisión de César, es buena para todos, Báculo, para romanos y galos.

Publio Sextio asintió.

—Parece que te afecta solamente a ti.

—Seis años metido ahí dentro han sido largos también para mí, Esceva. He tenido tiempo para pensar y para recordar, pero también para olvidar.

—La gente quiere ver la sangre del rey enemigo en la vía Sacra, una vez que lo vea pensará que ya no hay peligro, habrá ocasión para la clemencia en los triunfos siguientes. En el triunfo egipcio será exhibida una auténtica joya, Arsínoe, la hermana menor de Cleopatra, a ella se le perdonará la vida a cambio de un buen acuerdo, un exilio en Éfeso. En el tercer triunfo, el del rey del Ponto, Farnaces, dado que no estará el rey derrotado, muerto en batalla, será exhibido su hijo con un cartel para simbolizar la rapidez con que César humilló al padre, en el que se leerá... *«veni, vidi, vici»*, o algo así. También al hijo del rey muerto, como te podrás imaginar, se le perdonará la vida. Y, para terminar, el triunfo africano, el que la gente preferiría no ver. Un triunfo sobre la derrota de Pompeyo transformado en la derrota del rey númida Juba, que era su aliado, también muerto en batalla. Un triunfo que no comporta ninguna honra, pues en realidad oculta una victoria sobre otros romanos... obtenida, encima, con los galos que están en las legiones de César.

Los dos se miraron, tampoco Esceva era el mismo de hacía seis años.

—La de Vercingétorix será la única ejecución de estos cuatro triunfos, para él no habrá clemencia, Báculo. Tiene que morir, y la gente tiene que ver que su cadáver es arrastrado por las calles.

Roma, 25 de septiembre del 46 a. C. – Noche de la víspera del triunfo de César sobre los galos

Vercingétorix oyó los pasos de Publio Sextio en la *Carcer*. En los seis años que llevaba encerrado ahí había aprendido a reconocer todos los ruidos que oía, y los pasos de Báculo eran inconfundibles.

—Rix.

El arverno se levantó de su incómodo catre y entró en el haz de luz que llegaba de arriba, con los ojos hacia el agujero.

—Te bajo la escalera, prepárate para salir, tenemos que ser rápidos.

No le dio tiempo para replicar, Publio dejó en el suelo la lucerna y movió la escalera, que enseguida bajó al *Tullus*.

—Sujétala, ayúdame.

Vercingétorix cogió la escalera y ayudó al romano.

—¡Sube, muévete!

Rix subió la escalera arrastrando con dificultad los pesados *vincula* en los tobillos.

—¡Venga, venga!

El preso apretó los ojos, deslumbrado por la débil luz de la lucerna, y miró alrededor. Báculo estaba solo y no había sombra de ningún guardia.

—¡Quítate los grilletes —le ordenó Publio entregándole las llaves—, luego ponte esta capa, rápido!

—¿Qué pasa, Báculo?

—Rápido, no hagas preguntas, tenemos que irnos de aquí antes de que lleguen los guardias.

—Tenemos que irnos..., ¿adónde?

—Tenemos que irnos, Rix, muévete.

Con manos temblorosas, Vercingétorix se quitó los grilletes cuando Publio ya estaba en la galería con una antorcha. El arverno se acercó a Báculo y los dos recorrieron juntos la galería, pasaron delante del cuerpo de guardia y llegaron a la reja, que Báculo abrió.

—¡Ponte la capucha, vamos!

Los dos salieron a la noche y después de andar muy poco se adentraron por entre la multitud. Había gente por todas partes, puestos en los que vendían de todo, carcajadas, olor a vino caliente y salchichas.

—¡Por aquí!

El arverno caminaba cabizbajo y mirando la espalda de Báculo, que iba delante de él, de vez en cuando levantaba la cabeza y observaba a la multitud que había ido a ver el triunfo de César. La gente que quería verlo muerto ya estaba celebrando el triunfo de la prosperidad, pues lo que todo el mundo hacía era divertirse, beber y comer. Una ronda de guardias nocturnos se cruzó en su camino y uno de los auxiliares saludó a Publio, que respondió y siguió andando, seguido por el hombre encapuchado.

El corazón de Vercingétorix parecía retumbarle en el pecho por el esfuerzo de esa larga caminata rápida y ese sabor a libertad que lo embriagaba más que el vino.

—En el río nos está esperando una barca.

Cruzaron un puente y bajaron al muelle, donde estaban amarradas unas embarcaciones. En una de ellas había unos hombres con capas negras.

—¡Sube, Rix!

Vercingétorix subió a la embarcación con Publio, y los hombres de la tripulación la alejaron con varas de la orilla. No tardaron en dejar atrás los ruidos de la ciudad. Vercingétorix se volvió para ver que Roma bullía de gente en fiesta, en el lado opuesto, delante de él, la estela negra del agua era una alfombra de chispas que llegaban directamente de la luna.

—¿Por qué lo has hecho?

Báculo no respondió, lo miró fijamente sin decir palabra, y entonces Vercingétorix volvió a observar el río que lo llevaba hacia la libertad. Aspiró con fuerza ese viento que le refrescaba el rostro y cerró los ojos para sentir en su interior la vida, pero cuando los abrió no vio nada. Parpadeó varias veces, hasta que se dio cuenta de que se encontraba en la oscuridad del Tuliano.

Se incorporó y se sentó en su catre de madera, trató de respirar pero le faltaba el aire. Había sido un maldito sueño lo que lo había sacado de ahí. En seis infinitos años solo en un sueño había podido salir del *Tullus*.

—¡Ya no aguanto más! —gritó en su idioma—. Padre, sácame de aquí, no aguanto más. Sácame de aquí, te lo suplico.

Se oyeron voces en la galería, era la guardia en pleno.

—Rix.

El arverno se levantó de su incómodo catre y entró en el haz de luz que llegaba de arriba, los ojos vueltos hacia el agujero.

—Te mando la escalera —le dijo Publio desde arriba—. Tenemos que irnos, Rix.

El prisionero subió la escalera arrastrando con dificultad los pesados *vincula* en los tobillos, y cuando salió a la *Carcer* vio al menos media docena de guardias armados y a Publio Sextio vestido con una túnica blanca y sobre ella una pechera repleta de condecoraciones militares.

—¿Ha llegado el momento?

—Sí, Rix, ha llegado. Tenemos que prepararnos.

Vercingétorix asintió mientras un esclavo abría una caja y colocaba su contenido sobre la banqueta.

—Tenemos que vestirte, quítate lo que llevas puesto.

El prisionero estuvo enseguida desnudo delante de los guardias. Le dieron los pantalones y la túnica que llevaba en Alesia y su corazón empezó a palpitar con fuerza, y cuando le entregaron la capa de Damona el gran rey de los arvernos apenas pudo contener un sollozo.

—También los brazaletes, ponédselo todo.

Le dieron el broche de su madre, que él mismo se puso, lo acarició a la vez que tocaba con mimo la capa, mientras Publio señalaba la caja.

—¿Las sandalias?

—No —respondió el esclavo—, nada de sandalias, tienen que verse los grilletes en los tobillos. Así está bien, solo falta el maquillaje.

Otro esclavo se acercó al arverno con las pinturas y empezó a maquillarle el rostro. Vercingétorix permaneció inmóvil, humillado por el esclavo que le pintaba el contorno de los ojos de negro con polvo de hollín. Luego pasó a las mejillas, que coloreó con arcilla roja.

—Ya está listo.

Publio observó incómodo a Rix, el maquillaje resaltaba los ojos y las mejillas, dándole un aspecto grotesco de máscara teatral.

—Tenemos que caminar un poco, Rix. Habrá gente, no puedo quitarte los *vincula*.

El arverno asintió y echó una ojeada al agujero del suelo.

—¿No volveré más?

—Ahí dentro, no...

Los ojos del gran rey de los guerreros brillaron.

—Bien.

El grupo se puso en marcha y poco después llegó al Mamertino, donde más guardias armados los esperaban manteniendo lejos a la multitud.

—¡Es él!

—¡Es el rey de los galos!

—¡Que muera!

—¡Mantenedlos lejos! —ordenó Publio—. ¡No escatiméis golpes a quienes se le acerquen!

—¡Que muera!

Los guardias formaron un círculo alrededor de Rix, que avanzó siguiendo a su carcelero por las calles de Roma. La gente lo dejó pasar y se limitó a lanzarle algunos insultos, nadie quería ganarse un palo o, lo que era peor, acabar en la cárcel y recibir una paliza en vez de ir al gran espectáculo de la mañana siguiente.

Un gran espacio abierto lleno de soldados y hogueras fue el destino pasajero del grupo, al que detuvieron unos guardias que vigilaban la entrada al Campo de Marte, convertido en un campamento temporal. Cuando Publio Sextio anunció que había llegado con el prisionero ilustre, fue rodeado por los veteranos de la legión XII.

—¿Este sería el rey de los galos?

—Hombres, venid a ver de cerca al rey.

Una multitud de legionarios achispados y alegres los rodeó, gritando.

—Si te portas bien, serás castigado; si te portas mal, serás rey.

—¡El rey, el rey, el rey!

—Bebe con nosotros, rey.

Publio Sextio se colocó en medio, mostrando su pechera repleta de condecoraciones.

—¡Atrás!

—¡Oye, centurión, cálmate!

—Venga, centurión, celebremos.

Hubo empujones, Publio Sextio esgrimió el *vitis*, pero afortunadamente el jaleo hizo acudir a los centuriones que había cerca, que calmaron a los soldados.

—Quiero que el prisionero esté en un lugar seguro —les dijo Publio con gesto serio.

—Calmémonos todos, ahora lo pondremos con los otros prisioneros que tienen que desfilar mañana.

—No puede estar con los demás, es Vercingétorix.

— Solo serán unas horas, dentro de poco empezaremos a movernos para el desfile y ahí hay al menos un recinto con guardias. Esta noche es imposible contar con hombres.

—¿Imposible contar con hombres?

—Centurión, el más joven de estos tiene cinco años de guerra a sus espaldas, no ven la hora de beber, celebrar e irse de putas. Además, hemos recibido la orden de dejar que se diviertan y que canten lo que quieran mañana en el desfile, y ellos se están aprovechando.

—Me da igual, soy responsable del prisionero, no le ha pasado nada en seis años y ha estado a punto de acabar en medio de un hatajo de legionarios borrachos yendo conmigo y mis auxiliares. Manda azotar a un par de ellos y verás como también los otros se calman.

—Ahora cálmate tú, nadie va a ser azotado esta noche, deja que hable con el tribuno y veremos dónde podemos instalaros; mientras tanto, ven conmigo, de momento os pondremos al lado de la tienda pretoria, donde están las enseñas. Ven, por aquí.

El grupo pasó delante del recinto de los prisioneros y Vercingétorix echó una ojeada entre las luces de las antorchas. En algunos de ellos se vio reflejado a sí mismo al principio de la reclusión, con la cabeza todavía erguida y la mirada orgullosa, en otros vio la desesperación. Escudriñó sombras entre la multitud en busca de una mirada conocida, pero no la encontró. A saber a qué tribu pertenecían, a saber de dónde procedían. A juzgar por el estado en que se encontraban, no habían sido capturados hacía mucho, quizá en alguna incursión en territorios aún hostiles a Roma para llevar prisioneros importantes para el triunfo. A lo mejor no eran siquiera galos; a lo mejor eran braceros, esclavos de algún rico latifundista. Un coloso con grilletes en las muñecas lo vio pasar sin decir nada.

—¡Ahí, poneos junto al fuego! —dijo el centurión que los guiaba una vez que llegaron a las enseñas de la legión XII vigiladas por un numeroso grupo de centinelas forzudos.

—¡Siéntate, Rix!

Vercingétorix estaba maniatado. Después de tanto tiempo inmóvil, ese trayecto lo había agotado. Se sentó, mientras Publio echaba un último vistazo antes de sentarse delante de él. Se miraron a través del humo de la hoguera.

—Al final has conseguido traerme vivo al triunfo.

—Parece que sí.

—Entonces... ¿no hay clemencia?

Las brasas chisporrotearon. La pregunta era sencilla, un prolongado silencio fue la respuesta, que no daba lugar a dudas.

—¿Cómo va a ser?

—Por estrangulamiento.

El arverno asintió.

—¿Lo harás tú?

—No, no..., yo te conduciré a lo largo del trayecto del desfile, después... de nuevo te llevaré al Mamertino.

Rix miró las brasas.

—¿Te quedarás a verlo?

Publio tragó saliva, el rostro contraído.

—Porque... me infundirías valor.

—Si es lo que quieres, me quedaré.

—Eso me ayudaría.

—Esperaba que el final fuese otro, Rix.

—Este es mi destino, he llegado aquí encadenado recorriendo el camino que emprendí por la libertad. He tratado de sembrar mucho durante toda mi vida, pero no he cosechado tanto como lo que he sembrado, y lo que no ha dado sentido a mi vida a lo mejor se lo da a mi muerte. Al final, la muerte será mi liberación, la manera de salir de todo esto. A partir de mañana seré un hombre libre, Báculo, ya no tengo miedo a morir, lo único que lamento es no haber vivido plenamente la vida.

—Has hecho lo que podías, te has enfrentado a la adversidad con valentía, has estado seis años en la cárcel para llegar con la cabeza erguida a este momento. Has tenido una fuerza enorme, Rix.

—Habría sido mejor morir en Alesia, como tú siempre has dicho.

—Las cosas no salieron así, no le des más vueltas.

—Claro, no se puede volver atrás.

—No.

—Yo ni siquiera podré ir hacia delante, Báculo, he aceptado la muerte y mañana te libraré de mi carga, pero es hora de que tú aceptes la vida.

Otro leño chisporroteó.

—Libérate de las ruinas de tu pasado que sigues viendo de pie. La vida está delante de ti, no detrás, como la mía. Mira hacia delante, Báculo, mira lo que va a pasar mañana, pasado mañana, esta primavera. Has sobrevivido, eso es lo que importa, no pienses en lo que ya no tienes, eso ya no existe. Todavía no te has dado cuenta de que ya no necesitas lo que tenías para estar bien. No te hace falta, no te ha hecho falta en estos años.

Vercingétorix miró a lo lejos, hacia el recinto de los prisioneros.

—Todo lo que se convierte en pasado tiende a alejarse de nosotros, lo queramos o no. Habría dado cualquier cosa por escuchar a ese prisionero pronunciar mi nombre, pero él no sabía quién era. Yo, a quien aclamaban multitudes. Ya no hay nada. Si no hay un futuro, me aferro al pasado, pero tú no, no lo hagas, porque tú tienes un futuro. Acepta lo que te ha ocurrido, no puedes cambiar el pasado y no puedes dominar el futuro, pero en vez de quejarte de lo difícil que es vivir, ¡vive!

Los ojos contorneados de negro brillaron más que el fuego.

—¡Vive! Vive, Báculo, en la alegría, en el sufrimiento, en las pasiones; no aplaces la vida a un momento que nunca llega, disfruta de cada instante. Si no convocas a los demonios, se quedarán donde están y desde lejos los verás tal y como son: muy pequeños.

»Todo está delante de ti, Báculo, alegrías, dolores, sonrisas, luchas, libertad, vida. ¿No te gustaría ver qué ocurrirá a partir de mañana? A mí sí me encantaría.

Una raya de hollín bajó por la mejilla colorada, Vercingétorix se arrebujó en la capa y hundió los dedos en las tramas de la tela.

—Si al menos todo esto hubiese servido para que Damona sobreviviese. Durante todo este tiempo he lamentado no haber salido a compartir su destino en Alesia. Fue terrible, Báculo, no hay día en el que no reviva ese momento.

Publio apretó los labios, buscando las palabras.

—Estoy seguro de que ella te está esperando y de que se siente orgullosa de ti, hiciste todo lo que ella te pidió.

Rix se llevó la capa a la mejilla.

—No lo sé, pero, al menos junto con la vida, desaparecerá este dolor que llevo dentro.

—Te está esperando, Rix, estoy seguro.

LI

Io triumphe
Roma, 26 de septiembre del 46 a. C.

La luz se impuso poco a poco a las tinieblas y la noche insomne de Roma se hizo día, un día que pasaría a la historia.

De la neblina del alba surgieron jinetes, soldados, esclavos, senadores, presos, artistas, músicos, generales, animales que no se habían visto nunca antes, carros enormes, sillas de manos doradas, máquinas de guerra... Todo cuanto había hecho grande a César en la Galia y podía deslumbrar y emocionar se había congregado en el Campo de Marte e iba a formar un largo y deslumbrante desfile, que cruzaría la ciudad hasta el templo de Júpiter.

Un elefante barritó, llamando la atención de la mucha gente que no había visto nunca ese animal. Unos bueyes con cuernos dorados y engalanados con telas tiraban de un carro enorme repleto de armas y escudos. Unos músicos empezaron a tocar soplando largos y curvos cuernos de búfalo. Un hombre vestido de sátiro daba saltos aquí y allá, haciendo reír a todo el mundo.

—¿Y tú quién eres? —preguntó dando brincos delante de Vercingétorix—. ¿Un galo? ¿Un temible galo?

—¡Largo de aquí! —gruñó Báculo blandiendo el *vitis*, y dando dos saltos el sátiro desapareció entre la multitud—. Toma, Rix, he encontrado algo de comer.

Vercingétorix cogió la escudilla, luego meneó la cabeza y se la devolvió a Publio.

—No tengo hambre, Publio.

—Yo tampoco.

Lo que había en la escudilla acabó en las brasas que se estaban apagando, mientras Vercingétorix miraba alrededor, aturdido. No tenía ni idea de lo que era un paseo triunfal romano, y cuanto veía le parecía tan increíble como incomprensible.

—¿Qué está ocurriendo, Báculo?

Un grupo de jóvenes elegantemente vestidos pasó con copas llenas de monedas de oro, y detrás de ellos, otros músicos con sus laúdes.

—No lo sé, Rix, para mí también es la primera vez.

Luego vieron un grupo de flautistas con cinturones y coronas de oro que marchaba al mismo ritmo, en perfecto orden, cantando y bailando.

—¡Apartaos!

Unos esclavos abrían camino a un tiro de ocho caballos enguirnaldados que llevaba un gigantesco carro lleno de trozos de barcos. A continuación desfilaron máquinas de asedio tiradas por bueyes. Vercingétorix las recordó en Avárico y Gergovia, pero, viéndolas con las cadenas en las muñecas, impresionaban más.

—Ahí está.

Publio reconoció al centurión de la legión XIII que lo había llevado a la sala de las enseñas por la noche. Iba con sirvientes; uno de ellos, seguramente uno de los libertos encargados de la coreografía del desfile, se le acercó con un gran escudo cincelado.

—Hola, Publio Sextio Báculo, te traigo el escudo del rey de los galos. Has de llevarlo por el recorrido. —El exprimipilo permaneció un momento atónito, luego embrazó el pesado escudo.

—¿Por qué el prisionero no lleva los *vincula* al cuello?

—No sabía que tuviese...

—¡Por supuesto que sí! El rey tiene que llevar una cadena al cuello.

—No tengo...

—Rápido, buscad ahora mismo una cadena —gritó nervioso el liberto a sus esclavos—. ¡Quitádsela a un prisionero, a un toro, a un elefante, pero encontradme una cadena!

Sus esclavos desaparecieron entre la multitud.

—Escúchame bien, Báculo —continuó el liberto—, os colocaré en vuestra fila. Recuerda, antes que tú van los bailarines, después los carros con los botines de guerra y los de los prisioneros encadenados. Delante de ti habrá un centurión de la legión XIII montado en un enorme caballo negro. Es el caballo del rey de los arvernos.

«Esus...», pensó Vercingétorix buscándolo con la mirada.

—Detrás del caballo irán cuatro soldados llevando sobre un *ferculum* la armadura del condenado, y, detrás de ellos, otros portarán las tablas pintadas del comandante de la revuelta de los galos mientras lucha y cuando se rinde. Detrás de los que muestren las tablas, a unos veinte pasos, tú avanzarás sujetando el escudo con una mano y la cadena con la otra.

—Solo tengo una mano.

El liberto abrió mucho los ojos.

—Descuida, sujetaré la cadena y el escudo con una sola mano.

—¿Estás seguro? Puedo buscar a otro...

—¡Estoy seguro!

—Como quieras —continuó el liberto, vacilante—, detrás de vosotros irá el sátiro, anunciando la llegada de los otros prisioneros; después, poco a poco, todos los demás, de los rehenes a los senadores, eso a vosotros os da igual. Pero... —El liberto abrió la boca mirando a Vercingétorix—. Se le está quitando el maquillaje, quería que pareciera más fiero, corregidlo enseguida.

Los esclavos rodearon de inmediato a Rix, retocaron el maquillaje mientras el liberto empezaba a impartir instrucciones también al prisionero.

—¿Comprendes?

—Comprende.

—No debes caminar pegado a él, debes ir unos pasos más atrás. ¿Has comprendido lo que he dicho?

—Te ha comprendido.

—La coreografía es muy importante, si el caballo que va delante se detiene, vosotros también os tenéis que detener, no os podéis juntar. Al condenado tiene que verlo bien todo el mundo, confiemos en que encuentren una cadena muy larga, y tú, centurión, tienes que tirar de él de vez en cuando, pero mantenlo apartado de ti, la gente ha de verlo, la gente *quiere* verlo, quiere insultarlo, quiere verlo muerto. ¿Has comprendido?

Publio miró al liberto, apretó las mandíbulas y dilató las fosas nasales. El corazón empezó a latirle con fuerza.

—Centurión..., estoy hablando contigo, ¿has comprendido?

Sextio Báculo levantó amenazador el escudo y acercó el borde inferior a dos dedos del cuello del liberto.

—Una palabra más y te separo la cabeza del cuello y la ato al cinturón del rey de los galos. Para que quede más feroz, en la coreografía.

—He encontrado... una cadena —dijo uno de los esclavos que acababa de regresar y miraba aterrorizado a Publio—. Pero no la argolla para el cuello.

—Date prisa y pónsela en las muñecas —ordenó Publio Sextio observando las manos temblorosas del esclavo—. ¿Ese es el caballo al que hay que seguir?

El liberto asintió mientras trataba de recuperar el aliento tras el susto.

—Ánimo, Rix, vamos.

—Ese no es mi caballo.

—Me lo imaginaba.

—Y ese no es mi escudo.

—¡Vercingétorix! ¡Vercingétorix!

Publio Sextio y el prisionero se volvieron. Detrás de ellos, en un carro, un hombre gritaba agitando hacia el cielo los puños encadenados. Llevaba una armadura y un yelmo que brillaban a la luz del sol. Rix aguzó la mirada y abrió la boca de par en par.

—Vercasivelauno...

—¡Juntos también aquí, primo!

Sintió una profunda aflicción.

—¡Valor!

Un soldado fue al carro con un palo para callar a Vercasivelauno.

—¡No! —rugió Vercingétorix tirando de la cadena que Publio sujetó—. Por favor, Báculo, déjame despedirme de él.

Los dos se miraron.

—Te lo suplico.

A paso firme, Báculo se encaminó hacia el carro llevando detrás al arverno.

—¡Eh, tú, soldado, detente!

El legionario dejó de apalear a Vercasivelauno.

—¿Tú quién eres?

—¡Publio Sextio Báculo, primipilo de la legión XII, deja a ese prisionero o probarás mi *vitis*!

El soldado se fijó en todas las condecoraciones militares que lucía Publio en el pecho y dejó a Vercasivelauno, que se levantó con sangre chorreándole de la sien. Los dos primos se miraron a la cara, como petrificados. Vercingétorix se fijó en las cadenas que su primo tenía en las muñecas, eran de oro.

—Me cogieron en Alesia, había atravesado la valla, casi lo había conseguido. El triunfo estuvo cerca, Rix, no lo logramos por los pelos. Lo siento, perdóname.

Vercingétorix meneó la cabeza.

—Siempre supe que harías todo lo que pudieras, estaba seguro.

—¡No te traicioné!

—Lo sé.

—¡No he hecho más que pensar en ti y esperaba verte de nuevo!

—Yo también.

Desde el carro, Vercasivelauno estiró la mano y su primo trató de estrechársela, los dedos se rozaron, las trompetas sonaron y lejos retumbó el bullicio de la gente. Unos oficiales gritaron que había que ocupar las posiciones.

—Tenemos que irnos.

—Valor, Rix, como el que siempre has tenido.

Los ojos se empañaron.

—Aguanta, Vercasivelauno, aguanta también por mí, y, si puedes, vuelve algún día a Auvernia para hablar de nosotros.

—Lo haré.

—Prométemelo.

—¡Te lo prometo!

Un decurión a caballo llegó para que se alinearan los participantes en el desfile.

—En columna, al desfile. ¡Eh, tú, el de ese prisionero!

—Tenemos que ir, Rix.

—Adiós, Vercasivelauno.

—Adiós, Rix, te llevo conmigo.

La cadena se tensó y Vercingétorix tuvo que seguir a su carcelero para su último viaje. Los dos se colocaron detrás de los cuatro que llevaban la armadura en la silla de manos y de los que portaban las tablas pintadas.

—Gracias, Báculo.

Publio Sextio se volvió, más toques de trompeta, más gritos de la multitud.

—Será duro, Rix, mira el cielo y piensa en tu casa. Este cuerpo no es el tuyo, este no eres tú.

Vercingétorix asintió, las piernas le temblaron, tenía un nudo en la garganta.

—Aguanta un poco más, por última vez.

—Sí, un poco más...

El desfile avanzó, Publio dejó que los que iban delante de ellos se alejaran.

—Vamos, Rix.

La cadena se estiró y Vercingétorix siguió a Publio, paso a paso, mirando el cielo despejado de ese caluroso día que se llenaba de músicas, gritos, risas, aplausos y pétalos que parecían llover.

«Tienes que ser fuerte, Vercingétorix».

—¡Ahí está!

—¡Es el rey de los galos!

—¡Cabrón!

—¡Que muera!

La gente empezó a lanzar escupitajos, un huevo podrido le cayó en el pecho mientras el desfile cruzaba las *parodoi* del teatro de Pompeyo.

«Este cuerpo no es el tuyo, este no eres tú».

—¡Matémoslo, centurión, matémoslo!

Un chiquillo le tiró estiércol y todo el mundo rompió a reír.

—¡Queremos verlo muerto!

Los dos pasaron por debajo de la puerta Triunfal, después de la cual el griterío se intensificó. Los andamios bullían de gente que agitaba las manos, gritando. Entre las miradas de los muchos que lo insultaban, Vercingétorix se imaginó el rostro de su madre mirándolo con lágrimas en los ojos.

—Tu padre estaría orgulloso de ti, Vercingétorix, gran rey de los guerreros.

—Madre...

«Sé fuerte».

—¡Muere, cabrón!

«¿Oyes esas voces? Gritan mi nombre. Todos ahí fuera gritan mi nombre porque creen en mí».

Más estiércol, más risas, más insultos y pétalos caídos del cielo. Algo le dio en la sien. Vercingétorix paró y se llevó las manos a la cabeza. Publio se detuvo.

—¿Puedes, Rix?

—Sí.

—Aguanta.

Otro huevo, solo que esta vez le dolió porque cayó en la capa de Damona. Vercingétorix se volvió con los ojos inyectados de sangre y trató de arrojarse sobre la multitud rugiendo como un león, pero Publio tiró rápido de la cadena y los esclavos públicos que mantenían alejada a la gente se echaron sobre el arverno y empezaron a pegarle.

—¡Quietos! ¡Quietos, he dicho!

Publio se colocó delante del prisionero, para protegerlo con el escudo, y con una mirada feroz apartó a los otros.

—¡Levántate, Rix!

—No puedo más...

—Este recorrido tienes que hacerlo, Rix, si no lo haces por tu propio pie te obligarán a hacerlo a palos, arrastrándote detrás del caballo. —Publio se agachó y le habló en voz baja—. Recórrelo andando, como rey de los arvernos, no te sometas. ¡Levántate, Rix, recuerda quién eres!

Vercingétorix se puso de rodillas y luego se incorporó, tambaleándose. La multitud gritó y siguió con los insultos y el lanzamiento de objetos.

«Sé fuerte».

Publio apretó el paso, la caída de Vercingétorix lo había distanciado de los que llevaban la silla de manos y las tablas. Él tampoco podía más. Él, que había visto batallas de todo tipo y heridas horribles, no era capaz de soportar lo que estaba viviendo. Se giró para mirar a Rix, que ya lo seguía lánguido, ausente, sin voluntad, sin fuerza, sin vida.

Volvió a mirar hacia delante, atrapado entre dos alas de multitud festiva que lo apabullaba con sus gritos junto con la música y los aplausos.

—¡Que muera el cabrón!

La cadena se tensó de nuevo, Vercingétorix se detuvo, algo le pasaba. Publio se le acercó.

—Valor.

En el suelo había un pequeño montón de estiércol que sorprendió a Báculo. Fulminó entonces a la multitud con una mirada tan intimidatoria como inútil. El centurión apretó los labios, tensó la cadena, se volvió y retrocedió un paso para marcharse. Fue en ese instante cuando entre los miles de rostros vio el de Aulo, el hijo de Remilla, al que había salvado dos días antes de las garras del panadero. Los dos se miraron, y fue un momento de complicidad que Publio trató de guardar en su interior, incluso cuando siguieron andando, entre la multitud poseída por las pasiones más desenfrenadas.

Carcajadas, emociones, gritos, versos, insultos, himnos. Toda esa emotividad se traducía en un estruendo ensordecedor que los acompañó en el largo y agotador recorrido, que en otro momento habría parecido casi un paseo. Por otro lado, eso era lo que se le pedía a la multitud con ese desfile: Vercingétorix, junto con otros prisioneros, servía para recordar a cientos de miles de romanos que también un soberano podía caer en el polvo y, sobre todo, qué riesgos habrían corrido si esa guerra hubiese acabado en derrota, si la suerte les hubiese sido adversa y si no hubieran contado con un hombre como César.

Por fin la columna de Menio apareció encima de las cabezas de la gente anunciando el destino final del desfile. Pasada la columna estaban las escaleras Gemonías, que esperaban la llegada del triunfador para llevarlo al templo de Júpiter Capitolino, donde la ceremonia concluiría tras el cumplimiento de la última formalidad: la ejecución del enemigo público de la República, que tendría lugar en la cárcel Mamertina, en la base de la escalinata.

A los espectadores los mantenían lejos de la base de las Gemonías, pero se oían gritos e himnos por todas partes, siguiendo el trabajo de los siervos que hacían avanzar a los participantes en el desfile para que no hubiera atascos. Uno de esos esclavos zarandeó al chiquillo que Publio Sextio había visto entre la multitud y que de alguna manera había llegado hasta ahí.

—¡Eh, tú!

El esclavo se volvió hacia Báculo.

Era preferible no discutir con el centurión repleto de condecoraciones que llevaba a Vercingétorix con una cadena. El esclavo soltó al chiquillo, que enseguida desapareció por detrás dc uno de los toros de sacrificio que se había plantado en mitad de la calle y se negaba a moverse. En medio de ese lío, dos elefantes se pusieron nerviosos y empezaron a barritar. Costó que los paquidermos se colocasen a los lados para que los carros y las sillas de manos, que ya habían tenido que parar junto con todos los que terminaban el recorrido triunfal, pudieran seguir camino hacia las Gemonías.

—¡Rápido con esos carros y las máquinas de guerra, por ese lado, colocaos detrás de la Curia, vamos, vamos!

Por fin el toro mugió y consiguieron sacarlo.

—Vosotros, con las escenografías, id a la escalera.

—Los senadores tienen que pasar delante, dejadlos pasar, tienen que subir al templo.

Durante un momento, en medio de esa confusión, parecieron olvidarse de Vercingétorix. Estaba sucio, manchado de todo lo que le había arrojado la gente. Daba la impresión de haber envejecido otros diez años durante el trayecto; todavía no tenía treinta y cinco y parecía un viejo tembloroso que apenas se tenía en pie, con la mirada perdida.

—Ya está, Rix —dijo Publio yendo hacia él—. Lo has conseguido.

Uno de los auxiliares de la *Carcer* fue hacia ellos, abriéndose paso entre la multitud.

—Por aquí, Báculo, tenemos que ir al Mamertino.

El excenturión le dio el escudo al guardia y se acercó más al condenado.

—Mírame cuando estés ahí dentro y piensa en Damona, estás en tus bosques una mañana de verano. —El temblor aumentó, incontenible.

—Báculo, nos esperan.

—¡Recuerda quién eres, Rix! Piensa en esa cabalgada por el río mientras todos gritaban tu nombre.

Llegaron más auxiliares.

—Tenemos que ir a la *Carcer*, Báculo, al carro de César se le ha roto un eje y ha tenido que parar, eso ha retrasado el desfile, ahora hemos de recuperar el tiempo.

Los ojos de Vercingétorix se pusieron rojos.

—Tengo miedo.

—Solo un loco no lo tendría.

Vercingétorix asintió.

—Moriré como rey de los arvernos.

—Vamos, Báculo, Esceva nos está esperando.

Los auxiliares abrieron camino entre la multitud, los dos fueron detrás de él flanqueándolo hasta la entrada del Tuliano.

Delante de la puerta, el arverno se volvió hacia Báculo.

—¡Vive también por mí!

LII

Un corazón sin sangre

El estruendo de la multitud siguió al grupo que cruzó por la puerta del Mamertino y se adentró en la galería, invadiendo el profundo silencio de la *Carcer*. Publio había esperado muchas veces que ese momento fuese el de su liberación, y al final el día tan ansiado estaba resultando muy diferente a como se lo imaginó.

La alegría de Roma llegaba a sus entrañas secretas, tanto es así que la bóveda de piedra de la galería parecía retumbar con los gritos de la calle. Publio vivió casi seis años ahí dentro sin luz ni noción del tiempo, años en los que había tenido la sensación de que la vida se había paralizado entre aquellas piedras. Fuera todo había cambiado y el mundo había seguido su curso sin él ni Vercingétorix, al que ahora llamaba ese sepulcro para que rindiera definitivamente cuentas de su pasado.

En la puerta de la galería, Publio se encontró con Paquio Esceva y con una docena de individuos a los que no había visto nunca, aunque intuyó quiénes eran por sus vestimentas. Todos los que estaban al lado de Esceva serían los nuevos *tresviri capitales*, que asistían por ley a la ejecución. En el fondo de la sala, con los brazos cruzados, se encontraban el verdugo y sus dos ayudantes, junto a un poste que debían de haber colocado poco antes. Al otro lado había tres dignatarios extranjeros, y por su ropa eran seguramente galos.

—La rotura del eje del carro del triunfador ha afectado a todo el desfile —le dijo Esceva a Publio, que llevó el prisionero al interior de la *Carcer* junto con los guardias—. Tenemos que recuperar el retraso.

El verdugo empezó a preparar el lazo de cuero. El carcelero y el condenado se miraron sin decirse nada. Ya no podían hablar entre ellos ahí dentro, pero en esa mirada estaba la esencia de aquellos años de vida compartida, en lo bueno y en lo malo.

—Acabemos rápido —ordenó Esceva, pidiendo a los guardias que procedieran.

Cogieron a Vercingétorix de la cadena y lo llevaron al poste. Lo hicieron volverse hacia los testigos, y dejaron al verdugo detrás. Solo en ese momento Rix reconoció a uno de los dignatarios extranjeros. Era Epasnacto, el aristócrata que había expulsado de Gergovia.

«Estás cometiendo un gran error, Vercingétorix, te estás enfrentando a un enemigo al que no conseguirás vencer, y, lo que es peor, arrastrarás a la destrucción a cuantos absurdamente creen en ti».

La presencia de Epasnacto, ataviado con las prendas ceremoniales de un noble arverno, significaba que César lo había repuesto en su cargo y que había sido expresamente invitado al triunfo para que asistiera al final definitivo de la revuelta gala. El mundo de Celtilo y Vercingétorix terminaba ese día para marcar una nueva era, y morir precisamente ante uno de los aristócratas que había luchado contra su padre era la última y la mayor derrota que se le podía infligir al jefe de los rebeldes.

Todo había sido inútil.

—Vercingétorix, hijo de Celtilo —sentenció Esceva mirando al arverno—. Te enrolaste bajo nuestras enseñas, que después traicionaste. Actuaste contra la Res Publica romana dirigiendo una insurrección armada contra nuestras legiones estacionadas en la Galia. Te has manchado de crueles crímenes, persiguiendo y matando a inocentes ciudadanos romanos. El Senado de Roma te condena a la pena de muerte por estrangulamiento, y, dada la gravedad de tus delitos, se te ha privado de cualquier posibilidad de defenderte.

El temblor pasó de las manos a los brazos, que ataron al poste. El verdugo preguntó a Esceva.

—¿Procedo?

—Procede.

La mano del verdugo empezó a girar el palo, retorciendo el lazo, que apretaba cada vez más, y los rostros de los presentes fueron desapareciendo de uno en uno, hasta que solo quedó el de Publio, que lo miraba inmóvil, moviendo los labios sin emitir sonido.

«Estoy aquí contigo, Rix».

El arverno miró al romano, con los ojos brillantes.

«Piensa en Damona».

El rey de los arvernos asintió, incapaz de dominar el temblor que ya se había apoderado de todo su cuerpo.

«Tienes que ser fuerte, Vercingétorix..., tienes que ser fuerte».

El cuello del arverno se tensó, convirtiéndose en un retículo de venas.

«Valor, Rix...».

Los ojos inyectados de sangre se volvieron de un verde intenso, también el rostro de Publio desapareció, todo era borroso.

«Querría tener tu fuerza, Damona».

«La tienes, mi corazón está dentro de ti, solo debes recordarme. Es hora de dar ejemplo, sé fuerte, eres el rey».

El condenado apretó los dientes, su último grito fue un gruñido. Apretó los ojos en ese rostro cárdeno y sucio, mientras el lazo de cuero se retorcía alrededor de su cuello.

«Ahora tienes que volver a ser el rey. Lo harás por Auvernia, lo harás por la Galia. Tu recuerdo me dará fuerzas para aceptar serenamente lo inevitable, sea lo que sea».

Las piernas se estremecieron, el gran rey de los arvernos intentó soltarse con todas las fuerzas que le quedaban, pero no pudo hacer nada contra las cuerdas y el lazo que lo tenían sujeto a ese poste. Empezó a echar espuma por la boca y el rostro se le fue poniendo azul.

«Tu padre estaría orgulloso de ti».

Parpadeó, era como si los ojos ya no tuvieran pupilas, trató desesperadamente de respirar y meneó la cabeza. La boca se abrió y salió la lengua entre filamentos de baba.

«La libertad no nos la conceden, la libertad hemos de ganarla y conquistarla como sea, incluso a costa de la vida».

El verdugo apretó más y la cabeza de Rix cayó hacia delante, el pelo sucio tapó la cara pero el cuerpo se siguió moviendo entre convulsiones y saltos nerviosos, como si no se quisiese resignar a la muerte.

«Lucharé hasta el último aliento para conseguir la victoria».

Esceva miró al verdugo, que meneó la cabeza.

—Todavía no está muerto. Lo parece, pero en realidad solo está perdiendo los sentidos, tarda un poco.

—Continúa.

«El día ha llegado. Nosotros estamos aquí, y nos corresponde conquistar la gloria que el destino nos ha reservado».

Las convulsiones eran un temblor cada vez más débil. Ya no se podía apretar más el lazo, pero el verdugo lo sujetó para que no se aflojase.

«Te amo, Damona».

Las piernas ya no sostenían el cuerpo, pero la cuerda que lo ataba al poste y el lazo que lo asfixiaba seguía sujetando de pie al gran rey de los guerreros, hasta que el verdugo lo soltó y la cabeza se venció.

—La ejecución ha concluido —sentenció el verdugo.

Paquio Esceva se acercó y tocó con los dedos el cuello de la víctima, esperó un momento, se volvió hacia los otros magistrados y asintió.

—La sentencia ha sido ejecutada.

Los triunviros se encaminaron hacia la salida a paso rápido, tenían que comunicar el resultado de la ejecución al triunfador, que estaba esperando delante de las Gemonías. Los dignatarios siguieron a los magistrados, pero, antes de entrar en la galería, Epasnacto se volvió y vio que el verdugo le quitaba el lazo y lo soltaba de la cuerda, dejando caer al suelo el cuerpo inanimado de Rix. Echó una última mirada satisfecha al rostro azulino de Vercingétorix, que asomaba de los cabellos sucios. La estirpe de los aspirantes al trono había sido erradicada para siempre.

—Quítale los grilletes de las manos —mandó el verdugo a su joven ayudante—, y desnúdalo.

—¿Es realmente necesario? —intervino Báculo.

El verdugo asió el garfio y miró a Publio Sextio.

—Al menos la túnica, tengo que clavarle el gancho en el costado.

Para Epasnacto fue suficiente. Se volvió y salió, dejando dentro solo a los guardias, a Publio y al verdugo con sus ayudantes.

—Haz un rasgón en la túnica sin quitársela —dijo resuelto el centurión—, pero primero comprueba que está muerto.

—Está muerto.

—¡Haz lo que te he dicho! —rugió Publio.

El verdugo lo miró a la cara, era preferible no contradecir a ese hombre repleto de condecoraciones que lo miraba de ese modo.

—Pásame el martillo y la piqueta —dijo a uno de sus hombres antes de dar la vuelta a la cabeza de Vercingétorix y asestarle un golpe seco a la base del cráneo.

—¿Vale así?

Publio asintió.

—Quítale la capa y dámela con los brazaletes.

El verdugo giró el cuerpo de Rix, le quitó la capa y los brazaletes. Una vez que le hubo dado todo a Publio Sextio, cogió el gancho.

También era suficiente para un centurión consumado que había visto de todo en la vida. Publio echó una última mirada a ese rostro todavía contraído en el sufrimiento de la muerte y se sentó en la banqueta al lado del foso, contemplando la capa sucia que tenía en las manos, mientras fuera la ovación de la multitud acompañaba a Cayo Julio César en la escalinata, de camino hacia el templo de Júpiter.

En ningún momento levantó la mirada ni se fijó en nada de lo que hizo el verdugo, ni cuando oyó que arrastraban el cuerpo de Rix fuera de la *Carcer*. Permaneció inmóvil, con la mirada clavada en la trama de la capa de Damona, en ese lugar sin tiempo.

«Aquí está la lucha fría de un hombre que no va a salvarse. Aquí la fuerza física acaba, ya no hay músculos, no hay valentía en la acción. Aquí solo queda la virtud del alma humana. Aquí uno solo tiene que ser capaz de morir».

Cuando se fijó en las piedras del suelo, vio brillar la sangre de

Vercingétorix, que habían arrastrado a la calle. Un reguero, siguiendo la conformación del suelo, llegaba hasta el foso y caía en el *Tullus*.

«Verás, este vacío negro circular separa el infortunio de la suerte, a este lado están la luz, la libertad, la vida; al otro lado de esta frontera invisible están las tinieblas, la reclusión, la muerte».

Publio miró las gotas que desaparecían en el vacío desde donde siempre había oído los pasos de Vercingétorix, sus palabras, su respiración. Ahora, el Tuliano estaba silencioso como un corazón sin sangre.

«Sin embargo, aquí, donde tú y yo estamos sentados, se puede disfrutar del privilegio de aprender un montón».

—Tenías razón, Barbato.

Publio se levantó, ya no había ruidos fuera. Sobrepasó el foso y entró en la galería, la recorrió, dejó atrás el cuerpo de guardia y llegó a la salida, donde lo cegó la luz. Se hizo visera con la mano y miró hacia el templo de Júpiter: el desfile del triunfo había terminado, la multitud empezaba a dispersarse tras las larguísimas horas de espera y de marcha.

Al otro lado, el reguero de sangre desaparecía por entre la multitud que había invadido la calle ya despejada. Cabizbajo, Publio pasó por en medio de la gente en fiesta, siguiendo los rastros rojos cada vez más ralos, hasta que llegó al puente Sublicio, donde ya no los vio.

Publio se apoyó en la balaustrada para mirar la corriente del río, que brillaba a la luz del ocaso como una alfombra de chispas.

«Vive, Báculo, en la alegría, en el sufrimiento, en las pasiones, no aplaces la vida a un momento que nunca llega, disfruta de cada instante. Todo está delante de ti, Báculo, alegrías, dolores, sonrisas, luchas, libertades, vida. ¿No te gustaría ver qué ocurrirá a partir de mañana? A mí sí me encantaría».

—Adiós, Rix, espero que tus dioses te hayan devuelto la paz.

Sopló una ráfaga de viento. Publio miró los brazaletes y el broche que le había pedido al verdugo, luego los arrojó a la corriente, dejando al Tíber la tarea de custodiarlos con su dueño. Miró la capa, la estrechó entre sus dedos conteniendo la emoción y la dejó caer.

—Cuando la vuelvas a ver, ponle su capa en los hombros.

La vista se le nubló un momento, justo cuando la capa se abría y planeaba suavemente antes de que la corriente se la llevara.

—¿Estás triste?

Publio Sextio se volvió hacia su izquierda y miró al chiquillo que había hablado. Aulo, el ladronzuelo de la panadería.

—Un poco.

—¿Por qué?

—Me he despedido de un amigo al que ya no voy a volver a ver.

—¿Se ha marchado?

—Sí.

—¿Y ya no va a regresar?

—No.

—¿Y tú no puedes ir a verlo?

Publio sonrió.

—Por supuesto, algún día me reuniré con él..., pero ese día todavía está muy lejos.

Aulo asintió mirando la corriente del río.

—¿Qué te parece si nos comemos un buñuelo?

—¿Un buñuelo de miel?

—Sí.

En el rostro del niño se dibujó una sonrisa y Publio le agarró la mano.

—Vamos —dijo volviéndose por última vez hacia la alfombra de luz.

LIII

Vive también por mí

—¿Y bien?

Vesbino estaba atónito mirando las manos de Publio, que le acercaban las monedas de plata. El excenturión vestía una túnica blanca y estaba recién afeitado.

—Son seiscientos denarios, Vesbino, una buena cifra.

El tabernero miró el dinero, tentado.

—Son dos mil cuatrocientos sestercios... Si ahora fueras al mercado, podrías comprar otra esclava y todavía te sobraría bastante.

—Sí, pero...

—¿Pero?

—Tendría que enseñarle el trabajo, y hace falta tiempo antes de que...

—Una egipcia guapa, Vesbino —lo interrumpió guiñándole un ojo Publio Sextio—. Así les ofreces algo nuevo a tus clientes, Remilla ya no es la chiquilla que te llegó hace seis años.

Vesbino apretó los labios, mirando el dinero.

—Vale, vale, pero añade algo por el chiquillo.

—Seiscientos denarios por los dos, Vesbino —concluyó Publio levantándose de la silla—. Lo tomas o lo dejas.

Se miraron, y Báculo hizo el gesto de guardarse el dinero.

—Espera... —El tabernero se pasó la mano por la cabeza—. Vale, vale. ¡De acuerdo!

Publio lanzó un suspiro de alivio, procurando que el tabernero no se diese cuenta y le tendió la mano para cerrar el trato.

—Es tu día de suerte, *caupo* —añadió, antes de mirar a Remilla, que lo observaba inmóvil desde detrás de la barra, con las manos sobre los hombros del pequeño Aulo.

—No he podido comprar vuestro pasado —les dijo—, como tampoco os puedo garantizar el futuro, pero me gustaría darle una oportunidad a Aulo y permitirle crecer como un hombre libre, adoptándolo.

Los ojos de Remilla se llenaron de lágrimas y Publio se les acercó.

—Y además —le dijo a ella tendiéndole la mano—, me gustaría que nosotros dos también tuviéramos una oportunidad.

César mantuvo sus promesas al pueblo, y con el inmenso botín de sus guerras de más de seiscientos millones de sestercios en monedas, y cientos de kilos de oro y plata, quiso premiar a los que habían respaldado su causa.

Después de los triunfos, se ofreció un inmenso banquete público para celebrar el final de la guerra, y hubo reparto de trigo y aceite entre la gente de la urbe. Además, cada ciudadano recibió trescientos sestercios; cada soldado, veinticuatro mil y un lote de tierra; cada centurión, cuarenta y ocho mil; cada tribuno, noventa y seis mil, hasta recompensar a la mayor parte de sus hombres. A Publio le correspondió un premio por lo que había hecho en el Mamertino en los últimos cinco años, pero también por lo que había hecho en los veinte anteriores. César lo recordó en los *Commentarii* de las guerras de las Galias y supo gratificarlo, devolviéndole lo que había perdido en Cénabo y dándole una parcela de tierra en la Cisalpina.

—Hay tres tipos de utensilios —gritó Venuleyo desde su tarima al gentío—. Los que no se mueven y no hablan; los que se mueven y no hablan, que serían los animales; y los que vendo yo, que se mueven y hablan.

Había más gente de la habitual, porque además en los días previos la ciudadanía había sido informada de la subasta pública y habían ido muchos a ver la mercancía.

—Hoy es sin duda el día de hacer negocio, señores, tenemos que dar salida a los prisioneros que desfilaron en los triunfos de nuestro amadísimo Cayo Julio César, que los dioses lo protejan.

Publio Sextio Báculo se acercó y levantó la vista para ver mejor la mercancía expuesta en la tarima elevada por encima de las cabezas de la gente.

—Venuleyo tiene lo mejor del mercado —continuó el subastador con sus gestos teatrales—, y los precios que yo os ofrezco son infinitamente mejores que los que encontráis en otros sitios.

—¿A cuánto vendes ese esclavo de ahí?

Venuleyo miró a Publio, fijándose en su ropa de persona acomodada.

—¿Cuál, señor?

Publio señaló a un hombre de la multitud.

—Ese.

Con un gesto, el mercader mandó que le acercaran al esclavo encadenado, luego se volvió de nuevo a Publio, que, entretanto, se había acercado a la plataforma giratoria.

—Por todos los dioses, has elegido la pieza más valiosa de todo el grupo, señor, debes de ser alguien que sabe de esto porque el *titulus* es claro...

—¿Cuánto, Venuleyo?

El subastador puso una corona de laurel en la cabeza del esclavo y luego miró a Publio.

—Seis mil sestercios.

Báculo acusó el golpe y miró al esclavo a los ojos.

—No puedo bajar, señor, comprendo que es una cifra importante, pero es como si estuvieses comprando un pura sangre con arreos de oro...

—Los arreos no hacen mejor a un caballo, Venuleyo.

—Pero tienen un valor...

Un soplo de viento movió la cabellera del esclavo, que seguía sosteniendo la mirada de Publio Sextio.

—Me lo quedo.

La multitud silenciosa reaccionó con sorpresa, al propio subastador le asombró no tener que discutir para mantener el precio.

—Tú..., oh..., has hecho un gran negocio, señor.

—Nadie hace buenos negocios contigo, Venuleyo.

—Oh, no, no, permíteme que insista, este es un combatiente arverno, puedes usarlo como guardián, o bien ganar dinero exhibiéndolo en los circos, o bien hacer que dirija a tus braceros.

—Hazlo bajar.

—Perdona, no me has dicho cómo me quieres pagar. ¿A plazos? ¿Al contado? ¿Tienes un banquero de confianza?

—Llevo el dinero.

Venuleyo se volvió hacia sus forzudos esclavos.

—Traed al escribano para la escritura.

Bajaron al esclavo de la tarima mientras se cumplían las formalidades del cambio de propiedad. Después, Publio se abrió camino entre la multitud, adentrándose por las calles de la ciudad llenas de gente y tenderetes. Anduvieron hasta el Pórtico de los Dioses Consejeros, donde Publio se detuvo delante de la estatua de Júpiter.

—La muerte es la que da valor a la vida —dijo volviéndose hacia el esclavo—. Recorremos nuestro camino desde el nacimiento hasta la llamada, enfrentándonos a una lucha continua contra la sucesión de los hechos que la vida nos depara, hechos que a veces nos conducen justo adonde no habríamos querido ir.

Los dos se miraron directamente a los ojos.

—Los últimos años he vivido en un lugar donde habría preferido no estar, pero ahí, cerca del Infierno, comprendí que si he de aceptar las adversidades, también he de seguir luchando contra ellas hasta el final, para así llegar a la llamada habiendo dado valor a mi existencia, pues he tenido la suerte de disponer de una segunda posibilidad en la vida.

Publio estiró una mano hacia las cadenas del prisionero.

—«Vive también por mí», me dijo el rey de los arvernos mientras lo llevaba hacia el patíbulo, y yo en ese momento me juré a mí mismo que lo haría, pero no podría cumplir esa promesa si seguías siendo esclavo.

Las muñecas del prisionero quedaron libres.

—Ahora tú también tienes una oportunidad, Vercasivelauno; reconcíliate con el pasado y sigue tu camino, manteniendo vivo su recuerdo y su sacrificio. Al margen de lo ocurrido, él ha pagado por todos, ha muerto sin remordimientos y con dignidad. Recordémoslo con respeto y honor.

Nota del autor

El prisionero del césar nació el 14 de octubre de 2017, durante una visita a la cárcel Mamertina. Era la primera vez que entraba en ese lugar y me bastaron pocos minutos para sentir el irrefrenable deseo de ambientar ahí un relato. En aquel momento estaba escribiendo otra novela, pero el magnetismo del Tuliano me sedujo, de modo que interrumpí el trabajo para emprender esta obra.

Empecé enseguida a documentarme sobre todo lo relativo a los triunfos, porque el libro tenía que empezar con una explosión de emociones, y mi amigo de siempre, Angelo Guarracino, con su mirada cinematográfica, se imaginó el desfile del triunfo desde un punto de vista muy especial, el de un niño al que, debido a su altura, le cuesta verlo en medio de la multitud. Así escribí el primer capítulo del libro, con el mismo entusiasmo con el que el pequeño Aulo corre desenfrenadamente entre la gente para poder ver las maravillas de ese desfile.

En mi idea inicial, el argumento era en apariencia sencillo y giraba en torno a una relación psicológica entre encarcelado y carcelero, separados por el famoso agujero de entrada al foso del Tuliano que tanto me había impresionado. Después se descubriría que los dos se conocían y habían estado en la misma guerra, una guerra que, inevitablemente, con el paso del tiempo, los había acercado, reduciendo esa mística frontera entre el Tuliano y el *Carcer* que separaba la vida de la muerte, la suerte de la desgracia, al protagonista del antagonista.

Para comprender cómo se habían cruzado sus destinos en el Mamertino había que salir de las entrañas de Roma y revivir, a través de sus recuerdos, la guerra que los dos habían luchado en la Galia. Y a la Galia, siguiendo a Rix, me llevó Angelo Guarracino. En la Navidad del 2018 me hizo llegar una nota que decía que íbamos a viajar hacia un lugar para mí desconocido, y a principios de marzo nos embarcamos en un vuelo a París. Ahí alquilamos un coche, yo conducía y él me señalaba el camino, hasta que, al cabo de más de dos horas, vi el cartel de Alise-Sainte-Reine. No me lo podía creer, Angelo me había llevado a Alesia.

No puedo describir la emoción que sentí al entrar en el museo, con la reconstrucción de una pequeña parte de la valla, con los fosos y las trampas. Nos quedamos hasta la hora del cierre y después, al atardecer, nos acercamos a la estatua de Vercingétorix, que domina toda la meseta donde se produjo el histórico asedio. A esa hora la estatua de Rix estaba más alta que el sol, y había algo místico en ese silencio que rompía el viento, como si la historia nos estuviese susurrando algo. Nos quedamos hasta que hubo luz frente a la estatua, y recordamos que se trataba de un joven de treinta años que había retado al ejército más poderoso del mundo, dirigido por uno de los genios militares más hábiles de todos los tiempos.

Nos marchamos pasando bajo su mirada, y me prometí plasmar por escrito toda la emoción que experimenté en ese lugar y que llevaría siempre conmigo.

Había que hablar de él a partir del momento en que perdió a su padre siendo aún niño, lo que no fue sencillo, tanto por la complejidad de los innumerables episodios que condujeron a Vercingétorix a convertirse en Rix y que había que novelar, como por el hecho de que esta historia se desarrolla durante su reclusión, en plena guerra civil, lo que lo convertía en el prisionero del enemigo de Roma. Y tampoco fue sencillo por mi situación personal, pues empecé a redactar la novela en un momento de grandes cambios en mi vida, cambios necesarios y complejos de llevar a cabo. Por decirlo en palabras de Angelo, quien siempre estuvo a mi lado, cada letra que tecleaba contenía el pesado sonido de un inquietante silencio.

En todo este tiempo, COVID incluida, *El prisionero del césar* fue creciendo palabra a palabra, página a página, convirtiéndose en mi refugio, en el lugar tranquilizador donde entraba tras abrir la reja chirriante, para dejar todo lo demás fuera.

He tardado más de tres años en escribir el libro. Han sido años de pasión, de investigación, de ideas y dudas, pero siento que salgo del Tuliano después de una gran experiencia de vida, por fin sereno, exactamente como Publio Sextio Báculo, al que tanto me parezco. En el fondo, esos tres años y aquello por lo que he pasado son muy poco al lado de los cinco y medio que estuvo Vercingétorix en el Tuliano.

Las últimas palabras de *El prisionero del césar* las escribí el 30 de marzo de 2021; le había dedicado tanto tiempo que yo ya formaba parte de la novela y no podía tener un juicio objetivo. Las escribí en absoluta soledad, sin contar con la opinión ni el juicio de nadie. *El prisionero del césar* es completamente mío, pero tenía que saber si esta parte de mí emocionaba a los lectores a los que al fin y al cabo está destinado, pues, tal y como dice Vercingétorix en el libro, no siempre el camino emprendido te lleva adonde habrías querido ir.

El mismo día que terminé de redactar la novela, entregué una copia a varios amigos para que me dieran su opinión, y sus respuestas me revelaron que había llegado adonde pretendía llegar.

Quiero dar las gracias a todos ellos, en riguroso orden de fecha de devolución del manuscrito, empezando por mi colega Andrea Bianchi, que hizo una enorme labor de lectura y edición, leyéndolo dos veces en pocos días, manteniéndome constantemente informado por correo electrónico. Le pareció estupendo, sugestivo e ingenioso, pero en una segunda lectura descubrió partes que en la primera se le habían pasado por alto, y lo encontró todavía mejor.

Sigo con Marco Neri, mi personalísimo ídolo de cuando era joven, autor de varios libros de nutrición y técnica de entrenamiento, además de ser uno de los más conocidos entrenadores de atletismo y experto en alimentación y dietética de Italia. En esta ocasión, Marco abandonó el terreno científico para adentrarse en la que es su gran pasión, la historia de la antigua Roma. Le agradezco también a él la doble lectura que lo recluyó varios días en mi Tuliano. Marco, siendo un profundo conocedor del tema, comprendió el esfuerzo de investigación histórica, y destacó, asimismo, que la descripción de los rasgos de Vercingétorix y de Báculo es digna de un libro de psicología. También a él la segunda lectura le amplió las emociones de la primera.

¿Podía faltar una opinión femenina? Pues diría que no, y por ello es por lo que al grupo añadí a Silvana Mazza, grandísima lectora que colabora desde hace tiempo en blogs y páginas de recensiones de libros. Silvana me transmitió todo su entusiasmo y reconoció que se había enamorado locamente de mi Vercingétorix, y no podía decirme nada más hermoso.

Añado a Vito Rufolo a estos primeros lectores de *El prisionero del césar*, un auténtico apasionado de historia romana, así como una persona a la que aprecio muchísimo. Vito ha visto literalmente el mundo, pues cuando trabajaba en la industria textil viajó a lo largo y ancho de la tierra, y ahora que disfruta de una merecida jubilación aproveché para preguntarle si veía a Vercingétorix en mis líneas. Me dijo que Vercingétorix y César figuran en las páginas del relato y que conducen al lector de Roma a Alesia en una sucesión de emociones.

Quedan todavía tres copias por ahí, las de Geri D'Azzo, Andrea Giannetti y Angelo Guarracino, pero ellos no valen, forman parte de mí desde hace muchos años y estoy seguro de que se habrán emocionado incluso antes de leer el libro.

No podía pedir más de esta obra, se la entrego al editor. Se dice que la mitad de un libro la escribe el escritor, la otra mitad tienen que escribirla los lectores. Os lo entrego, haced con él un *triunfo*.

Personajes

En cursiva, los que realmente existieron.

Acón: caudillo de la tribu de los senones, uno de los principales defensores de la revuelta contra los romanos, fue capturado una vez que se sometió la rebelión y mandado ajusticiar por César a la «manera de los padres», azotado con varas antes de ser decapitado.

Ambacto: fiel escudero del noble Celtilo, padre de Vercingétorix, y preceptor de este último.

Ambigatos: príncipe y caudillo de la tribu de los bituriges, cliente de los heduos, que se vio envuelta en la revuelta de Vercingétorix. Los bituriges sufrieron con dureza la estrategia de la tierra quemada que impuso el jefe arverno y pagaron un alto precio por su alianza con la caída de Avárico.

Ambiórix: soberano de la tribu de los eburones que con engaño aniquiló, junto con el rey Catuvolco, la guarnición de reclutas estacionada en Atuatuca, en la Galia Bélgica. César no tardó en vengarse de la afrenta, destruyó y devastó el territorio de los eburones y perpetró matanzas, pero nunca pudo encontrar a Ambiórix.

Ariovisto: rey de la tribu germánica de los suevos, en buenas relaciones con los romanos hasta que Ariovisto ganó a los heduos, formando al oeste del Rin una peligrosa concentración de tribus germánicas. César se enfrentó a él y lo derrotó en el 58 a. C., expulsando a los germanos al otro lado del Rin.

Aulo: hijo de Remilla.

Barbato, Vibio Agatocles: viejo vigilante del Tuliano, uno de los esclavos públicos que trabajaban para los *tresviri capitales*.

Canavos: príncipe y caudillo de la tribu de los mandubios. Dado que no he hallado fuentes fehacientes sobre los mandubios, este noble galo, a diferencia de los otros mencionados en el relato, es fruto de una conjetura.

Cavarino: soberano nombrado por César de la tribu gala de los senones. Fue expulsado por una insurrección popular de sus propios conciudadanos senones, que a partir de ese momento estuvieron siempre entre los más acérrimos enemigos de César.

Cayo Claudio Marcelo: político romano que intentó de todas las maneras posibles conseguir que César dimitiera, se opuso además a que se le concediera el segundo consulado *in absentia* e insistió en que renunciase a la protección de sus legiones en la Galia. Cuando César invadió Italia en el 49 a. C., a diferencia de su hermano y su sobrino, no luchó contra él. Obtuvo después el perdón de César.

Cayo Cornelio Tenaz: veterano licenciado de la legión de Publio Sextio.

Cayo Escribonio Curión: político romano, hijo de un estadista y orador del mismo nombre. Cuando el Senado pidió a César que volviera de la Galia, Curión propuso que tanto César como Pompeyo cedieran su *imperium*, afirmando que ambos debían ser declarados enemigos públicos si no acataban la voluntad del Senado. Al principio, su propuesta fue aceptada, pero después los cónsules dieron a Pompeyo el mando de todas las tropas estacionadas en Italia. Curión huyó entonces a Rávena, donde se encontraba César, y a partir de ese momento estuvo de su lado, convirtiéndose en propretor en Sicilia y luchando en África, donde halló la muerte contra Juba, rey de Numidia aliado de Pompeyo. Se le recuerda también porque construyó el primer anfiteatro de Roma, para la celebración de los juegos fúnebres de su padre. Se casó con Fulvia, sobrina de Cayo Graco y exesposa de Publio Clodio, que se casará con Marco Antonio tras la muerte de Curión.

Cayo Fabio: legado de César en Alesia.

Cayo Fufio Cita: superintendente del suministro de trigo destinado en Cénabo asesinado en la masacre que da principio a la revuelta.

Cayo Julio César: general y político romano, triunviro, dictador. Nacido en el 100 a. C. en una noble familia romana, sirvió en las provincias de Asia Menor entre el 81 y el 78, fue cuestor en el 70, edil en el 65, pontífice máximo en el 63, pretor en Hispania en el 62. En el 60 formó el primer triunvirato con Pompeyo y Craso. Cónsul en el 59, conquistó la Galia. Invitado por el Senado a deponer el *imperium*, en el 49 marchó contra Pompeyo, al que derrotó varias veces en Hispania, Tesalia, Egipto y África. De vuelta en Roma, tras ser nombrado dictador, fue asesinado en una conjura el 15 de marzo del 44 a. C. cuando se disponía a emprender una expedición militar a Oriente.

Cayo Trebonio: legado de César en Alesia.

Cayo Volteyo Capitón: comandante de la guarnición en la provincia donde se refugian Cayo Sextio Báculo y los licenciados que huyen de Cénabo.

Cneo Pompeyo Magno: general y político romano. Con solo diecisiete años participó en la conquista de Ascoli durante la guerra con su padre Cneo Pompeyo Estrabón, entonces cónsul. A la muerte del padre heredó riquísimos latifundios en el Piceno y puso a disposición de Sila tres legiones enroladas entre sus campesinos y clientes, convirtiéndose en el principal lugarteniente. Tuvo el mando de la expedición contra los seguidores de Mario en Sicilia y África, logrando el triunfo y el título de «Magnus». En los años siguientes se convirtió en el personaje político más prestigioso y poderoso de Roma, gracias a sus continuas victorias contra Quinto Sertorio, los esclavos de Espartaco, los piratas del Mediterráneo y Mitrídates VI del Ponto. De vuelta en Italia, el Senado trató de desprestigiarlo y el pueblo dejó de apoyarlo, lo que lo llevó a acercarse a la nueva estrella naciente de la República: Cayo Julio César. Se casó con Julia, la joven hija de César, con el que formó parte del primer triunvirato, junto con Marco Licinio Craso, que consiguió para los tres grandes ventajas políticas. La muerte de Craso rompió los equilibrios políticos e hizo que Pompeyo y César rivalizaran por el poder. Pompeyo, en el intento de asegurarse una especie de principado, se enfrentó a César apoyándose en la facción republicana del Senado, y en poco tiempo las dos facciones condujeron a Roma a la guerra civil. César cruzó inmediatamente el Rubicón con sus legiones de veteranos y Pompeyo tuvo que retirarse a Macedonia, seguido por el Senado. Fue derrotado en la batalla de Farsalia, tras la cual trató de huir a Egipto, donde fue muerto a traición.

Celtilo: príncipe descendiente de una estirpe de soberanos de la tribu de los arvernos, padre de Vercingétorix. Maniobró para restablecer la monarquía de la decadente Auvernia, dirigida por un gobierno de aristócratas. Al ser descubierto, fue ajusticiado por sus propios compatriotas.

Cingétorix: príncipe y caudillo galo, uno de los dos jefes que se enfrentaron por el mando sobre las tribus galas de los tréveros.

César apoyó a Cingétorix contra su rival antirromano, Induciomaro. Con todo, este convenció a su pueblo para que se uniera a la revuelta de los eburones dirigida por Ambiórix y declaró a Cingétorix enemigo público, confiscando sus propiedades. Cingétorix unió sus fuerzas a las del legado romano de César, Tito Labieno, con el que derrotó y mató a Induciomaro en un enfrentamiento de caballería.

Comio: príncipe y caudillo de la tribu gala de los atrebates, nombrado por César. Reinó primero en la Galia y después en Britania. Colaboró con César en Britania en la primera y la segunda expediciones, pero luego se unió a la rebelión encabezada por Vercingétorix, convirtiéndose en uno de los comandantes del ejército que trató de romper el asedio de Alesia. Después de la derrota de los galos, Comio se unió a una revuelta de los belóvacos y convenció a quinientos germanos de que los ayudaran. Los rebeldes, sin embargo, fueron derrotados de nuevo y una vez más Comio se dio a la fuga.

Conconnetodumnos: noble de la tribu de los carnutes, uno de los responsables de la masacre de Cénabo.

Convictolitán: noble acaudalado de la tribu de los heduos respaldado por César, al que se mantuvo fiel hasta el momento en que se le acercaron los arvernos, que lo corrompieron con ingentes sumas de dinero, parte del cual se empleó para que los heduos se alinearan con Vercingétorix.

Coto: noble de la tribu de los heduos, descendiente de una antiquísima familia, con una gran influencia personal y una extensa parentela.

Critoñato: noble de la tribu de los arvernos que estaba con Vercingétorix, mencionado por César en *De bello Gallico* por su propuesta de que se alimentaran de los caídos durante el asedio de Alesia.

Damona: compañera de Vercingétorix.

Décimo Junio Bruto: legado de César en la Galia, comandante de la flota romana que destruyó los barcos de guerra de los vénetos y comandante de dos cohortes en Alesia.

Diviciaco: druida galo, *vergobreto* (jefe político y magistrado supremo) de la tribu de los heduos. Pidió ayuda a los romanos para expulsar a los germanos de Ariovisto de las tierras de los heduos y desde entonces siguió siendo un fiel aliado de Roma, a la que prestó muy útiles servicios durante la guerra de las Galias. Tras su muerte, de hecho, César empezó a cometer peligrosos errores políticos que dieron lugar al estallido de la revuelta encabezada por Vercingétorix. Diviciaco era hermano de Dumnórix, quien, por el contrario, era un ferviente opositor de los intereses romanos en la Galia.

Dumius: correo romano capturado por los tréveros y ajusticiado en la noche del Samhain.

Dumnórix: príncipe de la tribu de los heduos, se opuso enérgicamente a la alianza con los romanos llevada a cabo por su hermano Diviciaco y nunca dejó de conspirar contra César, que lo hizo matar mientras trataba de huir tras haber desertado durante la segunda expedición a Britania.

Epasnacto: noble prorromano de la tribu de los arvernos mencionado por César tras la rendición de Vercingétorix.

Eporedorix: caudillo de la tribu de los heduos durante la campaña gala de César. Al principio a favor de César, se pasó del lado de los rebeldes dirigidos por Vercingétorix.

Gobanición: tío paterno de Vercingétorix, hermano de Celtilo. Formaba parte de la aristocracia de Gergovia que se sintió amenazada por las intenciones de Celtilo, al que mataron. Expulsó a Vercingétorix de Gergovia cuando este se presentó siendo adulto, pero cuando el sobrino regresó de nuevo ya fortalecido lo expulsó a su vez.

Gutruato: caudillo de la tribu de los carnutes que desencadenó la revuelta de la coalición antirromana causante de la matanza de los romanos que vivían en Cénabo. Su nombre podría derivarse de un título sacerdotal, «gutuater», encargado del cuidado de un santuario o de un recinto sagrado.

Induciomaro: príncipe galo, jefe de la tribu germano-gala de los tréveros que en el 54-53 a. C. se opuso a la ocupación romana de la Galia por parte de las legiones de Cayo Julio César. Lo mataron las tropas de Tito Labieno, legado de César.

Lucio Cornelio Léntulo Crus: político romano, cónsul hostil a César que, tras el estallido de la guerra civil, huyó de Roma con el otro cónsul y el resto del Senado, acompañando a Cneo Pompeyo Magno. Cuando el Senado decretó asignar la financiación a Pompeyo para la inminente guerra, el cónsul Léntulo fue a abrir el erario y huyó inmediatamente después, olvidando abrir la sala del tesoro. Tras la derrota pompeyana en Farsalia, acompañó a Pompeyo en su huida a Egipto, donde halló la muerte en la cárcel de Ptolomeo XIII.

Lucio Minucio Básilo: legado de César en la Galia y en la guerra civil, al final de la cual no fue nombrado gobernador de ninguna provincia, solo recibió una cantidad de dinero por los servicios prestados. Dolido por ello, se unió a la conjura que se urdió contra César y en el asesinato asestó puñaladas singularmente violentas, tanto es así que también hirió a uno de los otros conjurados.

Lucio Ostilio Saserna: magistrado monetario defensor de la política de César. Entre sus emisiones nos ha llegado la correspondiente a la victoria de la campaña de la Galia, en cuya cara está representado el rostro de un guerrero galo capturado que podría ser el de Vercingétorix.

Lucio Paquio Esceva: superintendente de los *tresviri capitales*, los magistrados encargados de la vigilancia de las cárceles y de las ejecuciones. El nombre está tomado de un Publius Paquius Scaeva que vivió en la época de César y que fue pretor y magistrado (*quattuorvir capitales*), y después también tribuno de la plebe, así como procónsul enviado a Chipre.

Lucterio: noble de la tribu de los cadurcos, aliado de Vercingétorix desde el primer momento de la revuelta. La tribu de los cadurcos resistió hasta el final en la lucha contra Julio César. Un año después de la rendición de Vercingétorix en el asedio de Alesia, Lucterio se refugió en el *oppidum* de Uxeloduno para continuar ahí la lucha. Derrotado, Lucterio buscó refugio con el jefe arverno Epasnacto, quien, sin embargo, ya aliado de los romanos, lo entregó a César.

Madre: madre de Vercingétorix, he preferido dejarla sin nombre.

Marco Vitrubio Mamurra: praefectus fabrum, responsable de los ingenieros que acompañan a las legiones de César en la Galia. Parece que se enriqueció de forma desmesurada estando con César en la campaña de la Galia, y se cuenta que fue el primer romano que se construyó una casa enteramente revestida de mármol en el monte Celio.

Marco Antonio: político romano. Lo comparaban con Hércules tanto por su corpulencia como por su actitud y su ropa. Fue un valiente comandante, estrecho colaborador de César, pero tras la muerte de este se enfrentó con el legítimo heredero, Octaviano. Unió su destino a Cleopatra en el fallido propósito de transformar el imperio en una monarquía de estilo oriental. Tras su muerte se decretó, por primera vez en la historia de Roma, una *damnatio memoria*, una condena al olvido, con la eliminación de todas las referencias a su vida en documentos, epígrafes y retratos.

Marco Claudio Marcelo: político romano, cuestor en el 64 a. C., pretor en el 54 a. C y cónsul en el 51 a. C; ferviente defensor de Pompeyo, sin embargo, no tomo parte en la guerra civil que enfrentó a este con César, por lo que decidió exiliarse en Mitilene.

Marco Licinio Craso: político y comandante militar romano poseedor de un patrimonio gigantesco. Le fue asignado el mando de la guerra contra Espartaco, que ganó, compartiendo el mando con su rival Pompeyo. El éxito de esta campaña y su amistad con César le permitieron llegar a la cima del poder político e integrar el famoso primer triunvirato con Pompeyo Magno y Julio César, un pacto secreto con el cual se garantizaban apoyo recíproco contra el Senado para conseguir grandes ventajas políticas. Sin embargo, entre Craso y Pompeyo surgieron innumerables disputas, que César trató de resolver cuatro años más tarde (en el 56 a. C.), cuando los tres se reunieron en Lucca, donde decidieron repartirse la jurisdicción de los mayores dominios de Roma. Así, Craso obtuvo el gobierno de Siria durante cinco años y la dirección de la guerra contra los partos, en la cual halló la muerte.

Marco Ulpio Granio: veterano licenciado que hace el viaje desde Agedinco con Publio Sextio Báculo.

Pisón de Aquitania: jinete mencionado por César en *De bello Gallico*, que muere en el enfrentamiento con la caballería germánica de los usípetes. Lo describe como un hombre valiente, de familia nobilísima, que obtuvo entre su gente el mando supremo y a quien el Senado le otorgó el título de amigo del pueblo romano.

Publio Sextio Báculo: centurión primipilo destinado en la Galia, mencionado en los *Comentarii* de César por su participación en algunas batallas y, en especial, por la defensa de la puerta del fuerte de Atuatuca tras cuatro días sin comer. En aquella ocasión Publio Sextio Báculo perdió el conocimiento durante la batalla y desapareció para siempre de la historia.

Publio Volumnio Eutrápelo: rico empresario romano de espectáculos teatrales y exhibiciones de cuerpos desnudos en las villas de los poderosos, muy próximo a Marco Antonio, que se encaprichó de su esclava y actriz de mimo Volumnia Citérides.

Quinto Cecilio Metelo Pío Escipión: político y militar romano, opositor de César. En el 52 a. C. fue elegido cónsul junto con Pompeyo Magno, al que apoyó durante toda la guerra civil. Fue procónsul en Siria y tomó parte en la batalla de Farsalia, donde mandó la sección central del ejército republicano. Después de Farsalia se casó en África y tras la derrota en la batalla de Tapso intentó huir. Capturado por los cesarianos, se suicidó.

Quinto Cornelio Silio: cuestor responsable del erario. El nombre es inventado, pero el cargo de cuestor para la supervisión del tesoro y las finanzas es real. El tesoro se guardaba en el templo de Saturno en el Foro junto con las leyes grabadas en tablas de bronce, los decretos del Senado, las enseñas de los ejércitos y una balanza para el pesaje de los metales.

Quinto Muciano: veterano de la legión II de Pompeyo y cliente asiduo de la taberna de Vesbino.

Remilla: esclava arverna de la taberna de Vesbino. Fue capturada durante la incursión de César en Auvernia en pleno invierno.

Sextio Marciano Torcuato: veterano licenciado que viaja desde Agedinco con Publio Sextio Báculo.

Tasgecio: príncipe galo nombrado por César, de nobles orígenes, de la tribu gala de los carnutes y descendiente de una familia que antaño reinó en ese pueblo. Sufrió la rebelión de su gente por su colaboración con los romanos y fue asesinado. Se supone que su condena a muerte fue decidida, y quizá también ejecutada, durante la celebración del Samhain, que marcaba, en el calendario celta, el tránsito a las largas tinieblas del invierno.

Tito Labieno: general romano, primer lugarteniente de César durante la campaña de la Galia, a cuya victoria contribuyó demostrando dotes tácticas fuera de lo común. Tuvo el gobierno de la Galia Cisalpina después de la batalla de Alesia y tras la derrota de los tréveros, pero cuando estalla la guerra civil inesperadamente se pasa del lado de Pompeyo, convirtiéndose en un acérrimo rival de su excomandante. Como legado de Pompeyo es uno de los más tenaces e implacables adversarios de César hasta la batalla de Munda, donde halló la muerte.

Tito Vócula: veterano licenciado que viaja de Agedinco con Publio Sextio Báculo.

Venuleyo: mercader de esclavos del barrio de Publio Sextio Báculo.

Vercasivelauno: príncipe y caudillo galo de la tribu de los arvernos, primo de Vercingétorix. Es mencionado por César en *De bello Gallico* durante la incursión gala del 52 a. C. En la batalla de Alesia fue uno de los jefes de la coalición que llegó para ayudar a Vercingétorix. Dirigió el asedio a los bastiones del norte de la fortificación de César con sesenta mil hombres y logró derribar el perímetro defensivo, pero en una maniobra diversiva de la caballería romana Vercasivelauno fue capturado y ya no se supo nada de él.

Vercingétorix: soberano de la tribu de los arvernos (Auvernia, 82 a. C. - Roma, 26 de septiembre del 46 a. C.) que logró formar una coalición de numerosos pueblos galos, venciendo las tradicionales divisiones históricas. Su estrategia, aunque innovadora, no pudo hacer nada contra César, uno de los mayores estrategas de la historia, ni contra la organización del ejército romano. Fue derrotado en Alesia en el 52 a. C., donde se le obligó a entregarse a las legiones romanas. Pasó los seis años siguientes en la cárcel Mamertina, antes de ser arrastrado encadenado en el triunfo de César y ajusticiado.

Vesbino, llamado *Caupo*: tabernero del lugar al que va Publio Sextio Báculo. *Caupo* significa, precisamente, «tabernero».

Viridómaros: príncipe y caudillo de la tribu de los heduos, aliado de César hasta la batalla de Gergovia, cuando se une a la coalición de Vercingétorix y masacra a la pequeña guarnición y a los comerciantes romanos de Noviduno que se encontraban allí.

ÍNDICE